后浪出版公司

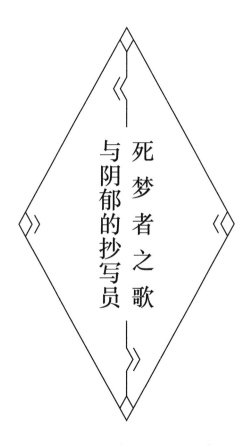

死梦者之歌与阴郁的抄写员

［美］托马斯·里戈蒂 著

程静 译

南方出版传媒

花城出版社

中国·广州

目　录

序　言　1

死梦者之歌

夜游人之梦　3

欢　闹　5

繁　花　23

爱丽丝的最后一次漫游　33

人偶之梦　53

夜盲者三部曲　69

第一部：化学家　69

第二部：请用迷宫般的眼睛向我祝酒　82

第三部：山猫的眼睛　92

关于恐怖小说写作的建议：一个故事　102

故事　103

常见风格　105

另一种风格　114

最后一种风格　115

失眠者之梦　125

　　埃利斯婶婶的平安夜　127

　　失落的艺术：暮光　137

　　托斯医生惹的麻烦　158

　　假面舞会与一柄废剑：一出连环悲剧　171

　　　　Ⅰ：法利欧的营救　171

　　　　Ⅱ：眼镜的故事　178

　　　　Ⅲ：世界灵魂　183

　　沃克博士与维奇先生　193

　　无名教授小议超自然恐怖　205

　　　　永不眨动的眼睛　205

　　　　病态　206

　　　　悲观主义与超自然恐怖——第一讲　207

　　　　悲观主义与超自然恐怖——第二讲　208

　　　　讽刺的和谐　210

逝去者之梦　213

　　洛克利亚医生的疗养院　215

　　愚痴者的教派　226

　　面具大狂欢　237

　　月之乐曲　245

　　J. P. 德拉波的日记　254

　　　　引言　254

　　　　日记摘录　255

　　瓦斯特里恩　262

阴郁的抄写员

前 言 281

被诅咒者的声音 283

小丑的最后一场盛宴 285

抽屉里的眼镜 327

深渊之花 341

尼瑟斯克拉尔 352

神像和岛屿 352

附言 359

黑暗中的木偶 363

魔鬼的声音 369

诺汤镇之梦 371

穆冷伯格的神秘主义者 394

于异世界的阴影中 403

茧 417

造梦人的声音 429

夜 校 431

魔 力 443

孩童的声音　455

　　拜占庭图书馆　457

　　　　塞维奇神甫的到访　457

　　　　又见塞维奇神甫　463

　　　　附言　470

　　普拉尔小姐　472

我们名字的声音　483

　　世界最深处的阴影　485

序　言

在过去的三十年里，托马斯·里戈蒂以短篇小说的形式创作了一系列非凡的作品，他出版的第一本和第二本故事集《死梦者之歌》（1985）和《阴郁的抄写员：他的生活与工作》（1991）就是很好的证明。《死梦者之歌》最初由哈里·O. 莫里斯的银圣甲虫出版社出版三百册，莫里斯担任封面设计，拉姆齐·坎贝尔撰写前言。此书在1989年再次进行了广泛的发行，终于获得了应有的赞誉，但是初版仍为藏书中的珍宝。我记得自己曾经迅速翻看着它，如同欣赏一件来自异世界的珍宝。《阴郁的抄写员》出版时，有人评论它是"典型的第二本书"，言下之意指里戈蒂的写作水平每况愈下。然而，随着时间的推移，读者和评论家们终于认识到，如果说这第二部作品有任何独特之处的话，那就是它比《死梦者之歌》更丰富、更专注，也更成熟。

里戈蒂撰写的故事在虚构类文学作品当中地位如何？与埃德加·爱伦·坡和弗朗茨·卡夫卡[1]的作品一样不可撼动，永不过时。与坡和卡夫卡的小说一样，里戈蒂的小说也因为作者本人看

1　里戈蒂曾表示自己在创作初期受H. P. 洛夫克拉夫特的影响很大。但他并未止步于对洛夫克拉夫特的模仿和依附，而是在摄取适合自身需求的营养后破茧重生，创作出自成一派的超自然恐怖故事。（对比而言，大多数试图"吞噬"洛夫克拉夫特的写作者却遭到"反噬"，彻底在他的风格之中化于无形。）——原注。以下如无说明，均为译注。

待世界的独特方式，以及以可见方式（形式上的尝试）和不可见方式（只有通过对读者造成的影响才能体现其存在的秘密实验）进行创新而独树一帜。与坡的小说不同点在于，里戈蒂作品中的这种特质无法效仿，并强烈抵制被市场商品化。与卡夫卡的故事不同点则在于，里戈蒂的文字本能意味太强，而且（尽管有时荒诞派的色彩极其浓郁）对某种玩闹的成分充满敌意，无法被划入传统的经典。不过，在这三位作家创作的故事中，独特的叙事声音都与主题保持适当的距离，使得作品不会因为时间的流逝而过时。由于作者具有天然的先入之见，写作时刻意隐去一些确凿的东西，如不知名的叙述者，无名的城镇等，允许角色或背景有一定的隐约和模糊，反倒制造了必要的锚点，哪怕是距今一个世纪之后来看，哪怕那时的读者行走在一片迥然不同的异星星空下，照样会被迷得神魂颠倒。

也许这些特质也反映出，尽管里戈蒂的作品源自神秘怪谈的流派，但他总是能够超越其上。回想二十世纪八十年代中期到九十年代中期的恐怖故事，我记得，它们的特点是某种保守主义，以及对自然主义的普遍热爱。在其最极端的表现形式中，这种对实用因果关系的崇拜变成了高度写实主义这一亚流派，专注于描述暴力和性。与这些潮流形成对比的，是一些独特的声音，包括凯特·科亚（Kathe Koja）、凯特琳·R. 基尔南（Caitlin R. Kiernan）、波比·Z. 布莱特（Poppy Z. Brite）和克里夫·巴克（Clive Barker）等作家，他们有时会在作品中加入超现实的、颓废的、新哥特式的元素和真正的肉体恐怖元素。

里戈蒂属于这个群体吗？也不尽然。他的作品自成一派，只是恰好在那个时期，在那样的环境下出版而已。打个比方，就好比说，一位物理学家在他的实验室里进行研究而有了顿悟，这件事对他所居住的社区也具有深远意义一样。从这一层意义上说，里戈蒂与安吉拉·卡特、村上春树，上文提到的东欧的卡夫卡，阿尔弗雷德·库宾，以及一定程度上，甚至是伟大的布鲁诺·舒尔茨等反传统者结成了同盟。的确，像萩原朔太郎如梦一般的《猫町》（1935），埃里克·巴索的超自然的、普鲁斯特式的《鸟嘴医生》（1977）等才华横溢的独特的作品似乎有些里戈蒂的风格——虽然不是直接受其影响——主要是因为，与里戈蒂的作品一样，它们也存在于一个位于恐怖和超现实之间、本能和哲理之间的独特位置。在这样一个于地图上无从寻找的特殊位置，超自然拒绝被标签化，当人们每一次尝试为它命名——比如一个特别的阴影或倒映是属于自然范畴还是非自然范畴——那煞有介事的讨论都会陷入狼狈的境地。

在里戈蒂的作品中，超自然现象的出现是为了对我们的生存方式进行尖锐的诘问，这使我们不由拿他与风格迥异的现实主义作家约翰·契弗和雪莉·杰克逊做比较。这似乎是个莽撞的想法，但如果把里戈蒂的作品从怪诞小说的流派中拉出来，会发现它们的普适性高得惊人——因为这一类小说的内容总是将重点落在离奇事件上，阻碍了我们探究其内涵的目光。一旦将"怪诞"这一标签从里戈蒂的小说上摘掉，我们便能够充分理解，它们对现代生活的合理性不断提出质疑。他在探究现代社会的薄弱之处——包括个人的和社会整体的薄弱之处。他对表面掩盖之下的疾病感兴趣，无论是潜伏于头脑中，还是通过行动表现出来的。正因如此，大卫·林奇的电影和托马斯·里戈蒂的小说有时会有异曲同工之妙。

里戈蒂在这方面的探索，类似于电影《蓝丝绒》[1]的探索，是一个名为《欢闹》的故事，收在《死梦者之歌》中。故事发生在一个郊区，开头平淡无奇，可以是《纽约客》杂志中任意一个普通故事的开始——如果里戈蒂愿意，他本可以着重强调现代生活表面的真相，比如写一对素来不合的夫妻，丈夫的工作给两人之间的争吵火上浇油的故事。相反，里戈蒂表明了态度，他对颠覆感兴趣：理性之窗被非理性击得粉碎。甚至有人会解读为，那扇窗户是被丈夫的恐惧击碎的，从一个怪异的视角来看，这是一个邪恶的愿望。

《关于恐怖小说写作的建议：一个故事》是里戈蒂正式展开试验的尝试之一。这个故事乍读之下像一个"元小说"[2]版本的破窗户故事，但是随着故事的推进，它的黏性和现实主义的层次变得丰富起来。就像弗拉基米尔·纳博科夫的《列奥纳多》中那样，里戈蒂告诉读者，他正在将一些虚构的元素进行组合，讲述一个故事……然后又与纳博科夫一样，要让读者忘记自己正在阅读的故事，一场"虚构的梦"如茧一般将故事包裹，带来一种幽闭恐惧症般的感觉。与此同时，《关于恐怖小说写作的建议：一个故事》毫不客气地提到一些超自然小说的写作方法——这具有一种尖刻的趣味，有趣，同时带有嘲讽和窃笑的意味。神奇的是，它之所以蕴意深刻，部分原因是由于获得了嘲讽。在这个故

---

1 《蓝丝绒》是由大卫·林奇执导的惊悚片，于 1986 年 9 月 19 日在美国上映。该片讲述了一个不谙世事的年轻大学生，在回家看望患病父亲的途中发现了一只被砍下的耳朵，这只残耳引发了一起性虐待案件的故事。

2 "元小说"是有关小说的小说，是关注小说的虚构身份及其创作过程的小说。传统小说往往关心的是人物、事件，是作品所叙述的内容；而元小说则更关心作者本人是怎样写这部小说的，小说中往往喜欢声明作者是在虚构作品，喜欢告诉读者作者是在用什么手法虚构作品，更喜欢交代作者创作小说的一切相关过程。

事里，里戈蒂含蓄地表达了自己的意图，但它是一篇激烈的，毫不妥协的作品，近乎在用文字走钢丝。我只能把它想象成一个被放在恐怖世界的巢穴里的布谷鸟的蛋。

在《爱丽丝的最后一次漫游》中，里戈蒂借用刘易斯·卡罗尔故事中的一个小要素来体现爱德华·戈里[1]与加恩·威尔逊[2]共有的"花哨的造作"。这个故事主要的元素并不在于被剽窃的孩童时代的怪事，而在于这位屡屡遭遇怪事的苍老女作家的声音。窗户被打破，不仅外面的东西可以进来，你也可以出去。可是，出去又会是哪儿呢？若要对这个故事做出还算合理的解读，也许可以将它理解为对老龄化的非理性与矛盾的态度。只要稍作调整，这个解读就能成为故事的表面，而不仅仅是潜台词的一部分。

同样，在《阴郁的抄写员》中，最主要的故事《小丑的最后一场盛宴》通过描写平凡生活中的事物，打造了最为离奇玄虚的效果。一名人类学家，由于对一场以小丑为主题的盛大节庆感到好奇，造访了一个名为米罗考的小镇。作者以绝对不动声色的语气，在荒诞与恐怖、形而上与本能之间走钢索，渐渐的，这位人类学家意识到自己犯了一个不可挽回的错误。阅读这个故事的乐趣主要来自于讲述者将先前所遗漏的信息对读者一一道来，以及探究小丑们那些木然却幽默的举动的过程。（事实上，里戈蒂是一位非常有趣的作者，适应了他作品中的超自然元素后，品味他的幽默会更容易一些。）

不过，这个故事还扩大了里戈蒂对于被非比寻常之事扰乱的

1　爱德华·戈里（Edward Gorey），1925 年生于美国芝加哥市，美国作家、艺术家、大师级黑色幽默漫画家。
2　加恩·威尔逊（Gahan Wilson），1930 年出生于美国的作家，也是善于创作黑色幽默的恐怖漫画家。

中产阶级或者说普通人的生活的兴趣，这非比寻常之事不仅质疑叙述者对于自身的看法，也反驳那样一种观点，即：普通的便是平凡的，表面的同样也是潜台词。里戈蒂或多或少地通过表达对仪式的看法，描述仪式如何在普通或荒诞的情况下遍布于我们生活，进而对现代性表达评价。仪式是一种面具，隐藏着我们生活中最隐秘的事。《阴郁的抄写员》中的许多故事便选择物体作为咒符来探索这些潜流，不论《抽屉里的眼镜》中的眼镜，《深渊之花》中那所宅子里的"万物的疯狂"，还是《尼瑟斯克拉尔》中的神像和手稿。

当我们遇到一种怪诞的仪式（在一定程度上，是对我们自身某些重复行为的嘲讽）时，首先可能会尽量将它与我们自身熟悉的模式进行调和，因此，在真实生活中的极端情况下，人们可能会表现出类似于礼貌或理性的荒谬的态度。但是，如果我们退缩、尖叫或逃跑，是否不仅因为见到可怕的事物，还因为，有那么一刻，我们意识到这种怪异与我们那一成不变的生活出自同一个源头？我们意识到，自己那（不假思索的）日常仪式只是因为不愿屈从于表象之下、我们心灵之中的生命的沉重而已（比如最终的死亡）？

必须承认，我不愿将这些故事中许多我喜爱的特质一一列举。它们每一个都曾在某个时刻于浑浊的黑暗中浮现，锐利而苍白，让我惊鸿一瞥，然后便从视线中消失。这便是这些独特的故事留给我的印象派色彩。"空灵"这个词用来形容怪诞小说可谓陈词滥调，而且并不准确，但是若说起里戈蒂的故事在字里行间透出的氛围，它仍然是最为恰当的。每次读他写的故事，你不仅会再次对它们展开想象，而且故事的形式和内容似乎也被文字背后的某种力量所改变。这不是惊悚的效果——它们只是里戈蒂小说中普遍现象的又一种表现而已。

里戈蒂凭借《死梦者之歌》和《阴郁的抄写员》在文坛大放异彩。如果仅仅出版这两本书，里戈蒂仍将被誉为一流作家。在他接下来的写作生涯中发生的事，算不上多么成熟，并且与早期作品的风格迥然不同，却是一次有趣的关注点的转移：从专注于探讨现代化背后隐藏的秘密——一般是通过"每一个毫无特质的人"这样的角色来表达——转变到具体且唯一的，对于现代化工作场所的关注，这一点在他的长篇小说《我的工作尚未完成》中体现得尤为突出。将关注的目光从怪异小说转向现代社会的工作环境——透过格子间里泛滥的空虚，抵达更为恐怖与精妙，更为黑暗与滑稽的真相——不过是里戈蒂最初通过《死梦者之歌》和《阴郁的抄写员》所做的探索的自然延伸罢了。

我再次写下这些偏向存在主义的解读，并非指里戈蒂作品中的超自然元素本身不具有说服力、不恐怖、不宣泄情绪。这一切他的小说中都不缺，而且对于别的作家来说，也许它们正是作品的魅力所在，且大多数读者认为这就已经足够了。但里戈蒂的作品之所以在我们的脑海中挥之不去，他的作品之所以与二十及二十一世纪如此密切相关，便在于他的文字之下有着丰厚的底蕴。也许你是第一次遇到里戈蒂的小说，也许你已将它反复品读，无论如何，我都羡慕你能有机会读到我们最伟大的黑暗想象力之一的作品。

杰夫·范德米尔

死梦者之歌

谨以此书

献给我的母亲，纪念我的父亲

夜游人之梦

欢 闹

　　在镇上一处宜人的所在——这镇子名叫诺尔盖特，是州监狱所在地——有一栋舒适的屋子，芒克医生正坐在屋里看晚报，年轻的妻子则悠闲地躺在旁边的沙发上，懒洋洋地翻一本色彩斑斓的时尚杂志。他们的女儿诺琳恩在楼上，上床睡觉时间已过，她兴许是睡了，兴许在偷看电视，那台电视机还是一周前她过生日时收到的礼物。如果是后者，那么坐在静悄悄的客厅里的父母对小姑娘的逾矩并未察觉。这户人家的左邻右舍全都这样静悄悄的，白天晚上都是如此。整个诺尔盖特都安静得不得了，因为这地方夜生活很贫乏。或许只有酒吧是个例外，监狱的惩教官们晚上总要去那儿喝一杯。医生的妻子在这一成不变的寂静中过日子，周围的大都市似乎远在数光年之外。但是到目前为止，莱斯莉从未对这种冷清的生活有所怨言。她知道，他们初来乍到，丈夫正一心扑在新工作上。不过，今晚的他似乎透出些许迹象，表明他对这份工作热情不再，细心的妻子近来对这种迹象早有觉察，只是今晚更明显而已。

　　"今天过得怎么样，戴维？"妻子问。她那炯炯有神的目光从杂志封面上方朝他望去，杂志封面上也有一双眼睛，目光灼灼地注视着他："晚餐时你一言不发。"

　　"就那样。"芒克医生答道，他没有将小镇的报纸放下来，也没有朝妻子看上一眼。

"表示你不想谈论这个话题，是吗？"

他把报纸往后折，露出上半身："你听出了这个意思？"

"没错，的确。你还好吗？"莱斯莉问。她把杂志往旁边的茶几上一放，一心一意地看着他。

"我感到疑虑重重。"他仿佛心不在焉地转着什么念头。莱斯莉想机会难得，正该和他谈一谈。

"有什么特别叫人起疑的事吗？"

"桩桩都是。"他答道。

"要不我去准备些喝的？"

"那就太谢谢了。"

莱斯莉走到客厅的另一边，从大橱柜里拿出几个瓶子和玻璃杯，又从厨房的一个棕色塑料桶里取出一些冰块。客厅依旧舒适而宁静，只是偶尔响起准备饮料的声响。窗帘全都拉上了，只有角落里的那一扇除外，那儿立着一尊阿弗洛狄忒女神的雕像。从那扇窗望出去是被街灯照亮的街道，街上空无一人，春天的树木生得枝繁叶茂，一弯月牙高悬在空中。

"给你。献给辛勤工作的宝贝一杯小饮料。"她将一个玻璃杯递给他。杯子的底座很粗，往上越是靠近杯沿的部分越细，只是这种变化极小，不易觉察。

"谢谢，我还真想喝点东西。"

"怎么了？是医院的问题？"

"别管它叫医院了。那是一座监狱，你很清楚。"

"好的，当然。"

"你不妨偶尔也说说监狱这个词。"

"好吧。那么，监狱的情况怎么样，亲爱的？上头对你的病人指手画脚？犯人捣乱？"赶在这场对话演变成争吵之前，莱斯莉及时反省了自己，她灌下一大口饮料，平静下来："抱歉刚才用那样讽刺的口气说话，戴维。"

"不，我活该。我不该把火往你身上撒。有些事你应该已经知道了，那是我无法对自己承认的事情。"

"到底是什么事呢？"莱斯莉循循善诱道。

"也许这不是个明智的决定。我是说，搬到这儿，以心理学家的身份扛起这份神圣的职责。"

丈夫的话中透露出深深的沮丧，比莱斯莉预料的程度要严重得多。但是不知道为什么，听了他的话，她却并不快活，虽然她原以为自己会快活。她似乎能听到搬家公司的车在家门口停下的声音，可是那声音不再像从前那样让她兴奋了。

"可是你说过，给城里人治疗神经症还不够，你要做些更有意义，更有挑战性的事？"

"我纯属自讨苦吃，费力不讨好。不论怎样努力，这份工作都不会有起色。现在我才明白。"

"真有那么糟吗？"莱斯莉问。自己竟然会怀疑情况的严重程度，这叫她感到难以置信。但这是件好事，她又有些庆幸，虽然她心中盼着尽快搬走——她曾经认为这很重要——但此刻更为牵挂的却是戴维的自尊。

"真有那么糟。第一次到监狱精神科见到其他医生的时候，我曾经发誓，绝不会像他们那样绝望和沮丧，我肯定会与他们有所不同。可我实在是高估了自己。今天又有个男护理员被两个犯人打了，抱歉，是'病人'。上星期挨打的是瓦尔德曼医生，所以诺琳恩生日那天我才那么烦躁。到现在为止我运气还好，他们不过朝我吐唾沫而已。哼，照我看，那些人就该窝在那种鬼地方烂掉。"

话音已落，但戴维觉得自己的话在空气中滞留不去，搅乱了房间里的平静。此刻之前，他们的家一直是远离监狱精神污染的避难所。位于小镇之外的监狱是一座庞大的建筑，它似乎有一种超自然的影响力，能够突破现实距离的限制。戴维感到那距离越变越小，临近监狱的街区已被监狱高墙投下的阴影笼罩其中。

"知道今天我为什么这么晚才回来吗？"他问妻子。

"不知道，为什么？"

"因为我跟一个到现在都还没名字的家伙聊了很久。"

"是不是你说过的那个，不肯说出自己的家乡和真名的人？"

"就是他。那儿有数不清的凶残的怪胎，他数其中最典型的。长得很好看，那家伙。简直漂亮极了。丧心病狂，又老奸巨猾。就是不肯说名字，因为这种小把戏，他被划定为不适合普通监狱的犯人，最后交到我们精神科手里。不过，在他自己看来，他有很多名字，至少超过一千个，可他从未屈尊当着别人的面提起过。很难想象他有个名字是什么感觉。我们也只能由着他，没名字就没名字吧。"

"你们管他叫'没名字'？"

"兴许该这么叫，但实际上并不是，我们没这么做。"

"那你们怎么称呼他呢？"

"嗯，我们管他叫某约翰，后来这个称呼传开了，人人都这么叫。直到现在，他们也没找到有关这家伙的官方文件，他像是从石头冒出来的一样。他的指纹与所有前科犯人的记录都不匹配。他是在一所小学前的停车场，在一辆偷来的车里被抓的。一位十分警惕的居民向警察报告，说他常在那一带出没，看起来很可疑。大概是因为那所学校曾经发生过几起失踪案，所以大家都很警惕吧。警察看见他又带着一名受害者上了他的车，当场实施了抓捕。但是他所说的版本与此有些不同。他说早就很清楚有警察在守株待兔，并且预料到，甚至是希望，自己被逮捕、定罪，最后被关进大狱。"

"为什么？"

"为什么？谁知道呢。叫一个精神病患者解释他的想法，只会把我们搅得越来越糊涂。而且某约翰这人本身就一团糟。"

"这又是什么意思呢？"莱斯莉问。她的丈夫笑了，但是又飞快地收起了笑容，然后他沉默了一会儿，似乎在脑海里搜索合适的字眼。

"这样吧，我把今天和他谈话的情景描述一下。我问他是否知道自己为什么待在监狱里。

"'因为欢闹。'他说。

"'这个词是什么意思？'我问。

"他回答说：'意思，意思，意思。你是一个意思狂，你就是这样。'

"不知道为什么，那种孩子式的无理取闹让我觉得他在模仿他的受害者。我早就受够了，但仍旧愚蠢地继续这场谈话。

"'你知道为什么自己不能离开这儿吗？'我平静地换了个问题，只是把第一个问题稍作改变而已。

"'谁说我不能？我想走就走，但是我还不想走。'

"'为什么不想？'我很自然地接着问。

"'我来这儿，'他说，'因为我觉得该放个假了。我那样欢闹有点太累了。我想进来与大伙儿在一起。气氛多活跃，真叫人期待。什么时候我才能和他们在一起？究竟什么时候呢？'

"听听他说的，你信吗？可要是真与普通犯人关在一起，他就惨了。倒不是说他不该被犯人虐待。大部分犯人都看不上他这种人，他们觉得自己不过是持枪闯进花园里抢个劫，或是杀个人什么的，他的罪才是奇耻大辱。人人都需要一点儿优越感，如果把他和普通犯人关在一起，叫他们知道他为什么被关起来，结果根本无法收拾。"

"这么说，他得在精神科一直待到刑期结束？"莱斯莉问。

"他可不这么想。赖在安保最严密的监狱里是他的假期安排，还记得吗？他认为只要自己想走，随时都可以。"

"他真的可以吗？"莱斯莉的声音里一点儿玩笑的成分都没有。搬进这座监狱小镇后，她就一直为此担惊受怕——自家后院不远处，有一伙恶魔策划着怎样翻墙逃跑，而那堵墙在她的想象中与纸一般不堪一击。她反对丈夫接下这份工作的主要理由，正是因为这里的环境实在不适合孩子成长。

"我告诉过你，莱斯莉，成功从那所监狱越狱的案例寥寥无几。就算真的有犯人翻过围墙，他首先想到的肯定是如何自我保全，这是一种本能。所以他会努力远离这个小镇，如果真有犯人越狱，这儿反而是最安全的地方。不论如何，大部分越狱的犯人跑出来几个小时之内就会被抓回去。"

"像某约翰这样的犯人呢？他会有'自我保全的本能'吗？或者他只是跑出来，在附近闲逛，然后顺手干点儿想干的事？"

"他那样的人不会和普通犯人似的逃跑。他们只会在墙上蹦一蹦，但是不会翻过去。你明白我的意思吗？"

莱斯莉说她懂了，但是恐惧的阴云一点儿也没有散去。这恐惧源于她想象中的一个小镇，小镇上有一所她想象中的监狱，只要与那里面可怕的犯人沾上一点儿关系，什么事都可能发生。她讨厌疑神疑鬼，不希望自己在不知不觉中染上这个毛病。虽然戴维对于监狱的安全性有一套完整的说辞，但他看上去还是非常不安。他一动不动地坐在那儿，将饮料放在膝盖之间，似乎在聆听着什么。

"怎么了，戴维？"莱斯莉问。

"我觉得我听到了……一个声音。"

"什么声音？"

"说不清楚。像是从远处传来的噪音。"

他站起来朝四周环顾，似乎要查看那声音是否在周遭的宁静中留下了什么线索，能够透露真相。兴许是某个地方有一架油迹斑斑的索尼打印机在工作。

"我去看一眼诺琳恩。"他把玻璃杯放在椅子旁的桌上，穿过起居室，登上三段台阶，来到二楼。他探头朝女儿的房间里看去，只见她小小的身影正舒坦地躺在床上，不过怀里还搂着一个毛绒娃娃，看形状像是小鹿斑比。虽然已经过了做这种事的年龄，但诺琳恩仍不时抱着没有生命的伙伴共眠。不过，作为心理学家父亲很是谨慎，不去拷问她寻求这种孩子气的安慰的权利。这是个温暖的春日夜晚，诺琳恩的窗户半开着，芒克医生走过去，将窗户完全放下来，离开了房间。

回到客厅后，他报告了好消息，说诺琳恩睡得正香，一切正常。莱斯莉以一种略带庆祝意味的放松姿态，为两人又调了两杯饮料，然后说：

"戴维，你说你和那个某约翰聊了'很久'。别怪我八卦，可我想知道，你成功地让他说出有用的信息了吗？任何一点，有吗？"

"哦，当然有。"芒克医生一边在嘴里滚动着一个冰块，一边回答。他的语气显然放松了些。

"甚至可以说，他把关于自己的一切都告诉我了，但全都是废话——疯子的胡扯。我像闲聊似的问他是从哪儿来的。

"'乌有地。'他像个疯疯癫癫的傻瓜似的答道。

"'乌有地？'我追问。

"'没错，非常准确，医生先生。我不是那种装腔作势的无耻小人，装作来自某种高端大气的地理区域。地——理。这个词很有趣。我喜欢你们所有的语言。'

"'你是在哪儿出生的呢？'我换了一种高明的方式，把同一个问题又问了一遍。

"'哪一次出生，你是指？'他反问我。就是这样，这种对话我可以说上——"

"我得说，你学某约翰学得还真像。"

"谢谢，但只能模仿几句而已。他的声音和口音非常多变，而且口齿不清，学起来不容易。我估计他有多重人格症之类的病。说不准。我得把对话的录音多听上几遍，也许能听出这一类病症。要是把录音交给警察，没准能搞清楚这家伙到底是谁。可惜的是，现在问他真正的名字，也不过是例行公事而已，属于细枝末节的问题。受害者已经死了，而且死得很惨，这才是最重要的。当然，他曾经也是个小男孩，是别人的心肝宝贝，但我没办法，没办法继续装作关心他人生经历中的任何细节——他出生证明上填的名字，在哪里长大，怎么会变成今天这样。我不欣赏什么病态美学。研究精神疾病却无法获得任何进展，这可不是我的抱负。所以，我为什么要浪费时间，拼了命去帮助像某约翰那样的人呢？从心理学的角度来说，他和我们根本生活在不同的世界里。从前，我认为对于罪犯来说康复治疗比单纯的惩罚更有效。但是那些人，那些玩意儿不过是黏在这个世界上的污渍，让他们去死吧。照我说，把他们全部埋在地里当肥料才好。"医生把杯子里的饮料一饮而尽，只剩下冰块叮当作响。

"还想来一杯吗？"莱斯莉的声音里带着一种安慰的医疗腔。

戴维笑起来，经过这番滔滔不绝的抱怨，心中的愤懑得到了一些发泄："我们喝个一醉方休，只管寻欢作乐，怎么样？"

莱斯莉拿起丈夫的杯子，重新装满饮料。终于有理由庆祝了，她想。现在，戴维放弃这份工作不是因为挫败感，而是因为愤怒，说到底是因为冷漠。一切都将恢复原样。他们会离开这个监狱所在的小镇，搬回过去的家中。实际上，他们可以想搬到哪儿就搬到哪儿，兴许可以先度上一个长假，带诺琳恩到一个阳光明媚的地方去散散心。莱斯莉一边畅想，一边在安静而漂亮的房间里调制两杯新的饮料。这种安静不再透着沉默的凝滞，更像是好日子即将到来的美好而平静的前奏。关于未来的朦胧的快乐伴着酒精一同在她体内燃烧起来，她禁不住满怀憧憬。也许可以再生一个孩子，给诺琳恩生个小弟弟或小妹妹。但这可以先缓一缓……来日方长，未来有无尽的可能，仿佛有一位仁慈的精灵已经准备就绪，只需要他们许下愿望，所有梦想都会成真。

在将饮料端回客厅之前，莱斯莉到厨房去了一趟。她有样东西要送给丈夫，眼下看上去时机正好。那个小玩意儿是一件礼物，为的是让戴维知道，虽然事实已经证明这儿的工作不过是无谓地消耗他珍贵的付出，但她还是以自己的方式支持着他。莱斯莉双手各拿着一杯饮料，从厨房里拿出来的小盒子夹在左胳膊肘下。

"那是什么？"戴维一边拿起自己的杯子一边问。

"只是件小玩意儿，你不是爱好艺术嘛。我从那家小店里买的，专卖犯人在那座监狱里做的东西。其中有一些质量还不错——腰带、珠宝、烟灰缸什么的。你应该知道。"

"我知道,"戴维说,他的语气与莱斯莉的热情相去甚远,"我不认为有谁真的会买那种东西。"

"好吧,我就买了。我想着,也许能够帮助那些犯人。他们做了些真正有创意的事,而不是……呃,而不是搞破坏。"

"有创意的人不见得都是善良的人,莱斯莉。"戴维提醒妻子。

"你先看看这东西,然后再评价吧。"她说着将盒盖打开来,"瞧——这件作品不错吧?"她把那东西放在茶几上。

芒克医生仿佛突然从醉酒中清醒过来一般正襟危坐起来。他盯着那玩意儿。他自然是见过它的,他看着它被那双创意十足的手精心地塑造和把玩,最后开始犯恶心,再也看不下去了。这件作品是一个小男孩的头,先用灰色黏土塑形,再涂上蓝色的釉彩,看上去很可爱。整件作品散发着一种强烈而非凡的美感,男孩的脸表现出狂喜之下的平静,目光如幻想者一般单纯却又令人费解。

"说说吧,你觉得怎么样?"莱斯莉问。

戴维看着妻子,郑重地说:"请把它放到盒子里去,然后扔掉。"

"扔掉?为什么?"

"为什么?因为我知道是哪个犯人做了这件产品。他为此深感自豪,我甚至不得不违心地夸赞他手艺高超。可是后来,他告诉了我这件雕塑的原型。大约六个月前,人们在一片野地里找到那男孩的尸体,那时候,他的脸上并没有这蓝天般平静的神情。"

"别说了,戴维。"莱斯莉说。她知道丈夫接下来要透露的是什么,所以提前拒绝了。

"这是他最近的作品——也是他觉得最有意义的——'欢闹'。"

"哦,我的天。"莱斯莉呻吟着用右手捂住了额头。然后,她用双手轻轻将那蓝色的男孩放回盒子里。"我会把它退回店里去。"她小声说。

"要尽快，莱斯莉。我不确定还会在这儿住多久。"

接下来是一段闷闷不乐的沉默。莱斯莉为终于能够公开谈论搬离诺尔盖特，为逃离这里而短暂地高兴了一阵，然后问："戴维，他真的谈起过自己做的东西吗？我的意思是——"

"我知道你的意思。是的，他谈过。"芒克医生用专业而郑重其事的口吻回答道。

"可怜的戴维。"莱斯莉说。实现心愿指日可待，现在已不需要任何小伎俩，她也真心同情起丈夫来。

"实际上，说来也怪，倒没那么痛苦。从临床意义上来说，我和他的这次对话甚至算得上很有趣。他发挥十分丰富的想象力来描述自己的'欢闹'，的确很吸引人。这盒子里的东西具有一种怪异的美感，同时也让人不安，他谈起那些可怜的孩子们使用的言辞也给人类似的感觉。有时候我甚至忍不住被吸引，只是我用心理学家的漠然掩盖了自己的真实感受。有时候，我们不得不与自我和事实保持一段距离，哪怕这样做显得有些不近人情。

"总而言之，他描述的画面并不像你以为的那样叫人憎恶。他描述'那次难以忘怀的欢闹时'，带有强烈的惊奇感和怀旧感，真的叫我大吃一惊。他似乎怀有一种乡愁，虽然他的'家乡'不过是存在于腐朽大脑中摇摇欲坠的废墟。很显然，因为精神错乱，他在脑子里有板有眼地构建了一片残暴的乐土。他有上千个名字，好像显得很疯狂，很自大，可实际上，他把自己当成那个世界的一个小角色——那个王国里到处是神奇和恐怖的事情，他不过是其中一名小角色而已。如果对想象力不加限制，可以任意想象自己的角色，大部分精神病患者都会幻想自己无所不能。与他们相比，某约翰可不一样，他的谦虚显得格外有趣。与他们相比，他这个恶魔比较普通，也比较懒惰，来自乌有地，那地方就是由叫人头晕目眩的错乱构成，他在那样的状态中贪婪而茁壮地成长。要描述一个疯子幻想中的宇宙那玄奥的秩序，这么说再合适不过了。

"实际上，从他的描述来看，他心中的梦想国度存在一些相当诗意的地方。在他看来，那个世界由歪斜的房子和邋遢的小巷组成，是群星之间的贫民窟。他可能是在一个破败的街区长大的，所以把自己的成长经历进行了扭曲，也就是说，他想要将童年的痛苦记忆重组为一个王国，将现实中一条破败的街道与想象中的奇妙世界进行糅合，就像把天堂和地狱合二为一，制造一个幻象。那就是他和他所谓令他'肃然起敬'的同伴们欢闹的地方。受害者可能被他带到一座废弃的建筑里，甚至可能是一条下水道。我这么说，是因为他不断地提到'遍布垃圾的欢乐的河流'，还有'阴影中凹凸不平的块垒'，它们可能对应着现实中的垃圾场。这些肮脏偏僻的地方被他的脑子粉饰成一个游乐场，充满诡异的奇迹。他还有一部分记忆，就不是那么容易看透了，比如一条被月光照亮的走廊，两侧排列着会尖叫和大笑的镜子，还有蠢蠢欲动的黑色山峰，或者一段以奇怪的方式'断开'的楼梯——这倒是挺符合破落贫民窟的风格。他总是在脑子里把各种自相矛盾的事物杂糅在一起，把各种衰败的场所和闪闪发光的圣殿组合在一起，就像自我催眠——"芒克医生突然认识到自己的语气中不知不觉透露出欣赏之情，他赶紧住了口，中断了这段讲述。

"尽管想象的世界那样梦幻离奇，可是从现实中的证据来看，他犯下的罪行仍然是我们熟悉的，普通的那种。可以说是中规中

矩的暴行吧。但是他不肯承认自己的行为是普通的。他说，只是
为了愚钝的大众着想，才故意让证据显得很普通，他说自己所称
的'欢闹'，指的是与他犯下的罪行迥然不同，甚至是截然相反
的举动。这个词可能与他过去的经历有些隐秘的联系。"

芒克医生停住话头，摇晃着空杯子里的冰块。他说话的当
儿，莱斯莉似乎已经不知不觉地陷入了沉思。她点燃一支香烟，
斜倚着沙发扶手，双腿高高地搭在沙发垫上，膝盖正指着丈夫的
方向。

"你真该把烟戒了。"他说。

莱斯莉像个受到温和指责的孩子一样垂下眼帘："我答应，只
要搬家——我就戒烟。成交吗？"

"成交，"戴维说，"我还有一个建议。首先，我要告诉你，
我已经下定决心要提出辞职。"

"是不是太快了一点？"莱斯莉问，她心中的答案是"不快"。

"相信我，没有人会惊讶，也不会有任何人在意，我认为。
这么说吧，我的建议是，明天我们就带诺琳恩离开，在北边租个
房子，住上一段时间。我们可以去骑马。还记得她去年夏天有多
爱骑马吗？怎么样？"

"听起来不错，"莱斯莉感到蠢蠢欲动，她表示赞同，"好极
了，说实在的。"

"然后，在回去的路上，我们可以把诺琳恩留在你父母家。
她在那儿待上一段时间，直到我们把所有搬家的事处理好，比如
临时找一套公寓。让她在你父母那儿住一星期左右，他们应该不
会介意吧？"

"不会，当然不会，他们会愿意的。只是为什么这么急？你
知道的，诺琳恩还要上学。我们是不是等到她办完学校的手续再

搬？只要等一个月左右就行了。"

戴维沉默地坐了半晌，明显是在梳理内心的想法。

"出什么事了？"莱斯莉问。她的声音微微地颤抖，显得很焦急。

"没什么，什么事都没有。只是——"

"只是什么？"

"呃，和监狱的事有关。我知道，我曾经洋洋自得地对你保证说这地方有多安全，现在我还是认为我们是安全的。但是我刚才提到的这个某约翰很古怪，我想你也听出来了。他是个不折不扣的神经病，专杀孩子……只能这么说。真不知该怎样才能让你明白。"

莱斯莉用质问的眼神看着丈夫："我记得你说过，像他那样的犯人只会在墙上蹦一蹦，不会——"

"没错，一般情况下他就是那种人。但有时候……"

"你到底想说什么，戴维？"莱斯莉已经被丈夫那欲盖弥彰的不安感染了。

"今天和他谈话时，他说到一些事。说得不是那么明白。但是，如果在我们把自己的事完全处理好之前，让诺琳恩和你父母待在一起，我会感到踏实得多。"

莱斯莉又点燃一根香烟："告诉我，他说了什么叫你这么烦恼，"她坚定地问，"我也应该知道。"

"我要是说了，你可能会觉得我有些神经过敏。不过，你没有跟他说过话，而我说过。他说话的调调，更确切地说，是他各种各样的怪癖，还有那张瘦脸上变化多端的表情。在和他交谈的过程中，我总有一种感觉，感觉他似乎在背着我玩什么把戏。当然了，我很清楚，只是看上去而已。惹恼医生不过是精神病人常用的战术罢了，这能让他们感到自己很强大。”

“告诉我他说了什么。”莱斯莉坚持道。

“行，我会告诉你。不过，我还是认为自己过度解读，这是个错误。是这么回事，今天的会面快要结束的时候，我们正好谈到那些孩子，他说了一些话，叫我很不舒服。说那些话的时候，他用了一种很有感染力的口音，苏格兰口音，掺着德国腔。把他的话一字不差地重复一遍，就是：‘你家不会就有一个行为不端的小男孩，或没有一个小姑娘¹吧？不会吧，芒克教授？’说完后他就默默地冲着我笑。

“现在我很确定，他是在故意激怒我。没有别的意思。”

“但是他为什么那么说，戴维：‘或没有一个小姑娘’？”

“当然，从语法上来说，他应该说‘或’，不是‘或没有’，但是我很确定，这只不过证明他的语法很糟糕而已，没有别的。”

“你没有对他提过任何关于诺琳恩的事，对吗？”

“当然没有。我怎么可能对那些人谈起她呢。”

“那他为什么这么说？”

“我不知道。他有一种非常古怪的聪明劲儿，总是提出一些模棱两可的建议，开一些似乎有弦外之音的玩笑。也许是从别的工作人员那儿听到过我的事吧，我估计是。这应该只是一个纯粹的巧合。”他看着妻子，等待她的反应。

“也许你说得对，”莱斯莉急于要相信这个结论，心中却又充满矛盾，“不过，我倒是明白，为什么你希望诺琳恩和我父母待在一起。倒不是说会有什么意外——”

———————

1　原文此处为法语 colleen，即“小姑娘”的意思，与故事中医生的女儿诺琳恩（Norleen）的拼写比较相似。

"不会有任何意外，完全没有理由认为会发生意外。毫无疑问，这是一个医生反被病人搅得心神不宁的典型案例。不过，我现在不担心了。不论多么明智的人，在那种乌烟瘴气、人身安全都得不到保障的地方待久了，也会疑神疑鬼的。杀人犯、强奸犯，全都是人渣中的人渣。既要在那种环境里工作，又要过正常的家庭生活，那是不可能的。你也看见我在诺琳恩生日那天的表现了。"

"我知道。这儿不适合孩子成长。"

戴维缓缓地点了点头。"我刚才去看她的时候，我感觉到，有些说不清，似乎有一种无力的感觉。她还抱着一个填充玩具当安慰毯呢。"他啜了一口饮料，"那好像是个新的。你今天出去购物的时候买的吗？"

莱斯莉茫然地盯着他："我只买了那个，"她指着茶几上放的那个盒子，"你说'新的'是什么意思？"

"那个斑比的抱枕。也许她从前就有，只是我没注意到。"他说，有些想把这个问题敷衍过去。

"好吧，如果她从前就有，那也不是我给她的。"莱斯莉说得相当肯定。

"也不是我。"

"我记得帮她铺床的时候没见那东西。"莱斯莉说。

"可是我去看的时候，她正抱着它，当时我听到……"

戴维停了下来。瞧他的脸色，似乎有成千上万个念头倏忽从脑海里掠过，似乎他陷入了某种癫狂之中，正调动所有脑细胞在搜寻什么。

"有什么不对劲吗，戴维？"莱斯莉小声问道。

"我不确定。好像明白了什么，却又什么都不明白。"

可是，芒克医生渐渐明白了。他用左手手掌捂住后脖颈，脖子上感到一阵暖意。是不是有一股穿堂风从这所房子的某个角落吹了过来？他们家不该有穿堂风的，这可不是那种满墙烂窟窿，冷风能够从腐朽的楼板和变形的窗框透进来的破败小屋。可是真的有风，同时他还听到它在屋外呼啸。透过阿弗洛狄忒女神雕塑后的那扇窗户，还能看到树枝在颤动不已。女神摆出慵懒的姿势，毫无瑕疵的头向后靠，盲眼凝视着天花板和天花板之上的地方。天花板之上？在风儿空洞的呼啸之上，那寒冷而死寂的所在？风又是从哪儿吹进来的呢？

天哪！

"戴维，你感觉到风了吗？"他的妻子问。

"是的。"他回答，似乎刚刚想起某个令人警醒的念头。"是的，"他重复了一遍，从椅子上起身，穿过起居室，快步走到楼梯口，然后加快脚步，大跨步跃上了三段台阶，跑到二楼。"诺琳恩，诺琳恩。"他念念有词地走到女儿卧室半开的门前。他能感到一阵微风从里面往外吹。

他明白却又不明白。

他摸索着找到了灯的开关。为了与孩子的身高相匹配，开关装得很低。他打开灯。孩子不见了。门对面的窗户大敞着，半透明的白窗帘被灌进来的风吹得直往上拍。床上只有一个抱枕，被撕碎了，柔软的填充物扔在床垫上，现在里面塞着一团皱巴巴的纸，像一朵绽放的花儿。芒克医生在那团反复折叠过的纸上看到监狱信纸的一部分信头。但是这张纸条上的字迹与打印的公文不同，不是那种整齐的斜体字，而是孩童般歪歪扭扭的字体。他绝望地瞪着那些字，仿佛过了无穷无尽的时间，一直无法理解它们表达的含义。最后，字里行间的含义沉入了他的心里。

蒙克医生[1]，玩具肚子里的纸条上写着，我们将它留给你那双能力非凡的手，因为在天堂那翻着黑色泡沫的阴沟和后巷里，在星际地窖那潮湿的，没有窗户的黑暗中，在下水道一般的大海里发现的珍贵的空螺壳中，在疯狂的没有星星的城市里，还有它们的贫民窟里……我已经带着那叫我肃然起敬的小鹿去欢闹了。再会。某乔纳森。

"戴维？"从楼梯的底端传来了妻子询问的声音，"一切都好吗？"

紧接着，这所漂亮的房子失去了往日的宁静，因为里面响起一阵响亮而尖锐的，森寒刺骨的笑声。这笑声用以伴随一个隐匿地狱中一桩轶事的转瞬即逝，真是再完美不过了。

1　此处为精神病患者对医生名字的错误拼写。

繁　花

4 月 17 日

一大早，花儿就送出去了。

5 月 1 日

今天——我本以为这种事再也不会发生了——我遇到一个人，我认为值得寄予厚望的人。她叫黛西。她在一家花店工作！也许应该补充一点，是我去买花哀悼克莱尔的那家花店。对于别人而言，克莱尔仍旧下落不明。起初，当我询问哪种花儿的花语比较欢快，适宜用来纪念所爱之人时，黛西还是礼貌而矜持的。不过，我很快就改变了她这种淡漠的态度。我用羞涩而友好的语气，进一步询问，在店里其他的花儿当中哪些是没有悲伤的寓意的。她兴致勃勃地向我介绍了店里那些五颜六色的存货。我承认自己对这一类用来买卖的植物一无所知，对她在工作上的热情给予高度评价，希望至少这样能激发起她的一些活力。"哦，我很喜欢与花卉有关的工作，"她说，"它们太有意思了。"然后她问我是否知道，有些植物开的花儿只会在夜晚绽放，还有一种紫罗兰只会在黑暗中独自开花。我的心中有些念头和感觉开始蠢蠢欲动。虽然我早已觉察到她是个有着特别的想象力的姑娘，但这时才第一次感受到她的想象力到底有多么独特。我断定，她值得进一步挖掘和了解，这次应该不会像从前那样浪费心力。"那些花儿的确是很有趣，"我带着娇弱而温暖的微笑说道。我故意停顿片刻，然后说出了自己的名字，她也告诉了我她的名字。"你想买哪种花呢？"她问。我煞有介事地说，要买一些花儿献到过世的祖母墓前。在离开花店前，我告诉黛西，过些日子我可能还需要买花，还会再来。她没有显出丝毫不快的意思。我把那些植物抱在怀里，哼着歌离开了花店，然后直接去了教堂的花园公墓。我费了好一会儿工夫，真诚地寻找一个墓碑，想着兴许上面碰巧写着我那失去的爱人的名字。我认为她至少值得这束花儿。不过，照眼下的情况看，这束悼念的花儿只能送给一个叫做克拉伦斯的人。

5 月 16 日

黛——如今我已经能叫她的昵称了——第一次拜访我的公寓，而且爱上了这里古朴的装潢。"我钟爱那些保存完好的老地方。"她说。依我看，她说得没错。我觉得她就该这样。她表示如果添上几盆植物，就能为我那古色古香的房间锦上添花。很显然，她对于单身汉的住处没有来自大自然的装饰物这件事很敏感。"夜晚开放的仙人掌吗？"我问道，为了不露出破绽，我努力不让自己的话中透出太多弦外之意。她绽放出一个温和的微笑，但我认为，当时的我很难做到对那件事守口如瓶。哪怕是现在，在这本剪贴簿里，我也是用了很多隐晦的字眼，才没有在字里行间将它透露出来的。

黛在我的公寓里四处转悠。我看着她，就像看着某种珍奇的动物——兴许是一头线条优美的豹猫。这时我突然意识到自己太过大意，忽略了一样东西。她正在端详那东西。它放在一扇高窗前的一个矮桌上，矮桌掩映在宽大的窗帘当中。那一刻我觉得它格外显眼。眼下我们的关系刚有起色，我还不打算让她见到这样的东西。"这是什么？"她问，语气介于纯粹的震惊与又震惊又好奇之间。"只是一尊雕塑。我告诉过你的，我做这类作品。这件做得不好，线条有些模糊。"她凑过去仔细端详那东西。"当心。"我提醒她。她轻轻"哎哟"了一声。"你本来想雕一盆仙人掌是吗？"她问。有那么一会儿，她看上去对那件造型含混的艺术品有了些真正的兴趣。"有些小牙齿，"她描述着自己的观察，"在这些大舌头一样的东西上面。"它们还真挺像舌头的，我怎么从未想到过。仔细一想，这是一个相当有创意的比喻。我希望她的想象力找到肥沃的土地，茁壮成长，可她却表现出一种死气沉沉的憎恶。"与其说是植物，或者说植物的雕塑什么的，你还不如说是动物，更可能蒙混过关。它还有光滑的毛，好像随时会爬走似的。"在那一瞬间，我真恨不得自己四脚着地爬开才好。我问她以一个准植物学家的学识来看，是否根本不存在与鸟儿或任何其他动物相似的植物。这只是我虚弱的挣扎罢了，我想让这件作品与任何非自然的指控撇清关系。有时候，我们不得不假借别人的眼睛冷漠地看待自身，那感觉真是古怪。我调了几杯饮料，我们又做了些其他的事。我放了音乐。

　　不过，没过多久，那平淡的音乐便被一个不祥的噪音打断了。那位警探（叫布赖斯伯格，好像是）登门，想要再把我审上一回：克莱尔的案子。还好，我设法一直把他和他的问题堵在了门口。我们把之前的对话回顾了一遍，我再次重申，克莱尔只是我工作上的同事，我对她一直保持同事之间的友好态度。其他一些同事似乎怀疑我和她之间有什么暧昧。"办公室的流言蜚语。"我反驳道。我了解她这种女孩，在某些事情上她知道如何保守秘密，虽然在另外一些事情上她可能不算可靠。我说，抱歉，我对她的行踪一无所知。不过我的确心怀叵测地暗示道，如果她出于某种神经质的绝望，冲动之下飞到某个向往之地去安了家，我也不会感到惊讶。克莱尔那阴暗而喜怒无常的内心世界原本叫我充满期盼，后来我却绝望地发现，在那其中还存在着一个叫人失望的梦想之地，里面尽是白色的尖木栅栏和印着花朵的窗帘。不，我没有把那件事告诉警探，不过我提供了一个消息，希望能进一步满足他：办公室的同事都知道，克莱尔在失踪前的七到十天左右，已经开始和另一个男人约会了（事实上，这是我个人对她背叛时间的估计）。那么警探为什么偏要来打搅我呢？我知道了，原因在于：警探告诉我，他收到通知，说我加入了一个离经叛道的组织。我答道：在严肃的哲学研究领域，没有任何事是离经叛道的。而且，他应该很清楚，我是搞艺术的，众所周知，艺术家都有一种秉性，就是对这种事情有着与生俱来的兴趣。我想这样的解释他应该能懂。他真的懂了。他全盘接受了我的供述，然后离开了。他表现出不再对我持有任何怀疑的样子，但表现得过于明显，所以很显然，他只是想让我形成虚假的安全感，好叫我被他那蹩脚的表演诱惑，不知不觉招供罢了。"你们在聊你工作的地方失踪的那个女孩吗？"黛西后来问我。我只是嗯了两声作为回应。我怀着不祥的预感沉默了片刻，心中期待她将把这种沉默归结于我内心对办公室那个怪女孩的哀怜，而非归咎于我们共处的这个不完美的夜晚。"我还是走吧。"她说完便离开了。无论如何，这次约会已然被毁。被她抛在家中的我，独自狂饮了一种烈酒，它带有一种如田野中盛开的花朵一般的芳香——似乎是这种香气——又趁这个机会重新读了一个故事，讲的是几个男人拜访一个荒废的极地乐园。这个位于北极的神奇之地已经叫我心醉神迷了，所以今晚我并不期望做梦。天堂的兄弟情真是不寻常！

9 月 21 日

黛光临了凉爽整洁的 G. R. 格拉西公司办公室——也就是我工作的那家广告公司——与我共进午餐。我带她参观了我的格子间，并引着她看我近来做的商业艺术项目。"哦，真是可爱。"她说。我正指着一幅画给她看，画上是一位仙女，洗净的头发上戴着花朵。"真美啊。"那句"真美"几乎把我这一天的心情都搞砸了。我让她凑近去看那位神仙人物发卷当中的花儿。不细看的话，很难发现其中一根花茎是从这东西的脑袋里长出来，或者说，长进去的。黛似乎并不欣赏我这件作品的独具匠心。我想我们正前进在"离经叛道"的道路上。（那该死的布赖斯伯格！）也许该等度假回来后，再把藏在家里的那幅画作拿给她看。我希望她能做好准备。至少做好度假的准备。黛终于找到人帮她照顾猫。

10 月 10 日

再见了日记本，等我回来，再见。

11 月 1 日

冥思苦想一段时间后，我决定将与黛在旅居过程中发生的一些事情简单记录下来。接下来讲述的这些事是让我们的关系走入了僵局，还是有了转机，我也说不好。也许期间有一些关键时刻，只是我未能觉察。我至今仍旧感到茫然。我与克莱尔来过这里。我也曾希望与黛在这段逃离现实的经历中能够达到开诚布公的效果，或是接近这种效果，我希望这个过程不会充满疑虑。不过，我还是觉得这段经历值得记录下来。

午夜的夏威夷天堂。实际上，我们只是在旅馆的阳台上凝视

着美丽的海滩。黛喝了几杯泡沫上漂浮着花朵的酒，略有些醉
意。我和她情形相仿。一阵令人陶醉的沉默过去了，其中夹杂着
黛偶尔的叹息声。黑暗中，我们看不见的翅膀在扑扇，抽打着温
暖的空气。我们凝神细听黑色兰花生长的声音，虽然这儿并没
有兰花。（"嗯。"黛叹息了一声。）是时候冲动一次了。我蠢蠢
欲动，却不知是否应该往后拖一拖。"闻到神秘仙人掌的气息了
吗？"我问。我用一只手揽住她的肩膀，另一只手朝着远处的丛
林用力划过一个水平的圆弧。"你闻到了吗？"我催眠似的重复
道。"闻到了。"勇敢的黛说。"我们能找到它们吗，黛，能看着
它们在月光下开放吗？""可以，我们可以。"她神志恍惚，喃喃
地说道。我们可以。突然间，深夜花园中，涂抹着月光的树叶开
始刮擦我们光滑的皮肤。黛停下脚步去触碰一朵花儿，橘黄色或
红色的花儿，闻起来却是馥郁的紫罗兰般的香味。我鼓励她踏着
铺满鲜花的泥土继续向前走。我们朝着梦中花园的深处坠落。越
来越快，越来越快，许多声音和气息从我们身旁掠过。我成功
了，成功地将我们与已知的世界彻底隔离，这比我想象中的还
要简单，可以说完全不费功夫。"黛，黛，"我呼喊道，"我们到
了。我从未带任何人来到这里，要向你隐瞒这一切是多么痛苦。
不，不要说话。看吧，尽管看吧。"与浪漫的伴侣携手共赴黑暗
天堂，使我感到阵阵狂喜。我多么渴望向她展示这个花团锦簇的
绚烂世界，多么渴望看到她带着陶醉的喜悦欣赏这一切。她就在
黑暗中，离我近在咫尺。我等待着，在自己的脑海中见到她一千
次，然后才真正凝视着真实的黛。我看着她。"星星怎么不对劲，
天空是怎么了？"她只说了这一句。她在颤抖。

　　早餐时，我旁敲侧击地问了问她对前一晚的印象和评价，可
是她宿醉未醒，对于经历的一切只保留了一些混乱的回忆。好

吧，至少她没有歇斯底里，就像我的旧爱克莱尔那样。

自打从夏威夷回来，我一直在创作一幅名为"密室黑暗"的画。虽然这样的画我已经画过无数次了，但这一幅中加入了一些能够搅起黛的记忆的元素，我期待着她能够领悟到一些事情，不仅是在岛上的那一晚，更是我一直试着向她传递的，所有那些或明或暗的信息。我只能祈祷她能看懂。

11 月 14 日

灾星！凡尘的紫菀才是黛的心头好，那些超凡脱俗的花朵却不是。她太热爱大自然的花卉，不再可能为其他事物癫狂。如今我才明白这一点。我给她看了那幅画，甚至想象着她激动万分的样子。可实际上，她不过是等着看我如何出丑罢了。她坐在沙发上，用一根食指紧张地挠着下唇。我站在她对面，将一块天鹅绒的罩布解开来。她的目光向上移，仿佛突然听到什么动静被吓了一跳似的。我自己对这幅画也不是特别满意，但这次的作品专为展示一种特别的美感。我盯着她的双眼，期待从中看到理解，那心领神会的洞见一定会在她眼中泛起涟漪。"怎么样？"我问。用上这个词，便等于宣告了厄运。她的眼神已将我想知道的答案完全透露，那样确凿无疑，让我不由得联想到另一个女孩。黛带着演戏般的专注盯着那幅画研究了一会儿，我心中不禁又升起几分侥幸。

这幅画到底描绘了怎样的光景？那是一个房间的内部，和我的公寓非常相像——一个栖身之所，装着一扇宽得不成比例的大窗户，看画者的目光便自然受到引导，朝窗外看去。窗外是一幅与地球自然截然不同的景象——也许是所有人类都会觉得怪异的景象。那是一个光灿夺目的王国，由许多斑斓的色彩和如同丛林般柔和的形状组成，是一个扭曲的彩虹和极光组成的世界。刺眼的炫光被小草的颜色调和，因此那些古怪的色调并未对画中世界色彩的完整性产生影响。在黑暗的天幕中闪动着一些星辰，它们的亮光仿佛来自光谱中那些最为诡异的色彩。窗外的世界在星光下发亮，也反射着每一个迷宫般的形体内部隐约散发的微光。窗户上有一个若有若无的人影，那孤独的身影凝视着窗外那个虚幻的天堂。

"不必说，画得很好，"黛评论道，"非常写实。"

一点也不，黛西，黛。不论是表现手法还是画中的素材，毫无写实之处。

我们就那样忐忑地沉默了一阵，然后黛告诉我，她有个约会，再不去就该迟到了。听她的意思，是和某个女性朋友约好做一些女孩们的事情——与自己同类型的女孩在一起时，喜欢做的事情。我说我明白，我的确明白。我毫不怀疑黛今晚约会的同伴的性别。但是出于另一个原因，她的离开叫我感到痛苦。她的一举一动和每一个表情中都透露出对我和我的个人生活的怀疑，我曾经见识过这种怀疑。她已经知道我参加的那种聚会和类似的事情。我甚至曾经向她解释，或简略转述在那些聚会上讨论的内容，自然，从不忘记遮掩它们的真实含义，虽然用以遮掩的伪装逐渐变得透明，因为我希望有一天能够让她看到赤裸裸的真相。可是，就像克莱尔一样，我过早地让黛知道太多关于我和同伴的实情。我担心她会把知道的内情讲给错误的人听。比如说，那位阴魂不散的警探布赖斯伯格。

11 月 16 日

今晚我们举行了一次紧急会议，商讨如何应对危机。其他人觉得有问题，我当然很清楚，他们的感觉不是空穴来风。自从找到新的爱人，我就感觉他们日渐不安，这是他们与生俱来的直觉。可是如今，一切都变了。我满脑子都是浪漫的念头，导致自己做出错误的判断，这一点已经确凿无疑。他们显得十分恐惧，恐惧一个外来者知道太多内情。我自己也察觉到了。黛如今跟我渐行渐远，我不知道这个健谈的女孩会怎样对别人说起从前的朋友，更不用说现在的朋友了。一个神奇的惊天秘密面临被暴露的危险。我们一向低调行事以求生存，但眼下随时可能被发现，随时可能失去打开那个神奇国度的钥匙。

　　我们曾经面对这样的情况。我不是唯一一个将我们的秘密置于危险境地的人。我们之间自然是没有秘密的。他们知道我的一切，我也对他们的一切了若指掌。他们知道我和黛西之间关系进展的每一步，有的伙伴甚至预测过结局。尽管我过去认为他们是错的，可现在必须承认，他们的预言成真了。那些孤单的灵魂，我的兄弟们！"你解决问题的时候，希望我们在旁观看吗？"他们频频问道。最后我还是答应了，尽管表态的方式看上去模棱两可，有些半推半就。

　　我不是第一次像这样下决心，但我还是再次告诉自己：再也不要沉溺于一段爱情之中。我久久凝视着那件毛茸茸的作品上那些锋利的牙齿，时间长到有些危险的地步。那可怜的女孩曾见过的，如舌头一般的花朵附生物沉默不语：当然，像这样保持缄默便是制作它们的全部目的。我还记得黛西曾经开玩笑似的问过我，创作时是以什么为原型。

11 月 17 日

　　与我共赴伊甸园，不再离开。
　　在一间屋檐弯弯的疯狂小屋住下来。
　　这是幸福的家园，这些夜晚你要当心；
　　把你的小猫放进来时，别忘了把灯打开！
　　有什么从后面匆忙跑过，找到一个舒适的地方发呆，
　　有东西从天堂寄给你，带着等待赦免的巨蛇：
　　舌头们开了花，跳出来，笑着，拍打着。消失再不来！

写这些东西是为了打发时间。只是打发时间而已。

11 月 17 日

　　中午 12 点，繁花。

爱丽丝的最后一次漫游

"普雷斯顿，别笑了。它们把整个院子都吃了。把你妈妈最喜爱的花儿也吃了！这一点不好玩，普雷斯顿。"

"啊呵呵呵呵，啊呵呵呵呵。"

——《普雷斯顿与饥饿的影子》

很久以前，普雷斯顿·佩恩下定决心，他要无视过去的岁月，永远停留在童年和青春期之间的某个年纪当中，超脱于这个世界，成为另一个"小世界"当中的一员。他不愿放弃咀嚼昆虫时的满足感（口感酥脆的苍蝇是他的最爱），不愿放弃只有孩童的大脑才能体会的沉醉——成人的理性一旦介入，那感觉就再也无法重现了。于是，普雷斯顿成功了，几十年过去了，他一直没有长大，甚至从未接近过青春期。在停滞的时间中，他随着性子，做了许许多多冒险的事，仿佛是故意挑衅一样。虽然我多年前便已辍笔不耕，但他依旧生活在我创作的那些故事里。

这个角色有原型吗？我必须承认是有的。仅靠有限的想象力，不可能凭空创造一个像普雷斯顿那样的角色。在很大的程度上，可以说他是现实生活中不同人物的混合体，然后被我写进故事里，变成畅销童书中的角色。不论是在现实中，还是想象的世界里，普雷斯顿的身份都对我有着莫大的吸引力。但是，在过去的一年中，这个问题引起了我特别的注意，而且往往夹着一些私人性质的愤怒，甚至是焦虑。不过话说回来，也许我越老越糊涂了。

我的年龄不是秘密，可以在许多文学参考资料中查到。二十多年前，当最后一本普雷斯顿的故事书问世时（《普雷斯顿与上下颠倒的脸》），一位书评家相当傲慢地评价我是一种特殊类型的儿童文学"该死的鼻祖"。到底是哪种"类型"呢？如果你不是读着普雷斯顿与死面具、饥饿的影子、孤独的镜子的历险记长大——或是长不大——所以不知道这些故事是什么类型，那么你可以想象一下。

还是个小女孩的时候，我就知道自己想当作家，而且很清楚自己想讲什么样的故事。用文学向即将步入青春期的孩子们讲述生活和爱，引领他们度过那些容易惹是生非，把一切事情搞砸的年月，帮助他们在成熟的彼岸安然着陆，这样的任务还是交给别人吧，那不是我的使命。相反，我要写的是一个爱搞恶作剧的小角色，原型来自于我孩童时代的一个真正的玩伴，他干下了桩桩件件顽劣的壮举，像传说一般在我出生和长大的小镇上传扬不休。一旦成为普雷斯顿·佩恩，这位往日的伙伴就能抛开肉身的束缚，在一个上下颠倒，内外倒错，带着几分邪恶，永远歪歪斜斜的宇宙中探索无穷的奥秘。普雷斯顿就是混乱的化身，他被人们称为"淘气冠军""冒险家"，他总是能从一切日常事物，比如雨水坑、生锈的镜子、月光照亮的窗户等等之中看到表面之下的存在，从而发明叫人大吃一惊的巫术，而目的常是为了刺激他永远的敌人：专横独断的成人世界。他用咒语带来花样翻新的噩梦，让成年对手们深陷于惊厥与无眠的夜晚。不是离经叛道之事的半吊子爱好者，而是它的化身。这就是普雷斯顿·佩恩的精神传记。

不过，说句公道话，我父亲起到的作用丝毫不亚于普雷斯顿的原型，是他为我提供了这些故事的灵感。简单来说，父亲虽然长着成人的躯壳，内在却流动着顽童的血液，身为福克斯堡大学哲学系副教授，他见多识广，脑子里却不停地冒出各种各样的奇思妙想。他的个性中有一点格外突出，就是钟爱刘易斯·卡罗尔的作品，这也是我名字的由来。当我渐渐长大，长到懂事的年纪，母亲告诉我，我还在她腹中孕育时，父亲曾许愿，希望我成为小爱丽丝。这话很像是他会说出来的。

有一天，父亲不知第多少次为我读《爱丽丝镜中奇遇》，他突然停下来，合上书，言之凿凿地告诉我，爱丽丝的故事中隐藏着所有人都不知道的意蕴，但是他知道，而且有一天会告诉我。我后来渐渐懂得，对父亲而言，爱丽丝的创造者是精神至上的象征，是不受约束的心灵，一个百分之百完美的人物，能够随心所欲地操纵现实，通过他人的头脑获得一种客观的力量。对父亲来说，我怀着同样的精神分享"大师"的书是非常重要的。

"看啊，宝贝，"他再次为我读《爱丽丝镜中奇遇》的时候会说，"看看小爱丽丝有多聪明，马上注意到镜子另一侧的房间不如她刚刚经过的那样'整洁'。不是那样整洁，"他像个老学究似的一再强调那个词，却像个孩子似的咯咯直笑，这种古怪的轻笑也遗传到了我身上，"不整洁。我们知道那意味着什么，对吗？"我会抬头看着他，然后用六岁、七岁和八岁的我能表现出的最庄重的态度点点头。

而且我懂得那意味着什么。我联想到成千上万种怪诞的景象——胡拼乱凑的器物，一条小路越过世界的边缘，无尽地朝太空延伸，一个交予新神灵掌管的宇宙。

父亲的想象力似乎没完没了。他眯缝着眼睛看着我圆鼓鼓的面庞说，"哦，瞧瞧她，光彩照人！"他叫我"小小的月亮脸"。

"你才是小小的月亮脸。"我调皮地回敬他。

"不，你才是。"他会说。

"我不是。"

"我也不是。"

我们会这样斗嘴，斗上好几个回合，最后爆发出一阵大笑。随着年岁渐长，我的性格逐渐有了棱角，在不知不觉中背离了当初父亲对他的小爱丽丝的企盼。他在大学讲课时突发脑溢血去世了。我想，他没有活到见到我屈从于时间蹂躏的年纪，倒是件好事，只是他离开得太过突然，让我心碎。所以，父亲从未有机会告诉我，他从爱丽丝的故事里读到的，而其他人都不知道的蕴意到底是什么。

也许他能觉察出我的成熟只是表象。从表面上看，我随波逐流地做了许多事，渐渐老去（神经衰弱、离婚、再婚、酗酒、寡居、极力忍受着平庸的现实），可这一切都是表面，父亲钟爱的那个爱丽丝一直在我内心深处，我从未将她摧毁。她一定保留了下来，是她写下了所有那些故事，讲述她的精神伴侣普雷斯顿的冒险，虽然现在已经辍笔多年，或者说我愿意这样想。哦，那些年。那些年。

关于过去，就说到这里吧。

眼下，我想讲述的是仅仅一年内发生的事，这一年即将结束于今天——从现在算起，还剩最后一小时。在这间书房里，对面那笼罩在阴影里的钟刚刚敲过晚上 11 点。我发现在过去的 365 天里，生活中出现了许多越来越古怪的事，这些事情有时很难叫人发觉。有人可能会说，这是缺乏条理的表现，也许部分该归咎于近来我重犯了酗酒的毛病。

在刚才提到的那些怪事中，有的是那么缥缈虚幻和琐碎，不值一提，只是给我留下一些如指印般的情绪，而我已经学会将这些情绪当作预言的迹象去解读。如果将主要的叙述内容限制在那些必须讲述的、令人不快的意外事件上，我的任务会变得轻松些，因为我比较容易讲得明白，也能够使用一些结构技巧。这是一次彻底的清理——简洁得像一根大头针，直截了当，确定无疑，就像眼前黄色纸页上的绿线一样。

首先我必须强调，今晚是一场不可撼动的盛大狂欢，普雷斯顿每年都会全心全意庆祝的节日，在《普雷斯顿与葫芦怪》这本书中他就大肆庆祝过（在我身后滴答作响的钟声中，这个假日几乎就要过去了。不过，那几根指针看上去似乎仍旧停留在我写前面几段文字的地方。也许我刚才是看花了眼）。每年的今天，我都会在当地郊区图书馆朗读一部自己的作品，作为万圣节一年一度的重头戏。今晚我也赶去为孩子们读书了，只是不敢肯定地说一切如常。去年我没能照常参加万圣节假面舞会，在我看来，长达一年的混乱就是从那时候开始的，只是从前的我只把它们当成寻常的偶发事件，没有放在心上。真抱歉，我感到自己有些语无伦次了。我在讲故事这件事上浸淫多年，很清楚用这个方法吸引读者的注意力颇为冒险。不过，我们还是继续说下去吧。

一年前的今天，我取消了在图书馆的阅读会，离开小镇，去参加一位旧日老友举行的葬礼。他不是别人，正是当年那个天赋异禀，英勇事迹被我改编为普雷斯顿·佩恩系列故事的精灵。不过，这次短途旅行只是一趟纯粹的怀旧之旅，实际上，自从十二岁的生日聚会之后，我就再也没有见过他。那之后不久，我的父亲去世了，母亲带着我搬离了位于马萨诸塞州北塞布的家（《童书作家的家乡》一书中有一张两层的旧木头楼房照片），搬到大城市，从此离开那个伤心地。一位当地的老师知道我写了书，也知道里面的故事源自北塞布，便寄给我一份《塞布前哨》报，上面刊登了这位从前的玩伴的讣告，甚至提到他间接获得的文学名誉。

我悄悄赶到镇上，随即被这个地方的一成不变吓了一跳。这么多年过去了，它仿佛一直静止在同一个画面中，只是因为我的到来才开始继续播放而已。我觉得自己随时可能偶遇旧日的邻居、学校的同学，甚至开冰激凌店的某某先生——那家店竟然还在营业，真叫我吃惊。透过车窗望出去，一个长着海象式胡须的大块头男人从一个硕大的纸筒里往外挖冰激凌，两个胖乎乎的孩子旁边等待着，肚子正压在柜台上。时光飞逝，可是那男人一点儿也没变。他抬起头，见我正盯着他的店，那双鼓胀的眼睛里似乎真的闪过相识的亮光。但这绝对不可能。哪怕他真的是那位某某先生，而不是一个相像的人（他的儿子？或是孙子？），也绝不可能透过我这张老人的面具，辨认出背后那个旧日相识的孩子的脸。就这样，我和他，两个纯粹的陌生人凝视着彼此，仿佛两名同台表演的演员，出演着不同的剧目。这让我想起自己早年间写的一本书《普雷斯顿与双面钟》，里面写道"时光稍纵即逝，一切恍然如昨"。

我把在冰激凌店认错人的黑色幽默抛诸脑后，继续驾车朝目的地驶去，却发现等待着我的还是一出认错人的闹剧。我在那栋殖民地风格的古老建筑前停驻片刻，抬头看见双扇门的门楣上写着：G. V. 内斯和儿子们，丧葬承办人。正可谓时光稍纵即逝，一切恍然如昨。看上去真像这么回事。在北塞布生活的那些年里，这栋房子我只进来过一次（"再见了，老爸"）。但是这种地方到处都有，大同小异，都有恰如其分的空旷和朴素的格调，适用于所有办丧事的家庭。家乡的这座殡仪馆与纽约郊外的那座如出一辙（"终于解脱了，老公"）。纽约郊外，这正是我如今离群索居的地方。

我悄悄地走进举办丧事的房间，像个不知名的悼念者，有一点胆怯，不敢走到棺椁旁去。作为一个从大城市赶来，上了年纪的优雅的作家，尽管吸引了两三小镇居民的目光，但并未像我自以为的那样引起轰动。不过，不论有没有意义，我还是打算向遗孀做个自我介绍，就说我是她那过世的丈夫的童年玩伴之一。可是我的打算彻底落了空，因为从那位悲伤的太太座位旁一左一右站起两个壮得像牛一样的男人，挡在我前面。我自然有些恐慌。

"您一定是从波士顿赶来的，父亲的堂妹温妮。这些年我们听说了很多有关您的事。"他们说。

我面带微笑，心中却倒吸了一口凉气，可他们像是把这个反应看成一次肯定的点头。反正他们最终领着我走到"妈妈"面前，用这个从天而降的假名向那双眼通红，几乎精神错乱的老妇人介绍了我。（天啊，我心中暗想，为什么要允许这个愚蠢的错误继续下去？）

"太好了，终于见到你了。谢谢你寄来那些漂亮卡片，"她大声地吸着鼻子说道，然后用一条脏到荒唐的手帕擦了擦眼睛，"我是埃尔西。"

埃尔西·切斯特，我立刻想起来了，据说她曾向北塞布小学的男孩们出售香吻之类的商品？不过我不能确定传闻中的这个女孩是不是她。也就是说，他跟她结婚了？也许是迫不得已吧，我恶毒地猜想。当年那两个半大的孩子如果偷尝禁果，生下的孩子恰好与她那两个儿子其中的一个年龄相仿。唉，好吧。普雷斯顿发过誓，绝不与比噩梦女王差劲的女孩结婚，看来他食言了。

可是，还有更大的失望在等着我。与遗孀心不在焉地扯了几句之后，我说了声"抱歉"，便走到棺木旁去向逝者致敬。在那之前，我一直刻意调整着自己的目光，不去看房间最前端那个花团锦簇的区域，那儿放着一口锃亮的珠灰色棺材，棺材里的人躺在那里面，与躺在自己打造的"移动坟墓"号赛车中的位置几乎一模一样。葬礼的这个步骤总让我联想到十九世纪的孩子们观瞻尸体的环节，他们是被迫这么做的，目的是让孩子们提前熟悉自己的死亡。如今这已经不是必须要做的事了，所以就让我说上几句悲伤而应景的话，将这个场面快速略过吧……

秃头，脸上长满了斑，倒并未出乎我的意料。完全认不出来，却是让我始料未及的。我记忆中那个孩子长着一张小脸，如今却是如此浮肿、松垮、令人作呕，那副鼓鼓囊囊的躯壳就像警察在河水中发现的尸体，辨不清面目。显然，他在浮华的人生盛宴中吃得太过饱胀，在即将爆炸的前一刻才昏然离桌。我面前的是一张已然报废，毫无用处的脸——成人的终极形态。（但是，我安慰自己，随着死亡的降临，他身体里那个属于孩童的自我也许正在努力将这张过于成熟的假脸撕破。）

对记忆中残存的对象表达敬意之后，我偷偷溜了出去，有一种执行秘密行动的感觉，我的普雷斯顿一定会为我感到骄傲。我留下一个信封，里面装着一些留给遗孀的钱，聊表心意。我动过念头，要送一束豁口黑兰花给殡仪馆，在留言条上署名"利蒂西娅·辛普森，普雷斯顿的小女友"，不过这是另一个爱丽丝才会做的事——写下那些古怪故事的爱丽丝。

至于我，我上了车，驶离小镇，找到最近的一家带酒吧的高档宾馆，在那儿定了个高档套房。写小说写到功成名就的程度是有好处的。事实证明，这一夜的停留将把我的叙述带往另一条旁逸斜出的小径（或者如果你喜欢，也可以称作变道）。请拭目以待。

傍晚时分，酒店的鸡尾酒吧里已是人头攒动，替我省去了独饮的麻烦。几杯加冰威士忌下肚后，我发现对面有一名年轻男子正打量着我。至少远远看去还算年轻。酒壮熊人胆，我走过去坐在他的桌边。不过，我越是接近，就发觉他年纪渐长。所以眼下的他只能说相对而言比较年轻——我所指的，是相对一个老年孀居的贵妇而言。他叫汉克·德威尔，为一个卖花园工具之类的产品经销商工作。不过还是不要假装在意这些细节了。我们共进了晚餐，然后我把他请到了我的套房里。

顺便说一句，正是从第二天早晨开始，持续一年的一系列怪事拉开了序幕。眼下我就从中挑出几例来，尽量有条不紊地描述清楚。走上前半步：兵到王三。

我在宾馆房间特有的黑暗中醒来，沉重的窗帘将晨光结结实实地挡在外头。我很快就知道，房间里只有我一个。新相识似乎很明白如何在合适的时刻得体地退出，超出我的预期之外。至少起初我是这么想的。但是接下来，我的目光从一览无余的门廊探入另一个房间，那儿的墙上挂着一面木框的凸面镜。

镜面如同一只凸起的眼睛般审视着隔壁的房间。我发现镜面映照的影像中，有什么在动个不停。一个小小的，扭曲的身影，似乎在腾挪跳跃。它不停地蹦跶着，旋转着，从那种疯狂的劲儿来看，动静应该不小。可是我一点儿声音也没听见。

我喊出前一晚刚刚记住的那个名字。隔壁房间里没有传来回应，但是镜子里的动静却停了下来，那个小小的身影（不论它是什么）消失了。我小心翼翼地从床上起身，披上睡袍，从门廊角落里探头探脑地朝里看，就像圣诞节早上充满好奇的孩子。那个房间里并没有别人，这叫我不由松了一口气，同时又感到大惑不解。

我朝镜子走去，打算好好瞧瞧，也许镜面上粘着什么东西，引起我刚才那一番幻觉。当时的我尚未完全摆脱宿醉，所以那段记忆有些恍惚，但是朝镜子凝视片刻之后见到的情景至今依旧历历在目。我面前的凸面玻璃陡然间被笼罩在一层神秘的雾气之中，雾气的深处浮现出一具尸体像蜡人一样的脸，正是我在昨天的葬礼上见到的那具苍老尸体的面容。准确地说，我没戴眼镜时见到的是那张脸，而当我戴上眼镜后，看到的却是自己的脸……一张像尸体一样的面孔。我顿时灵感迸发，几乎想马上提起笔来写个故事，就叫《普雷斯顿与镜子里的食尸鬼》。

过了一会儿，我去前台退房，灵感再次降临。趁着服务员捣鼓账单的当儿，我随意朝附近的一扇窗户望了出去，只见两个胖嘟嘟的小孩儿正在酒店的草地上玩耍。几秒钟后，孩子们发现我在看着他们，便停下玩耍，并肩站在那儿不动，回瞪着我这个旁观者。最后他们朝我吐了吐舌头，一溜烟地跑了。（他们看上去真像《普雷斯顿与会说话的坟墓》中哈特利家那对讨人厌的双胞胎。）大厅轻微地旋转起来，可似乎只有我注意到了，其他人都平静地做着各自手头的事情。这次的异象也许该归咎于那天早上的疏忽，也就是说，我没能在一夜风流之后及时对自己做出修复。老旧的神经多少有些委顿了，肚子也很不好受。不过，多年来我的身体一直很健康，而且我一路驾车回了家，路上没有再出现任何异常。

那是一年以前的事了。现在，请准备好往前跨出一大步：老皇后要出场了。

在接下来的十二个月里，类似的事情频频发生，但是每一次的清晰程度各不相同。大部分异象都是倏忽而至，给我一种似曾相识的感觉。一些可以归结为我的幻觉，还有一些则缺乏确定的源头。也许是读到一个词，看到一幅画中的某个片段，顿时感觉心悸不已（以我的年纪来说，这可不是对身体有益的迹象），我的头脑便开始搜寻某种能够触发这种强烈熟悉感的反应，就像一种来源不明的延迟的回响。我在梦境中搜寻，探究隐约浮现的念头和扭曲的记忆，可是留下的只有一连串的现象，彼此之间的联系就像烟圈般缥缈而脆弱。

但是今天，当南瓜灯在门口斜睨着我，枕套幽灵在树枝上摆动不休，那种脆弱缥缈似乎渐渐为实感所取代了。事情开始于今天早晨，持续一整天，而且越来越清晰，仿佛要唤醒某种记忆。再次强调，我的目的是，通过记录这些现象，理清心中的杂念。我打算从其中一件事开始讲起，现在看来，它仿佛是个征兆，预示着随后发生的一系列异象。这件事必须描述得清清楚楚，如下：

地点：浴室。时间：早上八点刚过。

我起了床，正在泡澡，水从水龙头哗哗地流进浴缸，这个音量对我敏感的耳朵而言稍微有些吵闹。昨晚我严重失眠，服用了超剂量我最爱的"卫兵储备"牌安眠药也不管用，所以看到一个阳光灿烂的秋日清晨到来，拯救我于水深火热之中，还是感到很欣慰。只是浴室的镜子时刻在提醒我度过了一个无眠之夜，我对着它梳了头发，抹上面霜，但依旧是一副萎靡不振的模样。切西也在浴室里，她躺在马桶水箱上认真审视着下方马桶中的水。她确确实实是刻意且使劲地盯着那儿。

"看什么呢，切西？"我用宠物主人那种高高在上的语气问道。她的尾巴似乎获得了独立的生命；她站起来，嘴里发出嘶嘶的叫声，又用面临威胁的母猫那可怕的假声长嚎起来，最后径直冲出了卫生间。从一只小奶猫长到今天这么大，这是切西第一次放弃自己的地盘落荒而逃。

我在浴室的另一侧来回走动，旁观了整个意外事件，被切西的举动弄得稀里糊涂。我将那把巨大的塑料梳子抓在手里，过去查看情况。我低下头，去看那一汪水。起初它看起来非常清澈，但突然之间，有个东西从那瓷质的弯道里冒了出来，紧接着又飞快地缩回去，根本来不及分辨它的形状，只在我的记忆中留下一个弯弯曲曲的影子。我无法将它集中在眼前，像是看到了，又像是没看到。即便如此，不论它是什么，都在我的心中造成了一种印象，就像一个莫名其妙的噩梦仅在梦魇者的脑海中留下了一阵惧意似的。要不是想到这件事与后来发生的事情有关，我也许根本不会把它写在这里。

今天下午，我开始为即将在图书馆举办的读书会做准备，整个过程几乎酒不离手。我对这场一年一度的煎熬从不期待，只是出于责任心、虚荣心和其他一些难以启齿的动机才忍受了下来。也许这就是为什么，去年我巴不得能有借口能够逃避。如果能找到一个理由，对所有相关人士——更重要的是，对我自己——给出一个满意的交代，今年的读书会我一样希望能够停办。不想让孩子们失望，不是吗？当然是的，虽然只有老天才知道为什么。自从不再是他们当中的一员，孩子就让我感到紧张。或许这正是我没有养孩子的原因——我是指领养——医生很早以前就说过，我的生育能力正如月球上的海洋一样干涸而贫乏。

而另一个爱丽丝，她与孩子以及孩子气的事物相处起来则游刃有余。不然她怎么会写出像《普雷斯顿与大笑的某某》或《普雷斯顿与抽搐的某某》之类的故事来呢？所以当每年一度的读书会到来时，我都竭尽全力把她请上舞台。可是一年又一年过去了，要办到这一点越来越难。也是够奇怪的，成人精神上的薄弱点反倒帮了我这个忙。随着威士忌一口又一口地从唇边滑过，我感觉越发轻松起来。

我来到那座一层楼高的小巧的图书馆时，太阳已经在南瓜色的霞光中沉了下去。孩子们穿着各种奇装异服在外面游荡：一个狼人，一只拖着卷曲的长尾巴的黑猫，一个手指比人类少，眼睛比人类多的外星人。从步道上迎面走来的是奇妙仙子，身边伴随着一个海盗护卫。此情此景叫我有些忍俊不禁。很久以来，这样的鬼怪大游行第一次使我回忆起自己的童年。我想起了爸爸带着我玩"不给糖就捣蛋"的情景。（他对这个夜晚的热爱与普雷斯顿相比毫不逊色。）我感到自己已经融入了这个夜晚的氛围，可以胸有成竹地走进图书馆，去面对一群孩子了。可是人群中有个自以为是的机灵鬼大喊了一声"嘿！看她戴的面具"，这魔咒便被恶毒地打破了。我逼迫自己穿过好几条铺着油地毡的过道，只想寻找一张看上去友好的成人的面孔。

最后我来到一扇敞开的门前，里面是一个整洁的小房间，图书馆馆长格罗斯先生与一群女士在里面喝咖啡。格罗斯先生说见到我很高兴，并将我介绍给协助组织这次活动的妈妈们。

"你写的书我家威廉都读遍了，"胖墩墩的哈利太太说，"想不让他读都不行。"为此一定没少费工夫吧，听着那略带恼怒的语气，我暗自得出这个判断。于是，我只是对她报以一个庄重的微笑。

格罗斯先生问我是否要来点咖啡，我拒绝了：对胃不好。他又狡黠地建议道，既然夜幕已经降临，节庆活动也该开始了。我的读书会将为这个狂欢之夜拉开序幕，那是个相当恐怖的故事，可以"让大家找到感觉"。不过，我首先得让自己找到感觉。我对他说抱歉，因为要用一下卫生间。在卫生间里，我拿出装在钱包里的扁酒瓶，抚慰自己那忐忑不安的心情。格罗斯先生非要在洗手间的门外等着我完事儿，这番好意叫我感到又古怪，又尴尬。

"我准备好了，格罗斯先生。"我对他说。由于穿着一双不适合老年人的高跟鞋，我能够从上方俯视这个小个子男人。他清了清嗓子，我差点以为他打算把胳膊弯起来让我挽着。但实际上，他只是伸长胳膊，彬彬有礼地指出我们前行的方向。我想他甚至还鞠了个躬。

他带领我回到长廊，朝着图书馆里为孩子们划出的区域走去。我以为这一次的读书会一如既往地在老地方举办，可是我们却径直穿过那片空无一人的黑暗区域，走下一段楼梯，朝图书馆的地下室走去。"我们新建的，"格罗斯先生不无得意地说，"把一间储存室改造成了一间小礼堂。"眼下，我们面对一扇巨大的金属门，刷成慈善机构常用的绿色色调，门后仿佛藏着一个疯人院的病房。从门里面传出声声尖叫，在我听来，那不像是孩子们无法无天的喧闹，更像是神经病人的呼号。"今晚读哪个故事？"格罗斯先生看着我的左手问。《普雷斯顿与饥饿的影子》。"我一边回答，一边将拿着的书展示给他看。他笑着说这是他最喜欢的一本。他用双手去推那沉重的门扇，大门敞开，然后我们踏进了这间叫我感到陌生的"恐怖屋"。

五十多个孩子，有的坐着，有的站着，有的在摇晃着自己的椅子，一位带尖顶帽的女巫在这个狭长房间前的讲台上，扯着嗓子介绍今晚的活动安排。见我和格罗斯先生进来，她开始向孩子们介绍，"一场为所有人准备的好戏"即将开始，换句话说，就是一位临时抱佛脚的女作家即将做一场仓促的演讲。"我们把热

烈的掌声送给她！"她领头鼓起掌来。我走上看上去摇摇晃晃的
讲台，说了几句感谢大家之类的话。讲桌上放着灯，装饰着干枯
的稻草秆儿，我把书放在了上面。然后我尽自己最大的努力暖
场，颇有些喋喋不休地向大家介绍即将听到的故事。提到普雷斯
顿·佩恩的名字时，有几个孩子的确兴奋了起来，至少坐在房间
的后排有那么一个。兴许那就是威廉·哈利。

　　正要开始朗读的时候，一件叫我始料未及的事情发生了——
所有的灯突然熄灭了。（"我忘记提前告诉你了。"格罗斯先生后
来为此向我致歉。）在黑暗中，我看到礼堂两侧墙壁上面对面地
挂着两排南瓜灯，橘黄色的光从高处投下来。南瓜灯全都一模一
样，三角形的眼睛和鼻子，号啕大哭似的 O 形嘴，就像照镜子一
样。（孩提时代的我曾以为南瓜天生长成这副模样，有五官，而
且会从内部发光。）因为支撑物隐没在黑暗中，所以南瓜灯看上
去像是悬浮在空中，孩子们的脸也被黑暗笼罩其中，所以，这些
南瓜灯就成了我的听众。

　　不过，在朗读过程中，真正的听众还是充分证实了自己的存
在。他们交头接耳，用脚搓地，摆弄屁股下的折叠木椅，发出各
种创意十足的噪音。我还听到一声"恶魔似的怪笑"，我读的那
本书正是这样描述那淘小子的窃笑的。阅读会将近尾声时，礼
堂后方的某个地方传来一声低低的呻吟，好像有谁连人带椅子
一道翻了。"没事没事。"我听到一个成人的声音大声说。后门
打开来，短暂的光亮刺破了阴森恐怖的咒语，所有的黑影荡然无
存。等到故事结束，灯光大亮，我才发现在最后一排椅子中空了
一把。

　　"好了，孩子们，"一阵献给普雷斯顿的短暂的掌声停歇后，
那位母亲扮演的女巫说，"大家把自己的椅子移到墙边，腾出地

方来玩游戏，放吃的。"

在游戏和食物的刺激下，讲堂里很快便充满了刺耳的叫喊声。戴着面具的孩子们统治了这个夜晚，他们放任自己对甜食的喜好，胡吃海塞，上蹿下跳，闹了个天翻地覆。我和格罗斯先生在一旁聊天。

"刚才是怎么回事？"我问他，"有哪个孩子中了咒语吗？"

他从一个装着苹果酒的纸杯中啜饮一口，令人厌恶地咂了咂嘴，说："哦，没什么。看到那个扮成黑猫的孩子了吗？她差一点昏了过去。不过我们把她带出去，她马上就没事了。可怜的小家伙，她在听你讲故事的时候一直带着猫咪面具，兴许是一时没喘上来气儿。她说在面具里看到怪东西，被吓了一跳。好了，你瞧，现在她完全没事了，面具也重新戴上了。孩子们一会儿就能把烦恼忘个精光，变得无忧无虑！真神奇！"

我表示这的确很神奇，然后问他那孩子觉得在面具里看到了什么？不知不觉中，我想起了，今早有一只猫咪也因为看到了什么而吓得魂飞魄散。

"她也说不清，"格罗斯先生答道，"就是那种突然冒出来，突然又不见的东西。你知道的，小孩子就是这样。没错，我敢说你肯定知道，因为你一辈子都在写和孩子有关的故事。"

我以了解孩子而出名，但我也知道，格罗斯先生说的其实是另一个人，是她。我并非有意夸大自己在写作时和私下里存在人格分裂这种离奇之事，只是当时的我已经明显意识到了这个问题。我为孩子们读普雷斯顿的故事时，差一点无法读出自己写下的字句，感到十分痛苦。当然，对作家而言，这算不上多么新鲜的事，而且在我漫长的写作生涯中已经发生了许多次。但是从来不像这次这样严重。它们在我看来简直是完全陌生的文字。另一个爱丽丝写下了它们，而我不是她，至少如今再也不是了。

"我真希望，"我对格罗斯先生说，"不是那个故事把孩子吓着了。我知道已经有很多父母因此而生气了。"

"哦，肯定不是。当然，我的意思不是说这个儿童故事不够恐怖。不过你也知道，又到每年的这个时候，幻想中的事物会成真。就像你的普雷斯顿一样，他向来是万圣节的重要人物，不是吗？"

我夸他说得对，心中却暗暗希望这个话题就此终止。眼下我最不愿谈论的就是"幻想中的事物"。我哈哈一笑，不再接话。你知道吗，老爸，那个小声简直就像你自己发出来，而不是我从你身上遗传而来的。

我没有在晚会上多待，这叫大家感到有些遗憾。阅读使我的脑子清醒了大半，所以忍耐力正在直逼底线。好的，格罗斯先生，我保证明年还会参加，都听你的，只要现在能让我回到自己的车子和自家吧台里去。

驾车穿过郊区的街道回家真是一种折磨。一些玩"不给糖就捣蛋"的行人不时冒出来，叫我一路开得提心吊胆，把我折腾得够呛。种种奇装异服叫我看了难受（到处都是一模一样的鬼魂，我甚至觉得一个瘦小鬼魂正跟着我回家）。那些面具也叫人不快。还有那些在两层楼外摆动着的普雷斯顿似的黑影（我为什么非得选择那本书？）更是吓坏了我。另一个爱丽丝，那受人敬仰的可怕的道奇森[1]笔下的爱丽丝，能将一切疯狂的事物，将她的创造者抛出的每个噩梦照单全收。我不在乎他的书中是否真有别人无法理解的意蕴。我不想知道。我希望自己从没听说过他，他是幼

1　道奇森是刘易斯·卡罗尔的本名。

小心灵的腐蚀者。我只想忘记这一切。《爱丽丝与消失的过往》。卫兵医生，把你的药装在高脚杯里……但是请别看。

而现在，我安然无恙地待在家写东西，一个高高的玻璃杯盛满了酒，老老实实地立在书桌上。一盏罩着蒂凡尼玻璃灯罩（年份大约是 1922 年）的灯投下柔和的光线，照着我在过去一小时中奋笔疾书的那张纸。（可是，与我刚开始下笔的时刻相比，钟的指针似乎锁定在同样的 V 字形上。）灯光也照在书桌正前方的窗户上，所以我能在黑色的窗玻璃上看到一个映射的自己，相对而言她看起来更讨人喜欢。屋子里无声无息，我是一个生活富足，退了休的女作家兼寡妇。

不对劲的地方是否依旧存在？我说不准。

别忘了，自打下午开始我一直在喝酒。别忘了我是个老人，对老年人古怪的神经质再熟悉不过。别忘了部分的我创作了一系列儿童书籍，主角是一个性情古怪的孩子。别忘了今天是什么日子，在这个万圣节之夜，幻象能够展翅高飞。可是，我不需要提醒你，这个世界比我们所知的样子更加古怪，至少我的世界是这样，特别是在过去的这一年里。现在，我发现它真的非常古怪——而且再次变得不那么整洁了。

证据一。透过桌前的窗户看出去，夜空中挂着一轮秋月。首先我必须承认，我对月相并不熟悉（普雷斯顿可能会说那是一张"疯狂的脸"），可是，与我上一次朝窗外张望时相比，月亮似乎调转了方向——它好像变反了。前一次看时，它是朝右边凹下去的，现在却朝这个方向凸起来，下弦月变成了上弦月，总之就是月相发生了变化。但是我又怀疑，月相未必真的变了，更可能是我的记忆发生了错乱。所以不是月亮在干扰我，真正干扰我的另有其事，或者说，在城郊被街灯照亮的景致中，我看到的那部分在干扰我。就像那种照在镜子里才能读懂的字一样，窗外的事物——树、房子，谢天谢地，还好没有人——看起来都是那么别扭和怪异。

证据二。我已列出导致自己能力逐渐丧失的原因，现在我想加上一条新的，那就是酒精戒断。刚才，我拿起桌上的玻璃杯灌了一大口，难喝极了，直叫我反胃，恐怕我将来再也不会喝了。我差一点写下这样的句子：这酒尝起来内外倒置。我这就写下来。当然，患上某些疾病，口味也会变，就算最喜欢的饮料喝起来也像巫术阴汤。这么说，我可能已经身受这种疾病的戕害。但是我想提醒你，虽然我的大脑可能醉到无可救药，但它一直存在于健全的躯壳之中。

证据三。我在窗玻璃上映出来的模样。也许这块玻璃在融化过程中出了点问题。我的脸。有那么一阵子，四周的影子似乎跑到我的脸上去了，就像被甜味吸引来的虫子。可是，爱丽丝长年喝酒，身上带甜味的只有高糖分的血液。所以它们到底是什么？老年斑？或是我今晚早前读到的那些饥肠辘辘的东西卷土重来了？从什么时候起，把一个故事朗读出来具有念咒的效果，能够将想象中的画面召唤到眼前，而不仅是出现在脑海中？

有什么东西退了回来。退到一个角落里：将死了[1]。

听，这也许不过是一声狼嗥。我无法肯定地说它不是。说不定眼下我听到的只是自己那糊涂的头脑在万圣节之夜耍的把戏。

我说的那个声音，是在房间外的门廊里响起的"咯咯"的笑声。我在图书馆也听到过那恶魔般的咯咯声，是回响在我的脑海里，还是在外面，依旧无从分辨。就像一种图片玩具，从这个角

---

[1] 此处为国际象棋术语。

度看是一幅清晰的图案，换个角度看是另一幅清晰的图案，可是从一定的角度看过去，只能见到两者融合而成一片混沌。无论如何，那声音在笑，在某处笑。而且那声音是如此熟悉。

啊呵呵呵呵。

证据四（还是影子）。它们已经将我映在玻璃中的面庞完全盖住了。揭掉它，就像故事里一样。但是那张苍老的面具下什么也没有，没有孩子的脸，普雷斯顿。是你，对吗？我从未真正听过你的笑声，它只在我的脑海中响起。可是那恰好与我想象中的笑声一模一样。或者说，是我的想象赋予了你笑声，正如那代代相传的，遗传而来的笑声？

我只怕那不是你，而是别人在冒充你。月亮、钟、酒和窗户。这一切都很像你的风格，只是这一次不是为了找乐子，对吗？这一点也不好玩。停下来吧，普雷斯顿，或者不论你是谁都好。你到底是谁？谁会干这种事？我一直都很好。我只是老了，仅此而已。请停下来。窗户里的影子跑出来了。不，那不是我的脸。不是我那小小的月亮脸。

> 我看不见了
> 　再也看不见
> 　　我看不见了。

> 帮帮我
> 　父亲

人偶之梦

　　在一个周三的下午，一个女孩走进我的办公室，那是我们的第一次面谈。她叫埃米·洛克。（你是否对我说过，很久以前你给自己的洋娃娃也取了这个名字？）就目前的情况来看，我认为在讲述过程中，透露面谈对象的真名并不违背我的职业道德。当然，我们之间牵涉到的也不是简单的职业道德而已，亲爱的女朋友。而且，我从洛克小姐那儿听说，是你把我推荐给她的。一开始这并未显得有任何不妥。我猜想，也许你与这个女孩有些特别的关系，所以不方便亲自为她看诊。亲爱的，实际上我眼下仍不清楚，在我与这位娇小玲珑的洛克小姐打交道的过程中，你插手了多少事？所以，在这封信中，我也许会赤裸裸地暴露自己的愚蠢，请你务必谅解。

　　当洛克小姐侧着身子在我面前的皮椅上落座时，她给我的第一印象是一个很紧张，但尚能自控的年轻女性。我注意到她身着套装，是你平日里喜欢的那种经典款式。在此不再赘述我们第一次见面时的开场白（不过，如果你愿意在这个周六与我共进晚餐，这件事以及其他话题都可以到时详谈）。简短的寒暄后，我们的话题集中到洛克小姐所说的"激发因素"上，这是她来找我咨询的原因。你也许知道，也许不知道，这涉及一个频繁出现的梦境，一个月来她一直反复做这个梦。我整理了9月10日与洛克小姐进行面谈时的录音，接下来我据此将梦中发生的事描述一遍。

在梦中，我们这位治疗对象过着一种新的生活，至少是拥有一份和清醒时不一样的工作。洛克小姐告诉过我，她在本地一家经纪公司做贷款处理员已三年之久，但是在梦中，她却在一家时装店任职多年。就像政府喜欢用新身份为某些原告的目击证人提供保护一样，她在梦中的身份也被一段看似无心、实际却非常完整的经历所粉饰，这是大脑玩的神奇把戏。新工作的任务之一就是为橱窗里的人偶换衣服。实际上，她感到自己扮演的角色相当僵硬，只是死板地为那些人偶穿衣和脱衣而已。她对此相当不满，所以这些人偶就成为了她的眼中钉，肉中刺。

梦中预设的大背景就是如此。现在故事才真正开始。我们的人偶穿衣师在上班时深深陷入了一种不知缘何而起的焦虑之中。大批新式服装到店，要披挂到人偶身上进行展示。它们赤裸的身体抗拒她的触碰，因为，按照洛克小姐的解释，它们恰如假人的触感那样，既不暖也不凉。（请注意，这个梦中具有对温度的觉察，尽管是一种中性的觉察，也实属罕有。）她愤然看着那一排排呆头呆脸的玩意儿，说："睡美人们，是时候停止舞蹈了，来穿衣服吧。"这些话不是她主动说出口的，倒像是启动穿衣过程的一种仪式。人偶们都用"充满期待"的眼神瞪着一片虚无，可是，穿衣师还没来得及给它们穿上任何一件衣服，梦境就发生了变化。

她已经结束了一天的工作，回到自己的小公寓里，上床睡觉……并且做了一个梦。（这个梦是那个人偶穿衣师，而非洛克小姐本人做的，她特意强调指出这一点！）

人偶穿衣师梦见自己正在卧室里，可实际上，她认为的"卧室"从各方面来看都是一个装潢过时的大厅。大厅大约有一个小剧院一般大小，光线暗淡，墙上有一些装饰着珠宝的灯具，灯光洒下来，照见花纹繁复的地板和许多老家具。她感到面前的物体更像是一些纯粹的念头，而非实质性的存在，因为它们的细节都很模糊，而且许多细节都笼罩在阴影中。但有个地方她看得特别清楚：在这个极高的房间里，有一堵墙彻底消失了，墙外是深沟，沟壑之外一片漆黑，其中有着灿烂的繁星。

梦境主人的位置恰好在遍布星辰的深渊对面。她坐在一张柔软的沙发床边缘，瞪着前方，"既不呼吸，也没有心跳"地等待着什么。万籁俱寂，这也是在梦中十分罕有的体察。静谧中有一种奇怪的电流般的力量，它预示着有一个隐形的恶魔般的存在，而且不知怎地将这个梦"激活"了。

接下来，一种新的感觉渗入梦中，这次的感觉不像先前那样玄虚。房间对面的星空中似乎飘来了一股寒意。（又是对温度的体察：真是一个少见的梦！）我们的造梦者再一次体验到对未知事物的先验的恐惧。她在那张不甚舒服的沙发上一动不动地坐着，用目光搜寻整个房间，寻找恐惧的源头。就像看一幅被涂抹过的画作一般，有许多地方，她的目光是探不到的，但她也没有见到特别可怖的事物，便暂时放松下来。随后，不安再次浮现，因为她赫然意识到，自己还没有转过头去看身后，而她的身体好像彻底无法动弹了。

身后有东西。她感觉到了，这是一个可怕的事实。她几乎知道那东西是什么，但是，受到梦中特有的失语症所累，她找不到词语来描述这令自己胆战心惊的对象。她只能等待，希望突然受到惊吓，好将梦境瞬间切断。她意识到"她在做梦"。她用第三人称看待自己。

"她在做梦"，不知怎的，就在这样的场景中，这几个字变成了一个无所不在的主题：就像写在梦境底层的一个传说，像在房间里四处跳跃的回音，像一句被打印在占卜饼里小纸上或藏在办公室抽屉里的一句箴言，像在造梦者脑海中的古老唱片机不断重复播放的一张破旧唱片。然后，这句单调的口号中所有的字眼儿从各种各样的地方聚集起来，像一群飞翔的鸟儿，落在她身后的某个地方。

它们在那儿"叽叽喳喳"地叫了一阵，就像公园里的鸟儿落在纹丝不动的雕像肩上一般。造梦者就是这样感觉的，包括雕塑这个比喻在内。有个雕塑般的东西在朝她逼近。它营造出一种紧张的氛围，越是靠近，就越令她焦灼不安。它的影子拖在地板上，被拉得很长。她仍旧无法转身去看身后那恐怖的源头，因为此时她已经完全无法动弹，身体的每一处关节都已僵化。也许可以喊，她想道，也打算尝试一下，但最终还是失败了。在那一刻，一只坚定而微温的手从后方伸出来，捂住了她的嘴。盖在嘴上的手指感觉就像裸露的粗蜡笔。这时候，她看见一条细长的胳膊从自己的左肩上方伸出来，另一只手拿着一把肮脏的破布，在她眼前抖了抖，"叫它们起舞"。与此同时，一个干巴巴的声音在她耳边噬噬作响："该穿衣服了，小人偶。"

她拼命想要将目光移开：眼珠是她唯一能够支配的身体部位。这时候她才发现，这个房间里——在暗处——到处都是人偶一般的人。他们瘫倒在地上，个个都大张着嘴。他们看起来毫无生气，其中一些已经彻底变成人偶，血肉之躯不再柔软，眼中也失去了莹润的光泽。还有一些介于人与人偶之间的各种过渡状态。造梦者恐惧地意识到，自己的嘴也张得大大的，再也无法合拢来。

她恐惧得浑身颤抖，不过现在终于能够转过头，去面对给自己带来威胁的对象。这时，梦境破碎了，却又在破碎中达到高潮：她醒了。可是她醒来时不是在那梦中梦的人偶穿衣师的床上，反而直接穿越到自己乱糟糟却十足真实的被子里，恢复了贷款处理员的身份。一时间，她分不清自己是谁，身处何地，醒来后的第一个冲动，就是将梦中的动作完成，即扭头朝身后看去。（接下来那如梦似醒的幻象让她一时间以为自己神经错乱了。）她扭过头去，看到的并不是一面空白的墙壁。从那月白色的墙面伸出来一张女性人偶的脸，尤其使她感到不安的是（此处我们陷入了更加含混的领域），那张脸并未像梦醒后滞留的影像常见的那样，渐渐消融在背景中，反而以一种非常流畅的动作，缩回到墙壁里。她连声尖叫，将左右邻居都给惊动了，大家纷纷跑来关心地问这问那。关于这个梦以及相关的体验到此就讲述完毕。

好了，亲爱的，你可以想象我对这个灵异故事的反应。每一条模糊的线索都把我带回你这里。洛克小姐梦境的特点，无论是情绪还是情节，都让人不禁联想到你研究多年的课题。当然，我指的是洛克小姐梦境中贯穿的空灵氛围，以及它与某些在我看来过分影响你的工作与生活的观念（好吧，是理论）之间的诡异联系。总之，我指的是，你说要通过对神秘学的研究和深度分析发现"其他世界"。在这个节骨眼上，请允许我暂时离题，就前面的内容简单地谈谈自己的看法。

亲爱的，我并不反对你对现实可能的模式进行探索，可你为什么选择了这样特殊的一种？为什么要假设这些"小角落"（我听到你这样称呼过它们）具有如此惊悚的特质，或者（为了沿用你的理论术语）该说"反特质"？作为我们这一行当中富有智慧的一员，用诸如"小范围的干扰"和"宇宙静电"之类的说法讽刺嘲笑这些怪异的现象，实在与你的能力水平不符。剩下的呢？极度的诡异，"本体论游戏"，这些地方无所不在的宇宙物质还有所有有关超验的废话。我知道，心理学已经在人类的思维地图上标出了一些非常奇怪的领域，但你投入太深，已经探入形而上学的超意识腹地，我担心你回不来了（至少是不能带着洁白无瑕的名声回来）。

对照洛克小姐的梦境来看你的观点，特别是她描述的那些离奇的情节，其中的联系清晰可见。但我想告诉你的是，这个梦境与你那富于幻想的学说之间的联系在何时真正如一记闷锤般击中了我。恰好就在她对我讲完这个梦之后。她像普通人一样坐在椅子上，说了些自己的想法，很显然她想倾诉自己的忧虑。我很确定，她认为这样做合乎礼节，也就是说，她告诉我，在梦境结束后，她产生了一些有趣的怀疑，怀疑自己到底是谁。贷款处理员？人偶穿衣师？其他？其他的其他？从理论上来说，她知道哪一个是本源的、真正的自己，但是，一种"崭新的不现实感"渐渐削弱她对此的确凿和肯定。

自然，你能看出前面提到的关于存在感的把戏多么符合"自我侵扰"的结果，你就是用这个词称呼这种现象的。可是，自我的边界到底是什么？在看似不相关的事物之间是否存在某种隐秘的交流？富有生命和无生命的事物如何产生联系？非常枯燥，亲爱的……我都要睡着了。

我不由得想起那位中国哲学家（是叫庄子吗？）的古老寓言故事。他梦见自己变成了一只蝴蝶，醒来后却无法确定自己到底是一个人，梦见自己成了蝴蝶，或者自己是一只蝴蝶，梦见自己是一个人……你知道我的意思。问题在于："蝴蝶那种东西会做梦吗？"答案是斩钉截铁的"不"，只要看看这一领域的研究成果，答案就很明显了。这个问题到此结束。可是，更为人们所接受的研究认为——我知道你一定会提出异议——也许不是这一个人或一只蝴蝶在做梦，而是两者都在做梦……或者两者都未做梦，完全是第三者的梦境。或是……我们可以不断往下猜，而且也正是这样做的。在你提出的概念中，最引人反感的或许就是你所谓的"神性自虐"，也就是说：一个大的自我恐吓分裂的小自我，或者准确地说，在庄周梦蝶的故事里，是处于统领地位的第三者吓唬那人蝶不分者，导致他怀疑自己脑子把玩什么把戏。

亲爱的，这件事当中最麻烦的地方在于，你如此坚定地认为它是一个客观现实，有时还会用这种只能勉强自圆其说的信念去感染别人。比如我。听了洛克小姐讲述的梦境后，我发现自己在不知不觉中对它进行了大量的分析，就像你往常的做法一样。她扮演的多重角色（比如人与人偶之间角色的逆转）确实让我联想到一些神圣的存在，为了打发在宇宙中百无聊赖的日子，他们分裂了自我，并让它们互相折磨。一些著名宗教信奉的神可能正是这样做的。我还联想到你所谓的"梦神"，它在自己的领地里是全能的。想到洛克小姐的梦境，我确实产生了和那个古老的奇想似曾相识的感觉：有一位唯我独尊的梦神，支配着它所看到的一切，而那所有的一切全部是它自身。我甚至想到一个唯我论[1]的推论：假设有这么一个宇宙，人们必须准许并行宇宙的存在，而这些并行宇宙只能是梦境，那么我们便与那位中国贪睡虫面临同样的问题：如何得知自己什么时候是在做梦，哪一个又是清醒的自我呢？答案永远不得而知。绝大多数思想家拒绝唯我论的观点，认为它不现实。毕竟，当我们感觉到偏离现实的时候，恰好说明我们处于有意识的状态中，而不是在梦里，在梦里，一切都

1　唯我论认为除"我"或"我"的精神之外没有任何东西存在，整个世界及其他人都是"我"的感觉、经验和意识。

是绝对真实的。

看看你对我做了什么！我的爱，出于某些你很清楚的原因，我总是尽力对你离经叛道的研究进行认真的思考。我不由自主。可是，我认为对于像洛克小姐这样无辜的人施加影响是不对的。我必须告诉你，我催眠了那个女孩。她在无意识状态下吐露的证词，说明你与此有很大的牵连。实际上，是她自己要求催眠的，她认为如果要揭示问题的根源，用这种方法可能比较容易。既然她极力坚持，我便照做了。接下来有了一个偶然的发现。

她是个很优秀的催眠对象。我们事先说好，在催眠过程中，仅仅探问与那个梦境有关的事。在催眠状态下，她的表现十分出色，与清醒时惊人的一致——除了一件重要的事情之外，我稍后会讲到。我让她将梦中体验到的感受和所有具有意义的感觉进行放大。回答我的提问时，她的语言有时很不连贯，如同梦呓。她说了些关于生活、谎言和这个"肉体之梦"的可怕体验。她说的那些令人毛骨悚然的废话，在此不赘述了，因为你处于某种"状态"之时，我也听你说过许多类似的话。（老实说，你在以形而上的方式鞭笞自我的范畴中所做的研究，以及沉浸其中的样子，都很可怕。）

我刚才说过要详谈的，洛克小姐只在催眠状态下才提及的小事，是一条非常有说服力的信息。它暴露了你的存在。当我的病人第一次向我描述梦境时，她忘了——或者是忽略了——背景中还隐藏着另一个角色。这个隐藏很深的人就是服装店的老板，由某位女心理分析师扮演的专横的老板。你并未出现在舞台上，连客串出场也没有。但是，这位被催眠的洛克小姐在讲述服装店店员角色的梦境时，说出了这个傲慢专横的角色，这一信息正是这个梦的许多潜在假定之一。所以，亲爱的，你出现在洛克小姐的催眠状态中，不仅仅是以无形灵体的形式。

这一发现使得许多分散的证据得以整合，结果恰好指向你。不过，虽然有了所谓的证据，我依旧无法排除洛克小姐和你之间存在合谋的可能性。所以我没有询问这位病人和你是否有关联，也没有将她在催眠状态中讲述的内容告诉她本人。我假设她是有罪的，除非事实证明我的假设错误。

不过，我的确想到另一种可能性，尤其当我意识到洛克小姐对催眠非常敏感的时候。也许她是在被催眠后受到某种暗示，才产生那些不可思议的梦境的，而这种暗示你恰好非常擅长。难道这不可能吗，亲爱的？我知道，这个领域的实验室试验有时会获得古怪的成功，而古怪，毫无疑问，正是你的专长。还有一种可能性，关系到梦中心灵感应的研究，你对这一类研究也有不小的兴趣。那么，当洛克小姐遭受那可怕的梦魇折磨时，你正在做什么？（至少我知道，你当时不在我身边！）那可怜的病人心灵银幕上出现的幻象，有多少是由于外部因素的触发造成的？这些不过是近来我觉得不得不问的一些问题。

不过，这些问题就算有了答案，也只能确定你犯下这一罪行的手段。那么动机呢？关于这一点，我可以不假思索地说出来。只要能将自己的想法强加于人，你是不择手段的。你将那些伎俩可悲地施用在病人身上，可恶地用在同事身上，深情款款地（我希望是）用在我身上。我知道，像你这样一个有远见的孤独者，一定很难保持沉默，无法忍受忽视。但你偏偏选择了这样一条歧路，有足够的勇气陪你陷入那些精心策划的骗局者恐怕寥寥无几，至少自愿者寥寥无几。

说回洛克小姐。当我们的第一次，也是唯一一次面谈结束时，我依旧拿不准她是否是自愿充当你的间谍。因此，我对你在这个神秘故事中扮演的角色保持沉默。她在被催眠的无意识状态之下谈起过你，清醒之后便没有提到有关你的只言片语。总而言之，在与所有病人的首次面谈中，这一次尤为艰难，耗费的时间也特别长，而且这位病人的紧张焦虑与起初相比并没有得到缓解。她希望能开些药吃，这也属人之常情。就像包法利医生试图用一种缬草和香薰浴来缓解妻子在梦中感受的压抑一样，我给洛克小姐开出的主要是平抚情绪的药方，其中包括服用安定，以及他人的陪伴（后者也推荐给我们自己，亲爱的）。然后我们约定，在接下来的那个周三的同一时间再见。洛克小姐表现得感激涕零，不过在我的秘书看来，感激不能当钱使，咨询费还得照交。随后你便会知道，她想要我们将账单寄到何处。

一周过去了，洛克小姐并未如约前来。这倒没叫我感到惊讶，你也知道，很多病人都是这样，一旦得到了镇静剂的处方，有了一次治疗的经验，就认为自己不再需要帮助了。可是，我个人已经对洛克小姐的情况产生了浓厚的兴趣，无法跟进叫我倍感失望。

在办公室等了十五分钟，依旧没有病人前来看诊，我便叫秘书按照洛克小姐留下的电话号码打过去。（若是前一位秘书的话——祝她泉下安息——这种事不必我嘱咐，她会自觉去做，但是新来的这个女孩可不像你夸的那么好，医生。我本不该听任你把她塞进我的公司的。但那是我的错，对吗？）几分钟之后，玛吉走进我的办公室——想必是在她试着联系洛克小姐未果之后——含糊又冒失地建议我自己拨那个号码，并且递给我一份罗列着这位病人信息的表格。然后她一个字也没有说，就离开了办公室。那女孩真是胆魄过人，不过这份工作她是保不住了。

我拨了那个号码，铃声响过两遍之后，有人接听了。从声音判断，这是个年轻的姑娘，但不是我们的洛克小姐。她告诉我，我打错了（正确的号码，但没有要找的人）。于是我问，是否有一位叫洛克的女士，与接电话者所处的场所曾经产生过任何关联？但是从对方的语气中听得出来，她从未听闻过这个名字。我谢过她，挂上了电话。

你一定得原谅我，亲爱的，因为当时我感到自己成了一场恶作剧作弄的对象。"玛吉，"我通过内线问，"今天下午约了几位病人？""只有一位，"她马上回答，然后又主动补充道："不过如果你愿意的话，可以取消。"我说我希望取消，而且我打算在下午外出，当天不回来了。

我打算按照病历表上填写的地址去拜访洛克小姐，不过那也许也是个假地址。我也怀疑，这个地址会把我带到那个假电话号码所在的地方。当然，要验证这一点，不用离开办公室就能轻松办到。可是我了解你，亲爱的，我认为亲自跑一趟很有必要。我是对的。

车开到那儿大概需要半小时。那是郊外的一处高档街区，我的办公室也位于一片高档的郊外街区，但两者恰好处于城市的两端。（我希望你能把自己的办公地点从眼下的位置搬走，除非你有什么苦衷，不得不靠在一个嘈杂肮脏的贫民区旁办公——你可能会有这么一套说辞。）我将硕大的黑色轿车停在那个门牌号码所在的街区旁，它位于此地商业区的中心。

如果你还记得的话，那是上个星期三，天气糟糕透顶（我的许多次冒险都拜你的精心策划所赐，但是我不会将这次的壮举列为此类）。整个上午，天空都阴沉沉的，到了傍晚时分，天色更暗了，甚至能隐约看见星星。一场暴风雨即将来临，空气中充斥着大雨将至的焦灼。一扇扇橱窗中透出柔和的亮光。我从一间珠宝店门前经过，在迫人的阴郁中，它却显得熠熠生辉。好了，亲爱的，不必继续描述那天的氛围了。我只是想告诉你，对于你钟爱的那种不详的氛围，我是多么的敏感，而对即将上演的滑稽戏，我又是多么胸有成竹。

我只需走上几步，便来到洛克小姐所称的家庭住址。在那一刻，对于自己将会发现什么，我心中已经很了然。到目前为止，没有发生任何意外。我抬头看着那霓虹灯上映着的店名，一个年轻女人在电话里的低语在耳畔响了起来："小姐时尚。"这是那家店——不是吗——你好像在这里买过许多心仪的时装。可是我仍然感到惊愕。

最出乎我意料的是，为了刺激我得到诡异的启发，你竟然如此大费周章。这一切都是为了促进我们在虚幻世界中神圣的关联，对吗？我希望是这样。无论如何，我见到了你想让我见到的，或是我认为你想让我见到的。就在"小姐时装"的橱窗里。它甚至与洛克小姐唯一一次光临我的办公室时穿的格子裙套装一模一样。我不得不承认，当我将目光投向人偶那冰冷的面孔时，不由大吃一惊。紧接着我便在下意识中再次搜寻洛克小姐（不论她自己是否知道，都是你的同谋）和橱窗内人偶之间的相似之处。你也许猜得到我发现了什么，或者早知道我会发现什么。是它的眼睛——你想让我见到的，是那双始终朝着一个方向凝视的目光中，那晶莹的光芒。噢，星期三的孩子最倒霉！[1]

可惜就在此时，开始下起一场不大不小的雨来，我无法在那儿久留，好印证自己的感觉。我只得跑到附近的电话亭躲雨，也是凑巧，有些事可以顺便在那儿办妥。那天下午，我从记忆中找

---

[1] 为一句英语童谣中的歌词。

出那家服装店的号码，第二次给她们拨打电话。这一点也不难，难的是模仿你的声音——尖嗓门的爱人——并询问商店的会计部是否在当月给我寄出了一份账单，我指的是，寄到你的账户上的。我对你的模仿一定非常到位，因为电话里的声音提醒我，最近的款项我已经付清了。我，实际上这里的"我"指的是你，感谢售货员小姐的回复，为"我们"的健忘道歉，然后道了再见。或许我应该问问这个女孩，是不是她把那个人偶装扮成洛克小姐的样子，或者实际情况恰好相反，是洛克小姐模仿橱窗里那位模特的着装。无论如何，你与服装店之间确实有关联，这一点可以确定。你的同伙似乎随处可见，而且说实话，我站在那个小小的电话亭里的时候，开始感到自己有些多疑了。

雨下大了，我飞快地冲回到自己的黑色轿车里。我被雨淋湿了，所以在车里坐了一会儿，用手帕擦了擦被雨点打湿的眼镜。我说过，我感觉自己有些过分多疑，接下来的事恰好证明了这一点。取下眼镜坐着的时候，我似乎见到后视镜里有什么在动。我看不清楚，再加上坐在一辆前挡风玻璃被大雨浇透的车里，可能产生一些幽闭感，我心中顿时涌起一种短暂却明晰的惊恐。我赶紧戴上眼镜，看到后座上空无一人，也空无一物。我不得不验证这个事实，才能缓解心中的焦虑，这才是最重要的问题。我的爱人，你成功地让我演出一出"自己吓自己"的好戏。在那一刻，我也成了一个变幻莫测的宇宙神秘阴谋的帮凶。真是好极了！

假如我的推论正确的话，你确实成功地用纤细指间的绳索成功控制了我。坦白至此，我终于能够说出真正的重点，以及我恳求于你的"激发因素"。它与埃米·洛克之间的关联，远不如与我们之间的关联紧密，我最亲爱的。请尽量给予我同情，最重要的，是给予我耐心。

我近来状态不太好，个中原因你很清楚。与洛克小姐之间的牵扯非但没能让我们增进对彼此的了解，反而使情况变得更糟。我每晚都在承受噩梦的折磨。所有人都在梦中折磨我！在你和洛克小姐的一番好意（我认为）的影响之下，它们出现了。我这就为你讲述其中的一个噩梦，它能够代表所有的噩梦。我保证，这是我要讲述的最后一个梦。

在梦中，我在自己的卧室里，穿着睡衣（哦，难道你再也不会见到这身睡衣了吗？），坐在堆着被子的床上。

街灯的灯光从窗户透进来，将房间照得影影绰绰。虽然并非亲眼所见，但我想，银河系的星子大概也贡献了自己的些微亮光。那是一种蒸汽似的光，给整个二层都镀上了一层不太自然的白色。我要去卫生间，所以睡意蒙眬地走出卧室，来到走廊……在那儿受到这一生最严重的惊吓。

在白色的走廊里——说"被照亮的"走廊是不准确的，因为它就像被涂了一层荧光粉——有些东西，像是扮成人偶模样的人，又像是打扮得像人一样的人偶。我记得自己为此很是困惑了一番。他们横七竖八躺在地上，有的在楼梯间的尽头，有的甚至躺在台阶上，并且顺着逐渐向下的台阶消失在黑暗中。我从卧室走出来时，只见他们的头朝四面八方扭转，眼睛则在白茫茫的黑暗中发着光。我害怕得浑身瘫软——千真万确！——只能回瞪着他们，我怀疑自己的眼睛也和他们的发着一样的光。这时候，一个歪着身体靠在我左侧墙上的人偶扭着僵硬的细脖子，转过头来，直愣愣地盯着我。更糟糕的是，它说话了，那声音是对人类嗓音拙劣的模仿，更叫人毛骨悚然的是，它说："变得如我们一样，亲爱的。死了就和我们一样了。"那一瞬间，我感到浑身无力，仿佛生命已经被从身体里抽干了。我聚集所有的意志力，拼尽全力冲回到床上，梦境也随之结束了。

我连声尖叫着醒来，心跳得"怦怦"直响，仿佛身体里禁闭着一个疯狂的囚徒，直到早晨才渐渐平缓下来。为此我感到忧心忡忡。因为有关研究表明，噩梦真的可能导致心跳停止。在睡眠中承受幻象带来的巨大压力，真的会给一些可怜的人造成现实中的伤害。我不想成为这些案例中的一员。

你能够帮助我的，宝贝。我知道，让事情变成这样并不是你的初衷，可是在洛克小姐的协助之下，你策划的阴谋确实让我备受困扰。当然，在清醒时，我仍然坚持自己对你工作的看法，依旧认为它是荒诞的。只是在不知不觉中，你似乎唤醒了我，使我陷入了一种凄惨又恐惧的状态。至少我承认，你的思想形成了一个强大的超自然的隐喻，仅此而已。可是这已经够了，不是吗？很显然，这已足以刺激我写这样一封信，我恳求你注意到我，因为我无法以其他方式吸引你的注意。我受不了了！你要着叫人毛骨悚然的把戏，将我引诱到自我的最深处。请停止对我释放咒语，我们可以开始一段正常的爱情。不论形成情绪的心理机制是什么，只有情绪才是最重要的——而不是那些虚幻的梦境，也不是被剥夺了人性的形而上学。

我知道，你派来洛克小姐，实际上是想让我从她身上看到你最坚定的信仰。可是，假如我现在承认她身上的离奇之处呢？如果我认为她只是一个梦呢？如果我承认她不是一个女孩，只是一样没有自我的事物，并非真实的存在——按照你对存在所持的看法，它梦见自己是人类，而不仅仅是模仿人类血肉之躯而塑造的仿制品？你也许可以让我接受这样的观念。你也许能够让我相信，这世上许多事物之间，以及许多个世界之间，存在某种神秘的关联。可那又怎么样呢？我不再关心这种事了。

忘记其他的自我。忘记生命的第三种（第四种，第不知多少种）人称，在他们的世界里，神或魔将自我分化为许许多多小角色。只有第一人称和第二人称才重要（我和你）。忘掉那些梦吧。我知道自己不是一个梦。我是真实的，我叫什么医生来着？（听着，不论是在这个宇宙，还是任何其他的宇宙中，变成一个毫无存在根基的无名氏，你认为感觉如何？）所以请你行行好，承认我的存在也是真实的吧。

眼下午夜已过，我害怕去睡觉，害怕又做那些奇怪的噩梦。你可以救我，只要你愿意，就能叫我免于遭受这种折磨。但请你务必快一点。时间对我们来说不多了。于我而言，能够保持清醒的时间已经寥寥无几。告诉我，我们现在相爱还来得及。请不要为了我们毁灭一切，那只会伤害你自己。再说，尽管你玩着故弄玄虚的自虐理论，其中并没有任何真正神圣之处。所以不要再玩这些冷酷无情的空想家的把戏了。简单一些，善良一些。哦，我太累了。我必须要说晚安了，但是，不说

再见，愚蠢的爱人。听我说。请你独自睡去，进入层叠的梦境。它们也是你的一部分，是我们的一部分。隐没在它们之中，别来打扰我。我随后会来找你，到那时，你便可永远与我在一起，待在你自己的专属角落里，就像我曾经的小埃米一样。这是你一直以来渴望的，这是你应该拥有的。单纯的灵魂，傻气的玩偶，在他们之中隐没吧。带着眼中的一线光芒，隐没吧。

夜盲者三部曲

第一部：化学家

你好，小姐。啊，是的，事实上，我今天晚上确实想找个伴儿。我叫西蒙，你叫……哦，罗斯玛丽。有趣，我刚才正幻想着玫瑰十字会[1]的线索呢。没关系。请坐，小心椅子上的刺，别挂着你的裙子。这儿的东西磨损得厉害，都磨出尖刺来了。不过，虽然装潢差一点，这里的氛围还是相当不错的，你不这么认为吗？没错，你说得对，很符合它的调调。不过就餐桌服务而言，还是有些不到位。恐怕喝酒时还得亲自去调呢。你觉得我很幽默，谢谢，我很高兴。那么，我能帮你去吧台拿点喝的来吗？没问题，给你来杯啤酒。请帮我个忙：在我回来之前，请把嘴里的口香糖吐掉。谢谢，我很快就把我们的酒带回来。

给你，罗西，从吧台拿来的啤酒。只要别打嗝，我们就能相处愉快。真高兴，你嘴里没有口香糖了，不过你可别是把它给吞了。把口香糖和啤酒搅和在一起，肠子可消化不了，太受罪了。我知道，这是你的肚子，不过我对人类身体所有容器的运作都很有兴趣。没错——容器。需要我拼出来吗？不，不是取笑你。不

1　十七世纪初在德国创立的一个秘密会社，自称拥有自古代传下的神秘宇宙知识，普遍认为神弥漫于宇宙万物之中。

过，如果我们讨论的是智人身体中那些精细系统的容器，它们彼此之间还有相互作用呢，跟教堂里的圣杯或实验室里的血清瓶可不一样。的确如此，你那只完美的手中握着一个压根没有消过毒的玻璃杯，它是一个容器，现在你明白了。

我的杯子？你是说杯中酒的颜色很红？没错。我喜欢红色的酒。这一杯是我自己调的。我管它叫红色杜松子朗姆酒，我管它叫这个。白朗姆酒、杜松子酒、淡姜汁酒，再来点儿，最理想的是蔓越莓汁，不过这儿的酒保加的是黑樱桃酒，它的红色不够丰富，缺少你微笑中的那一点儿酸味。来，尝一小口。不喜欢就直说。没错，用"不同"形容它就对了，所以它才有趣嘛。即使丝毫不差地按照现成的配方调酒，也会产生差异，哪怕是一杯最普通的鸡尾酒也能体现出这种差异，如果加上一丁点儿古怪的混合物，就更不用说了。你只是需要培养对差异的敏感性而已。随便问哪个品酒师都可以。这种敏感可能扩展到生活中的每一次体验。尽管我们认为自己每天都在做同样的事情，但凡事总会有些波动，这才是常态。哲学家说过，人不能两次踏入同一条河流。每一个逝去的时刻都与前一个时刻的方向有所偏离，莫名其妙，却常常发生。

就我个人而言，我就特别喜欢多一点变化。你在笑话我这句话的重点。你自以为对我有所了解，也许还真没错。机灵的姑娘！不过，正如你眼下心里在琢磨的，堕落不过是各种变化当中比较浮夸的形式之一。差异奏响生命之舞的曲调，甚至在亚原子层面上也是如此。

哇，你还真的一口就把这杯冒气泡的酒喝完了。想再来一杯吗？还是我给你调一杯自己发明的酒？没错，我发明的酒可不止一种。还有另一种红色的，是我首创，实际上只是把标准配方变了变，叫"甜酸血腥玛丽"，用优质伏特加、奎宁水、糖、柠檬片和番茄酱调成的。听起来是很像一种菜的名字。非常带劲儿。不是的，不好意思，毁了你的笑话：虽然我爱深红色的酒，但对吸血鬼咬开的脖颈中流出的甘露并没有兴趣。而且，我在白天也能工作。

在哪里工作？好吧，这个应该可以告诉你。我受雇于离这儿不远的一家制药公司，要保密哦。我是个化学家。没错，真的。好吧，你这么快就看出来，我和辛苦工作一天之后来找乐子的普通人不同，这很好。有眼力的姑娘！不过，我确实是在加班之后直接过来的。我去吧台的时候，留意到你盯着我小心翼翼地放在桌子底下的公文包。你猜对了，那个公文包里恰好装着一些"工作用品"，还有些别的。完全正确，亲爱的——这可是红灯区，把重要物品留在车里是件愚蠢的事。

嗯，我倒不觉得这地方只是个烂地方。当然，它是很烂。但是用这样一个口语化的词并不能淋漓尽致地体现这地方的腐朽。是腐朽，罗。它包括你说的烂，但还有许多其他的。凭我的个人经验判断，比你能够想象到的还要多。整个城市无疑是一具凄惨的尸体，而这家酒吧墙壁外的街区则拥有一份殊荣，成为逝者凋残的心脏。而我是一名专心的学生，对它进行解剖，并且寻找别人忽略的坏死之处，勉强称得上一个病理学家吧。

举个例子，你去过那个叫"地下酒吧"的地方吗？哦，那么你一定知道什么叫蹩脚的怀旧——将逝去之物强留下来，任其腐烂。真的，一栋滑稽的老房子，走上一截楼梯，有一个能够产生回音的高耸的大厅，装潢很老式，拱形的镜子和镀铬吊灯之类的。大厅里，瘦骨嶙峋的新潮女郎和憔悴的盖茨比那巨大的剪影像俯瞰着舞池，在弧形的舞厅墙壁上晃动，带着参加葬礼般的优雅，嘲笑活人们别扭的舞姿。一场被裹上拙劣新外套的旧梦。为了将一种过时的狂热残忍地保留下来，人们会沿用并将它定型，这多有趣，不是吗？真是一个二手梦幻和过气消遣盛行的年代。

不错，这个城市还有一些更有趣的景象，那个可疑的教派沿街的礼拜堂正是其中之一。在第三大街和迪克森街交界处就有一个，叫"真圣光教堂"，我应该没有记错，因为那个名字散发着刺眼的亮光，足以刺瞎人们探究的双眼。怪得很，每次骑车经过时，我总是试图寻找亮光，但从没见这栋低矮的、灰色的建筑从窗户里透出过一丝光线。

告诉你吧，没有人比我更崇拜这座城市了。它的俏皮之处简直叫人目不暇接：怪诞的事物一样挨着一样，垒叠成大型的庞杂的怪物。你看到一间小店的橱窗展示着一长溜义肢，正好隔壁就是"马弗二手货品店"，其怪诞可见一斑。还有那种地方——我敢保证，你一定留意过——使出浑身解数暗示此处有反常。比如，本德尔大街有一家"比尔的本德尔酒廊"，那地方看上去像一个印着国际象棋图案的盒子，门口竖着一个花哨的门罩，上面亮着"夜生活"几个字。假如盯着那标牌，看上一段时间后，你就会感觉"夜"这个词表示的时间比黄昏与黎明之间的时间要长许多。这句简短的广告一下子变得魅力十足，仿佛是开启最新奇的夜间娱乐的密码。说到娱乐，我还有一个例子，有位老板，十足的音乐剧爱好者，给自己的公司取名为"男人和洋娃娃"。这家公司专门销售和修理人偶，不得不感叹，这位老板真是生来就有低俗的天赋。或者它其实是一家人偶妓女店？并非有意冒犯你，罗莎莉。

我还有得说呢——我还没提到"旺达小姐假发"，还有那家古老而邋遢的旅馆，他们吹嘘"每个房间都有浴缸"——好吧，也许你听得有点儿厌了。好的，你说最近没留意过这些事情，我懂你的意思。心灵会变得迟钝，变得洋洋自得，我知道。我自己有时也会这样。可是，似乎每当我感觉舒服自在，志得意满时，总会有些震撼随之而来。

也许是坐在自己的车里等红绿灯时，一个乞丐、醉汉或白痴会走到我那毫无防备的车子面前，猛敲玻璃——用两个拳头，像这样——要我给支烟抽。他用手指摆成剪刀状，碰碰自己粗糙的嘴唇，表明来意，因为他很早以前就不再开口说话了。一支烟？好先生，我是一个搞化学的，不是烟民。绿灯亮了，我驾车扬长而去，看着那流浪汉在后视镜里渐渐缩小，最后消失。可不知道为什么，我已经把他当成了一名乘客，一个幽灵般的人物，睡眼惺忪地坐在我旁边，滔滔不绝地扯着各种废话或趣事，讲述混乱的身世遭遇。过不了多久，我便能再次恢复从前的警戒状态。

感人的故事，不是吗——也对，时间好像很晚了，可我们之间还没什么进展。去你的公寓？不错啊。不，对于我们该在哪儿完事，我本来就没主意。你家挺好。不过是在哪儿？真的吗？那是座起了个新名字的老寺塔。太棒了，开车过去的路上要穿过啤酒厂的阴影笼罩下的那片街区。你住在那栋楼的几楼？不错，不折不扣的顶楼套房，城市高层住宅。依我看，越高越好。

我们这就出发吧？我的车就停在前面。

希望老天没打算下雨。真的没有，晴朗的夜晚。可是你瞧，我的车旁站着一位警察。少安毋躁。只要你不说，我自然什么也不会透露。顺便问一句，你不会是一位乔装的副警官吧，罗森格兰兹[1]？你不会背叛我这毫无戒备的哈姆雷特，对吗？简单说

1　罗森格兰兹是《哈姆雷特》中的角色名，他和哈姆雷特曾是好朋友，但是在克劳狄斯篡位后由于利益的关系投靠了新王。

声"不是"就够了。你要是再说那种字眼儿，我马上就把你交给政府，然后再瞧瞧你精彩的职业生涯中到底积累了多少案底。安静，很好。让我去谈就行了。我们走。

您好，警官。没错，这是我的车。停得没问题，对吗？天啊，我可真是松了口气。我刚才还以为……执照和注册记录吗？没问题。给您。麻烦再说一次？是的，我想我离家是有点儿远。但我在这附近工作。我是股票经纪人，这是我的名片。您知道，我干这一行已经好长时间了，照一个人看上几眼，就知道他是否买了股票。我敢打赌您买了。瞧，我就知道，说对了。买了多少都无所谓。对了，您最近咨询过投资顾问吗？照我说，应该咨询咨询。股市变化快着呢。人们总是谈论通货膨胀、经济衰退、大萧条什么的，别去管这些。只要明白该把钱投向哪里，我的意思是，真的明白，就算 13 号、星期五、大街上的公司全部倒闭，那也没关系。

你需要明智的建议，当然，所有人都需要。举例来说——只是为了证明我的观点，所以才告诉您——这城里有个团队，离这儿还不到半英里，名叫洛克迈尔实验室。他们费不少工夫研发了一种新产品，正准备推向市场。当然，我不了解技术上的细枝末节，但我确信，它将在人们所谓的——怎么说来着——精神病药物范畴内引起一场变革。它比抗抑郁药还要厉害。您明白我的意思吗？这是您必须知道的那种事情。

没错，警官，洛克迈尔实验室。是家好公司。我自己也买了他们的股票。小费？天哪！您不用谢我。您说什么？要给我一点忠告？好吧，既然您都这么说，也许像我这样的人是应该去光顾更高档的街区。我保证，您再也不会在这里见到我了。感激不尽，警官。我会牢记在心。您要记得洛克实验室哦。那好吧，祝您度过一个美好的夜晚。

　　罗西，等他的车拐过街角，你再上我的车。我们得让执法者保持一种幻觉：他的忠告叫我恍然大悟，原来这个下三烂的地方和你这个下三烂的人都是有危险的。他像老朋友一样看着你，对我们俩来说都很麻烦。今晚你坐在我的桌旁，说明你是个聪明的姑娘。我的公文包给他留下了好印象，不是吗？好，我们现在可以上车了。

　　没错，我确实设法摆脱了那个棘手的警察。但是我希望，提起我当着那个警察的一顿胡扯时，最好不要忘记，我在十二岁时就获得了理学学士学位。最后再警告你一次，不许说脏话。现在把车窗摇下来，让你的脏话从车里飘出去。你说我欺骗了那个善良的警察，实际上并没有。不，我不是股票经纪人，我告诉过你，我是化学家，这是真话。我建议那个长着一双鼹鼠眼睛的警员掏钱买洛克迈尔实验室的股票，也是肺腑之言，因为我们即将推出一种新的精神类药物，可以让我们的投资者就像在通宵咖啡店里的瘾君子一样嗨翻天。我怎么知道他买了股票？怪神奇的，不是吗？大概只是撞大运吧。今晚是我的幸运夜，也是你的。

　　你不太喜欢警察，是吗，罗莎？没错，我当然要批评你。没有他们，我们这些不法之徒能去哪儿？我们能拥有什么？不过是个无法无天的天堂而已……天堂是最无聊的地方。无规可违的暴力等同于无人倾听的噪音，宇宙中最可怕的声音。不，我知道你和暴力没有任何关系。我没有暗示你有暴力倾向的意思。可以，在你的公寓办完事之后，我开车把你送回酒吧。当然可以。

　　眼下就让我们享受这段旅程吧。你说"有什么好享受的"？难道你看不出，我们正在接近那家酿酒厂吗？瞧，那是它的标志，啤酒和黄金，自诩他们生产啤酒的过程如同炼金术，将基本原料转化为液体黄金。炼金术,罗塞塔。我指的不是"联合化学"那种不入流的公司。看看周围这些塌陷的房子,残破的店铺,全都是这城市的圣地,如果你愿意的话,可以称它们为神龛。你不愿意吗?已经见过无数遍了?贫民窟就是贫民窟而已,真的吗?总是一成不变。从来如此?

绝对不是。

当雨水从天而降,旧房子褐色的砖块开始滴水,颜色变得暗沉,这时候怎样呢?烟灰色的天空变成一面朦胧的镜子,映照出你的灵魂。你瞠目看着一排废弃的建筑物,清晰地辨认出它们的轮廓,它们也会惊讶地看着你吗?或许这种情况只发生在另一种风暴中,比如被城市的灰尘弄脏的积雪悄悄堆积在窗前的时候?在这样的情境中,你是否首先想到宇宙中所有幽晦寒冷之处,比如濡湿的地下室,阴郁的阁楼?你不愿去想那些阴冷荒凉的地方,当下却无法忘怀。也许下一次你能做到。没有任何两次是一模一样的。没有任何两个人的生活是一模一样的。我们于彼此而言都是陌生人。当你与陌生人一起在这里穿街过巷,你得满足于他们看待事物的方式,就像你现在不得不忍受我正常的视力,而我要接受你那漠不关心的近视一样。这些叫人失望的房子与你昨晚见到时一模一样吗?甚至是一秒钟以前,一样吗?或者它们如同在烟囱和树木上方回旋片刻便继续漂流的浮云?

炼金过程中的嬗变是无限并且连续的,时刻都在进行,就像一群奴隶在巨大的实验室里勤勤恳恳地干着活儿。我知道,你对它们的工作毫无觉察,尤其是在城市的这个角落里。在这里,昔日的荣光和晴明戴上一副新的面具,鼠虫横行,腐败不堪;在这里,老派格调被岁月改造成对自身的效仿,这一点从来无人预见;在这里,在旧日模样和来日的未知之间,不断衍生变化越来越多的派别；在这里，如同有一面神奇的魔镜般，能够瞥见进化正朝着无限多样的方向发展。

当然，这是真正的炼金术，而那种理论上将含金量不断提高的完美过程并不是，这一点你也许已经有所领悟。铅变成金子，低级物质变成高级的精神，不，不是那样的。事实上，恰恰相反。请不要把那块口香糖放进嘴里。现在就把它扔出窗外！

正如我所说的，万物都在变化，这种变化没有主题。哦，也许存在一些不变的理想，一些不可动摇的绝对。我想，从科学的角度来说，应该允许这一可能性的存在。可是，要达到这个理想，便意味着我们只能在通往那些假设更为高级的世界的道路上无望地徘徊。我们的思想会变得狂热而混乱。刚开始，真理坚不可摧，但很快就像梦境中的恶性细胞一样增殖，而那个梦境的真正轮廓仍然未知。也许，我们应该感谢化学的奇想，环境的无常，以及谜一般的个人趣向，它们给了我们许多只属于当下的现实和欲望。

不，我脑子里并非总是充斥着这些"古怪的念头"——引用你的说法。只是每当看透事物的真相时，我总能够准确无误地告诉你。因为少年老成，进大学时我是一名懵懂的新生，比大多数学生还要懵懂。有一天，我的化学成分似乎开始变化了，我喜欢这样想。刚开始感觉很可怕，可是到后来，我发现，变化导致错误的化学成分变成了正确的。没错，那时我就决定，把它作为我终生的职业和使命。不过故事就说到这儿吧。你住的公寓楼到了。

请不要用力摔车门，我瞧你差一点就那么干了，没必要引起人家的注意。你说得也对，反正这附近没人会关心这种动静。这条街上的害人虫似乎全都缩回各自的洞里去了。哎呀，差点忘了我的公文包。在这种地方，可不能让它待在车里，无人看管，对吗？你在笑话我的公文包，是吗，玛丽罗斯？你以为自己又看穿了什么。好吧，你愿意这么想，那就这么想吧。人人都愿意掌握点儿小道消息。比如刚才那个警察。看得出来，突然得到一点内幕消息，他多高兴啊，哪怕只是关于股票市场上的一点内部消息。每个人都愿意知道点什么，科学奥秘，真正的毒品。

也许我的公文包里真的有毒品。不过，同样的道理，它里头也许也没有，只是一个道具，一个空荡荡的皮质容器。但你已经知道我在一家药厂工作。你还是认为包里有毒品，对吗？好了，我们上楼去你家，然后揭晓答案。

这个小门厅还挺舒适。不过这儿的氛围恐怕对那盆羊齿蕨没有好影响。当然，我知道那是盆假植物，也不过意味着大自然这最伟大的化学家之一，借用人类的手创造了它，仅此而已。来吧，电梯似乎还开着，虽然有点儿吵。你先请，女士。如果我没记错的话，应该是二十二层吧，我的记性向来不错。啊，我想在电梯里是不能吸烟的，如果你不介意的话。谢谢。我们到了。我打个赌，你的房间在走廊尽头。瞧，我每次都猜得对。这不好玩儿吗？好吧，这就来，这就来。

不错，你的公寓有一扇很好的门。不，你说得不对。"和别的门一样"这种事根本不存在。你的门相当不同，看不出来吗？而且，这扇门今晚显然与你之前任何时候见到的样子都大不相同。今晚我来到了你家门前，我的出现是独一无二的，但我并非因此而产生自我中心主义。你明白我的意思吗？好吧，如果你觉得我整晚都在给你上课，真抱歉。我当过老师，这一点应该很明显。不过，我的小玫瑰花骨朵，在开始办事之前，还有些非常重要的事情必须要告诉你。好吗？现在我们进屋去，看看这么高的地方视野怎么样。

请把天花板上的灯关掉，这样窗玻璃上就不会映出房间里乌烟瘴气的样子了。开一盏昏暗的灯就够了，我们只需要这么点儿亮。可以，这就行了。从这个高度往下看，视野真是相当不错。也没有高得离谱，我觉得恰到好处。我住的那栋房子只有两层楼，上到这儿来才知道自己错过了些什么，我有点头晕。我愿意从这么高的地方，整夜眺望这座城市，观察其中不断的变化。每晚都是一个不同的城市。是的，罗西，我必须承认你是对的——虽然你语带讽刺——城市真的也是一个容器，逆来顺受地容纳着许许多多奇形怪状的内容物。伟大的化学家们在那下面研究深不可测的公式。看看地面的灯光，勾勒出各种场馆和街道，道路在它们之间纵横交错，就像是某种生物的骨架……梦的骨架，为支撑新的形状，随时可以改变结构的隐形支架。伟大的化学家总是在梦中塑造新事物，冒着在这个过程中可能突然醒来的风险。如果这种事真的发生，你就瞧着吧，一定要付出地狱般的代价。

我的想象力吗？不，我觉得它并不生动，相反，它还不够强大。我这点贫乏的想象力需要不断地……扩展。这就是我和你在一起的原因。你又笑了，或者说你在傻笑。有趣的词，傻笑。就像一个外星人的姓氏。西蒙·傻笑。听起来怎么样？

是的，我们好像浪费了太多时间。不过当然喽，还得再耽误一会儿，好让我在公文包里翻一翻，把你一直期待的东西拿出来。你希望它是上好的毒品，嗯？好吧，你会有机会知道答案的，既然你似乎很想成为盛装我的化学品的容器。不，请你随意坐着就好。我可没打算叫你把公文包里的每一种灵药都欣赏个遍。你唯一可能有兴趣的东西装在一个矮胖的小瓶子里，上面紧紧地拧着一个黑盖子……就是它！

是的，它看上去像一瓶发光的粉末。你很善于观察。它是什么？我还以为你已经知道了。来，伸出手，你可以凑近些看。在你汗湿的手掌中央撒上闪闪发光的一小撮，准确地说，是一颗人脑所需要的量。像不像碎钻？没错，它还亮闪闪的。你可能担心不小心从鼻子里吸进去，或是通过别的什么途径进入身体，你担心会有危险，我不会怪你的。不过如果你仔细观察我的魔法灰尘，就会发现根本不需要做任何事情。

看，它已经与你融为一体了。它消失了，只留下一点点细碎的粉末。但不用为它们担心。平静下来，灼热感很快就会消失。搓手掌也没有用，粉末是搓不掉的，已经渗透到你身体里的各个系统了。而且，过于激动对你当然是没好处的喽，威胁也只是徒劳。请继续在椅子上坐好。

有什么感觉吗？我指的是，除了指挥不动自己的胳膊和腿之外，还有什么感觉？夜生活才刚刚开始。我的红玫瑰，你刚刚将那些乳白色的物质吸收了，我们之间如今可以建立一种非常有趣的关系。这种药使你对一种能量的塑形能力非常敏感，那正是我所产生的能量，或者说通过我而产生的能量。如果说得更浪漫些，是"我在梦你"。我只能这样解释，我尽力了。不是古老的爱情歌曲里唱的那样，梦见你，而是我在梦你。你的四肢对自己大脑的命令毫无反应，是因为我梦了一个像雕像一般静止的人。真希望你能明白这有多了不起。

该死！那股想要尖叫的冲动应该来自于你自己。你真被吓坏了，是吗？为了保险起见，我还是梦一个不会遭遇可能引起尖叫之事的人罢了。好了，这就成了。你的模样的确显得有些奇怪。但这才刚刚开始，只是孩子玩的小把戏而已，无论如何也不可能引起你的赞叹。我马上就会使出绝招，保管叫你大吃一惊，我得集中精力才行。

你的眼里好像有什么东西？没错，我已经看到了。你的眼中有一个疑问。假如能说话，刚才你一定会问我：从前的罗西会怎么样呢？应该叫你知道答案，这样对你才公平。

我们之间渐渐达到完美和谐的状态，我的梦和我的梦女郎。你的血肉之躯将成为一个万花筒，将我的想象力展现得淋漓尽致。在这个过程的后半部分，任何事情都可能发生。当伟大的化学家们亲自接管你的躯壳时，它已经超越了一切变化的极限。不久我就会把自己的梦交给他们，他们将引发奇妙而混乱的反应，我相信我们双方都会倍感惊喜，这是一个永远也不会改变的事实。

不过，在这个过程中仍然存在一个问题。它不够完美，当然也就无法推向市场——医药行业常常这样说。如果达到完美的境界，岂不无聊？我指的是，各种各样的变形会产生压力，原始结构将彻底崩坏。后果很简单——你再也不可能恢复从前的模样。我很抱歉。你只能维持梦境终结时的状态，不论那模样有多么古怪。若是哪个聪明人不幸发现了你，他准会惊慌失措。不过别担心，我离开这里以后，你就活不长了。到那时，你会体验到神一般的变形而我无论多么努力，永远也不可能了解那种感觉。

现在，我们该按照冥冥中上天对你的安排行事了。准备好了吗？我一切都已就绪，我要将自己交托给那些力量，它们有它们的路要走，但是会带上我们。感觉到了吗？我们都被卷入了一场狂暴的变形之中？你能感受这位化学家的狂热吗？我梦的力量，我的梦，我的梦，我的……

现在，疯狂的玫瑰……绽放吧！

第二部：请用迷宫般的眼睛向我祝酒

宴会上，人人都在谈论它们。他们问我是否曾对它们施予改造，猜测我在眼皮底下藏着古怪的镜片。我说没有，这奇特的视觉器官与生俱来，并非验光配镜师的妙手所得，也不是手术留下的后遗症。他们自然不肯相信，尤其是听到我说，我生来就具备顶级催眠师的各项才能，并因为进步神速，开启了同行们从未涉足的一片催眠处女地。不，我不认为这是门"生意"或"行当"，我得用"召唤"这个词。冥冥中所注定的，被命运的圣痕所标记的东西，除了召唤，还能是什么？他们听了我的话，礼貌地微笑着，说真的很喜欢这场表演，夸我技术精湛。我告诉他们，有机会在这样尊贵的场合，为尊贵的人们进行表演，我感激涕零。他们拿不准我的语气中是否带有讥讽的成分，只能局促地转动着香槟酒杯，杯中的酒水翻着泡沫，水晶玻璃在吊灯投下的变幻莫测的灯光中熠熠生辉。在这间巴洛克风格十足的大厅里，美人与权贵比比皆是，谈笑间显得风度翩翩，但我知道，他们很清楚自己骨子里是多么普通和平庸。我与我的助手受邀来到这里，竭尽所能逗他们开心，同时也接受他们的欢迎。房间对面有位红脸绅士，他大口地喝酒，像发情的动物一般凝视着我的搭档。"您想跟她聊聊吗？"我问。"当然。"他回答道。他们都想，他们都想认识你，我的天使。

今晚，就在刚才，我们为这些可爱的人们做了表演。我告知宴会主人，在进行表演之前不要提供酒精饮品，而且为了让每个人都能清晰完整地看到我们的小舞台，我请他将这过于考究的大厅中的家具位置进行调整。当然，他很乐意地照做了，而且还应允我的请求，提前付了款。肯如此周到地为别人考虑，真是个性子随和的好人。

表演开始了。起初我独自一人面对沉默的观众。所有的灯都熄灭了，只留下一盏聚光灯还亮着，我将它安排在地面上，离舞台 2.2 米远的距离。聚光灯的光对准一对节拍器，两支短棒步调一致地来回扫动，就像下雨时汽车挡风玻璃上的雨刷：流畅地往后摆，又流畅地向前摆，一后一前，一前一后。在两支小棒的顶端，分别安装着一个我的眼睛的复制品，也随之左右摆动，所有人都能看到。我的声音从舞台边一个阴暗的角落响起，先对"催眠"这一名词和它的本质做了简单的介绍，然后说道："女士们先生们，请将你们的注意力转移到这个光滑的黑色的柜子上来。里面站着这世上最美丽的生物，你们一定前所未见。她是最为尊贵的六翼天使，从天堂降落人间。她被深深地催眠了，随时准备为诸位带来快乐。你们马上就会见到她，会被她深深地吸引。"我戏剧性地暂停片刻，盯着眼前的人群，将他们置于我的控制之下。我回过头，朝那柜子看去。仿佛是出自它自己的意愿一般，神奇之门打开了。

观众几乎是异口同声地发出了一声惊呼，那一刻我慌极了，可是接下来是一阵热烈的掌声，我知道这意味着一切正常，他们喜欢展现在面前的角色，这才放下心来。他们看到的柜子里站着一个人，纤细的胳膊一动不动地垂在身体两侧。她穿着一件小小的带亮片的裙子，虽然是一件俗气的演出服，但是夺目的炫光掩盖了那份俗气，仿佛它虽然劣质，却也具有灵魂。她的眼睛仿若两颗蓝宝石，衬着雪白的面庞，目光似乎深深地凝视着无限的虚空。待观众们尽情欣赏了一番之后，我说："现在，我的天使，请你倒下。"听到这个信号，柜子里的她开始晃动身体，最后脚步蹒跚地往前一扑，我赶在她的身体还差几英寸就要撞上舞台时那电光石火般的一刻，弯下身去用一只手兜住她的喉咙，扶住了她。此时她已经一动不动了。她的金发一丝不乱，镶嵌着宝石的头饰也牢牢地戴在头上。最后，我命令这位四肢修长的助手重新站好，这时观众席响起了雷鸣般的掌声。

接下来便是正式的表演，好几场催眠表演，再加上几个魔术。我令被催眠的助手平躺在两把椅子之间，请几位体形壮硕的观众上台来，坐在她身上，男人们都乐得一亲美人芳泽。然后我让这梦行者变得异常柔软，把她塞进一个小得不可思议的盒子里。可是，我告诉观众，她还是不够软，那盒子只能容纳她身体的一部分，所以我对他们说，必须将她的脖子和一些骨头折断，才能将全身都装进去。观众们都挺身坐在了座位的边缘，我请求他们，如果看到有血从盒子旁边渗出来，请务必保持镇静。终于，我将盒子盖上了。当我的助手安然无恙，缓缓站起身来，观众们开心极了（实际上，他们和所有观看这类貌似危险的表演的观众一样，心中暗自盼望着事情出错）。接下来的节目是"活人巫毒娃娃"。我把长针扎进她的肉里，而她没有丝毫畏缩，连哼也不曾哼上一声。我们又表演了好些挑战死亡和疼痛感的节目，然后开始表演记忆魔术。在其中一个节目中，我请在场观众一个接一个迅速报出自己的全名和出生日期，然后指示被催眠的助手，根据个别听众的要求，随机重复这些信息。她重复所有名字时都是正确的——自然，这叫每位观众感到震惊——但她报出的日期没有一个属于过去，反而都是将来的某个日期。她操着机械的语调说出一些具体的年月日，有的日期遥遥无期，而有的则近得叫人不安。我对助手的行为表示了惊讶，向观众解释说，算命通常不是我们表演的一部分。然后，我为她如同拙劣的先知般的表现道歉，并发誓要用令人瞠目结舌的结局来弥补缺憾，好将观众们从不健康的自我反省中拉回来。此时此刻，响起天堂刺耳的号角声是不合时宜的。

我发出信号，助手走到舞台正中央。她站在那儿，叉开双腿，下半身形成一个倒过来的 V 字。又是一个信号，她将手臂抬起，像两只翅膀般向外伸展，并紧紧绷直。最后一个信号发出，她垂着的头缓缓抬起，脖子上肌肉紧绷，最后头部完全挺直，眼睛则看着观众席。与此同时，观众们也用同样的目光盯着她。"现在，"我提醒大家，"请保持绝对的沉默，不能咳嗽，不能抽鼻子，不能打哈欠，也不能清嗓子。"这指令听起来不太合理，观众们却十分顺从。他们保持着沉默，就像一个埋葬着秘密的坟墓。"女士们，先生们，"我接着说，"你们即将见证一个奇迹，我甚至用不着说一番冗长的开场白来吹捧它。我的助手正处于极深的催眠状态，她体内的每一个粒子都对我的意愿极度敏感。收到我的指令后，她将开始蜕变，整个过程一定会叫诸位目眩神迷。你们或许曾经幻想过那样的景象，却绝对不敢奢望能亲眼看到。话不多说。亲爱的，可以开始变身了，代号：撒拉弗。"

我的梦行者站在那里，双臂高举，双腿伸开，加上高昂的头颅，恰好对应五芒星的五处尖角。"隐隐有亮光出现了，"我对观众们说，"她开始绽放，开始发出白光。现在，白光是如此炫目，她几乎消融其中——在一团神圣火焰的包裹下，她几乎要超脱于俗世的存在。但是没有丝毫痛苦，只有耀眼的光芒，别的什么也没有。"当然，观众席中的各位甚至不需要眯缝起眼睛，因为从她身上放射的光——这光的迷宫！——是梦的光芒，不具有任何实质的属性。"继续看下去，"我指着助手朝观众们喊，她那件缀有亮片的裙子已经变成漂浮在她周围的一片薄纱。"看见了吗？雪白的翅膀从她的肩头伸了出来！看见了吗？她摆脱怀有七情六欲的肉身凡胎，蜕变为一位天神！看见了吗？她是多么超凡脱俗——褪去人类兽性外衣的圣光！"

可是到了此刻，我已经难以维持眼前的局面了。观众眼中的光彩逐渐暗淡下去，而且随着时间分分秒秒的流逝，变得越来越暗，我的助手又恢复了凡人的模样。我感到筋疲力尽。更糟的是，我们的努力似乎收效甚微，因为观众们的掌声十分敷衍。我简直不敢相信这样的结果，但结局就是如此平淡无奇。这些人没有开窍。他们更喜欢模拟死亡和伪装痛苦的把戏，对那样的表演趋之若鹜。呸。我呸！那好，就及时行乐吧，你们这些白痴。演出还没结束呢。

当灯光亮起，寥寥无几的掌声彻底平息，我说："谢谢，女士们，先生们，希望我和我的助手没有让你们昏昏欲睡。你们看起来确实有些困了，仿佛被催眠了。这感觉倒也还不错，不是吗？沉浸在柔和的黑暗中，让自己的灵魂在装满柔软阴影的枕头上歇息。但我已收到宴会主人的通知，宴会马上就会热闹起来。当你们的耳畔响起一个细小的铃声，那便是要求你们醒来的命令，到时你们必须醒来。记住，听到铃声，就说明起床的时间到了。"我重复道，"现在，我想狂欢该开始了。"

我扶着助手走下舞台，加入宴会的来客当中。酒水端上来了，大厅里的噪音顿时暴涨。人们这儿一群那儿一群地聚集起来。我与助手被围了个水泄不通。可是，我从人群中挤了出去，似乎并没有人留意，他们已经被穿着亮片裙的梦行者迷得神魂颠倒。她是那样光芒四射——她的裙子反射着那顶巨大吊灯的光芒，如同无数眼睛不断明灭闪烁，就像了无生气的星系最中心的太阳。似乎人人都在拼命吸引她的目光，但她只是一径地微笑着，风姿优雅，却满脸茫然，甚至连别人放在她手中的一杯饮料也没有啜上一口。人们就像交配季的母蜘蛛那样愣头愣脑。毕竟，我这位身材修长的催眠对象可是个绝世美人。

不过我也吸引了几名仰慕者。一个穿深色西装的男人问我能不能帮他戒烟，还有人询问是否可以利用催眠帮他打广告，当然是用合法的方式。我给他们分发了名片，云灰色的亮面上铅字印着一个不存在的电话号码，一个真实城市里的假地址，以及科西莫·凡扎戈[1]这个名字。从一个表演型的高超催眠师身上，还能指望得到什么呢？我还有别的名片，比如印着高登齐·奥费拉里或约翰尼·蒂耶波洛的名片。目前还没有人拆穿我。可我本来就跟他们一样，都是名副其实的艺术家，不是吗？

我一面应付那些需要治疗的人，找我为他们的凡尘俗事提供帮助的人，一面却始终看着你，亲爱的梦行者。我看着你游走在这华丽的大厅里。与这座庄园里其他的房间不同，有人倾尽心力将这个大厅修建得精致绝伦。它让人回想起数百年前的某个时代，那时候，你的梦行者前辈为上流社会表演梦行。你和这庄园大厅的洛可可风格水乳交融，十分和谐。我满怀喜悦地看着你，看着你在这形状不规则的大厅里穿梭来去。这里的墙壁柔和地起伏着，上面交织着繁复的中国式花纹。宽敞的大厅具有 S 形的弯角结构，因此很难分辨凹陷与突起。一些客人想要靠一靠墙壁，却不小心倚了个空，像老电影里的喜剧演员一样跌跌撞撞。可是你，我完美的梦行者，完全没有这种烦恼。你总是在合适的时刻倚靠在合适的地方。不论什么样的镜头对准你，你的眼睛都美得无懈可击。没错，你从别人那里得到许多暗示，你也许怀疑自己

1　科西莫·凡扎戈是十七世纪意大利建筑师和雕塑家，普遍认为他是意大利巴洛克时期最伟大的艺术家。

是没有生命的。我们发自肺腑地希望不是这样！

现在，我正看着你。一个身穿晚礼服，肚子把贴身衬衫撑得鼓鼓的男人，请你在一把铺着炫目锦缎的椅子上落座，那花团锦簇的缎料简直囊括了一个女人化妆盒里所有明快的色泽，精巧的扶手有着软骨般的纹理。你高高的鞋跟刺穿了肆意蔓延着藤蔓花纹的地毯，留下了细微的印痕。我又看着宴会主人把你拉过去，从琳琅满目的吧台里挑选一种酒。他骄傲地向你展示那许许多多的酒瓶，其中不乏外形普通的，也有巴洛克式的。巴洛克式的酒瓶比前者折射出更多细腻的光影。你用呆板的姿势指向其中一瓶。你看着他倒了两杯酒，此时我也正看着你。他带你走到房间的另一端，向你展示架子上精致的小雕像，每座都显出一种木然呆滞的气息。他将其中一座放在你手中，你举起来，放在目光涣散的眼前，将它调来转去，像是想要记起些什么，好让自己醒来。可是，没有我的帮助，你永远也不可能醒来。

他又把你带到大厅的另外一处，那儿播放着柔和的音乐，人们在翩翩起舞。这儿没有窗户，却摆放着雾蒙蒙的高大的镜子。从大厅的一侧走向另一侧时，你会被夹在两面彼此相对的，一模一样的朦胧的镜子之间，于是，梦行者的映像便在它们之间无穷无尽地互相映照，直至仿佛穿透墙壁，进入虚假的无限当中。然后，你与主人共舞起来，不过，当他凝视着你时，你却心不在焉地凝望着天花板。哦，那天花板！与大厅别处繁复细碎的图案形成鲜明对比——那些图案缠绕成为一团黑暗的卷须——这是一片褪去所有华彩的淡蓝。它是如此纯净，仿佛一个无底的水潭或没有一丝云朵的天空。你在永恒中起舞，亲爱的。对于那些想要打断我们优雅的主人，成为你的舞伴的人来说，这支舞的时间真长。舞伴换了一个，然后又是一个。他们都想拥抱你，都被你那冷漠的优雅，如冰玫瑰般的举止和姿态深深吸引。我等待着，我要等到每个人都触碰过你那魅力无穷的身体。

我一面窥探，一边等待着，突然发现一位意料之外的观众正在楼上俯视这一切。在大厅的尽头，宽阔的拱门后有一道通往二楼的楼梯。他坐在那楼梯的顶端，穿着睡裤的双腿伸入多立克式栏杆的空当中，摇晃着，想要将大人们的模样尽收眼底。我瞧得出来，他更喜欢这座庄园其他地方经典的装潢。我未加声张，离开宾客涌动的一楼，朝那处阳台走去。在之前的表演中，我彻底忽略了那里。

我爬上三段式的楼梯，轻手轻脚走过铺着白色地毯的走廊，来到那孩子身边坐下。"你看了我和那位小姐的表演吗？"我问他。他将嘴紧紧抿住，就像含苞待放的郁金香，摇了摇头表示没有看见。"你现在能看见那位小姐吗？你应该知道我指的是谁。"我从外套的内侧口袋里掏出一支闪闪发亮的镀铬笔，指着正在举办宴会的大厅。从这个距离上，我那披挂着亮片的塞壬身上所有的细节都看不太真切。"嗯，你能看见她吗？"他点头表示肯定。然后我低声问："你觉得她怎么样？"他双唇微启，漫不经心地答道："她……她很恶心。"我松了口气。从这么高的地方看起来，她的确只是显得"恶心"，可是我们永远不会知道，孩子们那敏锐的目光能觉察到什么。当然，今晚我本就无意让一个孩子看到不该看的东西。

"仔细听好我说的每句话。"我的语气柔和且毫无优越感，我要确保这孩子在全神贯注地聆听我的话，而且双眼盯着那支闪闪发亮的钢笔。孩子们的目光和思绪常常漂浮无定，但他确实是一个很好的催眠对象。我说他现在感到很累，他表示赞同。"现在，回到床上去，你很快就会入睡，沉入最美妙的梦境。你可能听到门外有动静，但不论听到什么，你直到明天早晨才会醒来，明白了吗？"他点了点头。"很好。既然你这样伶俐可爱，我就送给你一支漂亮的纯银笔作为礼物，你要随身带着它，随时提醒自己，所有事情都可能不是表面看起来的样子。你明白我在说什么吗？"他的头上下晃动，脸上透露出叫我望而生畏的睿智。"好了，就这样吧。但是在你回到自己的房间之前，我想问一问，是否有后楼梯可以让我离开。"他的手往下指了指大厅，然后指向左侧。"谢谢你，我的孩子。非常感谢。现在去睡觉，去做美梦吧。"他消失在走廊尽头那皮拉内西式[1]的黑暗中。

我在那儿站了一阵子，注视着下面其乐融融的大厅，观众们愚钝的笑声和呆滞的舞蹈渐渐达到了高潮。那轻浮的梦行者似乎陶醉于宴会当中，完全忘记了她的主人。我被晾在一旁，成为一个难堪的摆设。但我不嫉妒。我理解他们为何把你从我身边带走。他们就是忍不住，对吗？我的爱，我告诉他们你是多么美丽，多么完美，所以他们无法抗拒。

可惜的是，他们不懂得欣赏你最好的部分，却宁愿在你披挂的粗俗幻象中迷失自我，甘受欺骗。难道我没有向这些体面的观众展示你天使般的模样？你见过他们的反应了。他们只是像一群死尸般百无聊赖地坐在那儿而已。既然如此，还能期待什么呢？他们只想看到死亡和痛苦，那是华而不实的垃圾。他们想看痛苦的车轮碾过毁灭之火，脆弱的肉体卷入生命的绞肉机。他们喜欢那种毛骨悚然的感觉。

他们的欢乐庆典似乎到了高潮，是时候将这群乌合之众从昏

1　乔凡尼·巴蒂斯塔·皮拉内西（Giovanni Battista Piranesi，1720~1778），意大利雕刻家和建筑师。他以蚀刻和雕刻现代罗马以及古代遗迹而成名。强烈的光、影和空间对比，以及对细节的准确描绘，是他作品的特点。

睡之中唤醒，把他们吓个魂飞魄散了。

铃声该响了。

恰如那孩子所指示的，有一部后楼梯，我沿着它来到后走廊，后面的房间，以及后门。沿着这条隐秘的路线，我步入了一个巨大的庭院。月亮下，影影绰绰看得出那是一个花园的轮廓，远处还有一片小树林。我沿着宅子精致的外墙往外走，脚下踏着一片茂密的草坪。

此刻，我站在门廊前。一盏灯悬挂在高大的立柱间，长长的铜链从灯上垂下，悬在我的上方。我停驻片刻，细细品味着这诱人的一刻。静谧的星辰意味深长地眨着眼睛。即使是这些眼睛也不够深邃，不能将我看穿，不能将欺骗者欺骗，也不能为幻术师编织幻象。说实话，我是一个糟糕的催眠对象，无法沉迷于催眠的天堂。因为我知道，当我被引领着通过一扇又一扇熠熠生辉的门，最后看到的可能会是一个突然弹开的陷阱。然后便是坠落！我宁愿做一个在麦斯麦尔的迷宫外游荡的侍奉者，也不愿徘徊其中，成为被其迷惑的受害者。

据说死亡是一种伟大的觉醒，因为生命是神秘的，所以才会有死亡。哈，我忍不住笑了。死亡是有限生命的终结——一再透露一个天大的秘密——它只会凸显凡人的缺陷。生命逝去后，双眼被收割生命的医生紧紧缝合，非得技艺高超大师才能撬开。即便再次醒来，这些怪物也难堪大用。它们笨嘴拙舌，只能说一些应酬的废话。尽管如此，只要能设法将它们那笨拙的躯壳从陵墓、医院、停尸房、医学院或殡仪馆里弄出来，我还是能够叫它们发挥一些作用。当我情绪低落时，会招募它们进行表演。它们毫无主见，只会听我的指令乖乖行事。可是，还有一个问题非常重要：你不是巫师，无法叫它们变得美丽！

不过，你可以是一位出类拔萃的催眠师，一个天生擅长催眠的人。这样你便能够迷惑观众，使他们以为那死气沉沉的被催眠者是个美人，把她当成个魅力无穷的大眼美人。你至少可以做到这一点。

就在此刻，我仍能听到那些上流社会的蠢货在笑着，在起舞，为我那魅力四射的活死人大惊小怪地赞叹着。他们见识过你展示出来的模样，塞拉菲达，现在该让他们看看你真实的样子了。只要按下门铃上这个小小的按钮，铃声便会响起，响彻整个大厅，将他们唤醒。然后，他们便会看到那些狰狞的伤口：你的眼窝深陷，只剩一个腐烂的深坑——那是迷宫般的深渊！他们会醒来，发现自己精致的华服上粘着腐烂的黏液。然后，他们便会闻到尸臭。他们定会大吃一惊。

第三部：山猫的眼睛

我与她产生灵魂的共鸣已有一段时间，可是被一些事情耽搁，一直未能真正碰面。在去年最冷的几个月中，我成了一个忙碌而任性的孩子。有关部门终于将我偏爱的伴侣类型确定下来，提出了口头警告，更确切地说，是从那些被某种颜色涂抹得亮闪闪的嘴唇里吐出来的，它们主要是血红色，但也有抬棺人那样的黑色。我常常出没的地下世界登时提高了警惕，反复告诫人们不要和陌生人说话。但这没有关系。人们越是谨慎，越是能够激起我强烈的冲动，意味着"哥特风着装的女孩"失踪人数进一步上升，某篇对我的举动进行描述的报道中就是这样写的。这些突如其来的干扰导致我一直没能赶来见她，或者说我是这么认为的。

但是眼下，我站在人行道上，旁边就是她工作的地方。那幢由肮脏的煤渣砖砌成的楼房大门已经残破，看上去很怪异，像一座城齿交错的城堡。寒风从这个荒凉的街角呼啸而过，我朝着在风中变换颜色的红绿灯望去。现在是黄灯，马上就会变红。我又回头去看那扇门。当我推开它的时候，它真发出了"嘎吱"一声。

进到屋内，我看见一大群懒洋洋地躺在靠墙的老式教堂座椅上的姑娘，她们纷纷起身向我打招呼。我发现自己置身于一个狭窄的前厅中，这里充斥着一片红色的薄雾，不像电蒸汽，因为看上去没有那样轻。门廊最高处的角落里，一台闭路摄像机正俯视着我们，不知道它的镜头是如何将这房间里充斥的红光变成监视器中的蓝色泛光的。但这不关我的事。就算我们被那电子仪器重新编织成一张疯狂的紫色挂毯，那也无所谓。

一个身着牛仔裤和皮夹克的金发女孩起身走了过来。她的金发被涂抹上一层红光，像西红柿汤或油腻的番茄酱，而非新鲜的草莓。她机械地宣读一份声明，开头一句是"欢迎来到铁链之家"，接下来详细介绍了各种服务和条款，最后以一份法律免责声明结束——为的是确保我不是来执法的。"当然不是，"我说，"我只是凑巧在一份当地小报上瞧见了你们的广告，又尖又长的哥特式风格，像古老的德国圣经。我来对地方了，对吗？"

"当然。"我悄悄地在心里接话。"当然。"金发女郎的回答在这个弥漫着血色月光的古怪房间里响起，与我的答案如出一辙。"今晚想玩点什么？"我在心中故伎重施。"今晚想玩点什么？"她大声问道，"瞧见中意的了吗？"我们两人在同一时间对我提出了问题。从我的表情，以及我不时朝这间足以引起幽闭恐惧的小门厅更深处瞥上几眼的模样中，她应该看得出，我还没找到心头好。我们处于同样的红外波长之中。

　　我们在原地站了一会儿，她拿起一罐冰茶，灌了一大口。那一瞬间，我终于明白自己肯花时间接近她的真正原因。我把这个女孩留到最后，只因为她是她所属的类型中独一无二的典范。她对于阴暗堕落之事并非浅尝辄止，而是真正的行家里手。而且，她的浪漫天性非常强烈与执拗，发射出一个我绝不可能错过的信号。她外表强硬，可我能看穿她内心深处的自我在期盼遭受虐待和残害，与那些穿着哥特式服装的女主角们遭受同样的刺激。我本可以当场就敞开衣襟，将她吸收。但我很高兴自己选择了等待。

　　她在身后的墙上按下位于内线电话旁的一个按钮，扭头交代了几句，像老板交代下属办事。

　　"到门口来，顶替我的位置。"她不容置疑地说。她是这里的主管，一所管理坏男孩的学校，她是女校长，多么的讽刺啊。

　　她转过身来，蓝紫色的眸子上上下下地打量着我。那些眼睛在对我述说什么？它们述说着她幻想中的生活，一个哥特式的故事。一位男爵夫人被一个高大的男人侵占了头衔和遗产，那男人有一双浓密的眉毛，有时他会令它们闪闪发光。夫人穷困潦倒，一年春天，她在一家白袍修士隐修院精修，那眉毛发光的男人从森林里跑出来，迫使她投进自己的怀抱。但是这位高贵的女士不肯屈服，或者说，不愿毫无准备地屈服。为了将原本属于她，却被邪恶的追求者流散各处的贵族行头和各种物品寻回，她花许多时间逛二手商店。那名邪恶的追求者为了控制她的身体和灵魂而采取了这样的诡计。到目前为止，她收获不小，已有许多物品失而复得。在她的收藏品中，有几件黑色修道院长裙是她的最爱。这些长裙统统在胸围线下方骤然收窄，又在腰部以下扩展成喇叭状。一件围嘴似的紧身胸衣扣在肋骨上，一直延伸到脖子，脖子上围着一条深色丝绒，由一个珍珠胸针系牢。她的手腕上还系着一条细细的链子，上面挂着一个心形挂坠盒，里面有一绺金发。当然，她还戴着一双粉白的长手套，头顶一顶女帽，疯狂的女帽设计师将这顶帽子做得扭扭折折，还垂着如同忏悔室里悬挂的细布帘般的面纱。但她更喜欢斗篷的兜帽，那些沉重的斗篷由绸缎缝制而成，在双肩堆起无数皱褶，像黑色的太阳般闪闪发光。斗篷用一根丝质系绳系在脖子上，上面有沉重的滚边，还有深深的口袋和宽大的内袋，可以装下珍贵的纪念品。在午夜的狂风中，它会轻若无物般地摆动起来。她实在是很喜欢这些斗篷。

她如此这般打扮停当，却发现那眉毛发光的反派从公寓的窗外看着自己。他咒骂着那扇窗和她的梦。她害怕得缩成一团，不然还能做什么呢？很快，夫人就变得如洋娃娃一般大小，而且是穿着一身黑衣的洋娃娃。颤抖的骨骼和炽热的血液填充在娃娃体内，恐惧如同阴郁的羽毛，将五脏六腑挠得发痒。它飞向房间的一个角落，蜷缩在一片巨大的暗影中，有时会整夜做梦——在梦中，马车的车轮在淡紫色或珍珠色的轻雾中隆隆作响，它梦见乡村小道的远处有明亮的火焰在升腾，梦中还有悬崖和星星。然后她醒来，从床头柜上一卷散开的钞票中取出一枚薄荷糖放进嘴里，又吸了半根烟，最后从床上爬起，在暮色中苦着脸。

"来吧。"她将双手插在皮衣口袋里对我说。她的鞋跟敲打着地面，我跟随这响亮的声音离开了那间每一张脸都镀着一层虚假的红色的前厅。

"这么说你打算好好招待我喽？"我问女主人，"我是打城外来的，我的家乡根本没有这样的地方。我的钱一定会花得很值，是不是？"

她得意地朝我笑。"包你满意。"她语气中的傲慢，是为了掩盖内心深处驯服的天性。她犹豫不决地朝几个方向走了走，然后领着我朝一段金属台阶走去。台阶锵然作响，此时我们再次被一片深红色的阴影笼罩起来——那邪恶的烟雾尾随而至，就像一个疯狂而忠心耿耿的老熟人。

"铁链之家"那间似乎一本正经的地下室里竟然有一扇窗户，这叫我大吃一惊。不过，这是一扇假窗，窗格框着的地方是一幅风景图，一个低瓦数的灯泡把它照亮。图中是一大片蛮荒之地，其中耸立着巍巍群山，暮色苍茫之中，隐约可见远处有座城堡，一看就很不吉祥。我觉得自己就像个孩子，站在一家百货商场的橱窗前欣赏着圣诞老人工作坊的模型。但不得不说，这幅画表达了一些情绪。

"不错的画，"我对同行者说，"令人毛骨悚然。向画家致以赞美。"

"画家受宠若惊，"她冷淡地说，"如果你是为此而来，地下室并没有多少这样的东西。有几间房是为特殊客人保留的。如果想看离奇恐怖的东西，走到那个大厅的尽头，打开右手边的门。"

我照做了。门把手上挂着铁链，末端挂着一个巨大的动物项圈。我推开门，链子叮当作响。门口的红灯使我几乎看不清里面的情形，其实除了一个空荡荡的小房间外，也没什么值得一瞧的。地板是裸露的水泥，上面铺着稻草。气味棒极了。

"怎么样？"我顺着长廊往回走时，她问我。

"只能说还凑合。"我回答，并且几不可见地挤了挤眼睛。我们在鲜肉般红通通的灯光下面面相觑了一会儿，然后她带我回到了楼上。

"你刚才说从哪儿来？"她问我。我们的脚步声被楼梯放大成一波又一波喧闹的回音，仿佛我们正拖沓地行走在一栋古堡的大厅里。

"那地方真的很不起眼，"我回答道，"离这儿大概一百英里。地图上都找不着。"

"而且你从没来过这样的地方？"

"呃，嗯，没有。"我撒谎了。

"有些客人，他们从前只是在杂志和电影里见到一些事情，一旦真正有机会体验，就会变得非常狂躁，你明白我的意思吧？"

"我不会干那种事的。我保证。"

"那好，我们走吧。"

我们走了。

这一路真可谓精彩纷呈——如同照搬了《潘趣和朱迪》[1]中的场景一般。各种各样的角色轮番上演，有时候还会出现大棒。场景一幕幕地发生变化，如同一本情节堕落的故事书翻过一页又一页。

对我的眼睛而言，锁住的门完全不是障碍。

在其中一扇门里，墙壁画满粗粗的黑栅栏，从地面一直延伸到天花板。痛苦女王挥舞着，胯下是一个人类充当的坐骑。那家伙已是脚步蹒跚，还佩戴着挽具，所以它无法奔跑，只能一瘸一拐，载着如自己的连体人般大吼大叫的女王缓慢前行。皇室和野兽的血脉汇集到一处，来自遥远世界的两股支流奇异而和谐地水乳交融。女王拿着带刺的鞭子，一次又一次抽打坐骑的肚子，把它打得气喘吁吁。女王下手越来越重，它终于吐着白沫，汗流浃背地停了下来。是时候平静一会儿了，马儿。

---

1 《潘趣和朱迪》是英国传统的木偶剧。

还有一扇门，上面潦草地画着一个万字符，门内的场景与先前的类似。房间里有些彩色的灯光斜斜地照在地板上。一个小个子男人，可能是假装的驼背，低垂着头跪在那儿。一双巨大的手套套在他的双手上，看不出形状的手指就像十个喝醉的弹簧小丑那样胡乱地晃动着。其中一个手指被压在一只高筒靴的尖头下面。看那小丑多么有趣！或者也可以说他是帽子叮当作响的弄臣！他抬起长着黑眼圈的眼睛，耐心地朝黑暗中凝望着，专心聆听从高处传来的空洞的谩骂声。这个声音在大肆渲染它那穿着靴子的骄傲主人与地上这被羞辱的怪人之间有着何等的天壤之别，将它那战士般飞扬的快乐与地上蠕动着的傻瓜的乐趣相对比。可是，难道佝偻着身子的驼背的乐趣就不美丽吗？他眼中那椭圆的瞳孔似乎低声说道。难道——安静！这下小傻瓜该遭殃了。

又是一扇门，门上没有任何特殊标记。门里有一支蜡烛，透过红色的玻璃闪烁着亮光，只够勉强将房间照亮。说不清里面有多少人——少则两三个，多则一大群。他们都穿着同样的服装，许多大拉链套着许多小拉链，就像缝在外套上的银色针脚。一根很小的拉链里夹着一根眼睫毛，这是我唯一能看得明白的地方。至于其他的，可能是一些人的影子，它们柔和地融为一体，挥舞着硕大的折叠式剃刀，看上去甚是慑人。可是，尽管这些闪闪发光的刀片一副蓄势待发、力道十足的样子，它们从来没有挥下来过。它们只是假装而已，如同我在这里见到的所有情景一样。

足足爬了一座塔的高度，精疲力竭的我才再次看到一扇门，对我而言，也是最后一扇门。

"这里能让你的钱花得值，先生。"我今晚的伙伴说，"我总能看出客人们想要什么，哪怕他们自己不清楚。"

"我想看最惨的。"我看着面前那扇狭小的门说。

和之前一样，门里的情况一览无余。不过这次没有马，没有可怜的小丑或是偏执的影子。事实上，这里有一个邪恶的女巫和她的木偶奴隶。那笨手笨脚的小家伙显然是做了坏事，当场被抓了现行。现在，女巫正用嘶哑的嗓音教训他，告诉他木偶们在自由活动的时候该做什么，不该做什么，然后把他放回原处。她披着一件从墙上的钩子上取下来的，被虫蛀过的斗篷，在房间里走来走去，脸庞深深陷在巨大的兜帽之中。她身后有一扇彩色玻璃窗，闪烁着为教会所不齿的一切腐朽的色彩。那起皱的玻璃纸透出五彩缤纷的亮光，在这令人作呕的亮光中，她揪住木偶的衣领，用铁链将他绑在一堵令人生畏的石墙上。她俯下被帽子遮住的脸，对着他的木头耳朵轻声细语。

"你知道，对待像你这样淘气的小木偶，我会怎么办吗？"她问，"知道吗？"

木偶装模作样地微微颤抖起来，继续扮演着自己的角色。如果他是个活人，而不是木头做的，兴许还会想办法流出几滴汗来。

"我来告诉你，我拿淘气的木偶怎么办。"女巫的嗓音透出些许甜蜜的意味，"我让他们去碰火。从他们的腿开始烧起。"

这时候，木偶出乎意料地笑起来。

"那么，"木偶问，"等我走了之后，所有那些旧衣服、手套、面纱，还有斗篷，你要怎么处理？你在自己那廉价的城堡里，没有一个眉毛闪着银光的人透过窗户盯着你的梦，那时候你该怎么办？"

这木偶终究还是出汗了，因为他的眉毛开始星星点点地闪起光来。

女巫向后退去，一甩头，甩掉了兜帽，露出了满头的金发。

她不明白我怎么知道这些事情，她从来不曾泄露给任何人。她谴责我偷窥、非法闯入和不正当的好奇心，等等这一切。

"把这些铁链解开，我把一切都告诉你。"我说。

"想得美，"她答道，"我这就叫人来，把你扔出去。"

"那么，我只能自己出来了。"话音刚落，我的脚踝、手腕和喉咙上的镣铐就自动松开了，锁链也掉落在地上。"你不能装出，"我继续说，"与我形同陌路的模样。毕竟，我们彼此依存，一起做过许多事，并且是一遍又一遍。你瞧，我也知道我的客户的心愿，所以我才召唤她们。新闻里说她们是'受害者'。她们在电视上露了脸，是我让她们一夜成名，虽然我扮演的角色十分隐秘。隐秘不正是你喜欢的吗？对未知的兴奋劲儿。但是在这儿，一切都靠数字说了算。你在这个蠢地方关了太久。对于像你这样的人而言，这可是致命的。不要否认，你很清楚自己有多么特别。你总是相信有一天将发生大事，相信这一天很快就会到来，不是吗？虽然不知道那放肆的冒险是什么，可是你能切切实实感觉到它在发生。就像心爱的天鹅绒披风给你的拥抱一般真实，它还用银链将窗帘般的斗篷围拢在你的胸前。就像你在暴风雨来临之夜点燃的长烛一般真实。你喜欢暴风雨，不是吗？它们的雨如链条般抽打着你的窗户。那样的喧嚣使你发狂。烛光中，那眉毛闪亮的男人将你想象中迷人的酷行化为现实。它们让你感到既无助，又心醉神迷。

"可是眼下，你很危险，甚至可能失去心中的真爱，这便是我今晚出现的原因。你必须摆脱这些俗气的小把戏，这欺骗乡巴佬的草台班子。你可以做得更好。我能带你前往肆虐的风暴与残暴的征服永不终结之地。求你了，别再往后退，你无路可退。你的眼睛告诉我，你心中与我有同样的期盼。你在担心自己要去往一个陌生的地方，担心路途艰辛吗？用不着！你几乎已经到了。只要落入我的怀抱，进入我心中，进入……瞧，这很简单，不是吗？"

如今，她在我心里，与她们一起——与我收藏的那些脆弱的小洋娃娃们在一起，成了我珍贵的财产，将自己的灵魂交予狂野的夜晚和残酷无情的恶人。我多么喜欢与她们厮混在一起。

同化过程结束了，我上楼，下楼，穿过猩红昏暗的走廊。"大家晚安！"我对接待室的姑娘们说。我重新回到街上，停下脚步，以确保她牢牢地被监禁在我的腹中。刚刚内化的囚徒可能会试图从内向外突破，好比冲破一道大门一样。她的确做了一番出逃的努力。但这不难对付。我在人行道上和一个醉汉擦身而过，他看见一只胳膊从我的衬衫下面冲着他伸出来，大概在胸膛的高度，伸出的角度恰好与我身体的其余部分形成一个和谐的角度。他踉踉跄跄地走过去，快活而兴致勃勃地与那只从监牢栅栏间伸出来的手胡乱一握，然后我们便各走各的路了。同时，我重新将她安全送回那间大牢房中，成为关押在我的心脏中无限多的小房间里的囚徒。美好的时光在等着我们，我和她，还有大家，我们在一起。我能够随自己的心意摆弄她们，这种事情我总是乐此不疲。不过，她们不用一直忍耐下去，因为到明年第一次霜冻的时节，我将需要更多的躯体将我温暖，我将重返街头。到那时，旧的洋娃娃会像冰霜一般融化在我的城堡中，那些潮湿阴冷的内脏里。与此同时，我将一直密切关注，留意世上那些渴望向黑暗低头的人们。

我离开铁链之家，愉快行走在大街上，那条贫民区大街上的红绿灯正从琥珀色变成红色——这是一种预兆，为我和我新的火苗预示接下来要发生的事。我和她，不管是血肉之躯还是在梦中，都已经融为了一体。

关于恐怖小说写作的建议：一个故事

很早以前，我便应允要阐述自己对于超自然恐怖故事写作的看法，但一直未能动笔。唯一的理由是没有时间。为什么没时间？因为忙于炮制许多粗制滥造的小故事。不过我知道，有很多人，出于各种原因，想成为恐怖故事作家，并渴望了解如何写作。正好眼下我有片刻闲暇，足够拿来与诸位分享对这一特殊文学类型的了解和经验。闲话少叙，我准备好了，这就开始吧。

我的计划非常简单。首先，草拟出一个短篇恐怖小说的基本情节、人物等要素，然后我将提出一些建议，说明若要形成这些年来恐怖小说作家们常用的写作风格，该如何对这些原始元素进行处理。如果一切顺利，这方面的新手写作者就能够省下许多时间，不必自己一一总结归纳。在整个过程中，我会选择一些节点，研讨一些技巧上的细节，全方位地进行明显带有我个人偏好的总结，对恐怖小说的哲学性进行总体性评论，等等。

有件事需要在此说明。接下来，我要给出一个故事的初稿，其完稿本应出现在杰拉尔德·F.里格斯所著的书中（你可能不知道，这是我写作时用的笔名）。可是这事儿没做成。坦白地说，我死活就是写不下去。这种事并不新鲜。也许我们在后文能对这一类回天乏术的失败案例加以分析，但也许不会。无论如何，这些原始的叙事元素仍然适合用来说明恐怖小说作家的工作方式。好了，故事是这样的。

故事

男主角三十多岁，我们管他叫内森，他要与一个姑娘约会，并且急欲俘获对方的芳心。为达到这个目的，需要一个小角色登场，就是他想购买的，一条令人印象深刻的新裤子。在这个过程中出现了一些障碍，比如现实上的不便等等，但他最终还是得到了这条裤子，价钱也公道。显而易见，这条裤子的剪裁是相当合体的。到目前为止一切都好。准确地说，非常好——按照内森的看法来说，一个人所拥有的物品本身也应该具有特殊的品质和血统。例如，内森那件用料考究、手工精良的长大衣，就是他从一家口碑极好的高级服装零售商那儿定做的。他的手上戴着一块从祖父辈传下来的高级表，就连他开的车也与众不同，但丝毫不显招摇。对于内森而言，这种特质不仅存在于某些物品中，也存在于一些特定的地点、事情发生的特定时间与空间，以及某种生活模式中。内森认为，一个人生活的方方面面都应该闪耀着这样的特质，他才能称之为真正的人。这些特质到底是什么呢？后来，内森把它们浓缩为三个要素：神奇、永恒与深刻。虽然周遭的世界普遍缺少这些特质，但他认为自己生活中有，数量虽有所波动，但仍在可接受范围之内。他的新裤子当属其中之一。而且内森希望，自己人生中第一次可能发生的浪漫爱情——对方是一个名叫洛娜·麦克菲克的姑娘——也将是其中之一。

到目前为止一切都很顺利。也就是说，直到内森第一次去赴约的那个晚上为止。

麦克菲克小姐住在城郊的一个高档社区。但是要从内森住的地方赶到她的住所，必须穿过这个城市最危险的地带。这没问题：只要内森把车子保养好，到时锁好车门，升起车窗，保准平安通过。但是坏运气来了挡不住：坑坑洼洼的街面上有一个破瓶子，把车胎刺破了。内森在路边停下车来。他取下祖父的手表，把它锁在置物箱里，又脱下大衣，整齐地折好，塞进仪表板下的暗处。只剩下这条裤子不好处理，不过只需要尽快换上一个好轮胎即可，当然，这地方外号叫"希望的后门"，他得尽量小心一些。

修理轮胎时，内森感到腿有些别扭，但那也许该归咎于眼下的体力活，这条裤子就不是为这种粗活设计的。可是他若这么想，真可谓自欺欺人。内森在家中试穿这条裤子时就感到腿部有些别扭，只是没有这样明显。在服装店试穿时，倒没有这种感觉，否则他压根不会买下来。与洛娜·麦克菲克约会安排的日子有些紧，他没时间另找一条合适的裤子，否则他会把这条裤子退回去。从感觉别扭开始，这裤子便不那么合身了。但到底是怎样个别扭法呢？有点刺痛，还有些别的。有点发颤。废话，要和可爱的洛娜约会，他难免会有些紧张。他眼下经历的复杂局面可不像个好兆头。

雪上加霜的是，有两个小混混正看着内森换轮胎。他尽力装作看不见他们，但似乎装得太像，像到过分了。其中一个明显是小混混模样的少年悄悄摸到车边，打开了前门，内森却一无所知。倒霉的内森忘了将车门上锁。这个胆大包天的小流氓摸上了内森的大衣，然后两个坏蛋一起消失在一栋摇摇欲坠的大楼里。

事情急转直下。内森追着那两个小混混跑进一栋荒废的公寓楼。他从楼梯上摔了下去，掉在一间漆黑的地下室里。楼梯并没有断，内森摔下去另有原因：他的腿已经没法走路，不听使唤。他浑身都感到阵阵刺痛和颤抖，从腰部以下完全动弹不得。他想要将裤子脱下，但是做不到，那裤子仿佛长在他身上似的。就因为这条裤子，事情已严重超出了可控范畴。接下来讲述原因。在内森买下这条裤子前不久，有人刚把它退回店里，并要求退还现金。退裤子的女人说，她丈夫觉得这条裤子穿着不舒服。这话不假。但她隐瞒了另一部分事实：她的丈夫穿上这条裤子不久，就因为心脏病发作去世了。为了将这场悲剧带来的损失减少到最低限度，女人先将一条老旧的工装裤套在丈夫身上，然后才去处理别的事情。可怜的内森当然不知道裤子那不祥的过去。偷大衣的流氓见他无助地躺在肮脏的地下室，便决定一不做二不休，把他身上值钱的东西抢个精光……先从那昂贵的休闲裤和裤子里可能装着的高级货开始。可是，当他们从不断抗议却无法动弹的内森身上把裤子剥下来后，完全被惊呆了。他们看到内森的双腿正在腐烂，整个人也在腐烂。随着他的下半身迅速腐烂，上半身也必然死在那栋荒废大楼层层叠叠的黑影中。突如其来的厄运叫内森又痛苦又癫狂，同时还夹杂着憎恨和悲伤，因为他想到，麦克菲克小姐一定会抱怨第一次约会就被放了鸽子，他想到也许这次约会后还将有许许多多次约会，而这些约会本来注定会成为两人心中那神奇、永恒而深刻的记忆。

顺便说一句，如果当初这个故事能写完，可能被冠之以"一个死人的浪漫"的标题。

常见风格

正如前文所说，写恐怖故事的方法不止一种。要证明这一说法的真假，再简单不过了。接下来，我们将讨论作者用来架构恐怖故事的三种主要技法，分别是：现实派技法，传统的哥特派技法和实验派技法。这些技法为使用者提供了不同的写作方式，毫无疑问，最终也将呈现不同的结果。经过一番自我审视，每一位未来的恐怖小说家都能想明白，哪一种是能够帮助自己达到目标的正确技法。三种技法介绍如下。

现实派技法。自从意识的曙光乍现，就不断有人追问：这个世界以及世界上的人是真实的吗？是的，现实派小说这样回答，但只有当世界以及人们呈现正常状态时，才是真实的。超自然事物以及它所代表的一切都极为不正常，所以不真实。很少有人对这一结论提出异议。那么，现实派恐怖小说家的最高目标便是，从现实主义的角度来证明虚幻之物是真实的。问题是："这能做到吗？"答案是："当然不能。"这样的尝试看上去很愚蠢。因此，现实派恐怖小说家便只能利用作品中空洞的证明和前提，勉强从表面将这一悖论解决。为了达到这一效果，超自然的现实派作家必须了解真正正常的世界，并发自内心地认为它理所当然就是真实的（如果他本人便正常且真实，将会事半功倍）。唯有如此，才能将不真实、不正常的超自然事件像一个普通棕色包裹一般偷偷混入故事中，包裹上的标签是希望、爱情、幸运饼干，还盖着一个邮戳：未知的边缘。以及亲爱的读者的座位边缘。最后一点，当然，对一个故事进行超自然的解释，完全依赖于一些非理性原则，可是在真实且正常的世界里，这些原则看起来笨拙而愚蠢，就像一个面颊红润的农场少年待在一个臭气熏天，满是腐肉的兽穴中（改成"面颊红润的堕落者……臭气熏天的农场少年"也是一样）。尽管如此，这个骗局仍旧能够获得不同程度的成功。这一点显而易见。只要在故事进行中的特定时刻，通过某种特定的信号向读者保证，那些叫人难以置信的事情真的变得可信，就大功告成了。以下将简要阐明如何用现实派技法讲述内森的故事。

内森是一个正常且真实的角色，至少是非常接近这样的状态。也许他不像自己希望的那样正常和真实，但他确实以此为目标。他甚至可能对此专注得有些过分，但也没有超越正常和真实的界限。我们设定，内森迷恋"神奇"（这个词应该单独加上双引号：我们的男主角心中对这个词的积极内涵的期盼，在故事的最后会受到否定，因为他遭遇了一个邪恶的魔法世界），"永恒"（也要加双引号，因为时间对任何人而言都将一去不返，对内森也是一样）和"深刻"（嗯，这个词比另外两个词更加麻烦。"神奇"和"永恒"与这个故事中的事件具有一些俗气的反讽的关联，"深刻"却并非如此。不过，这种"特质"确实自带光环，至少这位作家是这样觉得。那么，暂时就让它待在这儿吧）。

内森在生活中寻找上述这些特质，可能有些不寻常，但一定不属于不正常，不真实。（为了让他显得更为真实，甚至可以为他的大衣、祖父传下来的手表以及汽车设定品牌，或者将自己的服饰、手表和车套用在他身上。）这三个要点始终萦绕在内森的脑海——与家族徽章上的拉丁语箴言类似——也萦绕在故事的文本中，就像一首歌曲的副歌，也许以斜体字出现，如同这位平凡的男主角潜意识中深藏的歌谣，也许不用斜体字（尽量别太做作，你得把现实主义挂在心上）。内森希望自己与洛娜·麦克菲克的爱情，以及他认为有价值的一切事物都是神奇的，永恒的，而且在某种含糊的意味上，是深刻的。对内森而言，这都是些再正常不过的属性，虽然他身处一个杂乱无序的宇宙，异常和虚幻的事情比比皆是，并且随时可能发生在包括他在内的任何人身上。

好了。那么洛娜·麦克菲克就代表正常和现实之类美好的品质。在这个用现实派技法讲述的故事中，她可以扮演比内森更为正常和真实的角色。内森还是有些过于神经质了，也许是因为他对正常和真实的事物的渴求过于强烈吧，这一点我拿不准。（如果当时想明白，也许就把这个故事写出来了。）无论如何，内森想要获得一段正常的真爱，但没有如愿。他输了，甚至没机会上场就输了。他输得很惨。为什么？要说明答案，可以借助恐怖故事常用的一个主题：欲望过于强烈时，容易适得其反。具体到这个故事中，便是内森变得贪婪了。他想获得人类世界不存在的东西：完美。为了强调这一现实，我们可以引入超自然的外部力量，给内森和读者一个教训。（现实派恐怖故事的说教意味可能很浓。）但这样的事情怎么可能发生呢？这正是超自然的恐怖故事，甚至是现实派技法的恐怖故事要解决的问题。内森生活在周遭的现实当中，超自然的因素要怎样才能偷偷绕过"正常"和"真实"这两位在大门口守卫的警卫，偷偷溜进去？有时候它只是偷偷往前拱几步而已，但最后总能把宴会搞砸的。

在内森的故事里，超自然力量就源自那条神秘的裤子。它的质地很特别，他从未见过，也没有标注生产厂家的标签，而且这家店没有不同尺寸或颜色的同款长裤。内森向售货员询问裤子的情况时，我们要引入证据一：这条裤子仿佛是遵循天意进入内森光顾的那家服装店的。售货员再三核验，结果是，它是跟着一批服装被送来，但本不应该属于那批货物当中。再三询问之后，店里确实没有人能够告诉内森跟这条裤子有关的任何线索了。这些事实使得裤子成了彻彻底底的谜。读者获得这条线索，便会认为这条裤子有一种怪异之处，而且自然地将这种怪异与超自然现象联系起来。

此时，警觉的学生可能会问：即使读者认为裤子有神奇之处，到了故事的后半段，它怎么能展现出那种特别的效果，导致内森从腰部以下全部腐烂呢？为了回答这个问题，我们需要引入证据二：内森并不是裤子最初的主人。虽然被他归入神奇、永恒和深刻的物品之列，但不久前，这条裤子曾经穿在另一个男人身上，他的妻子恪守"勤俭节约，吃穿不缺"的原则，当他突然晕倒并死去后，便把丈夫身上这条全新的裤子脱了下来。可是这些"事实"什么也解释不了，不是吗？当然是的。不过，如果用正确的方式将它们一一展现，却似乎能够解释一切问题。我们要做的只是把证据一和证据二（甚至更多证据）用现实派技法在讲述中进行关联。

例如，内森可能在裤子里发现一些东西，因此推断出自己不是裤子最初的主人。也许是一张中奖的彩票，虽然数额不是特别诱人，但也算是一笔小财。内森一向为人诚实，所以打电话给服装店，解释了情况，店员查到最初购买这条裤子，又将裤子退回，或是叫人把裤子退回的那位男士的名字和电话号码——退货单上的签名模糊难辨（这多现实啊）。那张彩票是属于那个人的。内森按照那个电话号码拨了过去——他不介意这是条二手的裤子，因为实在太合身了——发现把裤子退回店里的不是一个男人，而是一个女人。正是这个女人告诉内森，说她和她的丈夫——没提他患有严重的冠状动脉血栓——的确需要那笔微薄的彩票奖金。

现在读者不再关心彩票，他们的注意力已经被透露的事实吸引了：内森拥有的这条裤子也许曾经杀过人，天知道将来还会杀多少人。于是，读者便将这条裤子与无常与衰颓联系起来，这两样灾祸常常被编织成令人沮丧的人生片段，或是被裹上各种各样的伪装（裤子、笔、圣诞礼物等）然后送出去，以挫败接受者的锐气，因为他们竟敢试图违背这个世界的规则。因此，当近乎真实，近乎正常的内森彻底失去获得正常与真实的希望时，读者会了解个中原因：错误的时间，错误的裤子，以及对一种生活怀有错误的期待，在那种生活中，不存在任何人们所以为的正常与真实的事物。

这就是现实派技法。

很简单。你可以自己试一试。

传统的哥特派技法。我可以肯定，某些类型的人，以及类型更为特别的作家们，一直是以哥特式风格体验周遭的世界。也许，甚至在史前某个无雨的黑夜里，一个小个子猿人看见一道史前闪电划破夜空，在见证这一瑰丽而可怖的情景的同时，他的灵魂既向上飞升，同时也向下坠落。也许人类的想象力便是在这种场面的启迪中产生，而非来自于日常的残酷生存斗争。也许，这正是人类所有原初神话中都带有哥特式风格的原因——也就是说，那些神话故事都是那样恐怖、离奇且冷漠。你瞧，我只是把问题提出来。那些浑身长毛、走路摇摇摆摆的猿人笨拙地穿行在布满嶙峋怪石和高耸的冰峰的贫瘠荒原，行走在如月球表面般的大地上，在月光照不到的阴影中，也许在不断地迁徙中，他们的脑子里会闪过一些抽象的，极其可怕的异象。他们深信另有一个恐怖、离奇和冷漠的世界存在，因为那个世界的真实感透入血液，没有必要在猿人的眼前卖弄自己究竟有多么真实。他们真是一群轻信的动物。直到今天，那些恐怖、离奇和冷漠依旧牢牢地攫住我们的灵魂。这一切不言自明。

因此，即使对于当代作家来说，传统哥特派技法也有以下两种优势。其一，在哥特式的故事里，一个个孤立的超自然事件看上去不像在现实派故事中那样愚蠢，因为后者承认现实逆境，而前者只承认梦之大学。（当然，对于某个特定的读者而言，哥特故事可能是愚蠢的，但这是一个性情问题，而不是技巧性问题。）第二，与其他类型的故事相比，哥特式故事能够更加深入且长久地停留在读者的内心。当然，方法要对，不论你认为"方法要对"是什么意思。是指内森必须待在幽闭阴暗的十五世纪城堡里吗？不，但他可能位于这个神秘的现代世界当中的一座幽闭阴暗，像城堡一样的摩天大楼里。难道内森必须是一个忧郁的哥特式英雄，而麦克菲克小姐必须是一位优雅轻灵的哥特式女主角吗？不，但这可能意味着要在内森的心理中加入一种执念，而麦克菲克小姐在他心目中并不像理想本身那样，完美地象征着正常和现实。与现实派故事力求正常和现实不同，哥特式故事的世界完全是不真实和不正常的，并且具有神奇和永恒的特质，以及现实版故事里的内森做梦也想不到的深刻。所以，坦率地说，如果要以哥特式技法将这个故事恰如其分地表现出来，作者必须得是一个激进的浪漫主义者，将叙述的行为与梦幻般的语言联系起来，因为在遣词造句时，普通程度的充沛情感是远远不够的。因此，如果能够引起读者的共鸣，哥特式小说中赫赫有名的华丽辞藻也许不会仅被视为一个充气的木筏，供想象力在浮夸的浪花上漂浮，反而成为哥特式艺术家灵魂的帆船，鼓满了狂喜的、歇斯底里的风。所以，教人写哥特式故事是很难的，因为这要求天分。这很糟糕。我能做的仅仅是提供一个有关的例子而已：《一个死人的浪漫》当中的哥特式片段，由杰拉尔多·里吉里尼[1]的意大利文原著翻译而来。这一章节的标题是"内森的最后一次死亡"。

1　作者为自己拟定的另一个笔名。

　　破碎的玻璃窗表面蒙上了一层蓝灰两色的条纹，让这一颗灵魂感到一种庄严的凄凉。黄昏的微光在地下室的地板上蔓延开来。内森躺在那儿，没有一丝获救的希望。黑暗中，哪儿也去不了，他像一个被裹在床单里的孩子一样想道，他的视线迷失在四合的夜幕中。而且，在这个淡蓝色，发着微光的石头地窖里，内森的双眼除了阴郁的命运之外，真的什么也看不到。他痛苦地挣扎着，用一只手肘将自己撑起，眯缝着眼睛，透过泪水望着那满是尘垢的朦胧的淡蓝。他的模样就像一个在手术过程中被医生放弃的病人，在焦急地四处张望，要确认自己是否被遗忘在冰冷的手术台上。要是他的腿能如常活动该多好，要是这叫人浑身无力的疼痛立刻被治愈，该有多好。那些可恶的医生在哪里，他神志不清地问自己。啊，他们就在那儿，站在手术灯青绿色的光照不到的地方。"他疯了，伙计，"其中一人对同伴说，"我们可以把他身上所有的东西都拿走。"可是，当他们把内森的裤子脱下来之后，手术戛然而止，病人被遗弃在寂静的蓝色阴影中。"老天，看看他的腿。"他们尖叫起来。哦，如果他现在能像那样尖叫多好，内森的思绪陷入一片混沌之中。如果能大声尖叫，让那个天使般的女孩听到，以此向她致以歉意该多好，因为他们两人本该拥有一个神奇、永恒且深刻的未来，如今他只能缺席，而那个未来，就像他眼睁睁看着腐烂的腿一样，已然死去了。难道他不能发出这样一声尖叫吗？既然那正在液化的双腿让他感到阵阵刺痛，而且这疼痛已经蔓延到全身。可是不行。尽管他尽力尝试，始终做不到，最后只能用叫声将自己带往死亡。

　　传统的哥特派技法。

　　如果你适合这种风格，一定会感到很轻松的。你可以试试看。

实验派技法。每个故事都需要以恰当的方式讲述，但有的方式会让读者感到困惑。讲故事的时候，并没有所谓的实验派试错法。故事不是实验，而实验只是实验而已。没错。所以说，"实验型"作家仅仅是遵循故事的要求，以正确的方式把它讲述出来，不论别人看得懂或看不懂。作家不是故事，故事才是故事。明白了吗？

我们现在必须要问：除传统派和哥特派技法之外，内森的故事还需要用别的技法进行处理吗？这么说吧，如果只是为了这篇"建议"，它还是需要的。我已经放弃了《一个死人的浪漫》，再一次鼓起勇气，换种方式尝试叙述一下梗概，哪怕是努力的方向不对，想必也没有什么坏处。疯狂的里格斯博士就是用这样不敬的方式，用他造出来的"内森斯坦"做实验的。生命的秘密，我丑陋的伊戈尔[1]们，就是时间……时间……时间。

实际上，用实验派技法讲述这个故事，可以让两个故事"同时"发生，用交错的段落对两条支线同时进行叙述，在时间上保持平行。其中一条线从内森之死开始进行倒叙，而对应的故事则从那条神奇裤子的上一任主人死亡开始，向前推进。无须赘言，必须仔细推敲内森的经历，做到让读者从开始的一刻——也即是最后一刻——就能够读懂这个故事（不要冒险让尊敬的读者感到困惑）。两个故事于最后一刻胶合之时，这两个人物的命运也交织在一起，那个场所便是内森购买那条倒霉裤子的服装店。他走进商店时撞到了一个人，那个女人正全神贯注地数着一叠现金，正是这位女士把裤子退了回去，而这时候，那条裤子已经被重新挂在了货架上。

1　伊戈尔是许多哥特式反派角色的实验室助手。

"对不起。"内森说。

"走路看着点儿。"那个女人说。

在这种"无限"的叙事环中，在这个时间点上，我们已经知道内森命运的走向，知道他将陷入什么样"神奇"和"深刻"的麻烦当中。

实验派技法。

这很简单。请你自己试试吧。

另一种风格

为了清晰地阐述我的观点，刚才讨论的所有这些技法都是简化过的，不是吗？我们不能自欺欺人：文中举的每一个例子都是经过提炼的。然而，在恐怖小说写作的现实世界里，以上三种技巧常常纠缠在一起，混乱得无可救药，以至于真正提笔写作时，之前讨论的内容毫无用武之地。不过，这倒因此有益于我暗藏的另一个目的，在后文我将详谈。在此之前，我想粗略提出另一种风格。

内森的故事非常贴近我的内心，我希望它苦难的基调，也能触动许多读者的心。我想以这样一种方式来写这个恐怖故事，它的读者不仅因为内森个人的不幸而难过，更为存在一个任由这种不幸发生的世界而难过。我想打造一个故事，在故事中如变戏法一般召唤出一个独立于任何时间、地点和人而存在的悲哀的世界。这个故事中的角色包括"死亡"本身，它以活人的模样出现，还有"渴望"，以一条新裤子的模样出现，还有咫尺之遥的"心之所向"，以及可能发生在所有人身上的"厄运"。

可是我做不到，我的朋友。我写的不过是一个对于我的意图和目的而言，应该相当深刻的故事。（好了，现在已经说明将这一特质列为内森看中的三大特质之一的原因了。）可我就是没有勇气将这个故事拼凑完整。

这很不容易，而且我不建议你自己尝试。

最后一种风格

既然我们的讨论已经临近结束，对于应该怎样写恐怖故事，我也想袒露一些自己的拙见。这是我的个人观点，仅供参考。我想提醒你，恐怖有一种固有的声音。这声音是什么样子呢？是在部落的篝火旁，使围坐者纷纷睁大眼睛聆听的老者那沧桑的讲述声？是一位当前或历史事件的记录者，将这些事件和对话向公众公布的声音？还是一位纺着纱线，能够见凡俗之人所不见，并从无所不知的角度，描述许许多多可怕的事件，以满足读者娱乐需求的神祇的声音？我认为这些声音统统不是，到目前为止我们分析过的其他声音同样也不是。相反，我想说，这是一个在午夜时分孤独呼号的声音。有时，它被闷住了，就像一只小虫子在密封的棺材里呼救，而有的时候，棺材像一副脆弱的骨骼般四分五裂，里面便传出一个水晶碎裂般刺耳的尖叫声，将午夜的黑暗撕开一道口子。换句话说，恐怖之声就是一个人独自忏悔时的声音。

你若肯迁就我一小会儿，我便能解释一下刚才提出的观点。想必你已经知道——若不是自己的恐惧，就称不上真正的恐惧。也许你暂时还无法深刻地理解这一点，但写作真正的恐怖故事，必须以此为出发点。要达到这种效果，那位表达忏悔的叙述者在讲述时必须给人一种急于吐露某件心事，急于摆脱那件事带来的，噩梦般的压力和压迫感的体会，这样才能显得真实。我想，再没有比这更显而易见的了：如果故事的讲述者本人就是恐怖小说作家，那将是最为理想的状况。如果不从事这个职业，至少具有这样的气质，我认为也能够做到。不过，如何将忏悔的技巧应用到我们创作的这个故事上来呢？这个故事的主角不是恐怖作家，至少我没看到这个迹象。所以，我们必须做出一些调整。

读者可能已经留意到了，内森的性格可以依据不同的文学风格进行修改。他可以是一个正常人，也可以不正常。他可以从一个现实人物变成一个实验性的抽象的人物。他可以扮演各种角色，充满人情味的或冷漠的，视作家想要表达的内容而定。不过，当我第一次想到内森和他遭受的痛苦时，我最希望他代表真实生活中的我自己。我顶着杰拉尔德·卡洛夫·里格斯这个笔名写作，笔名面具下的我不是别人，正是内森·杰里米·斯坦。

所以，在内森的故事里，他顺理成章地应该是一位恐怖小说作家，希望通过创作超自然恐怖小说来讲述自己可怕的经历。也许他梦想通过创作神奇的，永恒的，或具有其他特质的故事来实现哥特式的荣耀。他狂热地攫取着离奇和虚幻之事，常在兜售鬼怪故事的市场出没，频频光顾出售廉价幻象的店铺，挖掘深埋地底的未知。但不知为什么，他在实现自己的恐怖之梦时，没能意识到自己买的是什么，也没有意识到自己是用什么买的。和另一个内森一样，这位内森最终发现自己买错了东西：那地方挂羊头卖狗肉，他买回来的并不是一条漂亮的裤子。

什么意思？我会解释的。

在内森的忏悔版恐怖故事中，主角必须有令人震惊的事情要坦白，且这件事必须与他的个性相符：他狂热且坚定地喜欢一切可怕、古怪和残暴的事。要做到这一点很简单。内森将坦白，他意识到自己走上了恐怖这条邪路，无法回头。自打记事起，甚至可能更早，他就对这条路有所偏爱。换句话说，内森不是一个正常的人，也不是一个真实的人。

正如上文所述，在内森作为一个人（或物）的这份恐怖自述中，转折点便是与洛娜·麦克菲克之间短暂恋情的结束。在每个版本中，被冠以这个名字的角色都具有不同的意义，有时候，对于可能成为其爱人的内森来说，她是极端真实或理想的化身。但是，在忏悔版本的《一个死人的浪漫》中，我会给她一个新的身份。她仍然叫做洛娜·麦克菲克，住所与我隔着一条走廊，而我们都住在一栋高耸的双塔公寓楼里，它看上去像一座哥特式古堡，走廊里到处铺着新地毯。但除此之外，这个虚构故事的女性角色和她在现实派恐怖故事中的角色并没有多大不同。在这个故事里，内森留给洛娜的印象，是一个毁了美好的夜晚，叫她失望的怪物——真实的洛娜，正常的洛娜应该会是这样的感觉，或者说得确切些，她曾经这样感觉过，因为我很怀疑她是否还想得起那个被她称为"地球上最恶心的家伙"的人。尽管这些夸张的言辞是在一时冲动下说出来的，但我相信她的态度是真实的。不过，我永远也不会解释她这次爆发的动机，哪怕遭遇疼痛的折磨也不会。角色的动机在这个恐怖故事中并不重要，或者说，内森惨遭分手，可是经历了这次富有启迪的分手后，他身上发生了更加重要的事情。

因为他这才明白，自己那惹人讨厌的个性并不是由于心理疾病所致，实际上，有一股超自然的影响力一直在控制着他。他活在邪恶势力的统领之下，现在这股力量希望这个被赶出黑暗之地的人能够重回它们的怀抱。简而言之，内森生来就不该是一个人类，这是事实，他必须接受。虽然很难。而且他知道，有一天魔鬼会来找他。

危机的高潮在一个夜晚到来。这天晚上，这位恐怖故事作家的情绪非常低迷。他想用一个短篇恐怖故事讲述自己这超自然的悲剧，作为自己最后的作品，可是无论如何也写不出一个强度和想象力能够与他锥心之痛相匹配的高潮。他无法用语言将这个半自传式的悲剧表达出来。用那些起保护作用的角色名玩文字游戏令他徒增痛苦，将真心隐藏在一层又一层假名的包裹之中同样叫人心伤。最后，这位恐怖故事作家坐在写字台前，趴在未完成的手稿上号啕大哭起来。哭泣持续很长一段时间，最后内森只想躺在人类的床榻之上大睡一场。无论悲伤有多少缺点，不可否认的是，它如同一剂强效安眠药，可以让人昏昏欲睡，摆脱痛苦的现实，进入一个安宁而黑暗的天堂。他正是这么做的。

过了一阵子，响起了敲门声，有人不耐烦地敲着内森公寓的门。是谁？我前去应门。

"拿着，你忘了这个。"一个漂亮的女孩将一团毛茸茸的东西扔进我怀里。她刚要离开，又转过身来，谨慎地审视我的面孔。我有时会假冒别人的身份，古怪的诺曼，甚至是一个或两个内森，那天晚上我再次戴上了面具。"对不起，"她说，"我还以为你是诺曼呢。这是他的公寓，我的房间在对面，隔着走廊。"她指给我看，"你是谁？"

"我是诺曼的朋友。"我回答道。

"哦，那可真抱歉。嗯，我刚才扔到你身上的是他的裤子。"

"你是帮他补了，还是改了？"我做出一无所知的模样问道。我翻看着裤子，装作在寻找修补的痕迹。

"不，只是那天晚上他被我赶出去时没来得及穿，你懂我的意思吧？我马上要搬出这个恐怖的垃圾场，彻底摆脱他了，你可以这么对他说。"

"大门口畅通无阻，你可以进来亲口告诉他。"

我露出微笑，而她并未无动于衷，也露出了微笑。我关上了她身后的门。

"那么，你叫什么名字？"她问。

"彭赞斯，"我回答，"叫我皮特好了。"

"呃，至少你不叫哈罗德·瓦克斯，或是诺曼那些恶心的书里的名字。"

"你说的大概是威克斯吧，H. J. 威克斯。"

"无所谓。反正你看起来跟诺曼一点也不像，甚至不像是他那种人的朋友。"

"你和诺曼之间的事我也听他说过一些，所以我想这番话是在夸我。其实我也写书，但不是有关 H. J. 威克斯的那些书。我住在这个城市另一端，很远，公寓楼里在刷墙。幸好有诺曼，他大发慈悲收容了我，还把书桌借我用。"我冲着自己刚才相对痛哭的东西比画了一下，"实际上，我和诺曼有时候用同一个笔名合作写书，眼下我们就在合写一部作品。"

"应该是不错的作品，我相信，"她说，"顺便说一句，我叫劳拉——"

"奥芬尼，"我把她的名字说完，"诺曼曾经对你赞不绝口。"

"那个怪物到底在哪儿？"她问。

"他在睡觉，"我朝后方的房间抬起一个手指，"我们一直埋头苦干来着，在创作一个新故事。不过我可以叫他起来。"

女孩的脸上露出了憎恶的表情。

"还是省省吧。"她说着朝门口走去，然后又转过身，缓缓朝我走过来，"也许我们还会再见面。"

"万事皆有可能。"我信心十足地说。

"不介意的话，只想请你帮我一个忙，让诺曼离我远远的。"

"这一点也不难。但是，你必须先帮我做件事。"

"什么事？"

我朝她凑了过去，像是要告诉她一个秘密。

"请你去死，'心之所向'，"我一边在她耳边低语，一边用双手掐住她的脖子。她的生命连同嗓子眼儿里的一声惊呼同时戛然而止。然后我真的去工作了。

"醒醒，诺曼，"我双手背在身后，站在他床边大声喊道，"你睡得可真香啊，不是吗？"

诺曼的脸上出现了一连串变幻不定的表情，困意首先被震惊赶跑，然后两者全部褪去，剩下满脸焦虑。这些天他一直在熬夜，为这篇"文章"和别的一些事绞尽脑汁，的确很需要休息。

"谁？你找谁？"他飞快地在床上坐起身来。

"别管我找谁。现在我们该关心的是你想要什么。还记得那晚你对那女孩说了什么吗？记得吗？你叫她做某件事，然后她勃然大怒。"

"原来如此。你是劳拉的朋友。好了，快滚出去，不然我叫警察了。"

"她当时也是这么说的，记得吗？而且她还说希望从没认识过你。这些话叫我们有了写小说的灵感，不是吗？可怜的内森从没得到过你这样的机会。干得好啊，虚构了那条迷人的裤子。真正的原因——"

"你聋了吗？从我的房间里滚出去！"他怒吼一声，却发现自己的暴怒对我丝毫没有影响，终于略微平静了些。

"你想要那女孩怎么做来着？你的确对她说过，你想要和……和谁缠缠绵绵来着？对了，一个无头女人。就像多年前你在一部古老的哥特式小说里读到的那个被斩首的幽灵。我知道，就是那本书里的插图激发了你的癖好。照我看，劳拉根本无法理解，一个年轻人竟会在某个春天突然对……对无头幽灵产生兴趣。没有头。如果我没记错的话，你对她说，你在房间里存着一整套装束。瞧吧，小伙子，你的祈祷，我帮你实现了。这个无头的怎么样？"我一边说，一边从背后将那个脑袋提了起来。

他嘴里一声不吭，眼睛却在冲自己看到的东西狂叫。我把那留着长发的、血淋淋的人头扔到他腿上。他飞快地用床单盖住它，然后忙乱地用脚把那一大堆东西踢到地上。

"剩下的身体在浴缸里，如果你想要尝试的话。我会等着你。"

那一瞬间他似乎真的在思考我的提议，但我不敢肯定。不过，他待在床上没有动弹，也没有说话。足足一分钟过去之后，他终于开口说话了，每个音节都是平静而顺畅的。似乎他有一部分灵魂已经出窍，而对我说话的正是出窍的这部分。

"你是谁？"他问。

"你真的需要一个名字吗？对你有任何好处吗？我们该把地上那颗头叫做劳拉、洛娜，还是简单叫它'心之所向'呢？以地狱的名义，我又该叫你什么呢——诺曼还是内森，哈罗德还是杰拉尔德？"

"我也这么认为。"他用憎恶的语气说。他继续说了下去，嗓音古怪，神情冷静，似乎并不是说给某个特定的对象听。"既然正与我交谈的这个东西，"他说，"既然这东西知道只有我才知道的事，而且能告诉我只有我才能告诉自己的事，那么房间里一定有我一个人。也许我在做梦。没错，做梦。否则我就是疯了。非常确定。绝对肯定。你走吧，疯狂先生。走吧，梦魇先生。你的目的达到了，现在让我睡觉吧。我受够你了。"

然后他就把头搁在枕头上，闭上了眼睛。

"诺曼，"我说，"你总是穿着长裤睡觉吗？"

他睁开眼睛，这才注意到刚才被疏忽的事。他重新坐起身来。

"很好，疯狂先生，它看起来像是条真裤子。但是绝不可能，因为它还在劳拉那儿呢，真是抱歉。有趣，它脱不下来了。一定是那条虚幻的拉链被卡住了。我好像遇到麻烦了。哈，我真的是个死人了。照我说，一定要搞清楚自己买的是什么。老天帮帮我吧！你永远不知道自己套到身上的是什么。脱下来，该死的！好了，那么我几时开始腐烂，疯狂先生？你还在吗？那些灯怎么了？"

房间里的灯已经熄灭，一切都被笼罩在一片蓝光中。卧室的窗外开始划过闪电，晴朗的夜晚变得雷声隆隆。云层中间裂开一道小缝，一轮只有异世界的生物才能看到的月亮照耀着大地，有些木偶般的影子在那银色的屏幕上移动。

"肉身腐烂，就能回到我们身边，你这个怪物。肉身腐烂，就能离开这个世界，回到地狱家园。痛苦本身就是一种福佑。"

"发生在我身上的一切都是真的吗？我的意思是，我尽力了，先生。但是真不容易。那像电流一样的东西，叫我抖个不停。我好像要融化了。哦，真疼啊，我的爱。啊，啊，啊。我变成了黏糊的肉块，我竟用这样的方式终结悲惨的生活。你能帮帮我吗，梦魇先生？"

我感到自己的身体在变化，裹在身上的人类衣裳也绽开一条条的口子，骨节棱棱的双翅从后背抬起来。我面前有一面蓝色的镜子，从镜子里，我看到那双翅膀优雅地张开了。我的眼睛变成了宝石，坚硬，光芒四射。我的下颌成了一个滴落银子的黑洞，血管里流动着腐烂的金子。他正在床上翻滚着，像一只受伤的虫子，发出非人般的嚎叫。我将他抱起来，用自己那坚硬的手臂一次又一次地裹住他颤抖的身体。他像个孩子一般大笑起来，来自异世界的孩子。有太多的错误需要纠正。

我朝窗户发出指示，让它朝着夜色敞开。它们缓缓地打开来。他那孩童般的笑声变成了眼泪，但是我知道，它们很快便会干涸。我们终于能重获自由，过上神奇、永恒，挣脱地球引力的生活。窗户朝着下方的城市豁然洞开，或者不妨说，朝迎接我们的无底黑渊豁然洞开。

我还从没尝试过这种事。

可是，时机到来时我却发现，一切竟是如此简单。

失眠者之梦

埃利斯婶婶的平安夜

格罗斯波因特镇[1]一幢老宅的传说

　　我们读她的名字时，总会带一个特别的Z音——切记，杰克，要切记——就像有的人把米"苏"斯错读成米"祖"斯一样。她坚持我们这个大家族，包括所有富有的和不那么富有的亲戚们，每年都到她那位于格罗斯波因特镇的家中，按照能够彰显传统的，古老而怀旧的方式庆祝圣诞前夜。实际上，埃利斯婶婶独自一人组成了我们家族富有的那一方。她的丈夫于多年前离世，给妻子留下一个成功的地产公司，并且没有子嗣。埃利斯婶婶把公司经营得蒸蒸日上，因此这位叔叔虽然没有子孙后代，但他的姓氏在三个州房前草坪上插着的"出售"标志牌上得以延续。但是这位叔叔的名字叫什么呢，年幼的侄子或侄女有时会问。我们当中不止一次有孩子问："埃利斯叔叔在哪儿？"别的孩子总是会齐声回答："他在安息。"这个答案正是从这位寡居的婶婶那儿学来的。

　　诚然，埃利斯婶婶没有丈夫，也没有孩子，但是她爱这个大家庭里的每一个成员，而且每个假期她都会动用自己那有形的房产和无形的资产，尽可能将所有亲戚都招待起来。不过，她不是那种挥霍无度的富婆。她家的房子是一栋具有伊丽莎白时期乡村

1　这里曾是全美国最好的社区之一，是底特律的富人避暑胜地。

风格的宅子，不算大，而且显得很低调。沿着湖边车道走上一段距离，会看到一片浓密得足以引起幽闭恐惧的树林，埃利斯婶婶的房子——当它仍然存在时——就藏在这片树林背后。烟灰色的石头砌成朴实无华的外墙，将这栋老宅深藏在树林后的隐蔽处，直到看见那镶着菱形玻璃的窗户，人们才会恍然大悟，在原以为是一片阴暗的空地的地方，居然藏着这么一栋房子。

每到圣诞节前后，婶婶家那一层层的窗户上就会挂满各种各样的彩灯，闪烁着粉、蓝和绿之类糖果般甜蜜的亮光。在逝去的日子里——杰克，记住那些日子——十二月的浓雾常常弥漫在尚未冻结的湖面上，那些万花筒般的窗户则将它们的光芒投入那些柔软的雾气中。对一个孩子而言，这画面为这个冬日定下一种氛围：许多色彩静静地交汇合一，平日里普通的世界顿时充满了神秘感。这是庆典，是节日，我们为什么要躲着它，拦住它呢？在我的孩提时代，每当圣诞节前夜，爸爸妈妈一边一个拉着我的手，领着我走上通往婶婶家的那条车道时，我总是会停下脚步，拉着爸妈，就像逃跑的马儿一样拼命往回跑。不过我每次的反抗总是短暂而徒劳的。

回忆过往，在我的记忆中第一次留有印象的平安夜聚会应该是我第五次去参加的那一场——从那之后，那栋房子里发生的事情我全都一清二楚，年复一年，不论是活动的主题还是表面细节，一切几乎从未变化过。对于来自大家庭的人而言，那些场景再熟悉不过，根本无须赘述。就连打小成为孤儿的人兴许对那些画面也会感到厌烦。不过仍然有些人，听到人们说起不同寻常的叔叔、慈爱的老祖父老祖母，还有来回奔跑的侄儿侄女，总是会让他们感到新鲜和亲切。他们喜欢看到好几代人济济一堂的场面，被他们的血肉亲情所温暖。我不得不说，他们与埃利斯婶婶有着同样的脾性，仿佛她的灵魂住在他们的身体里。

在每一次圣诞聚会期间，婶婶总是在她家大厅里忙忙碌碌。这个房间里到处都是奇特的装饰，如同披上了一身节日盛装的幻象。如今我尽最大的努力，也只能描述出其中几样特别出彩的。首先是冬青，有活的，也有人造的，从各种各样可能的地方垂挂下来，比如从画框上，放着数不胜数的小玩意儿的彩色木架上，甚至印着压花花纹的墙纸上，它们与各种漩涡般花纹和雕花混在一起。从高处的各种物品上垂下许多槲寄生，比如一盏安装着精致的意大利小灯泡的吊灯上。巨大的壁炉里闪动着的红彤彤的火焰，显得喜气洋洋。飞舞着灰烬的壁炉前有一张防护屏，两头各立着一对粗粗的黄铜柱。每根柱子顶端套着一个圣诞老人的袜子玩偶，它们僵硬地伸着手套，似乎要给人们一个小小的拥抱。

在大厅的那个角落里，也就是靠近前窗的地方，有一棵圆乎乎的常绿植物，几乎挂满了人们能够想象得到的所有挂饰、绳索和亮闪闪的装饰品，还装饰着愚蠢的彩色蜡笔画的蝴蝶结，那些光滑可人的蝴蝶结可是由某个人的双手亲切地系上去的。同样是那双手准备了树下的那些礼物。而且，年复一年，它们看起来和这房间里其他的东西一样，永远处于一模一样的位置，仿佛去年圣诞节的礼物根本就没拆开过。这一点更是刺激我产生那噩梦般感觉的原因，我感到自己在参加一场不断重复的仪式，而且绝无逃脱的可能（不知为何我如今仍有那种如同掉入圈套般的感觉）。送给我的礼物总是在那一大堆礼物的后面，几乎靠着树后的墙壁。它被一条浅紫色的丝带绑着，用浅蓝色的包装纸包裹着，包装纸上印着小熊，穿着宝宝睡袍，做着美梦，梦见更多浅蓝色的礼物，但上面印着的不是更多小熊，而是做美梦的小男孩。每一次圣诞节，我总是守在我的礼物旁度过很长时间，并不是因为对里面的东西感到好奇，而是为了寻个庇护所，避开众人。这位腰缠万贯的婶婶每次送我的礼物不外乎内衣裤、睡帽或袜子之类，从来不是我梦寐以求的某种难以名状的奇异。亲戚们坐在一块儿交头接耳，和着一首古老的管风琴音乐唱颂歌，我坐在房间的另一头，但是没人会注意。埃利斯婶婶演奏那首曲子的时候，总是背对着她的听众们，以及我。

"安——睡在天——国的宁静里。"他们唱道。

"太棒了！"她不转过身赞叹。和往常一样，她的声音总叫人不由得盼望她能清清喉咙，把粘在嗓子里的东西清理掉。可是她没有这么做，只是关掉了电子管风琴，聚集在一起的人们便一哄而散，朝屋子的其他地方走去。

"刚才我们没听到老杰克唱歌的声音。"婶婶转过身来，看着房间的对面。我坐在一把椅子上，椅子放在一扇雾气蒙蒙的窗前。那时候我也许是二十岁，或者二十一岁，从学校回来过圣诞节。我喝了些埃利斯婶婶准备的圣诞饮料，很想冲口而出："谁管你听没听到老杰克唱歌，你这老蝙蝠？"但是我没有这么说，只是瞪着她，醉醺醺地观察她的脸，把她的面孔印入我脑海中的家庭剪贴簿里：头发梳得很紧（像梳过的电线），眼神平静得像一张老旧的肖像画（为过世很久的人画的那种），红润的高颧骨（再红一点儿就跟起疹子的感觉差不多了），还有一副大板牙，只有从梦里冲出来的马儿才可能长着那样的大板牙。我一点儿也不担心自己将来会忘记这些特征，不过我已经下定决心，这将是我最后一次在圣诞节见到它们。所以，那天晚上我能够平静地面对埃利斯婶婶的嘲弄。总而言之，我们没有继续对峙下去，因为有孩子吵着要婶婶讲个故事。"这次要讲一个真故事，婶婶。一件真正发生过的事情。"

"好吧,"她说,然后补充了一句:"也许老杰克愿意过来和我们坐在一起。"

"我年龄太大,不适合听那种故事了,谢了。而且,在这儿听也很——"

"那好,"她打断了我的话头,"让我想一想。有那么多,那么多故事呢。好了,我想到一个。这个故事发生的时候,你们都还没出生,那是我和你们的叔叔一起搬到这附近的几个冬天之后。不知你们是否留意过,沿着这条路走上一小段,就有一块空地,那儿本来有——从前有——一座房子。透过这扇前窗就能看到。"她一边说,一边指着我身旁的这扇窗户。我让自己的目光顺着她的手指朝窗外看出去,透过雾气,的确见到了她故事里说的那片空地。

"那儿曾经矗立着一座漂亮的房子,比这一座要大得多。那座房子里住着一个年纪很大的老人,从来不出门,而且也从来不邀请任何人去作客,至少我没见到过。你们猜,这位老人去世之后,那栋房子会怎么样?"

"它消失了。"有的孩子抢着回答。

"也可以这么说,它的确是消失了。实际上,是有人把房子一点点给拆了。我想,住在里面的老人一定是个心胸狭隘的人,才会希望房子被这样处理掉。"

"您怎么知道他想这样?"我打断她的话,想要推翻这个结论。

"还能有别的解释吗?"埃利斯婶婶回答,"不管怎样,我觉得那老人肯定不愿让别人住进那栋房子,一想到别人可能快乐地生活在里头,他就受不了,因为他自己一定活得不快乐。但也许,只是也许,他是出于别的原因叫人把房子拆掉的。"埃利斯婶婶说出最后这句话时，带着几分犹豫不决。孩子们盘腿坐在她面前，专心致志地聆听着。壁炉里木柴噼啪作响的声音似乎变得更响亮了。

"也许老人觉得，拆掉房子，叫它消失，就能带着它与自己一起到另一个世界去。那种长时间独居的人常常会想出和做出一些非常古怪的事情。"她强调这一点。不过我很清楚，除了我之外，谁也不会认为最后这句话用来形容讲故事者本人再贴切不过了。（把一切都说出来，杰克）她接着说：

"你们可能会问，是什么原因，使得我对这位老人做出这样的评价呢？在他和房子都消失之后，又发生了什么奇怪的事情呢？没错，答案就是：确实发生了一些怪事。我这就一五一十地讲给你们听。

"有天晚上——我的孩子们，那是一个和今晚差不多的，雾蒙蒙的冬夜——有个人沿着这条路走来，他走到那已溘然长逝的老人房子的地界线前，停下了脚步。这是个年轻人，很多人都在这附近见到过他，他总来这儿晃悠。告诉你们吧，我自己就曾经走到他跟前，询问他与我们的家族是不是有什么关联，因为他似乎对此地最感兴趣。这个年轻人说他自己是个古董爱好者，他说自己对老物件感兴趣，特别是老房子，而且对那位古怪老人的房子特别感兴趣。他问过老人很多次，是否可以进去看看，但每次都遭到了拒绝。平日里那栋房子总是黑漆漆的，似乎家里一个人也没有，虽然实际上里面一直有人居住。

"在那个冬天的夜晚，年轻人发现自己见到的不再是看似空无一人的黑屋子，而是一个灯火通明的地方，房子周围装饰着圣诞节彩灯，彩灯璀璨的亮光将雾气也刺穿了，你们应该能够想象他有多么惊讶吧？这还是那位老人的房子，只是被彩灯装饰得这样漂亮，这样生气勃勃吗？是的，正是，因为那位老人正站在窗前，脸上的表情显得十分友善。于是，年轻人认为自己应该再碰碰运气，也许这次能见到屋子内部的陈设。他按了按门铃，前门缓缓敞开来。老人一言不发，只是后退一步，好让拜访者进去。终于，这位年轻的古文物爱好者得偿所愿，能够对这栋老屋的内部进行鉴赏。在整个过程中，不论他们来到狭窄的走廊，还是被弃用多年的房间，老人总是面带微笑，沉默地站在客人身边。”

“我无法想象，如果这是个真实的故事，你是怎么知道这些情节的。”我打断了她的讲述。

“埃利斯婶婶就是知道。”我的一个小侄子插了一句。婶婶朝我瞥了一眼，在那一瞬间，她仿佛确实知道似的。然后她继续将这个真实的故事娓娓道来。

“年轻人把那栋房子里里外外看了个遍，然后两人在客厅里舒适的深椅子上坐了下来。但是，老人脸上的笑容，那种安静而微妙的笑容，很快就让这位来访者感到莫名的不安。最后，年轻人从口袋里拿出表来看了一眼，说自己该告辞了。当他再次抬起头……老人已经不见了。自然，这叫年轻人大吃一惊，他从椅子上跳起来，心惊胆战地把附近的房间和走廊都找了一遍。因为不知道这位老人的名字，他只能呼喊着‘先生，先生’。尽管他似乎已经找遍了所有的地方，房子的主人再也没有出现。古文物爱好者终于决定不道而别，直接离开。

“可是，他还没能走到门口，就停下脚步，僵在了原地。因为他透过面前的窗户看到了外面的情景。没有街道，没有街灯，也没有便道，甚至没有房子，当然，他自己所处的那一栋除外。只有雾，还有一些可怕的、残缺的形体漫无目的地在雾气中游荡。年轻人听到它们在哭号。这是什么地方，老房子把他带到哪儿去了？除了瞪着窗外，他不知道还能做些什么。突然间，他看见映照在窗户上的那张脸，一时间还以为那个老人终于回来了，再次站在自己的身后，露出那种安静的笑容。

"可是，紧接着，年轻人就意识到，这是他自己的脸，就像那些迷失在雾气中的衣衫褴褛的可怕的怪物一样，他也开始哭喊起来。

"那天晚上之后，那个年轻人再也没有在这附近出现了。好了，你们喜欢这个故事吗，孩子们？"

我感到十分疲倦，这辈子从未有过的疲倦。我根本不想动弹，好不容易才挣扎着将自己从深陷其中的椅子上拉了起来。我迈着缓慢的脚步，从那些似乎非常遥远的面孔前跋涉而过。我这是要去哪里？是想再喝一杯吗？我渴望去摆满圣诞美味的餐桌上再吃些美食吗？是什么在呼唤着我，叫我从那个房间离开？

似乎仅在转瞬之间我便恢复了知觉，这时我发现自己行走在一条雾蒙蒙的街道上。雾气萦绕在我身边，形成无法穿透的白墙，狭窄的通道不知通往何方，房间也没有窗户。我没走多远，就意识到自己哪儿也没有去。不过，我最终还是看见了一些东西。那是一束又一束的圣诞节彩灯，它们的颜色穿透了雾气。可是为什么我觉得它们那样可怕？它们暗示着什么？为什么这朦胧而宁静的画面，曾唤醒孩童时代的我的想象力的画面，如今却让我心生恐惧？它们不是我喜爱的那些颜色，这里不是那栋房子。可恰恰是那栋房子，因为它的主人正站在窗前，她有一张瘦削的脸，面带笑容，可是不知为什么，看起来不太对劲儿。

我突然想了起来：埃利斯婶婶早已经过世，她的房子，按照她本人的意愿，已经被一点点地拆掉了。

"杰克叔叔，醒一醒。"身边响起一个稚嫩的声音，它在呼唤着我，虽然我实际上也还只是个孩子，并不是他们的叔叔。更准确地说，我只是这个大家庭的孩子当中年纪稍长的一员，正在椅子上打盹儿。这是圣诞节前夜，我有点儿喝多了。

"我们就要唱圣歌了，杰克叔叔。"那些声音说，然后他们就走了。

我也走了。我去卧室里取我的外套，它被压在无数件外套下面，仿佛被埋在公共墓地里。大家都在和着吉他的轻弹声唱圣歌。（我喜欢吉他，这种带着金属弦的木头乐器，它不会叫我联想起埃利斯婶婶很久以前在圣诞前夜弹奏的教堂管风琴，那种声音低沉而腐朽。）我顾不上道别的礼节，悄悄地从厨房溜出了后门。

我离开了那个圣诞前夜的家族聚会，仿佛要赴另一场约会，一个早已定下，我却从不知晓或是早已忘记是与谁定下的约会。我记得逝去的岁月中发生的许多事——要办到这点很容易，因为我是如此平静而孤独的存在——但是我记不起那天晚上接下来发生了什么。我的头脑已经大不如前。我在家睡觉时做了一个梦，一定是把先前做的那个梦给续上了，虽然我也想不起回家后睡觉的事。但是，有一件事我明明明白白地记住了，仿佛它发生于我神志清明，没有入梦时一样。当时我好像站在一栋不复存在的房子的门前，一扇门缓慢而沉重地打开来，然后一只手伸了出来，放在我肩上。看到那个堆满整张脸的笑容，听到那句话，我顿时被吓得魂飞魄散："圣诞快乐，老杰克！"

哦，那老男孩终于还是来到我面前，见到他多好啊。他已经老了，却从未长大。我终于拥有了他，他和他所有的思想，他记忆中所有美丽的画面。那些哭泣的魔鬼，迷失的灵魂，从雾中浮现，带走了他的身体。他已经是他们当中的一员了。但是我留下了最好的部分，他所有美好的记忆，我们拥有的所有幸福时光——那些孩子们，那些礼物，那些夜晚的色彩！无论如何，它们都是我的了。把那些年的经历都告诉我们，老杰克，我从你那儿拿走的那些年——我能随心所欲地摆弄的那些岁月，就像一个孩子摆弄玩具一般。哦，置身在这样的世界是多么好，多么幸福啊：总是充满死的黑，总是充满活的光！而且这儿永远都是，永远停留在，圣诞节的前夜。

失落的艺术：暮光

我画过它，至少尝试着画过。我用油画颜料画，用水彩颜料画，在一面镜子上涂抹它——我把镜子放在那儿，是为了重现真实物件的光芒。而且全都是抽象画。画中没有在春、秋和冬季天空中下沉的真实的太阳，也没有一束深褐色的光从一片湖水尽头那平庸的天际渐渐消失，甚至没有我喜欢从自家古老大宅的阳台上眺望的那个湖。我将"暮光"描画得如此抽象，不仅是为了隔绝真实世界的不堪。别的抽象派画家可能会说，他们的画作并未象征真实生活中的任何事物——一抹碘红就只是一抹碘红，一点哑黑就只是一点哑黑。可是对我而言，纯粹的色彩，线条纯粹的节奏和结构的团块，它们纯粹的组合，意义可不止于此。别人只是看到它们的形状和色彩产生的效果；我——如何强调这一点都不为过——我却曾经置身于其中。我画中抽象的暮光象征着一处真实的所在：在那个地方，柔和沉郁的色彩组合成林立的宫殿，耸立在粼光闪闪的海洋旁，位于那片哀伤却绚烂的天空下。在那里，观察者是名副其实的存在，摆脱了肉身，是无法触及的——一个抽象世界的居住者。可是，这一切仅仅留存在我的记忆中。我原以为能够永远存在的世界，只在眨眼间便逝去了。

时间不过是几星期前。我坐在阳台上，一边看着早秋的夕阳落入前文说过的那片湖中，一边与T姨妈说着话。她的鞋跟在褐色的石板路上踏出欢乐而空洞的轻响。满头银发的她穿着一身灰色的套装，打着一个大得几乎碰到下巴的领结。她的左手拿着一个长长的信封，信封已经被仔细地划开，右手拿着那封信，信纸被折成了三折。

"他们想来拜访你，"她挥了挥手里的信说，"他们想来这儿。"

"我不信。"我答道，然后半信半疑地将椅子转了个方向，去看那洒遍整片草坪的阳光。草坪正对着这栋高大的老宅，我们仿佛已经在这里生活了好几百年。

"你不妨读一读这封信。"她坚持道。

"我读不了。除非是用法语写的。"

"你没说实话，看看总是堆在图书馆里的那些书就知道。"

"那些恰好是艺术类的书，我只是看看图片而已。"

"喜欢图片是吗，安德烈？"她的语气像足了冷嘲热讽的主妇，"我恰好有幅图要给你看。是这样的：他们正期待着得到允许，到这里来拜访我们，至于待多久，要看他们的安排。所谓的'他们'，是指一家人，有两个孩子，信里还提到一个没结婚的姐姐。他们从普罗旺斯的艾克斯城动身来美国，希望中途拜访唯一在世的美国血亲。这幅画你看懂了吗？"

"我很意外，他们竟然会想来，他们可是——"

"不，他们不是。他们是你父亲那一系的亲戚。杜瓦尔家的人，"她解释道，"他们知道你所有的事情，但是说，"T姨妈停下来看了看信里的内容，"他们不会带着任何偏见。"

"这些生物的大方宽容叫我齿冷。二十年前，他们对我母亲做了那样的事，现在他们竟然有胆量——竟有这个胆量——说对我没有偏见。"

T姨妈"哼"了一声以示警告，让我平静下来。这时候，罗普斯端着一个盘子出现了，盘子上放着一个纤细的玻璃杯。我把他唤作罗普斯，是因为他和那位同名的画家一样，每次出现时都给我这座骨灰堂一样的房子带来毛骨悚然的感觉。

他像行尸走肉般走过阳台，为T姨妈送来她下午的鸡尾酒。

"您需要些什么吗，先生？"他问。眼下他像拿银盾一般把盘子放在胸口。

"你几时见过我喝酒，罗普斯？"我反问，"几时见我——"

"安德烈，注意你的言谈举止。没事了，谢谢。"

罗普斯迈着缓慢而僵直的脚步退了下去。

"现在你可以继续发泄了。"T姨妈和蔼可亲地说。

"我已经说完了，你明白我的感受。"说完这句话，我将目光转向湖面。今天没有平日里吃的点心，我只能从暮色中汲取黯然的情绪。

"没错，我知道你是什么感觉，你一直都错了。你总有一种浪漫的想法，认为你和你母亲——愿她的灵魂安息——受到某种残酷的迫害。但事情根本不是你以为的那样。公平地说，他们不是无知野蛮的农民，除了你母亲以外。他们是你母亲的家人，过着富庶的生活，见多识广。而且他们不迷信，因为他们所相信的，有关你母亲的那些事，都是真的。"

"真也好，假也好，"我争辩道，"他们相信不可相信之事，而且照此行事——我就管这叫做迷信。他们有什么理由——"

"什么理由？我不得不说，当时的你没有资格评判他们所持的理由，因为谁都知道，那时候你不过是你母亲身体里的一个小小的隆起。我，才是真正在场见证一切的人。我看着你母亲与那些'新朋友'来往，她称他们'血贵族'，照我看来，她对他们代代相传的身份充满了艳羡之情。但是我无意评判她，我从来也没有这么做过。毕竟她刚刚失去了丈夫——你父亲是个好人，很遗憾你没能认识他。当时她怀着他的孩子，一个死人的孩子……她吓坏了，不知道如何是好，所以跑回家乡，回到自己的娘家。虽然她有些不负责任，但谁又忍心责怪她呢？可是发生的这一切毕竟是种耻辱，特别是对你而言。"

"您可真会安慰人啊，姨妈。"我悲戚地挖苦道。

"唉，我总是对你报以同情，不论你是否接受。我想，这么多年来，我的所作所为已经证明了这一点。"

"没错，的确。"我表示赞同。

T姨妈将最后一点酒倒入喉咙，有那么一小滴趁她未留意时从嘴角滴落，在黄昏的微光中闪闪发亮，像一颗珍珠。

"你母亲有天晚上没有回来——应该说是直到早晨——大家都知道发生了什么，但是大家什么也没说。你认为他们迷信，但恰恰相反，实际上，他们有好长一段时间不愿相信这个事实。"

"感谢你们所有人，让我有时间继续发育，哪怕你们当时在策划怎样才能抓住我的母亲。"

"这种话我只当没听见。"

"我知道你会的。"

"我们并不打算抓她，你很清楚。这还是你臆想出来的。是她来找我们，不是吗？在夜里，挠着窗户——"

"这部分你可以略过，我已经——"

"——肚子鼓得就像最充盈的满月。这很奇怪，因为实际上，按照时间推算，我们都认为你该是一个危险的早产儿。可是，我们跟着你母亲回到她白天歇脚的教堂墓地，却发现她怀着的是一个发育完全的胎儿。神甫知道自己的后院中孕育着这样一个异端后十分震惊。实际上，是他，而不是你母亲的家人，认为不该让你降生在这个世界上。而且，是他的手赐予你母亲一个解脱，终结了她从新朋友那儿获得的生命。可是，她躺在棺材里，很快便开始分娩了。血出得很骇人。如果我们真的——"

"没必要再——"

"抓了你的母亲，你应该感激我也是那伙人当中的一个。就在那天晚上，我不得已把你带走，回到美国。我——"

这时候她看出来，我的注意力已经从她身上移开，被令人愉悦的落日景观吸引了。她停下话头，和我一道欣赏风景。我说：

"谢谢你，T姨妈。谢谢这个有趣的故事。我永远也听不腻。"

"我很抱歉，安德烈，但我只是想提醒你事情的真相。"

"我能说什么？我知道自己欠你一条命，就是这样。"

"我意不在此。我说的真相，是指你的母亲变成了什么，以及你现在又是什么。"

"我什么也不是。而且我从不伤害他人。"

"所以我们必须让杜瓦尔一家来跟我们住一段时间。让他们看看，你对这个世界根本毫无威胁。我相信他们需要亲眼见到，才知道你是什么样，或不是什么样。"

"你真的认为他们为此而来？"

"我真这么想。如果好奇心得不到满足，他们反倒可能制造一些麻烦。"

暮光的阴影渐渐笼罩大地，越来越深沉。我从座位上站起身来，与T姨妈并肩站在阳台的石栏前。我靠近她说：

"那么就让他们来吧。"

II

我是亡者的后代。是逝者的儿子，鬼魂的子孙。我的祖先曾经盛极一时，如今已然灭绝，其中有不计其数的著名人物。我的名字被用防腐药水写在死亡之书上。我属于一个高贵的种族。

在我最亲近的亲人中，第一个去见他的创造者的正是我自己的创造者：我那未曾谋面的，已经长眠于墓中的父亲。这个男人创造了我，可是在我吸入第一口空气之前，他已经咽了气。他死于一次中风，是第一次也是最后一次中风。人们告诉我，在他生命最后的时刻，那紊乱而精巧的脑电波在显示屏上组成了一些奇怪的图案。医生告诉我的母亲，说她的丈夫不再位于生者之列，可是在同一天里，又告诉母亲她怀有身孕。在我双亲的人生经历中，这样感人的巧合并非绝无仅有。他们都来自于法国南部普罗旺斯地区的艾克斯，都出生于富庶的家庭。但是，他们初次相遇不是在家乡，而是在另一个国度：他们碰巧在美国就读同一所大学。这两位同乡人远渡寒冷的大洋，在一门必修科学课的课堂上相遇了，有着同样背景的他们知道，冥冥中自有天意。两人陷入了爱河，同时也爱上了这个新的家园。后来，他们夫妻二人搬到一处富庶而名望颇佳的城郊（我拒绝在此透露这个地方或这个州的名字，因为我如今仍旧住在此地，而且我必须小心谨慎，个中原因将在后文透露）。这对夫妻幸福美满地过了好些年，后来我的这位直系男性亲人过世了，恰好错过为人父的日子，成了那尚未出生的儿子的好父亲。

所以，我是亡者的后代。

但是一定会有人反对这个说法，因为我出生于活着的母亲腹中，认为降生在这个世界的那一刻，我转过头去看见的一定是一双炯炯有神，满溢着慈爱的眼睛。不是这样的，从我与亲爱的 T

姨妈刚才那番对话能够看出，明显不是这样。我那寡居而且怀有身孕的母亲逃回了艾克斯，回到自己的娘家，舒适地过着与世隔绝的生活。但是此处我忍不住想要多说几句。我无法继续压抑自己的冲动，十分想谈一谈我的先祖们的家乡，他们曾经世世代代居住在那里。

我在艾克斯出生，从未在那儿生活过，却与那儿有着许多私人方面的瓜葛，当然，都是些拐弯抹角的联系。可是，并不仅仅因为我与艾克斯之间的这一点联系，就对我的想象力产生了如此巨大的影响。同我与艾克斯的故事同时上演的，还有那一地区历史上所独有的怪事。那些神奇的现象分别在不同的几个世纪当中出现，堪称一个新的纪元，它们不仅给人带来完全不同的感受，从意义上来说，也分属不同的范畴。然而，从我的角度看，这些事件是不可分割的。第一桩"历史记录"就是：在十七世纪，形形色色的恶魔掌控了艾克斯的乌尔苏拉会的修女们的精神。教会反应迅速，宣布驱逐这些受到摧残的姐妹，因为她们在格勒西、索尼龙和韦兰的诱惑下做了许多亵渎神灵的事。德普朗西在《地狱辞典》[1]中用憎恶的语言将这些恶魔分门别类进行了描

1　1818年，法国记者西蒙·科兰以科兰·德普朗西的笔名撰写的这本书籍在很大程度上勾起了当时人们对恶魔迷信的兴趣。科兰（1794~1881）并非恶魔学家，在该领域并无很深造诣，但其人相当博学并且受到中世纪恶魔学家约翰·威尔（Johann Weyer，1515~1588）影响，所以也不能说他完全是个门外汉。科兰以半吊子知识所书写的《地狱辞典》继承了威尔的理论，为地狱描述出和人间相似的行政结构，恶魔们各司其职，甚至还有搞笑般的驻各国恶魔大使。作者发挥了自己的想象贯汇文中，读来相当有趣，简直可以称为西方的山海经。而到了1863年发行第六版时，加入了550幅铜版画，插画作者对恶魔学和术士的那套理论一窍不通，这些恶魔的形象是按照一些民间传说的描述或他自己的想象而创作的。这些表现力和视觉效果极强的插画对近现代恶魔文化起到了深远的影响，甚至很多神魔影片的恶魔造型都来自《地狱辞典》的这些插图。

述，又被一位不知名的翻译译成英文，比如"闪耀着可怕光芒的恶魔，像一道虫子拼凑而成的彩虹；用一种令人畏惧的方式颤抖的恶魔；扭曲着爬行前进的恶魔"。出于好奇，人们为这些会活动的、五颜六色的怪物制作了雕像，只可惜雕像不能动，而且是黑白的。你能相信这一切吗？他们都是些什么样的人——知识如此渊博，思想却如此愚钝——竟会将自己的生命浪费在这些胡扯的废话上？谁又真正懂得迷信这门科学？（一位邪恶的诗人曾经说过，迷信中蕴含所有的真理。）这便是我想象中的艾克斯的一个元素。另一个元素则是塞尚的诞生。这个艾克斯最为杰出的人出生在 1893 年。他的身影一直在我脑海中想象的景致当中游荡，在普罗旺斯的乡村四处寻找他心中最美的风景。

这两种经过拣择的，彼此毫无关联的现象在我心中合成了一幅艾克斯的图景，它既怪诞又精巧，仿佛一座装饰着石像鬼的万神殿，却散发着中世纪教堂的庄严。

这就是我的母亲几十年前再次投奔的土地，这巴黎圣母院一般既美丽又恐怖的地方。难怪她会被那群漂亮的陌生人吸引，他们向她承诺，帮助她摆脱那由悲伤掌管的死亡世界，使她心甘情愿地自我放逐。我从 T 姨妈那儿得知，这一切始于在昂布瓦斯和波莱特·瓦勒奥的土地上举办的一场宴会。"魔法林"，附近上流社会的人们都这样称呼这个地方。那天晚上，天气温和得出奇。灯笼高高地挂在椴树上，引路灯将人们径直引向一个传说中的天堂。一支乐队在演奏乐曲。

宴会上有形形色色的人，其中还有一些似乎谁也不认识的，来自异国的陌生人，他们举止优雅，不请自来。T 姨妈并未对他们多加关注，所以描述起来也很粗略。那群人当中有一个邀请我母亲共舞，并不费吹灰之力就成功诱惑了这个孀居的女人，使她摆脱不苟言笑的状态。另一个眼睛如迷宫般深邃的人则在树旁对她絮絮低语。就在那个晚上，他们缔结了联盟，许下了承诺。后来，我的母亲开始在太阳落山后独自离家赴约。再然后她就不回家了。特雷莎是母亲从美国带回来的贴身侍女，因为女主人的冷淡而倍感受伤和迷惑。母亲的家人对她这番举动背后的含义闭口不谈。("她还怀着身孕呢，天哪！")谁也不知道该怎么办。紧接着，有些仆人报告说在天黑后，有一个面色苍白，怀有身孕的女人在屋外游荡。

最终，一位神甫取得了这个家庭的信任。他提出一系列行动计划，谁也没有表示异议，甚至包括特雷莎在内。这些正义的灵魂猎手选择以静制动。当我的母亲在天将破晓时回到墓地，他们尾随着她飘忽的身影。他们将石棺的巨大石盖挪开，发现她躺在里面。"恶魔！"一个人大喊道。该刺她多少次，刺在什么地方，这些都是问题。最终他们用一根尖矛刺入她的心脏，将她杀死在天鹅绒的床榻上。可是那个孩子怎么处理呢？它会是什么样子？是生命神圣的护卫还是带来死亡的恶魔？（两者都不是，你们这些蠢货！）特雷莎也在这群人之中，她认为他们的讨论纯属空谈，径直将手伸进母亲血淋淋的体腔，将我带到这个世界上来。这一点到底是幸运抑或不幸，我一直不太清楚。

然后我便成了家族财产的继承人。特雷莎把我带回美国，在一位贪婪却充满同情心的律师安排下，成了我的房产托管人。这其中少不了一个与身份有关的神奇小变化，它要求特雷莎将自己的身份从我母亲的侍女提升为她的妹妹，至于个中原因，我只是听她的讲述而已，从未主动过问。于是便有了"T姨妈"这个称呼。可以说，"她"与我降生于同一年。

这一切自然而然地成就了我的人生故事，其中"人生"的部分并不比故事多，拍不成电影，也写不成小说，甚至无法填满一段长度适中的抒情诗。也许它能够改编为一段现代音乐：一种缓慢跳动着的嗡嗡声，就像一颗早熟的心脏无精打采跳动的声音。不过，最好是将我的人生故事描绘成一幅抽象画——一个暮光中的世界，边缘模糊不清，没有任何中心或焦点。如同没有河岸的桥，没有出入口的隧道，只是一个纯粹、简单而朦胧的存在。既不是天堂也不是地狱，只能平静地远离生的歇斯底里和死的黏滞幽暗。（告诉你吧：我最喜爱的就是暮光带来的虚幻感。眺望暗淡的西天时，我觉得那仿佛不仅是一个短暂的过渡阶段，而是独立的存在，不在某个时刻之前，也不在某个时刻之后：它就是一切。）我的生活就是如此，从未开始，但并不意味着它不会结束，因为不可预见的因素终将发挥作用。抛开开始和结束吧，我继续从刚才中断的地方开始，讲述我的故事。

那么，跟踪我母亲的恶魔在仓促间提出的问题，答案究竟是什么呢？我是有灵魂的人还是没有灵魂的吸血鬼？对这两种关于我存在身份的猜测，我的回答是同样的"不是"。我存在于两个世界之间，两边的资产和负债都与我毫无关联。绝不是活着，也没有死去，既不活，也不死，我与这两种无聊的归向没有任何关系。对立的两侧都令人厌烦，但实际上，它们之间没有太大的差别，甚至比一对低能的单合子双胞胎之间的差异还小。对于生命和死亡，我统统说不。不，春芽先生。不，蠕虫先生。我甚至从未说过"你好"或"再见"，只是躲开它们的陪伴，也拒绝它们俗气的邀请。

当然，在起初的日子里，T姨妈试图把我当成一个正常的孩子来照顾。（顺便说一句，我能够事无巨细地回忆起自出生起的每一个瞬间，因为我的存在就是一个毫无缝隙的瞬间，既没有遗忘的昨天，也没有心怀期待的明天。）她试着给我吃正常的食物，可我总是反胃。后来，她为我准备了一种生肉做的肉泥，我消化了，也吸收了，但从没形成一种瘾头。我没有问过她给我准备的食物到底是什么，因为我知道 T 姨妈从来不必为钱操心，用钱能够给一个不同寻常的孩子买到不同寻常的食物。我猜想，在母亲的子宫里成长的过程中，我已经习惯了类似的营养，吸收了由艾克斯人提供的各种血液。不过我对食物欲望从来不算多么强烈。

我对一种超然的食物更为渴望，那是心灵和灵魂的盛宴：艺术。这才是我的饕餮大餐。我拥有帮我设计菜单的大厨。虽然我们离群索居，但 T 姨妈没有忽视我的教育。表面看来，我获得了世界上一些最顶尖的私立学校的正规文凭。（这些也一样，用钱就能买。）但实际上我接受的教育比这更为私密。在高薪的诱惑下，一位又一位杰出的老师来到我的家里，高高兴兴地给一个没什么指望的低能儿上课。

通过一对一的悉心教导，我粗略地学习艺术和科学。没错，我学会了引用法国诗人的诗，比如：

> 不朽者面容憔悴，身着黑金两色，
> 安慰者佩戴花环，面目骇人可憎，
> 母亲的子宫，美丽的谎言，
> 道貌岸然的诡计：它实际是坟墓！

但主要是翻译成英文的版本，如果用法语的话，我最多只能达到初学者的水平。不过，我确实掌握了法语当中"眼睛"这个词的语法。我能读懂雷东[1]的内心世界,他简直是一个天生的美国人,还有他那孤独的黑色天堂。我能毫不费力地理解雷诺阿[2]所处的环境和同时代的伙伴,他们用光的语言交谈。我能解读超现实主义者那超脱尘俗的世界——那些扭曲的拱廊上,灿烂的阴影与彩虹腐烂的血肉缝合为一体。

所有给我上课的人当中,我对一个叫雷蒙德的印象特别深刻,他教我油画的基本技巧。有一次,我将自己的作品拿给他看,那是我在每次日落时见到的庄严景象。我仍然记得他的眼神,仿佛看到拉开的幕布后面掩盖的极度晦涩的愤怒。他心不在焉地调整着自己的金线边眼镜,将它在鼻梁上摇晃了几下。他的目光从画布转向了我,又转向画布。他唯一的评论是:"形状,还有颜色,不该那样消失的。有些……不,不可能。"然后他问我是否能使用卫生间。起初,我认为这一举动是对我的作品的一种象征性评价,但是看到他的态度相当诚恳,我只能将最近一间方便之所的位置指给他看。他走出了我的房间,再也没有回来。

简单概括我这种半色调的生存状态,那就是:无尽的暮光。在所有那些晦暗的时光里,我从未想过,需要解释自己存在于人类父亲与受到蛊惑的母亲所代表的两个互相冲突的世界之间,或

---

1 奥迪隆·雷东(Odilon Redon, 1840~1916)为法国十九世纪末象征主义画派的主要画家。他认为绘画主要是想象的结果,而不是靠视觉印象的再现。因此,他反对印象主义的色光追求,而致力于表现现实世界中根本不存在的鬼怪幽灵和幻觉形象。雷东从创作木炭素描的经验中,发现了表现神秘和幻想最有力的语言——黑色。黑色是夜的代表,也是神秘的象征,他的版画与素描是由飘浮的眼珠、半人的植物与昆虫等混合而成的超现实世界。人们称他为超现实主义的先驱。

2 皮埃尔-奥古斯特·雷诺阿(Pierre-Auguste Renoir, 1841~1919),法国印象画派的著名画家、雕刻家,他的作品以明朗、艳丽、令人眩目的光彩而著名。

两者之外。可是如今，我必须考虑如何对来访的亲戚们解释这种非自然的存在方式。我们一直隐瞒着这一切。尽管我当着 T 姨妈的面表现得对他们充满敌意，内心却渴望他们能带着对我有利的印象回到现实世界，哪怕只是让那个世界在将来不来打扰我，我就很满足了。在他们到来前的几天里，我把自己想象成一个故意与世隔绝的残疾人，一个在堆积着灰尘的密室中，埋头于晦涩课题，脸色灰黄的学者，或是一位献身于虚无的画家。我期待他们很快对我产生一种无精打采、碌碌无为的印象。一定会如我所愿。

但是我从未想到，自己不得不面对有关吸血鬼祖先那几乎被遗忘的事实——家族肖像画下隐藏的污点。

Ⅲ

杜瓦尔一家，加上那个没结婚的姐姐，乘坐夜间航班赶来，我们本该去机场迎接才对。考虑到我总是在白天睡觉，夕阳西下时分起床，T 姨妈认为这样的安排正适合我。可是，在最后一刻，我怯场了。"那么多人。"我恳求 T 姨妈。她知道，这个世界如果要拿一样法宝来对付我，人群是最管用的。她知道我无法前去迎接，就安排罗普斯的弟弟杰拉尔德，一位至少有七十五岁高龄的老人驾车送她去机场。没错，我答应 T 姨妈一定会好好表现，一看到那辆巨大的黑色轿车开上我们的私人车道，便马上走出大门去打招呼。

可是我食言了。我回到房间，在一台关掉声音的电视机前发起呆来。看着黑暗中舞动的色彩，我渐渐感到困倦，想要一觉睡去，躲避与客人的寒暄。最后我通过连接整个庄园的内部通话系统呼叫罗普斯，让他告诉 T 姨妈，我感觉不太舒服，需要休息。这应该符合一个人畜无害、体弱多病者的表现，是非常正常的。在晚上睡觉的人。很好，我仿佛能听到他们在心里暗自评价。我发誓，后来我真的关掉了电视，在真正的黑暗中，真正地睡着了。

但是在深夜的某个时刻，事情似乎变得不那么真实了。我一定是忘关闭内线电话的开关了，因为我听到从卧室墙壁上那个小小的金属方块里传出一些细微的声音。在当时那种半梦半醒的状态里，我根本想不到，只要起床把那讨厌的盒子关掉，就能让那些声音消失。那声音听起来很恐怖，说着一种外国语言，有人可能认为是法语，但实际上不是。比法语更为陌生。颇似疯子在睡眠中的呓语和蝙蝠声呐般的尖叫声混合在一起。我听着那些声音叽叽喳喳地交谈，然后重新沉沉睡去。再次醒来时，他们的对话已经结束了。我在人生中第一次迎来了明亮的清晨。

屋子里静悄悄的。似乎连仆人们也在故意蹑手蹑脚，隐蔽行踪。我充分利用清早醒来的优势，趁着无人留意，悄悄在老宅四处走动。我发现大家都在睡觉。T 姨妈为客人准备的四个房间大门紧闭：一个房间给爸爸和妈妈用，旁边的两间给两个孩子，走廊尽头那个阴冷的房间留给未婚的姐姐。我在每个房间门外稍作停留，以为能听到一些睡眠中的动静，希望通过他们的鼾声、哨声和呼吸间发出的只字片语更好地了解我的亲戚。可是他们没有发出这样普通的声响。他们没有从嗓子里发出任何声音，却有一种彼此呼应的响声，似乎是从同一个人的胸腔中发出的。这是一种奇怪的"呼呼"声，从喉咙后部传来的喘息声，仿佛一个患了结核病的魔鬼在干咳。前一晚我已经听到许多奇怪的噪音，很快便断然停止了偷听的行为。

我在图书馆里待了一整个白天。我发现，这里的窗户之所以被设计得那样高，是为了透进尽量多的自然光线，方便阅读。可是我觉得晨光并不像人们说的那样美好，便拉上了窗帘，躲在阴暗处。不过，想要聚精会神地阅读确实很难。我每时每刻都在期待，等着陌生的脚步声从双翼楼梯上走下来，穿过前厅黑白格棋盘图案的地面，成为这栋房子的主角。我如此期望着，心中的不安越来越强烈，那一家人却始终没有出现。

暮色降临了，那对夫妻仍旧没有出现，没有睡眼惺忪的儿子或女儿现身，更没有出现一位举止端庄的姐姐，惊讶地说自己竟然睡得那么沉。就连 T 姨妈也不见了踪影。我想一定是他们前一夜睡得太迟了。反正我不介意和暮光独处。我拉开三扇西窗的窗帘，每扇窗都是一个画框，框住同一片天空的景色：我的私人"秋景画展"。

这天的日落实属罕见。我整天坐在遮光的窗帘后，不知道一场暴风雨已在酝酿之中。眼前大片的天空呈现出如同博物馆中陈设的老盔甲般的色调。与此同时，还有一块块亮斑与即将到来的风暴争夺领土。光明和黑暗以一种奇怪的方式交织在一处，阴影撞进阳光中，为画面添上一种明暗相间的怪异色调。亮云与乌云在天空的无主地带纠结在一起。秋天的树木像只有在梦中才可能制作成形的雕塑，它们铅色的树干和树枝，还有铁红的叶子都被锁定在一个永不休止的瞬间，锁定在不自然的永恒中。灰色的湖面在沉睡中缓慢地起伏着，不知不觉地轻推着那麻木的石头组成的堤岸。充满矛盾的景象，悲喜交加的雾霭。一片完美的暮色。

我喜形于色：暮光终于降临大地，降临到我身上。我必须置身于这无与伦比的氛围中，别无选择。我走出图书馆，来到湖边，站在长满硬草的斜坡上。我抬起头，透过树枝凝视天空中彼此冲突的色彩。我将手插进衣袋，只用眼神去触摸一切。

一个小时悄然而逝——或是更长的时间也说不准——我突然想起该回家了。天已经黑透了，可是我不记得暮色是如何变成黑夜的，因为这一次的暮色并没有一个华丽的收场。天空中看不见星星，风暴云汹涌翻卷，把整片天空笼罩起来，试探性的雨点开始往下滴。头顶一阵雷声隆隆，我必须回到屋里去。我又一次被夜晚欺骗了。

我在前厅里疑惑地叫着大家的名字。T姨妈？罗普斯？杰拉尔德？杜瓦尔先生？太太？回应我的只有沉默。大家都上哪儿去了？我满心疑惑。他们不可能还在睡觉。我从一个房间走到另一个房间，没有发现任何活动的迹象。一整天没人打扫，许多物品的表面都积上了一层薄灰。家人们在哪里？最后，我打开了餐厅的双扇门。我是不是迟到了？ T姨妈是否为来访的亲戚们准备了大餐？

看来的确如此。只是，虽然T姨妈有时让我吃肉血的禁果，却从来不会让我直接从人的身躯上吃。她从来不让我从生命之树上直接吸取温热的汁液。可是这里却散落着这样一场盛宴的残羹冷炙。那是T姨妈遭受戕害后的尸体，虽然他们并未在她的骨头上留下多少证据来证明她的身份。厚重的白色亚麻布上凝结着血块，像散开的绷带。"罗普斯！"我喊道。"杰拉尔德，有人吗！"但是我知道，家里已经没有仆人了。只有我一个人。

当然，其实我并非独自一人。我混沌的思绪正朝着黑暗不断沉陷，却很快发现自己并不孤单。还有五个贴在墙上的黑影陪伴着我，而且他们开始贴着墙面飞快地爬起来。其中一个离开墙壁，朝我蹿过来，那是一团毫无重量的物质，我挥挥手想把他挡开，却直接穿透了他，只剩下一阵凉意。另一个刚才还悬在门廊上方，现在也落了地，朝我逼近。第三个本来像蛞蝓一般贴在墙纸上，也跳下墙壁，加入了对我的攻击，只在墙纸上留下一道空白的印痕。其他的黑影也陆续从天花板上跳下来，撞在我身上。我跌跌撞撞地转着圈，挥舞着手臂，好不容易从房间里跑出来，却又被这些东西团团围住。他们指引着我逃离的方向，引导我顺着走廊，走上楼梯间。最后，他们把我困在一个小房间里。那是一个有些气闷的小房间，我已经多年不曾涉足了。墙上有五颜六色的小动物在嬉戏，蓝色的熊，黄色的兔子。袖珍版的家具上盖着灰色的床单。我躲在一张调高了的，装着象牙色护栏的婴儿床下，但他们还是找到了我，并将我围困起来。

他们并未受到饥饿的驱使，因为他们的口腹之欲已经得到了满足。他们也并非因为嗜血的热情而发狂，因为他们行事谨慎而有条理。这不过是一次亲人的团聚，一次温暖感人的聚会。现在我明白杜瓦尔一家何以能够"不带任何偏见"了。他们比我更糟。我只是一个半人半吸血鬼的混血儿，两种灵魂杂糅的产物，既不是温血的人类，也不是吸血的恶魔。但是他们——来自地图上一个叫艾克斯的地方——却是这个家族纯种的后代。

他们把我的身体吸干了。

IV

当我再次醒来时，天还是黑的。我感到喉咙里有很多灰尘，当然，那不是真的灰尘，而是一种我从未体验过的怪异的干燥感。还有另一种新的体验：饥饿。我的体内仿佛出现了一个无底洞，一片亟待填充的巨大空白，需要用汪洋的鲜血才能填满。我重生了，延续了不死族贪婪的生命，成为他们当中的一员。我摒弃了以不生不死的状态而存在的野心——尽管我曾经做到过——成为一头怀着抓心挠肝的渴望的野兽。我脸色蜡黄，饥肠辘辘，成为活死人当中的一员，可耻地加入了两个世界中更为糟糕的一个。属于墓地的安德烈——一具合群的尸体。

他们五个分别从我身上散布的伤口中吸了血，可是当我在黑暗中醒来时，伤口几乎完全愈合了，这是亡者神奇的复原能力的体现。楼上一片漆黑，我朝亮着灯光的楼下走去。一楼的大厅里有一盏吊灯，照亮了楼梯最高处的雕花栏杆。从二楼的黑暗中走到这里，见到此情此景，一种从未有过的强烈情感油然而生：深深的失落。不知该用怎样的字眼来形容，总之我感到，自己已经对未来失去了把握。

我沿着楼梯往下走，他们已经沉默地站在铺着黑白地板的前厅等待着我。父亲是国王，母亲是王后，男孩是骑士，女孩是黑色的小兵，后面是一个恶毒的少女"象"。他们霸占了我的房子，我的城堡，他们不再有任何残缺，而我却两手空空。"恶魔，"我紧紧倚靠着楼梯的栏杆尖叫着，"恶魔"，我又喊了一遍，但他们似乎对我的暴怒无动于衷。"食人魔。"我用他们那令人厌恶的语言重复了一次。

可是，他们一旦开始交谈，我就明白了，他们说的并不是法语。我捂住耳朵，想要堵住他们的声音。他们有一种仅属于这个小团体的语言，完美地契合亡者的发音器官。他们的喉咙后面发出一阵不带任何气息，也辨不出所以然的噪音，仿佛坟墓入口处干燥的刮擦声。他们的对话中充斥着干巴巴的喘气声和咯咯声。这些刺耳的声音出自这些看上去像人一样的生物口中，尤其叫我不安。但最糟糕的，却是我发现自己听得懂他们说的话。

男孩走上前来，一边指着我，一边回头与父亲说话。这个长着深红色双眸和玫瑰般嘴唇的年轻人认为我应该遭到与 T 姨妈同等的对待，父亲威严且不耐地告诉男孩，在这片陌生的新领地上，我可以充当导游的角色。我是当地人，能够帮助他们，免去作为外国游客可能遇到的麻烦。他最后下了结论，即我已经成为这个家庭的一员了。男孩勃然大怒，用刺耳的声音对父亲做出一段极其不堪的描述。话中的确切含义只能通过那古怪而陈腐的方言才能体现，透露出对一种晦涩难懂的本质的感受，以及与那本质之间的关联。那本质存在于这个世界之外，这种语言却令人作呕地、完美地对其加以了体现。这是地狱里关于罪恶的论述。

随之而来的是一场争论，父亲的镇定自若变成了穷凶极恶的暴怒。他说出一些古怪的威胁——在人类的语言里根本找不到恶毒程度相当的字眼——终于制服了自己的儿子。男孩安静下来，转向姨妈寻求安慰。这脸颊苍白，双眼凹陷的女人碰了碰男孩的肩膀，只用一根手指就轻而易举地把他拉了过去。她引导男孩的动作，仿佛把他的身体当成一个气球，一个没有重量的玩具。他们面带愠色地小声交谈，用这样私密的方式暗示着两人之间那长期的、不可思议的忠诚。

很显然是受到这一幕的召唤，女儿走上前来，用同样的方式对我说话，仿佛在争取我的认可。母亲突然朝她喊出一个词。她喊的是什么，我也许能够想象，一定与人类世界最狂野的堕落有关。他们说的话总是带着异界刺耳的泛音，每一句都是一出罪恶的歌剧，是凶残诅咒的合唱，散发着腐臭欲望的赞美诗。

"我不会与你们同流合污的。"我以为自己在冲他们尖叫，可声音已经变得和他们如出一辙，表达的意思却与我的心意截然相反。那家人突然停止了争吵。我的怒气让他们统一了战线。他们咧开嘴，露出微笑。每张嘴里都堆挤着参差不齐的牙齿，就像村庄墓地里挤挤挨挨排列着的破旧不堪的墓碑。他们的表情让我明白了与自己有关的一些事情。他们看穿了我越来越强烈的饥饿感，看到我那满是灰尘的深穴般的喉咙里正在呼喊，渴望被血腥的食物填满。他们很清楚我的短处。

可以，他们可以留在我的房子里。（很饿。）

可以，我可以安排，把T姨妈和仆人们失踪的事情掩饰过去，因为我是个有钱人，知道用钱能买来什么。（求求你们了，家人们，我很饿。）

可以，他们可以待在我的宅子里，这里很安全，可以想待多久就待多久，不论多久都可以。（求你们了，我饿得快要受不了。）

可以可以可以。我答应所有要求。一切都没问题。（快要不行了！）

但是首先，我请求他们，看在老天的份上，让我出门，到黑夜中去。

黑夜，黑夜，黑夜，黑夜。黑夜，黑夜，黑夜。

如今，暮色成了唤醒我的警钟，而在过去半死半活的岁月中，它曾经具有的珍贵蕴意，已经完全消失了。在永恒的死亡中获得永生，这对我有着越来越大的诱惑。然而，在我的内心深处，隐隐希望他们能够终结我那危险的不朽。我与过去的自己还不是特别疏远。到目前为止，我只是因为饥饿才会吸血，而不是因为激情。但我知道，事情迟早会发生改变。我曾是一个古老国家中一个古老家族的后裔，但如今我的血管里掺进了新的血液。我属于一个不受时间管辖的国度。过去那慵懒的生活一去不返，我重生了，过上了一种挣扎求生的日子。我再也不能躲进一个暮色永存的世界，因为我渴望从夜色中吸取新鲜血液，我必须离开。

黑夜过后还是黑夜，永远的黑夜。

托斯医生惹的麻烦

　　第一次听到托斯医生的名字时，奥尔布·因迪斯很是慌乱，因为他无法找到声音的来源。似乎从一开始，就至少有两个声音在他听力范围之内叽叽喳喳地说着这个名字，仿佛他们以此为中心话题在东拉西扯。起初，谈话的声音像是从另一间公寓里的旧收音机发出来的，因为奥尔布·因迪斯自己没有这种设备。后来他终于意识到，有人在他窗下的街道上说出了这个名字，而且声音相当沙哑。窗户就在离他床脚不远的墙上。他一会儿来回踱步，一会儿睁着眼睛跌坐在刚才提到过的那扇窗边的一把椅子上，如此这般度过了这个夜晚之后，眼下已是下午三点了，他仍然穿着浅灰色的睡衣。从早上起，他就一直躺在床上，身后靠着巨大的枕头，枕头靠着高高的床头板。他的大腿上放着一本书，里面装满了厚厚的纯白纸张。床边桌上放着一瓶黑墨水，在他伸手可及的地方。他的右手紧紧地攥着一支外形美观，带银色笔尖的黑钢笔。现在，奥尔布·因迪斯正忙着用装着墨水的钢笔描摹那扇窗户和那把填充椅。自打前一天夜里醒来起，他就开始画了。恰好在那时，他无意中听到街上传来说话的声音。

　　奥尔布·因迪斯把画本扔到床的另一头，它碰到了毯子里的一团隆起：考虑到画家的个人习惯，可能是被揉成团的裤子或一件旧衬衫，或者两者都有。房间的窗户半开着，他走过去，小心翼翼地把它往外推，开得更大一些。他们应该就在附近，那些演讲者，奥尔布·因迪斯还盼着他们继续说下去。他记得听到一个声音说"可能会解决某某人的麻烦"，或者类似这样的句子，托斯医生的名字就出现在其中。他对这个称呼并不熟悉，但心中产生一种感觉，这感觉与希望毫无关联（这是奥尔布·因迪斯极力避免的感觉），更像是对某种未知所预见的紧张和期待。可是，正当他对这位医生的兴趣被挑起来时，谈话结束了。那些聊天的人上哪儿去了？他们怎么可能凭空消失呢？

他把窗户完全打开，发现街上空无一人。他向前探身，想要看个清楚。几缕近乎白色的金发从他脸上掠过，然后又被一阵带咸味儿的微风轻轻地吹了回去。今天的天气算不上特别好，不适合过度运动。不反光的窗玻璃另一侧映出一些活动的人影和阴影。在那些来此度假，却只能忍受无聊淡季的游客看来，街上铺着石头闪闪发亮，美好如画。奥尔布·因迪斯盯着步道上一块似乎有些松动的石头，想象着自己听到它自由地跳动，在那石头堆里发出"噼啪"的响声。但实际上，这声音来自于风中某处金属铰链的响声。他很快就找到了它，失眠让他的听力变得敏锐起来。铰链被安装在一个木头标牌上，挂在一栋古老建筑的最高处的外头。这栋建筑位于山上，朝着灰色的天空斜斜地刺去，最高处便是挂着这个标志牌的塔楼。悬在那样高处的是四个大写字母，奥尔布·因迪斯从没认清它们写的是什么，虽然他抬头凝视它们至少有上千次了（而且他常常感觉，似乎在高处的那扇窗户里，有什么正盯着窗外的自己）。但是作为一个广播电台，它无须暴露在一个古老的旅游小镇上，只需要作为听觉上的地标，成为游客们心目中的信号即可，那就是"海边的声音"。

奥尔布·因迪斯关上了真正的窗，重新回到细线描绘的窗户上去。尽管这幅画作开始于一个不眠之夜，他却没有临摹窗外的星辰。他不希望那些被星光照亮的时刻用艺术暗示将这幅画作污染。窗户里什么也没有，只有纯白的纸页，就像一只眨也不眨的眼中那苍白的深渊。他在画上补充了几个记号，便完成了这幅作品，又在右下角工工整整地签上了名。片刻之后，这张纸会被放在房间对面的那张桌子上，放进那儿堆放着的许多文件夹之一当中。

这些文件夹里还有什么？共有两种类型的作品，它们展现了奥尔布·因迪斯在绘画才能方面的本质和局限。第一类画作画的全是艺术家最近所处的场景：他周围环境的模样，在房间里观察到的景象等等。这不是他第一次画窗户，窗户是最常画的主题，而且每次的风格都是这样朴实。有时他坐在窗边的椅子上，画自己的床，那鼓鼓囊囊的，没有铺好的床，偶尔会注意到边桌（观察那原本洁白的桌面上的每一个污点），还有桌上放着的朴实无华的台灯（记录下原本光滑的灯罩上每一处缺口）。桌子的这一侧也受到了公平的对待。那头的墙壁是这四面墙中最吸引人的，因为它本身就像一张精巧的画布，刷了一层漆，被挖出一个个小坑，然后又刷上一层漆，不断被涂抹，又一次次被刮去沿海小镇特有的细小有机体，于是它变得皱缩，黏糊，并极其潮湿。不论是这面墙还是其他的墙面，都没有挂任何画作，但是其中一面被一个高高的书柜遮住了，不知道那背后隐藏着什么。一些临时的组合——一只靠着床柱，鞋尖朝上的鞋，一个掉落的手套，偶尔构成一副食指往前伸的模样——也是令画家沉迷的内容，属于第一种绘画。

那么第二种呢？它比第一种更有趣吗？也许吧，虽然若从想象力这一方面看来，并没有多大区别，因为奥尔布·因迪斯根本没有，或者说没有与常人一样的调动想象力的能力，也就是说，他无法从内心唤起一种并不真实存在于自己身边的画面。每当他想在脑海中形成某主题的图画时，不论是什么主题，他所看到的都是一片空白：一张崭新的纸，保持着创生之初的纯净，没有被内心观念玷污的虚无。有一次，他差一点看到了什么，在白色天空中，有几个小斑点飞过白雪皑皑的背景——还伴随着一个模糊不清的声音，那不是他故意想象出来的。但是几秒钟后，这一切都烟消云散了。这项艺术道路上的障碍并未让奥尔布·因迪斯失望或沮丧。他很少考验自己的想象力，因为他知道，这样做即使有所得，也一定会有所失。毕竟绘画的方式是多种多样的。正如刚才提到的，奥尔布·因迪斯还有第二种创作方法，与第一种，也就是更为传统的习惯技法有明显的不同。

奥尔布·因迪斯使用的第二种技巧可以称为"艺术性伪造"，尽管按照他自己的说法，应该称之为"合作"。他的合作者是谁？在大多数情况下，根本无法知晓，因为他们都是一些籍籍无名的画家，为古老的书籍和期刊提供插画。他的书架上摆满了这样的书籍，又黑又大，磨损的封面一碰就破。法语、弗拉芒语、德语、瑞典语、俄语、波兰语的等等，所有的出版资料都能当作创作来源，只要它的图片是用黑线和空白组成的就可以。事实上，这些图片越是风马牛不相及，就越适合为他所用，因为奥尔布·因迪斯顶喜欢的方式是这样的：先选择一幅百年前的亚北极风景版画，小心地模仿它的风格，将广袤的冰天雪地抄袭在纸上，再选择一幅描绘有他不认识的外国小镇教堂的画作，煞费苦心地将教堂一块石头一块石头地增添到冰川荒漠的深处，最后从同样苍老的书页上，尽可能忠实地将一位不知名画家构思的妖魔鬼怪原样照搬，让它们扭动着身体，从冰封的山峦落入那些礼拜堂中。这就是他与合作者们共同创作的典型过程和成果，这些画家绝对想不到，自己的作品会被奥尔布·因迪斯如此直接地加以利用。他征用他们的画，并容忍自己将它们肆意拼凑在一起，仿佛是为了表达在无数个饱受失眠折磨的夜晚产生的错乱感。通过细致的观察和稳定的笔触，他将不同的艺术形式混在一起，形成一种怪异的组合。不同的部分从漫长的岁月中被翻刨出来，组成噩梦般的构造。在奥尔布·因迪斯看来，那些无伤大雅的现象最终会从好梦变成噩梦，或是从噩梦变成终极梦魇，只要顺其自然，万物都是如此。

眼下他正在创作一幅新的合作作品，但仅仅开了个头：一轮镰刀般的月亮，一个相当普通的画面，他打算将它从漆黑的夜空中拿出来，放入另一个画面中，使它具有某种不祥的意味。这本来足够供他将这个下午的时间都耗光。但是，刚才窗外发生的骚动打乱了他白天的节奏，又赋予它一个新的节奏。一个失眠症患者的日常安排不堪一击，几乎任何一件小事都对它产生影响，因此他此刻没有理由去考虑那非凡的创作。房东的一次登门，不论是顺路拜访还是特意来收租，有时就会改变他好几个星期的安排。从前，他的脑子里真的只有一片空白，可是现在，先前的专注受到干扰，处于涣散的边缘。那医生有什么特别之处吗？那个叫托斯的？奥尔布·因迪斯抑制不住地好奇。他与其他医生没有任何不同，还是一个能够听得见——听得懂——我的医生？到目前为止，还没有任何人能听懂他，没有任何一位医生能够提供当得起"听懂"这一称号的治疗。

如果真有一位新医生在海边小镇上开业，奥尔布·因迪斯待在家里是不可能找到他来看病的，不论他提供的治疗只是装腔作势，还是真有疗效。他打算亲自跑一趟，到外面的世界去做个调查。上次好好吃饭是什么时候的事了？不妨先从外出用餐开始，然后再做打算。人们总能在街角吃到还不错的食物，没有理由害怕店家毒害自己的顾客。很好，他想，吃完饭，可以悠闲地散一散步，享受享受新鲜的空气和镇上的景色。毕竟，许多人来到这里，多少都带有一些疗养的目的，他们相信，镇上这些古朴的街道和被海水拍击的海岸散发着一种气氛，能让人感觉自己的身心受到了疗愈。他的疾病甚至可能自行消失，这样他就不需要这位医生，这个叫托斯的了。

他穿上了深色的厚衣服，确保出门时锁上了门。但他忘了把窗户关好，一阵微风徐徐地吹进来，将放在床上的画本吹开，纸页被吹散，在毯子上方胡乱飞舞。

餐馆里，奥尔布·因迪斯打算点菜。他在一个安静舒适的角落找到一张小桌子坐下来，面对着后墙和一张空椅子。这家餐馆的门口摆着一块大黑板，上面列出了当天的特供菜品。但是他与黑板隔得太远，而且这地方有一种特有的晦暗不明的气氛，所以他只能辨认出黑板上用粗体写出来的字。于是他就点了那个菜。

"鱼。"侍者过来时，他说。

"今天的鱼？"

"是的。"他回答道，语气很机械，不含一丝期待，虽然他觉得自己可能怀有期待。

尽管他对一日三餐毫无兴致，却并未为这次出门感到懊悔。一盏小灯悬在他身旁的墙上，光亮受到粗糙织物的灰色阴影遮挡，显得有些沉闷，也为他选择落座的那个角落打造出夜晚的氛围。很快，奥尔布·因迪斯就发现，如果将自己的目光固定在墙上那一块带有节疤的木条上，处于左眼视力范围边缘的场景就会退化成一团黑雾，而右侧的照明灯给这张餐桌投下的亮光便如同照着一个岛屿。对视觉的操控使他感到自己仿佛藏匿于一处不知名的黑暗腹地，躲在一个发光的庇护所里。只是这种幻象无法维持太久。用以愚弄自己的淡淡的喜悦感渐渐消失了，周围的事物变得清晰起来。

可是，如果不是这样清晰，他会注意到别人忘在另一把椅子上的报纸吗？虽然它被揉成乱糟糟的一团，但他发现时还是感到十分愉快。此时此刻，他需要一些东西帮自己打开思路，面对周遭的世界，摆脱对即将到来的夜晚的忧心，因为他将要面对一个决定：要么让这种清醒的痛苦煎熬延续下去，要么终结它。他伸手去拿那几页纸，把它展平，然后叠起来，就像叠一张床罩。他用眼睛死死地盯着红纸上的黑字，最后，头脑终于暂时摆脱了那些可怕的念头。开始上菜了，他给盘子腾出了地方，在它周围筑起了一个印刷品和图片组成的窝：镇上的店铺和公司的广告、天气预报、西海岸发生的事情，以及一篇专题文章，标题为《托斯医生的真实经历——本地传奇人物的复苏》。文章配有一则简短的说明，说这篇报道写于数年以前，可是，当人们似乎因为某种原因重新燃起对这个主题的兴趣时，它就会不断被刊登出来。奥尔布·因迪斯停了一会儿，笑了笑，感到失望的同时，又有些许的宽慰。眼下看来，他是受到一种误会的启发，从一位传奇医生那虚构的治疗和虚幻的咨询中获得了活力。

那么，他是谁？发生了什么事？什么时候？为什么？从这篇文章来看，托斯可能是一位真实存在的医生，他要么是生活在久远的过去，要么是名声实在太大，通过人们的回忆和口口相传变得家喻户晓。许多人把他与下面这个含糊其词的悲惨故事联系在一起。有一位杰出的医生，他是一位德高望重的人物，突然在某个晚上莫名其妙地发了疯。后来，他继续利用自己受到过的医学训练治病救人，但治疗方式却发生了天翻地覆的变化，与从前迥然不同。这种情况持续了一段时间后便被粗暴地制止了。他也许被斩首，也许被溺死在附近的海中，这两种对医生下场的说法都流传甚广。当然，具体情况各不相同，第二种说法流传得更加广泛一些。

这位表现前后不一的托斯医生是一位女巫时代的隐士，说他是治病开药的医生，倒不如说是在为社会所禁忌的超自然领域长久浸淫的人。也许他天生就是一个被误解的聪明人？那一时期的历史记载对解决这些问题毫无帮助。他没有任何明显的不当行为，但可能养了一只叫人不快的小宠物。据许多听过这个故事的人说，这种动物具有以下特点：它个子很小，"不比一个人的脑袋大"，皱皱巴巴的，浑身溃烂，像是病得快要烂掉一样；它会说话，声音粗而且沙哑，也可能同时用好几种声音说话；它通过许多具有特殊功能的附肢移动，一些人称之为"神奇爪子"。这篇文章继续写道，有充分的理由认为，这个小怪物正是这个传说的核心所在，因为它可能不仅是托斯博士的恶魔伙伴，而是神秘的博士本人。那么，这个故事是一种警示吗？以活生生的例子说明，不论是拥有邪恶或良善动机的人，一旦与"超自然力量"发生联系，便只能落得这样的下场？或者，托斯博士本身只想充当一个虚幻的幽灵、吓唬孩子们的妖怪，或者在篝火旁旋转的鬼魂？这篇文章宣称，说到底，除了作为一种放飞想象的手段之外，这个故事是否具有其他的意义，这一点尚不清楚。

但是，关于这位医生的真实身份，还有一个民间流传的说法让人尤为不解，那就是人们会在某些情况下引用他的名字。这篇文章并未对当地方言进行学术研究，只是举了一个例子，而且毫无疑问是大部分读者耳熟能详的例子。这种特殊的说法是——下面这个动词一定要注意——"将烦恼喂给大海(或"风")和托斯医生"。仿佛这个人物——无论解剖学或形而上的身份是什么——能够吞噬别人的痛苦。报道在结语部分邀请读者提供任何可能的补充,在这个被本地人涂抹得五颜六色的小小"涂鸦"的基础上进行更加丰富的创作。

这便是托斯医生真实故事的结尾。

奥尔布·因迪斯怀着前所未有的兴致吃着饭,读完了这篇文章。现在,他把那张皱巴巴的报纸和所剩无几的食物推开,心中迷迷糊糊地思考着这两件事,继续坐了一会儿。陈旧的桌面被上头的小灯照得像害了黄疸病似的,似乎正在一点一点地腐烂,融化成一种恶臭的烟雾。也许他的心绪飘得太远了些,所以才会听到或认为自己听到一个奇怪的说话声。这个声音干枯、扭曲,仿佛是通过一股混乱的短波传来。"是的,我的名字是托斯,"那个声音说,"我是个医生。"

"打扰了,您是否还要点菜?"

奥尔布·因迪斯猛地回到了现实中。他谢绝了更多的服务,付了饭钱便离开了。在走出饭馆的途中,出于可以理解的原因,他仔细核查了餐馆里的每一张脸,但是他可以确认,没有一张脸曾经说过那句话。

无论如何,那位医生只不过是当地人迷信的一个幻影,不是吗?说句实话,奥尔布·因迪斯必须把眼下的健康部分归功于这位不存在的医生。他竟然吃东西了,一口一口咬着吃的!没错,今天没剩下多少时间了——小镇是一座坟墓,天空是它的穹顶——但对他来说,有一轮隐秘的太阳仍在某处照耀着,他能感觉到它,距离它下山还剩几个小时。他走到街道的尽头,从那儿开始,道路顺着山坡向下延伸,人行道终结在一段古老的石阶处。他一路走到镇子的边缘，然后沿着一条狭窄的小路行走，这条路通向一个地方，除了自己的房间之外，他能够待上一会儿的地方不多，这里就是其中之一。

奥尔布·因迪斯穿过墓地朝老教堂走去。走得近了，他看见耸立在长着棕叶的树木后方的巨大六角形尖顶。墓地四周竖着一圈黑色细木条围成的栅栏，有一条较粗的木条，像脊柱般从竖条中间将它们贯穿起来。这里没有门，他顺着脚下的路信步走进教堂的庭院。两侧都是墓碑和纪念碑，一座座纪念碑，一丛丛十字架，组成了墓碑的丛林。一些墓碑因为年深日久已经严重倾斜，摇摇欲坠。可是，会不会有一座墓碑刚才真的倒下了？似乎有什么东西，刚才还在，现在却不见了。奥尔布·因迪斯走到墓地的边缘，转过身来，任由风拉扯着自己那纤细而苍白的头发，一边打量着墓碑，一边测算它们之间的距离。

奥尔布·因迪斯能够见到教堂的全景了，他不由自主地将目光抬到塔尖的高度，那座尖塔耸立在六边形尖塔的顶端，而那座塔本身又矗立在这座恢宏建筑物的最高处。这座伟大的建筑有着黑色的、兜帽形状的窗户和破败的罗马数字钟，基座是两条低矮的甬道，以十字形彼此交叉。它们各自倾斜着，坐落在主楼的两侧。在布满云彩的天空下，教堂被阴影笼罩着，看起来像一片光滑的灰白色暗影。低矮的浅色小草沿着陡峭的下坡一直铺向沙滩和海洋，从那儿传来了海浪的撞击声，在奥尔布·因迪斯听来，这声音有些干燥，像通了电似的。

如同往常一样，每天的这个时候教堂中都空无一人（在剩下的几小时里也不会有人来）。一片静谧之中，教堂内笼罩着一层宁静的光。沿墙壁排列的黑框玻璃窗是那样模糊，能够将黎明变成暮色，将瞬间定格成永恒。奥尔布·因迪斯拖着精疲力竭的身体挪到后排的长凳上。他的眼睛盯着远处的后堂，那里的一切——柱子、绘画和小讲台——有一部分融入了如同造物主于黑暗时刻制造的暗影中。但他的失眠症在这儿不成问题，由失眠症衍生而来的恶毒怨恨也消失了。他的所有苦难和罪过都得到了暂时的赦免。他在合作作品中插入的恶魔不会侵入这座教堂，破坏它的肃穆庄严。他跟随试图从自己身边溜走的分分秒秒，看着它们被寂静捂得透不过气，窒息而死。"但痛苦被喂给风，藏在窗户里。"从他那正在做梦的大脑中出现了一个声音，这样懒洋洋地对他说道。

突然间，一切都不对劲了。他想离开，却无法离开，因为有人在讲坛上对他说话。是的，这样大的教堂，讲坛上自然会配备扩音器，将普通人的音量放大。可是，为什么不能正常地说话——为什么要用这样凌乱不堪的语言，而且将声音压得那样低，说得那样快，仿佛同一个声音被一再重复？现在说话的声音又是谁的？他听不明白那仿佛在梦中听到的声音。如果能动一动就好了。只要能睁开眼睛，就能明白是哪儿出了问题。那些声音在这间仿佛宽敞的教堂里不停歇地重复，不断地回响。终于，他使出了足以移动地球的力气，才把头朝东边的一扇窗户转了过去。他甚至没有睁开紧闭的眼皮，就见到窗户上的东西。不过，他突然因为另一个完全不相干的原因醒了过来，因为他终于明白那些声音在说什么。它们说它们是一位医生，它们的名字是——

奥尔布·因迪斯跑出了教堂。他不停地奔跑，仿佛要逃离似乎就在身后咫尺之远拍碎的浪花声，要逃离海边空气中弥漫的"嘶嘶"声——就像破收音机发出的静电声。白日将尽，他不想在一个淡季的夜晚被湿冷的天气困住。这一天里，他做了怎样错误的判断，犯下了什么样的错误，都明明白白的。如果那是在睡梦中等待着他的东西，那他宁愿选择永远失眠。

奥尔布·因迪斯回到家里，开始考虑将那一弯闪耀的新月放在一个新的场景中。他十分庆幸自己有事情要忙——不论是不是自己刻意安排的事——能够将那一晚的时间填满。他筋疲力尽地把黑大衣扔在地上，然后坐在床上脱鞋。手里拿着第二只鞋的时候，他转过身来，不知为何打量起床单下的那个隆起的鼓包来。他毫无缘由地把鞋举在这个奇形怪状的隆起上方，举着它在空中停留了片刻，然后一松手，鞋子径直落了下来。那个隆起"噗"的一声，塌了一些，像是一顶没有戴在头上的旧帽子。今天就到这里吧，奥尔布·因迪斯懒洋洋地想。他还有工作可以做。

但是，当他拿起先前扔到床上的画本时，突然发现自己计划要做的工作已经被奇迹般地完成了，只是效果不太令人满意。他看了一眼自己之前画好的，而且仔细签上大名的窗户图。难道是因为太累了，所以他想不起自己将窗框涂黑，并且在窗外刻上了如同弯曲的疤痕般的月亮？难道他真的在夜晚的血肉之躯上刻下了那一道骨白色的疤痕，只是自己忘记了？可是，他本来打算将那一弯特别的月亮保留下来，用在合作作品里。而这并不是他的合作作品，而是另一种绘画形式：在这些画中，他只用钢笔画下房间四壁框架内的东西，不会加入框架外的任何事物。那么，为什么他用墨水，在另一只有艺术天分的手的配合下，画下了这个夜晚和这个月亮？这太离奇了。如果他不被慢性失眠所累，如果不是那些失落的梦境在脑海中不断嗖嗖旋转，也许头脑能够清醒些，能够将这件事想出个所以然。他那昏昏沉沉的大脑甚至可能注意到这幅画中另一处异样：在窗边的椅子上，蹲着什么东西。可是他有太多的睡眠要补，所以当太阳从窗户中出现时，奥尔布·因迪斯疲倦地闭上了眼睛，躺在了床上。

　　如果不是被一阵噪音吵醒，在这个通常会遭受失眠折磨的不眠之夜里，他可能会一觉睡到天亮。月光透过窗户照进来，房间里稍稍明亮了些。月光甚至照亮了那张填充椅。那张椅子也被他画在那幅画中。如果奥尔布·因迪斯仔细检查过画纸，他可能会发现，那椅子上蹲着什么东西，它长着许多挤挤挨挨的胳膊，其中两条胳膊向前伸着——那两根细长的附肢正在房间的微光中不断曲张。不眠之夜，白噪声。一个声音响了起来，仿佛静电在说话，听起来干巴巴的，它"噼里啪啦"地重复着一句话：我是一位医生。然后，蹲在椅子上的圆形生物一跃便跳上了床，随即张开爪子工作起来，为这位饱受折磨的画家进行了堪称奇迹般的治疗。

　　最终是房东发现了奥尔布·因迪斯，尽管要辨认出床上的东西是什么是一项相当艰难的挑战。海滨小镇上谣言四起，说有一种可怕的疾病正在迅猛传播，可能是一位游客带到镇上来的。不过并未出现更多的后续新闻。很久以后，整个事件与一些荒谬的谎言混淆在了一起，降格为一个叫人半信半疑的当地怪谈。

假面舞会与一柄废剑：一出连环悲剧

当世界揭开黑暗的伪装，遮住双眼，拥抱黑暗。

——《寂静圣歌》

I：法利欧的营救

毫无疑问，许多突发的意外事件在一定程度上都应归咎于狂欢之夜的混乱。每一桩违反日常秩序的行为都是庆祝节日的人群干的，他们唱着高亢而欢乐的歌曲，汇入黑夜本身低吟不休的单调音符之中。索尔多里的人民走上街头，宣布自己居住的这个小城要与寂静开战。他们共同密谋如何对抗孤独，纵声狂叫，放浪形骸，将千篇一律的单调生活彻底击溃。公爵向来行事谨慎，林内斯城或达兰泽拉城的两位对手虽然言行狂放，但从来无法影响他一分半毫，如今他也举办了一场奢华的假面舞会，不过，这只是一种对民众的战略性的让步。所有这三城的居民当中，在索尔多里公爵治下的那些是最喜好玩乐的——这一点偶尔也会叫公爵感到失望。往日平静的封邑里，一到夜晚，每个角落里都有找寻新天堂的嬉闹者和狂欢者。人们似乎都很焦虑，他们状至癫狂，盲目地追随各种各样的消遣，在快乐和痛苦之间无所事事地摆荡，仿佛将过去和未来完全抛到了九霄云外。

因此，在那家喧哗的酒吧里，那三个醉醺醺、面色红润的男人没认出法利欧，也许能够说得过去。法利欧的服装总是红黑两色，可是那名踏进幽暗酒吧的男子却把所有颜色都穿在身上，没有任何一种颜色给人以突出的印象。一个人穿着这样一身彩色的行头，很容易被人们当成疯狂的小丑。事实上，在这一身颜色大杂烩的下面，便藏着人们熟悉的黑色和红色。三城中没有任何人——不论是花花公子也好，剑痞也好，甚至法利欧的同类——有胆量模仿他的穿着。但是现在，这些人所皆知的颜色被一堆破布盖住了，这些破布系在他的胳膊、腿和其他部位上，将他包裹起来，就像屋顶的木梁饱受暴风雨摧残，即将坍塌，仓促之间只能用断裂的木条临时充个数似的。在他关上那间洞穴似的酒吧的门之前，从街上刮进来的风卷起他那破烂的行头，仿佛在狂风中拍打的千疮百孔的旗子。

不过，除了这个衣衫褴褛的形象之外，法利欧还有许多地方与从前的自己截然不同。他的剑——一段长度惊人的利刃——没有系住搭扣，就在他的左手边上下摆动。他的匕首——匕首护套上有一面磨光的金属做的镜子（一看就像浪荡子时期遗留的痕迹）——在左肩后面松松地挂着，随时都可能掉下来。他的头发简直是贴着头皮剪的，看上去像一名僧侣，无法叫人想起他过去顶着浓密头发时的模样。但是最为显著的改变，也是法利欧改头换面之后最明显和最神秘的地方，是他脸上戴着的一副眼镜。那眼镜的镜片是黑色的，仿佛由某种浑浊的物质构成，人们根本看不清楚镜片后的眼睛。

尽管如此，他身上仍旧留有一些迹象，一个人若是有着敏锐的观察力，要通过这些迹象认出他是大名鼎鼎的法利欧，却也不难。因为当他走到那声如雷鸣的"三重唱"所占隔间旁的座位上时，带着一种轻蔑且不自觉的确定感，即使时运不济，这种气势也不会彻底从他身上消失。还有他的靴子，虽然上好的黑色皮革蒙了尘，成了灰色——像法利欧这般狂热的骑士以前是不会驾着马儿奔跑在那种遍地灰尘的道路上的——但那双靴子依旧叮当作响，因为上面镶有一些银链，从前多得数也数不清，如今只剩下了寥寥数根，链子上悬摆着一些小小的，镶嵌着玛瑙的徽章，这些徽章与镶嵌着黑玛瑙的护身符完全相同，过去它曾被一根银链挂在他那细瘦的脖子上。

不过，如今没有徽章装点着法利欧的胸膛，他或是失去，或是放弃了那墨黑的玛瑙，却获得两块深色玻璃做成的眼睛。法利欧坐了下来。座位上方挂着灯笼，他的两枚镜片都反射着灯笼的火光，仿佛一对双生的月亮。这儿不是一个合适做学问的隔间，可他仿佛对此浑然不觉，自顾自地从身上那堆破布中的某个地方取出一本小书来。柔软而破旧的封面上镌刻着"寂静圣歌"几个字。书的封面是黑色的，而标题文字是秋叶般的红色。

"法利欧，一位学者？"拥挤的酒吧间深处有人在嘀咕，另一个补充道："而且是一个只顾钻研自己伤心事的学者，我听说。"

法利欧解开那只小小的银扣，把书打开，翻到书本中间，有一根细细的天鹅绒布条标志着他读到了这一页。如果在书的左边页面放上一面小镜子，他就能看到有三个面相凶狠的人正默默盯着他的方向，而且似乎若有所思。此外，如果在书的右边书页上放一个同样角度的镜子，他也会注意到，在酒吧窗户的另一侧，还有第四双眼睛在监视着他。

但是，在法利欧手中那本摊开的书本上，只有一些看上去像是手写的，模样严肃的字母——书法非常精准——因此他对这些出于不同或类似原因偷偷观察自己的人毫无察觉。他眼中只有那两页苍白的书页，上面优美地点缀着忧郁的诗句。这时，一个人影映在了书页上，接着是第二个，第三个。

这三个人在法利欧面前以相同的间距一字排开，可是他仍旧埋头读书，仿佛他们不存在。最后，站在中间那人伸出骨节粗大的手，将上方灯笼中燃烧的灯芯掐灭，灯笼暗淡下来。法利欧这才把书合上，重新放回胸前的破布里，然后一动不动地坐着。三人带着招人厌烦的喜悦之情，呆呆看着他这一连串缓慢而庄重的举动。窗玻璃上的那张脸只是朝前凑近了些，继续冷眼旁观——对他而言——这无声的一幕。

站着的三个男人开始对穿着破布的人骂骂咧咧。其中一个朝戴眼镜的人身上泼了些啤酒，第二个人也拿着硕大的啤酒杯往他身上泼。紧跟着，更多的啤酒泼到那可怜人身上——这一次是用吐的——第三个男人不甘示弱，在欺凌对方的过程中贡献了自己的一分力量。但是法利欧依旧保持沉默，一动不动。他的身躯和精神所呈现出来的气势似乎更加激怒这三个受到狂欢节刺激的索尔多里人。时间一分一秒地过去，这些人越发肆无忌惮，折磨人的招数也越发地推陈出新了。最后，他们把吐着血的法利欧从座位上拉起来，让他靠着木墙站好，其中两人摁住他，第三个身量特别高大的男人则一把夺走了他的眼镜。

一双蓝色的眼睛乍然显露出来，它们先是使劲闭上，然后再睁开，仿佛挣脱了黑暗的深渊，投入了光明的怀抱。法利欧跪在地上，嘴巴扯得很大，发出一声哽咽的呼号——就像一个饱受折磨的哑巴发出的呼号。但是很快，他的表情就放松下来，破布下的胸膛也开始以一种平稳的节奏起伏起来。他站直了身体。

那抢了法利欧眼镜的人已经转过身去，用粗笨的手指摆弄着精致的镜架，摩挲着那两片比他所知道的所有事物更珍贵的黑色镜片。由于开心，再加上分了神，他没看到法利欧将匕首从肩鞘里抽出来，不出声地朝他的同伴凶狠地挥了过去。

"在哪儿——"他对着粗野的同伙喊起来，可他们此刻已经皮开肉绽，浑身血迹斑斑，正拼了命朝酒吧外面逃窜。大个子转过脸去，恰好与法利欧面面相觑，他感觉到对方的剑抵在自己那油腻的皮革紧身上衣上。他看见，他一定已经看见了，那不算洁净的却十分锋利的剑刃，而且他一定感觉到利刃欢快地在自己那不甚体面的背心下隐藏的锁子甲上刮擦。法利欧迅速将剑往下轻划，来到背心保护的范围之外。"把它戴上，你就能看到了。"他指挥着那拿着一副小小的，如同玩具般的眼镜的大块头。"把……它……戴上。"他用一种对一切劝解或怜悯都无动于衷的语气又重复了一遍。

大个子用干巴巴的舌头舔着嘴唇，老老实实照做了。刚戴上眼镜，他便浑身僵硬，身体仿佛被什么东西牢牢地绑住了似的，站在原地不动。

酒馆里的人纷纷凑上前来，看着戴着黑眼镜的大个子，窗玻璃上那张精心修饰过的脸也是一样。大多数人都喝得醉醺醺的，见有人笑就跟着笑了起来，但有几个人却对这种情景保持着沉默，确切地说，他们并非真的一声不吭。"而且还是个玩这种疯狂蠢把戏的学者。"有人低声说道。法利欧咧嘴邪笑，瞪大眼睛看着自己的作品。过了一会儿，他把剑收回剑鞘中，即使如此，大个子仍然保持着那个固定的姿势。法利欧把短剑也收了起来，巨人仍旧连头发丝儿也没有动弹一下。大个子被困在自己的身体里，瘫软的胳膊垂落在身侧，他的脸显得格外苍白，脸颊发灰，就像两堆散落着灰烬的雪，在脸颊的上方，两块圆形的玻璃像两个黑色的太阳一般闪闪发光。

笑声渐渐停了下来，人们开始转身离开，不愿再围观这异乎寻常的景象。大个子肥厚的嘴唇是他身体上唯一能够移动的部位，它们缓慢地张合，如同一条死鱼在干燥的空气中气若游丝地喘息着。他戴上了法利欧的眼镜，他的身体并没有死去，可是他的灵魂已然成为尸骸。"最荒唐的蠢事。"还是那个声音低低地评价道。

法利欧轻轻地，几乎是带着懊悔的，把眼镜从呆若木鸡的男人脸上取下来，走出了酒馆，这才重新戴在自己脸上。

"了不起的先生。"街道的阴暗处响起一个声音。法利欧停下脚步，但看上去只是在打量夜色中的街景，并不一定是回应那个贸然与他搭话的陌生人。"请允许我再次向您确认我的名字：斯特热多恩。我的信使昨晚应该已经和您在林内斯谈过了。您肯到索尔多里来见我，真是大人大量。现在，来吧，这是我的马车，"他说，"这样我们就不必混在狂欢之夜的人群中说话了。"马车在欢庆的氛围中驶上街头，这位衣着讲究的绅士——其实不过是个半大小子而已——继续对着沉默不语的法利欧说了起来。

"我接到通知，说您在不久前来到索尔多里，所以一直在等待一个合适的时机接近您。你肯定知道我在场，"他停顿了一下，打量着法利欧面无表情的脸，"回到这些装满醉鬼的猪圈里会是什么待遇，您刚才也看见了。但是我想，哪怕只是为了继续隐姓埋名，您也不会允许自己再次遭受那样的对待。我敢肯定，您没有伤害他们。"

"我敢肯定，"法利欧波澜不惊地说，"那三个可怜的家伙不会赞同你的说法。"

年轻人认为这不过是句俏皮话，便一笑置之。"无论如何，他们这种人的喉咙迟早会被红绳捆住，公爵对待这些无法无天的家伙可是相当严酷的。我想，这也正是我今晚对您提出要求的原

因。信使已经在林内斯与您把条件谈妥，我们就不必讨价还价
了。很好。"斯特热多恩说道，虽然他明显已经为讨价还价做好
了准备，但他话语中没有流出片刻停顿，为的是不给这位被雇佣
的杀手思量的机会。这位杀手看上去像是一座上发条的自动机
器，如同在索尔多里广场上空日复一日重复机械动作的大钟。于
是，法利欧只是缓缓点了点头，抬了抬手，一个装有宝石的小袋
子便塞进了他的手中，里面装了他一半的酬劳。斯特热多恩承
诺，另一半将在今晚事成后马上偿付。接下来，他讲述了这次任
务的缘由和目标。

事情大概是这样的：有一位年轻的姑娘，她出自一个高贵
而富有的家庭，虽然没有公主的头衔，但斯特热多恩爱她如公
主。她也深爱着他。姑娘接受了他的求婚，愿意有朝一日结为夫
妻。可是，一个名叫温吉的人出现了，后来斯特热多恩把他称为
巫师。按照斯特热多恩的解释，巫师已经将那女孩霸占。斯特热
多恩愤懑地说，这样的暴行之所以能够实施，不仅有索尔多里公
爵治下的权力机构助纣为虐，同时也因为那姑娘的父亲默许。据
斯特热多恩说，为了达到目的，巫师收买了索尔多里公爵和姑娘
的父亲，他承诺帮助他们，利用炼金术将普通金属变成金子和银
子，为他们源源不断地提供财富，资助他们四处征战，满足方方
面面的野心。在这个话题上，斯特热多恩没有费心多加渲染，他
只是说，自己与心上人被迫分隔两地，世上最悲惨的事也不过如
此。他们渴望能够重聚，迫切需要这方面的帮助。这个狂欢之夜
正是法利欧可以利用的最后一次机会，希望他能帮助斯特热多恩
和心上人摆脱巫师和同谋的控制。

"我解释得足够清楚吗，先生？"斯特热多恩问。

法利欧将自己对整件事的理解重复了一遍，连斯特热多恩描

述的困境中所有的细枝末节也没有放过。

"不错,我真高兴,虽然您看起来一副失魂落魄的样子,但头脑依旧清醒。我听闻了一些谣言,您应该知道的。言归正传,巫师会在今晚参加公爵举办的宫廷假面舞会,她也会跟他一起去。帮我把她抢回来,我就能与她逃离索尔多里,并且不会忘记把那个袋子里空的部分填满。"

法利欧问斯特热多恩是否有足够的先见之明,帮他备好适合参加假面舞会的衣服。斯特热多恩多少有些洋洋自得地从暗处拿出两套服装,一套是古代骑士服,另一套是同一时期的宫廷小丑服。法利欧伸出手,打算去拿那套印着繁复的花纹,并配有一张讽刺面具的服装。

"可是,"斯特热多恩说,"我本打算把这套留给我自己。另一套更合适让你的剑——"

"不需要用剑,"法利欧笃定地对紧张的同伴说,"这套就很合适。"他说完又拿起那带鹰钩鼻的小丑面具,举到自己面前。

马车径直朝着皇宫的方向驶去,参加索尔多里狂欢节的人群在斯特热多恩的马车轮旁挤挤挨挨,越发密集起来。法利欧凝视着夜色中拥挤的人群,双眼漆黑如墨,映着一抹抹回旋的人影,恰如这疯狂的夜色。

II:眼镜的故事

法师坐在一张小圆桌前,眼珠如盲人般呆滞不动,上面笼着一层阴云。桌面上,一支孤零零的蜡烛在银烛台中燃烧着。微弱的烛光照亮了桌面嵌饰的神秘符号,它们组成许多别致的图案,其中却隐藏着存在最原初的力量。法师对此并未多加留意，而是专心聆听着一个在阴暗密室中狂怒的吼声。夜已经很深了，这一晚没有月亮。法师年轻而苍白的脸庞后方是一扇窄窗，窗口是一片浓重的黑暗，似乎能够将这片烛光吸尽。每隔一段时间，就有个人在窗前走动，当他说话或想要说话时，总是用手揪着自己浓密的黑发。他也会不时朝烛火走去，这样的时候，便能借着烛光一瞥他那黑红两色的衣着，亮闪闪的蓝眼睛和发热似的脸庞。法师平静地听着他的疯言疯语。

"我没有发疯，可是就算疯了，那癫狂也是由我向您寻求的知识组成的。请理解，我只是有一种强烈的好奇心，想要解开我那死去灵魂的谜团，除此之外别无妄念。人人都说我行事狂放，我只能回答——是的，我有数不胜数的疯狂举动，数不胜数的血肉与利刃的交锋。我坦然承认，但必须声明，说实话，这些疯狂的行为是被认可的，它们的形式是世人能够理解的，甚至受到这个世界的庇佑。可是，我遭遇了另一件事，那是完全不同的疯狂，它源自一个与光明对立的世界，这种疯狂肆意释放人性之恶，不为人们所接受。这是一种遭到禁忌的疯狂，是不受已知规则束缚的破坏力量。如你所知，我便是它摧毁的对象。

"自从遭受这种疯狂的侵蚀，我便成为把玩恐怖的高手，每一种可能被联想、被感知或梦见的恐怖景象都不在话下。在我的每个梦里——我没有告诉过你吗？——都有屠杀的场景，肆无忌惮，没完没了。我从密林中跋涉而过，那不是树木组成的林子，而是一根根耸立在大地上的长矛，每根矛的顶端都插着一个货真价实的人头，还好是在梦中，否则只消朝那些人头的面孔瞧上一眼，我一定会被吓得双目尽盲。人头观察着我的一举一动，可是追随着我的不是普通人的双眸，而是在空洞眼眶中涌动的黑影。

有时候，我从那些神秘的人头队伍中经过，它们会说话，说一些我不忍卒听的事情。我无法堵住它们的声音，只能听，直到对每一个残暴人头的恐惧都心知肚明。从他们那撕裂的嘴中发出的声音是如此清晰，每一个字都精准地钻入我的耳朵，每一个字响起，我那梦中的大脑便仿佛划过一道闪电，仿佛地狱的宝藏中又多了一枚刚刚铸造的闪亮的钱币。在这个疯狂梦魇的尾声，这些人头会奋力大笑，在那可怕的森林里创造出亵渎神灵的喧哗。当我从梦中醒来，黑夜中仍旧回荡着渐渐消逝的笑声。

"唉，我何必要说'从梦境中醒来'这种话呢？照我从前的理解，所谓醒来，意味着重新回到一个秩序井然的世界。当一个人坠入梦境的黑暗之中，会短暂地迷失，但最终能够重返光明的世界。可是，对我来说，它已经成为一个不可能的奇迹，因为我从未冲破过睡眠的包围。我似乎成了这些梦境和幻象永远的俘虏。一个梦境刚刚结束，另一个便开始了，就像一连串彼此相连的房间，无论如何也不会通往自由。就我所知，我甚至已经成为其中一个房间的常住民，在任何时候——请您宽恕我，智者——您都可能摇身一变成为恶魔，当着我的面，将哭泣的孩子们开膛破肚，用他们的肝肠在地上涂抹，据说从那些图案中能够解读我的未来，但无论是什么样的未来，都不可能从这些人头和之后的种种梦境中逃脱。

"我的梦中有一座堡垒，相当于一所学校，我被关押在里面，那里专门教人如何折磨别人。拘守礼仪的绞杀者们手掌被红绳勒出沟纹，他们或在那儿的长廊里四处游荡，或躺在走廊的阴暗处打呼噜，在梦中幻想完美的喉咙。头号刽子手，也是最终审判者，等着我从牢房里中被拉出来，在石板路上一路拖行——终于出现在这位眼神呆滞，转动着眼珠的恶魔面前。然后，他们将我的胳膊和腿牢牢捆住，用那个问题拷问我，我放声惨叫……"

"够了。"法师说道，声音里没有丝毫波澜。

"是的，够了，"狂人说，"这个词我说了无数次。但是没有止境，没有希望。这无尽的、无望的折磨激起我的恶念，我渴望将它的力量转嫁他人，甚至是所有人。我渴望看见世界淹没在痛苦的海洋中，只有这样的想象才能平息我心中的癫狂，那不属于这个世界的癫狂引起的癫狂。"

"不过，这两种癫狂并非来自别的世界。"法师的声音仍旧是那样波澜不惊。

"可我还产生过屠杀天使的幻觉。"狂人回答道，他似乎坚持认为自己的癫狂有着无可辩驳的本质，并且坚持为此而辩解。

"你的幻想是被设计过的，并非由于你的真实存在而引发。只是，如果你见到事物的本质——古老的哲学家和炼金术士信奉的世界灵魂——为了欺骗你，伪装成另一个世界的灵魂，而不是以我们所熟知的这个世界的灵魂出现，你又怎么能知道呢？只存在一个世界，而且这个世界只有一个灵魂，它是以美好、勇敢或癫狂的方式出现，就看它如何驱使你。尘俗的任何改变也不能够使你背弃它的意愿。这便是使得你成为如今之你的力量，而且它会令你随它的心意而变化。它摆弄着你，就像摆弄一个木偶。"

"那么我要让自己成为它的毁灭者。"

"你做不到。你想摧毁它，可是就连这种意愿都不是你自己的，而是那东西本身的。你不再是你自己，不过是它让你变成的那个人而已。"

"照您这么说，似乎存在一个专司欺骗与制造幻象的神。"

"这是对它唯一且相对真实的形容了。但是现在先聊到这里。"法师结束了谈话。

他指示狂人在那镌刻着神秘符号的桌子前坐下，并且闭上双眼，静静地等待。在那个没有月亮的夜晚，法师在住所的另一处地方通宵忙碌，直到天色即将放亮，才回到那悲惨的梦魇者面前。法师的一只手中拿着他的劳动成果：一副黑得很怪异的眼镜，里面似乎封存着阴影。他将眼镜戴到那个狂人的脸上。

"不要睁开自己的双眼，我悲伤的朋友，但是请留心听我说。我知道你见过的那些异象，因为这些异象人人生来都知道。我们的眼中还有另一双眼，当内在的眼睛睁开来，万事万物便乱作一团。我漫长生命的意义便是努力捕捉并了结这些幻象，直到自然之眼依照我的意愿改变所见之物。如今，世界灵魂已经向你展示了它极尽混乱的本质——个中原因我无法告知。你已见过所有面孔背后的面孔，无法回到过去的生活了。从前的快乐已经遭到污损，所有希望都已破灭。有些事只有疯子才会害怕，因为只有疯子才能真正感受到它。你的世界已经遍布疯狂的伤痕，一片漆黑，但你务必使它更黑，才能寻求安慰。你见了太多，却又不够多。这副眼镜中有重重的黑影，戴上它，你的双眼会变盲，唯有如此，才可调动心灵的眼睛去看。透过这对朦胧的玻璃，世界灵魂会在你面前弥散为虚无。能够杀死另一个人的心灵的事物，却能为你带来安宁。

"从今往后，从你的眼中看去，万物都将成为迫切想要吸引你注意的舞动的黑影，成为喧嚷不休，意图变为实体的鬼魂；成为四处纷飞，极力遮掩自己背后的空虚与寂灭的面具。从今往后，从你的眼中看去，万物都将减缩成微不足道的原质。曾经为你而闪亮的一切——武器、星星和他人的眼眸——都将失去光彩，化为层叠黑影当中的一部分。幻影给予你力量，在它的影响之下，一切都会变得暗淡无光，也使你能够明白，那不可阻挡的强大力量，也是唯一的力量，便是对一切都保持漠然。

"要知道，这是我唯一能够帮助你的方法。正是你遭受的磨难，使得你为接受救赎做好了准备。虽然无法解除世界灵魂对他人的控制，我们仍须尽自己所能。世界灵魂竭尽其所能让世人感到悲苦。但是，你只需要遵守一条非常简单的规则，它便对你无计可施：不要取下这副眼镜，否则愤怒将会回到你的心中。好了，现在可以睁眼了。"

法利欧一动不动地坐在那儿，透过眼镜看出去，他感到一阵轻松。法师紧闭着一只眼睛，眼皮向下塌陷，起初法利欧没有留意，但最终还是发现了，他这才意识到法师做出了多么巨大的牺牲，便问："我该如何为您效劳呢，智者？"

在他们身后的窗外，似乎有什么正在监视着这一切。它太模糊，近乎隐形，因此这两人都没能发现。也许有人会说那是一张脸，只是五官几近透明，就连最为锐利的眼睛也无法将它看清楚。在法利欧与法师促膝交谈的屋外，没有任何一双眼睛能够承受看到这景象的痛苦。

III：世界灵魂

索尔多里街头的狂欢者们一改素日一本正经的面孔，尽情发泄着心中的积怨与不满，前往公爵府中参加化装舞会的人却找到了另一条解救之道：套上另一张脸，另一副躯壳，甚至另一个灵魂。所有人都是匿名的——都戴着假面——所以有机会做些离经叛道之事，从最不起眼的破坏行为，到彻底地放浪形骸都可以。宫中的人有的化身为神，有的变成了妖，可与最明亮、高高在上

的星辰媲美，同时也可与世上最妖异，最低等的怪物比肩。毫无
疑问，在接下来的几天或几个星期里，许多人会紧闭房门，在黑
漆漆的房间里熬过日日夜夜，如此一来，他们的伪装对身体造成
的后果便无人知晓。对于少数一些"鬼怪"而言，这是他们最后
一次出现在宫廷众人面前，今后便永远地隐居了。所有人顶着精
心装扮的伪装出席，似乎这个夜晚一定会发生什么无与伦比之
事。宫中最奢华炫目的大厅里，有许多乐师在演奏，晶莹的酒
杯里盛满五彩佳酿，人们戴着面具，像一群教堂石头上的石像
鬼[1]，到处走来走去。所有的人，或者说几乎所有的人都绷紧了神
经，又是快乐又是焦急地等待着，等待着传说中那空前绝后的大
噱头。

可是，时间渐渐流逝，希望却化作了泡影。索尔多里公
爵——天性单纯到近乎愚钝的程度——并未鼓励大家将舞会丰富
的可能性一一实现，反而在众人意图有所作为时加以管束，仿佛
他本能地意识到这样做有危险。他一意孤行，表现得与那个夜晚
惯常的轻松氛围格格不入。任何人的请求也无法动摇公爵的心
意。他对各种各样的俏皮话充耳不闻，还装出一副大惑不解的模
样，好像某些表达疑虑的意见和提议太过深奥，他听不懂似的。
缺少公爵的应和，人们每一次求新的尝试总是刚刚看到起色，还
未来得及展开，便夭折了。一场光怪陆离的假面舞会渐渐变得黯
淡与无聊。人们彼此交谈，看上去就像在做单调乏味的交易，就
连人群中的小丑，那面具后的双眼中填满了黑暗的小丑，也不能
为这沉闷的舞会带来一丝生机与活力。

---

[1] 哥特式建筑上怪形生物状的滴水嘴兽，建筑输水管道喷口终端的一种
雕饰。传说石像鬼是一种守门、庇护圣灵的一种生物。

这位小丑算不上十分活泼，他的身边是一位身着盔甲的骑士，骑士穿一身炫目的蓝金色服装，胸前装饰着十字军的十字，脸上戴着一副白色的丝绸面具，表情温和而高贵。这对奇怪的组合从一个舞厅走到另一个舞厅，像是穿过一片密林去寻找什么东西或什么人。骑士显得很紧张，似乎随时可能抽出腰上的剑，脑袋总是一惊一乍地扭来扭去，提防着周遭怪异的世界。小丑则刚好相反。他显得很沉着，有条不紊，而且他有底气表现得如此胸有成竹。有件事他很清楚，但骑士却被蒙在鼓里：要实现他们的目标并不困难，因为他已经与温吉本人商量好了计策——骑士称温吉为"巫师"，小丑则把他叫做"智者法师"。有了这点把握，法利欧就能轻而易举地帮助骑士逃离索尔多里。法利欧此举不为充英雄，只是为配合法师的行动，联手诱骗公爵而已。统治者期待中的炼金术将按时施行，只是与所承诺的形式有很大出入。按照法师的安排，将于今晚倒施炼金术，将公爵与他的同伙们的财富进行逆转，叫他们变得一穷二白。到那时，法利欧在索尔多里的任务便告终结，大功告成。

来到众多舞厅当中的最后一间，最舒适温馨的那一间，小丑与巫师在圆拱形的门口停下了脚步。小丑拉了拉骑士的金色袖子，面带嘲讽地朝远处角落里两个身穿奇装异服的人努了努嘴。那两人都是古代君主的打扮，一王一后，穿着古代的长袍，头戴多角的王冠。

"你怎么能确定就是他们？"骑士小声问身边的小丑。

"走过去，牵起她的手，你就会知道。但是别说话，带着她穿过所有舞厅，离开，获得自由之后再说话。"

"可那国王一定是巫师扮的，"骑士反对，"他会杀了我们。"

"我不能透露太多，但你只管照我说的去做就好。一会儿我去向国王打招呼，扮成他的小丑，围着他跳舞。请相信我，这儿没有巫师，只有一个竭尽所能，对抗这世上永远不可能根除之力量的人。你对从天而降的灾祸毫无觉察的时候，他就已经开始为你操劳费心了。相信我，一切都会好的。"

"我当然相信你。"骑士说着偷偷将一个珠宝袋往小丑的腰带上一塞，袋子足足有第一个的两倍大。不过法利欧对于这笔丰富的酬劳毫不在意。

两个人分开来，融进了交头接耳的人群中。小丑首先接近了目标。他离国王还有一段距离，似乎冲国王说了几个字，然后突然往后一跳，在国王面前连蹦带跳地扮起丑角来。骑士来到王后面前，鞠了一躬，再无任何夸张的举动，便带着她离开了这间舞厅。她的面孔虽然被面具遮住，可是她将手放在了骑士手中，单凭这个动作，便能看出她确定了骑士的身份。小丑目送他们离开，停止装疯卖傻，朝那位雕塑般的国王凑了上去。

"我应该提防公爵安插在我们周围的人，他们可能一直盯着您，智者。"

"我该去盯着那两个小宝贝，不知他们能否在丛林中找到一条出路。"假国王回答。话音刚落，他突然迈着个大步走开了。

可是您的计划中没有这一条，法利欧想道。而且，国王那戏谑的语气与法师向来持重的风度相去甚远。小丑面具后那双漆黑的眼睛追随着假国王的举动，直到他消失在拥挤的人群中。这时候，另一间宫殿内响起一阵古怪的骚动，人们开始议论纷纷。法利欧见状拔腿追了上去。

似乎真的发生了空前绝后的新鲜事，可是对这个狂欢之夜有所期待的人们却并未因此而振奋。

骚乱源头来自这迷宫般的宫殿最中心的那一间，朝周围以及较远处的宫殿里蔓延开来，其中就包括法利欧被拥挤的人群困住的这一间。起初那声音像是欢乐的叫喊，然后骤然爆发成含混不清的惊叫，像是感到意外，又有些骇然。最后，叫声中出现了强烈的惊恐和警示的意味。消息一传十，十传百，很快就传遍了所有的大厅，只是传得越来越玄乎。发生了咄咄怪事，起初——或者起初人们以为——那是一场令人难以置信的骗局。谁也不知道究竟怎么了，只是在最拥挤的那间舞厅里，突然出现了一幅惊世骇俗的景象。事实上，是两个参加假面舞会的人在周围众人浑然不觉时换上了一身服装。在所有的假面舞会上都未曾出现过如此可怕的装扮。人们议论纷纷，说他们像两只巨型水蛭或是蠕虫，因为他们不是直起身走路，而是在地板上扭动着，像没有骨头似的。还有一些人听说，他们那栩栩如生的服装上还有数不清的小细腿，更像是蜈蚣之类的怪物。也有一些人断言，出现在身边的并非乔装打扮的人类，那根本就不是人，它们长着许多利爪，有爬虫的尾巴，蛇的脸，总之是任何男人或女人都无法模仿的暴虐的怪物。总之，无论那些东西是何模样，由什么组成，它们真真切切地出现了，而且叫每个人都感到恐慌。不论接下来人们的所作所为该如何解释，事实就是，这两个奇形怪状的闯入者被无数只脚猛踢狂踩，被践踏得身首异处，因为人们对于它们的模样感到无端且极端的厌恶。

悲哀的是，屠杀结束后，参加舞会的人们取下面具朝地上看去，见到的不是两只神秘怪物的尸体，而是与他们毫无二致的人类——打扮成古代骑士和女王模样的人类——他们的鲜血在宫廷华丽的地板上缓缓流淌。他们原本不愿天各一方，如今变成了支离破碎的尸首，你中有我，我中有你，再也分不开了。

法利欧扔掉自己的小丑面具，费了九牛二虎之力挤进人群中，他那阴沉的双眼立即见到这样一幅恐怖的场景。没错，这是一出悲剧，但法利欧并未因此而愤怒。在世界灵魂那永无止境的地狱幻象中，这幅情景很快就占据了一席之地，但在法利欧的眼中，它只是一幅在浅淡的灰影中不断徐徐舒展的单调的恐怖织锦而已。此情此景虽然把其他人吓得魂飞魄散，但与这个世界向法利欧展现的其他画面相比，并不显得更为狰狞。

"再看一眼，法——法——法利欧。"一个声音在他身后响起，仿佛一只孔武有力的靴子带着他朝屠杀的场面走去。

为什么？刚才还是一幅单调苍白的景象，转瞬间就涂上了绚烂的色彩？为什么那些残破的红色血肉在勃勃地跳动？为什么法利欧对这些鲜红的残躯和它们悲惨的命运麻木不仁？他是受命来拯救他们的，可是他……什么也做不到。许多念头在他身体中那些深红色的长廊里左冲右突，疯狂地寻找出口，但是每次转弯总是遇到死角，只能胡乱拍打着那无动于衷，无法战胜的对手。他用双手捂住脸，不想看见这副惨状，可是一切既成事实，祖呈在他眼前——除了那副眼镜之外。

这时候，公爵的声音打破了平静，惊醒了震惊而茫然的人们。这位统治者震怒了，他怒吼着询问事情的缘由。事实证明，他谨慎地对待这场假面舞会是多么英明。他仿佛预知会有一场意外发生，并竭尽力量阻止它到来。他当场宣布，从此刻开始，所有类似的庆典一律被视为非法，违者将遭到逮捕和审问，必要时将提出那个问题进行拷问。人们迅速作鸟兽散，皇宫里顿时乱作一团。

"法利欧！"一个声音在喊。在混乱中，这个声音听起来是那样清晰，并非来自法利欧的脑海，而是另有源头。"你找的东西，我有，它在我这里，就在我的手里，永远不会丢失。"

法利欧转过身去，只见戴着面具的国王站在远处，丝毫不受狂奔的人群影响。国王举着那副眼镜，仿佛那是被征服的敌人摆动的头颅。法利欧朝那不明身份的迫害者奋力前进。他下定决心要追上他，重新夺回理智，不过那必定是将这恶魔痛快地斩杀之后。可是，法利欧没追上那家伙，反而跟着他穿过那些刚才还熙熙攘攘的舞厅，朝宫殿深处跑去。法利欧追到一条寂静的长廊，尽头有一角华丽的皇家长袍飘过，消失在一个房间的门口。他尾随而至，走进一个昏暗的房间，里面只开着一扇窗户，窗前站着那名戴着闪亮丝绸面具的演员。那副眼镜仍然被他紧握在裹着丝绒手套的手指间，漆黑的镜片上反射着点点烛光。法利欧的眼中燃烧着炽烈的疯狂和不解。

"法师在哪里？"他质问道。

"法师不存在了。"

"那么，在我把你送往地狱之前，告诉我，你是谁？"

"你知道我是谁。不过如果你愿意，可以说我是一位巫师。"

"你杀死了法师？就像杀死那些人那样？"

"那些人？你难道没有听到那出喧哗的默剧？没有见到那些剑和敏捷的腿脚？你难道没听说，有一对水蛭模样的巨怪威胁到宾客的安全？没错，是我编织了幻象，可刀子不在我的手中。你亲眼所见，当时的场面有多么混乱。"

"从他们的命运中，你应该能看到自己的下场。就算是巫师，也会被杀死。"

"同意，不论是长着三只眼、两只眼还是一只眼的巫师。"

"你是谁？为何杀害法师？"

"实际上，他是自我毁灭，真是大义凛然啊。他是在我眼皮子底下自杀的，像是为了泄愤一样。至于我，我承认，直到现在你还没认出我来，真叫我失望。你稍加回忆就会想起，我们曾经见过。但那已是陈年往事了，可能自从你把这玩意儿戴在眼前开始，就开始健忘，就什么也看不清了。知道我为什么一定要阻止法师吗？因为他把你这个狂人给毁了，我的狂人。

"可是，你也许还记得，在陷入疯狂之前，你另有职业，不是吗？啊，啊，勇敢的法利欧，你忘了自己是如何发迹的吗？你难道再也不愿记起那一天，在那条路上遇到我之前，你本是花花公子法利欧？是我——我扮演的是魅力售卖者的角色——送给你那枚黑玛瑙护身符，你过去把它戴在脖子上。正是那个小玩意儿造就了你，成为武力出众的雇佣兵，你喜欢那个角色。

"人们是多么喜欢你，他们喜欢看到弱小者变得强大而无畏，这是谈资，是传说，是大众的消遣。可是，人们更加乐于见到反转：强者崩塌，鼎鼎大名的剑客陷入癫狂。我策划的正是这样的一出小戏。你本该成为我的狂人，法利欧，而不是听从那魔术师的冷静的傻瓜。你本该穿着黑红两色，成为饱受折磨，彻底迷失的灵魂，而不是在苍白的呼吸间默念寂静诗篇的感伤僧侣。你不明白吗？我已为你设计好悲惨而曲折的遭遇，是温吉毁了这一切。因为他，我不得不改变计划，我有诸多计划，对世上所有生灵都有安排。是的，是你的法师，他从我这儿将他的灵魂夺走，还妄想用同样的方法帮助你。那两个无辜的人惨遭屠杀，以及你即将遭受的苦难全都拜他所赐。你懂我的'道'。我们是同路人。"

"不，恐怖的恶魔，我们不是同路人。你就是智者对我描述过的丑恶之物，是我们无法理解，恨之入骨的一切黑暗的力量。"

"可怜的法利欧。我的仇敌寥寥无几，你却非要认为站在面前的这个人是可恨的，这是多么荒唐的错误。听见下面街道上那狂热的喧嚣了吗？那里面没有仇恨，哪怕被我折磨，他们依旧会帮我找借口。是我给予他们所拥有的一切，就算有时只是微不足道的一点给予，他们却对我顶礼膜拜。但是我从不会吝啬到他们寻求自我毁灭的地步。他们活着，我才得以存续。命运诡厄的英雄和魔术师、国王和王后、圣人和殉道者——他们都听我的调遣，扮演不同的角色。不论高低贵贱，他们都是我的孩子，透过他们的眼睛，我看见自己的荣耀。"

"你见到的只有自己的邪恶。"

"不，我亲爱的法利欧，只有你才认为这是邪恶。对于迷恋自身存续的人来说，不存在任何邪恶。你戴上这副眼镜的时间太长，见得太多，这可真叫我失望。这样说也许能让你感到一丝欣慰：你见过所有人未曾见过的我。可是因此你的生命必须被终结。对于你这样的人物而言，这样死去是一种荣幸，一种安慰。"

"你的废话太多。"

"此话不假，我的时间很宝贵。可是，我来这里有话说，准确地说，是有问题要问。你知道那个问题的，不要否认，法利欧。在我给予你的那些疯狂的梦里，你梦见过的那个问题。你害怕听到那个问题的拷问，更害怕曾经回答过。"

"魔鬼！"

"世界灵魂的面孔是什么？"

"不，那不是一张面孔……只是——"

"不，是一张面孔，法利欧。而且你会见到它，"戴面具的人说着将面具揭下来，"可你为何一直将双眼隐藏，法利欧？你为何下跪？不喜欢我为你展示的幻象吗？你是否想象过，你的存在最终会将自己引向这样的景象？眼镜已经拯救不了你，它不过是两片发亮的玻璃——听，我把它放在冰凉的大理石地板上，用脚碾碎了。再也没有眼镜了，法利欧。而且我想，法利欧也已经不复存在。听懂我的话了吗，小丑？嗯？有什么要说的吗？无话可说？你的疯狂是多么黑暗，才会使你表现得如此粗鲁。多么黑暗啊。可是你瞧，虽然你不愿意，我还是派遣卫兵护送你回到狂欢节去，那是小丑应该出现的地方。你必须让许许多多崇拜我的人开怀大笑，否则将遭到惩罚。是的，我还是能够惩罚你，法利欧。只要活着，就能遭受惩罚，切记这一点，好好表现。我会看着你。我一直都看着你。再见了，小丑。"

法利欧的两侧各出现一名目光呆滞的士兵，他们将他从公爵府中拖出去，带到仍旧在索尔多里大街小巷中狂欢的人群里。人群拥抱疯狂的小丑，把他叮当作响的身体高举在自己的肩上，一面驮着走，一面像玩具一样摇晃着他。打着将寂静永远赶出索尔多里的大旗，所向披靡的人群有节奏地咆哮着，与法利欧病态的呻吟形成了鲜明的对比。在这个黑玛瑙般漆黑无光的夜晚，他的双眼凝望着前方，他的神志渐渐恍惚起来。

可是，终究有那么一刻，不论是多么短暂，法利欧恢复了往日的一星灵光，完成了一个至关重要的举动，获得最终的胜利。难道仅凭恍惚中被瞬间唤醒的一股力量，他便能得到这至高无上的奖赏吗？如果不是，又是什么力量驱使着他，将颤抖的双手深深插入两个憔悴的眼窝，用一种勇敢而坚定的姿态，把令自己遭受痛苦煎熬的可怕的种子挖了出来？不论如何，这一举动堪称壮举。法利欧死去时，他的脸庞绯红，洋溢着光彩。

人群先是静下来，紧接着，新的恐慌在旁观者们的头脑中蔓延开来，因为他们发现自己背负在肩上穿街过巷的，不过是法利欧那具胜利的尸体。

沃克博士与维奇先生

有一道楼梯。它弯弯曲曲地向上，在一片漆黑中不断抬升。它的轮廓隐隐可见，就像留在幽黑夜空中的一道潦草的闪电。虽然看上去全无支撑，但它并没有下坠。它嵯峨上升，最后到达一间昏暗的阁楼，隐士沃克就隐居在这里。

一个叫维奇的男人正在攀登这段楼梯，他似乎走得很不顺利。从整体上看，这些窄窄的台阶还算坚固，维奇却似乎有些不放心，他担心单个台阶无法承受自己全部的重量。他心中总有些隐约的不安，所以用一种显得做作的古怪姿势往上登。他常常扭头回望，总觉得自己带着全身重量踩踏的楼梯不太坚实，倒像是柔软的黏土做成的。或许他以为能看到自己的鞋底在台阶表面留下的脚印，但实际上，台阶上没有留下任何印记。

维奇穿着一件颜色鲜艳的长外套，宽大的袖子不时被楼梯护栏上的碎茬勾住，它们还会刺进他瘦骨嶙峋的手掌。身体上的伤痕他不太在意，但昂贵的外套要是被勾坏，他会很恼火。维奇一边攀爬楼梯，一边舔着食指上细小的伤口，不让血滴到衣服上，弄脏衣服。十七个台阶，紧接着又是十七个台阶，终于到了——维奇被绊倒了。外套的长下摆裹住了他的双腿，害得他一跤跌倒，与此同时，一个布帛被撕裂的声音响了起来。他终于忍无可忍，脱下外套，挥舞着它，朝楼梯一侧的黑暗深渊扔了出去。如今他瘦削的身体上只剩下松松垮垮的旧衣裳。

在楼梯的顶端只有一扇门。维奇伸出手，把门推开。门里面便是沃克的阁楼，看上去既像一间行刑室，又像是游乐场。

这是一间大房子，沿着墙壁不时有一些蓝绿色的光在闪烁，多少冲淡了房间里的黑暗和寂静。不过，房间的大部分空间都处于暗影之中，闪烁的亮光照不到高处，根本看不清天花板有多高，反正看上去是一团漆黑，恐怕最锐利的眼睛也看不清个所以然，维奇那两条小细缝似的眼睛就更别提了。他看得见较低处纵横交错的橡条，屋顶则完全是模糊一片——假设沃克的密室真有屋顶的话。

在粗糙的地面上方，垂着不少真人大小的洋娃娃，它们悬挂在钢丝上，钢丝发着光，就像被打湿的蛛丝。可是，他见到的所有娃娃都不完整。一个长着长鼻子的侧影在灯光中尤为突出；两条柔滑而光泽可人的腿在高处的黑暗中隐约可见；一只美丽而苍白的手在远处闪着微光；近处，一个小丑的身体摇摇晃晃地出现在他眼前，可是那只是小丑的部分身体，脖子以上的部位被黑暗切断了。实际上，这间大房子里大部分发明似乎都只是物件的零碎和残片，想要拼命冲出这令人窒息的黑暗。地上放着一个扁扁的长方形箱子，一部分暴露在亮光中，边缘由明亮的金属条和沉甸甸的螺栓进行了加固。影影绰绰的，看得见黑暗中隆起一些带尖刺的奇形怪状的东西，因为年深月久而结了一层硬壳。一个巨大的轮子半明半暗地竖立在昏暗的阁楼中。还有各种怪异机器的零件、配件和传动装置等等，令这个被塞得满满当当的阁楼显得更加凌乱和复杂。

维奇穿行在这晦暗不明的房间里，突然伸出一只金属手臂来，上面连着柔软的黑色把手，把他拦住了。他退了回去，继续在密室里乱转，脚下不时踩着木屑和沙子，兴许还有星星的碎片。到处散落着娃娃和木偶们被肢解的四肢，各种海报、标牌、广告牌和传单像纸牌一般七零八落地扔了一地，五颜六色的文字被拆散，变得毫无意义。还有数不清的物品、装置和残剩品堆满了房间，多得叫人目不暇接。可是，它们大致上与人们描述的零碎差不多。所以我忍不住好奇，它们这样被堆放在一起，为什么会形成一种……平静的——这个词合适吗——氛围？没错，不过是一种特殊的平静：废墟般的平静。

"有人吗？"维奇大喊，"博士，你在吗？"

前方的黑暗中突然出现了一个高高的长方体，像是嘉年华会的售票亭。下半截是木质的，上半截是玻璃。亭子里充斥着一种油腻的红光。里面的座位上坐着一个人偶，它的身体朝前弓着，像是睡着了一样。人偶穿得很体面：合身的黑色夹克衫，饰有明亮银纽扣的马甲，佩着银色袖扣的白色高领衬衫，鼓起的领结上是月亮和星星组成的图案。他垂着头，头上唯一能看见的就是那画上去的，泛着黑色光泽的头发。

维奇小心翼翼地朝亭子凑过去。他似乎对里面的人偶很感兴趣。他将手从玻璃上那个半圆形的开口伸了进去，明显是想要晃一晃假人的胳膊。他的手慢慢接近目标，但还差着一段距离，这时候一连串的怪事猝不及防地发生了：假人漫不经心地抬起头，睁开了眼睛……它伸出手，把木头手放在维奇的人手上……然后它的下巴往下一沉，发出一阵机械的笑声——耶哈哈哈哈，耶哈哈哈哈。

维奇猛地将手从人偶身上抽出来，跌跌撞撞地直往后退。假人依旧模仿着人的声音大笑不止，笑声和怪异的回声激荡在阁楼的每一寸空间里。假人帅气的面孔上没有任何表情，眼睛像疯狂的弹珠一般滴溜溜转个不停。然后，从假人亭子后的黑暗中走出一个人来，他与维奇一般瘦削，不过比他要高一些。他的穿着与人偶一模一样，但是那身衣服穿在他身上过于宽松，他一走路便直晃荡。他的头发很稀疏，所剩无几，像被撕裂的破布一般铺陈在雪白的头皮上，然后垂下来。

"你是否想过，维奇先生，"沃克一面说，一面慢慢朝客人走来，手中抓着外套那如同长袍下摆的衣襟一侧，"我是说，你是否感到好奇，是什么使得一个木头人的动作看上去这样骇人？尤其是配上这样的笑声。听这个声音，我是要你认真听。'耶哈哈哈哈'，从售票员口中说出来，显得极其流畅。这是一首诗歌，吟唱不该被吟唱的，说着不该被说出口的。可是它到底为这世上何事而笑呢？似乎毫无缘由。没有任何动机和刺激，这假人却笑了！

"'可是这笑声究竟所为何来呢？'你也许会问。它似乎是专为你的耳朵能听见而笑，不是吗？看上去，它仿佛完全为你而存在。它像是……懂得些什么。它的确懂得，但和你认为的方式和方向不同。这个假人懂得的并不是你——而是它自己。问题不该是：'这笑声是为什么？'不，应该是：'笑声是从哪儿发出来的？'这才是真正叫你担心的地方。这人偶虽然把你吓得够呛，可他感受的恐惧却比你更严重。

"试着想象一下：醒来的木头。我没办法说得更明白了。不要忘记那画上去的头发和嘴唇，还有玻璃做的眼珠。它们同样从一场永远不该被打破的沉睡中惊醒，它们也是人偶缠结的神经网络的一部分，有生命，有意识，只是我们无法想象而已。这种感觉过于煎熬，以至于他流不出眼泪，所以人偶在你面前大笑，他想宣泄一种恐惧，不是组成他的木头、画儿和玻璃所属的那个世界的恐惧，这种恐惧是这个新世界中的本质——我们的世界，维奇先生。这就是售票员大笑起来为何显得可怕的原因。去睡吧，人偶。好了，他已经回到没有生命气息的睡眠中。很高兴我没有做出一个会尖叫的人偶来，维奇先生。更叫人高兴的是，毕竟这个人偶只是一台设备。我说清楚了吗，维奇先生？"

"是的。"维奇说，沃克这番独白，他似乎一个字也没有听进去。

"那么，你今天大驾光临，到底有何贵干？现在是白天对吗？还是说，快要天亮了？"

"是的。"维奇回答。

"很好，我很喜欢与时俱进。最近遇到什么事了？"沃克一边问，一边在阁楼的杂物堆中悠闲地漫步。

维奇背靠一团略微突起的不明物体，眼睛盯着地板。他的声音很疲倦。"我本不该来的，但实在没别的办法。该怎样对你说呢？最近的这些日子，特别是夜晚，简直就像冰冻的地狱。也许我应该说，有个人——"

"你钟情于这个人。"沃克补充道。

"是的，但是又有一个人——"

"这个人半路杀出，让你的夜晚变得冰冷。好像并不难懂嘛。告诉我，前者叫什么名字？"

"普蕾娜。"维奇犹豫片刻后回答。

"他的名字呢，第二个人的。"

"拉姆。可是，为什么你帮我的忙，却要知道他们的名字？"

"在这件事上，他们的名字，跟你的或我的名字一样，只是一个称呼，并不重要。我只是对你的问题表现出礼貌性的关切而已，没别的。你要我帮助你，好像我对处理这种情况很在行似的。"

"可是我觉得，"维奇磕磕巴巴地说，"看这阁楼，还有你的设备，你好像……什么都懂。"

"比如有关人偶的事？这对你可没什么用处。好了，你又得面对新的失望，再一次感觉到痛苦了。可是听我说，你就不能撑一撑吗？撑过这段时间，你就会把这个普蕾娜的一切忘个干净。何必让自己一直沉溺在这样的悲戚中呢。你好好想想吧。"

"我情不自禁，博士。"维奇哀怨地说。

"我明白，但是先听我说完。我痛恨见到你这副模样，维奇先生。相信我，我知道自己在说什么。我并非总是你见到的这个样子。俗话说：两人合二为一，灵魂与肉体都不再完整。也许是我编的。我的记性很糟糕，糟糕得很有趣。不论怎样，我想给你最后一条宝贵意见：脱离红尘，在影子里藏身。"

"我就是自己的影子。"维奇回答。

"好的，我明白了。既然如此，我只剩最后一句话要说：我已经提醒过你了。现在，我们来确认一件事。你对'摇摆尖峰街'熟悉吗？我知道这条街有个正常的名字，但是我喜欢这样称呼它，因为街边有那些高高的歪房子。"

维奇点点头，表示他也知道那条街。

"好——我不能对你许下任何承诺，记住，我不能保证和发誓——但是，如果你今晚能想办法把那两位朋友带到那条街上，我也许能够解决你的难题，如果你确实想解决的话。你对解决这个问题的方法和形式有任何限制吗？"

"我只想获得你的帮助，博士。全由你做主。"

"你这话是真心的，对吗？"

维奇没有回答。沃克耸耸肩，缓缓消失在阁楼最阴沉的黑影中，也就是他曾经出现的地方。售票亭里的红光也像西沉的太阳一般渐渐暗了下去，最后，房间里唯一的色彩只剩下墙壁上燃烧的青蓝色火焰。维奇双手紧握，瞪着阁楼的高处，他仿佛已经看到立在摇摆尖峰街上空那些细长的屋顶。

这条狭窄的街道两侧高楼遍布，一到晚上，它们仿佛被影子连缀起来了一般，看上去浑然一体。除了地基和装着百叶窗的楼层，还有屋顶。它们全都高得吓人，细长的尖顶直刺夜空。尖顶以一定的幅度微微在夜空下摇摆，就像高大的树木随微风轻轻地晃动。

今晚的夜空中有一大片阴云，月亮用虚假的焰火把它们照亮。从这条街的拱形入口处并肩走进来三个人，身后还拖着三条细长的影子。走在最前面的那一个虽然是领路人，但他的姿势看上去并不笃定，也无权威。一个男人和一个女人的影子拖在后面，他们并排走着，彼此之间只隔着一层柔和的月光。

来到街道的尽头，领头的人停下来，其他两人跟上了他。三个人现在所在的位置，正靠近这条街上的高楼中最宏伟那一栋。这栋楼的门上挂着一个标志，看上去是个商业场所。大楼被阴影涂抹得斑斑驳驳，随风轻柔地晃动，吱嘎作响。它的每一面墙上都有一幅图画，展示那儿售卖的商品或服务：一把火钳或类似的器具，放在一根可能是拨火棍的东西上，也可能是某种类似的长条形物品，两者相交成十字形。但是这栋大楼在夜里不开张，百叶窗也全都紧闭着。大楼高处有一扇圆形的阁楼窗户，活像一个空洞的眼窝，不过从地面上——他们三人都像梦游者一般，带着试探意味的姿势站在那儿——很难分辨那么高的地方到底有什么。这时候，突然飘来一片迷雾，遮住了他们的视线，叫他们无法看清摇摆尖峰街的上空有什么。

维奇显得有些紧张，很显然，他拿不准应该在那儿停留多久，因为他无法预知接下来会发生什么事。万一出了事，他该怎样应付呢？眼下他只能静待其变。可是，仿佛只在转瞬之间，事情立刻就有了结果。

前一秒钟，维奇还在昏昏欲睡地与两个同行者谈话，那两人都显出一副非常怀疑的表情。突然间，两人如同木偶一般，被两根看不见的线往上拉起，飞升到迷雾中，消失不见了。这一切都发生在瞬息之间，他们连喊也来不及喊，片刻后才从高空里传来几个微弱而空洞的尖叫声。维奇跌跪在地上，用双手捂住了脸。

被拉走的是两个人，落下时却只剩下一个了——一个孤零零的身影，悬在离石头地面仅一条胳膊长的地方，像是被套在绞绳上一样扭动着。维奇松开遮挡眼睛的手，朝它看去。没错，只有一具躯壳，但是它"超载"了……这具躯壳上有太多的器官，两张脸平分一个头，两张嘴大张着，陷入了永远的沉默。这躯壳继续在空中摇摆着，而维奇已经瘫软在街头。

再次见到维奇时，那情景真叫沃克始料未及。阁楼里一阵喧腾，隐士从黑暗中探出身查看，只见维奇和售票员正一起狂笑不已，连阁楼里凝滞的空气也被那笑声搅了起来。他们像一对疯狂的双胞胎，共用同一个声音放声尖叫。

"这是怎么啦，维奇先生？"沃克问。

维奇没有搭理他，继续与人偶进行疯狂的二重唱。沃克碰了碰售票亭，说"睡吧，人偶"，便只剩下维奇独自在那儿咯咯直笑，仿佛他也成了一个自动机器人，只有输入命令才会发生改变。沃克把维奇打翻在地，仿佛击中了正确的按钮，成功地叫他闭上了嘴，至少是安静了那么一会儿。然后，维奇抬起头来，对沃克怒目而视。

"你为什么要那样对待他们？"他诘问沃克，听得出他自己也非常痛苦。因为刚才扯着嗓子大笑了好一阵，他的声音有些沙哑，像一台发出噪音刺耳的机器。

"我不会装作不懂你在说什么。那件事我听说了，但不意味着我在意。不过，你不能把责任推到我身上，维奇先生。你知道的，我从头到尾都没有离开过阁楼。你爱走就走，我可巴不得呢。你给我惹的麻烦还不够多吗？"

"为什么非要把事情闹到这步田地？"维奇不依不饶地抗议道。

"我怎么知道？你说过，你不介意用什么方式解决问题。而且，我觉得这样解决再好不过了。那两个人在要你，维奇先生。他们想拥有彼此，已经如愿以偿了。他们两个人融为一体，你却能以自由之身迎接下一场灾祸。等等，我知道是什么在困扰你了，"沃克恍然大悟般地说道，"因为这一切是随着他们的死亡而戛然而止，而不是你的死亡，所以你很苦恼。死亡向来是好东西，维奇先生，可是真没想到你有这样高的境界。毫无疑问，我低估了你。我道歉。"

"不！"维奇像一头疯狂的动物般狂吼道。沃克也跟着亢奋起来。

"不？不！？你到底是怎么了？为何让我如此失望？你不来捣乱，我就已经够受的了。学学这个售票员吧。你看，他在哭泣吗？不，他很安静，一动不动。人偶的平静最能抚慰人心，他一动不动，像胎儿一般绝对静止。他本可以大惊小怪，但却没有。他不行动，不争取，是理想的伴侣，我唯一真正的朋友。呆木头，我爱你。看看他，他将手放在大腿上，仿佛在祈祷着什么。

看看他那瘫软无力的四肢，摆放得多么高雅。看看他那木然的嘴唇，什么也没有说，看看那双眼睛——它们永远这样凝望着！"

沃克仔细看了看人偶的眼睛，因为专注，他的眼睛更显得漆黑无比。他垂下眼皮，将头靠在售票亭上，想尽可能看个仔细，连双手也不由自主紧紧地按在玻璃上，就像被强劲的吸力吸住了一般。终于，沃克发现人偶的眼睛变了，他的眼中淌着小小的血滴，沿着光滑的脸颊缓缓地往下流。

沃克从亭子前转过身，看着维奇。

"你在干扰他！"他用尽最大的力气嘶喊道。

维奇将狂笑时剩余的泪水从眼里挤出来，唇边浮现出一个笑容。"我什么也没有做，"他嘲讽地说，"不要把你自己的问题推卸给我！"

沃克被气得一动也不能动，但是五官却不断痉挛扭绞，脑海中闪过一个又一个报仇的计划。维奇知道自己处境危险，他开始在阁楼里四处打量，寻找可行的逃跑方案或是可以用作武器的东西。他瞅准了一样东西，伏低身子，朝它凑了过去。

"你还想逃？"沃克终于从被激怒的呆滞状态中摆脱了出来。

维奇拼命想要去够地上放着的一个东西，它的模样和尺寸都像一具棺材。那黑色的长箱子几乎完全隐藏在阴影中，只有一小部分暴露在阁楼那蓝绿色的亮光下。锃亮的粗银边绕着箱子缠了一圈，还有沉甸甸的螺栓对它进行了加固。

"别碰它！"沃克大吼一声，此时维奇正朝着箱子弯下身去，手指碰到了它的盖子。

可是，没等他掀开盖子，一切已经来不及了，因为沃克行动了。

"我对你仁至义尽了，维奇先生，你却只会让我难过。我曾努力帮助你，不让你卷入你的朋友们的命运……可是现在，我要把你送到那儿去。"

沃克话音刚落，维奇的身体便像木偶一般被吊起来，他被看不见的丝线拉起来，猛地撞在黑漆漆的椽条上，并且继续往上飞升。在上升的过程中，他的胳膊和腿不受控制地扭曲着，而他的尖叫声……消失了。

可是，沃克对被害者的遭遇丝毫也不在意。他猛地蹿出去，松松垮垮的衣服随之摆荡起来。他冲到刚刚受到暴力威胁的黑箱子旁，把它拖到地上的空处，让墙上的灯光照在光滑的黑色棺木上。沃克跪在长长的箱子前，用指尖轻柔地摸索着，确认它依旧安然无恙。他猛地把盖子掀开来，仿佛每一个刻意酝酿和思索的时刻对它都是一种亵渎。

箱子里出现了一个年轻的姑娘。她的身躯与身躯的美被一个疯狂的爱慕者用怪异的方式保存下来。沃克凝视着尸体，虽然那姑娘已经听不见，但他仍低声对她倾诉："亲爱的，你永远是最好的。永远是最好的。"

他仍然跪在棺材前，可是五官却被各种各样明显互相矛盾的感情轮番踩躏着，眼睛、嘴巴和整张脸被迫挤出各种叫人难以置信的表情的组合。最终，沃克纷乱的思绪化为一种抽搐般的笑声：一阵纵情的大笑，听起来滑稽而癫狂。痴傻的快乐给沃克带来力量，他站起身来，雀跃着，疯狂地合着听不见的音乐手舞足蹈。他如同痉挛发作般蹦蹦跳跳，摇头晃脑，最后笑声变成了沙哑刺耳的呼唤。或许因为他已彻底神思迷乱，或许因为他暂时恢复了清醒，总之沃克最后走出了阁楼。而现在，他正站在曲折楼梯的顶端，朝着岌岌可危的栏杆外的黑暗深渊大笑不已。他翻过栏杆，一声不吭地往下坠落，最后一个笑声仿佛卡在了喉咙里。

　　所以，现在你听到的尖叫声不是坠落的沃克或不幸的维奇发出的，他们两人都已经没入无法言说的黑暗中。那也不是普蕾娜和拉姆惊恐惨叫最后的回音。从楼梯顶端那扇门后面传来的尖叫声，不过是一个无助的人偶发出来的。它感到温热的血滴从涂着颜料的脸颊往下滑落。售票员被留在了——孤身一个，而且活着——废弃阁楼的暗影中，他的眼睛正像疯狂的弹珠般转个不停。

无名教授小议超自然恐怖

永不眨动的眼睛

湖面的雾，密林中的雾，潮湿的石头上闪耀的金光——这些情形很容易一眼看穿。有什么东西藏在湖里，在树林里搅得沙沙作响，钻进石头里或是石头下的泥土中。不管这东西是什么，我们的肉眼看不见它，可是从不眨动的眼睛却能看见。在适宜的环境中，我们浑身都是那睁得大大的，能够见证缥缈魂魄的眼睛。不过老实说，营造幽灵触摸的气氛，是否必须如前文所说的那样明显呢？

打个比方。在一间拥挤的候诊室里，一切看上去十分正常。周围的人在窃窃私语；墙上的旧钟用细细的红色指针将一分一秒赶着往前走；百叶窗将一条条光带从室外透进来，又在其中掺进一些阴影。可是，不论何时何地，我们用庸常之事构建的掩体都可能被震得隆隆作响。你瞧，即使身处人类的堡垒之中，我们也可能感受到异常的恐惧，如果把这种感觉告诉别人，我们也许会关进精神病院。我们感受到只是不属于我们这个世界的存在吗？身处我们自己也不明白为什么而等待的房间里，我们的眼睛是否在角落中看到了什么？

只要有一丁点的疑虑渗入大脑，一丁点的怀疑在血管中流淌，我们所有的眼睛就会一个一个地朝全世界打开，并且从其中看到恐怖之事。所有的信仰和自然规律都无法继续为我们提供保护伞；没有朋友，没有顾问，没有特定的角色能够将我们拯救；上锁的门不起作用，也没有私人办公室能供我们藏身。即使是夏日的阳光也无法护佑我们，驱赶恐惧。因为恐惧吞噬光，然后把光消化，化为黑暗。

病态

孤僻、精神紧张、情绪低落、痴迷于幻想、动辄癫狂、自疑有病：以上症状只要出现其中几种，我们就可以管这种人叫做"病态人"。我们讨论的超自然恐怖话题正是他计划当中至关重要的部分。病态人回避身体康健和神志清明的世界，或者说追求康健和清明的世界，热衷于从生活场景的背后寻找阴影。他遁入阴风阵阵，散发着数百年霉味的角落，将自己的想象力当作残破的石块，试图在这里搭建起一个满地废墟，充斥着教堂地下墓室气息的腐臭世界。

但是，我们的世界并非专为这阴暗心理而准备的浪漫密室，所以，我们应该谴责它，谴责这沉溺于情绪低谷的行为。虽然暂时还没有合适的名字用以概括病态人的"罪行"，但它的确与一些由来已久的道德戒律背道而驰。病态人的行为没有为自己或他人带来任何好处。虽然我们都知道，郁郁不乐与胡思乱想是生活中一道开胃的小菜，但病态人却把它们当成了招牌菜！如果以这样的罪状控诉他，他也只会简单地说一句"那又如何"，就此了事。

这种反应说明他将病态视为一种特殊的罪恶，追求这种罪恶时，不必心怀歉意，若要享受这种罪恶带来的优点，或是忍受其缺点，必须游离于法律之外。可他毕竟是邪恶的播种者，哪怕只是在自己灵魂中播种。病态人还会面对这样的谴责：他的症状，或者说腐败的源头，不仅在自己身上，也潜藏于人类群体当中。而腐败，就像一切变化过程一样，会伤害到每一个人。"好！"病态人喊。"不好！"人们反对。持不同立场的双方各有其可能的情绪源头：一方是怨恨，另一方是恐惧。有关这个问题在道德层面展开争论，最终会陷入僵局，或是由于过于复杂而无法获得真相，此时心理学层面的辩论就会开始。随后，我们又会找到各种不同的角度攻击这个问题，直到自己的余生全部耗尽。

与此同时，病态人将自己在这世上的所有时间用于邪魔外道，直到最后一刻，他将在狂风中、在苍白的月光和魑魅魍魉当中——像其他人一样，将分分秒秒全部挥霍殆尽。

悲观主义与超自然恐怖——第一讲

癫狂，混乱，深入骨髓的恐惧，无数生灵的毁灭——我们尖叫着死亡，历史舔了舔手指，将这一页翻了过去。在痛苦的鲜活与恐惧的持久方面，小说无法与真实的世界相比，但它能够取长补短。何为"长"？通过创造更加诡异的方法，达到惊世骇俗的效果。当然，超自然现象便是方法之一。在将自然的苦难转化为超自然苦难的过程中，我们得到了力量，得以既确认，又否定苦难的恐惧，既乐在其中，又能够忍受苦难的折磨。

因此可以说，超自然恐怖是人类严重分裂的产物。在整个自然界中，就连与我们关系最近的"近亲"，也不会以超自然恐怖当作消遣：当我们成为人类时，便得到了它，并将这份阴郁的财产一代代传承下去。当我们意识到人类陷入困境，便马上一分为二，朝两个不同的方向奔去。其中一半致力于辩解，甚至是庆祝意识的新玩具，另一半则对这份"礼物"进行谴责，不时还会直接发动攻击。

我们发现，超自然恐怖能够让我们与分裂的自己共存。通过超自然恐怖，我们找到一种方法，能够将自然生活中对我们有害的事情，转变成在幻想生活中的邪恶的快乐。有了小说和歌曲，就连最糟糕的事情，我们也能拿来自娱自乐，只要将真实的痛苦改写，改成不真实的、对人类无害的痛苦即可。我们也能够在不侵入超自然恐怖地盘的情况下玩这个把戏，可是万一陷入悲苦之中无法承受，如此铤而走险就得不偿失了。恐惧会让我们不安和颤抖，却不会使我们因为悔恨而哭泣。吸血鬼象征着我们对生死的恐惧，但是不曾有人被某种象征消灭过。僵尸可能使我们对于肉体，以及对肉体嗜好的憎恶变得概念化，但是谁也不曾被一个概念恶心到死去。利用超自然恐怖，我们能够拉扯命运的提线，控制那些嘴唇上涂着我们的鲜血的，天生的木偶，自己却免于崩溃。

悲观主义与超自然恐怖——第二讲

死尸在黑夜里行走，活人突然无法支配自己的身体，产生了可怕的渴望，诡形谲状的身体，或是被折磨与酷刑改造得有违自然规律的躯体——这些例子体现了超自然恐怖的典型思路。这种思路以恐惧为基础，唯一的原则是：存在即是噩梦。除非生活是个梦，否则便说不通了。因为若是作为一种现实，生活是彻头彻尾的失败。再举几个例子：一个轻信的灵魂在心情低落时恰好赶上某个夜晚，付出了惨痛的代价；一个人打开一扇门，见到不该看的东西，恶果随之而来；一个人走在一条陌生的街道上……从此下落不明。

我们活该受到恐惧的惩罚，这一点不可否认，同时也叫人迷惑。我们沉溺于非理性的幻象中，成为恐惧的共谋，虽然自己不自觉，但这个理由已经值得最严苛的惩罚了。只是，我们已经被训练得服服帖帖，接受了一个非现实世界的"秩序"，不可能奋起反抗。我们怎能反抗呢？痛苦和欢乐已针对我们结成了堕落的联盟，天堂和地狱同属一个畸形的官僚机构，只是划分为两个不同的部门而已。在这两极之间，存在我们知道或能知道的一切。我们甚至无法想象存在这样一个乌托邦，俗世的也好，其他种类的也好，可能经得起最和善的批评。可是，不要忘记一个惊人的事实：我们生活在一个旋转的世界里。想到这一点，任何事也不可能叫人感到惊讶了。

尽管如此，在极少数情况下，我们确实克服了绝望和软弱，提出了反抗的意愿，我们想生活在现实的世界里，一个至少偶然会依照对我们有利的秩序运转的世界。可是，也许我们只是受到某种恶魔的诱惑，被引向这种无谓的反抗，而结果不过使得我们在幻境的处境变得更糟糕而已。毕竟，我们既能够见证阴森可怖的景象，又能成为它的受害者，这是多么的奇妙啊！有一样东西，我们知道是真实的：恐惧。事实上，它是如此真实，以致我们无法相信，没有我们它根本不可能存在。是的，它依靠我们的想象力和意识而存在，但在征用它们时，从不征求或请求我们的同意。的确，恐惧总是自行其是。它动摇了存在论，是一种恶臭的泡沫，我们的生命只是浮在这上面。总而言之，我们必须正视这一点：恐惧比我们更真实。

讽刺的和谐

对人类遭受的伤害的怜悯，面对无常时的谦卑，对正义绝对正面的评价——这些所谓的美德只会引起麻烦，起到加剧而非缓解恐惧的作用。此外，对我们而言，这些品质是最不重要的，也是与生活最不协调的。它们总是拦在路上，阻碍我们从这个纷乱的世界中脱离，这个世界早已确定了它的速度，从未偏离。这些对人生公认的肯定，每一个都以鼓吹"明天"为基础，比如繁衍后代，最广泛意味上的革命，任何一种形式的虔诚，其实都只是对我们欲望的肯定。事实上，这些肯定肯定的是我们自我折磨的嗜好，肯定我们在面对叫人毛骨悚然的事实时，还要不顾一切地装作天真的狂热。

利用超自然恐怖的手段，我们可以暂时逃开这种肯定的可怕的报复。我们每个从虚无中被偷走的人，睁开眼睛注视着世界，低头看了看路，看见数次惊厥与最终的毁灭。多么奇怪的情景。所以，为什么要去肯定什么呢？为什么要给可怕的必然性冠以可悲的美德？我们命中注定是一个值得嘲笑的傻瓜，既然没有人担此重任，我们就自己来。那么，就让我们纵情于嘲笑自己，嘲笑我们的伪饰，享受这残酷的快乐，让我们陶醉在这"宇宙的恐怖"之中。至少，我们可以将自己苦涩的笑声传到这个易怒的古老宇宙中那些布满蜘蛛网的角落里。

超自然恐怖利用怪诞的结构使读者体验到种种负面感受。诚然，这种做法不可能得到普遍的青睐。真正的恐怖主义者像诗人一样罕见，散落在各处的成员在坏名声的吸引下，形成一个秘密的团体。他们也曾有过与异界的联系，然而这种联系在萌芽时便遭到了抹杀。可是，有些人获取过异世界的美好气息，游移于存在边缘，浅尝过那里的美味，对摆在自己面前的恐怖宴席再也没有了胃口。他们会在月光下逛游，凝视墓地的入口，等待一个有利的时机，好将大门撞开，看看里面到底有什么。

最后，让我们大声说出这个悖论："长久以来，我们被喂下成千上万座坟墓的颤抖，以至于到了最后，为了寻求可怕的救赎，由恐惧带来的救赎，我们开始心甘情愿地吞噬坟墓带来的恐惧……并发现自己甘之如饴。"

逝去者之梦

洛克利亚医生的疗养院

　　许多年过去了，在我们镇上，所有我叫得出名字的人当中，再没有一个人对破坏那段平坦地平线的巨大废墟提过一个字，也没人提起镇子边上那块大门紧锁的地方。甚至在更久远的时候，那地方也少有人提及。也许有人提议要将那栋疗养院拆毁，将坟地夷为平地，因为至少整整一代人的时间里，那儿已经没有病人了。也许还有一些人曾经被说服，点头表示赞同。可是，这个决议终究没能成型，并随着那股推动力在温吞的老街上温吞地消逝而迅速不了了之。

　　所以，我该如何解释事情突如其来的转折呢？改变在一夜之间突然发生了，我们朝着那臃肿而腐朽的建筑迈开脚步，踩着附属于它的坟地，朝它冲了过去。我认为，这个问题的答案来自一场秘密的运动，一场在小镇居民的头脑中，在梦中进行的运动。如此说来，这一次神秘的转变便显得不那么神秘了。我们只需要相信，大家都受到同一个久别归来的亡灵的纠缠，因此，一些幻象开始在每个人的内心深处扎根，成为私密生活的一部分，以致大家终于下定决心，不再像从前那样生活。

　　说到采取行动，小镇西端那些谦卑的居民是最热情、最迫不及待的。他们的不安最为强烈，因为从他们的住处能够清晰地看到那块拥挤的土地，那荒凉的建筑和倾倒的墓碑，曾经有一些疯狂的灵魂被永远关在里面。但镇上所有的人都一样，因为那疗养院的存在而感到压迫。似乎从镇上的每个角落都能看到它。从旧旅馆高处的房间里，从家中安静的角落，从早晨或黄昏时分薄雾弥漫的街道上，还有从我的店里，从前窗看出去的时候。更糟的是，每一天夕阳都从疗养院的背面悄然落下，那高耸的建筑便拖着长长的影子，将整个镇子笼罩其中，使我们提前没入黑暗之中。

然而，比疗养院的外观更叫人不安的，是一种仿佛朝我们看过来的，愚痴的眼神。多年来，总有些人言之凿凿地说，在月亮的辉光异常明亮，星辰比平日更加繁密的夜晚，他们见到疯狂的眼睛和一动不动的人影正透过疗养院的窗户朝外凝视。虽然提及这样经历的人不多，但几乎每个人都见证过疗养院其他一些无可否认的景象。它们使人们在脑海中联想到种种异象，最后整个镇上的人都隐隐觉得自己见到过一些模糊不清的情景。

在孩提时代，许多人都曾在某个时候拜访过那片禁忌之地，并且留下一段阴森可怖的历险记忆。我们时常凑在一起，互相倾诉和讨论各自的经验，拼凑有关疯人院的种种怪事，直到最后，谁也不敢继续将这个话题延续下去。

总而言之，那栋旧楼里满是怪涩恐怖的密室，就算不是每一间都那样怪异，至少在某些角落是这样。那儿气氛荒凉，你见过之后一定忘不了：灰色的墙壁像海绵一样坑坑洼洼，无人打扫的地面肮脏不堪，透过残破的窗户肆意穿梭，还有一张曾在许多个夜晚承载过徒劳的泪水和尖叫，已经塌掉的很薄的床。可是还不止于此。

在这样一个房间里，也许有一面墙壁被做成从外侧才能打开的滑动门板，而且隔壁房间里没有家具，似乎从未有人入住。可是，隔壁这个房间的一面墙壁旁，就在滑动门板的下面，有一些长木棍，木棍的末端安装着一些可怕的小木偶。

还有一个房间，看上去空荡荡的，四壁却覆盖着一些浅色的破碎画面，刻画着一场怪异的葬礼。挪开房间中央一些松动的地板，在几英尺厚的泥土之下，你会发现一具空着的老棺材。

还有一个房间尤为古怪——我去过那儿，位于疗养院的最高层。天花板上开着一个巨大的天窗，在那朝着天空敞开的开口下方，有一张长桌子固定在地上，粗粗的皮带从四面垂下来。

还有其他一些十分古怪的房间，有关它们的记忆已经丢失，可是我知道它们的存在，也许曾在梦中见过。但是，当我们真正行动起来，将疗养院拆毁的时候，没有任何人特别提到或议论这一切。我们忙得很，忙着在疯人院外墙上开出一道巨大的裂缝，将堆积了几十年的垃圾运出来。镇上的其他人隔着一定的距离，保持一种警惕的沉默，对我们的破坏行动冷眼旁观。在这群人中，有一位哈克尼斯·洛克利亚先生，他是一位上了年纪的绅士，身材瘦削，有一双大大的眼睛。与其他人相比，他的沉默格外意味深长。

我们原以为洛克利亚先生会反对这次行动，可是他没有。虽然在我认识的人当中，谁也不会怀疑他对这栋旧疗养院怀着一种病态的情感。人们很难忘记，他的祖父在夏尔郡疗养院日渐衰败的年月里曾担任它的院长，而他的父亲则是将此处彻底关闭的人，当时我们这个小镇到底处于什么样的境况，那段历史已然模糊不清了。假如说别人很少提及这家疗养院及其附属的墓地，洛克利亚先生则称得上是绝口不提。毫无疑问，这种沉默只会愈加加深我们的印象，认定他和那片遮挡地平线的可怕废墟之间有种某种无形的纽带。我比镇上的人对这位老先生有着更深的了解，对他也保持着一种谨慎的态度。从表面上看，我对他很客气，甚至很友好，毕竟他是我生意上最长久、最可靠的赞助人。拆除疯人院不久，最后一位病人的遗体被掘出并匆匆火化后，洛克利亚先生拜访了我。

他走进书店的时候，我正在查看几本珍本书，这些书是专为他订的，刚刚到货。常年与书本打交道，我已经对这一类巧合见怪不见了——书籍似乎拥有孕育这类自然事件的特质——但他来的时机这样巧，却让我感到有些不快。

"下午好，"我说，"您瞧，我正在检查——"

"我看到了。"

洛克利亚先生凑到柜台跟前来。这儿堆着层层叠叠的书，已经没有多少地方了。他朝刚到的书瞥了一眼，似乎没什么兴趣，然后慢慢将长大衣的扣子解开来。这件大衣很是臃肿，衬得他有些头大身小。我总是能够清晰地回想起他那一天的模样。现在他的声音依旧清晰地回荡在我的脑海中。相对于老人眼中那种凌厉而明亮的眼神来说，他的声音有些平静得过头了。过了一会儿，他转过身，开始漫不经心地在店里闲逛，似乎在寻找书架的隐蔽处藏着的书。他转过一个转角，暂时离开了我的视线。"到底还是干了，"他说，"简直是壮举。值得载入史册的丰功伟绩。"

"我也这么想。"我回答道。洛克利亚先生走过书店的后走廊，从几排书架旁经过时，身影在其间时隐时现。

"绝对是。"他说，沿着走廊径直走到我面前，与我只隔着柜台。他把手放在柜台上，往前探着身子问："但是结果呢？真的改变了什么吗？"

他的语气中带着嘲讽，同时饱含愁闷，有一种惹人讨厌的言外之意。在真相被噤声、如呼号的傻瓜一般抛弃并隔离的荒僻角落里，这言外之意回荡个不停。可是，我仍旧坚持自己的谎言。

"如果您是指眼下没什么变化，我不得不表示赞同。只是除掉一座碍眼的建筑而已，这就是我们唯一的目的。仅此而已。"

我试着将他的注意力转移到帮他订购的书上，可刚一开口就被无情地打断了。他说："克兰先生，看来我们在镇上走过的路、见到的人和听到的话大不相同。"他顿了顿，似乎等着我的反驳。然后，他脸上浮现出诡秘的表情："告诉我，克兰先生，你听过那些关于疗养院的故事吗？人们从它的窗户里看到什么？也许你自己也曾看到过。"

我没有说话，他也许将我的沉默当做一种肯定，肯定我就是那些看过的人之一。他继续说道：

"眼下镇上人不是跟听到那些故事的人同样惊慌吗？眼下的日子比起从前更糟糕了，你承认吗？当然，你可能会说，这只是因为季节的变化，是因为天气变冷了，从你的橱窗望出去，就能看见这个下午是多么阴沉。我在来这儿的路上也听到有人这样说。他们还谈到一些事，以为我听不见。不知怎么回事，好像人人都知道我的这些书，克兰先生。"

说出最后这句话时，他没有看我，而是缓缓在柜台的两端之间来回踱步。

"如果您认为我辜负了您的信任，那我很抱歉，洛克利亚先生。我没想过这会有问题。"

他停下脚步，如慈父般宽容地看着我。

"当然，"他说，"但是如今事情大不相同了，这一点你同意吗？"

"是的。"我最终还是让步了。

"但是谁也说不清楚，到底是怎样变化的。"

"是的。"我表示赞同。

"你知道吗，我的祖父哈克尼斯·洛克利亚医生埋葬在被你们捣毁的墓地里？"

我感到一阵突如其来的惊讶和尴尬，不得不答道："如果您早些说，我们就不会那样做了。"但是他没有接我的话茬儿，好像我什么也没说，好像无论我说什么都无法阻止他自信地面对我。

"我可以坐吗？"他指着前窗旁的一把旧椅子问道。窗外是一览无余的灰暗秋日，夕阳正在西沉。

"可以，请自便。"我说。几个过路人发现了洛克利亚先生，还奇怪地看了他几眼。

"我的祖父，"洛克利亚先生继续说，"与他的精神病人在一起时感到很自在。听到这种事你一定很吃惊。我现在住的房子过去是属于他的，但是他根本不在那儿住，甚至从未在那儿过夜。疗养院被关闭之后，他才真正'住'在自己家里，那时候我和我的父母亲都住了进去，他们负责照顾这位老人。"

"我的祖父在楼上的一个小房间里度过了最后的几年，他每天都眺望着镇子的边缘。我还能想起他日复一日地望着窗外那座疗养院的样子。"

"我没想到，"我打断他，"听起来真是——"

"请别打断我。虽然有些失礼，可是趁着你断定他把那儿当作精神寄托之前，我必须事先声明：不是那么回事。实际上，他对疗养院那种叫人难以置信的牵挂，是因为他能在那儿滥施权威。我明白这一点时年纪还小，但已经看得出父亲和祖父之间有着很深的矛盾。我的父母亲不准我与那位老人在一起待太长时间，但我没有听从，因为他的举动实在太神秘，太叫人好奇了。一天下午，他袒露了心迹。"

"他盯着窗外，没有回过头来看我一眼。我们就那样沉默地坐着，过了好一会儿，他开始低声念叨起来。'他们质问我，'他说，'责备我，抱怨说那地方没有一个人恢复健康。'他露出微笑，继续小声说道，'他们看到了什么，竟会做出这样的……判断？他们从未凝视过那些脸庞，'不，他说的不是'脸庞'，而是'眼睛'。没错，他说，'……从未凝视过那些人的眼睛，那些眼睛注视着宇宙本真，反射着了无生气的寂静之美。'

"这是他的原话。接着，他谈起他照顾的病人发出的声音。我还是引述他的原话吧，他低声说：'他们一圈又一圈地旋转，就像在黑暗中起舞的木偶，闪闪发光，他们的声音如同动听的乐音，倾诉着世界上最崇高的谵妄。'他用那样散漫而狂热的话语告诉我，古老的谜团解开了。

"就像一切真正的神秘主义者一样，"洛克利亚先生继续说，"我的祖父追求一种莫可名状，也难以诉诸文字的知识。他留给后人许多冷僻的藏书，每一本书都体现着这样的追求。如你所知，我也以自己的方式加入了这个行列，我的父亲也是如此。但我们的理由与那位老医生不同。洛克利亚医生在自己管理的疗养院里做了些非常古怪的事情，也许只有他具备做这些事的知识和冲动。直到多年以后，我的父亲才试着向我解释一切，就像我眼下正试着向你解释一样。

"我说过，我的祖父一直是个神秘主义者，从来不是存心要做慈善家，也不会为受伤的心灵施以援手。他没有对疯人院的病人采取任何治疗。他不认为他们的灵魂是被恶魔，或是被自己的痛苦经历掌控了，而是与另一种存在秩序建立了怪异的联盟，他们的体内有一丁点永恒的碎片，就像一个富有魔力的金色斑点，而且能够扩大。在野心的驱使下，他不去想办法缓解病人癫狂的症状，反而叫它变本加厉——让它获得自己的生命，让它呼吸。

为此，他采用一些办法，彻底根除了这些病人身上残留的人性。有时，他从他们眼中发现这种独特的魔力似乎在消退，他就会自行其是，为他们进行所谓'妥善的治疗'，用一系列地狱般的酷刑折磨他们，割断他们对人类世界的依附，将他们进一步推进那'宁静的，凝望的宇宙'，在那个世界里，无尽的癫狂也许会成为一种自相矛盾的疗法。结果是产生如木偶一般凄惨，如星辰一般高贵，即死而永生，彻底摆脱命运而不朽的东西，它们永远地沉沦于深不见底的空虚，而那空虚是所有不朽者的本质。不知为什么，在祖父最后的日子里，他将同样的治疗方法应用在自己身上，进入了一个超脱于生死的空间。

"我知道这一切都是真的。童年时期的我，在一天深夜醒来时亲眼见到了证据。我下了床，沿着走廊朝祖父紧闭的房门走去。我停在那扇门前，扭动冰冷的把手，怯怯地朝房间里看，见祖父正坐在窗前，沐浴着月光。我的好奇心战胜了恐惧，我对那幽灵说话了。'您在干什么？'我问。他没有从窗前转过身来，只是回答道：'我们正在做你看到的事情。'当然，我看到的只是一个行将就木的老人，可是，这个老人凝视着窗外，对面是疗养院的窗户，那扇窗户后也有非人的生物在凝视着他。

"我惊恐地向父母报告自己的发现，他们的反应不是怀疑，而是愤怒，这让我非常惊讶。我违背父亲定下的规矩，擅自进了祖父的房间。然后，父亲把真相告知于我，正如我现在告知于你。年复一年，他一再重申与阐述这高深莫测的老生常谈：为什么那个房间必须常年关闭，为什么疗养院不能受到干扰。你可能并不清楚，从前人们曾计划拆毁疗养院，但是在我父亲的干预下作罢。他对这个小镇的依恋叫我望尘莫及。不过，在很久以前，我们的小镇便已经没有了将来。还记得吗？这地方最后一次兴建楼房，那是多少年以前的事了？时候到了，这个镇子本来会自行坍塌，就像疗养院一样，被自然的进程瓦解。假如不加理会，它会悄然消失。但是，见到你们纷纷站起来朝那古老的废墟冲去，我却没有半点干涉的念头。你们自作自受。"他得意地说。

"我们做的事会带来什么后果？"我压抑着一股莫名的怒火，冷冷地问。

"你们不过是竭力维持着心中仅存的平静而已。你知道这个镇子不对劲，知道你们的行为是个绝对的错误，可你无法从我说的事情中得出任何结论。"

"无意冒犯，洛克利亚先生，你凭什么指望我全盘接受你说的内容呢？"

他虚弱地笑了笑："实际上，对此我并不指望。但是你迟早会知道。到那时，我还有些事要告诉你，你不得不相信的事。"

他费力地从窗前的椅子上站起身来。我问："为什么告诉我这一切？为什么你今天来这儿？"

"为什么？因为我想，我的书也许该到了，这就顺路把它们拿回去吧。还有一个原因，因为一切都结束了。别的人，"他耸耸肩，"……没有希望。你是唯一也许能够理解的人。不是现在，但是总有那么一天。"

虽然在四十年前的那个秋日，我感到大惑不解，可到了如今，我已经彻底领悟了那老人说的话。

正是在那个阴郁秋日即将落幕的时候，他们出现在阴冷的暮光中。他们从阴影中踽踽行来，身影从模糊到清晰，就像从我们的记忆深处悄然浮现一般。虽然变化是如此微妙、隐匿，难以察觉，但是人们很快便发现了。夜幕降临时，小镇上到处都是他们引人注目的身影，搅得我们心烦意乱。他们占领了高楼，并且总是高层的窗后：小镇中心、商场上层的生活区、旧旅馆中最高的楼层、市镇建筑空荡荡的高塔、地标建筑高耸的角楼和宽大的山墙，以及最寒酸的房子的阁楼里。

他们就像漆黑秋夜的星辰一般散发着柔光，脸上也带着同样平静茫然的表情。这些幽灵的服装与周遭的环境之间显得莫名地和谐。多年前，他们下葬时身穿剪裁整齐的老式服装，眼下却与这垂死的小镇融为一体，叫活人们自叹不如。小镇的街道丧失了最后一丝生命的气息，变成博物馆的黑暗长廊，展出这些蜡像般的噩梦。

白天，从街上抬头望去，窗户后的人物就像呆滞的木头。不知怎的，这还不至于那样令人窝火。于是，有的镇民闯进了那些高处的房间，可是，在被他们攻占的房间窗户后，什么也没有——只是一间暗淡无光的空房间，使我们心头掠过一阵难以言表的惊惧，待不了多久就逃之夭夭。到了晚上，我们似乎能听到他们在头顶的地板上胡敲乱打，也出现在我们自己的家里，而我们却被赶到街头。许多个日日夜夜过去后，我们变成了无眠的流浪者，身处家乡的小镇，却变成了陌生人。我还记得，最后人们再也认不出彼此，但有一个名字和一张面孔仍然众所周知——哈克尼斯·洛克利亚先生，他的目光萦绕在每一个人的身上。

毫无疑问，火是从他的房子开始烧起来，最后蔓延开去，吞噬小镇的一砖一瓦的。有人试图阻拦它的蔓延，但他们的努力很是敷衍，并且很快就放弃了。在大部分时间里，我们只是静静地站在那里，茫然地凝视着火焰朝高处的窗户舔舐，那些幽灵般的人影就像框在画框里的画像一样，伫立不动。

最终，这些魔鬼被尽数驱除，那些窗户后面变得空荡荡的。但这个镇子也被付之一炬了。

除了烧焦的残骸，什么也没留下来。后来，有传言说镇上有一位居民在这场火灾中丧生了。不过，洛克利亚老先生究竟是如何在烈焰中死去的，却没有人打算追根究底。

没有人尝试重建我们失落的小镇。那一年，当天空飘落第一场雪花时，它们就落在那片无主的废墟上。可是如今，这么多年过去了，让我时时刻刻不能忘怀的，并不是镇子里那些灰色的瓦砾。我的灵魂已经被扣留在一片巨大废墟的阴影中。

如果因为我跟自家窗户上的一张烧焦的脸庞说话，他们就把我拘禁在这个房间里，那么在我离开后，请保护这个房间免受侵犯。洛克利亚先生信守他的承诺，当我做好聆听的准备后，将一些事情告诉我。他还有一些事情要说，那是令一切疯狂之事都黯然失色的秘密。他会把我推荐给一位地道的奇人，将又一个灵魂禁锢在那不朽的疗养院无边的黑墙中，那儿的星星永远像明亮的木偶，在寂静的、凝望的虚空中跳着舞。

愚痴者的教派

原初的混沌，万物之主……"盲目痴愚之神"——阿撒托斯

——《死灵之书》[1]

非凡是属于孤独灵魂的去处，人群一出现，它便消失了。它存留于梦境巨大的空洞里，一个无限隐蔽的所在，准备迎接你的，和我的到来。非比寻常的喜悦，非比寻常的痛苦，是那个世界的可怕的两极，它对这个世界既产生威胁，又有所超越。这是一个神奇的地狱，人们不知不觉中便朝它徘徊而去。对我而言，通往非凡的大门是一个古老的小镇。早在我的肉身在那无与伦比的地方居住之前，它对幻象的忠诚便在我的灵魂中激发起一种神圣的狂热。

到达小镇不久后——这地方的名字，连同我自己的身份，还是不提为好——我在一个位于高处的房间安顿下来，透过菱形的窗玻璃，俯瞰着我梦中的理想之地。如梦似幻中，我已在这些窗前徘徊，在如今俯瞰的街道上游荡了许多次。

我发现，在早晨弥漫的雾中潜藏着无边无际的宁静，而慵懒

---

1 是恐怖小说家 H. P. 洛夫克拉夫特创作的克苏鲁神话中出现的一本虚构魔典，书中记载了世界上最疯狂最邪恶的事物。

的午后能找到奇迹般的静谧，在一个接一个夜晚则看见不停闪烁的古怪画面。这个古老的小镇散发着一种沉静的氛围。阳台，带栏杆的门廊，耸立的商场和房屋，在便道上方形成一段又一段拱廊。巨大的屋顶覆盖了所有的街道，将它们变成长廊，仿佛它们是同一幢建筑，只是被隔离成许多奇奇怪怪的房间。与这些神奇拱顶互相呼应的，是下方较低处的屋顶，它们如同半闭的眼睑一般笼在窗户上方，把一道道狭窄的门廊变成魔术师的橱柜，里面隐藏着难以捉摸的暗影。

有一点很难解释清楚：一方面，这个古老的小镇给人无穷无尽的印象，仿佛有越来越多隐形的维度在其中渐渐展开，另一方面，它又称得上是幽闭恐惧症患者的噩梦。就连巨大屋顶上方的夜幕，似乎也只是摩天高楼的顶层，天空像一间古老的阁楼，里面装着祖传的宝物——没有实际用处的星星，还有月亮，它就像一个装梦的匣子，上面落满了灰尘。这个矛盾之处正是小镇魅力的来源。我把天空想象成房间内部的装潢。白天，一个个云团像尘球般飘浮在这个以苍穹为顶的空房间里。夜晚，宇宙的荧光地图又被涂抹在一块巨大的黑色天花板上。我渴望永远生活在这个属于古老秋日和寂静冬季的地方，置身于我在远处梦想过的所有可见与隐形的奇景中，耗尽我一生的徒刑。

可是，不论看上去多么虚幻，所有真实的存在当中都有考验和陷阱。

在这个古镇逗留不过几天之后，这里的与世隔绝和我自己的离群索居便使我变得极其敏感。一天傍晚，我在万花筒般的窗户前的一把椅子上坐下来，放松身心，突然响起了敲门声。那声音很轻，可是来得出乎意料，加上我正处于极度敏感的状态，所以区区一件小事，倒像是了不得的混乱，仿佛真空里发生了大爆炸，看不见的地方发生了地震一般。我犹豫着穿过房间，站在门前，那只是一扇简单的棕色木头门，门框上连一道花边也没有。我打开了门。

"哦。"一个小个子男人正等在外面的门廊里。他有一头银发，梳理得很整齐，一双眼睛出奇的明亮。"真是不好意思，我一定是拿错了地址。这张便条上的字真是一团糟。"他看着手里那一团皱巴巴的纸说，"哈！没关系，我回去再检查检查。"

可是，这人没有马上离开这令自己尴尬的地方，相反，他踮起了那双小鞋子的鞋尖，目光越过我的肩膀，朝房间里望去。他的全身如同雕塑一般纹丝不动，似乎处于十分兴奋的状态，最后他露出一个僵硬的微笑，说："你的房间视野很不错。"

"是的，没错。"我不知该做何感想，便一边回答，一边扭头朝房间内瞥了一眼。等我回过头，那人已经消失了。

我一动不动，惊讶地愣了一会儿，然后走到门廊中，在昏暗的光线中打量着它。门廊不是很宽，没有延伸多远便转进一个没有窗户的角落。通往其他房间的门都是关着的，门后连最微弱的声响也没有。最后，地面之下似乎传来下楼一般的脚步声，它在寂静中微弱地回荡着，以老房子特有的平静诉说着什么。我松了口气，回到自己的房间。

那一天剩下的时间都很平常，只是各种纷至沓来的猜想为它增添了一些色彩。不过，那天晚上我做了非常奇怪的梦，似乎梦见了我持续一生的梦和在古镇梦一般留居生活的终点。当然，我对这个镇子的看法也随之发生了巨大的变化。在梦中，我处于一间小黑屋里。房间很高，窗外是一条条迷宫似的街道，在一片星星的深渊下延伸开去。虽然在漆黑的夜空散布着许多星星，下方的街道却显得陈旧而灰暗，这种色调既不属于夜晚和白昼，也不像日夜之中任何一个时刻的自然状态。我凝视着窗外，心中确定，眼前所见的场景中有个隐秘的角落正在举行一种神秘活动，那是一种模糊不清的，与公认的现实相违背的仪式。我还感觉到，因为某种特殊的理由，自己必定会为镇上另一间高处的房间里发生的事感到烦恼。那是一个很特别的房间，但我却不知道它的位置。冥冥之中，我知道发生在那儿的事件是为我量身设计的，将深刻影响我的存在。可是，我感觉自己并不是这个或任何一个宇宙中的"果"。许多古怪的设计交织在一起，我只是迷失在其中的，不起眼的一个小点。它与我梦想宇宙的设想迥然不同，我仿佛身处陌生的存在秩序之中，有种无家可归的怪异感觉，感到前所未有的焦虑。我不过是某个活组织上无关紧要的一个小肉块，被困在自己不应该去的地方，可能被巨大的厄运之网打捞起来，被从明亮的环境中拖出去，投入冰冷的黑暗中。在梦里，我的存在没有任何支撑，我感到自己的存在随时可能遭受可怕的改变或是被终结。从极深远的意义上来说，我的生命无足轻重。

尽管如此，我的思绪总是不由自主地飘向另一间屋子，琢磨着那个精心策划的阴谋到底是什么，对我的存在又意味着什么。我似乎能看见那个宽敞房间内部的样子，里面有些模糊的身影，有几把造型古怪的椅子，从里面能见到布满星辰的黑暗，叫人头晕目眩。盛满梦境的巨大圆月在那神秘房间的墙壁上映出一片深蓝，将夜色驱散，可有可无的星星仅仅提供亮光作为点缀，如同悬挂在这场深夜集会上方的暗淡灯盏。

我只是看着眼前的情景，并未身临其境——做梦时就是这样——心中越发确信，有一类房间能够为这场集会，或者是庆典，提供一种绝妙的孤独感。它们的气氛，除了形状和光影等构成要素之外的无形的气质，是梦境中所特有的，在这种状态中，时空统统茫然失序。在这些房间里过上几分钟，实际上却有几百甚至几千年倏忽而过，最狭小的暗室中可能包藏整个宇宙。可是，就算这个房间直接与宇宙太空接壤，即使它敞开的窗外就是一片浩渺无垠的空间，这种气氛却与我醒时见到的那些旧房间、那些又高又孤寂的房间并没有什么不同。于是我推测，这个房间本身可能并无特别之处，也许是身居其中者带来了异常的元素。

虽然他们统统身披巨大的斗篷，足以将全身笼罩起来，但是这些衣物垂落地面时布料鼓起和向内折叠的方式，以及他们所坐的椅子那种怪异的设计，都透露出一个信息：他们的身体构造非比寻常，这使我害怕到浑身发软，又好奇得不可自拔。这些生物到底是什么？长袍勾勒出它们的形体，真是难以用文字形容。高高的、棱角分明的椅子排成一圈，它们坐在上面，似乎朝四方倾斜着，仿佛未定型的石柱。它们以十分神秘的，象征意味十足的姿态凝固为一个图案，若是用通常的分析手段去解析，想必无从着手。最重要的是，当它们朝彼此倾斜时，它们的头部，或者说身体最顶端的部分倾斜得最厉害，而且它们以一种有违陆地生物解剖学原理的方式点头。也正是从这部分结构中，发出了一种柔和的"嗡嗡"声，像是它们的交谈声。

不过，我在梦中还看见另一个细节，可能与这种坐在凝滞月光下窃窃私语的生物之间的交流有关。它们的身体两侧都垂落着宽大的袖子，袖子里伸出精巧的附肢，看起来像萎蔫的爪子，上面还有无数的尖爪，爪上再生附肢，如此反复，最后变成细细的下垂的触角。这些细长而干枯的手指弹不止，看起来充满活力，有些蠢蠢欲动的感觉。

乍见这些可怕的手势时，我感到自己立刻会怀着大彻大悟的感受醒来，回到现实世界。这种领悟没有明确的意义，除了这个神秘教派低吟的誓言之外，再没有其他语言能够表达。可是我依旧在梦中，而且这个梦比以往的所有梦都长。我看着那些萎缩的爪子动个不停，那极度活跃的手势似乎交流着一些叫人无法忍受的信息，似乎即将揭露事物的终极秩序。这动作让人想起许多令人恶心的类比：蜘蛛挥舞着腿、苍蝇贪婪地摩擦着细长的触角、蛇信子飞快地刺出。但梦中这种越来越强烈的感觉只是我称之为"怪诞胜利"的一部分而已。这个梦与某些梦境风格一致，虽然难以捉摸却分外清晰，没有任何模棱两可的地方可供做梦的人自我安慰。我在梦中所见到的是一个陷入恍惚的世界——一支被可憎的主人催眠的队伍，人们被低声的絮语操纵着，在梦游。而那些披着斗篷的怪物，它们自己也受到了催眠。有一种力量凌驾于它们之上，它们受其驱使，也自其中发源。这种力量比普通催眠更为强大，因为它造成极度的混沌和愚痴。这些披着斗篷的大师们具有某种神性，如同开悟过的僵尸，不知不觉中统领了许多被迷惑的人，也就是人类当中的狂热追随者。

梦中的我恍然大悟，原来自己和那些窃窃私语的塑像之间有着可怕的亲密关系。它们存在的形式与我相去甚远，这叫我感到恐惧。是否出于某种不可告人的可怕目的，这些怪物才任由我一瞥他们地狱般的智慧？或者，我之所以能够接触这样叫人不快的神秘事件，仅仅是原子宇宙中一次意外导致的结果，是构成一切造物的魔力元素的偶尔交错造成的？但这种错乱已成事实，无论是精心算计还是意外，我都成了未知的受害者。领悟到这一点后，我陷入恐惧与狂喜之中。

醒来时，我仿佛将梦中那恐惧的狂喜带回了现实，那是一个宝石般的小小的颗粒，而且我利用联想的炼金术，将这黑暗的水晶物质的魔力注入自己对这个古镇的印象中。

我曾经认为自己对这个镇子的秘密了若指掌，可是接下来的一天中有了意外的发现。在那个看似一成不变的早晨，我望着一条条街道，它们满载从未有过的奥秘，似乎要将我引向超脱凡俗的实质。小镇当中似乎融入了某种不为人知的成分，想必它过去一直隐藏在最偏僻的地方。我的意思是，虽然镇子看上去仍旧古朴而苍老，呈现出梦幻般的宁静，但在这层表面之下，我感到有邪恶在蠢蠢欲动。镇上的奇迹比我以为的要多，有肉眼看不见的地方，藏匿着非比寻常的事物。然而，不知怎么的，这种欺骗，这披着伪装的腐朽，使小镇变得更有魅力了：倾斜的屋顶，一条低矮的门廊或一条狭窄的后巷都能激起许多从未觉察过的感受。在那个清晨，薄雾中闪烁着梦的光芒，在镇中匀和地扩散开去。

整整一天，我像初来乍到者一样，兴高采烈地将古镇逛了个遍。我几乎没有停下脚步来休息，停下来吃东西更是绝对不可能。可是，到了傍晚时分，我却再次紧张起来，因为在这几个小时中，我不自觉地陷入一种罕见的精神状态：一股恐惧的涌流悄悄侵入到纯粹的快乐中。每当我转过街角或转过头去捕捉诱人的风景，就会被混杂在一处的景象吓得情不自禁地颤抖起来——美景遭到邪恶阴影的破坏，宜人的风景与阴惨的彼此拥抱，融合，再也无处寻觅。当我从一条老街的拱顶下走过，抬起头仰望着面前高耸的建筑时，突然感到不知所措。

尽管从未以这样的视角眺望过它，但我立刻认出了这个地方。突然间，我仿佛不是站在室外的街道抬头仰望，而是从高耸的屋顶下的房间往下俯瞰。这是一个高高在上的房间，它俯瞰所有的街道，从哪一扇窗户里都无法望见里面的情形。这栋楼房与周围的建筑一样，似乎是空的，也许被废弃了。我迅速想到几种强行进入大楼的方法，但纯属多此一举：与我起初见到的情形不同，大门是微微开着的。

这个地方确实已经废弃了，壁毯和各种装置都被取走，走廊像荒凉的隧道，窗户发黑，从未擦洗过，也没有窗帘的遮挡，只透过几缕亮光，勉强将窗户照亮。这样的窗在每一段楼梯平台上都有。楼梯像一条弯弯扭扭的脊柱，从大厦的中心往上延伸。我闯进这个世界，心中满怀敬畏，近乎僵硬地站在里面，站在这个腐朽的天堂里。这地方有一种奇怪的氛围，仿佛宇宙中的不幸永久地在此盘桓，有着绵绵不尽的忧郁和不安。我迈着庄严、机械而专注的步伐，登上建筑正中间的楼梯，走到最高处，来到一扇门前，这才停下脚步。

即便到了这个时刻，我仍扪心自问：我真的应该毫不犹豫地走进这个房间，只因为真心希望在里面看到不同寻常的东西吗？我希望面对宇宙的疯狂，还是自己的疯狂？不得不承认，虽然我喜欢自己的幻梦带来的益处，但并不全心全意地信任它们。在心底最深处，我仍对它们抱持着怀疑。一个沉溺于天马行空之想象的彻头彻尾的怀疑论者，也许算得上一个自作自受的疯子。

乍看之下房里没有人。没有真正的期待，就不会有失望，所以当我发现这一点时心头一阵轻松。可是，当我的眼睛适应房间里那虚假的暮光后，看到了一圈椅子。

它们与我梦境中的椅子一样古怪，与实用的家具或装饰品相比，更像用来折磨人的刑具。椅子的靠背很高，而且微微前倾，包裹着一层粗糙的皮，那种皮质我从未见过。扶手状如叶片，每个扶手上都凿有四个半圆形的凹槽，以同样的间隔排开。下方是六条带关节的椅子腿，向外突出，所以每把椅子都如同螃蟹一样的怪物，简直能在房间里碎步小跑。也许在某个惊人的瞬间，我产生过愚蠢的渴望，想把自己填进其中一把怪椅子的座位中去，可是仔细观察一番之后，这股冲动彻底消失了。起初，椅子的座位像是一块光滑坚硬的方形黑玻璃，但细看才发现，那实际上是一个敞开的立方体，里面填充着浑浊的液体。我伸出一只手从它的表面拂过，液体不明缘由地颤抖起来，与此同时我的整条胳膊感到一阵刺痛，疼得我咒骂包裹在胳膊骨骼之上的每一个肌肉分子，不由自主跌跌撞撞直往后退，一直退到那可怕的房间的门口。

我正要转身离开，却在门廊里看到一个人影，只得停下脚步。我见过这个人，可眼下他似乎完全变了：从一个行动古怪的家伙变成一个邪恶的家伙。昨天我曾受他叼扰，但那时我根本不曾怀疑他有这样的同盟。他当时的行事方式虽然奇怪，举止却称得上彬彬有礼，因此我没有任何理由怀疑他的头脑是否清醒。可眼下的他活脱脱就像一个恶毒而疯狂的木偶。他用一个扭曲的姿势站在门廊里，五官像是经受过一番诡异的退化似的，透出一股既愚笨又凶狠的劲头。我还没来得及后退，他一把抓住我颤抖的手。"谢谢来访。"他模仿从前的自己，礼貌地说。他将我朝他身边拉过去，垂着眼皮，大大地咧开双唇露出一个笑脸，似乎正在一个温暖的日子里享受和煦的轻风。

然后他对我说："它们想把你带回去。它们想带走被选中的人。"

听到这句话时，一种难以言喻的感受油然而生。这种话只有出现在梦魇中才说得通，只有地狱般的谵妄才具有这样的效果。一瞬间，世界上一切的奇迹全都变成了恐惧。我拼命挣扎，大声叫那疯子放开我的手，努力地摆脱他的掌控。"你的手吗？"他用吼声回应我。他乐不可支，一遍又一遍地重复着这句话，仿佛在错乱的意识深处藏着一个带有嘲讽意味的笑话。他可恶地笑着，力气越来越弱，我终于成功地挣脱了。我沿着那座古老建筑的楼梯快步往下跑，他的笑声仍不断地回荡在我的脑海里，也回荡在大楼的阴影中。

我茫然地在黑暗中徘徊，竭力回避自己的想法和感受，那畸怪的笑声依旧在我耳边萦绕不休。渐渐的，脑海中那些可怕的声音消失了，但新的恐惧很快便取而代之——古镇街道上的路人在窃窃耳语。虽然他们把声音压得很低，而且总是迅速而尴尬地清嗓子或用责备的眼神暗示对方住嘴，交谈的内容还是传到了我的耳朵里，而且我最终听懂了这些千篇一律的谈话，其中最常见的字眼是"畸形"和"毁容"。如果我当时不是那样心烦意乱，也许会装出周到有理的模样接近这些人，清清嗓子问："很抱歉，我无意中听到……如果可以的话我想问，你那么说是什么意思？你说……"可是，当我回到自己的房间，站在镜子前，用两只手分别从一侧扶住头以维持平衡时，那些话的意义便不言自明了——这人多么可怕，又是多么可怜啊。

因为只有一只手是我自己的。

另一只属于它们。

生活是一场噩梦，它会在你的身上留下印记，以证明它的真实。如果一个人自身的疯狂只是模仿世界的疯狂，与这种离奇的情况相比，遭受孤独的疯狂折磨似乎也成了天堂的乐事。我已经受到梦的蛊惑，现在说什么都晚了。

趁着我还能写字，就让我写下去吧，趁着畸变尚未发展到限制写字这项能力的时候。我已经感觉到，不论用哪只手，都很难将这份手稿写下去。那些扭动的触须无法匹配人类写字的动作，况且，那推动着手中的笔在纸页中前进的意愿也渐渐淡薄了。虽然我远远地逃离了那个古镇，但它的控制并未消失。在这种问题上，人类已经认识的时空定律完全无能为力。新的实体定律开始为它们工作了，而我只能眼睁睁地看着这一切。

为了他人着想，我很谨慎地隐瞒了自己的身份和那个恐怖地点的位置，那种恐怖叫人难以承受。不过，我还是痛苦地将那些同样恐怖的存在体与它们的本质写了出来，仿佛怀着某种恶意的目的一般。可是说到底，我的动机和行为没有任何意义。在那个古镇最高处的房间里低语的怪物们对我的行为和动机了若指掌。它们知道我在写什么，也知道我为何而写。也许它们甚至利用某种与手类似的东西引导着我的笔。假如我对它们被黑袍包裹着的身躯仍存有一丝好奇，不费吹灰之力就能得到满足：只需要朝镜子里瞥上一眼。

我必须回到那个古镇，别处都不再是我的家。只是这一次，我将通过不同的方式前往。我将再次进入梦中的世界，用一种方法跨过没有任何一名人类曾经跨过……也没有任何一个人类应该跨过的那道门槛。

面具大狂欢

　　诺斯选择从此处开始他的短途旅行。镇上的这片地区只有不多的几所房子，不过从房屋之间的间隔能够看出，这片土地上曾经矗立着许多房屋，就像一个花园之所以看起来凋敝惨淡，只是因为某些植物已经枯萎，又没来得及种下另外一些植物作为代替而已。在诺斯看来，这些虚设的房子虽然眼下并不存在，却可能在某个时刻替换那些看得见的房子，以便在虚无之中给予可见之物应得的安息。那时，它们的目的将会实现，即将自身作为小镇的特点，使其拥有某种身份。眼下，正是许多事物在空虚中逐渐消亡，为其他实体和存在模式让路的季节。这个正在没落的节庆便是如此，旧的和新的，真实与虚构，事实与谎言统统加入了这一场假面舞会。

　　节日到了这个阶段，仍有人怀着对传统的浓厚兴趣，去售卖节日服装和面具的商店参观。诺斯便在近日成为其中一员。虽然节日已近尾声，他还是终于下定决心去店里逛逛，去看那货架上摆得满满的服装和面具。

　　在不长的徒步过程当中，诺斯看着建筑物变得越来越多，多到足以组成一条街，然后是许多条狭窄的街，最后是一个城镇。他还见到许多人们狂欢后留下的迹象。有时令人困惑，有时候却是明目张胆的。比如，许多大门是半掩着的，甚至整晚都不关，似乎是要挑战拜访者或闯入者的勇气，叫他们瞧瞧是什么在里面等着他们。还有亮着昏暗灯光的空房间，或是如果不怀着鲁莽的好奇心凑到窗前看上一眼，以为是空房间的房间。也有不那么可怕的，比如被留在街道中央的肮脏的破布堆，碎布片轻易地被风扬起，四处招摇地晃动。似乎转过每一个街角，诺斯都能见到狂欢后被抛弃的物品：一顶全无形状的帽子，被塞进高高的栅栏中缺少一块木板的地方；一张贴在斑驳陆离的墙壁上的海报，沿对角被撕成两半，只留下破碎的面孔在边缘拂动；人们纵酒狂欢，走进一些变化莫测的陌生小径，随处找人修剪头发，在门廊的阴影和巷子里四处洒落刚硬的断发和滚动的毛球。无帽之人、无脸之人与衣冠楚楚者的遗物。诺斯一边走，一边走马观花般看着这些热闹的情景，自从他在这里定居下来，还是第一次看到这样的场面。

　　快到镇中心了，他的兴致也越发高涨起来。这儿的房子、店铺、栅栏、墙壁看起来……彼此挨得更近。在上方的屋顶和高塔之间，似乎连让星星将闪烁的光辉挤进来的空间也没有，而那超大号的月亮——在这个街区看到的月亮已不再是从前熟悉的模样——一定也很痛苦，因为它成了银色窗户上映衬着的不明来由的模糊的光。这里的街道排列得更加紧密，一条街从头到尾被安上好几个不同的名字。有些街名显然是出于特殊的需求而取的，没有经过精心设计，也不是根据当地历史轶事命名。也许正是因为这样的需求，这一带的建筑上才会出现那么多毫无意义的装饰：门是精心修饰过的，但是卡在门框里不能动弹；巨幅百叶窗后面露出的是空白的墙壁；华丽的阳台周围细致地围着栏杆，应该是一个眺望风景的好地方，可是上不去，没有路；顺着楼梯走进一间密室……最终发现那只是一条死胡同。在这样一个连阴影都得共享的极其逼仄的空间里，出现这些多余的配套装置，仿佛是一种隐秘的放纵。其他方面一定也是如此。比如说，一些庭院中仍旧点着火，那是狂欢节最后的篝火。在镇子的这一带，狂欢季仍旧处于高潮阶段，至少未曾出现结束的迹象。也许附近的狂欢者仍旧在挑衅般地推推搡搡，兴致勃勃地玩一些平日里不敢想象的荒唐的恶作剧，他们沉溺其中，仿佛明天永远不会到来。在这里，狂欢节尚未死去。因为庆典的狂热不是从镇子中心向四周辐射，而是从偏远的边缘往中心渗透的，所以，这场庆典也许是从郊区的某间茅舍，甚至可能是从镇外荒凉的树林里发起的。无论如何，它引起的骚动已经扩展到这个昏暗地区的中心地带。诺斯正在此地一家售卖服装和面具的店铺中闲逛。

一条向下的楼梯引领他来到一块小小的平台，入口就在这里。他经过一扇薄薄的门，走进店里。货架上摆满了各式各样的服装和面具。在诺斯看来，这些货架同样讳莫如深地沉默着，因为塞满了梦的服装和面具，只能沉默。突然，一叠面具塌倒在他头上。诺斯从塌翻的面具堆中站起来，手中还抓着一个面带笑容的面具。

"明智的选择，"店主一面从柜台后走出来，一面说，"戴上它看看。真的，我的天啊，太合适了。看到整张脸遮得多么严实吗？从发际线到下巴下边，一点儿多余也没有。它的边缘处是多么服帖，一点儿刺痛的感觉也没有，对吗？"面具赞同地点点头。"很好，这才叫好面具。耳朵没遮住——顺便说一句，你的耳朵很好看——戴着面具，也能听见别人叫你。带着很舒服，而且很牢靠，哪怕是剧烈活动时也能贴在脸上，不会掉。一会儿你就知道了，你甚至会忘了自己脸上戴着它！给眼睛、鼻孔和嘴留的位置恰好适合你的五官。与生俱来的功能绝对不能受阻，这是必须的。而且它戴在你脸上特别好看，凑近了看尤其如此，当然，我能保证，隔着一段距离看也很不错。去站在那边，站到月光下。很好，简直是为你量身打造的，你说对吗？抱歉，有什么不对劲吗？"

诺斯从店主身边走开，取下面具。

"还不错。我买这个。"

"很好，如果有任何问题的话尽管说。现在，我带你瞧瞧别的面具，这边走，几步就到。"

店主从高处的一排货架上扯下一样东西，放在客人手中。诺斯手里拿的是另一个面具，只是这个看起来有些……不切实际。他选择的第一个面具能够严丝合缝地扣在佩戴者的脸上，可是这个却丝毫也不顾及这一点。面具的表面凹凸不平，有的地方朝外鼓，有的地方朝内陷，说得好听些是不合适，但实际上，戴在脸上可能十分难受。而且它比他自己选的那一个要重得多。

"不了，"诺斯说着把面具递给店主，"有那个就行了。"

店主有些哑然。他瞪了诺斯好一会儿才说："我可以问你一个私人问题吗？你是，我该怎么说，在这里土生土长的吗？"

店主指着被店里的厚玻璃隔开的外面的世界。诺斯以摇头表示回答。

"嗯，那么就不急。任何时候都不要仓促地做决定。待在店里，好好考虑，还有时间。实际上，你还能顺便帮我个忙呢。你瞧，我得出去一阵子，如果你能帮我看会儿店，我会感激不尽的。你会帮我的，是吗？很好。别担心，"他说着便从墙上突出的一根木桩上拿起一顶大帽子，"我快去快回，很快的。如果有人来，你就看着办吧。"他一边嚷嚷着，一边走出店门并关上了前门。

店里只剩下诺斯一个人。他仔细打量店主展示的那种面具。

与他自己观念中理想的面具相比，这些面具实在是太过迥异了。它们的形状和重量都不合实用，呼吸孔的位置也十分怪异，而且数量太多。实在是太古怪了！诺斯把这些新面具放回到架子上，手中一直紧紧攥着店主认为与他的脸十分契合的，各方面都很称心的那一个。他在店里随意查看了一番，便在柜台后找了张凳子，坐在上面睡着了。

似乎只是稍微打了个盹儿，诺斯就被一个声音吵醒了。他定了定神，四处张望，寻找声音的来源。那声音又响了起来，是轻轻的"砰砰"声，从店铺后方传来的。诺斯跳下凳子，穿过一条狭窄的走廊，沿着一段短短的楼梯走下去，再穿过一段短短的低矮的走廊，最后来到店铺的后门。那声音又响了几次。

"你就看着办吧。"诺斯记得店主的话，不过他有些不安。

"为什么不绕到前面来？"他冲着门外喊。对方没有回答，反而提出了要求。

"请给我们拿五个那种面具。我们就在这家店后院的对面。那儿有一道栅栏。栅栏另一侧有一堆火。我们就在那儿。就这样，行不行？"

诺斯将头靠在墙边的阴影里：他一侧脸庞隐没在黑暗中，另一半被一种奇怪的炫光照得模糊不清，但那不是真正的光，而是假冒的光。"等我一会儿，我去那找你，"他回答道，"听见我说的话了吗？"

门外没有人答腔。诺斯把后门打开一点儿，朝商店的后院瞥去。他看到的是一块脏乱的空地，一圈高高的木板栅栏将它团团围住。就像刚才那人说的一样，栅栏的另一侧生着篝火，但不算太大。无论诺斯真的从中感觉到还是对自己编造出恶作剧的迹象，无论那恶作剧是多么少见，那也并不违背这个节日的传统，哪怕这人说他只是模仿小镇的节日习俗而已。做圣洁无邪状或是找借口，都与这罕见节日的精神不协调。于是，诺斯顺从地取了面具，拿着它们来到店铺的后门边。他小心翼翼地走了出去。

他走到院子的另一头——这段距离比看起来要远得多——看到栅栏的裂缝中透出来红色的火光。栅栏上用合页松松地固定着一扇门，只有一个洞用作把手。他把手里的面具放在地上，蹲下身来，从洞里往外看。栅栏的另一侧是一个黑暗的院子，跟他这边的一样，只是那儿烧着一堆火。几个身影围绕在篝火周围——五个，也许是四个——冲着火光，耸着肩膀，脊背朝前弯曲着。他们都戴着面具，一开始似乎牢牢地贴在脸上，但不一会儿好像都松动起来，往下滑，像是无法紧扣在佩戴者脸上似的。最后，其中一人把面具完全扯下来，扔进了火里。面具在火焰里蜷曲，皱缩，成为一团软乎乎的、冒着泡的黑色材料。其他人也一一效仿。取下面具后，他们再次摆出耸肩的姿势。可是，现在火光映着的是四张，没错，四张，光滑的，没有五官的脸。

"你拿的这些面具不对，小傻瓜。"诺斯没有留意到还有一个人站在阴影里。诺斯只能茫然地看着那人伸出一只手，一把扯住那些面具，把它们拉进黑暗中。"这样的对我们已经没有用了！"那个声音嚷道。

诺斯朝店里跑回去，那五张面具被掷在他窄窄的后背上，然后面孔朝上地落在地上。他刚才朝站在黑暗中的说话者瞥了一眼，他已经明白，为什么那种面具对他们已经没有用了。

一进入店里，诺斯便靠在柜台上，大口大口地喘着粗气。他一抬头，恰好看到店主回来。

"我送一些面具到栅栏那儿去。但是拿错了。"他对店主说。

"一点儿关系也没有，"对方回答，"回头我会送对的过去。

别担心，还来得及。不过，你怎么样？"

"我？"

"我的意思是，觉得那些面具怎么样？"

"哦，首先我为打搅您而感到抱歉。那完全不是我所想要的。我想我也许该——"

"瞎说！你现在还不能走。相信我，我会处理好这一切。我向你推荐一个地方，那儿的人知道遇到这种情况该怎么办。今晚可不止你一个人受到惊吓。拐个角就到了，那地方，这边——不，那边走，走到对街。那是一栋很高的灰楼，不过它出现在那儿的时间还不长，所以要小心，不要走过了。然后你顺着旁边的楼梯往下走。好了，你愿意照我说的去做吗？"

诺斯顺从地点点头。

"很好，你不会后悔的。那就走吧。不要为任何人、任何事停留。拿着，别忘了它们。"店主提醒诺斯，递给他一对并不相配的面具，"祝你好运！"

一路上并没有任何人，或任何事需要诺斯停下脚步，可他还是停下来一两次，站在路上一动不动，像是听到身后有人呼唤自己的名字。然后，他若有所思地摸了摸自己的下巴和光滑的脸颊，又慌里慌张地去摸脸上的其他地方，然后才继续朝那栋高大的灰楼走去。他走到建筑侧面的楼梯前，双手像是不听使唤一般，仍旧不停地摸着自己的脸。最后，诺斯戴上了一张面具，与适合他的那张面具十分相似的一张。他顺着楼梯往下走的时候，面具开始不断地往下滑。台阶的中段向下凹陷，仿佛被长年累月的踩踏磨旧了。不过，诺斯记得店主说过，这栋楼出现的时间并不长。

诺斯走进最底层的房间，这地方看起来很陈旧，气氛倒是十分安静。在狂欢节即将结束的时刻，许多人挤挤挨挨地待在这个房间里。他们只是安静地坐在阴影里，脸上映着暗淡的亮光，什么也不干。这些脸全都简单得可怕，与同样称之为"脸"的东西比，少了许多内容。但是渐渐的，一张张面庞上重新长出了五官，只是与从前的有些不同。如果仔细聆听，你会发现这儿并非绝对的安静。也许我们在花园里能听到类似的声音，在黑暗与死寂中，有什么在生长的声音。但是在此地，在这个夜晚，唯一的声音便是新的五官从旧的血肉中绽放出来时发出的轻微的"噼啪"声。长势相当不错。诺斯迟缓而庄重地取下戴在脸上的面具，扔到一旁。它掉在地上，躺在那儿，咧着嘴，露出一个讽刺的微笑。面具定格在这样一个表情上，将来或许会有许多人觉得它古怪，为它的来由感到好奇。

一场更盛大的节日即将开始，所以旧日狂欢必须结束。关于旧时光，因为无人知晓，所有不会有人提起。但是那些旧时代的面具，它们被遗忘在一个无法忍受单调的世界里，也许会找到值得铭记的事。它们也许会聊起那些旧时光，聊起徘徊在无法打开的房门的门槛前，或是无路可去的楼梯最高处的黑暗中的旧时光。

月之乐曲

我怀着极大的兴趣和几分忐忑的心情，听一个叫特雷瑟的苍白的小个子讲述一段非凡的经历。房间里洒满了月光，十分宁静，但是他的声音是那样低沉，仅够我刚刚听清而已。这人似乎有失眠的毛病，为了打发无聊的夜晚，他养成了一个糟糕的习惯：走上街头，在这个城市里寻找各种消遣。自然有一些夜间娱乐场所可以供人通宵打发时间，但对于常年不睡的人来说，那些项目很快就变得乏味了。与那些主动选择彻夜不眠的人在一起，他们是那样地格格不入。不过，仍有一部分人——特雷瑟正是其中之一——我们的城市可能向他们展露黑夜中的秘密。没有梦境用来平衡庸常的生活，自然会想寻些消遣来取代它。

黑夜的确有些迷人之处，能够弥补丢失的睡眠。例如，在抬头时瞥见与众不同的身影以超人的机敏飞奔在陡峭的屋顶，许多不眠之夜的煎熬或许能够因此得到宽慰。或是在狭窄的街道上听邪恶的低语，在夜色中循声尾随而去，即使无法靠近，那声音的清晰程度也不曾损失分毫，这也许能缓解那可怕的清醒带来的疲惫。这些事确实很有吸引力，可如果它们的真实性尚无定论，即无历史记录，也无相关的研究呢？难道它们就不能起到这样的作用了吗？在我们的城市里，有许多人因为这个方法得到了拯救，他们不再想着用刀、绳子或者毒药伤害自己。如果说我相信在特雷瑟的经历中有什么地方是真实的，那就是，他也许已经迷失在自己那非比寻常的果决之中了。

必须承认，当特雷瑟把他的故事告诉我时，我认为有夸大其词的成分。我想，他不过是美化了自己整夜外出游逛的过程，编造了这个故事罢了。据他说，在一个失眠的晚上，他漫步到镇上的旧城区，那儿整晚都有形形色色的活动在进行。如我之前所说，特雷瑟对这个城市展现的所有把戏全盘接受，无论如何玄奥。所以，有个男人站在一座腐朽的老建筑的台阶旁，使得他稍加留意了一下。他见那男人似乎在无所事事地溜达，他的双手插在大衣的口袋里，眼睛盯着路人，眼神耐心十足。他身旁的那栋建筑本身很普通，但是它的窗户很有些名气，就像有的人，仅仅因为一双有趣的眼睛，脸庞便能显得与众不同。这些窗户和街上大多数其他建筑物的窗户不一样，不是细长的矩形，而是半圆形，被一块一块的窗格分隔开来。在月光下，它们闪闪发亮，似乎特别引人注目。不过，也许只是与周遭的环境对比产生的效果，在这种地方，只要是几块干净的玻璃，就能引起人们的注意。我没有绝对的把握，但也许这样能解释得通。

言归正传，特雷瑟从装着奇特窗户的大楼旁走过，站在台阶旁的男人突然将什么东西塞进他的手里。他一面这么做，一面凝视着可怜的特雷瑟的眼睛。这位失眠症患者迅速垂下目光，盯着手中的东西。那是一张小纸片。他在街上走了一段路，在一盏路灯下停下来，读着纸片上的几行小字。那些字用黑色油墨打印在一种粗糙且相当油腻的纸浆上，大概内容是说，他刚刚路过的那幢楼里即将举办一场表演。特雷瑟回头去看给自己递传单的人，可他已经不见了。一时间，事情显得有些古怪。那人看上去漫不经心，甚至是悠闲地站在那儿，似乎不是在等人，也并非盼着什么事儿发生，可他却好像与楼外的那个地方有着某种联系。现在他突然消失了，这叫特雷瑟觉得……困惑，或者说，被迷住了。

他又瞥了一眼手中的纸，下意识地将它夹在拇指和其他手指之间摩擦着。它的质地的确很奇特，像是由灰尘和油脂这两种成分混合而成。不一会儿，特雷瑟又觉得自己把事情想得过于复杂了。他把纸张往旁边一扔，继续不眠夜的游荡。可是，纸条还没落在人行道上，便有人从反方向轻快地走过来，一把从空中将纸条抓住。特雷瑟回过头，分辨不出是哪一位路人拿了那张纸，便继续走自己的路。

时间渐渐过去，他又回到那栋有着半圆形窗户的大楼。大门没有上锁，也没有人看守。他从大门走进去，沿着寂静而宽阔的走廊往前走。墙壁上的圆形灯泡透出黯淡的光。他转过一个弯，面前突然出现一片漆黑的深渊。逐渐适应了黑暗之后，他才看见深渊之中有一段楼梯，只是没有照明的灯光而已。特雷瑟犹豫片刻，登上了楼梯。他的脚底踏上旧木板，似乎在演奏一个个刺耳的音符。他站在楼梯的第一层平台上，能够看到上方柔和的灯光，他没有转身返回，反而朝着灯光走去。第二层台阶与第一层毫无二致，然后是第三层，接下来的所有楼层都很相似。特雷瑟终于来到大楼的最高层，他四处游荡，甚至将一些门打开来。

可是，门里面几乎全部都是一片漆黑，而且空无一人。月光透过透明的窗户洒进来，落在光秃秃的、落满灰尘的地板和没有任何装饰的墙上。特雷瑟转过身，打算离开，就在这时候，他看到最后一条走廊的尽头还有一扇门，门的边缘处透出一圈淡黄色的光。他来到门前，门咧着一条细缝。他小心翼翼地把门推开。

他朝屋里窥探，先看到从天花板上垂下来的淡黄色的光球。他缓缓扫视着墙壁，看到一些小小的，像影子一样的东西，在角落里或沿着地面踢脚线晃动着——特雷瑟猜测，这应该是清洁得不够彻底的结果。这时候，他猛地发现远处的墙壁边有什么东西，吓得赶紧退回到走廊里。一瞥之下，他只看到四个怪模怪样的轮廓，其中最高的那个和他一般高，最小的只有他的一半大小。回到走廊后，这些图案反而在他的脑海里变得越来越清晰。他几乎能够确定它们是什么，尽管我不得不承认，在他说出"盒子"这个关键词之前，我根本无法想象它们会是什么样子。

他壮着胆子回到那个房间，站在那些紧闭的盒子面前。它们像是一支四重奏乐队使用的乐器。盒子像书一样被裹在黑布里，看起来颇为古旧。他的手指在这布料上摸索着，很快就摸到了装小提琴的盒子那生锈的金属扣。可就在这时，他面前的墙壁上突然冒出重重黑影。特雷瑟赶紧住了手。

"你怎么会进来的？"一个听起来疲倦又恶毒的声音问。

"我看到有灯光。"特雷瑟回答。他没有转身，依旧蹲在那小提琴盒子前。他听着自己的声音在这间空屋子里回荡，甚至比提问者的声音更让他心神不宁，可是他不明白为什么会这样。他数了数，墙壁上有四个影子，三个高而细长的，第四个却比较小，而且有一个巨大而畸形的脑袋。

"站起来。"还是那个声音命令道。

特雷瑟站起身来。

"转身。"

特雷瑟缓缓转过身来。他看到站在自己面前的是三个普通的男人，还有一个女人，头上顶着云朵般蓬乱的白发，这才松了口气。而且，在三个男人当中，就有塞给他传单的那个男人，只是他现在看起来比在街头时要高得多。

"你给了我那张纸条。"特雷瑟提醒那个男人，似乎想要唤醒一段往日的友情。他仍旧觉得自己的声音在这空屋子里产生的回响很古怪。

高个男人朝自己的同伴看去，依次打量着每一张脸，似乎要从他们面无表情的沉默的脸上读出一些讯息。然后，他从大衣里取出一张纸来。

"你说的是这个吧。"他对特雷瑟说。

"没错，就是它。"

他们都对他温和地笑起来，高个子男人说："那么你走错了。你应该去更高的那层楼。但是从主楼梯上不去。还有另外一道楼梯，小一些的，在后走廊。你应该能看到它。你的眼睛好吗？"

"好。"

"和它们看起来一样好？"另一个男人问。

"我的视力很好，如果你问的是这个的话。"

"没错，我们想问的就是这个。"女人说。

四个人退开去，每侧站两人，给特雷瑟让出一条路来。特雷瑟朝屋外走去。

"楼上已经有人在等着听音乐会了，"特雷瑟走到门口时，高个子说，"我们很快就会上去——去演奏！"

"没错……没错……没错。"其他人忙不迭地附和道。他们开始笨拙地摩挲着装着各自乐器的黑箱子。

"他们的声音，"特雷瑟想道，"不是我的。"

特雷瑟后来对我解释，与他自己的声音不同，乐师们的声音在那空荡荡的屋子里没有产生任何回响。特雷瑟并未对这反常的声音现象多加留意，走出门去寻找楼梯。楼梯在后堂的角落里，乍一看像一个黑暗的竖井。他扶着质量粗劣的螺旋形盘旋的栏杆，走到那座老建筑的最高层。这里的走廊比下面的窄得多，狭窄的通道被球状的灯盏照亮，灯泡上落满了厚厚的灰尘，每隔一段不等的距离便有一盏。门也比楼下的少，而且这些门镶嵌在墙壁里，像是墙上的一个小缺口，很难辨别。比起用眼睛，倒不如手摸索更容易找到。但是，正如特雷瑟所说的那样，他的视力非常好，所以很快就找到了房间的入口。乐师们说得不错，里面已经聚集了不少人。

我可以想象，对于特雷瑟来说，那天晚上，要决定是否应该把这件已经开了头的事儿做完，是很不容易的。如果说，失眠症患者有时会从怪异和危险的体验中寻找慰藉，特雷瑟却仍然保留着属于白昼的思考方式，以保持内心的平衡。他看到，那间屋子里四处散放着一些座位，人们瘫倒在座位上，月光透过那些奇特的窗户上朴实无华的玻璃洒进来，在月光的映照下，只看得见那些人头部的黑色轮廓。他没有走进去，而是躲在走廊尽头的阴影里。当乐师们带着乐器来到楼上，鱼贯进入月光中的房间时，并未察觉到躲在门外的特雷瑟。门在他们身后合拢来，发出几不可闻的"咔哒"声。

有那么一会儿，万籁俱寂，那是特雷瑟未曾体验过的，最纯粹的寂静，如同身处一个死气沉沉的黑暗世界般的寂静。接着，有声音渗入了寂静中，但那声音细若游丝，以至于特雷瑟无法确定，纯粹的寂静是从什么时候开始结束，而修饰性的寂静又是何时开始的。声音变成了音乐，在柔和的黑暗中展开的，舒缓的音乐，但是听起来有些沉闷，仿佛是透过一扇门传来的。起初，只有一个音符在黑暗的宇宙中摇曳，迫使听到的人去理解它那微妙的声响。这孤独的音符中引出许多清晰的陪音。几个拍子过后，第二个音符产生了同样的效果；然后，一个又一个音符相继响起，它们轰响成一片不和谐的和声，一波又一波地扩展开去。现在，音乐占了上风，超出刚才寂静所包含的空间。很快，寂静便彻底没有了容身之地，也许是与音乐混为一体，无法区分，就像各种颜色与白色融为一体一样。最后，对于特雷瑟而言，那许多个无眠的夜晚，每一个都像镜子一般彼此映照的夜晚，终于结束了。

特雷瑟醒来时，灰色的晨光已经照亮了狭窄的走廊。他蜷缩在斑驳的墙壁夹着的走廊里，想起前一晚发生的事情。他艰难地站起身，朝那扇仍旧关着的门走去。他将耳朵贴在粗糙的木头上，门里却一丝声音也没有。他的脑海里浮现出对那段美妙音乐的回忆，但很快便消退了。就像昨晚一样，他感觉音乐听起来有些闷，因为他当时太害怕，不敢进去聆听演奏。但他现在进去了。

他迷惑地看到观众依旧留在座位上，而所有的座位对面，是四张空荡荡的椅子，以及四件不同尺寸的、被落下的乐器。乐师们依然不见踪影。

观众都穿着白色的连帽长袍，长袍由某种轻薄的材料编织而成，像粗糙的裹尸布一样紧紧地贴在他们身上。人们一动不动，很安静，兴许和刚才的特雷瑟一样，还沉浸在深沉的睡眠中。可是，这些人身上有些事情让特雷瑟感到又诡异又恐惧，之所以感到诡异，是因为他觉得他们一方面很无助，另一方面却满足于这种状态——被催眠，进入狂喜的状态。他的眼睛渐渐适应了屋内昏暗的光线，看得更加清楚。他发现瘫倒的人们所穿的袍子更像一种绷带，一种沉重的白色的网，把他们牢牢地绑在原地。"但不是绷带，不是长袍，也不是裹尸布，"特雷瑟最后告诉我，"它们是蜘蛛网，厚厚的蜘蛛网，起初我以为那些人全身都被裹住了。"

不过，只是从他当时的角度看起来是这样，因为他站在木乃伊般的观众背后。他绕着那些座位走到前面的四把空椅子旁，这才看到，每一个由丝线绕成的白茧上都露出了一张人脸，被包裹起来的人的脸。他还发现这些人的表情非常相似。特雷瑟对我说，如果这些面孔完整无缺，那表情简直称得上平静。可是，那些人全都没了眼睛。人群朝同一方向望去，用流着鲜血的眼窝见证一场再也不会重现的奇景。所有人都是如此，只有一个例外——特雷瑟最后才发现了他。

在房间最后一排凌乱不堪的椅子的尽头，一名观众在座位上晃动起来。特雷瑟缓缓地走过去，脑海中模模糊糊地意识到自己应该搭救他。他注意到那人的眼睛也是闭上的。他毫不迟疑地撕扯捆着受害者的蜘蛛网，并且一边与这可怕的丝线搏斗，一边说着些鼓励的话语。就在这时，这个被束缚的人紧闭的双眼睁开了，他环顾四周，最终把注意力集中在了特雷瑟身上。

"你是唯一一个。"特雷瑟说，奋力将紧紧裹住他的丝网扯开。

"嘘，"那个人说，"我在等。"

特雷瑟困惑地停了下来。指间缠着一团黏糊的物质，感觉很恶心，而且磨得皮肤发痛，那感觉怪极了。.

"他们可能会回来的。"特雷瑟坚持说，虽然他不太确定自己说的"他们"是谁。

"他们会回来的，"那个人轻声却兴奋地说，"月亮出来，他们就会带着精彩的音乐回来了。"

特雷瑟被这个怪人吓得连连后退。我很怀疑，在那些空洞的眼窝中，其中恰好有四双属于那种奇怪的生物，它们目送着他逃出了那个恐怖的房间。

后来，特雷瑟每晚都来找我，向我讲述那段音乐，直到我感觉自己似乎亲耳听到了它，并且可以把他的故事当成亲身经历一般说出来。很快，他便只谈那段音乐了，他总是说起，在听到这段音乐时，由于隔着一扇紧闭的门，所以声音显得沉闷。他试着回想听到那段音乐时的感觉，引用他的原话，感觉像是"响在骨血里"。很明显，他已经把在现场听那段音乐的人的下场抛诸脑后。音乐声在他的脑子回荡，声音越来越大，越来越清晰，而他自己的声音却越来越微弱。直到有一天晚上，特雷瑟不再来找我。

如今，好像是我变成了那个无法入睡的人，尤其看到一轮明月高悬在城市上空的时候——圆圆的，苍白的月亮从那轻薄的云网中冷眼瞧着我们。我该如何在它迷人的注视下入睡呢？我该如何阻止自己，才能不迷失在城里那与众不同的地方，一夜又一夜地在陌生的街道上独自徘徊呢？

J. P. 德拉波的日记

引言

天色已晚，我们一直在喝酒。我的朋友，一位动不动便会慷慨陈词的诗人，隔着桌子看着我。这时，他又旧事重提，发起牢骚来，像是忘了这些抱怨我早就听过许多次了似的。

"哪里有这样的作家？"他说，"他没有被人类的习性玷污，与生活中的一切格格不入，他有最阴暗的怪癖，在此之上不断演化出更为复杂的怪癖，这样的作家在哪里？他从出生之日起——若比这更早，就更好了——就沉浸在一个不可思议的梦境中，就此度过一生，这样的作家在哪里？他的家乡位于这个世界的落后地区——布鲁日城 [1]，那是一个凋敝衰败的地方，做梦的人说它是'一具中世纪的尸体，驱使着无数钟楼为自己歌唱，古老的运河如黑色的血管，上面铺设着瘦骨嶙峋的桥梁'。

"不过，也许我们这位作家来自一个比布鲁日更古老，更衰败，比佛兰德斯更偏远的地方……一个由布鲁盖尔和恩索尔幻想出来的地方。两个充满激情的面具在那叫做主保瞻礼节的可怕游

1　布鲁日（Bruges）位于比利时西北部，是比利时西佛兰德省省会，也是比利时著名的文化名城、旅游胜地，十四世纪为欧洲最大的商港之一。布鲁日曾是典型的中世纪古城，保存着大量数世纪前的建筑，尤其是哥特式建筑。

园会上交媾而生的作家在哪里？他一出生便被遗弃，孤独地在阴暗的街道和缓缓流淌的运河旁自生自灭；他由周遭的梦和自己的梦塑造而成，用深奥的学识安慰自己。这样的作家在哪里？他那奇诡荒诞的幻觉只有最为私密的日记才能接纳，而这本日记，这人类历史上最多余的人的日记，记录着最叫人起疑，也是最美好的经历。"

"很显然，没有这样的作家，"我回答，"不过我又想提到德拉波。叫我说，在所有我能叫出名字的人当中，他最为接近你提出的那些相当苛刻的条件。他一生都在布鲁日度过，保留有一本日记本，而且他——"

但是我的朋友，这位诗人，只是绝望地呻吟着：

"德拉波，又是德拉波。"

日记摘录

4月31日，189—

我早就发觉，一些经历会被遗忘，在人生的某个角落中逐渐衰冷，就像在街上逛荡的流浪儿，似乎阻拦他们，不许他们在正常人群中自由走动是天经地义的事情。以我自己为例，从孩提时代起，我没有一天不听到墓地的音乐。不论我走到哪儿，那个声音总是如影相随，那悠扬的和声回荡在空气中，有时甚至会盖住活人发出的声音。然而，据我所知，地球上从未有过另一个人提起这种无处不在的歌声，它甚至在我们的血液中振动。我们这个正直的社会循环系统竟如此脆弱，无法承载这些死亡的音符吗？它只是一股涓涓细流而已！

12 月 24 日，189——

两具小小的尸体，一男一女，在我卧室宽敞的更衣室里嘀嘀咕咕。他们已经故去，可是每当我打开壁橱取东西的时候，他们总是会迅速藏起来。我把七零八碎的物品放在里面，有的塞进箱子或篮子里，有的堆得满地都是。我连地板和墙壁也看不见了，至于天花板，我得将一盏灯举过头顶，才能打量在天花板下飘浮的蜘蛛网。我关上壁橱的门，里面的两个小家伙便会再次活跃起来。他们只是发出细小的"吱吱"声，在白天根本不会打搅我。可是他们会在夜里没个完，有时候叫我彻夜难眠。

5 月 31 日，189——

辗转反侧了大半个晚上之后，我出去散了会儿步。没走出多远，就见到了悲惨的一幕。在我前方，距离几码远的街道上，一个老人被两个大块头强行从一所房子里拉了出来。他们把他绑了起来，要扭送到等候在路边的车里。这男子歇斯底里地大笑着，很显然，他要被送进收容所去。这三个人扭打着来到街上，那大笑不止的人目光与我的相遇了。他突然收起笑容，猛地一使劲，挣脱两个扭送他的人，朝我跑来。

"千万别说出去，"他昏乱地说，几乎要哭出来，"你知道的事，绝对不要透露任何一个字。我能从你的目光里看出来。"

"可我只是一个普通人。"我看着抓他的人渐渐围拢来。

"发誓！"他要求道，"不然他们会把我们全都抓走。"

就在这时候，追捕的人逮住了他。他被他们拽走了，但仍旧像刚才那样放声大笑。在那个宁静的清晨，他的笑声很快便淹没在教堂的声声钟声里。就在那一瞬间，我决定听从这位老人的警告，用胡言乱语掩饰自己的某些想法，或是将它们全部写在这些日记中。希望在我的有生之年，有人会发现它们。

8月1日，189—

还是个小孩子的时候，我有一些非常奇怪的想法。例如，我曾经相信，在夜里，当我睡觉的时候，恶魔会取走我的一部分身体，和它们玩游戏，比如把我的胳膊和腿藏起来，将我的头在地板上滚来滚去。当然，上学后我就不再有这样的念头了，但是很久之后，我才知道事情的真相。在吸收了来源各异的许多事实，并在头脑中将它们关联、综合后，我离最终的醍醐灌顶只差一步之遥。有一天晚上，我从横跨在一条狭窄运河的桥上走过（这地方离我的住所相当远）。我习惯在桥上停留一会儿，那一天也这样做了。我没有凝视运河黑暗的水面，而是将目光抬起，注视着夜空。我突然明白，是那些星星。其中有些星星曾收到许诺，能够得到我身体的某个部位。在黑夜中最为黑暗的时刻，一个人往往对这种事情最为敏感，我能够——现在依旧能够，虽然勉为其难——在身体的某些地方感到这些恒星牵引的力量。它们渴望在我死去那一刻取走我身体的一部分，这是它们的权利。孩子自然会误解这段经历。我发现所有迷信的思想往往都有真实的基础。

10月9日，189—

昨天晚上，我光顾了附近的一家小剧院，在后头站了一会儿。舞台上有一个魔术师，闪亮的黑头发梳着笔直的中分，身边尽是各种戏法符号：左手边是一个长箱子（月亮和星星的图案），右边是一个立着的长方形箱子（东方风格的图案），他的面前放着一张矮桌，盖着红色天鹅绒桌布，上面散落着各种物品。每当他表演完一个魔术，满满一屋子的观众都会疯狂地欢呼。有一次，魔术师将助手的身体用好几个盒子分割开来，并将这些盒子挪到舞台的各个角落，而被肢解的手和脚仍然继续摆动，被斩下的脑袋仍旧发出刺耳的笑声。观众们拼命喝彩："真是不可思议！"一个站在我旁边的人喊道。"你说是就是吧。"我说完便朝出口走去。我发现一件事情：这样的表演只会激起我对这个世界的愤怒，因为这个世界否定和贬低那些认真过活的人，却对捏造出来的幻象顶礼膜拜。真正的幻象并不会得到他们的青睐，甚至无法引起他们的注意。他们宁愿被困在一个被铁链捆住的箱子里，扔进最深的水里。就和我一样。

11 月 1 日，189—

从人类生命的早期开始，就有人——事实上，是几乎所有人——认为在冥冥之中，我们的世界不过是沧海一粟。因此，我们见到的一切都成为另一种存在无形秩序的标志，这种存在通过我们感受到的物质进行自我表达。也就是说，也许一棵树并不只是一棵树，而是通向另一处所在的路标，是充满古怪的暗示的虚幻之物；房子不是房子，而是我们得以进入另一个家的门槛，那个家更加能够满足我们无名的渴望；笼罩在暮色中的一条空旷街道可能暗示着事物的另一面，彼面为事物的此面做出补充，抚慰事物的缺憾给我们带来的失望。

但是，真的有另一个世界凌驾于我们的世界之上吗？谁能说得准呢？又为何要在乎呢？或许我们可以宣称，那些不愿被我们的感官觉察到的世界，不过是附着在唯一的奥秘之上而存在的寄生虫——这唯一的奥秘就是我们的生命。我们从不可知中获得好处，这并不是个稀奇的想法。对于那些认为人类的命运由无形的力量主宰的人来说，这一概念也不受欢迎。有一种怀疑我们根本无法确证：整个宇宙也许应该被描绘成一间充满了虚无的回声，却空旷无比的房间。为什么这种情况，这种对虚幻的暗示，不足以满足我们的精神需求呢？

1月1日，189—

有一个孤独的真理——它是好或是坏，我不知道——无法在这世上表达出来。这很奇怪，因为所有的一切——外部和内在的场景——都在暗示这个事实，就像一些叫人浮想联翩的猜谜游戏总是忍不住想将秘密公开一样。有种做工粗糙的时髦洋娃娃，它们的眼睛特别耐人寻味。远处传来的笑声。在一些罕有的时刻，我觉得自己马上就能把它写进日记里，就像写下其他秘密一样。我敢肯定，只需要几句话就能完事。可是，每当我感到它们就要在脑海中成形，日记本的纸页就开始抗拒我的笔。最后，我会被挫败搞得疲惫不堪，不得不忍受可能持续好几天的头痛。在这期间，我还会看到一些反射在窗户上的奇怪幻影。甚至整整一星期之后，我还会在半夜里醒来，在半明半暗的房间里，隐约回响着一个不知从何处传来的声音，正在对着我狂喊。

3月30日，190—

出于一时大意，我盯着镜子里的自己看得出了神。老实说，这面镜子在我的房间已经挂了许多年，大概比我在这个世界上生活的年头还要长。所以无须讶异，它迟早会超过我的。说起来这似乎很正常：镜子里照出了我的眼睛、鼻子和嘴等等。可是渐渐的，我感觉那双眼睛在看着我，而不是我看着它；那张嘴正要说出我完全不知晓的事。最后，我终于意识到，在我的面孔后面藏着完全不同的另一个生物，所以我认不出镜子里的那张脸。我想说的是，我花了相当多的时间来重塑我的映像，使它成为应该成为的样子。

然后我出门去散步，走着走着突然在街上停了下来。前方的旧墙上挂着一盏街灯，灯下站着一个与我身材相仿的人。他朝另一个方向张望着，但动作僵硬，非常紧张，好像在焦急地等待着自己突然转过脸来的那一刻。我很清楚，假如这件事成真，我会看到什么：我的眼睛、鼻子和嘴，以及在外貌掩盖下的，一种无法用语言描述的诡异生物。我赶紧溜回家，立刻上床睡觉了。

可是我睡不着。整个晚上，那面大获全胜的镜子都在放射一种绿色的光芒。

无日期

我刚写完一本书，书里说到一个古老的小镇，其间蜿蜒着一条弯曲而平静的运河。我合上书，走到窗前。这是一个古老的小镇，如果中世纪算得上古老的话，其中蜿蜒着弯曲而平静的运河。书中描绘的小镇常常被笼罩在雾霭之中。这个城镇也总是雾气弥漫。书中的小镇有许多摇摇欲坠的房子，古怪的拱桥，数不胜数的教堂塔楼，狭窄曲折的街道通往奇形怪状的小庭院。不用说，这一个也是。那本书里有空洞的钟声，迎来一个个温柔的清晨和阴沉的黄昏，就像你的钟声，我可爱的小镇。所以，我轻松地在一个小镇和另一个小镇之间穿行，把它们混为一谈，可是感到很愉快。

哦，故事中的小镇，能够在你奢华而腐朽的历史中经历几个简短的篇章，我深感荣幸。我研读了你最晦涩的段落，它们如同你的沟渠一般阴暗。

我的小镇，我的书，我自己——我们坚持了这么久！可是，我们似乎不得不对这种坚持付出代价，必须依次消失。你的每一块砖，我的每一块骨头，我们书中的每一个字……都一去不返。一切，也许，只有在一个永恒的黄昏，萦绕在虚无缥缈的薄雾里的钟声除外。

瓦斯特里恩[1]

在梦的黑暗中出现了一些亮光，如同蜡烛照亮一间与世隔绝的牢房。那黯淡的光摇曳着，并没有明确的来源。尽管如此，他已经看到阴影下藏着许多东西：有的建筑峭拔兀立，房顶朝地面倾斜；有的建筑体形阔大，沿着街道长长地排开；有的建筑通体漆黑，有着歪斜的窗户和门廊，像没有挂妥的画。虽然他不知道这个场景位于何处，但他知道，梦境又一次把自己送了进来。

视野中出现越来越多倾斜的建筑，几乎将目力所及之处填满，他却对它们有亲近感，对这些建筑内部空间，以及在建筑周围蜿蜒钻行的街道感到十分熟悉。这一次，他仍然知道它们地基的深度，似乎有一种低微的生命兀自在此生长，呻吟的墙壁间有一种隐秘的文化在回荡。他试着朝这片空间更深处探究，却遭遇了困难：台阶朝无用之处偏转；电梯的轿厢载着乘客急匆匆出发，冲向无人等待的站点；细长的梯子向上延伸，探入迷宫般的竖井和管道，仿佛一个巨大生物体黑漆漆的阀门和血管组成的迷宫。

他知道，在这个被锈蚀的世界，每个角落里存在许多种选择，但只能盲目地选择，因为在这里，每种选择导致的后果不明，选择的可能性也不明。比如，也许有那么一间屋子，到访者

---

[1] 作者虚拟的梦中地名。

先是被它那凄凉而宁静的装潢所吸引，但很快便发现，那些奢华的家具中间裹着一些人形，他们不动也不言语，只是瞪着眼睛。到访者得出结论，这些疲倦的人偶正处于怪异的沉睡中。因此，他必须思考自己该如何选择：逗留还是离开？

他避开房子里这些不理世事的沉睡者，目光在梦中的街道上逡巡，又朝高耸的斜屋顶之上的穹苍看去。星星仿佛银色的煤渣，从巨大的烟囱中喷涌而出，粘在高处一层又黑又浓的隆起上，那种物质往下垂落，耷拉着，几乎触到了地平线。几座高塔朝夜色中尽力伸展，竭力远离下方的世界，他觉得它们几乎就要将这松垂的黑暗刺破。在一座高耸的塔楼顶端，他看见一些模糊的轮廓，它们像皮影一般在一扇明亮的窗户后迅速地移动，时而扭动，时而倚靠着玻璃，仿佛在疯狂地争论着什么。

他的目光仿佛被一股懒洋洋的风引领着，缓缓在迷宫般的街道中穿梭。昏黑的窗户上反射着光怪陆离的街灯，照亮了窗后的一些奇怪的景象，可是它们还没来得及用诡秘征服这梦境的行者，就被远远地抛在了后面。他漫步在更加偏僻的道路上，快步从一些凌乱的花园和扭曲的大门前走过。他沿着一排由腐木组成的栅栏走啊走，那些栅栏看上去摇摇欲坠，似乎马上就要掉进深渊。他从一座桥的桥面飘过，拱起的桥面下方是黑水潺潺的运河。

他来到一处街角，这地方很干净且寂静得不可思议。他看见在一堵石雕墙的高处有一盏灯投下水晶般的亮光，灯下站着两个人，他们的影子被投射在青灰色的石板路上，是完美的黑色圆柱。他们的脸是一对褪色的面具，掩盖着一些居心叵测的阴谋。他们似乎有自己的生活，并没有发现这位梦中的观察者，他只希望留在这个没有实体存在的地方，与这些幽灵生活在一起，去了解他们的梦。

看上去，他永远不可能失去这个变幻莫测的世界。永远不可能。

维克托·凯里翁醒来了。他的四肢一阵快速地抽搐，就像从幻想中的高处摔下来时昏头昏脑地挣扎一般。他闭了一会儿眼睛。梦中的沉醉正渐渐退去，他希望尽量将它留存的时间延长。最后他眨了眨眼。月光透过一扇没有窗帘的窗户照进来，于是他见到自己摊开的双臂和有些扭曲的手，他正笨拙地抓住床垫边缘。他把手松开，翻个身，仰面躺着。然后他在身旁摸索着，直到手指触碰到床的上方垂下来的灯绳。一个小小的、几乎没有家具的房间出现了。

他支起身体，在床头茶几上摸索着。从手指间的缝隙里，他看到一本书的浅灰色封面，还有封面上的一些黑色字母：V、S、R、N等等。还没有碰到书本，他突然将手缩了回来，因为梦中那种奇妙的沉醉感消失了，他担心再也无法叫它重现。

他从铺着粗糙床单的床上坐起，双脚踩着冰凉的地面，手肘撑在腿上，双手松弛地叠放着。他的头发和眼睛都是浅色的，皮肤也是浅色，像是某种云朵的颜色，也像是被长期监禁的人的肤色。房间唯一窗户就在几步之外，可是他忍着不向窗边走去，甚至不朝窗户瞥上一眼。他很清楚，在晚上的这个时间会看到什么：峭拔兀立的建筑，阔大的建筑，通体漆黑的建筑，散落的星光和灯光，还有在下方街道上一些懒散的响动。

窗外的小镇在许多方面都与另一个地方十分相像，那地方现在似乎遥不可及。不过，这种相似只能通过心灵之眼才能发现，只有当他闭上肉体的眼睛或是目光涣散时，这些追忆的印象才能浮现。在这个世界上——睁开双眼所见的荒芜世界——很难找到一个人，会把这个世界视为自己梦寐以求的天堂。

他站在窗前，双手深深地插在薄薄睡袍的口袋里。他知道眼前的景象中缺少一样东西，一种重要的特质，是头顶的星空和地面的街道所不具备的，但是它们需要这种非现世的特质来挽救。虽然没有说出口，但是"非现世"这个词却在房间里回荡着。在彼时彼地，他将那矛盾的存在，那缺失的特质看得很清楚：虚幻。或者说是这样一种现实：由于自身的存在过于饱满，反而跃入非现实的范畴。

这就是维克托·凯里翁的秘密圣殿，他是一派惨淡教义的追随者，他们相信，这个世界唯一的价值便在于：它——在某些时刻——隐隐暗示着另一个世界的力量。总之，眼下他在高处透过窗户俯瞰的地方，至多称得上那个世界薄纱般的幻影，只是那伟大梦境构造模糊的戏仿。虽然这种伪装偶尔能够将人们蒙骗，而且有时候，会伪装得过于高超而占尽上风，可它终究无法做到完美或永存。没有任何事物真正能够对瓦斯特里恩丰富的幻象构成真正的挑战。在瓦斯特里恩，每一种结构都暗示着上千种别样的结构，每一个声音都激荡起永恒的回声，每一个文字都包含着一整个世界。没有任何恐惧或欢乐能够与彼世界那充满活力的感受媲美，那里地处隐蔽，引人向往，所有的体验彼此交叉、绕结，构成奇妙感觉的纱线，编织出变化无穷的，精致而黑暗的花纹。在虚幻的世界里，一切都指向无限，所以瓦斯特里恩的一切都是虚幻的，不受现实的约束。即使是最琐碎的角落也在揭示这一真理：在单调乏味的现实世界里，有任何事物或任何地方能够召唤出梦中那丰沛的奇景吗？

他凝望着城市远处的一个角落，想起有个地方，在那里能找到通往他梦寐以求的，畸怪却精致的所在的方法。

那是一处不起眼的玄关，玄关之内的情景看不清楚：一块长方形的脏玻璃被嵌在严重磨损的长方形木框里，然后整体嵌在一堵砖墙里。墙壁位于一段楼梯的底端，楼梯另一头是一条衰败的街道。楼梯轻松地向屋内推进，成为这间地下商店与外部世界之间精巧的过渡。房间内隐约显出圆形，很开阔，更像一间旧旅馆的大厅，而非书店。沿着墙壁排满了拥挤的书架，它们彼此独立，但若连起来，则是一个十一边的多边形，原本应该是第十二条边的地方放着一张长桌，桌子后是更多的书架，越排越远，最后没入黑暗中。维克托·凯里翁选择从离这个地方最远的角落开始逐一检视书架上的书。书架夹在一排又一排令人眼花缭乱的书脊中，显得一派热闹，就像绚烂秋天过后的残迹。

可是，他很快就觉得上了当，剥去神秘的外衣后，"魔典书店"内里不过装着些哄人的小把戏而已。发生这幻灭的原因，只能怪到他自己头上。在这种地方找到的东西往往与他心中向往的目标有着巨大落差，从前他总是逼迫自己屈从于这种落差，算得上自作自受。他总是认为，与面前这些书籍所呈现丑恶现实截然不同的奥秘一定是存在的，但实际上，这种信念毫无依据。真正的虚幻世界是维克托·凯里翁唯一的救赎，而这些书中所描绘的异界不过是这个世界的附属品，是它的伪装。他寻求的是这个终点，那些告诉人们如何通向那些无用的尽头、天堂或地狱之"道"的指南书毫无用处，这一切不过是为了绕开真正的虚幻，叫人沉迷于书中的借口。他理想中的书是这样的：不宣讲任何世俗的教义，而是细致地用错乱的技法，描绘晦涩难解的膜拜与救赎的仪式。他的绝对理想是生活在现实的废墟之中。

一切可能似乎已化为泡影，就连与这个梦有关的书目记载也没有找到，更没有任何一本典籍用狂热的词汇对他的幻象进行详细的阐述——一份从末日预兆开始讲述，并以所有造物的毁灭告终的圣典。

事实上，他在某些书中找到了一些段落，十分接近自己的理想，它们暗示读者——几乎是在告诫他——眼前这些书页的内容是从深渊最低处向外窥探时见到的景象，而且自书中投射出一束摇晃的光，照亮了那荒凉的幻想。"成为隆冬死寂里的风，呼啸着所有在温暖和亮光中逗留的灾祸"，某本秘籍可能以这样迷人的诗句开头。但是，这位神思恍惚的幻想者很快便开始踌躇不前，撤回了直抵虚幻世界衰败景致的承诺，也许还会为自己差一点堕入虚幻而做出辩解。接下来，这本书会围绕一个陈旧的主题，揭示其真正的目的，即通过喋喋不休地讲述，试图实现那所有雄心壮志当中最为徒劳，也是最渎神的一种：将神秘知识遣作苦工，去追求纯洁无瑕的梦想。它凭空想象出一场悲惨启迪的幻象，然后又将它抛弃。留下的永远是一种形而上学，如同它宣称要超越的世界一样琐碎而低劣，最终成为一本手册，告诉人们如何追求某种虚构的纯净的荣光。书中最终也未曾提及的是，我们所知的一切并非结束于荣光之中，而且是以疲惫、混乱和破碎的状态结束的。

尽管如此，如果有一本书，哪怕是以欺骗的形式接近维克托·凯里翁那古怪的绝对理想，也可能满足他的需求。他会这样引起一位书商的注意，让对方明白自己对这类书的喜好："我对某种领域有兴趣，也许你会明白……我是说，我想知道，你是否知道还有别的，怎么说呢，其他的资料，来帮助我进行研究，也就是说……"

有时他会被引荐去见另一位书商或私人收藏家，有时候，他也会遭到可笑的误解，因为他发现自己差一点加入了一个严密而可怕的机构，而且它背后还有个大组织作为靠山。

维克托的寻找毫无进展，眼下这家书店也只是与以往略有不同而已，但是他还是告诉自己要细致一些，在确定书中是否有自己需要的内容时，也要尽量节约时间。因此，他还是专心地，一本接一本地翻看着。

他正心无旁骛地读着一段段冗词赘语，突然响起一个孩子般的声音，把他吓了一大跳。

"见到我们的朋友了吗？"他近旁有个声音问道。维克托·凯里翁吃了一惊，转头去看说话的人。那个男人个子很小，穿一件黑色的外套，头发也是黑色的，松松地从前额上耷拉下来。他的外表虽然普通，却散发着一种气质，使人联想到一只乌鸦，等着吃尸体的鸟儿。"他从他的密室里出来了吗？"这个男人一边问，一边朝那张空桌子和桌子后黑暗的区域示意。

"很抱歉，我谁也没见着。"凯里翁回答，"只是刚刚才看见你。"

"我总是一不小心就安静下来了。瞧瞧我的小脚。"男人说着，指着自己那双擦得锃亮的黑鞋子。凯里翁想都没想，便低头去看，随后又觉得受到了愚弄，他抬起头来，再次看着微笑的陌生人。

"你看起来很疲倦。"那个人像乌鸦似的叫。

"什么？"

"别介意。我看得出来，我打搅你了。"那个男人转身走开了。他浏览着远处的书架，外套轻轻地鼓动着。"我在这儿没见过你。"他的声音从房间对面传来。

"我从前没来过。"凯里翁回答。

"你读过这个吗？"陌生人问。他拉下一本书，举起它那没有文字的黑色封面。

"没有。"凯里翁回答，甚至没有朝那本书瞥上一眼。不知怎的，对于这个人，这样应对似乎最为妥当。他显得有些古怪，但哪里古怪，又说不上来。

"哦，你找的一定不是平常的书，"那人接着说，把那本书放回到架子上，"我知道寻找特别的东西是什么体验。你听说过一本书吗？一本非常特别的书，它不是……没错，它不是关于某件事的，但它本身就是那件事。"

这一次，讨厌的陌生人终于不再叫凯里翁不快，而是成功地激起了他的好奇心。"听上去……"他正要说话，那人却叫了起来：

"他来了，他来了。抱歉。"

似乎是那位店主——他的朋友——终于现身了。他站在那张桌子后打量着两位顾客。"我的朋友。"那乌鸦般的男人走上前去，朝那位秃头且微微发胖的先生伸出一只手去。他们握了握手，然后交头接耳地聊了一阵子，声音很小，维克托·凯里翁听不清他们说了什么。然后，乌鸦男便被邀请到桌子后面，而且——由发福的书商领着——朝书店后的黑暗中走去。在黑暗中，远远的一个角落里，一个门廊突然闪现出来，那是一个明亮的长方形轮廓，从门框中露出一个巨大的双头黑影。

被独自留在那些一文不值的书籍当中，维克托·凯里翁就像一个遭到冷遇的不速之客，感到又沮丧又挫败。他心中涌起前所未有的，莫名的希望和好奇。很快他便觉得，自己无法留在那两人进入的那间亮光乍现的小屋外，眼下他已经默默地伫立在了小屋的门前。

这是一个狭窄的小房间，里面由独立的书柜又隔出一个小间，书柜之间的空间形成了四条非常狭窄的走廊。他站在门口，看不到通往里层隔间的路，但是听到里面有人在低声絮语。他悄悄走进去，沿着墙边走动，在书架上见到许多模样古怪的书。

他当即便感到，有某种特殊的事物正等着自己去发掘，而且越来越多的证据表明这种直觉不是空穴来风。他翻看的每一本书都提供了线索，那是一种晦涩的迹象，促使他继续疯狂地查阅，孜孜不倦地解读，并为他灌输坚持下去的信念。许多书由他从未见过的外国文字写就，有的像是由普通字母组成的密码写成的，还有一些则完全是生造的密码转录而成。不过从这些书中，他发现了一种神秘的引导，多少具有些闪烁其词的意义：字体、书页和特殊的装订材质中透着古怪，抽象的图表与正统的祭奠或密学体系毫无关联。他发现一些刻有插图的印版、神秘的图画和雕刻，上面描绘的景象和环境远非他所能命名。《谢诺索格里斯[1]》或《提奈夜记》之类的作品是如此奇诡，与已知的对于神秘传统的文本和论述有着天渊之别，更是令他确信自己的追求是有意义的。

他转过内隔间的一处转角，激动地发现了远处的入口，这时候，絮语声变大了，但还是听不真切。与此同时，不知为什么，他被一本灰色的小书分散了注意力。它靠在两侧大书形成的缝隙中，放在书架的最高处，他必须像被绑在刑具上那样拼命展开身体才能够到它。维克托生怕自己的行为会暴露，他竭力忍住痛苦的呻吟，好不容易才用拇指和食指的指尖夹住了那本灰色的书。那书正如他自己的肤色一样灰蒙蒙的。他悄无声息把书从书架上拿下来，然后缓缓缩回原来的姿势，这才朝那脆弱的书页看去。

---

1 谢诺索格里斯是殡葬之神，克苏鲁神话体系中的一位旧日之神。

书里似乎记录了许多怪梦。不过，他阅读的那些段落更像是那怪梦具象的展现，而不是对那些不羁的幻象的描述，正如那个乌鸦人所说，那些文字不是修辞手法，而是怪梦本身。书中使用的语言相当反常，作者也不知是何来头，字里行间给人一种自说自话的感觉，而且只说给他自己听。书中的文字就像一些影子，但是书外没有任何形状可以投射这样的影子。这本书似乎是用一种神秘的方言写成的，但这些文字却激发了确凿无疑的理解，并使得读者真正明白镌刻在封面上的那些字母组成的书名所代表的现象。维克托·凯里翁用右手的食指划过这些扭曲的字母，它们似乎被深深地刻进僵硬的封面中，可是他丝毫不觉得自己在触摸字母，反而像是凭直觉将它们拼了出来：瓦斯特里恩。这本书是否是某种咒语，能够唤醒一个等待被开启的世界？它是否真的是一个世界？它的本质很虚幻，所有自然元素都在一种难以言表的提炼过程中被净化，所有的白昼都被浓缩成梦，夜晚则浓缩为噩梦。他在书中读到的每一个章节中都附有怪异而混沌的图和故事，使他既震惊，又沉醉其中，以至于他对这些名词的常识与其他的一切共同瓦解四散。这个世界的准则似乎是能有多疯狂荒诞就有多疯狂荒诞，不完美是想象力矛盾的来源，也是畸变和误造的奇迹的源头。毫无疑问，这里面有恐惧，但是在失落的喜悦或对善的波折重重的追求面前，这种恐惧毫不妥协。相反，它提供了一种通过毁灭获得的救赎。如果瓦斯特里恩是一场噩梦，那将是一场由于在精神上彻底失去庇护而被改变的噩梦：被变得正常的噩梦。

"抱歉，我没看到你也进来了。"店主用高亢而尖利的腔调说道。他刚从内隔间冒出来，双臂交叠在宽阔的胸前，站在那儿。"请别乱碰。我能把它拿回来吗？"书商伸出右胳膊，随后又将胳膊缩了回去，因为灰眼睛的男人不愿意放弃这件商品。

"我想买下它。"凯里翁说，"我肯定要买，如果……"

"当然，如果价钱合理的话。"书商接过他的话茬，"可是谁知道呢，你也许不懂这些书有多么珍贵。你手里的这本。"他说着，从夹克衫内衬中掏出一个小本子和一支铅笔，草草地书写起来。他撕下小本子最上面的一页，举起来给这位想要买书的顾客看，然后自信地把书下的纸张扔掉，仿佛这件事就这么了结了。

"可是一定有讲价的余地。"凯里翁表示抗议。

"恐怕没有，"书商回答，"这类书只剩下最后一本了，就跟这儿的很多书一样。你拿着的那一本，那是孤本……"

一只手碰了碰书商的肩膀，仿佛一下子关掉了他的声音。乌鸦男走了过来，眼睛紧盯着两人为之争吵的目标，问道："难道你没有发现这本书有些……难懂？"

"难懂，"凯里翁重复了一遍，"我说不好……如果你是指里面的语言很奇怪，我只能承认是的，不过——"

"不，"书商打断他的话，"他根本不是那个意思。"

然后，那两个人走回内隔间，在那儿低声嘀咕了一阵。低语声消失了，书商走出来，宣布自己刚才犯了一个错误。这本书虽然非常珍贵，但是这次他开出了一个低得多的价格。修改后的价钱虽然仍旧很高，却没超过这位特殊客户的购买能力，后者二话不说，便应允了。

从此之后，维克托·凯里翁便一头扎进这本书和它的幻境中，不过，要在这两者之间作出区别似乎是个彻头彻尾的错误。实际上，这本书并非仅仅描述了那个古怪的世界，更是以某种晦涩而阴暗的方式真正组成了那个世界，书本身便是那个世界的具象。

从那以后，他夜以继日地研究小书中那些催眠般的场景。每天晚上，当他入睡后，都会进入书中的幻象世界，漫无目的地四处探索。很显然，他似乎已经发现了那个世界的高峰或低谷，那是一个由疲倦、迷惑和废墟构成的空想世界，现实在此处了结，他能够安顿在废墟中。可是，没过多久，他便发现有必要再次拜访那间十二边形的书店，有些与这本书有关的问题他想咨询店主，最好顺便了解它被出售的真相。

维克托·凯里翁在一个灰暗的下午来到书店，他惊讶地发现，上次来时毫不费力便推开了的门已经被锁得严严实实的。他紧张地抓住门把手又是推又是拉，就算这样，套在门框里的门连一个"咔嗒"声也没有。店里亮着灯，他从口袋里拿出一枚硬币，开始敲打玻璃。终于，有人从漆黑的房间深处走了过来。

"关店了。"店主在玻璃的另一侧朝他示意。

"可是——"凯里翁争辩道，他指了指自己的腕表。

"那又怎样。"胖男人吼道。突然，他盯着这位失望的主顾仔细打量了一番，松开门锁，把门打开一道仅够进行简短对话的缝隙，"请问我能帮你做些什么呢？我已经关店了，你得换个时间来，如果——"

"我只是想问你一件事。还记得几天前我从这儿买的那本书吗？"

"是的，我记得。"店主回答，仿佛早已为这个问题准备就绪，"而且我得说，印象很深刻，当然喽……那个人也是。"

"印象深刻？"凯里翁重复道。

"对他而言，说狂喜更加准确。"书商继续说，"他对我说，'这本书找到了它的读者'，我除了表示赞同还能怎样？"

"我好像没听懂。"凯里翁说。

店主眨巴着眼睛，一时语塞。过了一会儿，他不情愿地解释道："都到这时候了，我希望你能明白。他没有联系过你吗？那天在这儿的那个人？"

"没有。他为什么要联系我？"

书商又眨巴眨巴眼睛说："嗯，我看你没必要站在外面。天气很冷，感觉到了吗？请进来吧。"维克托·凯里翁走进店里，书商将头探出门外，将通往书店门口的楼梯检查了一番，又望了望楼梯上方的街道。然后他关上门，把凯里翁拉到门边，小声说："我只有一件事要告诉你。那一天，那本书的价格，我根本没有搞错。是那个人垫了一些钱，所以你只需要付一小部分。我没有欺骗任何人，尤其是他。他还说可以付更多的钱，只要那本书能落到你手里。我不太清楚他为什么这么做。我以为你知道呢。"

"可是，他自己为什么不直接把那本书买下来呢？"凯里翁问。

书商一脸困惑："那书对他没用。他问你那本书的事时，你要是不对他和盘托出可能更好。也就是说，没告诉他你知道多少，可能更好。"

"可我确实什么都不知道，除了在那书里读到的内容之外。我来这儿是为了调查它的出处。"

"出处？我还等着你来告诉我呢。我甚至不知道这本书怎么会出现在我的书架上。我报出一个天价，就是为了不让你得到它，不过我早已预料到，他不会允许这种事发生。我不是在怪你，不要误会。在这件事情上，我逾了规矩。不过，这件事真的太特别了。如果你才是那本书真正的读者，那我可真够惊讶的。"

当书店主人开门送客的时候，凯里翁已经意识到，自己充其量只是受到一场故弄玄虚的对话或一个谎言的诱惑而已，但他没有丝毫的悔意。

没过多久，他就知道书商为何对他印象那样深刻，而那个像乌鸦般的陌生人又为何如此慷慨大方，为何这本书的赠予者竟然对书中奥秘一无所知了。他最后终于明白，那陌生人之所以付出，是为了以唯一可行的方式得到他想要的东西。也就是说，他借用维克托·凯里翁的眼睛阅读这本书，然后闯入读书者的头脑中，将书中的秘密盗走。维克托·凯里翁到底经历了什么，他那充斥着梦境的古怪夜晚纠结那个是如何从内部发生改变的，直到最后才真相大白。

真相并不是马上显现出来的。又过了几个晚上，瓦斯特里恩的轮廓渐渐从混沌的睡梦中隐隐浮现，那是一块从沉睡中醒来的辽阔土地，赫然耸现在一个没有坐标和维度的空间。古怪的倾斜的纪念碑再次显现，而且似乎在扩张，变得越发高耸，引诱着他的视线。渐渐的，这景象有了色调，变得清晰起来；不知不觉中，这片初生之地在黑色的摇篮中变得越来越密实和复杂。街道是蜿蜒有致的肠道，在黑色的身体中盘曲穿行，每一栋大楼都是骨架上突出的骨骼，上面悬着一层薄薄的肌肉组织的阴影。

但是渐渐的，维克托·凯里翁发现自己的梦在不断变化。瓦斯特里恩的世界似乎逐渐变得不那么连贯，失去了它的本真。一天晚上，他展开幻象，想尽情拥抱那个神秘而嶙峋的熟悉的梦境，梦境却在突然间统统往回撤，只剩他茫然地被抛弃在无梦的边缘。那些宝贵的幻象不断往后退，越缩越远，最后他见到的只有一条孤零零的街道以及两侧排列着的建筑。在街道的尽头，冒出一个站立着的，比建筑本身更高的巨大人影。这个巨人盘踞在仅剩的街道终结之处的地平线一动不动地沉默着。那个影子站在那儿，吸纳着梦中的一切，它的身形变得越来越高大，最后梦境被完全吸走，彻底消失了。这巨人的轮廓看上去正是那个陌生人，但与此同时，也像一只贪婪吞食的黑鸟。

维克托·凯里翁设法赶在那只食腐鸟将不属于它的一切吞吃殆尽之前醒来了，但他没有把握每一次都能做到，而且那个梦说不定已经落入了另一个人手中。于是他策划了一次行动并进行了实施。为了能够拥有自己梦寐以求的东西，他必须那么做。

瓦斯特里恩，他一边喃喃地说着，一边站起身来。这是一个空荡荡的小房间，有的地方被月光照亮，有的地方没入阴影之中。一扇整体式金属门拦住了他的去路。在那扇门上嵌着一块小而厚的方形玻璃，以便二十四小时监视他的举动。窗户上罩着一张不易弯曲的粗铁丝编制的网。从窗户里望出去，是一个城市，但不是瓦斯特里恩。永远不要，一个声音嘀咕着，也许那曾是他自己的声音，那声音更加坚持地说：我告诉过他的。我告诉过他。永远不要，永远，永远。

门开了，一些穿着制服的人走进房间，他们发现维克托·凯里翁正扯着嗓子发出刺耳的尖叫，试图爬上罩在窗户上的粗铁丝网，仿佛他正拽着自己，沿着一条幻想中的路线逃跑。他们把他拉回到地上，然后把他摁在床上，扯开他的四肢，把他的手腕和脚踝牢牢地绑住。然后，从门口走进一位护士，她拿着一根细长的注射器，上面装着一根银色的针头。

注射进行时，他仍旧不依不饶地叫嚷着。至于叫嚷的内容，这个房间里的每一个人都听过，每一句怒吼都在阐述一个主题：他被关在这儿是多么不公平；那个被他杀死的人采取一种可怕的方式利用他，一种无法解释，也不可能让人相信的方式。那个人无法阅读那本书——就在那儿，那一本——便偷走了那本书引发的梦境。药物开始发挥效用了。偷了我的梦，他小声地嘀咕着，偷窃我的……

看护维克托·凯里翁的监狱管教员在他的床边多待了一会儿，静静地看着被束缚在床上的病人。然后，其中一个指了指那本书，发起了一段对话。他们已经对这种情况相当熟悉了。

"我们该拿它怎么办？已经拿走很多次了，但是每次都会出现一本新的。"

"而且完全是废纸。看看那些纸——什么也没有，上面什么也没写。"

"那他怎么会什么也不做，坐在那儿一读就是好几个小时？"

"照我看，该把这事报告上去了。"

"可以是可以，但是该怎么说呢？说我们这儿有个病人，必须限制他读某一本书的自由？说他有暴力倾向？"

"真到那时候，他们准会问：为什么不从他那儿把书拿走？只要不让他接触那本书，问题不就解决了吗？那我们该怎么回答？"

"无言以对。你能想象吗？我们准会被他们当成疯子！我们只要一开口，准是这种下场。"

"还有，要是有人问，这本书对他而言意味着什么，或者书的名字是什么……我们又该怎样回答？"

这时候，被绑在床上的疯癫的病人嘴里喃喃吐出了一个词，仿佛是对这个问题做出的回答。可是他们谁也不明白这个词的含义。他们是这个专横的，不完美的现实世界的一部分。他们的生命被束缚在自己的肉体中，而他眼下所处的地方却与肉身的存在毫无关联。

看来确实如此：看上去，他永远不可能失去这个变幻莫测的世界。永远不可能。

阴郁的抄写员

他的生活与工作

献给我的兄弟鲍勃

前　言

他的名字……

我还能记起来吗？这段记忆已然缺失，但却是重要的缺失，若要使我们免受终极恐惧的折磨，这也许是唯一的方法。也许他们知道这样一个真理，它宣称生命在终结后将继续传递，那真理还信誓旦旦地说，死生之间存在一段间隙，在这间隙之前，旧的名字被遗忘，在此之后，一个新的名字会诞生。如果记住前一世的名字，就等于退滑到那巨大的黑暗中，所有名字由其中发源，化身于前赴后继的肉身，如同无法尽数的段落组成一篇永无止境的经文。

一旦知晓那许多的名字，就失去了其中的任何一个名字；获得许多次生命的记忆，便等于失去所有记忆。

所以他将自己的名字——他有许多名字——秘而不宣。他对所有人隐瞒自己的每一个名字，不叫它迷失在许多的它们当中。他保护这一世生命不与其他生命以及生命的记忆混淆，他将自己隐匿在无名氏的面具后面。

就连我也不知道他的名字，但我能够辨认他的声音。他的声音虽然与别的许多声音极为相似，但始终无法伪装。每当这个声音响起，我总能辨认出来，因为它总是讲述着可怕的秘密。他说起最为荒诞不经的奥秘与遭遇，有时是绝望的，有时是欢欣的，有时他的心情叫人难以捉摸。不知他是犯下了什么罪行，还是受到怎样的诅咒，非要不停地转动着恐怖的纺锤，编织一个又一个如此畸怪而阴森的亲历的传说。他何时才会结束自己的讲述呢？

他给我们讲了许许多多故事，想必还有更多故事要讲。可是，他永远不会说出自己的名字。在上一世结束那一刻之前不会，在下一世开始之后也不会，直到时光将每一个名字擦去，将每一世的生命带走。

但是在此之前，每个人都需要一个名字，总得有个称呼。那么"每个人"的名字叫什么呢？

我们的名字叫做阴郁的抄写员。

这是我们的声音。

被诅咒者的声音

小丑的最后一场盛宴

1.

我之所以对米罗考这个小镇产生兴趣，是因为听说他们不仅举办各种盛大的庆典，还一年一度地举办以小丑为主题的节日。我从前的一位同事如今在一所大学的人类学系任教，他读到我最近发表的一篇文章（名为《美国媒体中的小丑形象》，发表于《大众文化杂志》），就写了封信给我。他说他依稀记得从报章上读到或是听人说起，在这个州的某个小镇上，每年都要举行"小丑的盛宴"。他认为这可能与我研究的特殊课题有些关联。当然，这其中的关联远比他以为的要大，因为这不仅是我在学术方面的目标，也符合我个人的兴趣追求。

多年来，除了教学方面的本职工作之外，我一直研究各种人类学课题，主要是为了阐述小丑这一角色在各种文化背景下的意义。在过去的二十年中，我每年都前往美国南部各地参加大斋节前的狂欢，每次都能收获与这些庆典有关的奥义。在研究的过程中，我一直是一个热心的参与者——在扮演人类学家这个角色的同时，我也在小丑面具后找到了自己的位置。我很珍惜扮演这个角色的机会，比珍惜生活中的其他事务更甚。对我来说，"小丑"这一称呼有一种高贵的内涵。奇怪的是，我能够熟练地扮演一个弄臣，而且一直孜孜不倦地开发表演技巧，并为此倍感自豪。

我写信给本州的休憩娱乐部，解释自己需要哪种信息，并自然地透露出对这一主题的热情和急迫。几周后，我收到一个印有政府标志的棕色信封，里面有一本小册子，列出了州政府官方所了解的各种季节性节庆活动。稍加留意后，我发现，在秋冬季节举行的节庆数目和温暖宜人的日子里一样多。在小册子中附带了一封信，解释说他们查阅了大量登记在册的记录，没有找到任何有关米罗考节日的信息。尽管如此，如果我希望研究这一类别或相似的项目，他们可以提供文件供我参考。在收到这项提议时，我正承受着工作和个人生活上的双重压力，有些不堪重负，所以只是疲惫地把信封和里面的资料塞进抽屉，没有深究下去。

然而，几个月后，在一次出差的途中，我一时冲动，非常偶然地再次想起米罗考的事。那是夏末的一个下午，我开车北上，打算去另一所大学的图书馆查阅一些期刊。驶出城市的地界后，沿途的风景很快变成了阳光明媚的田野和农场，使我无法集中注意力去留意公路边的种种标志牌。不过，在我潜意识中坐镇的那位学者一直聚精会神地盯着这些路标，丝毫未曾放松。一个小镇的名字赫然出现在我的视野中，这位学者立刻从心灵深处的一个记忆抽屉里找出一些相应的记录。我发现自己开始仓促地盘算，想确定自己是否有足够的时间和冲动顺路调查一番。可是，眼前很快出现了出口标志，紧接着我发现自己已经驶离了高速公路，还在脑海中回想着那块路标做出的承诺：向东行驶不到七英里，就是那个小镇所在之处。

这七英里包括几道叫人迷惑的转弯，一段不得已的临时替代路线，再开上一个陡峭的上坡，这才看到目的地。在下坡时，另一个信号使我确信真的驶入米罗考镇的地界。我见到的第一批建筑是位于小镇外围一些零散的房屋。再往后，标记着数字的高速公路变成了汤森街，这是米罗考的主要大道。

　　我终于置身于这个小镇之中。它给我的印象远比在外的名声要深刻得多。我发现，米罗考周围的村庄和平缓的小山也颇有特色。小镇的各个区域似乎未能和谐地融为一体，这可能要归咎于小镇不规则的地形。在商业区的一些老店背后，一些有着陡峭屋顶的房屋建在一个陡然抬升的斜坡上，所以屋顶高耸于低层建筑的上方。乍看之下，见不到这些房屋的根基，难免使人产生错觉，以为它们要么岌岌可危地悬在空中，随时有坍塌的可能，要么是由于体量过大，雄伟得过了头。而且，由此形成一种有违透视规律的扭曲感。这高低两层建筑相互重叠，看不出前后距离，上层的建筑由于位置高，加之与前景建筑十分贴近，未能显出作为背景应有的"近大远小"效果，所以这地方看起来就像一张扁平的照片。米罗考给我的印象就像一本旧相册，特别是由于在拍摄过程中打翻了相机拍出来的照片，因为所有的景致都朝一个方向歪斜着：一座圆锥屋顶的塔楼就像一顶尖顶的时髦帽子，歪斜着窥视着隔壁街道上的屋子；一个广告牌上印着一堆喜笑颜开的蔬菜，也稍稍向西倾斜着；沿着高高的路牙停靠的汽车映在廉价店铺的窗玻璃上，有些变形，似乎正向天空飞去；人们歪斜着身体，在便道上走来走去；一座钟楼伫立在明媚的阳光下——起初我误以为那是教堂的尖塔——投下长长的影子，扫过整个小镇，那影子拉得老长，似乎连根本不可能触及的角落也触及了。必须承认，也许在回忆时，我的想象力受到米罗考的不和谐的激发，而我第一天来到米罗考的切身体验反倒没有如此强烈，当时我更关心的是如何找到市政厅或是其他能够获取信息的地方。

　　我把车停在拐角处，滑到座位的另一侧，摇下车窗，对一个过路人说："先生，打搅了。"那个衣衫褴褛的老人停下脚步，但

没有朝车子靠近。他很显然对我的召唤有所回应，但脸上却一片
茫然，仿佛根本没有觉察到我的存在。一时间，我觉得也许只是
碰巧：就在我叫他的一瞬间，他恰好在人行道上停了下来。他用
呆滞而疲倦的目光愣愣地盯着我身后的某个地方，过了一会儿，
继续往前走去。我没有叫他回来，尽管在最后一秒钟，我隐约感
到他有些面熟。最后，我终于等来一个能够指引我如何去米罗考
市政厅和社区中心的人。

原来，市政厅就是带钟楼的那座建筑。我走了进去，站在一
个柜台前，柜台后张贴着彩票的海报：一个小丑从盒子里弹出
来，双手还抓着一些绿色的钞票。过了一会儿，一个高个子的中
年女子来到了柜台前。

"请问有什么能够帮助您？"她用公事公办的语气漠然地问。

我说自己对于那个节日有所耳闻——并没有提起自己是个好
管闲事的学者——问她能否告知详细的信息，或是带我去找一个
能够提供这类信息的人。

"你指的是在冬天举办的那一次吗？"她问。

"一共有几次？"

"只有那一次。"

"我猜，那么，应该就是我说的那次。"我微笑着回答，仿佛
在与她分享一个笑话。

她未置一词，自顾自地离开座位，走进了后走廊。在她离开
的当儿，我与几个坐在柜台后，时不时从工作中抬起头来的人彼
此交换了目光。

"给你。"她回来了后，一边朝我递过一张纸来，一边说道。
纸张看上去像是廉价复印机复印出来的。"敬请光临这项乐事"，
纸上用大大的字母写道，"游行、户外假面舞会、乐队、抽奖和

冬季女王加冕礼"。后面还列出一连串各式各样的节庆活动。我把那句话重复了一遍。那带着恳求色彩的"敬请"二字印在宣传单的顶部,透露出的言下之意使整件事看起来像是一场慈善活动。

"什么时候办呢?这上面没说节日的举办日期。"

"大部分人都知道。"她猛地从我手中扯过那张纸,在下面写了些什么。她把纸还回来时,我看到蓝色墨水写就的"12月19日至21日"。我立刻发现这个节日委员会设计的日程颇有些古怪。在人类学和历史上,的确有在冬至日前后举办节庆的先例,但是这个特别的节日安排在这个时间,却显得很不妥当。

"如果不介意的话,我想问问,这个日子不是与那个传统节日相冲撞了吗?我是说,那时候人们本来就有很多事要忙。"

"传统就是如此。"她说,仿佛暗含着乞求列祖列宗保佑的意味。

"真是太有趣了。"这话既是说给我自己听,也是说给她听的。

"还有别的事吗?"她问。

"是的。麻烦你告诉我,这个节日是否与小丑有关?我看这上面提到了假面舞会什么的。"

"没错,当然,会有一些人穿着……戏服。我自己从没参加过……就是说,没错,有小丑之类的。"

我的兴趣一定是在那一刻被激发起来,只是当时尚不清楚自己会深究到什么程度。我谢过这位女工作人员,顺带打听返回高速公路的最佳路线。我不打算急急忙忙地走回头路,不想沿着进城时那迷宫般的路线原路返回。我朝自己的车走去,心里涌起一连串的模糊的问题,还有许多模糊且自相矛盾的答案,搅得我的脑子混乱不堪。

按照她所给的指示，我得穿过米罗考的南区。小镇的这一带到处是由破旧的临街店铺组成的街区，街上的行人很少。我见到路人在街上茫然地走着，凄凉的表情和神态与我先前问路的那位老人如出一辙。我的车应该是从这个地区的中央街道穿了过去，道旁两侧满布着疏于照管的院子，还有因为年久失修而垮塌的房屋。我在街头刹住车，一位贫民窟的居民从我的车前走过。这个身材瘦削、郁郁寡欢而且雌雄莫辨的人转过头来，张开紧绷的小嘴，愤怒地说着讥讽我的话，目光却并没有特别专注地看着我。连续开过几条街之后，我终于驶上一条通往高速公路的道路。发现自己又一次穿行在阳光普照的农田之间，我不由得感到一阵轻松。

到达那所大学的图书馆后，我发现时间供作研究之外绰绰有余，便决定假公济私，顺便找找资料，争取对米罗考的冬季节庆加深了解。这个图书馆是本州最古老的图书馆之一，藏有米罗考镇《信使报》的所有报章。我本以为从它着手应该是非常理想的，可是很快便发现，要从这些报纸当中搜索信息并不容易。我可不想以盲目地埋头苦读的方式搜索关于某个特定话题的文章。

于是，我转而在该县范围内寻找条理性更强的，为更大的镇提供报刊服务的报纸。碰巧的是，这个县的名字也叫米罗考。我依旧毫无所获，有关这个小镇的内容很是寥寥，有关节庆的内容更是少之又少，只有一篇平淡无奇的文章，描述了这一地区的节庆活动，并将米罗考错误地归为"一个大规模的中东部美国人群体"，在每年春季举办一种具有民族特色的狂欢节。综合我从前掌握的信息和后来了解的内容来看，米罗考的居民很可能是中西部美国人，也许是上世纪一些雄心勃勃的新英格兰人的直系后代。还有一篇简短的报道与米罗考有关，我后来发现那不过是一则讣告，说一位老妇人在圣诞节期间自杀。所以，到那天回家时为止，我对于米罗考的了解依旧十分有限。

不过，这件事情过后不久，那位指点我发现米罗考节庆活动的前同事又寄来一封信。他碰巧又读到一篇文章，终于撩拨起我对那个小镇上"小丑节"的兴趣。这篇文章只发表过一次，出现于二十年前阿姆斯特丹出版的一本有关人类学研究的论文集中。这些论文大部分为荷兰语，小部分是德语，只有一篇是英文：《小丑的最后一场盛宴：对一种当地节日的初步说明》。能够读到这篇论文当然令我兴奋不已，但还有更叫我喜出望外的事：论文的作者是雷蒙德·托斯博士。

2.

在继续讲述之前，我要岔开话题，讲一讲托斯的事，同时难免不谈到我自己的。二十多年前，在我的母校，马萨诸塞州的剑桥大学，托斯是我的一位老师。在我将要描述的事件中，他扮演着一个重要角色，可是在那之前，他早已是我生命中最重要的人物之一。他的个性十分鲜明，而且总是能感染每一个与他打交道的人。他在课堂上讲授社会人类学的课程，总能把昏昏沉沉的课堂变成一场精彩而深刻的学术演出。他在讲台上走动，脚步轻快得不可思议。他挥动着胳膊，指向身后黑板上那些普通的术语，听课的人却感到他呈现的对象是那样神奇，似乎具有某种隐秘的意义。当他把手重新揣回旧夹克的口袋里，这个转瞬即逝的魔法便再次被藏在那破旧的袋子里，被这位谨慎的巫师收了回去。我们总感觉，他教给我们的东西超出了我们能够吸收的范围，而且他所掌握的知识之渊博、之深刻，也超出了他能够传授的范畴。有一次，我鼓起勇气提出对霍皮族印第安人部落小丑的一些看法——与他的有些出入。我含蓄地暗示，我是一名业余小丑，而且对这个课题怀有极高的研究热情，因此也许拥有比他更具价值的洞察力。而教授则不经意地随口提到，实际上，他扮演过这个部落的面具小丑，并与这些印第安人一起跳过卡其纳舞。讲述这些事实时，他还努力减淡我已经感受到的深深的羞愧。为此我对他心怀感激。

托斯教授的行为使得他不时成为流言蜚语攻击的对象，而且谣言总是越传越神。他是出类拔萃的乡野调查工作者，有能力融入各种新奇的文化和环境中，从而获得非凡的洞见。反观其他人类学家，往往只能靠收集数据的方式做相关领域的研究。在托斯的职业生涯中，不时有传闻说他模仿传奇人类学家，弗兰克·汉密尔顿·库欣的"土著化"的方法。有的迹象——并非全都是毫无来由或廉价的赞美——表明他参与了一些稀奇古怪的项目，大部分都集中于新英格兰地区。事实上，他曾经花费六个月时间，在马萨诸塞州西部的一个机构里假扮成精神病人，收集有关精神失常的"文化"信息。当他的书《冬至日：一个群体最长的夜晚》出版后，人们普遍认为它只是作者的主观印象，是一本叫人失望的作品，除了一些感人却"模糊得很诗意"的观察之外，没有任何价值。那些为托斯辩护的人声称他是极为杰出的人类学家：尽管他在大部分作品中强调自己的个人想法和情感，但他的经历已经渗透到硬数据丰富的核心当中，只是他目前从未发表过不带任何个人偏见的论文，披露这一核心。作为他的学生，我倾向于支持后一种评价。总之，由于各种站得住脚或站不住脚的原因，我相信托斯能够从迄今为止无人能及的深度，发掘有关人类存在的秘密。这篇题为《小丑的最后一场盛宴》的文章起初似乎支持了托斯信奉的神秘主义，起初是令我欣喜的，而且这也是一个我为之着迷的领域。

因为作者的个性使然，加上他行文时策略性地模糊叙事，这篇文章的大部分内容我当时没能读透。第一次阅读时，我感到这篇简短的论文中最有趣的部分——只有二十页长的"笔记"——便是文章的总体基调。通过散文般沉郁的节奏和韵律，以及偶尔援引的一些叫人感到压抑的内容，托斯的古怪在这些笔记中的确有所展现，但只是作为一种挣扎的内部力量，这种力量被遏制了——我更想说的是，被囚禁了。其中有两处援引具有共同的主题，一句引自爱伦·坡的诗《征服者爬虫》，托斯将它作为一句耸人听闻的引言。然而，引言的要点却未在正文中再次得到呼应，只是另外稍稍谈及了一次。托斯提出了著名的当代圣诞节庆起源理论，认为它自然是从罗马农神节[1]演变而来。然后，他明确地说，他没能亲自考察米罗考的这个节日，只是从各种各样的线人那里了解到它的性质，在这种情况下，他已经能够确定，这个节日也包含了许多显而易见的农神节元素。接下来，他做出了一个在我看来微不足道的，纯粹是语言学上的推论，这个推论与他的主要论点没有多大关系，比跟同样被边缘化的爱伦·坡作品的引言的关系还要淡薄。他简短地提到，叙利亚诺斯替派的一个早期教派自称为"农神派"，他们信奉的异端邪说当中有一条，说人类由天使创造，而这些天使又是由至高无上的未知力量创造的。然而，天使并没有力量使他们的造物成为直立的生物，所以

---

1 古罗马在年底祭祀农神的大型节日，一般在每年的 12 月 17 日至 12 月 24 日间举行。

有一段时间这些造物便像蠕虫一般在地面匍匐前行。最终，造物主修正了这种怪异的状态。当时我认为，人类的起源和最终状态与蠕虫之间象征性的对应关系，再加上在年末庆祝地球死寂冬季的节日，便是托斯"洞察"的要点，也是一种饱含诗意却毫无科学价值的推理。

他对于米罗考的节日做出的其他推理也完全是客位的；换句话说，推理的基础是二手资料、传闻和证词。可是，即使在那时，我仍旧认为他有所保留，并未将自己的成果完全公之于世。我后来的确发现，他在文章中提到的与米罗考有关的一些信息，意味着他掌握了几个关键线索，只是暂时捂在自己的口袋里秘而不宣罢了。那个时候，我自己也有了一些很有启发的认识。《小丑》这篇文章提示读者，它只是一个模样粗陋的碎片，一场更全面的研究工作正在准备当中。可是这项工作并没有如期进行。这位前教授在二十年前退出了学术圈，之后再也没有发表过一字半语。我不由对他的去向产生了疑惑。

我在米罗考的街头停车问路时叫住的那个眼神呆滞的人，很有几分像是老年版的雷蒙德·托斯博士。

3.

现在，我必须坦白一件事。尽管我有理由对米罗考和与它有关的神秘事物充满热情，尤其是它既与托斯有关联，还与我自己作为学者的最深切的担忧相关。可是一想起未来的日子，我感到的仅仅是一种冰冷和麻木，常伴有深深的沮丧。可是，我没有理由对这种情绪状态感到惊讶，因为这种状态与生活中的外物无关，而是由内心的状态决定的，而这些状态，又是根据它们自身的、相当神秘的季节和周期起作用。多年以来，至少从大学时代起，我就忍受着这种黑暗的疾病。每当地球变得寒冷荒凉，天空布满阴云时，季节性周而复始的沮丧足以将我彻底淹没。不过，我仍旧做着计划，哪怕只是机械性的动作也好，我打定主意要在节庆活动举办期间去拜访米罗考，因为我有些迷信心理，认为这个节日也许能减轻我季节性的抑郁。米罗考应该会举办游行和狂欢，我也许能够再次获得扮演小丑的机会。

我花了好几个星期苦练手艺，甚至不断完善变魔术的戏法，这可是我扮演小丑时的拿手绝活。我把服装洗干净，买了新的化妆品，一切都准备停当。我向学校申请假期，我解释了这个研究项目的性质，以及在节日举办前提前几天到达小镇的必要性，譬如可以做些初步的调研，寻找几个提供消息的当地人等等。最终学校批了假，取消了我在假期之前的一些课程。实际上，按照计划，我打算先尽情投入到活动中去，而正式调查将被推迟到节日结束之后。当然了，这段时间内我会认真做好每日记录。

不过，我还有一份资料需要查证。我特意回到那个偏远的图书馆，翻越了从二十年前的 12 月开始的所有《信使报》。其中有一篇报道证实了托斯在《小丑》中表达的观点，尽管报道的事件发生在他的那篇论文发表之后。

这篇新闻报道的事件发生在节日结束两周后，与一名女子的失踪有关。她叫伊丽莎白·比德尔，是米罗考的一家旅馆老板塞缪尔·比德尔的妻子。县里的有关部门认为这是一起典型的"假日自杀"，与米罗考地区紊乱的季节规律有关。托斯在他的论文《小丑》中记录了这一现象。不过我怀疑，如果发生在今天，这些死亡案例恐怕会被统一归为"季节性情绪失调"。言归正传，有关部门对米罗考郊区一片半冰冻的湖面进行了搜查。往年他们曾在那儿发现过许多自杀者的遗体，那一年却没能找到尸体。报道文字旁印着一幅伊丽莎白·比德尔的照片。虽然只是一张颗粒感明显的缩微照，也能从中看出比德尔太太那一脸的活力和生命力。用"假日自杀"来解释她的失踪显得很奇怪，而且有些不公平。

托斯在那篇言简意赅的论文中写道，伴随着季节的轮回，每一年冬天的米罗考都会在道德或精神方面发生一些变化。他没有指明这一变化的来源或本质，却用典型的神秘主义风格，表明这个镇子承受着"小季节"带来的负面影响。除了这一时期的自杀案例数激增之外，对于"臆想"症的诊疗案例也有所增加，二十年前的医生们在与托斯聊天时透露了这一现象。这种状态会逐渐恶化，在米罗考举办节庆的固定日子里达到巅峰。托斯推断，由于这个小镇比较封闭，实际情况也许比普通调查能够揭露的程度还要严重许多。

至于那个节日和米罗考潜在的小季节之间到底有何联系，托斯并未获得严密的结论。但是，他在论文中的确写道，自从有史可查以来，这两种"气候现象"便并存于这个小镇的历史之中。在十九世纪的米罗考县历史中记载，这个镇子最初的名字叫纽科尔斯特德，记载中还以谴责的口吻说道，镇上的人举行一种"粗野而呆板的欢会"，排斥传统的圣诞庆典。（托斯评论道，这位历史学家错误地将这一季节两个截然不同的方面混为一谈，它们真正的关系本质上是互相排斥的。）《小丑》这篇文章没有回顾这个节日最初出现的缘由（也许根本无法做到），不过托斯强调，米罗考的建立者们具有新英格兰血统。因此，这个庆典应该是从这一地区输入的，而且有理由相信已至少延续了一个世纪；也就是说，如果它不是从"旧世界"[1]传下来的，那么除非进行更深入的研究，否则其根源仍旧模糊不清。可以确定的是，托斯提到了叙利亚的诺斯替派，意味着后者这种可能性不能完全排除。

不过，这个节日与新英格兰之间的联系对托斯的猜测是一种有力的支持。他写下这个地理名词，仿佛将它作为探寻的终点，便心满意足了。对他而言，"新英格兰"这个词似乎被剥去所有传统的含义，变成一扇通往所有世界的大门，包括已知的世界和疑似存在的世界，甚至包括超越这一地区的文明历史之外的岁月。我曾在新英格兰受过教育，能够理解这种情感上的夸张，因为这片土地上的确有些地方古老得似乎不在时序之内，超越时间的相对标准，那是一种极致的古老，古老得无法从逻辑上进行理解。可是，我无法想象，这个模糊的暗示是如何与中西部的一个小镇扯上关系的。托斯也发现，米罗考的居民并未表现出任何神秘的原始意识，相反，从表面看来，他们似乎对自己冬季狂欢节的起源毫不知情。然而，这一传统传承多年，甚至使传统的圣诞假期也黯然失色，仅凭这一点，已经深刻地揭示了这个节日的意义和功用。

说来是陈词滥调，但我无法否认，对米罗考这个节日的了解使我产生一种"冥冥中自有天意"的感觉，尤其是想到我过往人生中的一个重要人物——托斯——也参与其中的时候。在我的学术生涯中，这是我第一次认识到自己比任何人都更加适合辨别散乱数据的真实含义，即使我只能将这种特殊的优势归功于阴差阳错的结果。

可是，在十二月中旬的一个早晨，我坐在那座图书馆里，一

---

1 指欧洲、亚洲和非洲。

度怀疑选择奔赴米罗考是否真的比回家更加明智。一场熟悉的冬季抑郁仪式正在家中等着我。我想要逃避季节性的抑郁，但它似乎也是米罗考历史的一部分，只是影响范围更大而已。然而，正是因为情绪上的波动，我才得以成为眼前这项田野调查工作的最佳人选，虽然我并未因为这个事实而感到自豪或安慰。如果退却，就等于拒绝掉一个天赐良机，而且没有后悔的机会。就这样，我朝那个镇子赶去。

4.

12 月 18 日，中午时分，我驾车朝米罗考驶去。四面八方尽是一成不变的泥土色风景。眼下是深秋，只下过零星的雪，公路沿线收割过的田野上出现了几块白斑。空中堆叠着浓重的灰云。从一片森林旁驶过时，我发现一个个被遗弃的破烂的黑色窝巢，它们紧紧地依附在裸露的树枝和扭曲的枝干上。我看见黑色的鸟儿在前方的道路上跳动，最后发现那不过是翻飞的枯叶，当我的车驶过，它们便随风朝空中飞去。

车子从南面朝米罗考驶去，这是我在夏天来访时离开的那个方向。我再一次从小镇的那个地区穿过。似乎有一片巨大而无形的屏障，将小镇不尽如人意的部分与较为喜人的部分区隔开来，而眼下这部分正处于让人印象不佳的那一面。我曾经见到这地方沐浴着夏日阳光时的模样，那时它已经叫我感到毛骨悚然。在这个冬日下午浅淡的光线中，它简直就像一个苍白的幽灵。摇摇欲坠的店铺，看上去饥肠辘辘的房屋，暗示着一个边缘地带的存在，存在一个物质与非物质世界之间，其中一个世界戴着另一个的面具，讽刺意味十足。我驾着车，一路朝米罗考的主街驶去，途中有几个模样憔悴的行人转过身来，不过并非因为我的经过而转身。

我驱车开上汤森街的斜坡，感到这一带景致相对比较宜人。小镇蜿蜒的主干道已经做好迎接节日的准备。街灯的灯杆上缠着常青植物，在这个荒芜的季节里，新鲜的树枝显得分外招摇而骄傲。汤森大街的许多店铺门口都挂着冬青花环，同样的绿色，但一眼就能看出是塑料的。虽然圣诞季的这种传统绿植本身没有任何不同寻常的地方，可是我很快发现，这个圣诞的象征已经如汪洋大海般将米罗考淹没了。证据比比皆是，而且十分醒目。店铺和住家的窗户上框着绿灯，店前的遮阳篷上挂着绿色的彩带，"红公鸡"酒吧的标志是孔雀绿的泛光灯。米罗考的居民也许特别中意这些装饰品，但效果却有些过犹不及。小镇弥漫着一种奇异的翠绿的雾气，人们的面孔看上去有几分像爬虫。

当时我猜测，这些不太寻常的常青树、冬青花环和彩灯（虽然全都是一个颜色）体现了北欧民族圣诞节强调植物符号的习俗，其他北方国家可能在将其纳入自己的圣诞节习俗时，也随意地用在冬季的其他节庆中。《小丑》一文提到米罗考的这个节日可能与基督教无关，认为它是一种丰收崇拜的仪式，在过去的某个时刻可能与原始神学颇有关联。但是托斯错了，我也一样，那只是整个节日意义的一部分而已。

我提前预订的旅店位于汤森街，是一栋棕色砖墙围起来的老建筑，有一扇拱形大门，还有一道遮檐，给人一种新古典主义风格的印象。我在旅店前方找到一个停车位，把行李箱留在车里。

刚走进旅店大堂时，里面空荡荡的。我本以为米罗考的节日会吸引众多游客，至少能让这儿唯一的一家旅店生意兴旺，看来我想错了。我在一个小铃铛上拍了拍，斜靠在桌前，扭头去看一棵小小的，装饰得很传统的圣诞树。它就放在入口旁的一张桌子上。圣诞树上应有尽有，鸡蛋般易碎的灯泡闪闪发亮，袖珍版的拐杖糖、扁扁的，面带笑容的圣诞老人伸着胳膊，一颗星星靠着高处的一根精巧的树枝，难为情地在树尖儿上闪闪烁烁，还有在花朵形状的插座里绽放的彩灯。不知怎么的，我总感觉这小玩意看上去可怜巴巴的。

"有什么能帮您的吗？"一个年轻女子从与大堂相邻的房间走过来。

我一定是盯着她打量了好一会儿，因为她很不自在地转开了目光。我不知道该对她说什么，或是解释我的想法。她的言行举止间显得光彩照人，却叫我感到毛骨悚然。可是，就算这个女人没有在二十年前自杀——按照那份报道所猜测的——她也不该是这个年龄。

"萨拉。"从高处的楼梯上传来一个男人的声音，一名高个中年男子随之走下楼来。"我还以为你待在自己房里。"男人说。我认出了他，塞缪尔·比德尔。萨拉·比德尔，而非伊丽莎白·比德尔，朝我这边斜瞥一眼，向父亲示意她正在接待客人。比德尔向我道了声对不起，然后抱歉地表示他们要离开一会儿。两人便走到一旁交谈起来。

我脸上挂着微笑，假装一切都很正常，同时尽力保持在能够听到他们谈话的距离之内。从说话的语气判断，父女两人对这样的争吵并不陌生：比德尔对女儿的行踪忧虑重重，保护过度，萨拉则由于行动受限而感到挫败和沮丧。谈话结束后，萨拉一边上楼，一边转身朝我做了个鬼脸，为刚才发生的不专业的一幕表示歉意。

"好了，先生，我能为您做些什么？"比德尔几乎是在质问我。

"是这样的，我预定了一个房间。实际上，我早到了一天，希望不会有什么问题。"我遵从疑案从无的原则，假定他们的生意正日渐兴隆起来。

"完全没问题，先生。"他把入住登记表递给我，然后是一把黄铜色的钥匙，钥匙原本挂在一个塑料圆盘上，上面刻着数字 44。

"有行李吗？"

"有，在我车里。"

"我来帮您拎。"

比德尔带着我来到位于四楼的那个房间。在此时提起与那个节日有关的话题，似乎正是时候，包括假日自杀案，以及——视他的反应而定——他妻子的下落。我要找一个调研对象，他得在这个镇子里生活多年，而且能告诉我小镇居民对于这充斥着海水绿般的灯光的季节持何种态度。

"很不错，"我对着干净却略显昏暗的房间评价道，"视野很好。从这个高度刚好能看到米罗考明亮的绿灯。你们这儿总是装饰成这样吗？在节日里，我是说。"

"是的，先生，在节日里。"他机械地回答。

"接下来这几天，你们大概得接待好些我这样的外来客吧？"

"也许吧。还有别的事吗？"

"是的，有。我想知道……你要是能给我讲讲这些庆典就好了。"

"比如……"

"嗯,你知道的,小丑之类的。"

"只有这里的小丑是被……嗯,被挑出来的,我猜你会这么说。"

"我不明白。"

"抱歉,先生。我眼下忙得很。还有其他需要吗?"

我一时间想不到该说些什么好让谈话维持下去。比德尔说了些祝我在此地愉快的客套话,便离开了。

我打开行李箱。除了普通衣物之外,我还从自己的小丑衣柜里挑了些东西带来。比德尔说米罗考的小丑是"挑出来的",这叫我大惑不解,不知这个节日举办的街头假面舞会究竟起到什么样的作用。在不同的时代和文化背景下,小丑这个角色内涵大有不同。人们熟悉的大都是快乐的、惹人喜爱的小丑,可实际上,它不过是种类繁多的小丑当中的一分子而已。人们曾经将疯子、驼背、四肢不全的人,以及各种有着生理缺陷的人当作天生的小丑,挑选他们扮演喜剧角色,所以人们总觉得小丑滑稽可笑,少有人把他们当作世界失序的可怕象征。不过有的时候,郁郁寡欢的小丑也被用来引起人们对这种失序的注意,就像李尔王身边那位病态而诚实的弄臣一样,当然他最终还是带着属于小丑的智慧被送上了绞刑架。小丑常常扮演一些模棱两可,甚至自相矛盾的角色。所以我很明白,如果莽撞地套上戏服,大喊一声"我又来了",这样是行不通的。

来到米罗考的第一天,我没有走远。我看书,休息,如此这般过了几小时,然后到附近一家餐馆去用晚餐。从桌旁的窗户看出去,小镇柔和的绿光在冬夜里显得十分刺目,与黑暗形成鲜明的对比,甚至都不像绿色了。在我看来,于米罗考这样一个小镇而言,入夜后的街道简直繁忙得不寻常。这不是人们在圣诞节前常见的那种忙碌，没有熙熙攘攘的购物者拎着装满礼物的彩色袋子，这里的人两手空空，为了抵御寒冷，他们将手深深地插在口袋里，却并不因此而待在自己那兴许很温暖的家里。人们从一家家店铺里走进走出，什么也没买。许多商店营业到很晚，就连打烊的店面也留着闪亮的霓虹招牌。从餐厅窗外经过的一张张面孔都是木然的，深深地皱着眉，应该只是因为寒冷，而不是别的什么原因吧。在同一扇窗上，我看到了自己的脸。那不是一张老练的小丑的脸，这张脸松弛，肥软，此时此刻，这张脸的主人看上去毫无生气。外面是米罗考镇，它的街道高低起伏，镇上的居民在便道上挤挤挨挨，它的中心地带沐浴在一片绿光中：一片对我的职业和个人都充满挑战，与我到过的地方一样充满希望的土地——我突然厌倦到恐惧的地步，匆匆忙忙逃回了旅馆。

"在米罗考，严寒之下还藏有另一层寒意。"我在那晚的日记中写道，"小镇的表面之下藏着另一整套建筑和街道，如同许多见不得光的窄巷组成另一个世界。"我写了大概一页纸，最后在上面划了一个大大的叉，上床睡觉了。

第二天一早，我将车子留在旅馆，朝几个街区之外的核心商业区走去。既然是为了研究课题在此逗留，融入当地人之中似乎是我应该做的事情。我费力地穿行在汤森街上（便道上挤满了闲逛的行人），一个身影突如其来地闯入我的视线，令我漫无目的的闲逛顿时有了明确的目标。它就在人群前方，离我大概十五步远。

"托斯博士。"我喊道。

他似乎扭过头来看了一眼，回应我的呼唤，但也许我只是看花了眼。我推开几个穿着暖暖和和的身体和裹着绿衣领的脖子，发现目标仍旧与我保持着原有的距离，可我不确定他是否故意加快了脚步。走到下一个转角，一身黑衣的托斯突然右转，拐入一条陡然向下倾斜的街道，这条街直接通向米罗考凋敝的南部。我走到那个拐角，沿着便道望过去，从坡顶能够清楚地看到他。我看到他穿过人群，远远地甩开了我，而我却被那群人阻滞了速度。不知为什么，便道上的行人让出了供他轻松通过的空间，他用不着费力挤过去。人们的举动看上去像是主动避让，但又不是身体触碰之后突然地闪开。我好不容易才从拥塞的人群中挤出去，跟上了托斯的脚步。他的身影在前方时隐时现。

走到那条下坡路的尽头，行人已经少了许多。继续走过大约一个街区的距离后，我发现自己彻底成了一个孤单的路人。我依旧尾随着一个遥远的身影，希望那仍然是托斯。眼下他走得很快，而且他似乎发现了我在紧追不舍，虽然与其说我在追他，倒不如说他在引导我。我连声呼唤他的名字，只要不是耳朵聋了，他不可能听不见。不过，他毕竟不是年轻人了，甚至称其为中年人也很勉强。

托斯突然横过马路，又走了几步，进入一家没有悬挂招牌的砖头房子里，那房子夹在一家卖酒的店铺和某种修理店之间。在《小丑》中，托斯提到过，米罗考镇这个地区的人守着自己的店铺，而且前来光顾的人也几乎完全是这一区的居民。看着这些小小的店门，我对他的描述深信不疑，因为店铺和它们的主顾看上去是同样一副饱经风霜的模样。尽管这些屋子邋遢得令人生畏，我还是跟着他走进了那间简朴的砖房子，它曾经可能是——也许现在仍是——一间小餐馆。

里面异乎寻常地黑。虽然看不真切，但我已感觉到，这不是一间摆放着舒适的桌椅，生意兴隆的餐厅——比如前一晚我就餐的那家——只有一些物品随意地摆放在各处。而且这里很冷。实际上，屋里似乎比街头更冷。

"托斯博士？"这是个狭长的房间，大约正中间的地方放着一张桌子，我冲那儿喊了一声。桌前围坐着大概四五个人，他们身后是一片昏黑，其中影影绰绰似乎还有些人。桌面上散落着一些书和纸张。一位老人坐在那儿，指着面前纸页上的什么东西，但那不是托斯。老人旁边站着两个年轻人，他们看起来健康而整洁，在那阴冷而疲惫的人群中显得格外出挑。我朝那张桌子走去，他们都抬起头来看着我，没有一个人表现出任何情绪的波动，只有那两个男孩除外。他们彼此交换了一下忧虑而负疚的目光，仿佛做了什么见不得人的事被当场揭露了。他们突然从桌边跳开，冲进背后的黑暗中，一道光忽地一闪，那是他们从一扇后门跑出去了。

"抱歉，"我期期艾艾地说，"我好像看到一个熟人进来了。"

他们一言不发，可是从后面的房间陆陆续续出来一些人，明显是对这儿的骚动感到好奇。不一会儿，房间里就挤满了许多流浪汉一般的人，他们全都朝灰暗的空气瞪着空洞的眼睛。当时的我并未感到害怕，至少不担心他们会对我造成任何人身伤害。事实上，我感觉以自己的力量完全能够轻松地把他们揍得服服帖帖，他们那耗子似的脸看上去真是讨打，不过他们在人数上占绝对的优势。

那些人簇拥成一大群，在光秃秃的地面上轻轻拖动着脚上的鞋子，缓缓朝我走来。他们的眼神很茫然，似乎无法聚焦，我真有些怀疑他们是否知道我的存在。可是，虽然他们看上去昏昏欲睡，却的确是拖着沉重的脚步朝我围拢来。我眼睁睁看着他们不断靠近，急急忙忙地说了些空洞无用的废话。他们用孱弱的身躯推挤着我，这些人竟然不臭，这是我没想到的。（此刻我终于恍然大悟，明白为什么步道上的行人会本能地避开托斯。）我好像被看不见的腿脚绊住了双腿，打了个趔趄，然后站稳了身体。这一晃使我从恍惚的迷乱中惊醒过来，我好像在不知不觉中被催眠了。早在事态发展到这一步之前，我就有离开的打算，但不知为什么，就是无法让自己集中精力，行动起来。这些穷酸凄惨的人靠过来时，我的心智似乎飘飘荡荡地远去了。我猛地感到一阵慌张，推开两旁的柔软的身躯，跑了出去。

户外的空气使我恢复了先前的警觉，我立刻加快脚步朝上坡跑去。我有点恍惚，不敢确定刚才那似乎很危急却又似乎不算危急的时刻是不是自己凭空想象出来的。他们的举动是否受到刻意引导？他们想要恶意攻击，或者只是为了吓唬我？直到跑回绿光浮动的汤森街上，我依旧对刚才发生的事疑虑重重。

便道上依旧人头攒动，虽然只是过去了一会儿，人们的兴致似乎比之前更加高昂了。这种活力只能归功于即将到来的节日庆典。一群年轻人已经提前开始过节，他们显然喝醉了，在街道正中央大吵大闹，招摇过市。从仍然清醒的居民们的谈笑声中，我听出来，公然醉酒是这个冬季节日的传统，符合狂欢节的氛围。我寻找着露天假面舞会开始的迹象，但一无所获：没有穿着鲜艳奇装异服的滑稽小丑，也没有擦着白粉，穿着白衣的丑角。难道人们仍在为冬日女王的加冕典礼做准备吗？"冬日女王，"我在日记中写道，"被人们赋予象征复兴与繁荣的力量，由选拔出来的高中舞会皇后担任。"

12月9日入夜前的那一刻，我坐在旅馆的房间里遣词造句，书写着，思考着。总的来说，感觉还不错。激越的节日气氛在窗外的街头渐渐高涨，我也不由自主地受到了感染。我逼迫自己小憩片刻，期待着一整个长夜的狂欢。当我醒来时，米罗考年一度的盛大节日正在如火如荼地进行着。

5.

外面人声鼎沸，寻欢作乐的声音响成一片。我立刻从床上弹起来，走到窗前向外张望。似乎米罗考全镇所有的灯都在放射光芒，只有山脚下那片地区除外，它已经融入漆黑而空蒙的冬日黑夜中。绿色小镇上似乎无处不在，仿佛空中有条绿虹被融化，渗入了夜色中，向四面扩散，在黑夜里发着荧光。米罗考的街道闪耀着伪造的春天的光亮，一条条小巷里活力四射：一支铜管乐队在附近的一处街角演奏；巡行的汽车鸣着喇叭，不时有行人哈哈大笑地爬上车顶棚；一个男人走出红公鸡酒吧振臂欢呼。我仔细地在庆典的人群中搜寻身着小丑服的身影，叫我欣喜的是，很快就找到一个。那人穿一身红白相间的服装，还戴着一顶相配的帽子，脸上涂着体面的雪花白，白胡须黑靴子，就像一个滑稽版的圣诞老人。

可是这个小丑不像圣诞老人那样受到人们的喜爱和尊敬。我那可怜的同行被一群小混混围在中间，被他们轮番推搡，团团打转。身为遭到戏弄的受害者，小丑一副逆来顺受的模样，可是玩这个小游戏的人却始终不肯罢休。"只有这里的小丑是被挑出来的。"比德尔的声音在我的脑海中回响。"被捉弄"似乎更接近事实。

我穿上厚重的演出服出了门，来到绿光映照的街上。在离旅馆不远处，我被一个人撞上了，他穿着宽松而显眼的衣服，脸上用红蓝两色画着一个扯得宽宽的笑容。其实，他是在一家药店外被几个年轻人推了一把，跟跟跄跄地恰好挡住了我的路。这人在滑溜的便道上站立不稳，一跤跌在街边的一堆积雪上。

"瞧那个怪胎，"一个臃肿的醉汉说，"瞧那个怪胎摔了一跤。"

我的第一反应是愤怒，这时那胖子身旁一左一右地冒出两个人来，我的怒气顿时泄了下去。他们朝我走来，我浑身紧绷，做好大干一场的准备。

"真丢脸。"一个人说，他的左手松松地握着一个酒瓶。

这话不是对我，而是对那个小丑说的。那三个混混猛地一拉，拉得他站了起来，然后又将酒泼在他脸上。他们压根儿没有留意到我。

"放了他吧，"胖子说，"快滚吧，怪胎。瞧呀，他飞起来了！"

小丑一溜烟地跑远，混进了人群中。

"请留步。"我见那三个惹是生非的人正要跟跟跄跄地离开，赶紧叫住了他们。我心里迅速盘算了一番：若要让他们解释刚才这件事，特别是在这样喧闹的节日氛围里，想必只是徒劳。所以，我尽量用快活的语气，提议找个地方，好让我请他们喝一杯。他们没有反对，所以，片刻之后我们便一块儿挤在红公鸡酒吧的一张桌子边。

等酒上了桌，我才告诉他们，我是从镇外来的，问他们是否愿意给我答疑解惑，因为关于镇上的这个节日，我有些事情不太明白。

"我觉得这没什么需要明白的，"胖子说，"就是你看到的那样。"

我问他那些穿着小丑衣服的人是谁。

"他们？他们是些怪胎。今年轮到他们，每个人都有机会轮到。明年可能就是我，或是你，"他指着桌子对面的一个朋友，

"等我们搞清楚你是哪一个——"

"你没那么聪明。"那有可能当选为下一届"怪胎"的人挑衅地答道。

这是个重大发现：扮演小丑的人保持，至少是试图保持，匿名。这种安排也许有助于消除人们的顾虑。米罗考的居民或许担心自己扮演小丑会让邻居，甚至是亲戚蒙羞。从后来观察到的现象看，人们对丑角的伤害程度十分有限，顶多只是一般的打闹。况且，真正趁节日之机捉弄小丑的人只是偶尔出现，大部分当地人都只是隔岸观火便已经满足了。

在解释这项传统的内涵方面，三位年轻的朋友算得上毫无帮助。对他们来说，这不过是一次大型娱乐活动。也许大部分米罗考人都是这样想的，这一点无可厚非。虽然我们对圣诞节已相当熟悉，但若要详细解释这个节日的庆祝方式是如何演变而来，恐怕普通民众是做不到的。

我离开了酒吧，虽然喝了几杯，但行动起来还算自如。街头的狂欢仍在继续，同时从好几个地方传来嘈杂的音乐声。在这样一个冬天的夜晚，米罗考由一个平静的小镇摇身一变，成为一处农神节的飞地。可是土星[1]本身是一颗象征着忧郁和贫瘠的行星，因此这个词本身就包含着彼此矛盾的含义。我半醉半醒地在街上游荡，发现这场冬季狂欢中存在着一个不和谐的因素，似乎暗合托斯那篇与小镇有关的论文中有所隐瞒的密钥。有趣的是，正是由于对这个节日的外在属性不是那么熟悉，我才得以认识到它的本质。

我混进街上的人群中，尽情享受着周遭的喧闹与扰攘。突

1　土星（Saturn）源于罗马神话中的农神萨图努斯（Saturnus）。

然，我看到一个怪模怪样的家伙在前面的街角处徘徊。这是米罗考的一个小丑。它的衣服很破旧，而且不伦不类，像个流浪汉，但全无喜感。不过，那张脸足以弥补服装的平淡无奇。我从未见过这样奇诡的小丑面孔。它站在一盏昏暗的街灯下，朝我转过头来，我顿时产生一种似曾相识的感觉。那瘦削、光滑而苍白的脑袋，大大的眼睛，还有那椭圆的五官，与那幅名画中那脸似骷髅、放声尖叫的人像（我一时想不起画的名字）简直一模一样。在表达恐惧与绝望效果这一方面，它丝毫也不逊于那画中的人物。比起生活在地面之上的生物，它那种阴森可怖的模样更适合地下的怪物。

从第一眼看到这个怪物起，我便联想到山脚下那片贫民窟里的居民。它的一举一动中也透露着同样令人作呕的迟钝和无力。若不是刚喝了酒，我也许不会有足够的勇气采取接下来的行动。看着那病恹恹的骗子站在那儿，我气不打一处来，便决定践行这个冬季节日中一项可敬的传统。我走到拐角处时，笑着往那个怪物身上撞过去——"哎哟！"——他跌跌撞撞地后退，摔倒在便道上。我一边笑一边环顾四周，希望能获得周遭人群的赞赏。然而，似乎没有任何人愿意欣赏，甚至是承认，我所做的一切。人们没有和我一起笑，也没有开心地指指点点，只是从我们旁边路过，似乎还加快了脚步，纷纷远离事件发生的现场，并且保持一段距离。我马上意识到自己违反了约定俗成的规矩，虽然我自认为没有任何行为不妥之处。我突然想到，我甚至可能被逮捕并遭到起诉，因为若是在其他情况下，这绝对属于一种犯罪。我转过身去，想扶着那小丑站起来，尽量挽回自己的过错，可是那家伙已经不见了。我板着脸离开了自己犯下过失的现场，躲到其他那些没有见证者的街道中去了。

我晃晃悠悠地走过一条又一条偏僻的小路，又一次精疲力竭地停下来，坐在一个挤满顾客的售卖三明治的小店柜台前。我点了一杯咖啡，希望略带醉意的脑子能够清醒起来。我双手捧着杯子，一边取暖，一边慢慢地啜饮，看着外面的人鱼贯从窗前经过。时间已过午夜，街上依旧行人如织，谁也不想回家。一队装扮奇特的狂欢者从窗前走过，我本是靠着椅背满足地欣赏他们，最后突然出现一张面孔，叫我一下子跳了起来。那阴森森的小个子小丑很像先前遭到我粗暴对待的人。它们的面孔同样可怕，却又有些地方不同。我怀疑这镇上可能有两个这样恐怖的怪人。

我想再看那小丑一眼，可是当我迅速在柜台前付完钱冲出去，它已经踪影全无。除非便道旁密集的人群本能地允许这人从拥塞的队伍里穿过，就像对待托斯那样，否则我真想不明白它是怎么消失的。这些小丑在街上畅行无阻，就连最闹腾的狂欢者也不会打扰它们。我终于明白了节日的一项禁忌：见到这样的另类小丑，绝对不能招惹，甚至应该躲开，就像躲开小镇边缘那片贫民窟里的居民一样。但我还是本能地感觉到，虽然贫民窟小丑们在节日上不受欢迎，但两种小丑之间存在着某种联系。贫民窟小丑可能被视为这个团体天经地义的一部分，可以用自己的方式庆祝节日。总而言之，这群忧郁的哑剧演员构成了一个完全独立的节日——一个节日中的节日。

回到房间后，我将自己的推测尽数记录在专为这次历险准备的日记本里。以下是部分抄录：

> 米罗考的居民对贫民窟地区的人表现出一种迷信的态度，特别是当他们像刚才那样，带着可怕的，象征着他们自己节日的面具出现时。这两种同时举行的节庆活动之间有什

么关系？是否其中一个领先于另一个？如果是的话，哪一个在先？我对于这个问题的观点是——仅是我的个人观点而已，并非定论——米罗考的冬季节庆比较晚一些，它出现在那些令人压抑的苍白小丑的节日之后，是为了掩盖它，或减轻它的影响。我又想起节日期间的自杀事件、托斯论文中提到的"小气候"、二十年前伊丽莎白·比德尔的失踪，以及我自己今天与那些在人群边缘徘徊的人的遭遇。关于我对这种令情绪消沉的小季节的体验，此时我不打算多说。我惯有冬季抑郁的毛病，因此原因不好判断。但提到普遍性的心理健康问题，我不由得想起托斯撰写自己在精神病医院调研经历的那本书（几乎可以肯定，就在马萨诸塞州西部。查对这本书和米罗考的新英格兰血统可知）。冬至就在明天，不过要等到午夜过后。当然，每年的这一天里，夜晚是最长的。应该注意的是，这与自杀和精神错乱等症状的增加有一定关联。回忆托斯在论文中记录的自杀者名单，其中有一些姓氏重复出现，作为在一个小镇上收集的数据，这种情况实属正常。在这些名字中出现了一次或两次比德尔。也许，这其中有遗传方面的影响，与托斯所说的神秘的小气候毫无关系，这种看法无疑是令人兴奋的，似乎与这个城镇的各种外在和内在环境相契合，但它是一个无法证实的想法。

不过，有一件事几乎可以肯定：米罗考的居民分为截然不同的两种类型，从而导致两个节日和两种小丑的出现——在这里，小丑这个词涵盖的范围很大。但是两个群体之间有一种联系，我自认对这一联系已经窥得一二。我说过，镇上的普通居民把来自贫民区的人，尤其是他们的小丑形象和迷信联系在一起。但除此之外，还有恐惧，也许是仇恨——一段强大的非理性记忆产生的仇恨。我似乎很清楚是什么对米罗考产生了威胁。回想起今天早些时候，在那个空空如也的餐馆里发生的事情——"空空如也"这个词用在这里再恰当不过了。那光线暗淡的房子里虽然有那么一群人，数量还不少，可是他们的眼睛像无法聚焦，不能认真看任何东西，而且他们的面孔憔悴、倦怠，脚步拖沓又懒散，一副魂不守舍的样子。从那里逃走的时候，我有一种心力交瘁的感觉，也是在那一刻明白人们为什么要躲开这些人和他们举办的活动。

我不能质疑创建这个冬日节庆传统的米罗考先辈们的智慧，他们在最漫长、最黑暗的冬至日，在这个最容易叫人沮丧和抑郁的日子里，为小镇居民带来一个欢会和社交的由头。显然，圣诞节的快乐气氛不足以对抗这个季节的威胁。可惜，我想，还是有些人与这些生机勃勃的庆祝活动断开了连接，选择了自杀。

这个潜在的小气候的本质似乎决定了米罗考这个节日的外在形式：用绿色植物的生机对抗低潮期的灰暗，冬日女王许下丰饶的承诺，还有我最感兴趣的小丑——遭到粗暴对待的装扮鲜艳的米罗考小丑。他们似乎是为了替代那些来自贫民窟的黑眼睛的哑剧演员。人们对后者拥有的某些权力或影响感到恐惧，但通过对峙并征服他们的代替者，便象征性地征服了那些小丑。代替者正是为此而选拔出来的。如果我猜得不错，那么我还希望了解，在这种间接征服的行为中，小镇的民众有多大程度上的自觉意识。今晚我访问的那三名年轻人似乎并没有太多的洞察力，他们对这个节日传统的了解仅限于可以痛痛快快找乐子而已。就这一点而言，这两个彼此对立的节日的另一方，那些人又明白多少呢？细想起来恐怖至极，但我不由得猜想，贫民区的居民看似漫无目的，可如果他们并非唯一知道他们在做什么的人呢？不可否认，在那些毫无人味儿的痴呆表情背后，似乎有一种令人讨厌的智慧。

今晚在街上晃悠时，我看着那些椭圆嘴巴的小丑，不禁产生一种感觉，似乎米罗考所有的节庆活动都是在他们的默许之下进行的。我希望这只是一种异想天开的托斯式的直觉，一种猎奇的，叫人浮想联翩，却不可能得到证实的想法。我知道，我的头脑不算很清醒，但仍觉得自己或许能够看透小镇的复杂表象，挖掘冬季节庆隐藏的另一面。我迫切希望探索另一个节日的意义。这也是一种祈求丰饶的庆典吗？从我所见而言，这个"亚庆典"的要旨似乎是"反丰饶"，如果它真的有要旨的话。这些年来，他们如何做到不让自己彻底消失的呢？他们如何维持会众的人数？

我太累了，混沌的脑子再也无法继续做出任何推测，便一头栽倒在床上，很快就迷失在街道和面孔组成的梦境中。

6.

当然，第二天早上醒来时，宿醉仍未彻底消退。节日仍在继续，街上喧闹的音乐声将我从一个噩梦中唤醒。这是一场大游行。许多花车正沿着汤森街开过来，那熟悉的颜色依旧全面统领着小镇。这些主题花车中包括朝圣者和印第安人、牛仔和印第安人、传统小丑等等。在游行队伍最中间，被簇拥着的是冬日女王本人，她坐在冰晶宝座上，朝四面八方挥手，我甚至想象着她也朝我所在的黑色窗户招了招手。在初醒的几分钟里，我的头晕晕乎乎的，前一晚的兴奋踪影全无。可是不一会儿，我便发现先前的热情并未真正消失，它只是静静地蛰伏在那里，很快就卷土重来了，而且愈加高涨。于我而言，每年的这个日子是最为消沉的时候。我会待在家里，听着伤感的旧唱片，望着窗外，但是眼下的我却从头脑到感官都感到空前的活跃。能够投身于一份意义十足的狂热当中，我感到一种隐隐约约的感激之情。我迫不及待地去咖啡店吃了早餐，然后打算立刻开展工作。

当我回到房间时，发现锁上的门被打开了。梳妆镜上写着一些话，字迹是红色的，有些黏腻，像是用小丑的化妆笔写的——我突然醒悟过来，是我的化妆笔。那句话，更确切地说，那是一个谜语。我读了好几次："在死亡之前便将自己埋葬的是什么？"我盯着它看了好一会儿，惊诧于自己的房门竟然如此容易被攻破。这算是警告吗？它是在威胁我，如果我接着做某件事就会被活埋？我告诉自己多加小心，并且下定决心，绝不允许任何事情阻挠我将那个即兴而得的计划进行到底。我把镜子擦干净，眼下它还有别的用场。

我利用这天剩下的时间设计了一套非常特别的服装，并精心描画了相配的妆容。我撕破大衣上的口袋，又把它弄得污迹斑斑，这便是一件邋遢破旧的衣服，再加上蓝色牛仔裤和一双相当破旧的鞋子，一身无家可归者的行头就置备整齐了。不过，化妆要困难一些，因为我只能一边回忆一边尝试。靠着想象着那幅画中小丑尖叫的模样（现在想起来了，那幅画就叫《尖叫》），倒是顺利不少。傍晚时分，我从后楼梯离开了酒店。

顶着这样一副阴森的伪装走在人潮涌动的街头，感觉十分怪异。我本以为自己会很显眼，实际上却像是成了一个隐身人。当人们从我身边经过，或是我从他们旁边经过，又或是我们擦肩而过时，没有任何人多看我一眼。我就像一个幽灵——来自从前的节日，或是即将到来的节日的鬼魂。

这身装扮会带来什么样的奇遇？我对此一无所知，只是模糊地期待着，期待得到幽灵同伴的信任，甚至以某种方式窥探他们的秘密。我有样学样，一厢情愿地跟着他们，懒洋洋地四处溜达。换句话说，也就是什么事也不干，也不能闹出任何动静。如果在便道上遇到一个同类，我不会与对方交谈，不会交换心照不宣的目光，根本不会表现出认出对方的样子。我们只是待在米罗考的街上，仅此而已。至少我是这样的感觉。我到处闲逛，人们却对我视而不见。我感到自己变得越来越空洞，轻飘，我看得见别人，别人眼中却没有我。我走来走去，与我分享同样秘密的那些讨厌的家伙们根本不来过问。这种体验倒也不是那么无聊，甚至还有几分乐趣。我仿佛是朝更高等级的小丑进修的学徒，小丑的口头禅"我们又来了"对我而言有了新的意义。不多时，一个深入探查的机会便自动出现了。

一辆敞篷卡车沿着对街驶过来，参加庆典的人潮一遇到它便轻轻分开一条路。卡车运载的货物很是古怪，全都是我们这样的小丑。开到街区的尽头，车子停下来，又有一些这样的小丑翻过后门上了车。再开过一个街区，又有一个人上去了。然后，卡车在十字路口掉了个头，朝我的方向开过来。

我效仿同伴的样子站在路边。我担心他们认出我只是个模仿者，所以并不确定那辆车是否会带上我。可是，卡车开始减速了，开到我面前时，几乎正好停下。车上的人挤挤挨挨地坐在车斗的地板上，大部分只是像往常一样冷漠地瞪着空气，我对此早已见怪不怪。但是有几个却瞥了我一眼，眼神中带着些许期待。我犹豫了片刻，不确定自己是否应该打退堂鼓。不过，最终我还是脑子一热爬上车斗，挤了进去。

又拉上为数寥寥的几个小丑之后，车子朝着米罗考的郊区驶去。起先我还努力地辨认着行车的方向，可是，卡车在黑暗中沿着狭窄的乡道转过一个又一个弯，我也渐渐地彻底丧失了方向感。车上的大部分人似乎对自己身边的同伴浑然不觉。我的目光从一张张鬼魂似的脸上扫过。有几个人低声而短促地交谈着什么。我听不清说话的内容，但是他们的语气似乎很平常、随意，似乎不是来自米罗考冷漠贫民区的居民。我想，也许这些人刻意追求惊悚，和我一样是冒牌货，又或者，他们是初加入的新人。也许就在我昨天无意闯入的那场会议上，他们提前收到了指示。而且，在这一群人中极有可能藏着被我吓得从旧餐馆夺路而逃的两个男孩。

卡车开始加速，驶上了一片相当开阔的乡间荒野，朝着米罗考远处的那些颇有些高度的小山开去。刺骨的寒风在呼啸，我冷得不住地哆嗦，这个动作彻底暴露了我新人的身份，因为挤在我身边的那两个人身体一直是僵直的，一动不动，甚至似乎在从自己的体内向外辐射寒意。我朝前方的黑暗张望，想知道卡车正在飞速驶过的是些什么样的地方。

开阔的乡野已经被我们抛在身后，道路两侧变成了密林。这时候，卡车开始朝一个陡峭的上坡攀爬，大部分人都将身体斜靠在隔壁的同伴身上。在我们上方，那座小山的山顶，树林中出现了一些闪烁的灯光。驶上平路后，卡车猛地一转弯，开进一个类似深沟的地方。不过，这儿有一条没有铺柏油的路，汽车奔驰在路面，朝不远处的亮光开去。

汽车越驶越近，那光芒也变得愈加明亮，更加锐利，它在树林中晃动着，先前一片漆黑的地方现出了许多的细节。车子驶进一片空地，停了下来。我看到一些人影稀稀拉拉地站在那儿，其中许多人举着灯笼，灯笼中透出刺眼的寒光。我像大家一样从车斗上站起身来，打算下车。我从高处俯瞰四周，见到约莫三十来个形容枯槁的小丑在兜着圈子。同乘的一个伙伴发现我仍在车斗里流连，便压低嗓门，用一种尖锐的怪声叫我快一点，还解释了一番"黑暗顶点"什么的。我不由得又想到冬至的夜晚。从理论上说，这是一年中最长的一段黑暗时期，虽然与其他的冬夜相比长得不是很多。不过，它真正的意义与统计数据和历法没有关系。

我朝渐渐聚拢的人群走去，他们每一个人的细微的动作与表情都透着一种期待的意味。他们交换着眼神，一个人用手轻轻地碰了碰另一个的肩膀，长着黑眼圈的眼睛朝一个方向望去，在大约六英尺开外的地方，两个人把点亮的灯笼放在了地上。灯笼照亮了地上的一个坑洞。最后，大家的注意力都集中在这个圆形的坑上，像是收到提前安排好的信号一般，在它周围挤成一团。所有人都沉默不语，只能听见呼啸的风声，还有脚下踩碎的冻树叶和树枝发出的声响。

最后，我们终于将这个豁开的洞口团团围住。有人率先跳进去，先是消失了片刻，然后再次出现，从上方另一个人手中接过递过去的灯笼。深坑被照亮了。据我观察，它的深度应该不会超过六英尺，其中一面墙上有一个入口，通往一条隧道。拿着灯笼的人稍稍弯腰，消失在隧道里。

我们依次跳进了漆黑的坑里，每五人当中有一人负责拿灯笼。我一直游离在队伍的最后，因为我很确定，不论地面下会发生什么事，我只想留在外圈的位置。地面上只剩下十人左右时，我数着人数往前挪了挪，让自己排在第五个，这样也许能拿到一个灯笼。这办法果真奏效了。我跳进坑里，有样学样地接过别人递过来的灯笼。我向后一转，快步走进了通道。我在那一瞬间浑身颤抖，不是因为好奇和恐惧，而是因为冷。终于能有个地方可以避风叫我感激涕零。

我走进一段长长的坑道，它略有些倾斜，刚好够我站直身体。与外面漆黑寒冷的树林比起来，这里暖和多了。不多久，我那被冻僵的脑子缓了过来，考虑的问题也从身体的舒适升级为自己的人身安全。我一边走，一边将灯笼凑近隧道的墙壁。墙面比较光滑，不像是人工挖掘而成，从坑道的大小和形状上，能够将挖掘者的模样和体形窥得一斑。我顿时产生了一个疯狂的想法，房间镜子上留下的那行字浮现在脑海中："在死亡之前便将自己埋葬的是什么？"

我加快了脚步，跟在前面那些怪模怪样的洞窟勘探者后面，前面的灯笼也随着他们的脚步摇曳着。往这条暖和的小隧道里走得越深，这支缓缓行进的队列就显得越不真实。这时候，我看到前面的队伍在不断缩短，人们走进了一个洞穴似的大厅中，我也很快就到了。这地方大约有三十英尺高，整体看上去像一个大舞池。我盯着洞顶的高度，不安地意识到我们已经钻入地球的深处。与隧道光滑的墙面不同，这里的洞壁看起来凹凸不齐，像是被啃噬出来的一样。挖出来的泥土大概已经被移走了，要么是通过我们进来的那条隧道，要么是通过房间周边的那些——我在边缘处看到许多的黑色的入口，也许它们都通往地面。

不过，叫我格外留意的不是这个大厅的结构，而是里面的人。在这个巨大的洞穴中，我几乎见到了所有米罗考贫民区的居民，或许还不止。他们的脸上都画着同样怪异的大眼睛和椭圆形的嘴。他们围着一个祭坛模样的东西围成一圈，祭坛上盖着如皮革一般的黑色覆盖物。而在祭坛之上，另有一块同样材料的覆盖物将一团东西盖住。在这东西的后面，是唯一一个没有化小丑妆的人，他正站在那台子上，俯瞰着下方。

他穿着一件雪白的长袍，稀疏的头发也是一样的白色。他一动不动，双臂平静地垂在身侧。我曾坚信他能洞察惊世的秘密，如今他正以多年前叫我折服的姿态站在我们面前。可是，一想到他那威严的外表下，那深不可测的皱褶里藏着什么样的秘密，我就感到不寒而栗。我来到这里，就是为了挑战这样一个可怕的人物吗？我所知道的那个托斯，似乎根本不足以表明他的任何身份。或许我该以他的化身来称呼他：智慧之神、圣书作家、魔力之父、三位一体之神等等——也许我还是称呼他托斯好了。

他将双手掬成杯状，朝会众高高举起，仪式开始了。

整个仪式很简单。在此之前一直保持沉默的人们突然爆发出无比尖锐和高亢的歌声。这场大合唱充满了悲切、哀伤和羞愧的意味。刺耳的、带着哭腔的合唱在洞穴里回荡开来。我也加入了会众的行列，试图将自己的声音融入他们那残破的歌声中。可是，我无法模仿他们的歌声，因为我的声音里有些嘶哑，与同伴尖声的号哭并不协调。为了不暴露自己潜入者的身份，我继续模仿着他们的嘴型，假装唱着歌词。歌词中透露出一种郁郁寡欢的恶毒，直到那时我才意识到，这些人在街头出现时，心中竟然怀着如此巨大的恶意。他们将歌声献于"天堂中的胚胎""纯净的死去的生命"。他们为存在，为它所有重要的形式和季节唱挽歌。他们的理想是抑郁地苟活着，向一切死亡与灭绝的形态称圣、臣服。一张张瘦削的面孔毫无血色，颤抖着，尖叫着，发泄对自己的憎恶。那身着长袍的老人，那被围在中间的人，引导仪式的进行——二十年后的今天，他已经升任高级祭司——而我一直将从他身上学到的点点滴滴当做自己的人生信条。这感觉很难诉诸笔端，而且对于我接下来即将讲述的事而言，也纯属浪费时间。

歌声戛然而止，这时高大的白发老人开始说话了。他欢迎新一代成员的到来——自从"纯族"加入并不断扩张他们的队伍以来，二十年已经过去了。对于身处如此情景之中仍尽力保持着理智和镇定的我来说，"纯"这个词简直是种暴力，因为接下来的事简直是触目惊心。托斯——我用这已经作废的名字称呼他，只是为了叙述方便而已——结束了他的布道，并走近那黑色材料盖住的祭坛。然后，他不改从前的意气风发之态，将最上面那层遮盖物猛地一拉，露出一具四肢瘫软的躯体，又仿佛是一个瘫倒的木偶正趴在石板上。我为了离出口的通道近一些，我站在人群的最后，因此未能将台上的情景看得十分清楚。

托斯低头看了看那蜷曲的，如洋娃娃一样的躯体，然后朝人群望去。我仿佛看到他与我也有过一番眼神交流。他张开双臂，口中念念有词，一连串不知所云的吟唱从他口中传了出来。会众开始骚动，虽然不算激烈，但我能够有所感觉。直到此刻，我依旧认为这些人的邪恶是有底线的，至多也就是这样了。他们不过是心灵有些扭曲，只是信仰偏离了周遭健康的社会秩序而已。如果说在作为人类学家的这些年里我学到了什么，那就是，这个世界存在许多匪夷所思之事，就连我们认知中的正常社会（无论"我们"是谁）都可能被视为异常，有时甚至连"异常"这个概念对我也毫无意义。可是我接下来目睹的这个场面，却突破了我良知的底线。

接下来便是"蜕变"发生时的情景，这场滑稽戏的高潮。

起初的转化很慢。离我站立处最远的那一侧传来越来越大的骚动声。有人倒在地上，周围的人往后散开，祭坛上的声音仍旧吟唱不休。我伸长了脖子想要看个清楚，可是身边太过拥挤，只能从阻挡视线的身躯中寻找缝隙，将发生的情况看个大概。

倒在地上的人渐渐没了从前的模样。这不过是小丑的把戏。他们是小丑，不是吗？我也能一边同时扔着四个白球，一边把它们变黑。小丑有的是叫人瞠目结舌的绝活。而且，在许多庆典中，本就有一些杂耍是利用观众在狂热之中产生的幻觉才能成功的。真是一场精彩的表演，我暗自在心里发笑。在蜕变的过程中，那人身上的小丑装扮也消失了。哦，天啊，小丑，别这样！小丑，你的胳膊呢？你的两条腿融为一体，你开始在地上蠕动起来。那替代了面孔的，像张开的肚脐般的东西是什么？是什么在死亡之前便已将自己埋葬？全能的智慧之蛇——征服者爬虫。

这时，大厅里到处都有人开始蜕变。教众的成员们呆呆地瞪着眼睛，先是一动不动，然后开始变得令人作呕。托斯大声而高亢地念诵疯狂的祷词或咒语，人们发生转化的速度随之越来越快，最后开始整齐地扭动着向祭坛涌去，托斯对这群蠕动着前来的生物表示欢迎。那一刻我终于知道祭台上那个无力的身影是谁了。

她是少女神[1]，是珀尔塞福涅[2]，是克瑞斯[3]的女儿，也是冬日女神：被强抢到冥府去的姑娘。只是这孩子没有神界的母亲前来搭救，因为她的生母早已不在人世。我目睹的这场献祭是二十年前

---

[1] 珀尔塞福涅的别名为戈莱（Kore，即少女的意思）。
[2] 古希腊神话中冥界的王后，她是众神之王宙斯和农业女神德墨忒尔的女儿，被冥王哈迪斯绑架到冥界与其结婚，成为冥后。
[3] 罗马神话中的农业和丰收女神，罗马十二主神之一。对应希腊神话中的德墨忒尔。

那一次的效仿，那是上一代人的狂欢魔宴！如今，母亲和女儿都成了这地下魔宴的受害者。看到那个身影在祭坛上扭动，抬起它那冷酷而美丽的头，朝着向她渐渐凑过来的沉默的嘴放声尖叫，这时我才恍然大悟。

我溜出山洞，跑进了隧道。（我一直告诉自己，对这件事我无能为力。）那些尚未开始蜕变的人追了上来，他们本来能够追上我，对此我毫不怀疑，因为我冲进隧道不远处就摔了一跤。在那一瞬间，我以为自己也难逃蜕变的命运，万事皆有可能。我听到追赶者的脚步声渐渐迫近，以为结局已定，那将是落到人类身上的最残忍的结局——神祇们首先使其疯狂的人才知道的那种死亡。更糟糕的是，我也许也会被摆上圣坛，与"冬日女王"那鲜血淋漓的残骸做伴。可是，身后的脚步声最终停了下来，撤退了。他们听见大祭司的声音在发出号令。我也听见了号令，可是我真希望自己没有听见，因为在那一刻之前，我存着一丝侥幸，认为托斯也许不记得我是谁。正是那个曾为我传道授业解惑的声音。

所以我得到了一线生机。我挣扎着站起身来，刚才那一摔，已经把灯笼摔坏了。我顺着原路摸黑往回跑。

一切似乎发生在分秒之间。我走出隧道，爬出了大坑，一边狂奔着穿过树林，一边把脸上被烟熏黑的化妆油彩抹干净，回到公路旁。一辆途经此地的轿车停了下来——我没给它别的选择，除非把我撞倒。

"谢谢你肯停车。"

"你在这鬼地方搞什么？"司机问。

我喘了口气说："闹着玩儿，狂欢节嘛。朋友们觉得这样好玩。请开车吧。"

　　车子开到大约离镇子一英里的地方，便把我放了下来。从那儿开始，我就认得路了。这是我在夏天拜访米罗考时走的那条路。我在镇外那座小山顶上站了一会儿，俯瞰着这个忙碌的小世界。参加节日狂欢的人群依旧熙熙攘攘。我朝那亲切的绿光走去，默默地汇入了庆祝的人群中。

　　我回到了旅店，发现大堂一个人也没有，这才放下心来。我一副灰头土脸的模样，很不情愿被人碰见，询问我发生了什么事。旅馆的前台无人照看，我也省得跟比德尔打招呼。实际上，整个旅馆中充斥着一种被遗弃的氛围，这让我感到几分不祥。可是我并没有停下脚步细想。

　　我一路小跑着上了楼，来到我的房间。进了屋，锁上门，我一下子瘫软在床上，很快便被仁慈的黑暗包围了。

7.

　　睡醒时已经是第二天的早上。我从窗口望出去，发现昨晚降下一场大雪，整个小镇和周围的乡村都是一片银装素裹，这完全出乎我的意料之外。残余的雪花飘荡在已经变得荒凉的米罗考街头，庆祝和欢会的最后一丝痕迹也被积雪掩埋了。节日结束了。大家都回到家中进行休整去了。

　　我也正有此打算。至于昨晚见到的事，我只能先离开这个镇子，才能考虑如何采取行动。这事如果传扬出去是否会有好的结果，我对此没有把握。我若是对米罗考贫民区居民提出指控，很可能被当作一场骗局或节日幻觉，遭到驳回，而且从此以后，那份卷宗将与雷蒙德·托斯的著作放在一起。

我用双手提着收拾好的箱子，到前台去结账。柜台后的人不是塞缪尔·比德尔。那人好一番翻找，才找到我的账单。

"找到了。一切都好吗？"

"挺好的，"我用呆滞的声音回答，"比德尔先生在吗？"

"不在，恐怕他还没回来。他一整夜都在外面，找他的女儿。她是个很受欢迎的女孩儿，冬日女王什么的，胡闹的把戏。也许他能在某个聚会上找到她。"

我从嗓子里轻轻地嗯了一声。

我把箱子扔在汽车后座上，上了车。那个早上看到的一切，如今回忆起来都不真切了。雪花纷纷扬扬地飘落，我透过风挡看着它们，多么缓慢、安静而迷人。我发动了汽车，习惯性地瞥了一眼后视镜。那一瞥之下的景象，如今回想起来仍历历在目，犹如当我回头去证实这景象是否真实时，它被框在我的汽车后视镜里的样子。

托斯和另一个人就在我的汽车背后，在街道的中央深及脚踝的雪地里。我仔细瞧了瞧那个人，发现正是我在那间餐馆无意撞见的两个男孩中的一个。不过，他如今也换上了和同伴们一样无精打采的表情。他和托斯死死地盯着我，没有任何要阻止我离开的迹象。托斯知道，这样做毫无必要。

在驾车回家的路上，那两个阴沉的身影一直翻来覆去地出现在我脑海中。直到今日，那段经历的严重后果才尽数在我身上展现出来。到目前为止，我为了逃避上课一直称病在家，我再也无法像从前那样正常生活。如今我所承受的，是比人类记忆中所有的冬季更为寒冷荒凉的季节和气候带来的影响。在心中回溯过去的事似乎没有任何帮助。若要说有的话，那就是我感觉自己正越来越深地坠入一个柔软的白色深渊。

在某些时刻，我几乎彻底溶入了内心的纯净和空旷之中，那里是未出生者的天堂。我还记得，当我带着伪装，在米罗考的大街上游荡时，周遭那些醉醺醺、闹哄哄的身影都与我保持距离，那时的我曾短暂地沉浸在一种陌生的感觉中：无法触及。就是这种无法触及的感觉，让我感到自己从生活的重压中得到了解脱。可是我对这种充满诱惑的怀旧心存畏惧，因为它嘲笑我，笑我的存在是那样愚蠢，是一张我试图用来遮盖自己阴暗面的鲜亮的小丑面具。我知道正在发生着什么，我不希望这件事成真，可是托斯宣称这件事是真的。我还记得，当我无助地趴在隧道中时，听见托斯对那些人发布的号令。他们本来可以抓住我，但是托斯，我旧日的恩师，命令他们回去。他的声音在洞穴里回荡，从那一刻开始，它也在我心灵的深处回荡。

"他是我们当中的一员，"那声音说，"他一直就是我们当中的一员。"

如今，正是这个声音充斥着我的梦境，我的每一个白昼和每一个漫长的冬夜。托斯博士，透过窗外的白雪，我看见你了。不久我将独自庆祝这最后的盛宴，我将杀死你的言语，只为证明我已经懂得其中的真理。

献给 H. P. 洛夫克拉夫特

抽屉里的眼镜

1.

去年此时，也许正是这一天，普洛姆又到我家里来了。我常常外出旅游，但他似乎总能知道我何时返回，并且总是不请自来地出现在我家门前。我住的老房子已破旧不堪，但在普洛姆眼中，它似乎是一座装满奇迹的宫殿。他总是盯着高高的天花板和古旧的家具看个不休，仿佛每一回都能从中品味到新的魅力。那一天——是个阴天，我记得——他也是这么做的。后来，我们走进一间宽敞的房间，里面只有寥寥可数的几件家具。

"这趟旅行感觉如何？"他问，一副颇有兴致的模样，仿佛打算这般温文尔雅地与我交谈一番。从他的笑容能够看出——毫无疑问，他在效仿我的笑容——他很高兴再次来到我家，与我待在一起。我挂着同样的微笑，站起身来。普洛姆自然是与我一同起身，几乎称得上亦步亦趋。

"可以走了吗？"我问，心里想的却是：多么讨厌的人。

我们的鞋底缓缓敲打着通往楼梯间的硬木板，然后上了二楼——我已经将二楼完全清空——然后顺着一段狭窄的楼梯来到三楼。虽然我曾多次带领普洛姆走过这条路，但从他那飘忽不定的眼神中，我看得出来，墙上的每一道裂缝，上方角落里的每一片蛛网，房间里每一股浑浊的气流，对他而言都是到达目的地之前令人兴奋的前奏。三楼大厅的尽头处有一段木质小楼梯，只是简单的一架梯子，它通向一间旧储藏室，我将自己的一些收藏品存放在那儿。

这间储藏室无论如何也算不上宽敞，里面还密密匝匝地挤着许多高大的橱柜、直抵屋顶的置物架和各种各样的箱子和板条箱，按普洛姆的话说，它们叫这房间显得更加封闭了。有一段时间它们只能这样凑合挤在一起。无论如何，普洛姆似乎很喜欢这种感觉。"啊，高深莫测的密室，"他说，"你所有奇珍异宝的藏身之所。"

我想，这些"奇珍异宝"——援引普洛姆的说法——从某种程度上来说，的确非比寻常。普洛姆最喜欢做的事，便是从我这些稀奇古怪的收藏中走过，从中挑出一些来，然后在房间正中满是灰尘的沙发上坐下，把它们堆放在腿上，一一过目。不过，尽管普洛姆对每一样都爱不释手，但最受他青睐的还是我结束每一次漫长旅途后带回的新藏品。所以，我立刻将那把双柄单刃匕首拿了出来，它的刀刃是用磨光的石头做的。一见到这把用于仪式的刀具，普洛姆就将摊平的手掌伸了出来，而我则将这古怪的物件放在那平稳的"祭坛"上。"什么样的人物，才能做出如此精美的物品？"他有些夸张地问道。他不指望我回答这个问题，或许根本不喜欢有答案。当然，我也只是微微一笑，并未做进一步解释。不过我留意到，"神秘珍宝"最初展现的魔力在迅速地消退。包围在普洛姆周围那闪闪发亮的迷雾消散得如此之快，很快便露出了内里清晰而单调的真相。我必须加快速度。

"看这个，"我一边说，一边打开衣橱，伸出胳膊在暗处摸索着，"你手里拿着这件祭祀用的非常原始的工具，身上应该披着这个。"我把一件袍子绕上他的肩头，那块布料印着怪异的图案和色块，足以裹住他瘦小的身躯。他对着衣柜门内面镶嵌的镜子自我欣赏起来。"瞧那镜子里的长袍,"他几乎是嚷嚷起来,"图案全都倒转过来了,越古怪越好看。"普洛姆站在那儿自我欣赏时,我趁他尚且来不及粗心犯错,从他手中拿下了匕首。于是,他的双手能够自由地冲着灰扑扑的天花板以及他想象中的黑暗之神高高举起。我用两只手分别抓住匕首的一个把柄,突然把它举过他的头顶,然后握住不动。过了一会儿,他开始咯咯直笑,然后陷入了一阵讥讽的欢喜。他跌跌撞撞地走到旧沙发上,在软垫上趴了下来。我跟着他的脚步,但走到他面前后,我将一本书,而不是那把浅蓝色的匕首,放在他胸口上。他用瘦削的双腿支起一个平台,把那本大书放在上面,稳稳地支好,然后将僵硬的书页翻得"噼啪"直响。这声音似乎对他有着莫大的吸引力,就像书中那种他根本不知属于何种语系,更不可能读懂的语言一样。

"提奈住持丢失的魔法书,"他咯咯笑着说,"抄录语言为——"

"纯属瞎猜,"我打断他,"猜错了。"

"那就是禁书《寂静圣歌》,一本没有作者的书。"

"有作者,只是不存在于这个世界而已,我对你介绍过这本书,稍加回想就能知道,可你总是这样不着边际。"

"呃,要是能给个提示就好了。"他的语气中透着急躁,我很是吃惊。

"你不觉得猜测的过程更叫人享受吗?"我暗示他。一阵令人不安的沉默。

"没错,我享受。"他终于回答道,然后贪婪地阅读起这份高深莫测的古籍手稿来。

事实上,在所有同类别的书中,这本圣书中揭露的秘密是最真实的,因为我从未想过用虚假的秘密欺骗我的追随者,他本人也给了自己这个恰如其分的定位。只是这种书中的秘密无法永存。秘密被知晓后便遭到贬损，仅属知晓者所有。这些秘密不再享受过去的声望，仅被用作挖掘更深层次秘密的工具，而这些深层的秘密也将同样遭受贬损。这就是宇宙中所有秘密的结局。最终，追索深奥知识的人可能通过顿悟或殚精竭虑地思索得出论断，这残忍的过程永无止境，而且留下一个又一个神秘的遗恨，除追索者自身死亡之外，不可能有其他终结方式。如今还有多少人依旧热衷于追索秘密？还有多少人直到生命的尽头，依旧坚持不懈地追求最终的启示？这些忠诚的信徒已经人丁寥落，但眼下更重要的是，普洛姆似乎属于这极少数人群当中的一员。我计划叫这个数字进一步减小。

我的计划很简单：满足普洛姆对神秘的饥渴，直到把他喂到撑肠挂腹……或者更甚。最后唯一剩下来的，就只有对逝去的激情感到满心的羞耻和悔意了。

普洛姆靠在沙发上，钻研着那本无聊的书。我朝一个大柜子走过去，柜门锈迹斑斑，上面有铁格图案，周围套着深色的木框。我打开其中一扇门，里面摆着许多书籍和稀奇古怪的物品。其中一个架子上只放着一样东西，一个纯白的匣子。在我看来，它并不比一个普通的珠宝匣大上多少。匣子上没有任何标记，除了两侧边缘的中间位置各印着一个指纹，准确地说是大拇指的指纹。匣子上也没有任何把手和装饰，乍一看，甚至连标记上下两部分相连处的接缝都没有——再细的也没有——换句话说，就连抽屉的细缝也看不见。我冲着这伪造得很像回事的玩意儿笑了笑，然后从两侧捏住匣子，把它拿起来，轻轻地把自己的大拇指准确地搁在那新鲜而油腻的指印上。两个拇指往下一压，一个浅浅的抽屉便从盒子前方弹了出来。正如我所希望的那样，普洛姆一直盯着我的一举一动。

"这里面有什么？"他问。

"耐心点，普洛姆，马上就能看到了。"我一边回答，一边小心翼翼地从抽屉里拿出两样闪闪发光的东西：一把小巧的银刀，看起来像把锐利的拆信刀，还有一副老式金丝眼镜。

普洛姆彻底没了读书的心思。他把书放在一旁，靠着沙发扶手坐直了身体。我在他身旁坐下，展开眼镜，好让镜架冲着他的脸。他将头探过来，我突然把眼镜戴在他脸上。"只是普通眼镜而已。"他大失所望，滴溜溜地乱转眼珠，想要仔细瞧瞧戴在脸上的东西。我一言不发地将那把小刀在他眼前举起，直到引起他的注意到为止。"啊，"他笑了起来，"不止这点名堂呢。""当然了。"我说。我在他疑惑的眼神中缓缓转动冷酷的刀刃。"如果你愿意，请伸出一只手来。哪只都可以。很好，就是这样。别担心，你甚至感觉不到疼痛。好了。"我在他手上割了一个小小的伤口。"现在，"我告诉他，"盯着那红色的细流。"

"现在，你的双眼与这副神奇的眼镜融为一体，你的目光也与它观看的对象融为一体。观看的对象是什么？很明显，是所有神奇的事物，所有牵引你的目光和梦境的力量。你甚至想不到要将目光移开。虽然一幅简单的画面也看不见，但是有一种幻象，浩渺无限，势不可挡的幻象在你面前展开。这幻象是如此浩瀚，就连已知的宇宙中所有耀眼的漫射也无法与这幅奇景媲美。这一切是那样辉煌，那样伟大，那样鲜活。无边无垠的景致翻卷着，它是活的，只是凡人的双眼无法觉察它的生命。各种不可思议的形态和运动，花纹和尺度，从地平线上那歪斜着的巨大轮廓，到晦暗海洋中蠕动着的微小纤毛，每一处细节都清晰可辨。即便如此，与我们即将见到与知晓的事件相比，它不过是九牛一毛而

已。错综复杂的宇宙天象彼此交织，瞬间演化，外观与本质都在
不断变化。你感到自己正在目睹现有的，甚至是可能发生过的最
神秘的现象。然而，不知何故，在你看到的阴影中还隐藏着什
么，虽然暂时不可见，但它如脉搏一般搏动着，发出雷鸣般的响
声，预示更为壮观的景象即将出现。如今所见只是一层薄膜，包
裹着即将诞生的终极事物，为那甫一出现便将湮灭的大灾祸做准
备。眼前的序曲令你急不可待，望眼欲穿，狂喜和恐惧融为一种
新的心情，与所有幻象终极源头的显现遥相呼应。似乎就在下一
个瞬间，万物的实质便会发生彻底的变革。时间一分一秒地流
逝，这感觉越来越叫你心醉神迷，那个预兆并未实现，但它带来
的启示始终未曾消失。幻象依旧在你眼中，在血液的深处跃动不
已——但现在你醒了。"

普洛姆猛地从沙发上站起，踉踉跄跄地往前迈了几步，将血
糊糊的手掌放在衬衫前襟上擦拭，似乎要擦掉刚才看到的幻象。
他狂乱地摇着头，但是眼镜依旧稳稳地戴着。

"感觉还好吗？"我问。

普洛姆一副晕陶陶，回不过神来的样子。他的双眼在镜片后
呆滞地瞪着前方，嘴张得老大，似乎被未能说出口的话语卡住
了。我说"还是帮你把它取下来吧"，这时他冲着我举起手来，
似乎想阻止我这么做，不过他的举动显得有些迟疑。我将眼镜取
下，将镜架交叉折叠，重新放回那个盒子里。普洛姆看着我，仿
佛我在执行一个隆重的仪式。他似乎仍然在努力，努力让自己的
心情从刚才的体验中平复下来。

"怎么样？"我问。

"很可怕，"他答道，"但是……"

"但是？"

"我是想说——它是从哪儿弄来的？"

"就不能自己想象一下吗？"我反唇相讥。那一刻，似乎他也希望这个问题能有个简单明了的答案，这与他的老习惯可谓背道而驰。然后他狡猾地笑了笑，自顾自地在沙发上一屁股坐下。他开始按照自己的心意编纂一段奇闻，眼神变得直愣愣的。

"我能看到，"他说，"在一个异国的城市，一个声名狼藉的角落里，正在举行的一场神秘学者们参加的拍卖会。这个匣子被拿上台，眼镜也被取了出来。在许多世代以前，有人制造了它。这人是诺斯替教派的信徒，也是一位验光学专家。他的抱负就是做一对人造的眼睛，使人能绕过物理形态造成的障碍，一瞥遥远的神秘真理的王国，这个王国的大门就藏在我们自己的血液深处。

"精彩至极，"我答道，"你的猜测已经逼近事实，细节就不必再提了，过于计较准确性会使我们显得庸俗。"

实际上，我胡乱买过许多古董垃圾，那副眼镜正是其中的一件，那个盒子则来路不明，也许是我记不清了——反正是我随手放在这间阁楼里的。至于匕首，它原本属于一位魔术师，他用这件道具将纸币和丝质领带切成碎片。

我拿着那装着眼镜和匕首的盒子朝普洛姆走去，却不让他触碰它们。我问："与它们牵扯在一块儿有多危险，拥有这双'假眼'会带来多么可怕的梦魇，你能想象吗？"他严肃地点点头，表示能够。"一旦拥有如此可怕的器物，怎样做才能克制自己，你能想象吗？"他露出理解的眼神，轻轻吸吮了一下被划出小伤口的手掌。"那么，亲爱的普洛姆，能将这件神奇造物的所有权转交给你，就是最叫我高兴的事了。我相信，你会怀着比任何人都更加真诚的赞叹来拥有它。"

正是这赞叹，使我蓄意要破坏它，或者更确切地说，要扩大它，直到它自己分崩离析，因为我再也不想看到它了。

当普洛姆像孩子一般笨拙地抱着那宝贵的礼物，走出我的家门时，我忍不住问了他一个问题。

"顺便问一句，普洛姆，你被催眠过吗？"

"没有，"他说，"为什么这么问？"

"好奇，"我回答，"我就是这样的人嘛。好了，再见。"

然后我在这世上最温顺的人面前关上了门，希望他下一次登门的时间越晚越好。"如果你还会来的话。"我大声说，声音回荡在空荡荡的家里。

2.

实际上，没过多久我便再一次见到了普洛姆，不过那次碰面纯属偶然。一天傍晚，我恰好在一家卖二手货的店里闲逛，这里专卖那种凄凉的旧物。店里到处放着粗制滥造的零碎和纯粹的垃圾：生锈的天平，扭斜的书柜，破玩具，老家具，旅馆大厅用过的立式烟盅，还有许多完全看不出来源和用途的五花八门的玩意。可是，这种冷僻的小店比新奇的大市场带给我更多的消遣和安慰。大市场总是许下天花乱坠的承诺，以至于彻底没了神秘感。可是这家二手店从不许下承诺，也不引人遐想，只把这些事统统留给野心勃勃的行商小贩们，他们采购这样的货物，转手售卖给别人。我也早已没了寻找神秘物件的念头。这世界上最为神秘的珍品是为普洛姆那样的人准备的，最惨淡无用的才适合我。能够在这样一个阴沉的傍晚，在一家专营除魅之魅力的店里转一转，我已经别无所求了。

凑巧的是，就在那个下午，在那家二手店里，我遇见了普洛姆，只是方式或许算不上直接。我们是在一面歪斜的镜子里见到彼此的。镜子位于那家店铺的后墙旁，那儿摆放着许多这样的镜子，并因此显得有几分特别。我蹲在那件古董镜子前，用手擦去上面积下的灰尘。灰尘消失后，镜子里突然出现了普洛姆的脸。他应该是刚刚走进店来，正站在离我大概一个房间那么远的地方。他似乎立刻认出了镜子中的我，而且好像带着一副希望没有被发现的表情。那张脸上有震惊，羞愧，还有别的成分。如果普洛姆朝我走来，我该对他说些什么呢？也许我会说，他的脸色看起来不太好，或者说，他是不是出什么事了？而他呢？除了说出我们心照不宣却又讳莫如深的那件事之外，他该怎样解释发生在自己身上的事？幸好，一切不过只是我的猜测而已。片刻之后，他就从店里离开了。

我小心翼翼地走到商店的前窗旁，刚好看见普洛姆用右手捂着脸，快步走进那僵滞而沉闷的白日里。"我只是想帮他改掉毛病而已。"我暗自嘀咕道。可是我没有想到他已是痼疾难除，也没有想到事情会以那种方式发展下去。

3.

那天以后我一直感到好奇，甚至绞尽脑汁地想：到底是什么样的邪魔，叫普洛姆如此难以自拔？我只是给了他一样玩具，叫他试着透过自己的一滴血，在潜意识中看到一个虚幻的世界。我未曾想过，他也许渴望强化这种体验，而且他真的能够看到那个世界。可是很显然，这件事成真了。我问自己，普洛姆的情况最后会变成什么样？虽然无从猜测，答案却在我的一次梦境中显现了。

那个梦发生在我家旧阁楼的储藏室里，是相当恰如其分的，普洛姆曾经盛赞它是世上最好的房间。我坐在一张椅子上，身体陷在椅子中间，那是一把很大的椅子，在现实中并不存在，在梦中却正对着沙发。我心中很平静，没有一丝杂念，只是隐隐觉得房间里似乎还有别人。但是我看不见那是谁，因为我眼前看到的一切都只有昏暗的轮廓，是影影绰绰的一片灰色。沙发附近似乎有什么动静，那些大靠垫好像在自顾自地摇晃。我辨不清那动静的来源，一边猜测，一边用手去抚自己的太阳穴。这时候我才发现自己的脸上戴着一副眼镜，有着圆形的镜片和金属镜架。我暗想："如果取下这副眼镜，就能够看得清楚些。"可是一个声音告诉我不要取下眼镜，而且我认出了那个声音。又是一阵响动，一个人形的影子出现在沙发上。周遭的环境开始显得呆滞而恐怖。"走开，普洛姆，你又没什么好看的。"我说。可是那个声音否定了我。那是一阵阴邪的喃喃低语，不知所云，却又暗藏深意。他的确有东西要给我看，那声音表达的似乎是这个意思。这时我真的见到了向我展示的东西，那是惊心动魄的，叫我始料未及的奥秘和奇观。我透过那副眼镜朝外看，突然之间，所有的感受都印证了那番不知所云的宣告。那感受是如此离奇，在我以往的经验中，只有在梦中才有那样的体验，那是一种浩渺无垠的感觉，是在生活中任何地方都不可能发生的妙不可言的感觉。那感受是如此强烈，仿佛来自于辉煌宏大的奇迹，可是我透过那副神奇的镜片看到的情景却不是如此美妙：在我面前的暗影里有一个模糊的形体，他渐渐变得清晰起来。那似乎是一片残骸，一样可怖的东西，被抽了筋扒了皮，每一道裂纹的细微处都如同在显微镜下一般看得一清二楚。在灰暗的背景中，它是唯一的色彩，它扭曲着，颤抖着，就像一颗由梦的身躯中暴露出来的血淋淋的心脏。它咯咯直笑，那声音如地狱般阴惨，然后像是模仿我似的说："我旅行回来了。"

这简单的一句话叫我心中猛地一震。我用力一扯，将仿佛已成为我身体一部分的眼镜扯了下来。我用双手紧紧抓住眼镜，猛地往墙上砸去，眼镜应声碎了。不知怎的，这么一来，那讨厌的梦中人也顺带被我驱逐了出去，退回黑暗之中。我朝墙壁看去，只见被眼镜砸中的地方渗出了红色。破碎的镜片躺在地上，在流血。

偶尔经历这样的梦境或许是终生难忘的记忆，甚至可能把那高深莫测的体验视作值得珍视的奇遇。可是，同样的噩梦若是一再重复——正如我的遭遇一样——做梦的人恐怕会绞尽脑汁，想尽一切办法将梦中的秘密曝光，扼杀它，捣碎它，然后渐渐将它遗忘。

为了寻求解脱，我先是凝视着家中暗处的阴影，从前，当我看着那些令人冷静的影子，能感受到冰冷而凝滞的平静。我试着说服自己摆脱晚上的梦境，说服这些幻象消失，在一个神秘世界的奇景前竖起高墙。"既然任何存在的形式，"我喃喃自语，"既然从定义上来说，任何存在形式都是一种力量的冲突，或者什么也不是，那么，这冲突是发生在一个充满奇迹还是泥泞的世界里，又有什么关系呢？两者之间的区别不值一提，或是根本没有区别。这样的区别，不过是最粗陋，最狭隘的思想得出的结论，其中最重要的是神秘感和惊奇感。归根结底，即使最深奥的狂喜，也需要粗俗的痛苦作为支撑，才能形成持久的体验。认识到宇宙中最古怪的事——不论是已知的、未知的，还是可能存在的——的真理（无论是多么短暂）和事实（也许曾被改变）后，一个人或许会得出结论，这样的奇迹对我们的存在毫无影响。史前人类感官的画廊与现代人类所面对的毫无二致，而且将有一个又一个新生命降临在这个世界，迎着这条长廊……然后朝它的更远处望去。"

就这样，我拼尽全力说服自己，自控力好歹恢复了几分。可是，从前的平静再也回不来了。相反，我日日夜夜都在想着普洛姆。我为什么要把那副眼镜给他！更重要的是，为什么让他保留着它？是时候把这份礼物收回来，把伤害那误入歧途的心灵的玻璃片和弯曲的金属架没收了。既然我已经成功地阻止他来拜访我，那么只能是我去登门拜访他了。

4.

可是，当我来到位于街尾那块开阔空地旁的房屋前，打开那扇朽烂的大门前来迎接我的并不是普洛姆本人。那个男人问我是不是某报的记者或警察，听到我说两者都不是，便当着我的面摔上了那满是孔洞，污糟不堪的门。我放肆地砸门，门板几乎被我的拳头砸碎，才成功地将那个醉眼蒙眬的男人再次唤了出来。我问他，这里到底是不是普洛姆先生的家。我从没去过他家，那个他生活、睡觉和做梦的地方，这个死气沉沉的小盒子。

"他是你亲戚？"

"不是的。"我答道。

"那是什么？你不会是来收账的吧？如果是的话……"

为了省事，我打断了他，说我是普洛姆先生的一个朋友。

"那你怎么会不知道这事？"

我愈加好奇起来。我诳他说自己一直出门在外，而且我常常旅游，这次刚刚结束旅途回家，来通知普洛姆先生一声。

"这么说你什么都不知道。"他冷冷地说。

"没错。"我回答。

"这事儿都登报了。他们问了我他的事。"

"普洛姆。"我确认。

"是的。"他说，仿佛觉得自己突然之间掌握了某种神秘的知识。

然后他对我招招手，让我进了屋。他领着我穿过难堪而憋闷的房间，来到后头一间小小的储藏室。他带着满脸不愿进屋的神情，伸长了手在屋里的墙壁上摸索，然后打开了灯。

我立刻明白这个满脸呆滞的男人为什么不想进来，因为普洛姆用一种怪异的方式将这地方彻底改造过了。每一面墙壁，甚至包括天花板和地面，都拼贴着许许多多的镜子，镜中映出如星河般不计其数的人像，让我目瞪口呆。每一面镜子的表面都有黑点，仿佛有人站在房间里的各个角落里，挥舞着沾满油漆的刷子，在银色的天空中随意挥洒黑色的星星。为了穷尽或放大那显然已将他奴役的幻象，普洛姆用自己的鲜血创造了血滴的海洋，于是他便能够用无数双眼睛去观看，被无限次复制的更是无边无际了。我被他的渴望深深震撼了，只能惊讶而沉默地凝视着那些镜子。其中有一面歪斜的镜子，我记得不久前自己曾见过它。

那位房主没有跟我走进房间。他讲了些事情，有关一桩自杀案，还有一具被割裂的尸体。我站在那儿，被普洛姆天马行空的创意深深折服，对这新闻已是充耳不闻了。过了好一阵，我才能够从那些凝固的血迹和镜子面前转过头去。直到后来，我才清楚地意识到,自己再也无法摆脱疯狂的普洛姆。他已冲破重重镜面,将自己投影到镜子之外的永恒之中。

甚至在我离开家,离开那间阴森的阁楼储藏室后,普洛姆依旧在我的梦中紧随着我。如今,他与我一道在世界的各个角落旅行,一夜又一夜地带我进入他那只可意会,不可言传的奇迹中。我唯一的希望,便是千万不要与他在另一个地方相遇,在一个神秘事物花样翻新地出现,梦境永不终结的地方。哦,普洛姆,你就这样不肯待在那盒子里吗?他们已经把你被自己割开的身体放进那个盒子里了呀!

深渊之花

我只能在风中低语，我知道无论怎样，它们会传到你们身边——把我送来此地的人们。就让这场灾祸如同初秋的气息般捎到你们身边，我善良的人们。因为是你们决定了我的去处，你们希望让我来到这里，到他的身边。而且我同意了，因为你们的嗓音中饱含恐惧，面孔上透露着恐惧，早已超出你们的言辞能够解释的程度。你们惧怕他，而我惧怕你们的惧怕。我们不知他姓甚名谁，他住在远离镇子的那栋破旧的宅子里，范·莱文一家很久以前便在那里死于非命。"真是一场悲剧，"我们都这么认为，"而且，他们一直将花园打理得那样美丽。可是他……他似乎对这种东西兴味索然。"

我被选中前去揭开他的秘密，探明这位新屋主对我们的镇子是怀有恶意，还是漠不关心。我是最佳人选，你们说。难道不是吗？我是孩子们的老师，学识比你们渊博，因此能够对那人看得更透彻。那天晚上，我们聚集在教堂的幽暗处，你们就是这么说的。可是我总情不自禁地认为，你们的真实想法是：这人没有孩子，不论儿子或女儿，一个也没有，而且他总在一片树林里散步，而那片树林里就住着那个陌生人。如果我凑巧经过范·莱文的老宅，凑巧停下脚步，声称自己是一个从林中穿过的行者，向他讨杯水喝，似乎是件顺理成章的事。可是，在那时，如此简单的举动也是一桩了不得的冒险，只是所有人都不愿承认罢了。没

什么好怕的，你们说。就这样，我被选中了。我独自朝着那宅子
出发，那多年不曾修葺的老宅。

你们也曾沿着由镇上伸出的道路接近过古宅，见过它是如何
突然在视野中闪现——幽暗的夏日密林中，它就像一朵苍白的花
儿，但如今已是一朵幽灵般的秋花了。起初它在我眼中也是那样
一幅画面。（没错，我的眼睛，想一想它们，好心的人们：在梦
中见到它们。）但是我渐行渐近，看见那灰色的板条扭曲，塌陷，
上面印着古怪的斑点，那苍白的百合花变成了一朵肥厚的毒蘑
菇。那宅子自然也曾对你们当中的一些人使过这花招，你们都曾
在某个时刻见过这样的光景：层层叠叠的瓦片形如大鱼的鱼鳞，
在秋日阳光下泛着大海般深蓝色的光；两间阁楼的山形墙上，嵌
着窗框的窗户一端逐渐变尖，就像一颗锥形的眼泪；腐朽的木梯
连接着坟墓般的门廊。我站在那扇门外的阴影里，听到数不清的
雨点打在身后的台阶上，空气中有了寒意，天空垒起层层乌云。
小雨落在宅旁那片空旷的灰白色土地上，打湿了光秃秃的地面，
范·莱文一家活着的时候，那儿曾是一片美不胜收的花园，有花
朵在其中竞相怒放。要欺骗宅子现在的主人，还有比这更好的借
口吗？让我避避雨吧，陌生人，避开这场刺骨寒冷的秋日暴雨，
避开那腐败的潮气。

我的敲门声立刻得到了回应，那破烂的窗帘甚至没有被掀
起，好让我感受主人的疑虑。我走到这阴暗的老宅前。不必解
释，早在乌云垒叠以前，他便看见我在林中走动，只是我从未见
过他。他四肢细长，如同肆意缠结的一团树枝，他的脸上无精打
采，身上披着看不出颜色的衣裳，看起来更像是缕缕破布，而非
衣袍——哪怕是件千疮百孔的衣袍也算不上。但是他的声音，那
是你们所有人都不曾听过的。听见这样如乐音般温柔的声音，我

浑身颤抖起来。更叫我没有料到的是，他那空洞的话语声响起时，有一种渺远的距离感。

"那天也如今天一样，我第一次见你走进这片树林，"他望着屋外的雨说，"可是你没有接近这房子。我很好奇，不知你是否有一天会靠近。"

他的话让我感到自在，仿佛我们已经向彼此做过了自我介绍。我脱下外套，他接过去，放在靠近前门的一张小木椅上。他朝着里屋舒展开一条长长的，带弯儿的胳膊，摊开大大的手掌，正式欢迎我进入他的家中。

可是不知为什么，他自己看上去并不十分自在。范·莱文一家似乎把生前所有物品都留了下来，供下一任房客使用，既然是场悲剧，这便不显得离奇了。屋子里的东西似乎没有一件属他所有，虽然剩下能用的物件本就不多。除了我们坐着的两张沧桑的小椅子之外，还有两把椅子当中那张歪歪扭扭的小桌子，以及不多的一点物品。在我看来，它们似乎是因为不小心或一时糊涂买回来的，这也是范·莱文一家在最后的日子中留下的痕迹。一个角落里放着一个大箱子，一把失去光泽的大锁已被打开，沉重的绑带松松地垂落在地上，如果将它放在阁楼或地窖里，看起来一定不会如眼下这般阴沉。门口有一把袖珍椅子，还有一把一模一样的倒在对面的墙边，它们应该放在孩子的房间里。百叶窗前摆放着一个高高的书架，它看上去似乎正常，可是在破旧不堪的书籍当中，塞着一些开裂的罐子、软塌塌的靴子，和其他一些不该放在书架上的随身用品。一张巨大的卧室书桌立在一面墙边，可不管将它放在哪儿，似乎都不太对劲：抽屉早已消失，露出几个大洞，结上了细密的蛛网。在我看来，似乎伴随着——在我们的记忆中——范·莱文一家的日渐堕落直至死亡的过程，这些物品也饱受摧残。不过，关于它们就说到此处为止，我还有另一件事要说：房间里弥漫着一股浓重而令人恍惚的气味，使我感到身边那许多积满尘土的肮脏角落里存在着一个花园，里面生长着纠结盘曲的植物，正散发着恶臭。

房间里仅有的光源是两盏灯，分别位于壁炉架的两侧。在这两盏灯的背后，分别有一个椭圆形的镜子，嵌在华美的镜框里。颤抖的灯芯映在镜中，亮光又把我们的影子投到各自身后那空旷的墙上。我们默然坐在原处不动，可我却见到墙上那两个影子摇摆不定，就像被风吹动一般，又像是在遭受令人难以觉察的折磨。

"我去给你拿些喝的，"他说，"我知道从镇上一路走过来有多远。"

我真的渴了，这一点用不着伪装，好心的人们，因为我简直能把整场暴雨一口吞下肚。我听见风暴在门外和墙外肆虐，可是只能见到窗帘外面偶尔闪过刺眼的亮光，或是从百叶窗灰暗的窄条之间看到一闪而过的光。

见主人离开，我举目四望，开始审视他家中的宝物。可是，我觉察到一些东西的存在，却看不见它们。话说回来，我是被派来监视他的，对周围有些疑神疑鬼也不足为怪。现在，你们知道我当时没看见的是什么了吗？透过我的双眼，你们是否看到它变得越来越清晰？你们能窥见那些布满蛛网的角落，看得清歪倒的书本上的标题吗？你们能够；可是，你能够，哪怕在最疯狂的梦境里，窥见既不存在于任何角落，也从未标有名号的地方吗？这正是我想要做的：看见除范·莱文一家留下的阴森遗物之外的东西；看到我已踏入的这片鬼气森森的舞台之外的东西。所以，我用目光在每一寸阴暗角落仔细搜寻，阅读书页上除正反两面之外的第三面，凝视某种不需任何感官便能接触的事物，结果只是徒劳。那儿有一种物质，无形无名，它潮湿而泥泞，深藏不露，深不可测，与屋外那单纯的寒冷秋风迥然不同。

主人回来时，带来一个布满灰尘的绿瓶子和一个亮晶晶的杯子。他把两样东西放在我们之间的小桌上。我拿起瓶子，手中顿时感到一股暖意。我本以为会有浓稠的黑色液体从瓶颈里汩汩流出，却惊讶地发现，流进玻璃杯的液体是那样纯净。我喝了一口下肚，仿佛来到一个闪着寒光的世界，这世界存在于寒冷清澈的水中。

就在这时，那面无表情的人将另外一件东西放在了桌上。那是一个小小的音乐盒，由一种乌木制成，像珠宝一样坚硬，上面刻有过于繁复的古怪花纹，那花纹很清晰，但看了叫人头晕。"我在这里随意翻找，发现了它。"陌生人说道。他慢腾腾地打开盒盖，靠着椅背坐下。我用双手捧着冰凉的玻璃杯，耳中却听到了更加冰凉的音乐。盒子里飘出清脆而细碎的音符，如同从这宅子的暗影和寂静中迸出的星星演奏的乐音。屋外风停雨息，只剩下含混不清的濡湿。那些房门紧闭的屋子唯有死寂的日子作为荒凉的装饰，它们也许已经被转移到深渊边缘或地底深处，音乐声在其中微微闪耀，像极小的光点。我们都屏住了呼吸，就连身后的影子也像被使了静止魔法一般。一时间，一切都静止了，好让从盒中响起的音乐朝着一个庄严而可怕的终点飘然飞去。我努力地跟随它——穿过了房中昏黄的雾气，扎入紧贴于四壁的黑暗中，然后深深地陷入漆黑的墙砖，最后穿墙而出，进入一个浩渺无垠的空间。在那儿，银色的音符颤抖着越飘越高，就像一群小小的飞虫。这幻境是如此美好，可是其中蕴藏着些许邪恶。在那一刻，我感觉自己会迷失在豁然展开于面前的广阔之中，那是一片阴郁的空间，充满不可知的冒险。就在这时候，有什么开始搅动起来，就像病菌一般闯了进去，将它那可怕的彩色脑袋穿透冰凉的黑暗……追上飘飞的我，带我回到自己的身体中。

"感觉如何？到最后有些糟糕，对吗？在变得更糟糕之前，我把盒子盖上了。我这么做，你认为是对的吗？"

"没错。"我说，我的声音在颤抖。

"从你的表情我能看出来。我无意伤害你，只是想要给你看点东西——瞥一眼就好。"

我喝光了杯子里的水，然后将杯子放到桌上。我稍稍平复了心情，这才问："你刚才给我看的是什么？"

"万物的疯狂。"他说。而且说出这些话时，他的声音很平静，发音很准确。他盯着我的眼睛，看我将作何反应。

我当然还想继续追问，毕竟，那正是我此行的目的，不是吗？你们能在自己的梦里听见我的声音吗，我的朋友们？

"万物的疯狂，"我重复了一遍，试着引导他往下说，"恐怕我没明白。"

"我也一样。可我只能说这么多。我只能用这些字眼描述它。只有这些字眼可用。我曾经很喜欢它们。那时我是一个学哲学的年轻人，总是对自己说：'我要了解万物的疯狂。'我觉得自己必须懂得——也必须面对。我想，如果我能面对万物的疯狂，那就什么也不必怕了。我便能够生活在这个宇宙，而不必感到自己被撕裂，不必因为万物的疯狂而觉得无法忍受，这种疯狂对我而言，是存在的根本。我想撕碎面纱，看到事情本来的样子，不允许自己对它们视而不见。"

"你成功了吗？"我问道。我被他接下来要说的话深深迷住了，并不在乎面前这侃侃而谈的是不是一个疯子。虽然很难理解，但我知道，在他的话语中有些东西对我来说并不陌生，而且有那么一些时刻，我被它们的言外之意搅得心烦意乱。谁不曾有过能够被称作万物的疯狂的体验？虽然我们用的不是这个词，却必定在人生的某些时刻产生过这些词表达的感觉。我们一定被这陌生人认定为存在之根本的狂乱触碰过，或是触碰过它。不论别的，好心的朋友们，我们都知道范·莱文一家的命运。假如我们在心灵的孤独中思考自己称之为"悲剧"的事物，并对我们的世界感到惊奇，这丝毫不足为奇。

"成功？"陌生人的声音将我的思绪拉了回来，"哦，没错。我只能说，成功得过头了。我成功地挣脱了自己的恐惧，甚至挣脱了这个世界。如今我是宇宙浪人，空间的漫游者，在这些空间中，万物的疯狂永无止境。有一天，在多年的钻研和练习之后，我开始听任等待着我的一切发生。但是我无法说出自己去了哪里，为什么去那里。我的存在混乱不堪。不过，我总是会回到这个世界，仿佛我生来就需要时常返回家乡。总有一些地方似乎在牵扯着我，它们做好准备供我落脚，甚至在我到来之前便已经被攻占。因为这些地方总是有些东西，小物件，恰好符合我的期待。那个音乐盒便是其中之一。我四处搜寻，终于找到了那样的物件。从它的设计我便能看出，万物的疯狂触碰过它，而且我发现，你也看得出来。对于尚未为这种奇迹做好准备的人而言，那是一场怎样的浩劫？这宅子里发生了什么？我只能猜测。"

如此一来，范·莱文家悲剧的遭遇终于真相大白：不知是谁碰巧发现那不知道在何处隐藏了不知多长时间的音乐盒，然后他们一个接一个地受到它的戕害。先是宅子和庭院里的状况变得大不一样，还有从这屋里传出的吼声，那声音令我们胆寒，不敢贸然靠近。那又意味着什么？几乎整整一年过后，老宅的百叶窗后便再也没有了动静。又过了没多久，人们在此发现了五具尸体，死亡时间长短不一，全部都支离破碎，不成人形。我们本以为是外来客犯下的罪行，但很快发现并非如此。警察调查之后，得出了结论，他们是一个接一个死去的，死亡时间至少间隔一个月。他们说范·莱文家的老人应该是最后一个死去的。他的尸体被砍得血肉模糊，可是他死去时，手中握着一把斧头，由此判断，是他自己将自己砍死的。

"抱歉，"陌生人的声音再次唤回了我游离的思绪。他站在百叶窗前，拉开一个窄条，朝外面看去。他的手缓慢地摆动着，召唤我过去，一副神神秘秘的模样。

通过窗页，我看得到屋外的情景，范·莱文一家过去正是在那儿种出让人们交口称赞的鲜花。可是我看到的东西却如音乐盒的图案一样——错综复杂，又模糊不清。

"它们真像花儿，不是吗？在黑夜里发着光，夺目的色彩。我第一次看见它们时——当然，当时没有这副躯壳——一切都是黑的。那种黑不同于屋子里的黑，也不同于被繁茂的枝叶遮挡阳光的树林那种黑。那种黑是一种，没有任何阻挡的黑。我怎么知道的？因为我除了用双眼去看，还有另一种观看之道——我用黑暗去看。我用黑暗看见了黑暗。浩瀚的黑暗围绕着我，无边无际——连绵不绝的黑暗，黑暗的地平线彼此相连。黑暗中仍旧有事物存在，我相信在我自己内部也有，所以如果我伸出手去，穿过茫茫宇宙去触碰它们，同样也是触碰自己的深处。我能感觉到它们，那些花儿。触碰它们，如同触碰光和色，触碰上千种茸茸成长的形体。我用黑暗在黑暗中看到那些东西在蠕动，那种蠕动的物质想要钻进我的体内。所以来到这儿的时候，我把它们也带了来。我换上这样一具躯壳，它们便离开我，钻进了那片土地。

在那个晚上，它们破土而出，我以为它们会继续跟随我，可是不知为什么，情况变了。也许它们更喜欢自己如今的模样吧。你也看见它们扭来扭去的样子了，简直算得上是快乐的。"

说完这番话，他陷入了片刻的沉思。这是一个黑暗的夜晚，适才带来雨水的乌云尚未散尽。壁炉架上方悬着的灯散发出穿透性的光芒，从周围满布的黑暗中剪出了我们的轮廓。我看着眼前的幽灵竟然走到对面，取下其中一盏灯，拿着它朝后门廊走去，好心的人们，为何我会如此惊讶？他停下脚步，示意我跟上去。

"现在，在黑暗中你能把它们看得更清楚。我的意思是，假如你愿意去看真正的疯狂的话。"

哦，我的朋友们，请不要蔑视我在那个夜晚做出的选择。要记住，是你们将我派遣来的，因为我是镇上最不合群的人。

我们默不作声地走出屋门，仿佛是两个偷溜到树林里去过夜的孩子。灯光扫过屋后湿漉漉的草地，然后停在后院与树林交界处，有风从那儿吹过，带来四溢的芳香。灯光照向左侧，我跟随着它，朝那一片曾是花园的土地走去。

"看灯光照到的地方，它们在扭动。"他说。这时第一束亮光恰好照着一个缠结成一团的东西，它不停地颤动着，像是一团闪闪发亮的地狱的肠子。突然，它们钻进了被雨水泡软的泥土里，变得漆黑一片，再也看不见了。"它们不喜欢亮光，所以躲起来了。等光消失，就能看到它们怎样回来。"

果然，它们再次聚拢来，就像被阻隔的流水冲向彼此。不过它们是腐水，一股股水流凝固并分化为野兽般的形体，还连接着搏动着的黏糊的血管，悬着一张一合的嘴。

"让灯光尽量靠近花园。"我说。

他走到了花园的边缘处，我继续向前，朝那一波往后退缩的，仿若发生畸变的深渊一般的细长卷须走去。我走到它们中间，扭头冲背后小声说："别让光熄灭，不然它们会把我站着的地方吞掉。现在我能把它们瞧个一清二楚了。真正的疯狂。我敢毫不畏惧地面对它了。"

"不，"陌生人说，"你还没有做好准备。趁着蜡烛还没熄灭，快到亮处来。"

可是我对他的话充耳不闻，对渐起的风声也充耳不闻。风儿从树上吹下来，掠过整个花园，一路冲进黑暗之中。

现在，那阵风把我的话捎到你们耳边，善良的人们。我不能在现场为你们引路，但你们一定知道必须做些什么，对这可怕的房子和它的花园必须做些什么。一个从异世界自我放逐的人带来了那片花园。求求你们，我说完最后一句话，便不会再来打搅你们的美梦。我记得自己冲陌生人大喊道：

"它们在拉扯我，要将我融进去。我的眼睛能看到黑暗中的一切了。我不是我了。听得见我吗？听得见我说的话吗？"

"我刚才做了个噩梦。"小镇上，家家户户都有一个在漆黑卧室里沉睡的人突然醒过来，小声说道。

"不是噩梦。听到外面的动静了吗？"

身着睡衣的身影从床上起身，如剪影一般挪到窗前。下方街道上有一群人，他们拿着灯，拍打着仍旧沉浸在梦境中的居民的房门，叫他们加入自己的队伍。他们的灯和灯笼在黑暗中晃动，手中的火把火焰熊熊，一束束火光直冲夜空。

人们没有交谈，但是他们都知道自己正在赶往何处，知道应该怎样做，才能搭救他们的同乡——也就是我本人——避免悲剧发生。虽然他们的眼中只看得见野蛮的毁灭，但在每双眼睛的深处，如同一个被遗忘的梦境一般，藏着另一双眼睛以及那双眼睛被嵌入的无以名状的形体的画面。不过，当你着手行动时，不要叫手里的火熄灭，不要让它们把你也带入恐怖的世界。来吧，闭上我的眼睛，杀死被拖入其中的怪物，然后尽你所能，将那满载万物疯狂的深渊隔绝在你的脑海之外。

尼瑟斯克拉尔

神像和岛屿

我发现了一份相当精彩的手稿，信的开头一句写道。完全是一个意外的发现。那天，我和往常一样，在图书馆档案室做着无聊的工作，整理被风化的旧书。假如我懂得鉴定古董文件——当然了，我确实懂——这些脆弱的纸页足可追溯到上个世纪的最后几十年。（随后将奉上一份更精准的年份鉴定书，以及一份复印文档，可是我担心复印件无法逼真地还原这份手稿中的文字，它看上去皱皱巴巴的，实际上却很精彩，年深日久的墨迹发绿，发黑，这也是复印件无法复制出来的感觉。）不幸的是，不论是这份手稿本身，还是许多跟它放在一处的冗长乏味的文件，都无法提供任何有关作者身份的线索，而且那些文件似乎与我们将要讨论的对象无关。作为一份讲述真实经历的稿子，混在一堆纪实档案中，那么它到底是什么？也许注定永远不得而知。

几乎可以肯定，我发现的手稿虽然看似信件或日记，但从未以常见的印刷方式出版过。否则，凭借这样猎奇的内容，肯定早已被我知道了。尽管这是一份没有标题的"声明"，但开场白却足以使我暂停手头所有工作，将自己塞进图书馆书架的角落里，度过整整一个下午的时间。

开场白这样写道："在我们的房屋中与四壁之外——在幽深的水下与月光照亮的天空中——在土丘之下与山巅之上——在北方的树叶与南方的花朵里——在每一颗星星与星星间的虚空中——在骨血中——在所有的魂魄与心灵之中——在这一个和许多其他个世界警惕的风声中——在生者与逝者的面庞后……"写到这里便结束了。这段文字片段应该是引自某种更加古老的文本。不过，这当然不会是我们最后一次听到这冗长而含混的诗句！

讲述者引用上面这一连串句子，是为了指向某种存在，更恰当地说，是他在北半球某个偏僻岛屿上——具体位置手稿中没有交代——遇到的一个"无所不在的存在"。简而言之，他被召唤到这个岛上，与另一个人会面。这个岛屿以"尼瑟斯克拉尔"之名出现在一张本地地图上。他要去见一位考古学家，手稿里只是简单地称他为恩博士，而且，这位恩博士结识了手稿的叙述者后，便以对方自称的假名"巴塞洛缪·格雷"相称。

恩博士似乎一直待在这个贫瘠、偏远、荒无人烟的岛屿上，这里存在某种奇特而古老的残片。格雷先生乘着船，一面观察头顶苍灰的天空和脚下浑浊的海水，一面靠近小岛。他的行文风格好似写流水账一般，我本觉得稍显平淡，可是当他来到小岛附近，满怀惊讶地打量着这个小岛时，这种风格反而变得十分契合。这个岛方方面面都很古怪：嶙峋的岩石，尖耸的松树，高大的云杉和神秘的响动；临海的峭壁如同一张戴着面具的人脸；病恹恹的、凝滞不动的雾气，像真菌一样飘浮在空气中。

一旦开始描述起这个岛屿，格雷先生的字里行间骤然有了美感——一种邪恶的美感。这美感源自一个深谋远虑的魔鬼，它与人们保持适当的距离，叫我们能够在转念之间同时体验到对它的喜爱和恐惧。如果太近，我们会警惕，时刻谨记自己生活的世界里有一个无处不在的恶魔，可能导致沉睡于内心深处的末日恐惧被彻底唤醒，并兴风作浪。距离若太远，我们可能比如今更不以为然，更洋洋自得，在想象中将恶魔描绘得与真正的，无处不在的恶魔毫无相似之处，最后我们会感到愤怒。当然，任何地方都可能成为显露不祥之兆的背景。恶魔，既深受喜爱又穷凶极恶的恶魔，它无处不在，可能随时随地显露峥嵘。黑暗与枯叶能够唤醒它，太阳和花朵之类的陪衬也可能将它唤醒，叫人反应不及。然而，有的时候，处于一种隐秘的癖好，最纯粹的生命之恶可能只能被尼瑟斯克拉尔这样的孤岛所激发，在这样的地方，真实与虚幻在同一片雾霭中自由而疯狂地纠缠盘旋。

似乎在这个地方，这片遥远的土地上，恩博士发现了一种古老而向往已久的神器，那是造物者卷帙浩繁的日记中一个渺小却至关重要的条目。登岸后不久，格雷先生就发现那位考古学家的确所言不虚：这个岛上有许多地方都被改造得怪模怪样。出现在海岸线之后的所有植物、矿物或其他物质似乎都受到一种散发着恶魔气息的力量摆布，似乎有一位神灵改造了岛上物质的每一个原子，只为了展现自己噩梦中的景象。在地图上近距离审视代表这个小岛的点，能够更深地感受恶魔的魅力，这种感觉曾经在手稿的前文一带而过，但我不打算再一次详尽地引用原文（天色渐暗，我想在睡觉前把这封信写完），而是径直从故事的表皮直接往下戳，直达它的每一根骨骼和脏腑。真的，这份手稿活像有自己的一套解剖结构一般，那深绿色的墨迹如同血管在不停地搏动着。真遗憾，我无法将这种感觉淋漓尽致地表达出来。还是言归正传吧！

格雷先生拉着一个矮墩墩的行李箱朝岛中心走去，他看到在一片空地上赫然耸立着一栋宏伟的房子。不过那房子很简朴，几乎称得上朴拙，周围尽是小岛上那些像长着肉瘤般的小山和树木。房子的外表面是一种杂色的，像患了麻风病一般的石头，这种石头在岛上随处可见。房子的大门没锁，留着一道缝，到访者透过缝隙看去，见室内像教堂一般宽敞，但是几乎全无装饰。墙壁是白色的，表面很光滑，从地面朝悬在高处的天花板延伸，而且全都如金字塔一般向内倾斜。没有窗户，提供照明的是数不清的油灯，它们分散在各处，散发着肃穆的光亮。一个人从长长的楼梯上走下来，径直穿过房间，郑重地对来客致以问候。刚开始两人都小心翼翼，最后终于一致放松了情绪，谈起了正经事。

至此我们看到，一出熟悉的戏剧上演了：舞台是古板而传统的，行走其上的演员与其风格相同。这些演员与其说是人，不如说是老戏里的木偶，讲述着已讲述了几百年的故事，但我们依旧感觉陌生。这些戏里的木偶走在一样雾蒙蒙的古老场景里，寻找同一栋同样与世隔绝的老房子，却永远感觉一切都是新的，未知的，因为它们没有记忆可供谈论，不知道自己已将这生硬的举动重复过无数次。它们笨拙地摆出一套永远不变的姿势，重复同样的台词，也许有那么寥寥可数的几次，它们感到过一丝单薄的疑虑，觉得这一切似乎发生过。它们与人类何其相似！正因如此，它们成为我们完美的代表——它们是按照那些癫狂的受害者的形象经由手工雕琢而成，这些受害者想要分享各自遭受的秘密的折磨，因为他们身上的提线统统被同一位主人操控着。

这两个木偶所分享的秘密，在手稿作者的这份忏悔书中呈现得相当隐晦（再三思考后，我认为将它划分到"忏悔书"这个类别中最为恰当）。事实上，格雷先生，或者不管他到底叫什么名字，似乎并未知无不言，尤其是关于他的同伴，那位考古学家的事。不过，他仍然将恩博士知道的一些事情记录下来，更重要的是，记录了这个狂热的挖掘者在岛上挖掘出来的东西。那只是一件古董的残片，应该是某座宗教神像的一部分，但很难判断是哪一部分。它就像一张奇形异状的拼图碎片，隐隐透出一种意味：那完整的图形十分邪恶，让人反感。由于长埋于地下数百年，这残片上遍布铜锈，颜色发绿，看起来像风化的玉石。

是否神像的所有碎片都从这个岛上发掘出来了？答案是否定的。事情似乎是这样：许多年前，有人将神像打碎，把碎片分别埋在许多偏远难行之处，这样做的目的，正是使它难以复原。虽然神像不过是一个象征，它本身也是一股巨大力量的焦点。在古代，尊崇这一力量的教众似乎是某种泛神论者，它们相信所有被创造出来的事物——尽管外表各异——都属于一种单独的，统一的，超然的物质，是核心造物力量的发散的产物。因此，他们举行仪式时的圣歌才会唱"在我们的房屋中"等诸如此类的话，暗指这位神是全能的——最为久远且无处不在的神，是"使所有其他的神黯然失色的神"，执领土主义的神，他们宣称一切造物出自他们之手，而非他们竞争对手的手。（顺便说一句，这首著名的圣歌是那个远古教派流传至今唯一的歌词，它第一次出现时，是在一本近乎绝密的人种学书里，书名叫《古世界启示录》，出版于十九世纪后半叶，据我推测，正是目前我仓促总结的这份手稿写作的时间。）在对这位"伟大的全能神"顶礼膜拜的时期，阴霾突然降临，将整个教派笼罩其中。有那么一天，他们通过一种既隐晦又骇人听闻的方式，发现自己膜拜的力量本性邪恶，他们的泛神论宗教模式实际上是一种泛魔鬼论的教义。但是这一发现并未令所有教众感到意外，因为当时似乎发生了一场内斗，最终以大屠杀告终。总之，反恶魔派最后占了上风，他们立刻为那位神重新命名，以体现刚刚发现的"魔"的本性。这一次，他们把它叫做尼瑟斯克拉尔。

　　事情仍有蹊跷：这个鲜为人知的小岛公开宣称自己是尼瑟斯克拉尔神像的埋藏之地。当然，这个岛只是被毁的图腾碎片散落的多个地点之一。最初背叛这位神的教派成员知道他们无法摧毁附着于神像上的法力，便决定将它包裹起来，运出岛去，运到地球上最偏僻的角落，尽量降低它带来的伤害。难道他们会允许散布于世界各地的掩埋地点以这位泛魔鬼神的名字命名，生怕别人不知道吗？这一点很值得怀疑。同样值得怀疑的是，难道是他们建造了那些朴素的房子，那座风格鲜明的庙宇，作为旧神像碎片掩埋位置的标记？这样太容易被人发现了。

　　因此，恩博士不得不假定，这个教派有一部分邪恶势力生存了下来，他们殚精竭虑，四处搜寻。残片所在之处会发生畸变，因此，只要寻找到具有那些可怕特征的地方，就能找到碎片。这是一项相当费时费力的任务，因为魔神的碎片可能被掩埋在世界上任何一个角落。这项对外号称"寻找"的任务不可避免地要招募外部人员，后来招募的人大部分是研究古文化的学者，只是他们并不知道，自己为之服务的是一位依旧存活的神。因此，恩博士警告"同事格雷先生"，他们可能处于危险之中，要提防那些仍然尝试将神像复原，并恢复其法力的人。毫无疑问，岛上那座巨大而朴素的房子提供了一个证明：那个邪教组织已经知道这个神像碎片的位置。果不其然，这位神秘的格雷先生正是这个教派延续至今的组织当中的信徒。此外，他上岛时携带的那个硕大的旅行袋里，装着神像所有其余的碎片，那是历经数百年的搜寻才得以聚齐的。现在他只要拿到恩博士发掘的这一片，就能够让这位数千年之前的神像恢复原貌。

　　不过，他还需要这位考古学家本人，当作献给尼瑟斯克拉尔的祭品。献祭仪式就在那晚举行，地点则在那栋房子的楼上。长话短说吧，祭祀仪式把格雷先生吓得魂飞魄散（这些人可能根本不知道自己在做什么）。他对自己犯下的罪恶懊悔不已，只得再次将神像打碎。在逃离那个怪异的小岛时，他将碎片尽数抛入海水中，也将那不可思议的力量散落在冰冷浑浊的水里。过了些日子，他隐隐感到自己受到了威胁（也许是来自其他教徒的报复），便将自己和整个人类面临的恐惧记录下来。

手稿结束。[1]

我虽然对前文勉力描述的这类怪谈情有独钟，但并没有忘记它们的缺点。前文简要讲述的这个故事缺少对情绪冲击的描写，不过故事的连贯性却得到了保证。在原稿中，故事发展得极不顺畅：重要细节未加强调，径直将不可思议的异象抛在读者面前，丝毫不考虑如何说服他们相信其真实性。我相当欣赏这个故事的内核，相当精彩，泛魔鬼神的主题引人入胜。试想，假如世间造物不过是最为邪恶残忍的魔神的面具，那会怎样？那是一个不折不扣的恶魔，人们只有看不见它的实像时才能躲开它的影响。这个恶魔存在于万物核心之中，存在于"在每一颗星星与星星间的虚空中——在骨血中——在所有的魂魄与心灵之中"。手稿中甚至有一条引言，暗示尼瑟斯克拉尔与澳洲土著的美丽神话"阿尔切勒"（又称做"梦幻时代"）有相似之处，澳洲土著认为这个超现实的时期决定了我们在世界上见到的所有事物的源头。（这条引言对于判定手稿完成的年代将会有所帮助，因为直到上世纪末，澳大利亚的人类学家才将土著们的宇宙观公之于世。）将宇宙想

---

1 省略了最末尾的几行文字，是叙述者本人得出的结论，略微有些夸张，但并非一点趣味性也没有。——原注

象成一个梦，一位邪恶造物主癫狂的噩梦。哦，至高无上的尼瑟斯克拉尔！

问题是，这些超自然的创意着实难以想象，人们无法在头脑中将它们具象化，形成实质感，因此它不过是一种抽象的形而上的怪物，无法为我们所感知，只是或优雅或笨拙的草图，无法从纸上爬起来触碰我们。当然，我们的确需要与尼瑟斯克拉尔这样的幽灵保持一定的距离，一般情况下，文字这种媒介能够提供这一保证。在形形色色，来势汹汹的怪物将我们的身体和魂魄撕碎以前，文字便已将它们诱入圈套了。（不过，这份特殊手稿中的文字在这方面似乎收效甚弱，也许因为那些文字不是由沉重的黑色笔触写成，而是由一只人类的手用土绿色的墨迹潦草写就的吧。）可是，我们希望能够靠近一些，感受怪物们的邪恶气息，看着它们像远古海兽一般，绕着我们藏身的小小岛屿来回巡游。即使我们无法发自肺腑地相信古老的邪教和他们那渺无消息的图腾，即使这些顶着假名的探险家和考古学家就像墙上的影子般玄虚，即使偏远小岛上那奇怪的房子正摇摇欲坠，在这些事物中仍旧可能存在一种力量，像噩梦一般威胁着我们。这种力量与其说来自故事中，不如说是来自故事背后的某个地方，一个漆黑无边，遍布恶意的地方，我们走在其中，却可能浑然不觉。

不过，千万别在意这些黑夜里的胡思乱想。写完这封信，我就直接上床睡觉去。

附言

还是今晚，又过了些时候。

在写下对手稿的描述和分析之后，好几个小时已经过去了。现在想来，我写下的那些话语是多么天真。不过，从某个角度看来，那些话却也没错。不过这个特设的角度，眼下的我不是很喜欢。在我与一个穷凶极恶的魔鬼之间，距离不再遥远。我不再认为手稿中描述的恐怖很难想象，因为我已经与它有过亲密接触。我竟然去琢磨那些幻象，真是蠢到家了。简简单单的一个梦，就能轻易摧毁我们的安全感，哪怕只是叫我心烦意乱地过上几个钟头。自然，我曾经经历过这种事，只是感觉从未像今晚这样强烈。

我入睡的时间不长，但是显然也不短。梦境刚开始时，我坐在一张桌前，身处一间阴暗的房间内。虽然只能看到桌前不远的一块地方，但我能感到房间很大。桌子两端分别点着一盏灯，什么灯，不清楚。我面前铺着一些大小各异的纸。我知道那是某种地图，而且我正一张张地审视它们。我沉浸在这些地图中有好一阵了，眼下它们是梦境的主角，其他画面都被排除在外。每幅地图只是集中展现一连串的岛屿，却没有提及更广阔和更为人们熟知的陆地。这些位于不明水域中的小块陆地画得十分拙劣，但透出强烈的偏僻感和闭塞感。尽管这些岛屿的位置尚不清楚，我却莫名地肯定，地图的目标读者早就对它们了然于胸。可是地图的保密工作做得十分敷衍，因为要找出这些过分细致的地图描绘的岛屿位于地球上的哪个位置，并不需要深奥的秘诀：这些岛屿的名字已经用一些已知的语言——进行标记，不同的地图用不同的语言，非常醒目。一番仔细查看后，我才发现，每张地图都有一处是相同的：在每一组岛屿中，不论以哪一种语言命名，总有一个小岛叫尼瑟斯克拉尔。（说真的，我仿佛真的穿梭在那些奇异的小块陆地上，那些地方散落着同一个奥秘的碎片。）仿佛这个可怕的名字已经被传送到世界的各个角落，专门用来为那种岛屿命名。自然，在不同的语言中，这个词有不同的形式和拼写方法，有时用的是音译。（我的观察是多么细致入微！）而且，梦境中的人往往有种莫名的笃定：我很清楚，这些岛屿统统被冠以尼瑟斯克拉尔的名字，而且每个岛上都有独特的标记，暗示有什么被埋在那儿——那被肢解的神像的碎片。

这个念头刚刚浮现，梦境就变了。地图化为一种雾气，我面前的书桌也变了样，成为一个由粗粝的石头搭建的祭台，上面点着两盏灯，照亮灯盏中间一样奇怪的东西。在这个梦境中，许多幻象都看得很分明，但这件黑乎乎的东西却并非如此。在我的印象中，它就是那么一大团，散发着可怖的气息。同时，它的轮廓似人似兽，似花朵似昆虫，又似爬行动物、石块和无数种我甚至叫不出名字的事物，而且变幻不定，交错缠杂，叫人无从获知这尊神像的真实面目。

灯光骤然变亮。这时候，我发现这里实际上是一个不同寻常的空间。四面巨大的墙壁一边朝上方耸立，一边朝中间倾斜，最终在极高处汇于一点，在我的四周搭建出完美的金字塔形状。可是，眼下我位于一个怪异而遥远的视角：放着神像的祭台立于正中央，我离它有一段距离，甚至也许不在场景之内。这时，从一个黑暗的角落或秘门里，一排人影走出来，缓缓走向祭台，最后在它面前围成一个半圆。我看得出，他们一个个瘦骨嶙峋，而且统一全身着黑，那黑色的布料紧紧地裹住身体，使他们看上去就像细长的影子。他们仿佛被从头到脚缠上黑色的绷带，只有脸部暴露在外。可是，那根本不是脸——那是苍白的，不带表情且毫无二致的面具。面具上没有开口，用这样一种可怕而古老的方式掩盖了这些佩戴者的身份。在那些光滑的，形同浮雕般的面具下，是超越了一切希望和慰藉的灵魂——除了他们甘愿抛弃自我而侍奉的恶魔之外。可是，就连这种抛弃也要经过严格筛选——这是个筛选的仪式。

一个白脸的人影从队伍中走上前去，像是被神像吸过去一样。那人站着一动不动，但是一团发光的烟雾般的物质从他黑色的躯体内飘了出来。它飘浮着，轻轻地打着卷儿，朝神像飘去，被吸收了。我知道——这可是我的梦——神像正与它的祭品融为一体。这奇异的场面一直持续下去，直到再也没有发光的灵雾飘出来供神像吸收为止。那个人——已经缩成木偶娃娃一般大小——瘫倒在地上。但是很快，它就被队伍里的另一个人轻柔地举了起来。那人把这小小的躯体放在祭台上，拿起一把刀，朝它深深地切了下去。整个过程悄无声息，接着便有某种东西缓缓流在了祭台上，一种浓稠而油腻，颜色古怪的液体。它的颜色很深，但不是任何一种血液的颜色。这古怪的颜色与其说是我看见的，倒不如说是心中的念头作祟，但它逐渐将整个梦境填满，决定事态发展的终点。

那紧闭的洞穴般的房间陡然间化为一片土地，上面布满小摆件，一个个奇形怪状，都是刚才那种单一而不祥的颜色，似乎一切都被古老的深色霉菌覆盖着。这片景观可能曾是石头、泥土和树木（我感觉如此），但如今被彻底改造成如石化后的地衣一般的物质。在我面前铺展开来的是一片错综复杂的格子，像锻铁窗饰或花园里蔓生的珊瑚一般缠绕着。它的表面挤满杂乱无章的小型塑像，疙里疙瘩的图案叫人想起恶魔的面孔和身躯。它们的面容与我曾经的描述是如此相似，我想要逃离这样的境地，却感到自己无处可去，甚至无法回到自己的躯壳中。就在那时候，我感觉心中涌起一阵怪异的惶惑，噩梦惊醒之前常会有这种感觉。可是，在从这个梦中挣脱之前，我又一次见到在那座岛上随处可见的色彩。似乎是为了加深梦中幻象带来的恐惧，那冲刷着海岸，又翻滚着流向远处的昏暗海水也是这种颜色。

写下这几页纸的时候，我已经醒来好几个小时了。有件事我尚未提及：我虽然已经醒来，却仍旧处于一种古怪的状态之中。在梦中，特别是在认出那个丑陋岛屿的最后一刻，一直有一种看不见的存在。我能感觉到它在万物中流转，并以无处不在的邪恶统领它们。虽然我已经起床，却仍旧受这种幻象的魔力摆布，这也许算不上多么反常的事。我努力地呼唤正常世界的神灵——用咖啡壶的哨声，在他们被电灯照亮的画像前祈祷——可是他们的力量太过孱弱，不足以将我从另一位神身边拉走，我现在已经不敢写下它的名字。它似乎存在于我的房间内、房里的一切普通物件和屋外整个的黑暗世界里。没错——潜伏在这一个和许多个其他世界警惕的风中。在我的眼中看来，一切都像是这位魔神的外显，都有着它的模样。我感觉得到，它也存在于我的体内，在我这张活人的面孔下日渐强大。我已经不敢照镜子了。

不过最近以来，噩梦引发的幻象似乎开始减少，也许是因为我将它写下来，它便退去了。如同一夜饮酒过量，发誓戒酒的人，我下定决心，那种古里古怪的资料，我再也不去读了。毫无疑问，这次的决心是暂时性的，我的老毛病很快就会卷土重来。但一定不会是在天亮以前！

黑暗中的木偶

几天之后，深夜时分。

唉，这封信已经变成了我的"尼瑟斯克拉尔冒险报告"了。瞧，现在我能够轻松地写出这个名字，而且能够毫不顾忌地照镜子，甚至很快就可以像以前那样睡觉，不受任何干扰了。不可否认，我最近的经历已经达到诡异的程度。我发现自己总是不停地走动——根本不可能静下来工作——而且心里总是装着一份沉重的恐惧，就像是在恐惧的盛宴上吃得过多导致无法消化似的。最奇怪的是，最近我一点儿胃口也没有。眼中见到的东西全都是那副模样，我又怎能吃得下哪怕一口呢？即使戴着手套，我也不敢触碰门把手或鞋子。我见到的每样东西都在该死地蠕动，包括我自己的身体。我看得见是什么在表皮下蠕动，我的视线能够穿透普通物质构成的壳，辨认出内部涌动着的同一种物质。是那个梦中出现的黑色，如今我看得很清楚了。黑中带绿。我怎能吃得下东西呢？又怎能在某处停驻呢？所以我不断走动，让目光匆匆掠过所有的事物，不想看清它们是如何在表面之下蠢蠢蠕动，组成怪模怪样的形状，冲我做出各种各样的鬼脸。（所有物品内部都有同一种物质在涌动，而且那真的是同一张脸。）我还听到一些声音，它们说着含糊不清的话语，不是从我在街上擦肩而过的路人嘴里说出来，而是从他们大脑的最深处发出来的声音，一开始是低声的胡言乱语，后来却变得非常清晰，而且滔滔不绝。

这越发嘈杂的声波在今晚到达了高潮，然后轰然退去了。我相信，由于我调节得当，一切都恢复正常了。

接下来就是噩梦的大结局了。（我多么希望自己说的不是比喻，多么希望自己其实身处梦境之中或是回到书籍与古老手稿的纸页中。）自从我进入公园之后，这个结论便开始初露端倪了。这个公园离我家着实有一段距离，是我散步所能到达的最远的地方。当时已是深夜，可我仍沿着在市中心的草坪和树丛中蜿蜒穿行的狭窄柏油路漫步。（我莫名地感觉自己在同样的夜晚，走过同样的地方，也就是说，此情此景似乎曾经发生过。）悬在细长金属杆上的灯泡将道路照亮，与此同时，头顶漆黑的穿苍之中另有一个发光的球体。路旁的草丛笼罩在阴影中，在头顶晃动的树枝显出同那浑浊的绿一模一样的颜色。

在沿着似乎永无止境的道路走了不知道多久之后，我看见了一片空地。这儿已经聚集了一些观众，正等着观看深夜娱乐节目。一条条彩灯悬挂在场地周围，一排排椅子已摆放妥当。坐在椅子上的人都朝一座高大而明亮的亭子看去。这是木偶表演用的亭子，下半部分画着潦草的涂鸦，上端挂着一幅帘子。帘子已经拉开，从亭子里射出耀眼的光来，两个小丑模样的家伙在亮光中扭来扭去。它们探着身子，尖声怪叫，用各自的小胳膊上挂着的桨叶拍打对方，场景颇为狼狈。打得正热闹的当儿，它们突然停下，缓缓冲观众们扭过头来。木偶的眼神直勾勾的，像是看着我所在的最后一排座椅的后方。它们歪着那畸形的脑袋，玻璃眼珠直愣愣地瞪着我的眼睛。

突然间，我发现其他人也做着同样的事情：所有人都朝背后扭过头，那一张张面无表情的脸，一双双死滞的木偶般的眼珠，将我钉在原地无法动弹。他们没有张嘴，却并不安静。只是，我听到的声音比面前的人群所能发出的音量还要大上许多。这些声音是我在路上就曾听见过的，在每个人脑海深处吟唱的，含糊不清的字眼，来自他们潜意识的深处。这些吟唱依旧又轻又慢，单调的词句如赋格曲一般重复和缠绕。不过，如今我能听懂那些话了，虽然越来越多的声音在不同的时刻加入吟唱，叠加在一起："在我们的房屋中——在月光照亮的天空中——在所有的魂魄与心灵之中——在生者与逝者的面庞后。"

　　我到底在那儿站了多久才能挪动脚步，早已记不清了。我顺着原路返回，一路上，那层层叠叠的声浪围绕着我，吟唱不休。风儿吹动的树梢上亮着绚烂的彩灯。可是，当我终于找到回家的路，跌跌撞撞地行走在深夜那混杂着绿色的漆黑之中时，却只能听见一个声音，看见一种颜色。

　　我知道该怎么做。我从地下室捡了些旧木板堆在壁炉里，并且敞开了烟道。明亮的火焰烧起来了，我往火中添了一样东西：一份手稿，它由一种特殊颜色的墨水写成。幸好，这一次我终于看清了那份手稿上的签名，知道是谁的手曾在那些纸页上书写，并且在其中隐藏了一百年。故事的作者打破了神像，将它沉入深海之中，但是年深日久的铜锈污点沾在他身上。它侵入了作者黑绿色的手迹中，并且在那儿存活下来，等待潜入另一个迷失的灵魂。那无知的灵魂，不知道自己闯进了多么险恶的黑暗中。我怎么知道这是真的！难道通过从燃烧的手稿上袅袅升起，并且还在不断升起的烟的颜色，还不能证明这一点吗？

　　我是坐在壁炉前写下这些话的。火焰已经熄灭，但烧焦的纸张飘出的烟在炉底盘旋，不肯升到烟囱里，排入夜色中。也许烟囱被堵住了吧。没错，一定是这样，就是这样。其余一切都是谎言，是幻象。那带着霉菌颜色的烟没有变成神像的模样——外形变幻不定，交错缠杂，不断地长出许多胳膊、许多头和眼睛，又统统缩回去，然后换一种组合方式长出来。它并没有将任何物质从我身体里吸走，将另一种物质注入，它似乎渗入我写下词句的墨水中。我的笔并没有在我手中变大，我的手也没有变得越来越小，越来越小……

　　瞧，壁炉里已经没有那团烟了。烟已经飘走，沿着烟囱往上飘，散了出去，散入空气中。我透过窗户看见，空中什么也没有，什么也没有。当然，月亮是有的，挂得高高的，圆圆的。但是没有阴影横亘在月亮面前，也没有浓稠的烟雾阻塞这个世界脆弱的秩序。我在月亮上看到的不是一团缓缓蠕动鼓胀的黑色，那不是一只畸变的巨蟹，竭力挣脱黑暗无边的海域，侵占了这座月亮之岛，它没有驱使无数的身躯，在所有旋转着的空间岛屿之上蠕动不已。那不是各种生物诡谲的组合体，不是万物中流淌着的腐液。尼瑟斯克拉尔也不是造物隐秘的名称。它不在我们的房屋中与四壁之外——在幽深的水下与月光照亮的天空中——在土丘之下与山巅之上——在北方的树叶与南方的花朵里——在每一颗星星与星星间的虚空中——在骨血中——在所有的魂魄与心灵之中——在这一个和许多其他个世界警惕的风声中——在生者与逝者的面庞后……

我并未在一场噩梦中死去。

魔鬼的声音

诺汤镇之梦

1.

有的人需要他人见证自己的毁灭。他们不满于孤独的沉沦，需要一个观众，一个有资格的见证者——能够将他坠落的过程记在心里，或许只是充当映照他们悲惨荣光的镜子。当然，这个计划中还包含着其他目的，但那些目的太过缥缈和怪异，叫人无从追忆。不过，我能从一些梦境忆起一个从前的熟人，暂且叫他杰克·奎因吧。这个人感到我的同情具有与众不同的力量，采用欲扬先抑的策略，引起了我的注意。我记得这一切始于一天深夜，地点在我和奎因合租的那间破旧不堪，却很宽敞的公寓里。公寓位于这座城市，更确切地说，是在城中的某个地区——我们两人在这个城市里上着同一所大学。

当时我正在睡觉。在黑暗中，有个声音将我从奇诡的梦境中唤醒。接着，床垫边有什么重重往下一压，房间里飘荡起游丝般刺鼻的香味，是烟草和秋夜的气味混合而成的辛辣。一个小红点划过一道弧线，朝坐着的人影最高处移去，在那里绽出更明亮的火光，照亮了他的下半张脸。奎因在微笑，嘴里叼着的雪茄在黑暗中冒着袅袅轻烟。他沉默了一会儿，翘起被破旧长大衣盖住的二郎腿，那是件很旧的衣服，就像即将剥落的皮肤一般裹在他的身上。那件大衣吸收过许多个十月刺鼻的气息，而我回忆的正是在这个月发生的事情。

我以为他喝醉了，或是整晚沉溺于"人造天堂"，陷在那渺远的极乐世界或深渊中无法自拔。等奎因终于说话时，他的声音正如一个刚刚清醒的人那般磕磕巴巴，很僵硬，还带有几丝敬畏的语气。不过，看上去他不仅仅是嗑了药那样简单。

他说，他刚才参加了一次集会。他说"集会"这个词时语气很怪，仿佛别有深意。自然，集会上还有别人，但对我而言，简称为"那些人"就够了。他告诉我，那是一个哲学学会。那似乎是个很有趣的团体：半夜集会，可能会嗑药，参与者变得神神秘秘，异常兴奋。

我下了床，打开灯。奎因看上去一塌糊涂，衣服比平常更皱，脸发红，长长的红发凌乱地缠结成一大团。

"你今晚到底去哪了？"我带着真挚的好奇心问，这种好奇心正是他需要的。我很清楚，奎因那晚参加活动的地方就在诺汤镇附近（当然，这是一个假地名，就跟这个故事中所有的名字一样），我们两人合租的公寓位于这个地区。我问他是不是这样。

"准确地说，是在别处，"他答道，然后出神地盯着香烟灰色的那头，自顾自地笑起来，"不过你也许无法明白。抱歉，我得去睡了。"

"随你的便。"我说，同时将深夜被打搅的怨懑憋回肚子里。他抽了一口烟，朝自己的房间走去，进屋，然后关上了门。

这就是奎因深奥追求最终极阶段的开端。这是他人生中最为关键的时期，但是直到最后那一夜之前，我再没能见上他几面。我们在研究院学习不同的课程，我学人类学，他学的是……说来真有些惭愧，我不太清楚他学的是什么。不过，奎因每天的活动，至少是我感觉到的那些，的确惹人好奇。据我观察，他的行为总是伴随着高亢而尖锐的呼喊声，我不清楚这种特色能否使人成为一个好伙伴，但绝对是非比寻常的。

他每天都是半夜才回来，进公寓时响动特别大，仿佛故意提醒别人似的。自打那晚以后，他再也没跟我提过自己参与的集会。他关上房门，不一会儿，我就听到他倒在床垫上，压得旧弹簧嘎吱作响的声音。他似乎是和衣而睡，也许他从来就没把那件一日破似一日的皱外套脱下来过。我一时间睡不着，便偷听隔壁房间的动静来打发时间。他的房间传来各式各样奇怪的声音，与以往夜晚的噪音不同，是我从没听过的，比如从最阴暗的梦渊中传出的呻吟，陡然吸气的声音，仿佛大吃一惊般倒抽冷气的声音，如野兽般咆哮和喷鼻子的声音等等。他的整体睡眠节奏中流露出莫名的不安。有时候他会发出断断续续的呻吟，紧接着便是一声短促的尖叫，足以将深夜的宁静彻底打破，惊得我猛地从床上弹起。做噩梦时可能体验的一切恐惧都包含在这警报般的叫声中了。可是，那声音有时也混杂着敬畏和狂喜的意味，仿佛对某种不知名的磨难表示臣服。

"你终于死了，下地狱了吗？"有天晚上，我隔着他的卧室门大喊。这个声音如今依旧回荡在我的耳朵里。

"睡你的觉去吧。"他回答。他的声音很低沉，透着深沉的困意。一股刚刚点燃的雪茄气味从他的房门中飘了出来。

在深夜受到这样的滋扰后，我有时会坐起身来，向朝东的窗户望去，看着暗淡的曙色在远处翻涌。那个十月一周又一周地过去了，隔壁房间不断传来狂乱的呼喊，渐渐对我的睡眠也产生奇怪的影响。很快，这套公寓中便不止奎因一人为噩梦所困了，因为我也被一波异常逼真的恐惧的洪水淹没了，醒来后只留下一些残破的记忆。

突然有一天，那个噩梦中的场景总是不时在我的脑海中闪现，虽然转瞬即逝，却如临眼前，好像我在某处错误地打开了一扇奇怪的门，无意中看到不该看的东西，然后飞快地"砰"一声关上了门。不过，最后我"梦中的稽查"[1]睡着了，我完整地回忆起其中一个难以捉摸的梦境，那些色彩鲜艳的场景再次栩栩如生地浮现出来。

那个梦发生在诺汤镇的一个小公共图书馆里，我有时候会去那儿学习。可是，在梦中，我不再是去图书馆用功的学生，而是图书管理员——那个偏僻的地方好像只有我一个人在值班。我坐在那儿，沾沾自喜地打量着书架上的书。梦中的我虽然感觉无所事事，却又做着很重要的日常工作。这种情况很快就结束了——在梦里任何事都不会持续太长时间——尽管那种状态似乎已经由来已久。

打破现状，开启梦境新阶段的原因，是我在井然有序的工作台上发现一张潦草写就的纸条。纸条上写着需要一本书，应该是图书馆的读者提出的要求，不过我很困惑，因为我没有看到任何人将纸条放在那儿。梦里的我为这张纸条烦恼了好一阵：是不是在我坐下来之前，它就已经放在那儿，只是我忽略了？我对这种可能的疏忽感到万分焦虑。我担心自己会受到某种莫名的斥责，心中惶恐不已。我一刻也没有耽搁，赶紧打电话给后面的房间，让值班的人把书拿出来。但是在梦中的图书馆里就只有我一个人。我感觉这个求助很紧急，可电话无人应答。幻境中，那最后的期限渐渐逼近，我越发心焦起来，又害怕又兴奋。于是我抓起

---

1 弗洛伊德提出人在梦境中存在着"梦的稽查"：当梦的内容过于出格，而诸种变形手段又不足以掩饰时，梦者会惊魇而醒。

索书单，亲自去取那本书。

我在书库里看到了作废的电话线，它被人从墙上扯下来，像一根磨坏的训练鞭，被扔在地板上。我颤抖地看了看随身携带的纸条，确认书名和书架号码。那书名我已然忘记，但它肯定与这个城市的名字有关，应该说是郊区的名字，我和奎因居住的公寓所在的地方。我走上一条似乎没有尽头的过道，两旁是高耸的书架，中间穿插着无数的小过道。书架是如此之高，当我终于到达目的地时，不得不爬上一架高高的梯子，才能够到自己想找的书。我爬上梯子，颤抖的双手终于抓住最高一根横档，目光恰好面对着自己寻找的索书号，或者说是梦中出现的，被我当成组成索书号的字母和数字。与这些符号一样，我已将找到的那本书彻底遗忘，它的形状、颜色和大小在从梦中返回的途中消失了。我甚至可能把书弄丢了，但那并不重要。

重要的是，当我把书从它所处的那排书架上取出来时，留下了一道黑色的窄缝。我朝里面瞥了一眼——我莫名地知道自己该这么做，这是取下这本书的仪式。我朝缝的更深处看去……梦境的新阶段开始了。

那道狭缝成了一扇窗户，也许更是梦壁上的一条裂缝，或是鼓动的薄膜上的一道裂缝，这薄膜是为了保护这个世界不受另一个的侵扰而存在。外面是一片风景——我实在找不到更为恰当的词——透过一个狭窄的长方形边框看见的风景。但是这片风景并未在远处形成天地相交的直线，高处没有飘浮或发光的物体，下方也没有各种形状的物体。这只是一片无边无际的纵深和距离，没有连续性的无尽沼泽，这奇怪的场所无法诉诸言语表达，它像一片海市蜃楼或一道彩虹，在空间中没有延展。在我的视线中的确出现了一些物体，它们能够彼此区隔，却无法固定于某种关联之中。我久久凝视着它们，若在平时，这不过是恍惚一瞥中才会见到的情景，人们可能突然通过余光看到某种幻象，但一转头，它就消失了，不会在头脑中留下任何记忆。

若要描述我见到的幻象，只有唯一的方法，便是描述其他可能唤起类似含混感觉的场景，即便如此，其相似程度也是非常有限的。比如像在黑暗中扭曲狂欢的缤纷色彩，像一道伸着触须的深豁，有时如沾染了许多露水般闪着濡湿的光亮，但会在顷刻间变得干燥而黯淡，如同照在外星球荒漠上空的骨白色星星。我的感受反过来又使这混乱怪异的景象变得更加诡异离奇。梦中的感觉被放大，直觉、感受与思维组成复杂的复合体，包罗万象，难以言说。梦中的这一切如同一部巨大而畸形的百科全书，描述着一个被包裹在层层虚妄之中的宇宙，一个伪装而成的维度。

在梦的尽头，我见到了色彩，或者说带有色彩的形状，它们在融合，在移动。我不记得它们是具体的，还是抽象的。在我见到的那片阴郁而无垠的空间里，似乎只有它们在动，而且动作看上去并不赏心悦目——每种色彩都在疯狂地摇晃，仿佛被关在笼中，虽然没有腿，却大步奔跑，伺机逃脱。这些幻象叫梦中的我心中生起莫大的恐惧，大到足够将我惊醒的程度。

真奇怪，虽然这个梦和室友毫无关系，我醒来时却用被梦境吓得变了调的声音呼唤着他的名字。可是他没有回答，因为他当时不在家。

我之所以在此时重建这个噩梦，有两个目的。首先，展现我在这段时间的心理活动；第二，提供一个前情提要，说明我为什么能够理解第二天在奎因的房间里发现的东西。

那天下午我下课后回来，没见到奎因，便趁机对有关降临于我们在诺汤镇的公寓里的噩梦的事进行了一番考察。用不着翻动他房间里那些破旧的杂物，我很快就在书桌上看见一样东西，考察一下子变得简单多了。这是一本活页笔记本，封面是仿大理石的材质。房间里拉着窗帘，光线很暗，我打开灯，翻了翻笔记本的头几页。它似乎与奎因在几周前加入的教派有关。那是一本灵修日记，记录了奎因对自己内心变化的思考。他使用了一种深奥的术语，大部分都无法记录在这里，因为笔记本已经不存在了。我记得，那几页大致描述的是他在寻求一种超凡的启迪时取得的进展，还有在一个象征性领域中浅尝辄止的几次探索。

奎因似乎加入了一个厌世的哲学团体。那是一群神秘的离经叛道者，为满足一种神秘的受虐倾向而存在，会迫使新入教者做一些神秘而鲁莽的事情——套用笔记本中一再重复的字眼，是"用冰的眼睛瞥见炼狱之火"，它似乎在吟唱一种力量。我猜得没错，这个派别的成员吃迷幻药，而且毫无疑问，他们相信自己在与奇怪的超自然空间进行交流。他们的核心目标十分玄虚，那便是超越凡俗，寻求更高级的存在状态。但是他们抛弃追求启示的正统途径，信奉一种渎神的宿命论，认定命中注定要毁灭，因此必须直面那些晦暗不明的恐惧。也许正是这种晦暗不明使他们对自己的终极目标感到兴奋，所以尝试着撩拨自身的毁灭，努力争取将恐怖置于恐怖的统领之下。

这就是奎因那本笔记的主要内容，大多很有趣。不过，最有趣的还数最后一篇，它很简短，我几乎能够背诵。这篇日记和多数其他日记一样，用第二人称的口吻对自己提出了各种建议和告诫。其中大部分内容几乎彻底沦入有违意识头脑的范畴，晦涩难懂。不过，我第一次读到这些日记时，确实能感到有些古怪的含义，后来再读，这含义更明显了。我将他写给自己的日记部分摘录如下：

　　到目前为止，你的进步有缺陷，却不可阻挡。昨晚你见到了这片空间，知道它是何种模样——闪烁的光芒，恶毒的色彩，如同剧毒的龙葵内皮在闪闪发光。醒醒！你已经接近这个空间的位面了。忘掉你精致的幻想，学着像无眼的野兽一样行动——你必然会变为它们的模样。倾听，感受，嗅探这个空间。在梦中穿越奇异的险境。你知道那儿的生物会如何用它们的梦境对待你。要留神。接下来的几天里，晚上不要在同一个地方停留太久。那将是最强劲的时期。出去（不妨走进诺汤镇璀璨的灯光里）——迫不得已的话，可以散步、流浪、梦游。停下来，观察，但不要看太久。要下意识地保持谨慎。抓住恐惧那令人着迷的芳香，就能成功。

　　我一遍又一遍地阅读这段简短的文字，越读越觉得它不是一个耽于幻想的教众的想入非非，而是反映了一些我如今非常熟识的事。我敏感的心灵似乎与奎因的精神追求，甚至是情绪的细微差别方面发生了微妙的联系，因此这番探查反倒像是为我自己进行的。从最后一篇日记来看，接下来的这些天似乎至关重要，这种重要性也许完全是指对心理上的影响。可我的脑海中还是闪现出别的可能性和希望。第二天晚上，仅用了几个小时的时间，问题就解决了。那场午后的冒险——不知为何，不可避免地——发生在诺汤镇梦幻而堕落的夜生活中。

2.

　　严格地说，至少从市政定义来看，诺汤镇属于郊区，它并不处于我与奎因上大学的大城市之外，而是在市界之内。对穷困潦倒的学生来说，这地方唯一的魅力，就来自于它提供各种形式的廉价住房，尽管住宿条件并不算优越。不过，就我和奎因而言，选择这里的动机可能有所不同，因为我们都欣赏这个小镇隐藏的特质和可能性。诺汤镇离市中心不算远，吸收了大都市俗艳的魅力，只是规模较小，而且更为集中。当然，这里有很多异国情调的餐馆，也有各种顶着怪异名号的夜生活场所，还有许多在灰色地带合法存在的场所。

但除了平庸的吃喝玩乐外，诺汤镇也有一些不那么世俗的吸引力，尽管形式有些荒唐。这地方似乎是边缘人群和边缘运动的温床。（我相信奎因的教友——不论他们是谁——要么是住在这儿，要么是这儿的常客。）沿着诺汤镇最为繁华的七个商业街区走一走，可以看到沿街店面贴着各种邀请函，邀请你参加有关未来的个性化阅读，听一场有关人体精神中心的私人讲座。行走在某些街道上，如果抬起头来，你可能会发现二楼窗户上贴着奇怪的标志——那是神秘的徽章，只有入会者才懂得其中的涵义。这些街道的氛围莫名地让我想起了刚才描述的那个特别的梦——在这座城中之城，街上每一个肮脏的角落都能叫我想起那模糊而混乱的景象。

诺汤镇最让人心动之处再简单不过了，那就是许多店铺不分白天黑夜都开张，也许这是奎因选择在这里出没的原因之一。现在我已经知道，至少有那么几个晚上，他打算在诺汤镇斑驳的人行道上闲逛，把时间消磨掉。

奎因在天黑前离开了公寓。我从窗口看到他绕到楼前，走上了通往商业区的路。我隔着一段安全距离尾随在后。假如记录奎因夜生活的计划真的泡汤，最有可能就是发生在接下来的几分钟里。我自然有理由相信奎因拥有第六甚至第七感，能够觉察到我的阴谋。与此同时，我认为自己只是满足奎因内心深处的愿望，成为他命运的旁观者和他怪异探索的记录者，这一点应该没有错。我们一路走去，街上越来越热闹，这里已经靠近卡顿大街，也就是本地区的主街。

前方是诺汤镇所属的大都市，大厦高耸入云，围绕着，俯视着诺汤镇这些低矮的建筑。远处，一轮黯淡的夕阳渐渐西沉，照亮了大都市天际线的巅峰。诺汤镇这片下陷的飞地正躺在天际线的阴影里，被都市团团围住，如同一个侏儒版的复制品。这位奇特的侏儒衣着华丽，用来招待疲沓的皇族们再适合不过。主街上的电光灯五颜六色，绚丽无比，闪得叫人头晕，仿佛专为驱散便道上过往路人身上散发的难以名状的无趣。在这个寒冷的秋夜里，这些川流不息的人群显得很不寻常，不过我混在其中倒是很隐蔽，不过要跟上奎因的脚步也更困难了。

他离开了一群木然的行人，消失在卡顿街北侧的一家小杂货店里，我差点儿跟丢了。我在街区的另一头停下脚步，看着一家二手服装店的橱窗，直到他再次出现在街头。他是在几分钟后出现的，一手拿着报纸，另一只手将一个装着雪茄的扁盒塞进大衣里。从杂货店的窗户中涌出的灯光照亮了他的身影，夜幕已经悄然降临。

奎因往前走，然后在街区中段横穿马路。原来他不过是要去一家餐厅而已。那餐厅的前窗上有一些组成半圆形的希腊字母。透过窗户，我看到他在柜台前坐下，摊开报纸，从拿着便笺簿的女侍者那儿点了餐。至少在这段时间里，他的行踪毫无悬念。我可不希望接下来只是看着奎因从餐馆和杂货店里进进出出。我想，他最终一定会做出让我恍然大悟的举动，但眼下，我得学着做他的影子。

我在餐厅对面的一家中东进口用品店里看着奎因吃晚餐。透过这家商店的橱窗，要盯着他很容易。不幸的是，在这个散发着霉味的店铺中，我是唯一的光顾者，一位瘦骨嶙峋的老妇人连问了我三次是否需要帮忙。"我只是看看。"我说，然后从窗前抬起眼睛，朝四周打量，看到各式各样的小饰品。那个女人终于走到售货柜台后，站在那里，并执着地不愿将右手露出来。不知为何，这家店里刻着图案的黄铜饰品和小地毯的气味让我感到紧张。我打定主意，回到街上，混在拥挤却出奇安静的行人中。

大约过了半小时，八点差一刻左右，奎因走出了餐厅。我在对街看着他将手里的报纸折好，整齐地塞进附近的信箱里。然后，他点燃一支雪茄，不时放在嘴里吸一口，继续往北走。我等他走出半个街区，这才过了马路，继续尾随。虽然看上去一切如常，但那个秋夜的空气中似乎蕴含一种笃定的承诺：一定会发生一些不为人知的事情。

奎因继续穿行在诺汤镇肮脏的霓虹灯中，但似乎没有了明确的目标。他的步伐不似刚才那般坚定，目光也不再期待地看向前方，而是散乱而呆滞地瞪着，仿佛对面前的一切感到陌生，或是感到与从前经过时见到的情景不同。他那穿着长大衣，头发蓬乱的身影使我感到这位室友似乎被身边的某种事物压垮了。他抬头望着房子的屋顶边缘，仿佛黑色秋夜的天空即将坍塌。他心不在焉地挤进了几个人当中，一不小心，手中的雪茄掉在便道上，火星四溅。

奎因在下一个街角转了个弯，走进与卡顿街相交的一条小巷。这儿只剩几家店没有打烊，更远处是更加黑暗的居民区。其中一处仍在营业的是一座大楼，有一条楼梯通向地下。我找了个隐匿处藏好，看着奎因走下楼梯，走进我认为可能是酒吧或咖啡馆的地方。那地方也许是正经场所，但我的想象力依旧任性地将那间地下室里塞进各式各样古怪的顾客。我收起天马行空的想象，面对着是否要跟着奎因走进去的现实抉择——如果我跟进去，可能会粉碎他为自己营造的，孤独而神秘地在街头徜徉的幻觉。我又猜想，也许他来这儿是为了见某个人，说不定最后我能跟踪许多邪教徒，刺探他们神秘的活动。于是我小心翼翼地走下楼梯，透过油迹斑斑的玻璃窗往里面张望，却看见奎因坐在一个偏僻的角落……而且是独自一人。

"喜欢从窗户里偷窥？"身后有个声音在问。"窗户是无灵者的眼睛。"另一个声音说。这两人看来像大学里的教授，但不是我认识的人类学系教授。我跟着这两位风度翩翩的学者走进酒吧，应该不会比我独自进去更显眼吧。

酒吧里很暗，人头攒动，但从外面看不出内部竟然如此宽敞。为了与奎因保持距离，我坐在门口的桌旁，而他坐在一定距离外的半墙后。从装潢来看，这儿像是装修到一半的地下室或储存室。墙上挂着许多跳蚤市场售卖的那种古董，从天花板上垂下好些缠结的长条，像磨刀的皮带。不多时，一个面无表情的女孩走过来，沉默地站在我的桌旁，她的外表和神态是那样冷漠，我过了好一阵才反应过来，她是这里的侍者。

我小口啜饮着杯中酒，在那里坐了一个小时左右。在这个过程中，我发现坐在椅子上将身体向前倾，就能瞥见坐在半墙另一侧的奎因。我暗中观察了一阵子，发现他比以往更焦虑，也更谨慎。我以为他打算坐下来，悠闲地好好喝上几杯，但是他没有。实际上，他胳膊肘旁边放着的不是烈酒，而是一杯咖啡。奎因似乎对这个房间的每个角落都仔细打量了一番，像是在找什么。他紧张的目光差一点儿聚焦在我的脸上，然后我变得更谨慎了。

又过了一会儿，在我和奎因离开前不久，一个女孩带着一把吉他缓步走上一个靠墙的舞台。她在椅子上坐定，给乐器调音，这时有人将安装在地面上的一盏单独的聚光灯打开了。我发现聚光灯前方附着一个可以转动的圆盘，圆盘被分成四部分，一部分是透明的，其他的分别是红色、蓝色和绿色。眼下圆盘被转到透明的部分，正对着灯光的位置。

这位歌手没有做自我介绍，只是昏昏欲睡地在吉他上胡乱弹奏了几下，就唱起一首歌来。我听不出歌曲的名字，但是我想，凡是她诠释的歌曲，人们都不可能听得出是哪一首。她的嗓音让我不由得浮想联翩，仿佛一个愚笨的海妖身陷囹圄，正悲惨地哀号着，乞求人们让她恢复自由之身。我敢肯定这一定是首哀悼的歌。可是，那是一种异样的，让人神志迷乱的哀悼，似乎歌者偷听到某种奇异骇人的仪式，从中获得灵感创作了这首歌。

一首歌唱毕，酒吧某处传来一阵孤单的掌声。然后她开始唱另一首歌，可是听起来跟前一首毫无二致。第二首古怪的歌演绎到一分钟左右，出了点状况——酒馆里乱了一阵子——不久，我便发现自己又回到了街上。

刚才发生的只是一场不值一提的恶作剧。那位歌手正用猫一般的声音哼唱着歌词，呼唤失去的爱人，这时有人蹑手蹑脚地走到舞台旁，抓住贴在聚光灯前的圆盘转了一圈。一个疯狂转动的万花筒出现了。色彩蜂拥而至，猛地朝歌手和附近桌旁的客人们扑去。歌声兀自吟唱着，只是忧郁的节奏中增加了快速变换的红、蓝和绿的色彩。这些欢快变换的色彩不仅让人目迷，而且具有一种危险的成分。一眨眼的工夫，在我的桌子和舞台上的歌者之间出现一个踉踉跄跄的身影，他快步走过，那一瞬间遮住了那些混乱的色彩。我的注意力完全被突发事件吸引，差一点儿没认出那是谁。他开门的时候似乎费了些力气，我看着他出了门，然后才跟着冲了出去。

我沿着楼梯向上，来到人行道上，正看见奎因站在卡顿街的转角。我躲在阴影里，见他停在那儿点了一支雪茄，然后走上了大街。

我们走过好几个街区，到处都是流光溢彩的霓虹招牌，将街道照得通亮。一组顺序亮起的字母招牌吸引了我的注意，那些字母拼成 E-S-S-E-N-C-E LOUNGE, LOUNGE, LOUNGE,[1] 我感到好奇，美狄亚按摩室的女祭司们对受膏者[2]透露的秘密到底是什么。

接下来这一次停留的时间很短，但是对我一直试图与奎因之间建立的心灵默契造成了威胁。他走进一家酒吧，酒吧外有一块标志牌，登着聘请专业舞者的广告。我等奎因进去后，停了一会儿，这才跟着进去。乍一进入昏暗的酒吧，我只觉眼前一黑，这时又被一个匆匆迎面而来的家伙用肩膀撞了一下，我摔倒了。幸运的是，我站起来时恰好被一群等位置的人挤在中间，奎因应该没有发现我。而且他拿着雪茄的右手正挡在眼睛上，也许只是快速揉了揉眉毛。无论如何，他没有停下来，只是从我身边冲过，冲出了门外。我在转身跟上唐突离去的奎因之前，瞟了一眼酒吧的情景，特别是酒吧舞台上那个正在旋转的身影——那人身上的服装闪闪发亮。这喧闹而短暂的一幕，让我联想起在刚才的地下

1　招牌上的文字意思是"精华休息室，休息室，休息室"。
2　受膏多数是指以油或香油抹在受膏者的头上，使他接受某个职位的意思。就好像在旧约里的君王、祭司及先知，都是用橄榄油来抹在他们的头上，使他们受膏接受神所给他们的职分。此处以戏谑的口吻，所指的是接受按摩的客人被涂上按摩膏。

酒吧里那一阵突如其来的骚动。我不禁怀疑，奎因是不是因为见到这样五彩斑斓的色彩，所以大受刺激？它们就像我梦中那些闪烁和扭动的虹彩。可以肯定，他是受了某种打击才愤然离去的。我平静地走出酒吧，继续绘制奎因的夜行地图。

接下来他又在几个地方停了几次，因为各种各样的原因，我在跟进去时非常谨慎。其中有一处是书店（不是那种神神秘秘的书店），还有一家唱片店，店外放着扬声器，癫狂地朝大街上吼着刺耳的歌曲，还有一家热闹非凡的游戏机厅，他在这儿待的时间最短。在各种地点之间游走时，奎因显得越来越……我不敢说是忙乱，但肯定是……警惕。他先前走得大步流星，眼下却总是迟疑地停下脚步，不时朝商店橱窗张望，一副犹犹豫豫的模样，似乎心中有许多进退维谷的念头和冲动，完全手足无措。连他走路的方式都变了，将节奏、速度和姿势综合起来看，与之前那个他相比就像变了一个人似的。要不是长相还是老样子，我甚至会忍不住怀疑，这还是杰克·奎因吗？

我猜测，兴许他在潜意识中感觉有人尾随，而此时此刻，在他笔直坠入一个孤绝的地狱时，不需要同伴，或是无法容忍有人偷窥自己的命运。但最终我得出了结论：奎因之所以不安，不是因为身后一直跟随的脚步声。他似乎在砖瓦和霓虹灯之间寻觅某种充作信号的情势或环境，能够从中得到行动的指引，知道在那个十月寒冷而芬芳的夜晚该何去何从。但是我想，他没能找到，或是没能准确辨识自己所寻求的线索。否则后果可能有所不同。

奎因缺乏警觉性的原因与那天晚上他倒数第二次的停留有很大的关系。将近午夜时分，我们沿着卡顿大街一直走到诺汤镇商业区的最后一个街区，此地同时还是这片郊区的北部边界，边界之外便是属于相邻城市的一片废弃建筑。这地方无论是环境还是气氛都显得十分萧条。街道的两侧矗立着一排高低错落的排屋。这儿的许多店面没有室外照明设备，或许有，但没有点亮。不过，屋外没亮灯，并不说明不营业，在黑漆漆的店铺、酒吧、小剧院外的便道上依旧有人来往。只是到了郊区的这一带，逛街的人少多了，而且似乎都怀着特定的喜好，有着特定的目的地。街上的车也少了，路边停着寥寥无几的车子，不知为什么，看上去像是被遗弃了，甚至是一副彻底报废的样子。

当然，我相信这些汽车能开动，或者说大部分能开动，只是不合时宜的感伤情绪使我把它们当成有知觉的生物来看待，而且处于那样凋敝的环境中，它们看上去也的确显得有些凄凉。可是，我也可能站在那儿做了个几秒钟的梦：似乎有声音和图案从周围的环境之外的地方传来。我盯着对街的一栋老建筑——也许是酒吧，或不知名的独家会员俱乐部——突然产生一种感觉，仿佛那栋建筑中正传出奇怪的噪音，源头不在墙里，而是从一个遥远的地方，甚至是从某个荒凉的维度传送过来的。这些噪音似乎也能被看见，就像夜晚的空气中起了振动，像黑暗中见到闪烁的静电。可是，突然之间，那不过是一栋旧建筑，仅此而已。我仍然盯着它，可是噪音消失在一片混乱的回声中，闪光变得黯淡，彻底消失，连接中断了，这地方完全恢复了现实中凄惨凋零的模样。

这幢楼的规模看上去很小，无法提供藏身之处。而且从外表看，它似乎是个很私密的地方，初来乍到者恐怕会引人注意，感到不自在。可是奎因却毫不犹豫地走了进去。如果跟着他走进去，观察他在楼里的表现，看看他对这地方和客人熟识到何种程度，或许会有帮助。可实际上，最后我知道的，只是他在楼里待了一个多小时，其间我只是坐在街头一家餐车式饭馆的柜台前等待。

奎因终于从楼里出来时显然已经喝醉。这叫我大吃一惊。我原以为他打算整晚都保持头脑清醒。我见到他在地下酒吧喝咖啡，似乎正为这一假设提供了证明。但不知为何，奎因保持清醒的意图——如果他一开始有这样的意图的话——已经改变或被遗忘了。

他再次出现时，我已经沿着街走远了些，但实际上这时候已经用不着如此谨慎了。奎因醉得连脚下的便道都看不清楚，对身后的尾随者更是视而不见。在卡顿大街上，一辆警车闪着警灯从我们身边驶过，奎因对此浑然不知。他在便道上停下来，但只是点了一支雪茄。一阵大风吹来，卷起他没有扣拢的大衣的衣襟，在身后像狂野的翅膀一般拍打着，仿佛他穿的是一件斗篷。风是那样的猛烈，他似乎很难将烟点燃。这阵风与奎因本人一起将我们引往最后一处停驻地，那是诺汤镇的边缘地带，那儿只有几盏灯将昏黑勉强驱散。

灯光亮处是剧院的遮檐，在这儿我们赶上了亮着旋转灯的警车。警车后还停着一辆车，那是一辆大型豪车，亮闪闪的车身侧面有一道深深的裂纹。不远处的路边有一个被折成 L 形的"禁止停车"标志牌。一位高个子警察正在检查这辆车子的破损处，车主站在一旁，很显然他是事故的始作俑者。奎因对这一幕淡淡一瞥，便走进了剧院。片刻之后，我跟着他往里头走，就在进去之前，我听到那位车主对巡警说，刚才车头的灯里突然闪现出一片鲜艳的色彩，骇然之下他赶紧打了方向盘，然后那莫名出现的东西便消失了。

一走进电影院的大厅，我便感到这儿从前应该是一处巴洛克风格的优雅场所，只是如今上方那些雕着涡卷花纹的线脚已经积满灰色的尘垢，线条模糊不清，硕大的吊灯七零八落，不再熠熠生辉。毫无疑问，右边的玻璃柜台中曾经装满了糖果盒，很可能在很久以前被改造成一个展示色情杂志的摊位。

我从一长排门中选了一扇走过去，来到礼堂后的走廊，站了一会儿。这儿有一群人在聊天，抽烟，把香烟扔到地板上，然后把它们踩灭。他们的声音几乎淹没了正在放映的电影的原声，那声音是从过道的入口处传出来的，又在后墙内叫人难以理解地嗡嗡作响。我看了看被屏幕照亮的观众席，观影的人不多，各自分散地坐在剧院破旧的座位上，而且大多是独自一人。借着银幕散发的亮光，我从稀稀拉拉的观众当中找到了奎因。他坐在离银幕很近的前排座位上，紧邻着门帘和出口标志。

他似乎正在座位上打盹儿，而不是看电影。要在他后几排找个位置坐下来是件很简单的事。此时此刻，奎因似乎连仅余的决心和紧张也已耗光，那个晚上的冲劲全都消失殆尽。身处黑暗的剧院中，我的脑袋开始频频往下垂，与此刻的奎因一样，昏昏睡去。

我没有睡多久，最多也就是几分钟，可是在这段时间里，我做梦了。只是这一次不是噩梦，也没有任何危险的情节，只有黑暗……以及一个声音。那是奎因的声音。他在非常遥远的地方对我呼喊，我们之间相隔的似乎不是物理空间，而是一种无法测量的怪异维度。他的话语变了调，仿佛声音通过某种介质时被扭曲了，人声变成了野兽般的惨叫——像是一只动物正遭受缓慢而有条不紊的折磨，所以发出这样半是哽咽、半是尖叫的声音。他先是用粗哑的怪叫声狂喊了几次我的名字，然后，我记得他好像说："别再窥伺它们……落入它们的领地……你在哪儿……救救我们……它们也在做梦……它们在做梦……用它们的梦塑造事物。"

我醒了，第一眼见到的是毫无形状的一大团色彩，但那不过是巨大的电影银幕放映的画面而已。我将目光集中起来，朝前几排的奎因看去。他整个人似乎完全垮了下去，驼着背，头顶离两边肩膀很近。在他座位的另一侧，不知是一团什么东西正踉踉跄跄地从过道钻出来。原来那才是奎因，但他微微发着光，个头也变小了，大衣的下摆在地板上拖曳着，袖子松松地垂着，里面没有胳膊，衣领是塌的。它挣扎着一次次迈出脚步，仿佛完全无法控制自己的动作，就像一个提线木偶般东倒西歪，艰难地向前移动。它的光芒开始往外迸射，那是一种微微搏动的乳白色的光环，围绕着这个笨拙的小矮人涌动着。

我一定还在梦里，我告诉自己，或许只是梦醒后暂留的幻觉，是由于神志不清，所以将噩梦中、想象中和刚刚醒来时在漆黑观众席前方看到的巨大色斑混成了一团。我努力打起精神，专心去辨认那消失在亮着的出口标识下厚重幕布后面的是什么。

我跟了上去。穿过磨旧了的天鹅绒布帘后是一段水泥楼梯，楼梯通向一扇金属门，门晃动着，即将关闭。在楼梯的半中腰，我看见一只熟悉的鞋子，一定是行动不便的奎因挣扎逃命时匆忙落下的。他跑到哪儿去了？他为什么要逃？当时我满脑子想的都是这些问题，没心思考虑那种情形是多么古怪。我已经放弃了所有用以判断现实与非现实的指导标准。然而，击碎这接纳所需的一切正在外面等着我——在远处一个摇摇欲坠的脚手架顶端，有一种我完全无法接受的东西。我从楼梯顶端的门里走出去，这才恍然大悟，前半夜发生的事情不过是供我进入另一个世界的跳板，是离开这个世界的起点，而这个世界正以飞快的速度从我身后渐渐消失。

剧院外没有灯，但是并不黑。在剧院与隔壁大楼间的一条又长又窄的巷子里，有什么东西正在发光。奎因就是去了那儿。那儿不仅有亮光，还有声响。

一种怪异的亮光正沿着那个街角边缘缓缓向外流淌，仿佛一轮不祥的太阳从黑暗的地平线喷薄而出。我隐约认出了这摇曳的光，但不是凭借清醒时的记忆认出来的。光变得越发强烈，如一股怪异的水流漫过建筑坚实的外墙往外喷涌。它越是强烈，我便越清晰地听到那个在梦中呼唤我的叫声。我喊着他的名字，但那不断膨胀的色彩的光辉叫我心生畏惧，无法挪动脚步。让我畏缩不前的是一道彩虹，只是在这彩虹中，所有的自然色都被腐蚀得严重走样的棱柱折射成叫人痛苦的斑斓的晕彩，就像一片极光，像一片根本不属于这个世界的光芒在涂抹着黑暗。事实上，比喻根本无法将这光亮描述出十之一二，只是聊胜于无，帮助那些对此一无所知的人锚定这一现实，仿佛一个神秘主义者为自身经验所困，不知该如何用语言表达，只得胡言乱语一番。

整个过程倏忽而逝，但是那道光形如幻影，叫人无法确定它持续了多长时间——仿佛只是一眨眼，又仿佛永恒存在。向我涌来的亮光骤然消失得干干净净，像是有人关上了一个奇怪的龙头。尖叫也停止了。我小心翼翼地走到奎因刚才进入的巷子里。什么也没有——没有任何迹象能够帮我对发生的事理出一丝头绪。（虽然我在超自然事件方面不是浅尝辄止的涉猎者，但也会有感到晕头转向，大惑不解的时候。）不过，还是有一件事引起了我的注意。地上有一片区域似乎被烧焦了，它没有明显的形状，看上去光秃秃的，周围都是杂草和垃圾，这儿却干干净净。也许有什么东西刚刚从这儿挪走了，不翼而飞，所以下方的地面就空了出来，而且连一棵小草也没有。在见到这块地的那一瞬间，它似乎闪烁着微弱的光芒。我觉得它的轮廓像一个人——虽然那人的轮廓已经被严重扭曲，甚至可能被误认为是别的什么——但那可能只是我的想象。无论曾经在那儿的是什么，如今一切都消失了。

这一片荒地的周围只有垃圾：随着时光流逝，墨印渐渐淡去，残破不堪的报纸，腐烂成为纸浆的棕色纸袋，还有数不清的烟头。其中一种残骸几乎是新的，一点变形也没有。那是一个薄薄的，像书一样的盒子。我捡起它来。里面还放着两支没有抽过的雪茄。

3.

奎因再也没有回到我们合住的公寓。几天后，我向诺汤镇警察局报告，说他失踪了。在此之前，我已经把他房间里的那本笔记本销毁。或许是因为多疑，我担心警察在调查的过程中发现那个本子，提出一些叫我不太自在的问题。我不想对他们解释什么，因为他们根本不会相信，特别是最后那个晚上发生的一连串事情。我担心他们可能会错误地对我产生怀疑。幸运的是，诺汤镇警察局正如众所周知一般，在执行公务时懒散成性。事实上，他们没问任何问题，而且也没来过公寓。

奎因失踪后，我立即着手另寻住处。尽管合租者已经离去，可是在那栋公寓生活的最后几天里，怪梦依旧持续。只是这些梦的特点和从前有所不同。大的背景和那个噩梦中的世界相差无几，可是这几次，我是从梦的外面，隔着一段距离看着这个梦。

说是做梦，倒不如说是看电影更为准确，而且从某种角度判断，它们根本不像是我的梦。在这些梦中，奎因总是主角，所以我想，它们应该是奎因脑海中的幻象依旧在公寓里游荡。也许在这些梦中，我没有跟丢他，而是继续尾随在后。因为，在现实中跟丢它的时候，我想象着他正在发生变化，可是在梦中，他的变化更进了一步。

他和我曾经的舍友再也没有任何相似之处，只是因为在梦中全知全能，所以我才知道那是他。他的模样不断变化，或者说被那些瞬息万变的野兽不慌不忙地改造着。那景象活脱脱是一幅博斯式的地狱图景：凶神恶煞的魔怪将受害者团团围住，用梦将他重塑。在它们无所不用其极的摧残下，他的身体经历了可怕的变形，再不是那缩成一团的受到诅咒的灵魂。它们用梦从他体内取出又放入一些东西，最后这番改造的目的逐渐显现出来了。它们折磨受害者，是为了叫他历经一连串的改变，最后成为它们当中的一员，实现他最害怕却也是最痴迷的幻象。我再也认不出他来，只是看到又多了一头闪闪发光的野兽，与其他野兽们沆瀣一气，和它们一起嬉闹。

这是我在离开那间公寓前做的最后一个梦。自打那之后就没有梦了，至少是没有能够惊扰我睡眠的梦。不过，我却不敢说我的新舍友也是如此。在我们合租的那间破旧但足够廉价的小房子里，他一夜又一夜地发出怒吼。有那么一两次，他试图对我讲述那奇怪的幻觉，以及在那幻觉的引领下，他可能会加入的集体。可是我对他的奇遇仅仅表露出些许兴趣。作为研习人类学的学生，我必须与研究对象保持一定的距离。他们这类人很罕见，过于亲密可能影响他们的行为方式，对他们的研究将难以为继。毕竟，在另一种状态下，这些冒险者并不寻求陪伴。就像杰克·奎因一样，他们所渴望的是当自己坠入噩梦的深渊时，能够有人见证，他们想要的，是他们朝自己选择的炼狱一跃而下时，有人记录整个过程。我扮演着这样的角色，愿意顺应他们的要求，因为他们的渴求与我的互为补充。可是，有时我也会心生愧疚。实际上，我就像一种寄生虫，自己保持免疫，却靠以疾病折磨他们为生。我扮演着与偷窥狂类似的角色。我有能力拯救他们，只要我愿意这样做，便能够向在深渊上空徘徊的他们伸出援手。可实际上，我能做的只是疑惑而已：我到底生了什么病，才会如同一个堕落的神祇一般，选择让他们坠落？

穆冷伯格的神秘主义者

　　也许世间万物呈现的都是假象——"事实就是这样"，总有个声音在提醒我们——但还是必须注意到，为了防止世界崩溃，我们当中有许多人选择对这个事实视而不见。虽然这个比例向来不大准确，总在变化之中，但数量还是相当之大。有的人命中注定，有朝一日要走向幻界，而且大部分再也不会回到我们身边。对于留下来的人而言，既要保持焦点清晰，防止周围的图案褪色、防止某些区域变得模糊不清，有时候还得提防在整个背景中出现大的变形，这是一件多么困难的事。

　　我曾经认识一个人，他说，世上的一切都在一个晚上被廉价的替代品掉了包：广告板做的树，彩色泡沫组成的房子，剪断的头发拼缀的风景，就连他自己的身体，他说如今也只不过是泥灰而已。不待说，这人已经不再关注外在，也不能指望他按照常例来生活。他独自一人闯进了另一种截然不同的故事里。对他来说，一切事物都是这场荒谬梦魇的一分子。尽管他的发现与小真理相冲突，却获得一个伟大真理的启迪：一切都不是真实的。这一认识藏于灵魂深处，却生动地表现在他的每一根骨骼上：由泥土、尘土和灰烬的混合物重新构造的骨骼。

　　至于我，必须承认，物质宇宙的神秘感——即不论是否愿意，我们每个人必须遵循一定的连续性——对我的掌控逐渐减弱，相反，我感到万物都是虚幻的。一件物品有形状，只能暗示它是坚实的，除此之外不提供任何其他信息，因此形状并不重要，而幻象，那纯意义的混沌领域，施加在我身上的力量和影响却日渐增强。在那些日子里，我越来越注重玄奥智慧，为了追求它，哪怕付出巨大的代价我也愿意。因此，我对那个自称克劳斯·克林曼的人颇有兴趣；也因此，我与他有过短暂却有益的接触，而且我们的交往是通过扭曲得无法回忆的方式进行的。

毫无疑问，克林曼这人天赋异禀，通过各种心理实验，特别是通灵类型的实验，多次证明了这一点。说到这一领域，只需提及一人，他享有尼莫巫师、马洛法师和马里内蒂大师等多个不同名号，但都不是别人，正是克劳斯·克林曼。不过，克林曼获得的最高成就不是展现在公众面前的壮举，反而完全是私下的胜利：他通过艰苦卓绝的努力，坚定地相信事物的本质是虚幻的，也就是说，事物看上去是什么模样，或者到底是什么，对他而言完全没有意义。

克林曼住在一座仓库的高层，那是一个十分宽敞的房间，是他家祖上留下来的遗产。我去那昏暗而空寂的屋子里拜访他，见他总是在仅有几件家具的，洞穴似的房间里徘徊着。他缩进一张古老的扶手椅中休息，头顶上方极高处是破碎斑驳的椽条。这时候，他的目光会穿透来访者的躯壳，逡巡着遥远的世界，一脸被梦境和过量酒精严重扭曲的表情。"流动，总是在流动。"他大喊道，这声音穿透了我们周遭弥漫的雾气，这雾气将明亮的天光调和成昏暗的暮色。他似乎随时可能叫人大吃一惊地崩解，那由原子组成的特殊的复合体似乎随时准备如爆发的焰火一般发射到广阔的虚空中，以证明这句神秘的箴言。

我们探讨如果将存在视为虚幻，可能引起怎样的危险——对我而言的危险，也是对这个世界的危险。"物质的化学结构是如此精妙，"他警告我，"'化学结构'这个词也是如此。它除了表示纠缠、混合和涌动之外，还有什么别的意思吗？人们害怕的正是这些东西。"

事实上，我心中已渐渐涌起疑虑，担心与克林曼打交道会对自己不利。从仓库的大窗户中看出去，在城市上方，太阳正渐渐西沉，我开始害怕起来。克林曼离奇地探知了我的感受，指着我大喊："人类最糟糕的恐惧——没错，就是担心事物分崩离析，世界突然变成无意义的梦魇。那是无与伦比的恐惧，与之相比，哪怕被遗忘也不过是场甜梦。你自然知道为什么，为什么会有如此离奇的威胁。这些焦虑的灵魂，忙忙碌碌的人。我听到他们像苍蝇一样在黑暗中嗡嗡作响，看到他们如同在刺目的阳光中奋飞的发亮的虫子。他们在挣扎，时时刻刻，用尽全力，叫天空不垂落，叫太阳悬在空中，叫死亡掩埋于泥土下——也就是说，让一切归尘归土。这是怎样的壮举！何其悲壮的事业！如果，从灵魂深处的一条昏暗街道上响起一个声音，它怂恿他们，它对每个人温柔地喃喃：'放下你的负累'，人们的思想开始浮动，被一种神秘的引力拉扯，摇摆不定，面孔发生改变，黑影开始说话。天空迟早会坠落，如蜡一般被融化。你会觉得奇怪吗？可是，如你所知：眼下这一切都没有发生。事实证明，极致的恐惧能够对抗命运。这些生物愿意为了继续抗争而付出一切代价，又何足为怪呢？"

"你呢？"我问。

"我？"

"是的，你没有用自己的方式扛起整个世界吗？"

"一点也没有。"他微笑着回答道，在椅子里坐直了身体，仿佛那是一架王座。"我是个幸运儿，混沌的寄生虫，邪恶的蛆。

在我所处之地尽是噩梦，因此我见怪不怪。我惯于在历史的谵妄
中漂流。我所说的'历史'，是指那些未被记录的事件，甚至是
未被记录的整个时代。与死者交谈叫我获益匪浅。他们记得活人
忘记的事，或是不知道自己可否忘记的事。万物真正脆弱的时
刻。例如在穆冷伯格这座老城发生的事。有那么一次，人们一时
分心，许多事物在那一瞬间差一些就永远消失在中世纪的昏暗与
梦境的灾难中。人们的躯体看上去仍行走在印着车辙的狭窄街道
上，在 1365 年至 1399 年之间建造的带尖塔的大教堂似乎仍旧护
佑着他们，可是他们的心灵却在阴影中徘徊不定。这一刻十分罕
有，可遇而不可求。天空变得如此沉重——沉重的负荷，但必须
将它维系——而灵魂却孱弱不堪，难以支撑，稍加怂恿便可能放
弃努力。可是人们对此一无所知，而且永远也不可能知晓。他们
只知道恐惧，极度的恐惧。"

　　克林曼先是微笑，然后开始咯咯笑出声来，很显然，他开始
陷入内心的思索，有些自说自话了。我想要引起他的注意，就
说："克林曼先生，你刚才说到穆冷伯格。还说了些和教堂有关
的事情。"

　　"我见到那座教堂了，上方有巨大的穹隆，中央的过道在我
眼前展开，伫立于黑暗角落里的木雕尽是些动物和怪人，还有被
恶魔叼在嘴里的人，朝我们递送秋波。你又在做记录吗？也罢，
记就记吧。我说的话你能记住多少？记忆真的管用吗？言归正
传，我们已经去到了那里，我们坐在教堂沉闷的声响当中。在镶
着宝石的窗外，是那个暮色笼罩下的城市。"

　　按照克林曼的解释，在那个深秋的日子里，暮色开始在穆冷
伯格降临的时刻早得有些不正常。午后不久，云朵已经在小镇的

上空均匀铺开，挡住天空的亮光，森林、茅舍和地平线上一动不动的风车显出几分呆滞。在穆冷伯格的石头高墙内，往日的这个时候，高耸的屋顶和突出的山墙那尖尖的影子已经铺满了所有狭窄的街道，可是在那天，街道依旧浸泡在冷漠的昏暗中，只是这时候人们似乎并未觉得不安。那种昏暗使得生意人色彩鲜亮的广告牌看上去暗淡无光，仿佛是一座死寂小城的仿制品，人们的面孔也像是由苍白的黏土捏制而成。在城中心的广场上，市政厅的钟楼不时会与教堂双尖塔的影子，或是赫然耸立于小城交界处的城堡塔楼的影子重叠在一处，可是如今，只有一成不变的灰蒙。

市民们怎么可能无动于衷？他们怎能停止对古老秩序的膜拜？那导致他们的世界漂浮于陌生水域之上的隔绝究竟是何时发生的？

在一段时间内，他们并未受到这场灾难的影响，依旧四处走动，对流连过久的昏暗暮色不闻不问。黄昏侵占了原本属于夜晚的时间，使整个小城陷于白昼与黑夜之间。所有的窗户都开始闪烁黄色的灯光，制造出黑暗即将来临的假象。看上去，自然的循环似乎随时可能将小镇从过于漫长的秋日黄昏之中解救出来。人们置身或富丽或简朴的房屋中，默默等待着，期待黑暗的到来，因为谁也无法忍受眼睁睁看着穆冷伯格的街道在那盘桓不去的诡异黄昏中变得扭曲。甚至连守夜人也放弃了夜间的值守。修道院的钟声响起，提醒僧侣们做午夜祈祷，每一次钟声都像一个警报，传遍了整个小镇，它仍然被笼罩在那朦胧而奇异的暮光之中。

许多人害怕了，累了，便关上窗户，熄了灯，回到床上，巴望一觉醒来后看到一切都恢复正常。还有人拿着蜡烛坐在那儿，欣赏着一去不返的阴影，而今它已经成了一种奢华的享受。有几个行脚商人在这镇里并无固定的住所，穿过无人看管的城门，走上了大路。他们一直仰头盯着苍白的天空，想知道自己该何去何从。

穆冷伯格的居民们，不论是睡着的，还是睁着眼睛熬过这个无眠之夜的，都被周遭的某些东西所惊扰，似乎有什么怪异的成分渗入小城的空气中，他们的家中，甚至是他们的灵魂中。空气变得莫名的沉重，似乎在轻轻地挤迫着他们，而且其中似乎有什么在流动，像一闪而过的影子，叫人无从辨别，那东西四处飞蹿，像是透明一般，人们的双眼无法捕捉任何一丝迹象。

市政厅高塔上的大钟证明长夜已逝，有些人打开了百叶窗，甚至斗胆上了街。可是，在他们上方，依旧悬着那穹顶般的天空，仿佛由无边无垠的发光的尘埃组成。镇子里的人纷纷三个一群，五个一伙地聚在一起，窃窃私语起来。不久，城堡和大教堂发出了呼吁。为了安抚自己的情绪，人们提出了各种各样的猜测。有的人说，天堂里发生了一场争斗，结果影响了俗世的现实世界。另一些人认为这要么是魔鬼搞的把戏，要么是高高在上的神祇对人间的惩罚。有些人偷偷在隐蔽的密室中会面，用痛苦的声音谈起从前被赶出地球的上古神灵，这些神一定正试图重新统领我们的世界。所有这些关于神秘事件的解释，在人们自己看来都是对的，可是没有一种解释能够减轻笼罩着整个小城的恐惧。

城里的人沉浸在一成不变的昏暗之中，周围那些幽灵般的侵入者搅得他们心神不宁，疑惑不解。他们感到自己的世界正在崩裂。就连市政厅大楼的钟也无法阻止人们不分时候地游荡了。事态混乱至此，各种怪异的念头和行为应运而生。因此，人们将愤恨发泄在修道院花园的一棵古树上，据说它那虬曲的轮廓发生了一些变化，树枝变得像绳子一样松软，最后僧侣们干脆在树枝上泼上油，用一把大火点燃了它。他们眯缝着眼，看着古树被付之一炬，任由火光照亮自己的脸庞。一个坐落在城堡最僻静的庭院里的喷泉，也变得声名狼藉，因为它的水似乎太深了，根本不是那贝壳状水池的大小能够容纳的。大教堂已退化为一座空洞的圣所，飞檐上雕刻的塑像间出现一阵阵古怪的响动，上千支蜡烛摇曳的亮光映出可怕的阴影，仿佛在嘲弄前来祷告的人们。

整座小城里到处是这样的迹象，似乎一切事物和场所的基本组成物质都发生了改变：精心雕琢的石头变得松散，鼓胀；一辆废弃的推车与街上黏腻的泥土融为一体；室内各个置物平面上的物品纷纷失去了形状，与自身触碰的平面融为一体，铁火钳与砖砌的炉床，熠熠生辉的珠宝与考究的天鹅绒，尸体与盛装尸体的棺木再也不分彼此。最后，小城居民脸上的表情也发生了变化，起初这些变化十分微妙，但渐渐变得明显起来，而且无法恢复原来的模样。紧接着，人们认不出自己的模样，也认不出彼此。一切都被他们梦境的激流裹挟着，都在那无尽的暮色的灰色漩涡中旋转着，翻腾着，最后融合成一片漆黑。

穆冷伯格镇居民的灵魂在这片黑暗之中苦苦挣扎，最后终于醒了过来。星辰和高悬的月亮点亮了夜晚，小城似乎恢复了从前的模样。他们刚刚经历的苦难是如此可怕，以至于它是如何开始，如何发展，如何终结，他们一点也记不得了。

"什么都不记得了？"我重复了一句。

"当然了，"克林曼答道，"那些可怕的记忆全都被留在黑暗中，如果把它们带回来，他们怎么忍受得了？"

"但是你说的这个故事，"我提出反对意见，"我今晚记下的这些笔记呢？"

"我不是告诉过你吗？特权消息，是史料中不曾记录的秘密。你知道的，穆冷伯格的每一个人迟早会再次回想起这段经历，一个细节都不会落下。这段记忆等待着他们，就在被他们抛下的地方——黑暗，那是死亡的疆域。"

我记得克林曼宣称他研究过巫术，这我倒是不怀疑，但他现在这个说法令人匪夷所思。"就是说，一切查无实据，你根本没有任何证据能够证明这个故事。我还以为你至少能变出一两个鬼魂呢。从前你可从没叫我失望过。"

"今晚也不会叫你失望。别忘了，我可是与穆冷伯格的亡者们在一起……与所有知道这个伟大梦境中真实液化状态的人在一起。他们经常与我交谈，正如我现在与你交谈一样。我与他们之间有过许多次醉意酩酊的对话，那些老的造梦人对我讲述了许多回忆。"

"就像今晚的对话这样醉意酩酊吧。"我说，毫无掩饰自己对这番话的蔑视。

"也许吧，但是更生动，更真实。不过，你以为刚才那个故事纯属胡编，这种疑虑是有价值的。要治愈你的怀疑，首先你必须是个怀疑论者。恕我直言，到目前为止，你在这一方面尚未表现出任何过人之处。只要有零星不甚确凿的证据，你便会相信种种奇闻怪谈。多么容易轻信的人啊！不过，今晚你产生过怀疑，所以你已经做好了摆脱这怀疑的准备。我不是一再地提到危险吗？不幸的是，你不能将自己算作穆冷伯格那些健忘的灵魂当中的一员。你甚至做了助记笔记，就像今晚过后有谁会相信它们似的。这是我送给你的礼物，赐予你的启示。因为如今恰逢恢复流动的好时机，也是这个世界的控制放松的时候。今后，就算一切恢复原状，仍有许多东西会被冲走。流动，总是在流动。"

那天晚上，当我离开克林曼，将在那间仓库里度过死气沉沉的混乱的时间抛在身后时，他像个疯子一般大笑起来。我记得他懒散地坐在那破旧的宝座上，脸庞潮红，五官扭曲，嘴里呼喊着只有他自己才明白的滑稽的秘密。很显然，他的心智已深深陷入一种歇斯底里之中。

可是，尽管与我的愿望背道而驰，事实却很快证明，我低估，或是误判了克劳斯·克林曼的能力。不过，没有人记得黑夜流连不去，黎明不再降临的那个时刻。在危机出现的初期，人们纷纷给出各种符合常理，而不是天启式的解释，比如停电、极端天气、某种月食现象等。后来，这些虚构的解释变得毫无说服力，只能遭到抛弃。与曾有过的经历一样，我们再次回到这个脆弱的世界——如今只能将这个世界看作幽灵显像的烟雾，一种虚无缥缈的表象，一种经过修饰的虚无。正如克林曼所承诺的那样，我是唯一受到启迪的人。

因为再没有人能够想起当星月隐入黑暗时人们的歇斯底里，他们也记不起，世上所有人工照明何时变得微弱和阴惨，我们曾了如指掌的各种形状何时被扭曲成噩梦，不知所以，以及最后，黑暗是如何变得黏滞，裹住最后的光亮，并将我们拖了进去。在黑暗中，有多少这样的恐惧正等待着被回归的死亡军团记起。除克劳斯·克林曼和我之外，再没有一个活人记得异变是从何时何处开始。

那个漫长可怖的夜晚之后，是红色的黎明。我在那时去了仓库。不幸的是，除了废弃的家具和几个空瓶子外，那地方空无一人。克林曼消失了，也许是没入了同样的黑暗之中，他对此似乎怀有一种不可思议的怀旧之情。自然，我不会希冀别人相信我的话。没有怀疑便不会有信仰。这绝不是什么隐秘的知识，仿佛这种知识能够改变什么。这只是事情的表象而已，而表象就是一切。

于异世界的阴影中

在我的人生中，有许多次，在许多个不同的地方，我发现自己行走在暮色苍茫的街道上，两旁是轻轻晃动的树木和静谧的老屋。在如此平静的时刻，一切似乎都被牢牢地锚定着，安静地伫立原地，坦然呈现在我的眼前：在远处的屋顶上方，太阳与万物依依惜别，将最后的光辉投向窗户、浇灌过的草坪和树叶的边缘。在这令人昏昏欲睡的情境中，伟岸与渺小之物紧密交错，融为一体，在我所见的范围中，似乎没有任何一丝余地可供异物入侵。可是，来自异域的事物总能令人觉察它们的存在，它们无形无影地盘旋着，也许是伪装成云朵的怪异的城市，或是苍白的幽灵那隐藏在雾气中的世界。我被实实在在的事物包围，可是从它们的秩序当中看不出真正的本质或适宜的大环境。很快我便发现，那些整齐的街道其实是在一种古怪的地形上铺开的，那些朴素的树木和房屋变得十分模糊，一切都被放置在一个回声阵阵的深渊最深处。就连那洒满阳光的无垠天空也不过是一扇模糊的小窗户，上面有一道裂缝——那是一道参差不齐的裂缝，透过它便能看到，在黄昏时分，在那排列着轻柔舞动的树木和寂静老屋的空旷街道上随处可见的是什么。

有那么一次，我沿着一条绿树成荫的街走过所有的屋子，一直走下去，最后来到离镇子不远的一座独栋小楼旁。面前的道路越收越窄，成为一条荆棘丛生的小径，并且歪歪扭扭地抬升，最后通往一个土坡，但除此之外，周遭一切都很平坦。这时候，我发现自己恰好站在目的地的前方。

就像所有同类的宅子一样（我已经看过许多这样的宅子，它们在黄昏黯淡的天空下显得轮廓分明），它也有一种如真似幻的感觉，仿佛来自幻境，使人不由怀疑它是否真的存在。它整体看来漆黑、僵直，带着尖顶、门廊和破旧的木梯，但整体材质却给人一种异样的缥缈感，仿佛是由一些不合常规的材质——比如梦，比如水蒸气——构成的，只是被伪装成固态的模样而已。不过，使得这房子像一头真正的怪物的原因并不在此。说不上为什么，但总感觉有许多不同的属性以叫人惊异的方式进行了叠加，才叫这房子呈现出这副模样。它粗糙的外表下似乎包裹着一具风化了的身躯，叫人不由得想象，房子内部的框架不是由横梁和木板，而是远古巨兽粗大的骨头构成。因此，烟囱、瓦片、窗户和门廊都不过是后世人添加的装饰，他们误解了这上古怪物的真正属性，将它改造为如此荒谬的四不像。无怪乎，它会自惭形秽，拒绝接受自己的现实，假扮成地平线上的一个幻影，一种可怕的美，激起了不可能的希望。

屋内的情况尚不可见，但我与往常一样，期待着里面是某种未知庆典的中心。依照这房子的风格，我坚信，它的内部世界一定加入了一场盛大的荒凉——从某些房间的角落里，也许能一瞥那微微泛光的盛况，疯狂嘉年华的喧嚣从远处传来，日日夜夜，每分每秒回荡在长廊里。不过，这屋子有一处颇为怪异，使得我无法如往常一样，尽情沉浸在这种期望之中。我所指的，是宅子一侧墙上建造的塔楼，它比屋顶堪堪高出一大截，实在是不同寻常。它几乎能够如灯塔般俯瞰整个世界，削减了这种建筑必不可少的自省感。紧挨着塔楼的圆锥形尖顶装着一排大窗户，似乎是最近翻新过的。不过，这房子的窗户如果是用来往外看，而非往里看，根本没什么好瞧的。这栋三层高的宽展大屋的所有窗户，包括塔楼的窗户，以及阁楼上的那个八角形的小洞，全都是关着的。

实际上，这正是我所期待见到的状态，因为我已经与如今的房主，雷蒙德·斯帕尔有过无数次信件往来了。

"我还以为你会早些到，"斯帕尔一边开门一边说，"马上就到黄昏了，你一定知道，只有在特定的时刻……"

"抱歉，不过我还是来了。我能进来吗？"

斯帕尔让到一旁，朝屋内做出一个夸张的姿态，仿佛在展示一种为自己赢得优渥生活的可疑的奇观。为了显得神秘，他本能地选择了这位著名空想家和艺术家的姓氏，甚至还声称与这位伟大的怪人在血缘或精神上有某种亲密关系。不过，今晚的我，就像在与斯帕尔来往的信件中一样，扮演的是怀疑者的角色，目的是为了叫他尽全力说服我，赢得我的信任。我从别处，而非这位满脑子幻象的斯帕尔处得知，这屋子会发生值得关注的异象，为了获得他的邀请，亲眼见证这一切，这是唯一的办法。出乎意料的是，这位屋主外表平平，叫人很难想起他以演技高超，善于装模作样，瞒天过海而著称。

"你把他留下的一切都原封不动地保存下来了？"我问，"他"指的是已故的前屋主，其姓名斯帕尔从未向我透露过，虽然我已经知道了。但是那不重要。

"是的，绝大部分。总的来说，我这管家还当得不错。"

真可惜，斯帕尔的结论是正确的：这所房子里被打扫得纤毫不染，几乎到了叫人起疑的地步。无论是我们眼下就坐的大会客室，还是其他房间和走廊，都有一种精心打理过的，豪华陵墓般的氛围，仿佛死者真的在此处安息。屋内的陈设古老而厚重，却并未显出属于另一时代的压抑感，也瞧不出与逝去的灵魂之间有任何密谋。只是那些紧闭的百叶窗，没有一丝大自然真正的暮光从其间透入，却为房间营造出一种不自然的暮色。我听到附近房间里响起一阵钟声，并没有在光滑的黑色地板和高企的、没有蜘蛛网攀缘的天花板之间引起任何不祥的回响。在地窖里撞见邪恶的存在？在阁楼中看到一个疯狂的身影？不论我对此怀有恐惧还是期待，这些现象根本没有出现过。的确，置物架上的小摆件，还有那镶着精致画框，挂在墙上的神秘天国图都营造出一种古怪的氛围，但无论是这座房子的外观还是屋内的暮色，都不带一丝阴森和诡异。

"一个多么纯洁的地方。"斯帕尔并未表现出有任何特异能力的迹象，却正确地说出了我心中所想。

"真叫我吃惊。也是他的意图吗？"

斯帕尔笑了。"事实上，这是他的初衷，后来他将自己的天分全都用在这上面。起初……"

"一片精神荒漠？"

"正是。"斯帕尔表示肯定。

"贫瘠却……安全。"

"看来你懂了。他以敢于冒险，从不退却而闻名，但是这些笔记中清楚地记录着他因为自己的神奇天赋，不可思议的敏感而导致的痛苦。他需要一间精神上的'无菌房'，却被幻象所惑，无力摆脱。他在日记里一遍又一遍地说自己'不知所措'，近乎疯狂。你能懂得其中的讽刺吧。"

"我能懂得其中的恐惧。"我回答。

"当然，好吧……今晚我们将充分利用他的悲惨经历。趁着夜色还长，我带你去看看他工作的地方。"

"还有那些紧闭的窗户？"我问。

"一语中的。"他回答道。

斯帕尔所说的工作室——你也许已经猜到了——就是位于这栋房子最西边的塔楼最高层。要进入那个圆形的房间，必须先登上一段歪歪扭扭、很不牢靠的楼梯，进入阁楼，然后再登上一段楼梯，进入塔楼。斯帕尔摸索着将钥匙在低矮的木门上戳了戳，很快我们便进去了。

正如斯帕尔暗示的那样，这是间工作室，或者说废弃的工作室。"到了最后，他似乎破坏了自己的一些装置和作品。"斯帕尔向我解释。我走进房间，看着一屋子的狼藉。造成凌乱感的主要原因是一些碎玻璃片，它们被涂上了奇怪的颜色，并且被扭成古怪的样子。也有尚未被改造过的玻璃，靠在圆弧状的墙壁上，或被放在一张长长的工作台上。有一些被安置在画架上，表面被涂抹着奇怪的形状，如同尚未完成的画作。这些被切割成各种形状的碎玻璃片，每一片上面都贴着一个——贴在一张小卡片上——如东方表意文字一般潦草的符号。这个房间所有窗户上罩着的百叶窗窗棂上也刻着类似的符号，只是要大得多。

"我压根儿就看不懂这些符号，"斯帕尔承认，"不过对它们的用处略知一二。看好了，我把这些写着潦草符号的标签拿开会怎样。"

我看着斯帕尔在房间里四处走动，从那些颜色古怪的玻璃片上将怪异的符号一一扯下。不一会儿，房间的实质似乎发生了变化，气氛有了微妙的不同，就像万里晴空突然变得乌云沉沉。就在刚才，这个圆形的房间里洒满了五颜六色，万花筒一般的色彩，那是单色灯光透过涂着古怪颜色的窗玻璃后反射的效果。但这效果仅仅是装饰性的，这种体验只局限于美学领域，与幽灵鬼怪之类的扯不上关系。可是现在，一种新的元素渗进了整个房间，部分而短暂地暴露了一种不同事物秩序的特质，在这种秩序中，可见之物必须臣服于超然的事物。以前，尽管这房间看上去很古怪，但仍像是一位艺术家的工作室，现在却逐渐呈现出一座装着彩色玻璃的大教堂一般的氛围，只是这教堂似乎遭受了某种未知的亵渎。在地板、天花板，以及嵌着紧闭的窗户的四壁上，我透过那些棱形的镜片，见到一些模糊的形体，它们似乎努力挣扎着，希望被人看见。那些畸怪的轮廓奋力扭动，渴望彻底显露身形。那到底是亡者还是魔鬼，或是两者联手创造的特殊产物——我分辨不清。但是，无论它们当时属于哪一种级别的造物，可以肯定的是，它们不仅仅越来越清晰，越来越像实体，同时还越发庞大起来。它们不断地膨胀着，涌动着，扩展自己的宇宙，使我们世界的景象黯然失色。

"是否有可能，"我转身对斯帕尔说，"这种放大的效果，仅仅是介质的一种性质，透过它……"

没等我将自己的推测说完，斯帕尔又开始在房间里跑来跑去，忙着把符号纸条一一贴回到每一块玻璃上去，那些形体随之成为半透明状态，颤抖着逐渐消融，最后被彻底清除或掩盖起来。房间又一次陷入之前那样色彩斑斓的贫乏之中。然后，斯帕尔急急忙忙地要带我返回楼下，塔楼房间的门也在我们离开后锁上了。

接着，他开始充当导游，带我参观一些不是如此重要的房间。所有的房间都严严实实地拉着黑色的百叶窗，都有一种同样荒凉的氛围——一场古怪的驱魔术留下的后遗症，这些地方被净化了，既不神圣，也不邪恶，只是成为一间崭新的科学实验室，供一位忧心忡忡的天才在其中研习他的梦魇学。

我们在亮着灯的小图书馆里消磨了几个小时。那个房间唯一的一扇窗户拉着窗帘，我想象着，拉开饰有花纹的窗帘便能见到外面的夜景，可是当我把手放在那对称的、柔软的天鹅绒花纹上时，布料背后的触感却是坚实的，仿佛摸到了棺罩下面的棺材。这道屏障令人觉得外面的世界应该是漆黑一片，可是我知道，当百叶窗被拉开，我将见到有史以来最清朗的夜晚。

斯帕尔从那本笔记本中摘选了一些段落念给我听，他已经破译了笔记的密码。我坐在那儿，聆听一个惯于谈论奇迹的声音，一个神秘怪物秀的熟练鼓吹者的声音。可是，我从他的话语中品味出一种郑重的真诚，也就是说，他一贯镇定自若的台词中包含着一些不太和谐的恐惧。

"我们沉睡于，"他念道，"另一个世界的阴影中。这些不成形的物质被强加于我们周围，我们凭自己的理解赋予它们形态。我们创造了看得见的事物，但我们并不是其本质的创造者。我们对未知生命的印象便是噩梦的源头。当我们的双眼投射亮光，照出永远围绕着自己的阴影，那些幽灵和恶魔的模样是多么可怖。更可怕的是，目睹它们的真实形象在大地上游荡，或在我们最舒适的房间里嬉戏，或在明亮的地狱里嬉戏——为追求灵魂永存，我们将那儿命名为天堂。然后，我们真的从梦中醒来，却再次沉沉睡去，躲避梦魇，殊不知它们最终会回到那无助地陷入梦境之中的我们身边。"

刚刚目睹了可能引发这段推论的异象，我不禁被它的优雅——独创性也相当可观——深深吸引了。这段话将我们内心和周遭的噩梦通通归入一个似乎值得钦佩的系统。可是，这套体系只是在宁静中记起的恐惧，这个公式无法反映引发这番推测的巨大的创伤。意念自行介入灵魂对可怕与神秘事件的感知当中，这应被称为新的发现还是谵妄？在这件事上，真相不是问题，实验的机制也不是问题（即使实验有缺陷，也能产生有价值的结果），在我看来，对神秘和神秘引发的恐惧的忠诚是至高无上的，甚至是神圣的。在这一点上，这位噩梦理论家失败了，他被尖锐的理论之刃所害，最终无法自救。从另一方面来说，那些斯帕尔无法解释的精彩的符号，那些粗糙而神秘的图案，则是真正能够对抗神秘的疯狂力量，只是无论如何绞尽脑汁进行分析，也无法将它们破译。房子昔日的主人知道，我们生活在另一个世界的阴影中，他设计自己的住所，也许想要隔绝那个世界，或是对其进行揭露。可是，在他有机会将那些窗户永远关闭之前，那个世界战胜了他。那些窗户展现了存在的疯狂而可怕的本质。

"我有一个问题，"当斯帕尔将放在大腿上的本子合上时，我问他，"这栋屋子其他的百叶窗似乎并未像塔楼里的那样画上符号。你能告诉我为什么吗？"

斯帕尔领着我走到窗前，拉开窗帘。他小心翼翼地将其中一条窗棂拉出来，刚好到足够暴露其边缘的程度，在两面黑色的木头之间，夹着一层对照鲜明的色彩和材质。

"被刻在一个玻璃片上，每条窗棂中间都夹着一片。"他解释道。

"塔楼里的窗户呢？"我问。

"也是一样。那些额外的符号是预防性的措施，或者只是多余的……"

他的声音低了下去，彻底消失了，不过这片刻的暂停并不意味着斯帕尔想起了什么。

"没错，"我提示他，"是预防呢，还是多余？"

过了一会儿，他回过神来："也就是说，那些符号也许是多一重的保护，用来对抗……"

这个时候，他的心思已经不在这儿了，他深深陷入了自己头脑中的某种矛盾或怀疑中，证明在一个遥远而幽暗的舞台上，一场戏剧性的冲突正在上演。

"斯帕尔。"我此刻还能保持正常的声音。

"斯帕尔。"他重复了一遍，但那声音却不再是他自己，不像他正常说话时的声音，更像一个声音的回响。有那么一会儿，我坚定地保持怀疑，对于斯帕尔和他目前为止展示给我的内容毫无信心，因为我知道他善于伪造幻象，他若是个灵媒，那么通灵的鬼魂一定是由胶水和纱布组成的。可是，眼下的效果却如此精巧绝妙，仿佛他在拨动光影的弦，操纵着周遭的氛围。

"明亮的光在闪耀，"他用那空洞的声音战栗着说，"亮光在玻璃中流淌，"他说着将自己的手放在面前的百叶窗上，"影子聚拢……聚拢……"

看上去，斯帕尔正试图将百叶窗推进去，而不是将它从窗前拉开，可是它却缓缓地敞开来，一种怪异的光芒随之渐渐透入屋内。斯帕尔似乎终于放弃了挣扎，任由另一股力量牵引自己的举动。"也在我体内流淌。"他将这句话重复了好几遍，从一个窗口走到另一个窗口，有条不紊地拉开百叶窗，仿佛梦游者在执行着某种叫人费解的仪式。

我不再试图做出评判，而是怀着强烈的好奇心，看着他依次穿过一楼的每一个房间，如同一位老仆在履行自己的职责。然后他走上一段长长的楼梯，我听到他的脚步声在头顶的地面上响起，平稳地从房子的一头走到另一头。眼下的斯帕尔仿佛变成了一位沿着奇怪的路线巡夜的守夜人。二楼的工作完成，他继续朝更高一层走去，继续执行自身肩负的任务，脚步声变得越来越微弱。我侧耳细听，听得出他如梦游般走进了阁楼。然后，我听到远处有一扇门"砰"地关上，然后荡起回音，便知道他终于走进了塔楼的那个房间里。

我全神贯注于突然性情大变的斯帕尔，却忽略了窗前那更为重要的变化。可是现在，我不能继续忽视那些散发荧光的窗玻璃了，它们开始聚积或反射夜空中那不可思议的光辉。我循着斯帕尔的路线在一楼走动，发现每一个房间都被照亮了，亮光是从一扇扇由窗框勾勒出来的夜空中洒进来的。走到图书馆时，我停留了片刻，靠近其中一扇窗户，伸手去触摸它那带有褶皱的表面。我感到玻璃里有一股活泼的涟漪，仿佛真的有某种力量在里面流动，我的指尖发麻，那不可思议的感觉叫我永生难忘。但最终叫我瞠然自失的，却是窗玻璃外的情景。

我朝窗外望去，起初只是见到房子周围平坦的风光，在星光灿烂的穹苍之下，开阔的田野显得苍白而荒凉。这时候，另一些场景或场景的片段开始令人难以察觉地侵入屋外的空间，仿佛地球上另一处地理风貌与此处相叠加，拼缀而成了一幅图景，那幻梦般的情景简直如同一幅宇宙的织锦。

那些窗户——实在找不到更为准确的形容，我不得不称之为"被施过魔法的"窗户——已经大功告成。因为它们呈现的幻象确实是一个幽灵的世界。它像一幅多面壁画，描绘疯狂的、形而上的结合。画面渐渐清晰，我目睹了所有肉眼凡胎不曾得见的交汇，那些本该互相排斥，本该如同血肉之躯与周遭的无生命物体一般泾渭分明的实体，彼此合为一体。但这正是发生在我面前的场景，似乎整个地球上无一处没有这样的幽灵在滋长。简而言之，整个世界恍如陷入一场噩梦的盛会。

在异国的城市里，阳光明媚的集市上挤满一张张戴着如昆虫面孔般透明面具的脸；在古老的城镇里，沐浴着月光的街巷中，石板中有长着怪眼的生物在蠕动；空荡荡的博物馆中，昏暗的画廊里冒出一个幽灵般的模型，映出了古画阴郁的色调；靠近海滩的陆地上孕育着超越生物学进化方向的怪物，遥远的岛屿成为在梦境之外绝不可能见到的港湾；野兽般的身影在丛林里跃动，在茂密的树林中，在那柔软而温暖的深处穿梭；沙漠里到处流动着一种神秘的声音，它也许将进入物质世界并赋予这个世界以生命；地底是一派崎岖起伏的情景，世世代代的尸体堆积在此，沉陷并融合成如珊瑚般的人类雕塑。尸体层层堆叠，残缺不全，四肢毫无秩序地刺出，眼珠随处散落，在黑暗中搜寻着什么。

我猛地闭上双眼，暂时隔绝了眼前的景象。在那一刻，我再次意识到这所房子的乏味，那种"纯洁的氛围"。就在那一刹那，我明白，这所房子也许是地球上，甚至整个宇宙中，唯一能够疗愈肆虐的幽灵瘟疫之处。这一成就，无论多么徒劳或有悖常理，都叫我佩服得五体投地，对这样一座恐怖的丰碑和它激发出的创造力叹为观止。

我沿着斯帕尔安排的路线，顺着后楼梯上了二楼，钦佩之情变得更加强烈了。这一层简直是由门交织而成的迷宫。房门一扇接着一扇，而且拜斯帕尔所赐，它们通通敞开着。窗户里的光似乎更加明亮了，对房子和其居住者的威胁也随之升级。透过一楼窗户所见的，只是幽灵般的异形朝着现实世界入侵的情景，可是到了二楼，这情景已然变本加厉，现实世界黯然失色，异世界成为主导，冲破了面具的阻隔，石头的封存，任意舒展它那畸怪的身躯，释放出具有最狂热的属性和意图的幽灵，伫立硕大的形体，投下的黑影足以将所有我们熟识的秩序笼罩其中。

到达三楼时，对于自己可能见到的情景，我心中已有准备。可以想见，三楼的窗户上会显现更加强大的力量与焦点，将幻象展现得更加淋漓尽致。眼下，每扇窗户都成了一幅加了框的幻影，它们不断搅动翻腾，形状与颜色变幻莫测。它们仿佛深不可测，忽而近在咫尺，忽而远在天边，牢牢地吸引着我的目光。这怪诞的异变暗示着一种超乎自然之上的秩序，一个充斥着非物质，不断变幻的，波诡云谲的宇宙。我徘徊在最高层那些空荡荡的、透着神秘亮光的房间里，感到整座屋子似乎都被转移到另一个宇宙中去了。

不知我被强加在自己那毫无防备的头脑中的幻象吸引了多久，这种恍惚最终还是被更高处的房间传出的噪声打断了——那是塔楼的最高处，或者说，那伪装成房子模样，长着许多眼睛的野兽的头盖骨。我沿着狭窄的螺旋形楼梯爬上阁楼，发现斯帕尔将那扇八角形窗户也全部敞开来。如今它就像一位天神的眼睛，射出一种焰火般璀璨的色彩，赐予暗影疯狂的生命。我循着那声音，从目眩神迷的幻象迷宫中穿过。那只是说话声引起的回响，与我周遭旋转的景象在音律上配合得天衣无缝。我登上最后一段台阶，来到塔楼门口，听见门内传来的颤抖的声音。

"如今阴影穿行于星辰之中，如穿行于我体内，穿行于万物之中一般。它们的光辉必定照拂万物，以及依据这些阴影和我们本身之本质所创造的一切所在……这所房子是可憎的，是荒芜和空虚。没有任何事物能够违抗……违抗……"

随着最后这个词被不断重复，门里似乎发生了一场争斗，斯帕尔自己的声音逐渐占据主导，不断重复的怪声随之逐渐消失。斯帕尔似乎再次夺回了自主权。然后便是停顿，在这短短一刻中，我想到一些办法，却又拿不定主意。这悬而未决的一刻有许多可能性，我担心自己滥用这次机会。房间里的人是否正在面对生命的终结？另一位幻想者失踪前是否有过同样的经历，付出过同样的代价？我站在那儿，握着门把手，不知最终将是自己的一时冲动，还是突然发生的意外为这件事画上句号。没有任何玄妙的理论，也没有高深的分析能够帮助我在此刻做出任何决策，哪怕只是解释那短短几秒的感受。在那一刻所存在的，不过是噩梦那不可减少的确定性。

这时候，门的另一侧回荡起一阵低沉的笑声，当那大笑的人走近时，笑声变得更加响亮了。但是我不为所动，只是一边幻想着繁星之间巨大的阴影、窗外奇异的幻象和无穷的灾祸，一边更紧地握住门把手。突然，我的脚下响起一阵窸窸窣窣的刮擦声。我低头一看，从门的下方探出几件小小的长方形物品，呈扇形散开，就像一只手里抓着的纸牌。我只得弯腰拾起其中的一张，见它的表面装饰着神秘的符号。我数了数"牌"的数量，意识到塔楼内的窗户上已经一张牌也不剩了。

想到窗棂上起保护作用的符号已被剥下，完全暴露在闪耀星光中的窗口可能呈现怎样的效果，我这才大声呼喊起斯帕尔的名字来。可是我不敢确定，从前的那个他是否依旧存在。就在这时，那空洞的笑声止息了，我确信自己听到的最后一个声音是雷蒙德的余音。我听到那声音开始尖叫——它说，窗户正将我朝星星和黑影拉去——便再也忍不住，打算破门而入。可惜，虽然陡然间有了行动的动力，这动力却对我与斯帕尔都毫无用处。门被锁得分外严实，斯帕尔的声音也渐渐隐没了。

我只能想象，在那塔楼中所有的玻璃窗内，在那超越万物定义的存在秩序统领之下，最后的几分钟是怎样一幅情景。那个晚上，只有斯帕尔一人知晓这些秘密，他是被选中的人——或许本是计划中的事，或许由于天降横祸。反正，这一次我未能获得知晓这一奥秘的荣幸。不过，以当时的情境而言，似乎尚能挽回这一体验的吉光片羽。我相信，要做到这一点，只要离开那栋房子即可。

我的直觉是对的。我走到夜色中，转过身去面对着它，瞬间便可看出，它已不是我在早些时候为之感到遗憾的，过分纯净的古宅。所有的房间都不再是空荡荡的。我猜得不错，那些窗户不是用来朝外看，而是用来朝内看的。从我站立的位置看过去，所有的景致都在屋内。它已经成为一栋宏伟的大厦，上演着一幕幕来自另一个世界的庆典。我站在那儿一动不动，直到晨曦初露，冰冷的阳光将夜晚那些光怪陆离的幻象冷却。

数年后，我获得再次拜访这房子的机会。我的直觉再一次得到了证实：我发现这房子已经成为一个荒凉的废弃之地：每一扇窗户都是空的，一片玻璃也没有。而且，我发现这栋房子的坏名声已经传到了附近的镇子上。多年来，没有任何人靠近过它。镇上居民明智地躲开来自地狱的诱惑，他们的活动范围仅限于那狭窄的街道，那微微晃动的树木和古老安详的老宅之间的街道。

他们已经足够谨小慎微，还能怎么做呢？他们如何得知自己的家其实坐落在一个怎样的所在？他们看不到，甚至也不希望看到自己在短暂而无辜的一生中常伴常随的那个黑影的世界。可是，我确信，他们已经意识到它的存在，也许常常在暮色四合的梦幻时分。

茧

一天凌晨，离日出还有数小时之久，我被迪布朗医生唤醒了。他站在我的床前，轻轻地扯着堆叠的被子。我睡得半梦半醒，以为是什么小动物跑到我的床单上蹦蹦跳跳，履行某种高等生命不知晓的夜间仪式。好在街灯的光亮从窗外照进来，我看见一只戴着手套的手在晃动。终于，我认出了这戴着帽子，身着大衣的人，正是迪布朗医生。

我拧亮床头灯，坐起来看着这位大名鼎鼎的医生，搅人清梦的家伙。"怎么回事？"我抗议似的问。

"抱歉，"他的语气中毫无抱歉之意，"我想带你见一个人，应该对你有好处。"

"说是这么说，就不能等一等吗？我有多久没能睡个像样的觉了，你应该比谁都清楚。"

"当然，我清楚。我清楚的事还多着呢，"他恼怒地打断我的话，"我想向你介绍的那位先生，他就要离开这个国家了，时间紧迫。"

"话虽如此……"

"好了，我知道——你容易紧张嘛。来，把这个吃了。"

迪布朗医生将两枚形似鸡蛋的药丸放在我的手掌中。我把它们放到嘴边，然后拿起床头柜上的玻璃杯，喝了半杯水。我把空杯子放在闹钟旁，由于内部机械结构发生某种未知的变化，那闹钟正发出一种柔和的摩擦声。我的眼神被秒针缓慢而平稳的动作吸引住了，但是迪布朗医生压低了嗓门，用急迫的声音将我从恍惚中唤醒。

"我们真的该走了。我叫了一辆出租车，正等在外头。"

我心中琢磨着，最终一定是由我为这次短途出行买单，便加快了动作。

迪布朗医生叫那辆车在我公寓楼外的巷子里等着。车头灯的亮光在黑暗中显得极其幽微，循着灯光根本看不清路。我和医生并肩行走在凹凸不平的便道上，大团的蒸汽从几个下水道盖子的出气口中蒸腾而出，我们从其中穿了过去。月亮就在不远处的屋顶上洒下银辉。我似乎看到月相发生了微妙的改变，比先前涨了一些。医生发现我在凝视月亮。

"如果你担心的是这个，它不会瞎变的。"

"可是看上去它正变着呢。"

医生低吼了一声，拉着我上了那辆出租车。

司机安静得就像睡着了。不过，迪布朗医生冲他喊出一个地址，便成功地激起了他的反应。他转过像啮齿动物一般瘦削的脸，朝后座飞快地瞥了一眼。我们沉默地端坐着，随出租车一同快速而平稳地穿梭在一条条无人的街道上。此时此刻，车窗外的世界仿佛只剩下许多硕大的阴影，遥遥地舞动着。医生碰了碰我的肩膀说道："假如我给你的药丸没能立刻生效，也不用担心。"

"我相信你的判断。"我说，却从医生那儿得到一个怀疑的眼神，"好吧，如果你能告诉我，为什么我们会在这个时间坐在一辆出租车的后座上，兴许会有些帮助。我们要见的重要人物到底是谁？为什么弄得这样神秘兮兮？"

"不神秘，"医生回答，"我们要见的是我从前的一个病人，并不是说他彻底痊愈了。因为某些原因，我向你介绍他的时候，会说他叫'卡奇先生'，不过他同样也是一位医生——确切地说，是一位了不起的科学家。我主要是想让你看一份与他的工作有关的文件。准确地说，是一场影片。非常精彩的影片。而且可能有益处——我指的是对你有益。现在我只能说这么多了。"

我点点头，仿佛对这番解释感到很满意。这时我才注意到，出租车一路疾驰，几乎已经到达城市的另一端——假如在短短的一段时间里真能做到的话。（我忘了戴表，这一疏忽或多或少加重了方向感缺失的毛病。）眼下穿行的这个地区显得杂乱无章，空空荡荡，也没有丝毫设计感，在月光下看起来尤其如此。这里可能是一片空旷的田野，一眼望去满目荒凉。遍地都是废弃物，玻璃碎片和金属碎片在其间闪闪发光。荒原上突然隐约闪现出一幢建筑，它孤零零地矗立在那儿，显得很突兀。那是一幢建筑的骨架，已经不剩任何可能标志其用途的痕迹了。车子拐过一个弯，驶离月球表面般荒凉的荒地，进入一个由密密麻麻的房子组成的巢穴般的地区。低矮和高大的房子相偎相依，一同腐朽、变形。就连我也能透过出租车的窗户看见它们分秒不停地腐烂，在暗淡的月光下发生着异变。屋顶和烟囱朝着星星延伸，黑色的砖块不停地自我复制，如肿瘤般在房屋的外墙上膨胀起来，街道离奇地不断转弯抹角。虽然有些窗户里亮着灯，灯光却很黯淡。我在街头见到的唯一一个人是流浪汉，他瘫倒在一个红绿灯的底座上。

"抱歉，医生，但我不得不说，这有点太过分了。"

"再坚持片刻，"他说，"我们就要到了。司机，在那些房子后面的小巷里停车。"

出租车颠簸着，带着我们驶过那条狭窄的小巷。巷子两边是高高的木栅栏，在栅栏的那一侧，矗立着那样多宏伟高大的房屋，自然也是腐朽的纪念碑。出租车的前灯几乎无法将那局促的小巷照亮，越是往里开，小路似乎就越窄。突然，司机一个急刹车，车子停下来，险些撞到一位老人，他正没精打采地背靠栅栏坐在那里，脚边放着一只空瓶子。

"我们在这儿下车，"迪布朗医生说，"司机，在这里等着。"

我从出租车里钻出来，扯了扯医生的袖子，低声询问关于车费的问题。他大声回答道："你更应该担心的是，怎样才找到一辆出租车把我们拉回去。这地方出租车可不肯来，打电话去叫，也没人接单。我说得对吗，司机？"可是那男人已经重回睡眠状态中，就像我乍见他时一样。"走吧，"医生说，"他会等我们的。这边走。"

迪布朗医生推开一排栅栏，那是一道用铰链粗糙连接起来的门，待我们通过后，又小心地把它关上。栅栏里面是一个小小的后院，确切地说，是一个小型的垃圾场，黑暗中浮现出许多废弃物的轮廓。而我们面前的，应该就是卡奇先生的住所了。这是一栋大宅子，在天空的映衬下，看得见高耸峭拔的屋顶和屋顶窗，甚至还有一个模模糊糊的动物形状的风向标，立在被月光照得光影斑驳的破塔楼顶端。尽管月亮一如从前般明亮，但看起来似乎变薄了许多，仿佛也跟这地方的所有东西一样，被磨薄了。

"至少它还没变。"医生向我保证。他正撑着宅子打开的后门，示意我走过去。

"也许家里没人。"我提出心中的想法。

"门根本没锁，看得出来他多么期待我们到来了吧？"

"好像没开灯。"

"卡奇先生在某些方面十分节俭。他的一个小癖好。可是在别的方面，他是相当阔气的。而且他绝对不是小气的人。当心，门廊——这些板子已经换过了。"

我刚在医生身旁站定，他便从大衣口袋里掏出一个手电筒，朝漆黑的屋内照进去。走进屋里，那微黄的光斑开始在黑暗中四处游移。它在一个布满蜘蛛网的天花板角落暂歇片刻，顺着一堵破旧的空白墙壁往下照，沿着变形的踢脚线抖动起来。有那么一会儿，它在一段楼梯底下照见两个用旧了的手提箱。光斑平稳地滑上楼梯扶手，径直飞上楼，到那儿传来一阵刮擦声，仿佛有一只长着长爪的动物在四处爬行。

"卡奇先生养宠物了吗？"我低声问。

"没准呢？不过我们在楼上恐怕找不到他。"

我们继续朝宅子的深处走去，穿过一个又一个房间，还好没有家具挡在路上。有时，我们的脚下会踩着一些碎玻璃；还有一次，我不小心踢到一个空瓶子，它倒在光秃秃的地板上，哐当作响。我们一直走到房子的另一头，踏上一条长长的走廊，两侧各有几扇门。这些房门统统是关着的，我们听见其中一些房门后传出与二楼相似的声音。我们还听见一个缓缓走上楼梯的脚步声。这时候，走廊尽头的最后一扇门打开了，一盏微弱的灯光驱散了前方的阴影。一个胖乎乎的小个子男人站在灯光下，懒洋洋地向我们招手。

"你们迟到了，迟到了好一会儿。"他一边领着我们去往地下室，一边责备道。他的声音音调很高，听起来很刺耳，"我这就要走了。"

"对不起。"迪布朗医生说，此刻他的道歉听上去的确是发自肺腑，"卡奇先生，请允许我介绍——"

"'卡奇先生'之类的废话就省了吧。你对我的情况再了解不过了，不是吗，医生？那就快开始吧。我的时间不多了。"

我们来到地窖，在摇曳的烛光中停下脚步。几十支蜡烛高低错落地摆放着，有的放在置物架上，有的在旧板条箱上，还有的就直接放在污秽遍布的地上。我环顾四周，看到房间中央的桌上有一台老式的电影放映机，已经安装妥当，机器对面的墙上挂着一张便携式电影屏幕。放映机的插头正插在地上的一个嗡嗡作响的机器上，大概是一台小型发电机。

"我记得这儿有些椅子，坐吧。"卡奇先生一边说一边把电影胶卷绕在放映机的轴上。这时，他第一次直接冲我说起话来："我即将展示的内容，不知医生向你解释了多少。可能很少吧。"

"是的，而且是我有意要这样做，"迪布朗医生插嘴道，"如果你赶紧让这胶卷滚动起来，我的目的便能达到，解释与否都无所谓。所以根本不妨事。"

卡奇先生没有答腔。他吹灭了几根蜡烛，待房间里的光线变得足够暗，这才打开了电影放映机。这是一台相当吵闹的装置。我真担心，若是电影中有对话或旁白，恐怕会淹没在放映器的呼呼声和发电机的嗡嗡声当中。但很快我便发现，这是一部默片，是一份以影片形式记录下来的文件。不论是从杂乱的光线、粗糙的摄影技术，还是从不知所云的画面来看，方方面面都很不成熟。

这像是一次科学实验的录像，更确切地说，是一次实验演示。可是，影片的背景却绝不是在诊所里——大概是地下室里的一堵光秃秃的墙壁，与我观看的影片后方那堵墙有一定程度的相似，但并不完全相同。角色只有一个：一个衣衫褴褛、胡子拉碴、不省人事的流浪汉，他靠在一堵粗糙的灰色墙壁上。没过多久，那人有了动静，也许是从深度昏迷中醒了过来。可是，他的动作似乎并不出自他本人的意愿，更具体地说，仿佛是寄生于这位老流浪汉身体内部的某种能量在断断续续地抽搐。他的一条腿扭了扭，胸部隆起，然后又塌陷下去。不一会儿，他的头摇晃起来，而且晃个不休，仿佛有什么东西从头皮中钻了出来，在油腻的长发间沙沙作响。那东西终于从头顶探出一部分来，初露峥嵘——像一根细木棍。接着它露出的部分越来越多，细长的黑色肢节一会儿绷直，一会儿弯曲，朝外面的世界伸出来，而且每一条的末端都有一对细长的钳子。终于，一只与蜘蛛猴一般大小的怪物从那破碎的颅骨中冲了出来，它扭动着一条条新生的附肢，将自己的身体拉了出来。它将那对半透明的小翅膀扇了几下，它们闪闪发光，但毫无用处，而且看上去很是虚弱。它将头朝摄像机扭过来，恶狠狠地盯着镜头，似乎用那钩形的嘴说着什么。

我低声对迪布朗医生说："求你了，恐怕我——"

"没错，"他低声打断了我的话，"可是有的现实你必须面对，才能摆脱对它们的恐惧。"

这一次，轮到我朝医生投去怀疑的目光了。他正在对我使用一种——说得好听些——极其离奇的疗法，我并非没有察觉。这间地下室里冰冷、潮湿、黑暗，烛火如萤火虫般摇晃不停，我们出现在这里，迪布朗医生从中获得的益处与我相比似乎毫不逊色，假设"益处"这个词真的契合眼下的情境的话。

"你偶尔也该迁就我一下。"我说。

"嘘。接着看。"

影片几乎放完了。那只怪物自怪异的卵中孵化后，迅速把那邋遢的流浪汉吃个精光，只留下一具包裹在破旧衣物中的骸骨，被吃得干干净净的头骨疲倦地向一边倒去。这只怪物先前是那么虚弱，饱餐一顿后立竿见影地胖了起来，变得鼓囊囊、肉乎乎的，像一只喂得太饱的狗。影片的最后一幕，是有人将一张网伸进画面中，捞住这只大虫子，并将它拖离了镜头。最后只剩下一张白色屏幕，胶片在卷轴上不断地拍动。

"怎么样？"医生问。他见我依旧沉浸于刚才看到的场面中，便在我的眼前打了个响指。我眨了眨眼，一言不发，茫然地看着他。他试图趁此机会为影片中的事件冠上焦点或者某种色彩。"你得知道，"他解释道，"物质形式的完整性只是一种偏见，那些形式的实质就更不用说了，它们是事件更为可疑的一种状态。一只可怕的昆虫可以从人体内爆出，这不应该引起恐慌。你喜欢一个日月星辰按时升起落下的世界，但这个机械式的世界是块绊脚石，阻碍了我对你的治疗。你让我不得不迎合你的焦虑，你担心这个世界没有规则可循。但现在你应该明白，没有什么东西是固定下来的。我们称之为心灵的东西已不复存在，它对新奇的感觉与知觉的永无止境的渴望也同样不复存在。从卡奇先生身上，你能学到很多东西。我已经学到了。当然，我也知道，他的案例中的确有一些令人遗憾的地方——我能为他做的只有这么多——但我认为他获得了稀有而宝贵的知识，当然也要承受其后果。

"他的研究把他引入了一些领域，该怎么说呢，在这些领域里，一个事件的形态与层次，以及自然存在的多重位面，显示出一种新的能力，它们彼此之间能够建立新的连接……也就是说，是用我们绝对想象不到的方式交错互连。在某种程度上，对他来说，一切都变得难以分辨，那是一种力量的骚动，由各种可能性组成的变幻不定的景象，也正是他热切追求的目标。这样的工作中可能出现什么样的体验和诱惑，我们是无法得知的……一种无法控制的古怪的享乐主义。哦，无所不能的变换，放纵的哺育者。好吧，卡奇先生很害怕，想要摆脱自己掌握的力量，但是他无法将碎片拼缀成从前的模样：一些我们从未听说过的习惯和反应已经在他的系统中扎根了。这是最糟糕的奴役。可是，他说起自己感受过的那种欣快，说到那种超乎寻常理解的无限的，各种各样的感觉，却是如此口若悬河。我需要的正是这样的理解，以使他从那种生活中解脱出来，他的生活方式变得很有问题，很悲惨，就像你的一样——只是他的病状处于另一个极端。必须建立中间场，形成一种平衡。我现在彻底明白了！这就是为什么我把你们两个带到一起来。不论你是怎么想的，这是唯一的原因。"

"在我看来，"我回答，"卡奇先生已经溜走了。我个人希望刚才是最后一次见到他。"

迪布朗医生轻声笑了："哦，他还在这栋房子里，这一点可以肯定。我们上楼去看看吧。"

事实上，他并未走远。我们沿着地下室的台阶向上走，之后走上那条两边排列着许多门的走廊。那些门当中，有一扇是半敞着的，门里的房间泛着微光。迪布朗医生没有通报我们的到来，便缓缓将门推开，直到能够看清里面的情景。

那是一个朴实的小房间，木地板上空空如也，一支蜡烛被流下的烛泪固定在地上。卡奇先生似乎瘫软在房间的一个角落里，昏昏的烛光照亮了他的面孔。他歪歪扭扭地躺在那儿，虽然房间里很冷，他却在出汗。他的眼睛半睁半闭，一副累得筋疲力尽的模样。他的嘴显得有些异样，看上去很脏，而且变大了，似乎有谁给他涂出一张小丑般夸张微笑的大嘴。在他身边的地板上，赫然是一只电影里那种动物，而且是刚刚被吃剩下的残骸。

"你叫我等太久了！"卡奇先生突然大吼一声，他双眼圆睁，竟然直起身来，但是很快又瘫了下去。接着他便开始不断重复同一句话，"从前你帮不了我，现在又叫我等这样久。"

"我来这儿就是为了帮你，"医生对他说，眼睛却死死地盯着地上残缺不全的尸体，发现我留意到他贪婪的眼神，这才收敛了些，"我全心全意想帮助你们两人，可方法只有一个。好了，卡奇先生，告诉他吧。告诉他你如何饲喂那些迷人的家伙，使得它们迷醉，狂喜，获得如登极乐的幸福。"

卡奇先生伸手在裤袋里摸索了一阵，扯出一块大手帕，擦了擦嘴。他露出白痴般的笑容，很显然仍陶醉在刚才的美味中，然后很是费力地站了起来。他的身体看起来比刚才更为臃肿，鼓胀，比例失调，几乎没了人样。他把手帕放回口袋里，又将手伸入另一个口袋，在里面掏着什么。"要讲清楚的话，那可说来话长了，"他说话的声音已经恢复了平静，"该怎么说呢？主要是通灵的问题。所以我向医生求助。剩下的事全靠化学配方，促成一种反应发生，从本质上说，这是个普通的变形过程，即所谓的造物的奇迹。通过受精或摄食的方式，将一种催化介质引入受试者体内。"他有些洋洋自得地伸出一只手来，摊开的厚手掌上有两个形似鸡蛋的小东西。"神的幼虫。"他的声音中带着一丝敬畏。

我猛地朝医生扭过头去："你给我的那种药丸。"

"这是我唯一能为你做的事。为了帮助你们，我已经竭尽全力了。"

"我早就怀疑出了问题，"卡奇先生已经从呆滞的状态中恢复过来，"我真不应该把你卷进来。你发现了吗？想要不把自己的病人扯进来，真是太难了。可是，流浪汉是一回事，病人又是另一回事。真抱歉，害你也惹上了和我同样的麻烦。好了，我的行李已经收拾妥当。该你操作了，医生。麻烦让一让，我该走了。"

卡奇先生朝房门走去，过了一会儿，关门声"砰"的在屋子里回荡起来。医生紧紧地盯着我，应该是等着看我如何反应。同时他也专注地聆听着周围房间里传来的声音。到处都是暗中焦灼地蹦蹦跳跳的声音。

"你都明白了，对吗？"医生问，"卡奇先生不是唯一一个等得太久的人……实在是太久了。那些药丸应该已经开始发作了吧。"

我将手伸进口袋，拿出两个小小的卵，早先我并未将它们吞下肚去。"对你的治疗方法，我的信任程度很有限。"我说着便把药丸朝医生扔了过去，他一言不发地接在手里。"我自己回家去，你应该不会介意吧。"

看到我走，他可能真的松了一口气。很显然，在治疗卡奇先生的过程中，医生也变成了一个可怕的堕落者，成为一个彻底失衡的病例，需要从根上进行治疗。我一面顺着原路往回走，一面听见他跑来跑去，打开一扇又一扇的门，最后用饱含着喜悦的声音发出可悲的呼喊："你们在这儿呢，美人儿！你们在这儿。"

医生本人似乎已无可救药，但他的治疗仿佛或许对我真的管用了，至少使我灵光一闪，知道在半途遇到可怕的存在的暗流时该如何应对。在那个晨光朦胧的早晨，当我乍见出租车的轮廓在小巷中逐渐显露出来，并驶过那腐朽中的房屋组成的街区时，感到自己真的抵达了医生说的中间地带——位于逃离深渊的焦虑和投入深渊的诱惑之间的平衡点。我感到自己彻底逃开了，能够安然存在于怪诞造物发出的最后通牒无法触及之处，做一个聚精会神的观察者，冷静地注视着周遭和内心的混乱。

但是这种感觉很快就消失了。真正能够为不稳定的存在解除困境的方法是极其罕见的。"你能再开快一点吗？"我问司机。在我看来，似乎要从这个秩序已经崩坏的区域逃离已经不可能了。那些怪物似乎在变化，随时可能从委顿的茧中，以不确定的形态破茧而出。就连清晨苍白的朝阳似乎也偏离了正常的比例。

车子最终停了下来，我心满意足地偿付了一大笔车费，然后回到床上蒙头大睡。明天我得给自己重新找一位医生。

造梦人的声音

夜 校

卡尔涅罗老师继续开课了。

我是在从电影院回来的路上知道这件事的。当时天色已晚，我想："为什么不抄近路，从校园里穿过去呢？"这个想法引发了我经常琢磨的一连串问题，在夜间散步时，我尤其喜欢琢磨这些问题。总的来说，它们与我的一种渴盼有关。我盼望着，能够在与世长辞，埋入土中腐烂，或是骨灰从烟囱中飘出，将天空玷污之前，能够知晓一些事情，能让我确定自己的存在是确凿无疑的，也就是说，帮助我确定自身的存在。当然，怀有这种欲望的人绝对不止我一个。不过我依旧花费数年时间——耗尽一生也愿意——寻求各种方式，希望能得偿所愿。最近，我参加了卡尔涅罗老师的课程，以寻求一种满足感。虽然听他的课时间不长，但他似乎的确具有揭示事物本质的能力。我一面出神地想着心事，一面离开之前的街道，打算走进漆黑一片的开阔校园，从中横穿过去。那一晚天气很冷，我低头看了看大衣的前襟，发现唯一剩下的那颗大衣纽扣也松了，可能撑不了多久。所以，我从电影院回家时走一段捷径似乎是明智之举。

我走进校园，仿佛这儿是一个坐落在街坊四邻中的大公园。这里的树彼此之间靠得很近，举目四望，根本看不见隐藏在其中的学校。抬头看这儿，我似乎听到一个声音对我说。我抬起头，发现上方的树枝光秃秃的，透过它们交错的枝条，天空看得一清二楚。它是多么明亮，又是多么黑暗哪。明亮是因为高悬的满月在流云之中发着光，黑暗则是因为云朵之中掺杂着阴影——缓慢流动着的，黑得深浅不一的一团，空间隐匿的阴沟中流出的不洁之物。

我看见灰云正形成一条狭窄的细流，穿过夜色的隔绝，朝下方的树林中渗透。但实际上，那只是又浓又脏的烟飞上了天。前方不处远，在校园茂密的小树林中，有一小团火光在晃动不止，从气味判断，大概是有人在烧垃圾。然后，我看见那变形的铁桶往外喷出缭绕的烟雾，火光后面的身影清晰可见，我对他们而言应该也是如此。

"课程恢复了，"他们当中的一个喊道，"他终于回来了。"

我知道这些人都是学校里的学生，只是散发着暖意的火苗闪闪烁烁，使得他们的脸看上去影影绰绰的。他们似乎被烟熏黑了，而且被黑色铁桶中燃烧着的散发异味的垃圾弄得很油腻。铁桶被烧得几乎发红，好几处外皮都剥落了。

"看那儿。"那群人当中有一个指着校园的深处说道。远处可以看见一栋大楼的轮廓，其中一些窗户中透出几缕幽光，从树枝间的缝隙射出来。在灰暗夜空的映衬下，屋顶伫立着的根根烟囱清晰可见。

一阵风吹了过来。它在我们身边嗡嗡地回旋，为铁桶中的火焰添加些许噼啪作响的生机。为了不让自己声音被周遭的嘈杂盖过去，我扯着嗓子问道："留作业了吗？"可他们似乎压根没听到我的话，或是听到了却毫不在意。我将这个问题重复了一遍，他们朝我匆匆瞥了一眼，仿佛在看一个说话很不得体的人。我离开这群弯腰凑在火堆旁的人，满以为他们会跟上来。风停了，我听见有人说了声"疯子"，不过我明白，这个词不是说给我听，也不是用来评价我的。

我对卡尔涅罗老师的印象相当模糊。我还没上过几次他的课，他就得了一种非常严重的疾病——一位同学透露，是一种很痛苦的病——所以停课了。在我的记忆中，只留下一个穿深色西装，身材修长的绅士形象，而且是一位有着黝黑的皮肤、说话带有外国口音的绅士。"他是葡萄牙人，"有人告诉我，"但地球上的每个地方他都去过。"我想起来了，每当他发现哪个同学没有专心盯着他在黑板上不停画出的图案时，他总会用同样的一句话提醒对方。"抬头看这儿，"他会说，"你若不看，必定一无所得——难成大器。"在我们这个班级里，有那么几个人从不需要以这种方式提醒自己专心向学，这一小撮学生在老师的门下求学多年，上课从不走神，总是心无旁骛地关注着黑板上不断涌现的图案——老师在黑板上画出图案，然后擦掉，一会儿重新再画，比前一次的画只是略有变化而已。

这些图案看上去总是很复杂，与我们的学习是否直接相关，我说不好，但其中常有一些多余的部分，我向来懒得抄录在自己的课堂笔记里。那是一组古怪的抽象符号，往往是变形的几何图形：各种不对称的多边形，边与边彼此不相交的梯形或是半圆形，半圆形中间横着两条或三条线，以及各种像是变形或写错的科学符号。这些符号似乎很古老，与其说与数学有关，倒不如说更像魔法符号。老师用极快的速度将它们书写在黑板上，仿佛这是他与生俱来的一种语言。一般情况下，它们会在一个与化学或物理有关的常见图表周围形成一道边界，把它封闭在其中，有时甚至能够改变它的意义。有一次，一名学生提出质疑，他认为卡尔涅罗老师显然为这些图表添加了多余的修饰。为什么老师要让我们面对这些令人困惑的符号？"那是因为，"他回答道，"真正的教师，必须分享所有的知识，不管那有多么可怕，多么骇人听闻。"

我继续穿过校园，发现周围的环境有了变化。离教学楼越近，周遭的树木便越是不同。这些树显得更为细弱、干枯，屈曲交错，就像断掉的骨头从未彻底愈合。而且它们柔软的树皮似乎被剥了下来，因为我一路往教学楼走去，脚下踩着的不仅是落叶，还有一些如同黑布条一样的东西，那是些条条缕缕、已经腐烂的物质。浸泡在月亮清辉中的云朵看上去也是稀薄而腐朽的，校园最高处的空气中似乎有什么在不断腐败、堕落，受其影响，云层也渐渐分崩离析。空气里还有一种腐败的气味，实际上，那是一种迷人的香气——就像秋日或早春腐枝落叶的气息——我的脚步搅动着覆盖在泥土上的那些奇怪的垃圾，于是我猜测，气味是从泥土里传出来的。我朝教学楼里那些黄色的灯光越走越近，气味也变得越来越浓烈，最终我站在那栋老建筑跟前，香气也达到了顶点。

这是一栋四层楼建筑，它是另在一个年代，由像长着癞疤般的深色砖块堆砌而成的。那个年代是如此不同，以至于可能把它想象成属于一段完全陌生的历史，一个由许多无尽的夜晚组成的架空的历史。要把它当作按照正常模式建造的建筑，实在是太过困难，反倒是一些神奇的传说听来更为可信：它是在过去，在永恒的暗夜中，由一群恶魔建造而成。筑造它的材料是从各种建筑中偷来的，而且所有那些建筑都已不复存在，比如倒塌的工厂、被盗挖的陵墓、遗弃的孤儿院、长期弃之不用的监狱。这所学校的确是自垃圾场中生长起来的畸形儿，犹如墓地或污水池之中绽放的花朵。那位已经游历全世界的卡尔涅罗老师便在这里授课。

低处的楼层亮着一些灯，可是忽明忽暗，如烛光一样摇曳不定。最高的那一层则漆黑一片，许多窗户都破了。不过，这点亮光足够为我照亮走进大楼的路，虽然主走廊的两头都陷入黑暗中。墙上似乎涂着一层东西，散发出同大楼外的夜色中同样的气味。我没有触碰那些墙壁，只是利用它作为导引，顺着大楼里穿插着的，或宽或窄的走廊走了进去。我从一间又一间教室旁走过，教室门口要么是一片漆黑，要么被宽宽的木头门封闭起来，粗糙的木门表面有许多剥落之处，而且凹凸不平。我终于找到一个亮着灯的教室，虽然那灯并不比走廊里那幽暗的灯光亮上多少。

我走进那间教室，发现只有几盏灯是亮着的，所以有些地方便是漆黑一片，而另一些地方则洒着一层旧油画般油腻的亮光。几个学生分散着坐在各自的课桌前，隔着一定距离，一言不发。这个班的学生一定没到齐，讲台上没有老师，黑板上也没有画着新的图表，只有从前的课程留下的模糊的残迹。我在门口附近的一张桌前坐下，没有去看别人，因为他们也不看我。我从大衣的一个口袋里找到了一小截铅笔，但用来写字、做笔记的纸张却实在找不出来。我暗自里朝教室打量一番，想找张能写字的纸。这里能见到各种各样的碎纸片，但就是没有能够拿来抄录课程要求的复杂指令和图表的纸。我不得不动手在身旁的架子上翻找，那架子深深地嵌在墙壁中，从中飘散出那令人陶醉的带腐味的香气。

在我左手边，隔着两排座位的地方坐着一个人，他的桌上放着几本厚厚的笔记本。他将手轻轻地搁在这些本子上，戴着眼镜的双眼盯着空空的讲台，抑或盯着讲台后的黑板。每排桌子之间的距离很窄，而且隔开我们的座位上没有人，所以我能直接探过身去对那人说话。他似乎拥有很多纸可以用来做笔记、抄图表，简而言之，应付老师任何涂涂写写的要求都绰绰有余。

"打扰了。"我招呼那个瞪着讲台的人。他用一种僵硬而突兀的方式猛地朝我转过头来。我记得他那双在厚厚的镜片后眯缝着的眼睛，以及那张坑坑洼洼的脸，显然，自从上次课见面以后，他的皮肤状况变得更糟了。"可以给我几张纸吗？"我问。话音刚落，我便惊讶地看着他朝自己的笔记本转回头去，拿起最上面的那一本开始翻页。趁着他动作的当儿，我赶忙解释自己刚刚才知道课程已经恢复，所以完全没有准备。真是巧了，我说，我刚从电影院出来，本打算穿过校园抄近路回家的。

当我将自己的处境解释清楚时，那位同学正在最后一个笔记本里翻找，和前面所有的本子一样，这些页面上也密密麻麻地记满了潦草的字句和图案。我发现他的笔记和我在卡尔涅罗老师的课程上记录的有所不同。他抄录的那些古怪的几何图案更为详尽和细致，而我认为那不过是老师绘制图表时增加的装饰而已。还有一些同学甚至专门在笔记本里记录这些图案和符号，却忽视了图表本身。

"抱歉，"他说，"我也没有多余的纸能给你。"

"那么，是否有课外作业，你知道吗？"

"十有八九是有的。你很难知道这位卡尔涅罗老师接下来要干什么。你知道的，他是葡萄牙人，他什么地方都去过，什么都知道。我觉得他疯了。他教的那些东西早该给他惹上麻烦，可能已经惹上了。这倒不是说他在乎过自己或别人的遭遇，我指的是，他能够影响到的人，其中有的人受的影响更大。他告诉我们的事。测量泄殖腔力量的课程。时间如同一股污水。空间的排泄物，造物的粪便。自我的空洞。如他所说，所有这些肮脏之物的结合体与这些夜间产物，都被淹没在夜的水池里。"

"我好像记不起这些概念。"我老老实实地承认。

"你是新来的。说实话，你似乎没有理解卡尔涅罗老师教授的内容。但是，即便是这样，他不久便会使你理解的。你可能不知道。这位老师，他很有魅力。他随时为任何事做好准备。"

"我听说他因病休假，但现在病好了，又回来上课了。"

"哦，他回来了。他总是未雨绸缪。你知道吗？那门课上课的地方变了。我没办法告诉你是在哪里，因为即使是我，跟随卡尔涅罗老师学习的时间也不及有的人长。说实话，我不在乎那门课在哪儿上。我们来到这里，在这间教室，不就够了吗？"

这个问题叫我不知该如何作答，我也不明白，这人喋喋不休地对我解释的到底是什么。但是有件事很明显，至少是很有可能，那个班级已迁往学校的另一个地方。可是，我没有理由相信，在这个问题上，坐在这间教室其他位置上的学生会比将那张戴着眼镜的脸从我面前转开的同学更有帮助。无论在哪儿上课，我都需要纸做笔记，抄图表。仅仅待在这个教室里是不可能做到这一点的，这间教室里的每个人和每件物品都在朝着渐渐逼近的黑暗坠落。

我在学校一层的走廊里徘徊了一阵。我尽力不去触碰墙壁，它们一定是被涂上了某种黑色的物质，那是一种散发着香气的汁液，让人为之陶醉，就像一千个黄叶飘落的秋日或泥土解冻的春天散发的气息。黑汁从上方渗出，沿着墙壁往下流，使得灯光本就不够明亮的走廊愈加昏黑一片。

这时候，我听到一个回荡不止的声音，是从学校中我未到过的远处传来的。我一个字也听不清，但感觉那是同一句话被一个声音一再重复，此起彼伏的声音在一条条走廊里空洞地回响着。

我循声找去，半路上遇到了一个人从对面缓缓朝我走来。他穿着肮脏的工作服，几乎与学校浓重的阴影融为一体。他正要拖着脚步径直从我身边走过，我叫住了他。他转过一双淡黄的眼睛，冷漠地看着我，他的脸上有一种粗糙、斑驳的肤色。那人在他的左前额上挠了挠，一些干燥的皮屑随之飘落。我问他：

"你能告诉我，卡尔涅罗老师今晚在哪儿上课吗？"

他盯着我看了一会儿，抬起一个手指，指向天花板。"上面，"他说，"抬头看。"

"几楼？"

"最高那层。"他答道，似乎对我的无知感到惊讶。

"那层楼有很多教室。"我说。

"每一间都是他的。那层楼我是不管了，但还得保持这楼里的其他地方不出乱子。可是他在那上头，搅得我这里的工作也不好做。"那人朝弄脏的墙壁环顾了一眼，发出一个喘息似的单调的笑声。"只会越来越糟。你要是继续往上走，就会开始侵扰你啦。听。听到他们了吗？"说罢，他厌恶地咕哝了一声，自顾自地走开了。

可是就在那时，我觉得自己积累的所有知识——不管是否与卡尔涅罗老师和他的夜校课有关——在一点一点地被从我身边夺走。那穿着肮脏工作服的男人告诉我要上到顶层。可是，我记得先前走近这栋大楼时，我看到那层楼没有灯光。占据那一层的似乎只有一样东西：未经稀释的黑暗，一种比黑夜本身还要幽暗的黑，一种固若金汤的黑，被自身稠密所困的黑。"这些夜间产物，"我仿佛听到那戴眼镜的学生用空洞的声音提醒我，"淹没在夜的水池里。"

这所学校的门道我又懂得多少呢？我来上课的时间并不长，

甚至可以说短得很。对同学们而言，我几乎是个陌生人，而且我发现他们被划分为不同的层级，有如一个秘密社团的成员。我不像某些同学那样了解这门课程，也无法怀着老师希望的心态去了解它。我还没资格轮到被卡尔涅罗老师喝令抬头看黑板上的秘密文字，并彻底理解它们。所以我不理解一门真正的腐败课的教义，不懂幽灵病理科学（即绝对病害哲学）和那些要么共同陷入崩解，要么共同升起、并流的腐朽发黑的事物的形而上学。最重要的是，我不懂卡尔涅罗老师本人：他去过的地方……他的所见及所为……他获得的体验……他忽略的法律……他造成的麻烦……他欣然接受的自己和别人的命运。

如今我已经来到上楼的楼梯旁。我朝楼梯间走去，那声音虽然并未变得清晰起来，却更响了。第一段楼梯看上去又长又陡，再加上走廊灯光昏暗，因此看上去朦朦胧胧的。楼梯顶端的平台几乎完全不见踪影，因为光线本就暗淡，那不反射光线，散发臭气的液体仍然顺着墙面向下流动，而且变得更加浓稠了。可是它似乎并未包含任何真正的物质，不像我想象中那样具有黏糊的表面和黏稠的质地，只是看上去十分稠密，就像一股浓烟，是那种已然腐败的源头焖烧时冒出的肮脏的烟雾。它不仅散发着腐败的气味，也呈现出一派腐败的景象，只是眼下它散发出来的更像是秋天般腐烂的怀旧气息，或是春天冰雪消融时浑浊的麝香气。

我又登上一段楼梯，这段楼梯抬升的方向与第一段相反。我来到了二楼。这所学校共有四层楼，每两层之间都有两段方向相反的楼梯，中间隔着一个狭窄的平台，走过这个平台，再登上一段楼梯，才能真正更上一层楼。二楼不如楼下那样明亮，墙壁的状况更是糟糕：墙面已完全被由上方渗透的黑烟笼罩了，黑暗中透出浓重的臭味，那是一个衰亡世界的内脏或即将新生的世界的粪肥的气息，万物赖以建立的原初的不洁，自然的腐朽。

在通往第三层的楼梯上，我见到他们当中的第一个——一个年轻人，坐在楼梯低处的台阶上，他一直是这位老师最勤勉的学生之一。他正在发呆，直到我对他说话，才发现我的存在。

"班级呢？"我将每一个字眼都咬得很重，以示疑问的语气。

他平静地凝视着我。"老师得了一场重病，一场不朽的病。"他抛下这寥寥数语，便再次陷入沉思，再也没了反应。

高处的台阶上还有人像他这样坐着，也有人蹲在平台上。那声音依旧在楼梯井中回荡，叠声吟咏着一组含糊的词语。但那声音并非出自这些学生中任何一个之口。他们只是沉默地坐着，在从他们那不计其数的笔记本上撕下来的纸页中恍惚出神，那描画着古怪符号的纸张就像落叶一般散落一地。我朝最高层的楼梯走去，将脚下的纸张踩得沙沙作响。

楼梯井的墙壁上涌动着一大团黑色，如同得了瘟疫的人的脸——满是脓包、疥癣、臭气熏天。它一直蔓延到地板的边缘，如黑雾般飘荡、翻滚。借着走廊窗户透进的月光，我才勉强看到三楼的情景。我在那儿停下了脚步，因为通向四楼的楼梯是一片漆黑。在月光下，只有几张面孔在上方漂浮着，其中一张正盯着我，然后，在毫无征兆的情况下，他开口说话了。

"卡尔涅罗老师拖着患重病的身体，决定继续开课。你能想象吗？他什么痛苦都能忍受，什么地方都去过。现在他已在一处新天地，他从未去过的地方。"那声音顿了顿，停顿的间歇中充斥着许多呼号和哭泣的声音，从楼梯井上方笼罩着的黑暗中传来，这黑暗将下方的一切通通掩埋，就像坟墓里被压得紧实的泥土。那个声音接着说："老师在夜里死去了。你懂了吗？他与黑夜同在。听到那些声音了吗？他们与他同在，而他与黑夜同在。

黑夜在他的体内蔓延。他什么地方都去过，会带着夜晚的病到各处去。听。那葡萄牙人在呼唤我们。"

我侧耳细听，那些声音终于变得清晰起来。抬头看这儿，它们说的是，抬头看这儿。

漆黑的迷雾开始向下蔓延，朝我涌来，流淌在我的脚边，然后聚集在那里，越垒越高。一时间，我无法动弹，无法说话，脑子里一片空白。我身体里的一切都变黑了。黑暗在骨头里颤抖，吞噬它们，将体内的一切同化。黑暗控制了我，那些声音说："抬头看这儿，抬头看这儿。"我真的抬头了。可我没把这个动作做完就放弃了。我离某种自己无法忍受的东西太近了，我还没有做好准备，无法继续忍受。就连在我内心颤动着的黑暗也无法继续下去。我无法待在原地不动，也无法抬头望向呼唤我的声音的来处。

这时，黑暗源源不断地从我身上涌出，似乎逐渐离我而去，我也并非处于教学大楼内，而是身处户外，就像突然大梦初醒一般。我忘了自己本打算抄近路回家，只是头也不回，沿着来路穿过校园往回走。我经过那些仍站在旧铁桶旁点火的学生，他们将用笔记本上的纸页喂给明亮的火焰，那些纸张上潦草地记满了图表和古怪的符号，几乎变成了黑色。那伙人当中有几个朝我大喊："你见到那个葡萄牙人了吗？"其中一个声音盖过了火与风的喧嚣。"你听说有什么课外作业了吗？"另一个声音喊道。然后我听到他们哄然大笑，这时我正走向拐入校园前的那条街道。我的脚步是如此匆忙，当我终于踏上校外的那条大街时，大衣上那颗松松的扣子终于脱落了。

我走在街灯下，把大衣的前襟拢起来，叫自己一心一意盯着面前的人行道。但我可能听到一个声音在叫我"抬头看这儿"，因为我真的看了，虽然只是短短的一瞥。在那一瞬间，我看到天空万里无云，一轮满月在黑色夜空中熠熠生辉。它放射着明亮而朦胧的光芒，仿佛被一个发光的模具包裹着，像一盏灯漂浮在夜晚巨大的下水道中。这些夜间产物，我想，淹没在夜的水池里。但我并不理解这句话的深意，只是简单地重复而已。我盼望着，能够在与世长辞，埋入土中腐烂，或是骨灰从烟囱中飘出，将天空玷污之前，能够知晓一些事情，能让我确定自己的存在是确凿无疑的，也就是说，帮助我确定自身的存在——这愿望永远无法实现。我一无所得，难成大器。可是，无法实现最强烈的渴盼并未让我感到失望，相反，我只觉得如释重负。如今，探究事物根本的冲动从我身上消失了，摆脱它使我感到满足。第二天晚上我又去了电影院，但是回家时没有抄近路。

魔　力

长久以来，我已养成一个习惯：在深夜游荡，并频频在这个时间光顾电影院。可是，在那天晚上，我之所以跑到镇上从未涉足过的一个地区，走进那家电影院，似乎与其他因素有关。仿佛有一种新的偏好、心绪或从前的我不自知的嗜好引领着我走上那条路。对于这一让我身不由己的感受，要准确描述它是何其困难，因为它似乎既来自于我自己，也来自我的周遭。我闯入了自己从未涉足的区域，那儿的事物有一种特别之处，将我的注意力牢牢吸引住了——从最常见的景象、场所和物品上放射出一种美好而神奇的光芒，既朦胧又明亮，使得我久久凝视。

虽然已是深夜，但我途经的许多橱窗中都投射出生机勃勃的亮光。这是一个没有星光的夜晚，可是整条街都被这些灯光照得通亮，那些被镶嵌在古老黑砖房上的玻璃板散发出钻石般的光芒。我在一家玩具店的橱窗前停下，被一组怪诞而混乱的热闹场面吸引住了。好些情景在同一时刻上演，真叫我眼花缭乱：机械猴子们做着命定的古怪动作：有的拍打小钹，有的不住地翻筋斗；音乐盒里的芭蕾舞演员听从命运的安排，踮着脚尖原地旋转；从刚刚被打开的盒子里弹出的玩具杰克用古怪的动作摇晃着。店里有一棵圣诞树，树上凌乱地堆满了各种各样的商品，与阴暗而空旷的背景融为一体。一个老人，头顶光秃秃的，眉毛棱角分明，他走到前窗边为一些玩具上紧发条，好叫它们转个不停。他正做着手头的工作，突然抬头看见了我，一脸的面无表情。

我沿着街往前走，两侧是一扇扇橱窗，那些被框住的小世界是那样奇特，那样优美，如梦如幻，在这破败而黑暗的街区散发着光芒。其中一家是面包店，橱窗里陈列着糖霜塑成的造型：冬日的风景，白色雪花打着旋儿，飘飘洒洒，还有雪白的玫瑰和一层层闪耀的冰霜。在冰川王国的中心，有一对微型的小人儿，冻结在多层的婚礼蛋糕顶端。可是，在这幅精致的寒冬风光背后，却只剩店铺夜间打烊后的黑暗。我在附近的另一扇窗外伫立，拿不准这家店是否仍在营业。店内深处有几个人影随处站立着，笼罩在老照片一般滞暗的灯光下。不过他们看上去与这家店橱窗里的人偶模特属于同类，这显然是一家售卖过时服装的店铺。就连那些人偶，当它们的脸被一缕浮华的亮光照亮时，也带着属于另一个时代的平静而莫测的表情。

我在便道上肆意漫游，整个晚上没有见到一个人从路边那许多店铺的门里出入。一位店主忘记收起的帆布凉棚在风中飘动不已。尽管如此，正如我所描述的那样，我见到的每个场所充满着勃勃不息的活力。我心中怀着急切的期待，就像一个奔赴嘉年华会的孩子，每一个花哨的景点都会叫他天马行空地猜测一番，却突然对一样并非如想象中一般引人注目，且仅有几步之遥的东西产生了突如其来的渴望。因此，我的情绪并未变得低落，反而愈加强烈，那是一种盲目的，想要占有的冲动。

这时，我看到一家电影院的招牌，但并未打算前去光顾。因为拼缀成剧院名字的字母已经残破，无法辨认，电影的名字也同样看不齐全，像是被人用石头砸坏了，总之，有人煞费苦心地想要将那些字眼抹去。不过，我还是成功将它们破译了。招牌上宣传的这部影片叫做《魔力》。

我走到剧院的前方，发现用作入口的门被交叉的木板钉死了，上面还贴着告示说这栋大楼已经废弃。挡住去路的木板已经腐朽，上面张贴的告示也陈旧不堪，看来门被封死已有相当一段时间了。我正打算继续游荡，却发现招牌被照亮了，那是一点暗弱的灯光，我本以为不过是从附近一盏街灯反射过来的。正是在这盏街灯下方，我看到立在便道上的一个双面标志牌，那是一块不起眼的小牌子，上面写着：影院入口。在这句话的下方，有一个箭头指向一条小巷，小巷将影院和街区当中其他的建筑区隔开来。这条特别的街道别处都密不透风，只有这么一处缺口。我探头朝黑乎乎的巷口看去，映入眼帘的只有一条狭长的走道，尽头悬着一盏灯。那灯闪烁着一种怪异的紫光，就像一颗刚刚暴露在胸口的心脏的颜色，它似乎悬在通往剧院的入口的上方。我可是常去电影院看晚场演出的——我提醒自己。可是，不论当时的我怀着什么样的疑虑，在那个夜晚，在我从未踏足过的小镇街区中，我产生一种突如其来的冲动，与它相比，任何疑虑都不堪一击。

那盏紫色的灯确实标志着一条通往电影院的路，那如血管颜色一般的灯光照着一扇门，门上再次用文字重申这里是"入口"。进门后，我走进一条逼仄的走廊，墙壁上泛着深粉色的光，和小巷中的那盏小灯的颜色很相似，但更容易让人联想到一颗供血充足的大脑，而不是一颗跳动的心脏。来到走廊的尽头，售票窗口上映出了我的模样。我朝售票处走去，同时注意到，在自己身旁近在咫尺的墙壁上，从地板到天花板都蒙着一层形如蛛网的东西。这薄纱般的物质同样散落在通往售票窗口的地毯上。我踩了上去，这些纤细的覆盖物并没有断开来，仿佛它们已将自己牢牢地附着在破旧地毯的表层纤维上，或是紧紧嵌入其中，宛如稀疏的毛发紧贴着一具古尸的头皮。

售票窗口后没有人，模糊的玻璃上映着我的身影，晕染着紫色的亮光，后面那一方黑暗的小空间里似乎空无一人。可是，从窗户底部那半圆形剖面下方的一个小缝里，有一张票伸了出来，就像一条纸做的舌头。几根头发躺在它旁边。

"门票是免费的。"一名男子的声音响了起来。他是突然出现在售票亭旁的门廊里的，西装合体而整洁，但脸上一团糟，整张脸似乎布满了茸毛。他的语气彬彬有礼，甚至有些逆来顺受的感觉。"影院换了新老板。"他接着说。

"你是经理吗？"我问。

"我只是要去个洗手间。"

他没有再多说什么，便缓缓朝电影院的黑暗中走去。一时间，在那门廊里，有什么东西在他离去后留下的空间里飘浮起来——一团细丝，如灰尘一般四散，落下，然后我从中穿了过去。走进门廊的最初几秒钟里，我唯一能看到的，只有"洗手间"几个字在一扇缓缓关闭的门的上方散发着亮光。

我小心地挪动脚步，直到眼睛适应了黑暗。我找到了通往观众席的门，一踏进去便发现自己站在一条斜坡的顶端，我的方向感突然作废了。天花板的正中央亮着一盏精致的吊灯，此外，每一面墙壁上还装着许多照明的灯盏。灯光的昏暗程度和它们的颜色并未让我大惊失色，虽然它们照出一种略带充血感的色调——一种病态的、肝脏般的颜色，也许在手术室能够见到：一具躯体躺在手术台上，内脏有如粉色、红色、紫色的调色板……病态脏器的色彩与日落的丰富色调不谋而合。

可是，我对观众席的感受依旧那样别扭，并非因为灯光有任何古怪，而是另有原因。虽然在理性上，我能够轻而易举地辨认周遭的事物——若干条走道，一排排的座位，挂着幕布的屏幕，还有吊灯和墙灯——可是，我感觉不到它们与各自外观相符的任何特质。我眼中见到的都是刚才列举的事物，可是，那一张张圈椅同时也是一排排墓碑；侧廊是肮脏的无底深渊，古老收容所荒凉的长廊，或是向远处流淌而去的下水道的细流；苍白的电影屏幕是无人问津的黑暗地下室里一扇被覆满灰尘的窗户，一面在废弃的屋子里闲置已久，潮湿阴冷的镜子；吊灯和小灯盏是在一个不为人知的山洞中，被嵌入黏糊潮湿的洞壁上浑浊的钻石。换句话说，这家电影院只是一个幻影，是一层面纱，盖在由许多其他处所组成的复杂拼贴画上，这些具有相同性质的处所投射到我的眼中，我的肉眼所见仿佛被那些无法见到的事物盖住了。

我在观众席中徘徊片刻，选择一个靠后的座位坐下，这时我才发现，哪怕只看表面，这儿也有一种我从未留意过的奇特现象，或者说，直到眼下我才真正觉察到的现象。我所指的便是那种蜘蛛网。

我刚刚踏入电影院时，曾见它们紧紧地贴在墙壁和地毯上。现在我才明白，它们本来就是剧院重要的一部分，也知道我自己彻底误会了这些长长的苍白丝线的性质。即使在朦胧的紫色灯光下，我也看得出来，它们已经渗入到观众席座位的织物之中，深深地改变了它的结构，而且像轻烟似的，舒缓地卷曲着，为座位平添了些许动感。电影屏幕似乎也是如此，它也许是一张巨大的长方形的网，编织得十分细密，在某种看不见的力量触摸下微微颤动着。我想："也许电影院中这种微妙而无处不在的颤动，恰好能够解释为何此处的事物让我联想到其他事物，以及与一个简单的礼堂毫无相似之处的场所，这个过程与不断变幻的云是同样的道理。"礼堂中的所有物品，无论是何种材质，似乎都受到了同样的影响，无法维持自身的特质。可是吊灯挂得太高，我无法看个仔细。礼堂里其他的观众也是一样，他们坐得很分散，看上去很小，我很难将他们看清楚。

而且，在那个晚上，我的心绪中有一种成分，是它驱使着我来到这个镇子里从未涉足之处，影响到我所见到的事物。自打我走进电影院，准确地说，是自打看到招牌上宣告上映一部叫《魔力》的电影，这种心绪便愈演愈烈。我忍受着渐渐沸腾的情绪，在默然等候的观众当中找个座位坐下来。确切地说，我感到自己离那种情绪的焦点所在之处接近了一大步，那是接近被表面掩盖的真实时产生的刺痛感。我将其他所有问题抛诸脑后，只关心这趟不幸而迷人的探险将如何获得圆满或终结。从我那堕落的视角来看，后果比任何时候都更难想象。

因此，当我感到情绪的焦点所在突然近在咫尺，近得仿佛就在座位的正后方时，我没有丝毫的犹豫。选择座位时，我确信自己身后的座位是空的，而且周围的几排座位全部是空的，如果有人在我背后的座位上坐下，我肯定会知道。然而，现在我感觉到身后有一个确凿的存在，一股力量压在我身上，就像一股突如其来的昭示恶劣天气的寒意，在我心中激起一阵阴暗的狂喜。我环顾四周——算不上迅速，但很坚决——可是背后的座位上没有人，在我和剧院后墙之间的所有座位上全都空无一人。我仍然盯着那个空着的座位，因为我始终觉得那儿有一个富有活力的存在，那种感觉依旧没有退去。在我久久的凝视下，那座位的织物，也就是内部已被扭曲的纤维编织而成的网上，浮现出一个像人脸一般的图案——一个老妇人的脸，带着贪婪而恶毒的表情——飘浮在缠绕的乱发之中。这张脸如同一幅肖像画，画上的人凶狠残暴，她咧嘴微笑，透露出对残害场所和仪式的渴望。这张脸由许多发丝自行缠结而成。

至此我终于恍然大悟。这所电影院里所有那些蜿蜒盘绕、细长干枯的蜘蛛网，都是一大团缠绕在一起的头发。明白了这一点，加上见到那些墓地与深渊，臭气熏天的下水道与发霉的疯人院走廊，以及对这家老电影院的了解——正如刚才有人告诉过我，它换了新的老板——那驱使我在这个夜晚探访自己从未到过的地方，即这家影院的冲动，变得更加膨胀和清晰起来。可是，一个声音突然在我身边响起，那股冲动连同剧院座位上的那张脸一起在瞬间消失无踪。那个声音说：

"看表情就知道，你已经见过她了。"

说话的男人与我坐在同一排，中间隔着一个座位的距离。不是我刚才遇到的那个人，因为这人的脸看起来还算正常，但是西服外套上却粘着散乱的发丝，不属于他自己的发丝。

"你见到她了吗？"他问。

"我拿不准看到的是什么。"我答道。

他像是忍不住就要吃吃笑出声的样子，他的声音颤抖着，带着近乎歇斯底里的喜悦说："告诉你吧，如果私下里见过她，你一定会知道的。"

"正要发生点什么呢，你就坐下了。"

"对不起，"他说，"你知道吗？这家影院刚刚转手给了一位新老板。"

"我没留意演出场次的信息。"

"演出场次？"

"电影的演出场次。"

"哦，这儿不放电影。不放那种电影。"

"可是总得……放点儿什么。"我坚持道。

"没错，是得放些什么。"他激动地回答，用手指轻抚着自己的脸颊。

"那么，是什么呢？还有这些蜘蛛丝……"

这时候，灯突然熄灭了，四下里一片漆黑。"好了，安静。"他轻声说，"就要开始了。"

不一会儿，我们面前的银幕在黑暗中发出了淡紫色的光，模糊的影像开始无声无息地显现，仿佛一只透镜正将焦点对准一个微观世界。可以肯定的是，电影银幕就像一片巨大的载玻片，通常情况下躲藏在我们视线之外的组织体被放置在上面，而且以巨大的比例进行投影。可是，当这些景象渐渐重合、清晰起来后，我认出来，那正是我在这家影院里见到的，更准确地说，是觉察到的东西。银幕上的景象，就像是一对隐形的眼睛在极度病态与堕落的场景中逡巡时所见到的情形。它们具有的本质，与我一直有所觉察的，叠加于这所电影院真正可见的事物之上的那些地方相同——墓地、小巷、肮脏的走廊和地下通道，它们的灵知侵入了另一处场所，改变了它。可是，眼下显示在银幕上的这些地方，我依旧无法为其命名：它们是一切邪恶肮脏之所的根本，它们将鬼魅的氛围投射在影院的现实之上，但它们自身也不过是一些影子，是一个更深、更晦涩的所在的浅显的映照。我们正越来越深入地朝那个地方坠落。

现在，那无处不在的紫光可以看作源自一具复杂的活着的解剖体，这解剖体由红色、蓝色及淡粉色的构造组合而成，它们统统呈现出病态的发炎及受损的状态，并散发着紫光。我们跟随指引，穿行在由腐烂的密室和回廊组成的墓窖中，这是通往地狱最隐秘的道路。不论这些空间过去是什么模样，现在都成为举行秘密巫魔会的场所。在它们那肉质的、凝胶状体壁的孔洞里，流淌出像苔藓一般的物质，一股一股细长的菌丝钻进半透明的组织里，如静脉一般颤动不已。这的确是巫魔会的举办之地，神秘而邪恶，同时也是一家放映着疯狂外科手术的影院。发丝般纤细的缝线在柔软的内脏间穿梭，看不见的手设计出非同寻常的形状和系统，编织出具有容纳能力的巢，能够自如地将解剖体零星耗尽的网。画面中看不见人，但一切都是从一个很亲近的视觉看出来的，从那位看不见的外科医生、编织者和织网人，以及古老的木偶操纵者的角度，她在为一个无助的木偶安装新的提线，将他置于新主人的操控之下。通过她的双眼，我们痴迷地旁观着正在进行的工作。

然后那双眼睛开始后退，脏器构成的紫色世界渐渐隐入紫色的阴影中。那双眼睛终于从它们原本所处的位置暴露出来，银幕被一个男人的脸和赤裸的胸膛占满了。他的姿态很僵硬，处于一种麻痹的状态中，他的眼神直愣愣的，却炯炯有神。"她让我们看，"坐在我旁边的男人低声说，"她控制了他。他再也感觉不到自己，只知道她存在于自己体内。"

乍一看那被附身的人，这句描述似乎是正确的。自然，这一判断进一步刺激了我在这天晚上怀有的冲动，我被裹挟着，朝堕落的狂喜和放纵的恐慌的高潮冲去。可是，我盯着银幕上那男人的脸，发现他就是我在剧院前厅遇到的那个人。认出他很不容易，因为交错的发丝编织成一张网，把他的身体挡住了，有几处的发丝简直像胡须一样浓密。他的双眼也有了明显的变化，它们恶狠狠地瞪着观众，表明他确是万恶之源的宿主。可是同时，那双眼睛里有种东西，说明他并未彻底转变，那是对巫术的意识和对解脱的吁请。在接下来的几分钟里，我的观察有了一定的实质意义。

因为银幕上的那个人夺回了对自我的掌控，虽然时间短暂，程度有限。从表情微妙的扭曲中能够清楚地看到他努力的方向，可最终的成绩却不太显著：他竭力张开嘴，想要发出一声尖叫。当然，从电影屏幕上看不出声音，屏幕上只是播放影像的乐音，为那些能见到不应见的事物的眼睛。于是产生了一种令人迷惑的效果，感官的失调将我从那个夜晚的情绪中唤醒，它的咒语在我头顶呼啸，最后归于虚无。礼堂中回荡的这个尖叫声来自剧院的另一处，在高耸的后墙之外。

我问坐在旁边的那个人，发现他对于我提到的礼堂中的尖叫声毫不知情。周遭发生的事，他似乎既听不见，也看不见，甚至对自己身上发生的事同样无动于衷。细长的发丝从座椅的织物上钻出来，从低处攀上扶手，再沿着扶手和椅子的其他部位弯弯曲曲地往上爬。发丝同样扎进了那人的衣服布料里，可是我无法让他认清眼下的局面。最后，我只得起身离开，因为我感觉到发丝在拉扯着我，迫使我留在座位上，不要动弹。我站起身来，它们便如同袖口或口袋里带出的零星线头一样从我身上剥落开去。

观众席里再没有人扭头不看银幕上的男人，他已经丧失了呼喊的能力，退回了麻痹的沉默中。我沿着过道往上走，瞥见礼堂后墙的高处有一个长方形的孔，电影画面便是从那窗户般的开口投射出来的。那个孔中"框"着一个身影，像是一个老妇人，长着长长的，狂野而纠缠的头发。我能看到她的眼睛愤怒而恶毒地瞪着电幕上的紫光。从这双眼睛里，也放射出两束最为纯净的紫色光束，穿透了观众席的黑暗。

我沿着来时的路离开了电影院，根本不可能忽略"洗手间"

几个字，它们正大放光明。但是走廊侧门上的灯却熄灭了；亮着"影院入口"几个字的标识也没有了。就连拼缀电影名字的字母也被取了下来。看来这是最后一场电影。这家影院即将对公众彻底关闭，不清楚我为何会知道这一点，但我就是知道。

同样关闭的还有镇上我以前从未涉足的这个地区，这条特别的街道上所有的店铺，也许它们仅仅是在夜间打烊而已。那些灯先前是亮着的，就连那些在深夜关着门的店铺也亮着灯，可是所有的窗户如今黑了下来。我对此深信不疑：在每一扇我经过的为黑暗所笼罩的窗后，都有一个更为幽暗的身影，一个老妇人，长着一双发亮的眼睛和巨大的头颅，而且披散着一头怪异的长发。

孩童的声音

拜占庭图书馆

塞维奇神甫的到访

不论在那栋老宅里的哪一个角落，我都能感觉到一位神甫即将到来。即使是在楼上最荒僻处的那间被封锁的，禁止入内的房间里，我也会突然产生一种确凿之感。周遭的氛围会发生难以名状的变化，起初我隐约感到厌烦，随后便感到兴致勃勃。仿佛有一种崭新的成分渗透进空气的每一声回响，以及午间投射在黑色木地板和古老墙纸扭曲的浅色花纹上的甜美阳光之中。看不见的游戏在我的周遭拉开了序幕。因此，最初我对这些具有神职身份的伟大人物的看法绝不简单，相反，那是一个由念头组成的纷繁的迷宫，由一层又一层错综复杂的系统构成，抽象的恐惧和一种奇怪的蒙恩感永远在其中相持不下。回想起来，塞维奇神甫这次到访的前兆如同到访本身一样，对我而言十分重要，而且也是随后发生的事的引子，因此，回忆起这些孤独的时刻，我心中丝毫没有疑虑。

那一天，我大部分时间都躲在自己的房间里，专注地做着幼年的我常做的一件事，而且在此过程中，将已经精心铺好的床铺弄得一团糟。我削了无数次铅笔，又将一块厚厚的灰色橡皮擦得只剩下一小截，最后终于接受了这次残酷的失败，打算放弃。那张纸似乎在公然反抗我，用粗糙的质地设下圈套，阻挠我实现每一个目标。可是，这种叛逆的情绪也只在最近才有所表现：在我和我使用的材料之间发生决裂之前，要把整个场景呈现在纸上可谓毫不费力。

这幅画作已经完成的部分，是一幅想象画，画上有鲜明的庙宇，呈现出一些幽僻的隧道和拱形的内院，但我不打算对它们详加描摹。可是，画中有两个要素是我心中一直惦记着，决心要将它们刻画精准的。第一个是一排柱子，它们以一个尖锐的角度向后排列，仿佛一排姿态僵硬的哨兵，渐渐隐没在黑暗的背景中。第二个是藏身于其中一根柱子后的人，他正从阴影中往外窥探，看着眼前的景象之外的某种可怕事物。那人只露出一张脸和一只抓着柱子的手。那只手我画得很好，可是，若论及必须在那张脸上添加的恐惧这一必要特征，则完全无法达到我希望的效果。我的设想是，虽然令人恐惧的事物并未呈现在画面上，可是通过那探头窥视的男人面孔，必须将它每一个细节都呈现得清清楚楚。在当时，这是一项令人抓狂，也是徒劳的工作。软头铅笔的每一道笔画都与我的初衷背道而驰，它将一连串完全不相干的表情放在那位受害者的脸上：先是热泪盈眶的惊奇，然后是白痴般的困惑，有一次，在面对即将到来的厄运时，这位绅士甚至露出一脸近乎和蔼的微笑。

说到这里，想必你能明白，我多么轻易被塞维奇神甫的来访搅得心浮气躁。我停下在纸上划动的铅笔，开始朝四下里张望，审视窗帘、屋角和打开的壁橱，搜寻那和我捉迷藏的对象。我听到一阵脚步声有条不紊地走过长长的走廊，停在我的房门前。父亲的声音隔着坚硬的木门透进来，显得闷闷的，他叫我下楼去。有客人来了。

那天下午遭遇的挫败叫我沮丧极了，所以我完全陷入了一场错误的期待当中：也就是说，我以为前来登门的不过是奥恩神甫，这位神甫经常顺道来访，是我们全家的老熟人。可是，在下楼时我看到前门旁的衣帽架上挂着一件奇怪的黑斗篷，还有一顶同样颜色的宽边帽，如同一个上了年纪的老伙伴一般挂在它旁边，这才意识到自己的错误。

会客室里传来了柔声细气的交谈声，其中最柔和的声音便来自塞维奇神甫本人，他的声音充其量只能算睡意蒙眬的耳语。他四平八稳地坐在我家最宽大的那把扶手椅上。我一进会客室，母亲便将我推到他跟前。在整个过程中，我都一语不发，并且在接下来犹豫不决的几分钟里一直保持着沉默。塞维奇神甫以为我是被他那花哨的手杖深深吸引，所以说不出话来。他照实将自己这番推测说了出来，这时候我发现，神甫的声音中透出一种我未曾留意过的外国口音，这一点叫我大为吃惊。他把手杖交给我查看，我便顺势将那根长得可怕的木头拿起来，举了几下。然而，真正让我着迷的不是他的个人用品，而是这位神甫本人，尤其是他那张如白垩质一般的圆脸。

我受邀前去参加下午的聚会，坐在一张与支撑塞维奇神甫魁梧身躯的椅子一模一样的椅子上。但实际上，我与这群人纯属貌合神离：在接下来的谈话中我始终保持着沉默，对萦绕在会客室中那些令人昏昏欲睡的谈话也完全无法理解。我心无旁骛地观察着神甫的脸，将言行举止必须得当这回事彻底忘了个精光。他的面容不仅像敷了粉一般苍白，还有一种空洞和不完整的感觉，使我想起玩具制造商车间里那些尚未制作完成的假人。神甫笑了笑，眯起眼睛，又做出其他几种常见的面部动作，可是没有一个算得上真正的表情。有一种东西丢失了，它对表情而言至关重

要，是必不可少的灵魂，所有的表情都在其中诞生，并朝着它们
独特的命运进化。说得形象一些就是，他分明是血肉之躯，看上
去却不像真人。

过了一会儿，我的父母找了个借口让我与塞维奇神甫独处，
大概是为了叫他祭司般的神圣身份不被他们的世俗所污损，好
让他的影响力彻底将我控制。我对这局面一点儿也不感觉惊讶，
因为我的双亲有一个隐秘的心愿，那便是有一天我能够跻身于
身着紫袍的神职行会，若实在不济，至少能够在神学院谋得一
个职位。

父亲和母亲离开后，我和塞维奇神甫面面相觑好一会儿，仿
佛之前的自我介绍白做了似的。很快，一件非常有趣的事情发生
了：神甫的脸发生了变化，隐藏于最幽深处的灵魂得到了释放。
如今，从那座白垩般的墓穴中露出了一张真正具有表情的脸，由
一双热切的眼睛、一张生动的嘴和绯红的脸颊巧妙组合而成。可
是，这种转变之所以能够实现，想必是付出了代价的，因为他的
脸虽然变得神采飞扬，声音却变小了许多。那声音听起来就像出
自一个绝望的病人之口，奄奄一息，散发着药物和祷告的气息。
对于他谈话的确切主题，我不甚理解，只记得他提到过我的画。
当然了，奥恩神甫对那些初具雏形的画作早已十分熟悉，尽管我
不记得他表达过对它们的喜爱之情。尽管如此，那些画面似乎具
有某种特质，他向一位同事提起，这位同事便千里迢迢从那个古
老的国度赶来拜访了我们。总而言之，因为某种东西，使得奥恩
神甫认为在他管辖的教区中，我的画显得尤其出挑。

塞维奇神甫以一种极其迂回而高深的方式谈到我那些潦草的
涂鸦，仿佛它们是一个微妙的，折磨人的话题，可能破坏我们之
间的友谊。我不明白是什么引起他对我的画的曲折而微妙的兴

趣，但是他给我看了一样东西，使得这个问题得到部分解答：神甫随身携带着一本小书，就存放在他长袍那繁复的褶皱里。

书的封面像是上过漆的木头，颜色很深，装饰着凹凸不平的纹路。起初我以为这东西就像表面看来那般硬脆，直到神父将它放在我的手中，我才发现那是一种错觉。书皮实际上非常柔软，甚至十分光滑，上面不著一字，只有两条黑色的细线相交成一个十字形。我仔细一看，发现十字架横梁在两端各有一个像小手一样弯曲的延伸，而十字的顶点处，垂直的细线似乎变宽了，变成了一个小球，因此，这黑色的装饰符号便形成了一个火柴人的模样。

在塞维奇神甫的指导下，我随意将书翻开，浏览了几张薄得叫人难以置信的书页，它们更像是层层叠叠的有生命的组织，而不是死的纸浆。书页的数量似乎没有穷尽，如果只是一页一页地翻过去，绝不可能看到这本书的开头或结尾。神甫提醒我千万要小心，不要损伤这些精巧的页片，因为这本书非常古老、脆弱，世所罕见。

我当时年龄尚小，学识有限，靠天马行空的想象力根本无法破译写就这本书的语言。即使是现在，凭着有限的记忆，也无法对书中内容有任何更深的解读，只能如当初一般进行推测：这本书是用一种古老的异域语言写成的。但书中丰富的图片化解了我的挫败感，驱散了那些神秘符号带来的晦涩。靠着这些木版画，我几乎能将书中的文字内容猜个八九不离十。书中的每篇文章似乎都致力于重复讲述同样的主题：通过苦难获得救赎。

塞维奇神甫认为，正是这样一种神圣的恐惧能够吸引我的目光和兴趣。他解释道，这些描绘磨难的图画中蕴藏着神圣的目的，但世间没有几人能够真正理解，那便是经由痛苦找到通往神

圣命运之路。他坦率地哀叹，创作，甚至仅仅是思索这些描绘神
圣痛苦的书卷是一种伟大的艺术，如今这种能力已经失落。然
后，他谈到那个古老国度中的一座图书馆，可是此时我对他的话
已经充耳不闻了。我的注意力徘徊在它自己的世界里，我的双眼
不由自主地被这些古老的木版画上密集的景象所吸引。其中有一
幅画堪称这本书灵魂的表率。

这幅插图的中心人物蓄着胡子，瘦弱憔悴，他低着头，双手
交叉，双膝弯曲。他以一种虔诚恳求的态度蜷缩起来，似乎被悬
在半空中。在这个骨瘦如柴的苦行僧周围，尽是折磨他的恶魔，
它们被刻画得十分简练，这也要归功于，或者说怪责于画家冷酷
的技法以及对细枝末节的忽略。唯一与这种风格相悖的，是一个
蹲着的魔鬼。它只有一只眼睛，但是从中长出许多精致的小眼
睛，每只小眼睛又长着如野草般浓密的睫毛，描绘得密密麻麻，
细致入微。这位苦行僧自己的眼睛也是他外表最引人注目的地
方：在黑皮肤的面孔上，有两道僵硬的白色裂口，两个小小的瞳
仁狂乱地翻向天空。但是，这张脸上透露出狂喜，而这狂喜为何
在我心中激起一种感觉？那不是恐惧和痛苦，甚至也不是虔诚。
无论如何，我的确从这幅可怕的画面中找到了灵感，并努力想要
在记忆的底片上拓上它的印记。

我用食指和拇指紧紧地捏住印着这幅版画的书页，这时候，
塞维奇神甫突然一把从我手中夺走了那本书。我抬起头来，并非
望向神甫，而是望向父亲和母亲，他们刚才只是短暂地离开，如
今按照计划好的时间回来了。塞维奇神甫与我望着同样的方向，
一心想要那本小书藏回原处，所以他没能发现我指间松松捏着的
那片薄薄的书页。我立刻把它藏在两腿之间。总而言之，他对这
个小意外始终只字未提。当时的我也无法想象，世界上怎么可能

会有一种力量，能够觉察到这厚重得不可思议，由众多书页组成
的书本中缺少了一页。显然，我的小动作逃过了塞维奇神甫的眼
睛，那双眼睛再次变得如石膏面具一般呆滞、毫无神采。

神甫又坐了一阵子便告辞了。我出神地望着他在我家的门厅
里整理行装，披上他的斗篷，戴好那顶大帽子，用手杖支撑起
庞大的身躯。临行前，他邀请我们一家到那个古老的国度去拜
访他，我们也许下承诺，如果恰好前去旅行的话，一定登门看
望。母亲把我领到自己身边，父亲为神父打开了门。那个下午
本是阳光明媚，可眼下迎接他的却是越来越肆虐的风和越来越
阴沉的天色。

又见塞维奇神甫

现在想来，从神父的祷告书中偷来的那幅木版画无法为我提
供我希望的解决方法。我原以为它能启发我的灵感，提供些许道
德上的力量，但不久便发现，这幅叫人毛骨悚然的圣像画对外人
不提供任何庇佑。之所以未在当时发现这种圣像画具有这样隐秘
的性质，是因为我深信它能教给我某种世俗知识，而且沉溺于
这个信仰不可自拔——也就是说，我该怎样做，才能给那寺院
里无脸男子画上一副真正面带恐惧的表情。然而，我没能获得
这样的知识，只得任由画中人维持着未完成的状态：留下一片
荒谬的空白，无法在其中填上那对幕后暴行的极度恐惧。但是这
幅画，我指的是祈祷书里的那幅，对我来说的确具有另一种不可
思议的意义。

我与塞维奇神甫之间形成了一种心灵上的默契，因此我总不

自觉地感到他有某种神秘之处。在我的心目中，很快就将他与某一种不甚明晰的叙述联系在一起，也许是未经雕琢的故事，也许是史诗，甚至是宇宙级别的史诗。毫无疑问，他身上笼罩着传奇般的光环，一种沉默的、不可思议的传奇。我下定决心，要密切留意他将来的行动。借助于我从他的祈祷书中撕下的那一页单薄的纸张，这看似艰巨的任务变得轻而易举起来。

我从母亲那儿借来包装纸，作为保护层，将那张书页包裹起来，并且随身携带着。很快，我的方法便见了成效，但与我在心灵感应上花费的大量精力相比，效果只能算差强人意。起初得到的画面很模糊，呈现的场景很快便消散了或变得支离破碎，甚至看上去毫无意义。其中包括塞维奇神甫拜访另一个家庭的经过，在那个阴郁的小插曲中，这位面色不佳的神甫似乎苍白到近乎半透明的程度。

还有更加糟糕的画面：其中一些几乎看不出任何形象，或者只是一团人形的迷雾。不过，当塞维奇神甫独处或只有一个外人在场时，情况便有了显著的改善。例如，他与奥恩神甫的一段冗长的谈话就完整地呈现了出来，只是看上去像是在光线不佳的场景拍摄的录影，画面中的事物呈现一种诡异的青灰色。而且，由于在我通过心灵感应看到的画面里，会面是在死一般的寂静中进行，仿佛两位神甫在演哑剧似的。

在各种各样的场合中，塞维奇神甫总是举止合宜，作为一位来自异国教区的访客，堪称完美。而且自与我和我的父母那次短暂而意义重大的会面之后，再没有做出任何可能引发非议的举动。可能唯一打破这种印象的时刻是在他个人的绝对隐私时间里，那时塞维奇神甫真的像某些神话传说中的角色的化身。在万籁俱寂的深夜，当人们全都陷入沉睡之中，神甫会离开他那朴素而舒适的床，在面对窗户的桌前坐下，聚精会神地阅读一本书。他逐页翻动着书本，时常停下来，默念书上一些奇怪的段落。不过，这些句子组成了他本人的神秘传记，是一本真正不可言说之事的编年史。他用一种绝迹的语言默念着秘咒，从那不断翕动着的嘴唇的形状，和舌头在两排整齐牙齿之间飞快弹动的样子，几乎能够描绘出这个异国客错综复杂的人生阅历。

他人生命最深处的细节是那样陌生：难以置信的开端，精细得叫人无从想象的发展，那一段长度不详的岁月到来之前，早有数不清的世代在为其中的各种现象做出语言，做好准备。塞维奇神甫在分配给自己的时间里忍受的许多痛苦，已经能够从他的面孔上看出来。但他的五官中仍有一些尚待揭示的东西，那是放在桌上的发光的灯，加上可见宇宙中每个星座的光，正在努力照亮的东西。

塞维奇神甫回到他的家乡后，我再也感应不到他的行踪，很快我也回到了惯常的生活中。那个疲惫而徒劳的夏天过去后，新学期开始了，秋季那令人压抑的神秘感再次扑面而来。但我没有彻底忘掉与塞维奇神甫的那次冒险。到了深秋时节，我们开始拿着粗粗的橙色蜡笔，用那钝得无可救药的笔尖画南瓜，还用钝剪刀从毫无形状的黑色材料中剪出黑猫的模样。我感到一股无法抑制的创作冲动，便用手中的纸和剪刀剪出一个人形轮廓。这件手工作品比例合宜，甚至得到教我们艺术课的修女的称赞。可是当我小心地为它剪出一个小小白领子，又粗略剪出一张惊叫的嘴后——我触怒了某些人，受到了惩罚。不必在意在这件事和随后发生的事情之间是否有一个愉快的因果关系，不久之后，这个学期对我而言便成为一个缠绵病榻的多事之秋。在那段时间里，我的生活完全乱了套。我发着高烧，躺了三天三夜，可正是在此期间，我那神奇的感应远涉重洋，重新跟上了塞维奇神甫出人意表的行踪。

老神甫戴着帽子，披着斗篷，拄着手杖，独自一人走在某个古老的乡村小镇上。他顶着夜色，沿狭窄的街道蹒跚而行，脚步相当轻快。这是一幕童话般的景象，即使是最多情的中世纪传说插画家也无法描绘得如此恰如其分。幸运的是，这个小镇本身——蜿蜒的小巷，街灯变形的灯光，层层叠叠融为一体的高耸的尖顶，仿佛此处独有的一片扁月亮——不需要在这本回忆录中多费笔墨进行描述。小镇没有透露名字与地点，也就无法称呼，所以需要某种指定的名称，或者说是官方头衔，不管那名字可能错得多离谱。在这世上所有地名中，只有一个看上去还算合适，尽管理由荒诞不经。那是一个古老的名字，在经历了这么多年之后，看来仍和过去一样合适，也一样可笑。那名字荒唐得难以启齿，所以我就不提了。

接下来，塞维奇神甫消失在两座黑房子之间的夹缝中，夹缝通往一条坑坑洼洼的小路，两侧是低矮的围墙。他几乎完全行走在黑暗中，直到小路豁然开朗，来到一小块被高墙包围的场院，院子中心点着一盏暗淡的灯。他停下脚步，让自己的呼吸平复下来。他抬起头仰望夜空，似乎在依据天上星辰的排列调校自己的路线。在昏黄的灯光下，能够看见他脸上流淌的汗珠在闪闪发光。在那高墙之上悬着、晃动着的黑暗中有一个入口。老神甫穿过这扇可疑的大门，继续在这个古老小镇最黑暗、最偏僻的地方蹒跚而行。

这时，他正走下一段石阶，石阶延伸到小镇的街道下面。然后，一条很短的隧道把他引上了另一段台阶，台阶以螺旋状朝地底那纯然的黑暗中钻下去。轻车熟路的神甫最后突然从不知何处的黑暗中冒了出来，赫然置身于一个巨大的圆形房间内。这地方就像陷入镇子地下的一座塔楼，它径直向上拔高，高得出奇。在塔的上端，一盏盏灯光如星辰般闪烁不定，星光彼此交织穿梭，形成一片毫无形状的光网。

塞维奇神甫站在这座地底建筑的中心。一层层平台向上延伸，每一层都挨着一道闪闪发光的金黄色金属制成的栏杆，每一层都是环绕着这个内部的圆周筑成。这些平台向上延伸，遵循透视学原理收缩成越来越小、越来越扁的圆，终于在某个点模糊成一团，消失在上空盘旋着的阴影中。而且，每一层平台都有许多间距相等的入口，这些入口都是黑的，门口没有任何防卫设施，门里是什么，也毫无提示。但可以推测，如果这是神甫所说的图书馆，如果他从袍子里拿出的那本书，以及类似的那些书果真保存在这里，那些细长的入口一定是通往这座雅典娜神庙般巨大的档案室，也就是说，这是一座面积与复杂程度都无法估量的书的蜂巢。神甫朝周遭的阴影张望着，似乎期待着负责人出现，期待着受托管理这个机构的人。这时候，其中一片暗影，也是最大、最接近神甫的一片影子转过身来……三位管理员便站在了他的面前。

这三个人似乎长着相同的面孔，一眼看去都是漫画式的平静。他们的穿着与神甫本人相仿，眼睛又大又宁静。神甫把书递给中间的人，那人伸出一只手——那手白得如同不带一丝瑕疵的白手套——接了过来，然后他将另一只手平放在书的封面上，接着，左边的人伸出一只手，放在那第一只手上，然后是第三个人的第三只手盖了上来，那柔软的白色手掌和长长的手指遮住了下方的一切。三个人的手就这样叠在一起，静静地待了一段时间，仿佛有一种难以置信的微妙的力量在无形中发生迁移，有什么正在被给予，同时也被接受。三个人的头缓缓地转向彼此，同时，在这个满溢着地下世界漫散星光的空间里，气氛发生了变化。如果一定要给这种新的气氛命名，并指出它有何外在的呈现，也许你会注意到，那三位管理员的大眼睛里浮现出一种眼神，那是确凿无疑的厌恶和隐隐的轻蔑。

他们把手从书上移开，再一次把手放在看不见的地方。接着，看护人把目光转向了神甫，他已经从这些愤怒的黑影移开了几步。神甫开始转过身去，背对他们的时候，几乎就在他转身的中途，他似乎突然呆住了，就像一个听到自己的名字在一个离家很远的陌生地方被人呼喊的人。这尊雕像摆出刚要迈出脚步，却被阻止的姿势，它的脸就像纪念碑上的石头一样僵硬而苍白，不过这样的姿势并未维持太久。不一会儿，他那双高及脚踝的黑靴子便开始腾空而起，在坚实的地面上方踢腾起来。当神甫升得更高，完全进入无依无靠，空虚的半空中，手中的手杖也松开来，掉落在高塔那巨大的空旷的地面，看起来就像一根小树枝，甚至一支铅笔那般毫不起眼。很快，神甫把自己裹在斗篷形成的黑茧里，开始在空中翻滚扑打，像一个不得安眠的人。他的宽檐帽也跟着掉下来，帽顶朝上，落在手杖旁边。突然，斗篷被撕开了，却不是被那颤抖的神甫自己撕开的。在高处，在那数不清多少层的平台上，还有别的东西和他在一起，也许是很多看不见的东西在撕扯他的衣服，撕扯他一绺一绺稀疏的头发，撕扯他紧握在一起的手指。他将双手交叉，按着自己的额头，似乎在绝望地祈祷。最后被撕裂的是他的脸。

眼下，神甫便不过是在黑暗高塔的高处翻腾的一个黑点，很快便什么都不是了。下方那三个人影已经朝暗影中的庇护所逃匿而去，那间大屋子恢复了先前的空寂。然后，一切都黑了下来。

又过了几天，我的高烧越发严重了，然后突然在一天晚上，烧退了。我被烧得精神恍惚，有气无力地躺在床上，身上盖着一层又一层沉甸甸的毯子。母亲负责照料我，她会根据我的病况给我增减毯子。就在几分钟前——又或者是几千年——她以为我真的睡着了，便离开了我的房间。我连半分睡意也没有，但同样绝对不处于正常的清醒状态。月光透过窗户照进来，那是房间里唯一的亮光。我半睁着眼睛，凝视着这道光，心里总怀疑它有些怪异。最后我才注意到，房间里所有的窗帘都是拉上的，那落在我床脚的苍白的光其实是一团不自然的磷光，不知是来自地狱还是天堂的光环，那是自塞维奇神甫的身影周围散发出来的。

我满心疑惑地向他打招呼，努力想要从枕头上抬起头来，最终还是无力地仰了回去。他没有意识到我的存在，在那一刻，我以为——高烧带来的可怕的恍惚尚未退去——自己才是幽灵，而他不是。为了更清楚地看清眼前的神甫，我用尽全力，终于将压了铅块一般沉重的眼皮睁开来。作为对这番努力的回报，我的肉眼与心灵之眼以最敏锐的方式，见证了那张幽灵面孔上不露痕迹的庄严。那一刻时间的流逝无法以世俗的方法来衡量，我知晓了这位到访者生命历程中的每一个细节，每一条主线和每一件琐碎之事，以及以创造这张极度可怕的面容而达到顶点的命运。这张脸上的表情因为见到不可思议的恐怖之事而凝固，僵化为一尊可怕的石像。与此同时，我感到自己同样能够看到这迷失的灵魂曾经看到的东西。

就在这时，如同一颗黑暗虚空中的行星用尽全力转动自己庞大的身躯一般，这张脸也在支撑它的可怕的轴上转了过来，不过它对我的存在似乎依旧毫无觉察。然后它说话了，仿佛只是对它自己，也对它的孤寂的毁灭说道：

未能完好如初地交还，违反了那本书的法则。违反了……那本书的……法则。

幽灵的音调高亢，发音古怪，最后音节几乎刚刚吐出，它便发生了变化。我眼睁睁地看着它像被扔进火中一般皱缩起来，但丝毫没有痛苦的迹象。那团皱起来的东西很快便化为了虚无，仿佛某种无形的力量突然决定放弃努力，将一张失败的练习纸揉成一团，扔到一旁，抛诸脑后。在那只看不见的野蛮之手的帮助下，在那一刻，我在一个路口，一个偶然的路口，发觉了自己的目的。但我不会蔑视自己见到的一切。我奇迹般地康复了。我将所有绘画材料收集起来，在那天晚上剩下的时间里，将看到的幻象记录在案。我终于获得了自己想要的那张脸。

附言

那一夜过去之后不久我便去了教区的教堂。因为这个举动完全是自发的，我的父母自然可能把它理解为某些事件即将发生的前兆，毫无疑问他们也的确是这样做的。可实际上，我此行的目的不过是为了从精致的金属水池中收集一小瓶圣水而已。那水池就放在教堂门口，供教众自行取用。尽管心中对父母有几分歉疚，但这次我依旧没有真正走进教堂。拿到蒙受上帝恩宠的液体后，我赶紧跑回家，第一时间从梳妆台的抽屉底部找出从塞维奇神甫的书中撕下的那一页。我将两件物品——祈祷书的书页和一瓶圣水——带到楼上的浴室。我锁上房门，把那片娇嫩的纸张放在浴室的水槽里，盯着那奇妙的木版画看了一会儿。我心下暗想，也许有一天，我能够为自己的破坏行为做出补偿，比如将自己的一些东西赠送给那个古老国度的某个藏宝库。可随即我便想起塞维奇神甫的遭遇，整件事便被我抛诸脑后了。我拿起那没有瓶塞的瓶子，将圣水朝水池里那珍贵的书页洒下去。有那么一会儿，它发出"咝咝"的声响，仿佛被泼了一剂强酸似的，还散发出一种不算难闻的雾气，散发着神秘的否定与特权的气息。最后，它完全融化了。这时我便知道，游戏结束了，梦也结束了。在水槽上方的镜子里，我见到了自己的脸，带着心满意足的微笑。

普拉尔小姐

那是一个春天，春寒料峭的时节，一个年轻女人住进了我家里。我母亲身患几种说不清道不明的疾病，病虽不重，但总缠绵不去，我的父亲又出差在外，因此她前来替我们打理家务。那是一个特别的年份，她到来的时候，正是年头的几个月里常会出现的雾气蒙蒙，细雨淅沥的日子，在我的记忆中，也是这一非凡时期的标志。由于母亲卧病在床，父亲又不在家，所以当我听到大门上响起急迫的拍打声，便只能自己前去应门。那声音在宅子里的每个房间中回荡不止，就连楼上最偏远的角落也不例外。

我拉住弯曲的金属门把手——在我这双小孩子的手中，它显得如此巨大——打开门，看见她背对着我站在那儿，凝视着昏暗的雾气。她的黑发在前厅透出的灯光下闪闪发亮。她缓缓地转过身来，我的眼睛却一直盯着那块精心折叠，包裹着头发的黑色大头巾，可是从某种意义上来说，它却又不服规矩，放任许多闪亮的发丝挣脱束缚，随意地冲出包围。说真的，她第一次低头看着我的时候，是透过一绺乱蓬蓬的，蒙着雾气的发卷儿。她说："我叫……"

我说："我知道。"

不过，在那一刻我对她的名字并不是很了解——尽管父亲孜孜不倦地反复对我念叨过——反而从她本人身上感觉到一种意料之外的关联。因为即便进了屋，她也会微微扭过头去，透过敞开的门，注视着屋外的暴风雨，并且怀着热切的期待倾听着什么。在那时，这个陌生人已经透过世间各式各样的脸庞和纷繁的现象，找到了确定的方向。准确地说，她找到的那个地方很幽僻，位于那个春日下午特殊氛围的深处。那天下午，春天的自然姿态似乎遭到来自另一个世界的孤绝的阻隔和压制——在光秃秃的，几乎是一片寒冬景象的大地上方，黑云沉沉地压在半空，密布的乌云中藏着一种火热的华美。她倾听的声音也显得遥远而沉闷，阴郁而沉默的暮色将它驱赶，那片灰蒙蒙的天空之塔又将它覆盖。

在那些被阴暗禁锢的日子里，普拉尔小姐表现出种种确凿无疑的迹象和怪癖，但她在我家里的位置仍然飘忽不定。

她在刚刚到来的那段日子里，总是只听其声，不见其人。为了完成工作——有时是别人吩咐她做的，有时是她自己觉得该做的——她很快就开始来回穿梭在许多房间和走廊里，激起回荡的声响。她的脚步踏响了破旧的地板，那声音几乎从不停顿。日日夜夜，这轻轻的啪嗒声将这位细心管家飘忽的行踪标记得一清二楚。早上，我听着普拉尔小姐的动静醒来，那声音若不是在我的卧室上层，就是在下层。下午，我从学校回家后常去图书室，这时便会听到她的鞋底"咯噔咯噔"地踏在隔壁房间的镶木地板上。即使是在深夜，当老房子里各种细微的噪声此起彼伏，合奏出一支噪音赋格曲时，普拉尔也会在楼梯上或我的房门外缓缓踱步，给这幽幽的合奏增加一个音符。

有一次，虽然没有被噪音惊扰，我却在半夜时分醒了过来。也不知道为什么，我就是无法闭上眼睛，接着睡觉。最后，我溜下床，悄悄将卧室的门打开了几寸宽，朝黑暗的走廊望去。在长长的过道的尽头有一扇窗，窗口洒满了青灰色的月光，窗前伫立着普拉尔小姐的身影，她整个人都藏在暗处，成为一道与她的黑发同样漆黑的轮廓。那一刻，她的黑发被高高盘起，犹如肆意开放的夜来香。她目不转睛地盯着窗外，似乎并未觉察到我的偷窥。而我却再也无法对她存在的力量视而不见。

第二天，我开始画起速写来。这些画最初以涂鸦的形式出现在学校课本的空白处，但是很快，画幅越来越大，主题囊括的范围也越来越广，似乎雄心勃勃地想要画出一个系列。我精心描绘的画面中并未明显出现普拉尔小姐的形象，也没有任何有类似的象征或可能令人产生联想的人物，不过既然一切创作都有其神秘之处，我并未为此感到十分惊讶。相反，我的画描绘的似乎是一个传说中的古怪而残酷的王国。在好奇心和幻象的驱使下，我描摹了一个云雾缭绕的荒凉世界，浓雾深处浮现出许多叫人难以置信的建筑，并且都以某种方式被扭曲成奇特而粗野的模样。在这片迷蒙的云雾中诞生了一座座高堂广厦，集城堡和墓穴的特点于一身，如宫殿般耸立着多重尖顶，又如陵墓般建有层层密室。其中也有许多矮小的房子，作为高楼扭曲的附属品，有时只是一个房间，有时是一间岌岌可危的歪斜的公寓，有时也可能是为最孤高的囚犯准备的私密地牢。在创作这些幻想中的场所时，我没能表现出任何天赋：我的绘画技巧与画作的主题一般粗野。除此之外，我还听到一种声音，这些画面便是这声音精当的呈现，那声音与画面不可分割，与这些歌剧舞台布景般的画面相辅相成，可是我无法将与那声音有关的任何暗示引入这些令人恐怖的画面中。事实上，我甚至无法清晰地想象出这些声音。可是我知道，它们属于这些画，而且，就与这些作品中纯粹可见的画面一样，这声音的来源可以在普拉尔小姐身上找到。

虽然我从未打算将这些速写拿给她看，但是有证据表明，她一直在偷偷欣赏它们。有时我会随意将画摆放在卧室的书桌上，我向来不对自己的作品藏藏掖掖。可是，我渐渐开始怀疑，当我不在房间里的时候，有人将画的顺序打乱了。我隐隐感到它们被弄乱了，只是这感觉微妙而飘忽，让我不敢确定。终于，在一个阴沉的下午，我从学校回到家中，发现普拉尔小姐查看画作的确凿证据。一根长长的黑发，如同夹在一本旧剪贴簿里的纪念品一般，躺在我的两幅画作之间。

我想立即质问普拉尔小姐为何擅自进入我的房间，并非因为我对此有任何不满，而是想抓住这个机会接近这个乖僻古怪的人，或者说，想接近她给我的家带来的怪现象和怪声音。然而，到我家工作这么长时间后，她的行踪已不再像从前那样容易掌握，因为她不再没完没了地走动，发出响动，反而开始做一些久坐不动或是偷偷摸摸的活儿。

我在家中别处都没有找到她，便直接跑去为她准备的房间，从前我可是将那儿当作她的私室一般，不敢冒犯的。可是，我磨磨蹭蹭地走到敞开的门口，却发现她不在房间里。我进屋四处搜寻了一番，这才明白过来：她根本不用这个房间，甚至从未在此落过脚。我转过身打算继续寻找普拉尔小姐，却见她静静地站在门口。她朝房间里面看过来，眼神却并非盯着房里的任何物件，也没有盯着我。尽管如此，我的行为看上去仍旧应该受到惩罚，因此我也就失去了先前的优势，无法谴责这个入侵者闯入我的私人领地的过错了。不过，虽然我们各自对两次过错的实质心知肚明，却都没有说出口，反而无奈地陷入了无言的责备和疑虑的深渊。最后还是普拉尔小姐拯救了我们，她宣布了一项决定——显然是专门用在这种尴尬的时刻宣布的。

"我和你母亲谈过了，"她强硬地说，"我们得出的结论是，我应该帮你辅导你学得较差的学科。"

我想我应该是点了点头,或是做出其他表示赞同的动作。"很好,"她说,"我们明天开始。"

说完她便平静地离开了,只剩下这句话在那间空无一人的房间里回荡———空无一人,我想用这个词,因为我自身的存在似乎已经被淹没在普拉尔小姐那膨大的阴影中。不过,事实证明,接下来的课外辅导确实意义非凡,它帮助我找到了自己学识上的薄弱之处:说宽泛些,是对普拉尔小姐缺乏了解,说详细些,是不知道她在我家的什么地方找到安身之处。

辅导功课的地方是普拉尔小姐选的,她认为那儿特别合适,虽然得出这个推论的原因并不是那么显而易见。她选择的地点是一间小阁楼,在我家宅子后部的屋顶下方。那个房间有着倾斜的天花板,上面露着一根根腐朽的横梁,如同一艘敞着肋材的古老海船,不知要把我们带往何处。不同方向的气流从歪斜变形的窗框钻进来,将一扇多窗格的窗户吹得不时发出轻微的嘎嘎声,一股股冷风绕着我们身边打转。我学习时的照明靠的是午间阴郁的天光,那光亮从窗户中透进来后更是黯淡了好几分。好在还有一盏旧油灯作为补充,普拉尔小姐早将它挂在阁楼中一条椽条的钉子上。(不知她是从哪儿把这个古董挖掘出来的,这叫我颇为好奇。)靠着那点油腻的灯光,我瞥见一个角落里堆着一堆古旧的破布,凑合着充当床具,而且旁边放着普拉尔小姐来时携带的行李箱。

房间里唯一的家具是一个矮饭桌,给我当课桌用,还有一把随时可能散架的椅子,它们都是我孩童时期用过的,毫无疑问,是我的老师在我家寻寻觅觅的过程中重新发掘的。我坐在房间的中间,忍受着周遭物件散发着的带霉味儿的哀伤。"在这样的房间里，"普拉尔宣称，"一个人才可能学到至关重要的知识。"所以我总是洗耳恭听，她则踏着重重的脚步，挥舞着一根没有黑板可指的长教棒，来回走动。不过，总的来说，她的确教给我许多了不起的知识。

在此我不打算逐字逐句地重现她课上的言辞，只是记得普拉尔特别关心我在历史和地理学科方面的进步，偶尔也会涉及哲学和科学领域。她凭着记忆，讲起课来滔滔不绝，其中有许多事实都是我接受的常规教育从未涉及过的。不过，这些知识如同她在那间阁楼冰冷地板上的脚步一样散漫无序，起初我必须竭尽全力才能跟着她从一点跃到另一点，并且总是累得气喘吁吁。最后，我终于从她杂乱无章的教学大纲中提取出一些主题。例如，她一再回溯到人类生命最初的颤动，描述一个受到唯一原始规律统领的世界，有趣的是，这个世界通过"本能训练"，同时也得到了发展。她承认以这样的方式得出的结论仅为推测。往后在进行探讨时，她开始遵从公认史实的限制，同时也享受这些明晰记载带来的好处。久而久之，我对以下种种知识变得了若指掌：一位古老波斯君主如何获得暴君的名号；在巴西的一个偏远地区，一场大屠杀如何持续长达一个世纪之久；那些在历史中常被视为边缘群体的人是如何受到惩戒的，具体的方式是什么。有时，普拉尔小姐会一边将教棍如画家的画笔一般挥舞，一边向我介绍一些自然条件严酷的不毛之地，那些地方地形崎岖严峻，天地混沌不清，其中有极地海洋中雾气缭绕的荒凉岛屿，有寸草不生，被永不停息的狂风撕扯的山巅之国，有广袤到足以将所有现实意识吞噬的荒地，有散布着衰败城市的阴暗大地，还有酷热的地狱丛林，那儿的光线中带着一种淡淡的蓝色黏液。

　　这些课程是如此新颖，引人入胜，可是有时候也会因重复而变得乏味。我在那袖珍版的椅子上坐立不安，头也朝着袖珍版书桌耷拉下去。这时候，她突然噤了声，向我走过来，把教棍的橡皮头搭在我的肩上。我抬头一看，只见那双眼睛正瞪着我，阁楼中的光线如同一团发光的蒸汽般惨淡，那束黑色的头发在其中显得轮廓分明。

　　"在这样的房间里，"她低语道，"一个人同样应该懂得如何表现。"

　　然后，普拉尔小姐擦着我的脖子收回了教棍。她走到窗前。屋外弥漫着春日的浓雾，它遮天蔽日，使一切都显得如此遥远和虚幻，仿佛是透过一些阴暗的冰层往外看。就连普拉尔小姐的身影也变得朦胧起来。她眺望着那被阴影束缚的世界，似乎还在聆听着什么。

　　"你知道什么东西的声音能够刺痛空气吗？"她问我，并拿着教棍轻轻在自己身上敲了敲。

　　我明白她的意思，点头表示赞同。可是，我脑海中想象的可不仅仅是老师的软鞭落在学生身上的声音。这间寂静的教室里出现了更为严肃和古怪的声音。那是从远处传来的，被午后阴雨的淅沥声所掩盖的声音：硕大的利刃扫过广袤的空间；展开的翼翅从寒风中划过；长鞭在黑暗中抽打。我还听到一些令人费解的声音在"刺痛空气"。这些声音越来越响，最后，普拉尔小姐扔下教棍，用手捂住了耳朵。

　　"今天就上到这里。"她喊道。

　　第二天她还是没有给我上课，从那之后，她便不再辅导我了。

然而，普拉尔小姐似乎只是换了一种形式继续为我讲课。在阁楼中度过的那些下午一定把我心中的某样东西给耗尽了，所以有那么一段时间，我一直卧床休养。与此同时，我发现普拉尔小姐也日渐衰弱下去，这使得我们之间本已存在的无形感应变得更为深厚，也更加纠缠不清了。可以说，我的日渐衰弱是紧随在她之后，就像我那由于疾病而变得敏锐的听力总是追踪着她在宅子里不断徘徊时踏响的脚步声。普拉尔小姐又像过去那样来回走动，不知怎么地，她好像就是无法停下来。

她来我房间的次数越来越多，并且总是那么突然。我看得出，她的容貌和精神都在溃散。如今她的黑发散乱地披在肩上，可怕地纽结在一起，就像一团梦魇织成的黑色纱网，那肮脏的巢穴中爬满了她心中的疑虑。令人惊讶的还有，她与严格的世俗秩序之间的关联衰退得厉害，我与她的关系亲密得岌岌可危，因为涉及一个性质非常可疑的领域。

一天，我从午睡中醒来，发现那些受普拉尔小姐启发所创作的画作被撕成了碎片，在房间里四处散落着。可是，这原始的驱魔方法没有起到效果，因为就在那一天深夜，我发现她坐在我的床上，靠在我身边，头发擦着我的脸。"给我讲讲那些声音，"她要求道，"你这样做是为了吓唬我，是吗？"我一度以为她已经溜之大吉，割断了我们之间非同寻常的关联，我的身体状况也因此日渐恢复。可是，就在我即将完全康复时，普拉尔小姐回来了。

"我看你现在好多了，"她走进我的房间，用努力装出来的轻快语气说，"你今天可以穿上衣服了。我得去买点东西，希望你能跟我一起去，顺便帮帮我。"

我本可以抗议，说在这样的天气出门会使我旧病复发，因为外面等待着我们的是春季特有的，漫山遍野的湿气和浓雾。朝卧室的窗外看去，什么也看不见。但普拉尔小姐已经与有益健康的现实世界脱离，流露出被催眠般的、斩钉截铁的决心，叫我无法抗拒。

"至于这雾，"尽管我并没有提，她却解释道，"我想我们能找到路的。"

还是孩子的我，怀着对难以预测的不幸遭遇一筹莫展的心情，跟着普拉尔小姐走进了雾蒙蒙的田野。仅仅走出几步，我们就看不见那栋宅子，甚至脚下的地面也被一层层苍白的漂浮的网淹没了。但她拉着我的手大步向前走，仿佛受到某种幻象的指引一般。

正是通过她抓住我的手，这个幻象导入了我的心中，使我们两人走上了一条陌生的道路。越是往前走，我越是能够辨认出周遭渐渐浮现的形状——一片乌黑的轮廓在浓雾中渐渐隐现，仿佛雾气已经无法继续限制它们的生长。

我紧紧抓住普拉尔小姐的手——她的手似乎渐渐失去了力量，没有了实体——幻象骤然变得清晰。如同从深渊中浮现出来的庞然大物一般，一个阴森可怖的世界冲破雾气的表面，赫然出现在我们眼前。

这些建筑比我画在纸上的单纯的想象更为广阔、复杂，它们冲将出来，像一簇没有花纹的结晶体聚合在一起，又像是一片雾气弥漫的墓地中竖立着许多棱角分明的多面墓碑。这真是一个死气沉沉的城市，所有居民都被埋在城墙之内——或早已不存在。许多街道从混乱的建筑中穿过，在倾斜的建筑当中蜿蜒钻行，但它整体上却保持着内在的统一，就像鬼斧神工的山峰和峡谷组成山脉，像雨季应当响起密集而巨大的雷鸣。这些结构的起伏的动感中隐伏着一场风暴的本质，就像一场定格在空中或引而不发的烟花，疑虑与猜测是它的火药，意味着可能存在一个残酷的国度——一个盘旋于雾霭和乌云沉沉的天空之上的无垠国度。

即便在这里，仍有某种模糊不清的东西，类似于暗中举行的仪式带来的感觉。这种特殊的感觉由一些声音引起，比如在黑暗密室或无光的长长走廊中抽响鞭子时传出来的沉闷而嘈杂的回声。通过寂静的雾气，它们渐渐扩散开来。

"你听见了吗？"普拉尔小姐问道，尽管那些声音已经相当响亮，到了刺耳的程度，"那儿有一些我们看不见的房间，声音就是从其中发出来的。刺痛空气的声音。"

她的双眼似乎被她提到的这些房间的景致迷住了，头发也沾染了周遭的雾气。最后，她松开我的手，独自恍恍惚惚地往前走。她没有挣扎，她早已知道在自己徘徊之处的背景中隐约出现的，等待着她靠拢的是什么。或许她以为能够将它传给别人，或者借此获得他们的陪伴。但她的伙伴，她真正的伙伴，早已在别处为她的到来做准备。尽管如此，她已经赐予我殊荣，将我当作她幻象的继承者。

雾气将她罩住了，而且变得越来越浓，不一会儿，一切都消失在雾中。过了一会儿，我终于看清自己所在的地方，原来就在离家几个街区外的一条大街中央。

普拉尔小姐失踪后不久，我们恢复了正常的生活：患上假性疾病的母亲彻底恢复健康，父亲也结束出差，回家了。那雇来操持家务的姑娘似乎没有事先通知就离开了，这件事并未使母亲感到多么意外。"真是个没长性的家伙。"她这样评价我们那位前管家。

我赞成对普拉尔小姐的这句评价，但没有提供任何可能暗示

她为何离开的信息。事实上，我根本没办法把事情的来龙去脉说
清楚。我也不想将她在阁楼房间里留下的东西告诉大人，那只会
令这件事平添神秘感。对我而言，那个房间是如此冷森而阴郁。
多年来，我在这个通风良好的地方旧地重游了许多次。特别是在
早春的下午，当我无法对某些声音充耳不闻的时候。这些声音从
苍灰色的薄雾之外或下着淅沥小雨的天空传到我的耳边，就像在
一个被遗忘的黑暗世界中，那些缥缈的灵魂在抽打着什么。

我们名字的声音

世界最深处的阴影

在真正的怪事发生之前，这个季节已明显是带着某种狂热的意图倏忽而至了。至少在我们——不论我们是住在镇上，还是住在镇子边界之外——看来是这样。（马布尔先生在小镇和乡村之间往来穿行，早已开始留意季节轮换的征兆，造诣也比我们高深得多，他披露了一些预言，只是当时没有人相信而已。）几乎家家户户都挂着日历，下方是各月的天数，按月份配着照片，照片上充分展现了这个季节该有的光景：一捆捆硬脆的棕色玉米秆立在新近割完的庄稼地里，背后是一栋狭窄的房子，宽大的粮仓，天空辽远明净，风光的边缘是嬉闹、摆动着的火红的树叶。可是，有一种黑暗的，深不可测的东西，总是能够在这类照片的平淡之美中找到立足之地。它总是静静地潜藏在那儿，但我们却总能知道这种缠绕交织的存在。正是这一存在陷入了危机，或者说，可能被在我们梦中那微弱而模糊的呼喊悄悄唤醒。空中开始弥漫着一种苦涩的味道，就像甘甜的葡萄酒酸化后的醋味，镇上和镇外的树林渲染出歇斯底里般的璀璨：一条条道路旁尽是肆意生长的曼陀罗、漆树、在路边弯曲的栅栏后点着头的高高的向日葵。就连寒夜的星星好像也沾染了俗世的激越，显得兴奋异常。最终，在一片沐浴着月华的田野上，还剩下一个稻草人，看守着那片早已收割过，但没有变冷的土地。

那块地毗邻小镇的边缘，许多人透过自家的窗户就能够看到它的全貌。那块地很大，被一些歪斜的篱笆桩围住，上方是一轮明亮的圆月，除了玉米秆耸起的轮廓和静谧的夜色中一动不动的人形之外，一切都显得井然有序。那人影的头耷拉着，仿佛塞满稻草的身体陷入了一场奇怪的昏睡，手臂懒洋洋地伸展着，看姿势仿佛是飞翔前的准备动作，叫人感到不可思议。有那么一会儿，似乎吹过一阵风来，拍打着那身修补过的工装裤，还有破旧法兰绒衬衣的袖子。没错，那颗针线缝就的脑袋似乎在梦中点了几点，应该是被风吹的。但除此之外周遭再没有别的动静：玉米秆上僵硬的枯叶纹丝不动，远处林中的树木在清朗的夜色中静默不语。在这片被月光照耀着的死寂的田野上，似乎只有这一样东西在动。有些人声称，那个稻草人实际上朝着天空举起了胳膊，抬起了空荡荡的脸，仿佛朝天堂宣告自己的存在，还有人说，它像一个被绞死的人一样疯狂地踢着腿，踢了很长时间，最后才颓然停止，安静下来。我们发现，在那天晚上，镇上有许多人被人从床上唤醒，见证了这一令人费解的奇观。不论人人对那现象作何判断，后来它便再也不肯老老实实地待在人们脑海里，反而搅得所有人直到天亮都无法入眠。

第二天是个阴云密布的日子，我们禁不住去了那个引得谣言四起的地方。我们如朝圣者一般走到那片地里，仔细观察收割后留下的残迹，寻找预言的迹象。我们围着稻草人转来转去，仿佛它是一位用破衣烂衫将自己伪装起来的伟大神像，一个不合时令的神圣化身。但那片土地似乎不愿让我们发现些什么，我们在困惑中渐渐烦躁不安起来。（当然，马布尔先生是个例外。我们还记得，他的眼中闪动着知觉的光，可是他无法用我们能够理解的语言进行表达，哪怕是只言片语也不行。）天空隐藏在铅灰色的云层后面，我们失去了至关重要的阳光，它本来能够将昨夜朦胧的梦境彻底驱散。沿着农场的地界线修筑着一堵藤蔓盘绕的石墙，它和天空一样阴沉，一动不动的葡萄藤本身也与被它们缠绕的石头一样昏暗沉闷，仿佛由干涸的血管组成的怪异的网。但是这种精心策划的灰暗仅是景色的一方面而已，因为在这景致的周围是一片茂密的树林，它们的色彩是明亮活泼的，那些绚烂的树叶内部仿佛自带光源一般，或者说，它们与意图遮挡的阴影形成鲜明的对比。

见到这般光景，要消化心中对这片古怪田地的恐惧，无疑是难上加难。然而，在这诸多现象当中，最重要的还数这片已经收割过的土地，尤其是稻草人周围的那片地方，它在这个季节显得异常暖和。说得更形象些就是好像还能再收一茬儿似的。一些人坚持认为，空气中奇怪的嗡嗡声不是因为这儿的蝉特别多，而是从地下传出来的。

将近黄昏时，只剩下几个人还在地里徘徊，其中有一位老农正是这片突然间染上坏名声的土地的主人。他走到稻草人跟前，撕扯那个伪装者，我们与他有着同样的冲动。还有一些人也加入了破坏的行列，他们扯出一把把稻草，剥去稻草人的衣服，直到将里面的东西暴露出来，那是一幅叫人意想不到的怪异情景。

那玩意儿的骨架本来应该仅是两块交叉的木板。这是个常识，我们也向它的制造者进行了求证，他发誓自己没有使用其他材料。可是，摆在我们面前的却是一种截然不同的材质。它是一种黑色的物质，扭曲成人的形状，似乎是从地里长出来，然后如黑色真菌一般蔓延到木板上，将整个十字木架吞噬殆尽。它晃荡着两条如同被烧焦，或是萎缩了的黑色的腿；脑袋耷拉着，就像一袋灰烬落在那瘦弱的黑色身体上；细瘦的胳膊如同从一棵被闪电烧焦的树上伸出来的疙里疙瘩的枝条。这一切都由一根黑粗的杆支撑着，它从地里冒出来，像一只手伸进布袋玩偶中一样，伸到那假人身上。

那个阴郁的日子渐近尾声，天色暗了下来。它在暮色中不详地摆荡着，依旧吸引着我们的目光。它似乎由最黑暗的泥土组成，那地底极深处污浊的泥土，在那种地方，沃土已溃烂为一团黏糊的黑影。不多久，我们所有人都陷入了沉默，只顾目不转睛地凝视着幽深的黑暗，那黑暗似乎将我们的目光统统吸了进去。但不论看得多么仔细，暴露出来的也不过是一个人形的深渊而已。我们壮着胆子摸了摸那黑暗物质，发现了更大的秘密。碰它时几乎没有触感，只隐约感到碰到了什么，就像是触碰风或是水一般。它似乎没有蕴含多少实质，只有一些流动的火焰，但那火焰只是略带暖意，而且那些黑色的火焰纠缠在一起，呈现出腐烂水果一般熔融的质感。其中似乎有什么在流转，仿佛蜿蜒曲折的生命体在里面轻轻回旋。但是大家一碰之下纷纷后退，谁也无法忍受抓着它长时间不放。

"该死的，我不会让它在我的地里扎根的。"老农夫说罢便向谷仓走去。和我们所有人一样，他也使劲搓着刚刚碰过那委顿稻草人的手，似乎要搓出些什么来，某种看不见的东西。

他带着斧头、铁锹等等工具回来，打算将土里长出来的东西，那怪异的作物，连根拔起。这件事看上去很简单：黑色物质根部周围的地面软得出奇，而且对于农夫斧头那宽大的利刃而言，它那缥缈的质地几乎毫无抵抗能力。老人挥动斧头，试图像劈柴一样将那东西一分为二，可是竟然劈不穿它。斧刃砍进去后便被困住，仿佛陷进了一个黏糊的泥潭中。农夫抓住斧柄，好不容易才把斧头拔出来，但他立刻松开手，任由斧头掉在地上。"它在拉扯我，"他喃喃地说，"你们也听到那个声音了。"的确，那天一直在这儿萦绕的声音——就像无数昆虫在齐声大笑——的确在那东西被砍中时变得高亢而尖锐起来。

我们二话不说，赶紧挖起埋着那根黑色粗茎的泥土来。我们一直挖到夜幕降临，才不得不放弃。我们朝地下已经挖得很深了，可是仍未挖到那黑东西扎根之处。而且，我们的挖掘工作遭到一种不同寻常的力量的阻碍，就像一个人为了防止疾病传播，不得不狠心将自己患病的一部分身体切除似的。

那一夜，云朵在天空流连不去，遮住了月亮，我们压低嗓门，在黑暗中低声商量着对策，讨论如何将这不太尽如人意的活儿继续干下去。我们说话时全都像在窃窃私语，尽管没有一个人说得出为什么要这样做。

那是个无月的夜晚，巨大的阴影笼罩着大地，我们看不见老农的地和盘踞在地里的东西。然而，在那段黑暗的时间里，镇上的许多人家都在守夜。柔和的灯光透过挂着窗帘的窗户洒在每条街上，在这黑暗的、沙沙作响的秋季深处，我们整洁的木屋就像小巧的玩具房子一般。层层叠叠的屋顶上方悬挂着路灯的玻璃灯泡，像小小的月亮，嵌在榆树、橡树和枫树的繁茂的树叶中。即使在夜色中，透过树叶透出的亮光也显出在叶片内沸腾不已的绚烂色彩，那炽热的气氛并未随着时间流逝而褪色，一种色彩的瘟疫已经开始感染我们的梦境。这时，在我们的脑海中，这番盛况已经与城外的田地和在那里扎根的怪物联系在一起了。

在紧迫感的召唤下，我们回到了那儿，老农正在等着我们。黎明的寒光开始在远处的树林上方乍现。我们环顾铺满冰霜的大地，审视那遍地都是，而且被阴影笼罩着的玉米秆，想从它们之间的缝隙里寻找那东西。可是它已经消失了。"它回去了。"农夫对我们说，"钻进了地里，就像躲进壳里。别到那儿去。"他指着一个大坑的边缘，提醒我们。

我们聚集在洞口，朝深处望去。虽然天色已经大亮，我们却看不见到那黑洞的洞底。我们胡乱地猜测了一番，然后，有的人捡起了放在一旁的铁锹，拉开架势，打算大干一场，将这个大窟窿填满。"那没用。"农夫说。他找来一块大石头，把它直接扔进洞里。我们凑近洞口去听，可等了又等，只能听似乎从远处传来的"嗡嗡"的回声，就像看不见的许多虫子在窃窃私语。最后，我们用一些木板盖住了这个危险的坑，又在上面铺上一层软土，把这临时凑合的挡板也埋了起来。"也许到了春天会有变化。"有人说。但老农只是笑了笑："你是说泥土变暖的时候吗？你觉得这些树叶为什么不像正常树叶那样落下来？"

这件令人不安的事情过去不久之后，出现在梦中浅淡的影子和隐约的画面突然全面涌现出来。不过，它们并非全是梦境，也与刺激这些梦境出现的季节有着千丝万缕的关联。在睡梦中，我们被大地狂热的生命所吞噬，被抛入一个充满古怪的作物和变异体的烂熟而腐败的世界。我们来到一个幽暗而丰茂的地方，那儿弥漫着因熟透而变得绯红的空气，万物都挤出腐烂的皱纹，如同人类苍老斑驳的皮肤。这片土地的面貌和许多其他的面孔交织在一起，那些面孔都被邪恶的冲动所腐蚀。老树皮发黑的沟槽和枯叶的叶轮中浮现奇形怪状的表情，潮湿的犁沟里探出柔软畸形的五官，硬脆的茎秆和死去的种子表皮裂变成许多无耻的微笑。这一切组成了一张怪诞的面具，涂着浮躁的赤褐色——色彩中流淌着一种致命的烈度，丰富而生机盎然，使得万物都因为成熟而颤抖不已。

不过，这些明明白白的梦境中仍保留着一种幽灵似的东西。

它在阴影中游走，存在于物质世界当中，却不属于物质的世界。它同样不属于能够命名的其他世界，只有一个世界除外。那是在一个秋天的夜晚向我们暗示过其存在的世界，崎岖不平的田野沐浴在月光下，野蛮的灵体渗入万物之中，一头巨怪从潮湿的深壑和肥沃的阴影中钻出，它眼窝深陷，怀着怨毒之气号叫着飘升，向冰冷的虚空和苍白的月光展示自己的存在。

我们颤抖着在黑夜里醒来，一种感觉将我们淹没：另一种生命正在我们体内扎根，它要寄生在人类的躯壳中，显形于世——在每个人的梦中，自己的肉身都被它选为寄生的对象——它还邀请我们投入一场非凡的收获中。这时候，我们不得不抬头寻找月亮，寻求安慰。

当然，当我们见过许多令人不安的迹象，并进行探讨之后，发现这个梦并非局限于某一个人或一个家庭，而是整个镇的流行病，这才感到些许安慰。我们走在街上，在浓密的树荫下相遇，不再掩饰心中的不安。那些树都不愿抛下色彩艳丽的叶子，仿佛不愿脱下对这个古怪季节有着嘲弄意味的羽衣。我们都成了怪人，公开谈论离奇的想法和疑虑，至少在白天里，这种莽撞的行为是被允许的。

在我们当中，有位老朋友荣幸地在几星期前就预见了这场无妄之灾。以形迹古怪而闻名的马布尔先生，他在转着磨刀石在镇上到处转悠的时候——这是他的生计——提起他能够"从树叶中读到的东西"，仿佛那些摆动着的五颜六色的叶片是一本神秘书籍的书页，而他详细阅读过其上金色与血红色的象形文字。"瞧瞧它们，"他焦躁地对路人说，"就这样放任色彩流淌，它们的色彩早该流干了，可现在它们却组成了图案。在这些叶子里藏着某种东西，它要展现自己。虽然它们像破布一样死气沉沉，无力地拍打着，但有种东西在里面。那些图案，看到了吗？"

是的，我们看到了它们，虽然有些晚了。它们不仅出现在那些不死的树叶彩色的纹路中，也可能在任何地方出现，哪怕只是短暂出现。在地窖的墙上，可能在潮湿和绽裂的石头间出现一张不成形的面孔，家中黑暗的角落里，也可能浮现一个可怕的表情。其他的面孔，比如麻风病人般的面具，会出现在镶板墙面或木地板的纹理中，它窥探片刻，然后沉回莫测的阴影中，撤回到表面之下。那么多难以形容的花纹，可能满布在一段旧篱笆或一间木屋的木板上，雕刻出如地下疯长的根茎和卷须般纠结干枯的图案。然而，这些图案对我们来说并不陌生……因为看着它们的时候，我们看到了与梦境如出一辙的秋天腐烂的轮廓。

就像那个磨着刀、斧和弯镰刀的老幻想家一样，我们现在也能读到那本由无数彩色树叶组成的巨著了。但是他的领悟依旧比我们所有人内心深处发生的一切更为深刻，因为他首先表现出某些怪异的举止，后来在许多人身上陆续出现了，无论他们是住在镇上，还是住在镇外。当然，由于他总是胡说八道，动不动就对可怕或愉快的奇闻发表言辞凿凿的评论，所以和我们格格不入。他会对一个孩子说："夜晚的景象可以像风筝一样飞翔，"而告诉一些年长的人："它没有胳膊，但知道如何使唤胳膊，它没有脸，但知道上哪儿去找一张脸。"

尽管如此，他依旧熟练地做着生意。他用脚踩着机器，叫磨刀石转动起来，熟练地磨着每一片刀刃，像正常生意人一样收取报酬。可是，我们突然发现，他在干活时似乎有些心不在焉。他恍恍惚惚地将金属器具凑到石头转轮上，连四溅的火花扑到自己的脸上也毫无感觉。可是他的眼中透出一种狂野的光辉，仿佛体内燃烧着钻石般明亮的亢奋。最后，我们已无法忍受见到他在附近出现，不过我们以为这只是因为一向形迹古怪的他怪得过了头，而非由于他有什么翻天覆地的变化。最后他不再出现在小镇的街头，甚至彻底不知去向，这时候我们才敢承认自己对他心怀恐惧。

而这种恐惧必然与种种违逆季节轮转的异象有关，那些夸张而肆意的预兆在我们周围变得越来越有力量。就在马布尔先生失踪的同时，一种新的异象出现了。那天黄昏时分，所有的簇生着的坚韧的树叶似乎散发着一种模糊的磷光。夜幕彻底降临时，这个奇迹已无可置疑了。五彩缤纷的树叶在漆黑的天空下发着柔光，在夜色中组成一道不合时宜的彩虹，抛洒着各种斑斓的色彩，给夜晚染上了一层丰收的辉光：桃子的金色和南瓜的橙色，蜂蜜的黄色和琥珀的酒红色，苹果的红和李子的紫。这些色彩在树叶的轮廓中闪闪发亮，穿透了黑暗，洒在小镇的街道、田野和我们的脸上。一切都在灿烂的新秋中熠熠生辉。

那一晚，所有人都守在家里，望着窗外。所以，许多人都见到了那个在那光彩夺目的夜晚，在镇上闲逛，加入狂欢的人，这一点并不奇怪。他沉浸在一个黑暗节日的狂喜之中，神志恍惚地走着，手里拿着那把仪式性的大刀，锋利的刀刃寒光闪闪，如同映照着一千个梦境。有人看见他独自站在树下，树叶的亮光洒在他身上，将他的脸和褴褛的衣衫染上了色彩。有人看见他孤零零地站在自家院子里，像一个用阴影拼缀而成的僵硬稻草人。有人看见他大踏步地走在荧光攒动的高高的木栅栏旁。最后，人们在镇中心的一个十字路口见到了他。

那时我们明白，有些事无法逃避。一头残暴的野兽自作主张地出现，一个超出四季轮转的季节降临到我们身边，一个偏离我们熟悉的生活轨迹的现象发生了。它从庄稼地里冒出来，在农夫的地里滋长，下方有一个无底黑洞，我们用一堆泥土盖住了它，拒绝了它急切显身的渴望。它的索取落了空，干脆开始抢夺。我们很害怕，但同时也感到怨恨和愤怒。从一开始，我们便遵照一种交换原则生活：给予我们的，有一天将被收回。随着时间流逝，永恒的黑暗将会到来，每个人的生命都会走到尽头，归于那曾经孕育并用它的丰饶承载我们的躯壳的泥土中。但我们此时所面对的似乎是一种过早的饥渴，一种违反了我们与地球定下的契约的贪婪。因此，我们被迫执行的是另一种，也许是比我们人类所怀疑的更为基本的存在秩序，甚至是造物本身的背叛或欺骗。留给我们的只有一个疑问：谁知道这一个或其他世界固有的是什么？为什么不可以有一种深藏于表象之下的东西，一种戴着面具，隐藏于可见的大自然背后的东西存在呢？

可是，在那个晚上，不论那以外部形式将自己隐藏起来的是什么，对我们而言重要的事情是，它想利用被磨得十分锋利的刀刃和那握着它的被附身的手干什么？我们并不奢求能够逃避厄运或与其抗争，我们已经见到那盘踞在田野中的力量或实体如何行使意志，所以，它还有什么事做不到吗？眼下它又引起了一阵扰攘。树木比以往任何时候都更炽热，更亮，萦绕在闷热空气中的叽喳的声音开始变大，变成一阵恶毒的笑声。马布尔先生站在镇中心，依次打量着我们的房子，仿佛在专心一意地琢磨，鲜血应当从哪里开始抛洒为好，以及那驱使他，将他当作残忍仆从的神秘力量希望这次掠夺有多么残酷淋漓。

我们不过是些普通人，面临即将到来的确凿无误的伤害，都暗自希望厄运与自己擦身而过，希望最坏的情况降临在别人身上。我们都是胆小鬼，祈祷自己能在即将到来的屠戮中躲过一劫。但这叫人难堪的情形并未维持多久。街上有人朝我们这些仍躲在家中的人大喊起来。"他走了，"他们说，"我们看见他走进了树林。"他们还说，他举起刀来，但手颤抖个不停，像是在和刀搏斗似的。然后他转身朝小镇的边界走去。"走得跟跟跄跄的，"一个像握着武器般手拿抹刀的女人说，"他的身体一个劲儿地向前倾，用力地往前推着，像是顶着狂风走路一样。我真担心他会被风吹着，跌跌撞撞地退回到主街上来。"一个来晚了的人对大家说，如果马布尔先生还待着不走，他会走到他跟前说："把我带走，放过别人。"他捏造的豪言壮语一眼即可看穿。

我们不知道马布尔先生是否还会回来，便挤挤挨挨地在镇中心待了几个小时。周遭树木的辉光似乎隐去了，空气中刺耳的噪声已完全消失，夜晚变得静谧如常。我们陆陆续续地回到家中，房间里已经没有了腐朽黑影的气味。渐渐地，整个镇子都陷入了无梦的睡眠之中。不知怎的，我们都很确信，那天晚上我们所担心的事情再也不会发生了。

可是，到了黎明时分，我们才发现那一夜的确发生了一些事情。地里的泥土终于变冷了。树上的叶子已尽数掉落，落叶躺在地上，焦黑而干枯，仿佛在一阵突如其来的悔意中，那莫名迟来的死亡终于降临。我们找遍了整个镇子和附近的乡村，寻找那叫人难以忍受的可怕季节留下的痕迹。很快，马布尔先生就被发现了。

他静静地趴在一块庄稼地里的土堆上，旁边是一个被拆得七零八落的稻草人。我们把尸体翻过来，见到一双毫无血色的眼睛，就像那个苍白的秋日早晨。这时候，我们发现这人的左臂被右手握着的刀砍得入了骨。

鲜血流淌在泥土上，染黑了这自寻死路者的身体。我们抚摸着那具软弱无力、几乎毫无重量的躯体，将手指伸进黑乎乎的伤口中，却好像并未触摸到血液的存在。当然，我们很清楚那种阴沉的黑暗摸起来是什么感觉。我们知道是什么潜入这个人的体内，并把他拖进了它的蛮荒世界。与我们相比，他与存在的内在阴谋之间向来更有共鸣。所以我们把他深深地埋葬在一个无底的坟墓里。

图书在版编目（C I P）数据

死梦者之歌与阴郁的抄写员 ／（美）托马斯·里戈蒂
著；程静译. -- 广州 ： 花城出版社，2021.9
书名原文：Songs of a Dead Dreamer and
Grimscribe
ISBN 978-7-5360-9502-1

Ⅰ. ①死… Ⅱ. ①托… ②程… Ⅲ. ①短篇小说—小
说集—美国—现代 Ⅳ. ①I712.45

中国版本图书馆CIP数据核字(2021)第207194号

Copyright © 1986, 1989, 1991, 1996, 2010, 2011 by Thomas Ligotti
Published in agreement with McKinnon McIntyre Literary Agency, through The
Grayhawk Agency.
本书中文简体版版权归属于银杏树下（北京）图书有限责任公司。

著作权合同登记号：图字: 19-2021-232 号

出 版 人：肖延兵
编辑统筹：朱 岳　梅天明
责任编辑：张 旬
特约编辑：赵 波
装帧制造：墨白空间·张静涵

书　　名　死梦者之歌与阴郁的抄写员
　　　　　SIMENGZHE ZHI GE YU YINYU DE CHAOXIEYUAN
出　　版　花城出版社
　　　　　（广州市环市东路水荫路11号）
发　　行　后浪出版咨询（北京）有限责任公司
经　　销　全国新华书店
印　　刷　嘉业印刷（天津）有限公司
　　　　　（天津市静海区岩丰西道8号路）
开　　本　880毫米×1194毫米　32开
印　　张　16　2插页
字　　数　340,000字
版　　次　2021年9月第1版　2021年9月第1次印刷
定　　价　60.00元